御製

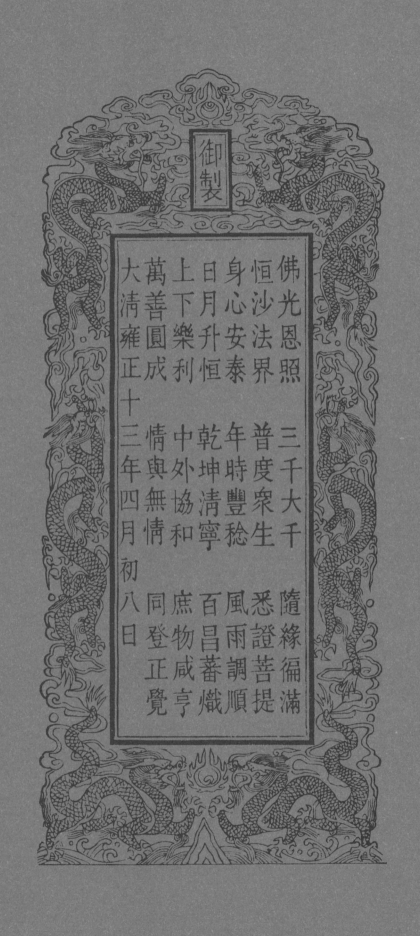

佛光恩照　三千大千　隨緣徧滿
恒沙法界　普度衆生　悉證菩提
身心安泰　年時豐稔　風雨調順
日月升恒　乾坤清寧　百昌蕃熾
上下樂利　中外協和　庶物咸亨
萬善圓成　情與無情　同登正覺

大清雍正十三年四月初八日

第二五册　大乘經　華嚴部（二）

大方廣佛華嚴經

東晉天竺三藏佛陀跋陀羅等譯

清刻龍藏佛說法變相圖

大方廣佛華嚴經卷第四十一

東晉天竺三藏佛陀跋陀羅等譯

離世間品第三十三之五

佛子菩薩摩訶薩有十種業何等爲十所謂世界業悉能嚴淨一切世界故如來業奉給供養一切佛故菩薩善友業善根同故衆生業教化成就一切衆生故未來世業攝取一切盡未來際故神力業不捨本處而能遊行一切世界故淨光業放無量無邊色光一一光端悉有寶清淨蓮華一一華臺各有菩薩結跏趺坐悉顯現故三寶不斷業一切諸佛滅度之後受持守護佛正法故變化業遊行十方說法化衆生故持業隨所發心示現衆生令滿一切諸大願故佛子是爲菩薩摩訶薩十種業若菩薩摩訶薩安住此業則得一

切諸佛無上大業佛子菩薩摩訶薩有十種身何等爲十所謂菩薩不來身於一切趣不受生故菩薩不去身一切趣求不可得故菩薩不實身如一切世間之所得故菩薩不虛身如諸世間解眞實故菩薩不盡身未來際不可斷故菩薩堅固身一切衆魔不能壞故菩薩不動身一切衆魔及諸外道不能動故菩薩相身示現清淨百福相故菩薩無相身法相究竟無衆相故菩薩普至身悉與三世如來等故佛子是爲菩薩摩訶薩十種身若菩薩摩訶薩安住此身則得一切諸佛無上無盡之身佛子菩薩摩訶薩有十種身業何等爲十所謂以一身充遍一切世界菩薩身業於一切衆生前悉爲現身菩薩身業於趣趣中悉現受生菩薩身業遊行一切世界菩薩身業往詣一切佛所及諸大衆菩薩身業以一手掌悉能普覆一切世界菩薩身業一切金剛圍山能以手摩悉如微塵菩薩身業於已身中示一切衆生一切佛剎成壞菩薩身業能以一身遍覆一切衆生菩薩身業於已身中普現一切嚴淨佛剎一切衆生究竟成就無上菩提菩薩身業佛子是爲菩薩摩訶薩十種身業若菩薩摩訶薩安住此業則得一切諸佛無上大法悉能開悟一切衆生佛子菩薩摩訶薩有十種身何等爲十所謂波羅蜜身正向菩提故四攝身不捨衆生故大悲身代一切衆生受無量苦無疲猒故大慈身救護一切衆生故功德身饒益一切衆生故智慧身一切諸佛金剛身故淨法身遠離諸趣生死故方便身普能示現一切衆生

故神力身示現一切自在力故菩提身隨一切時成菩提故佛子是爲菩薩摩訶薩十種身若菩薩摩訶薩安住此身則得一切諸佛無上大智慧身佛子菩薩摩訶薩有十種口何等爲十所謂柔輭口安樂一切諸衆生故甘露口清涼一切衆生故不虛口說眞實故如實轉口乃至夢中無虛言故尊重口一切釋梵四天王等恭敬尊重故甚深口顯現眞實法故堅固口說無量法不可盡故正直口一切音聲具足辯故莊嚴口隨時隨業報普示現故一切智口隨其所應度衆生故佛子是爲菩薩摩訶薩十種口若菩薩摩訶薩安住此口則得一切諸佛無上清淨妙口佛子菩薩摩訶薩有十種清淨業莊嚴菩薩口業何等爲十所謂樂聞如來清淨音聲淨菩薩口業樂聞菩薩清淨音聲淨菩薩口業不說一切衆生不樂聞語淨菩薩口業於過去世離口四過淨菩薩口業歡喜讚歎如來淨菩薩口業於如來塔廟高聲讚佛如實功德淨菩薩口業一向普施衆生正法淨菩薩口業音樂歌頌讚歎如來淨菩薩口業於諸佛所不惜身命聽受正法淨菩薩口業一向不捨菩薩法師聽受正法奉給供養淨菩薩口業佛子是爲菩薩摩訶薩十種淨業淨菩薩口業出生菩薩清淨口業佛子菩薩摩訶薩出生如是清淨口業則得十種守護何等爲十所謂諸天王及諸天守護龍王夜叉王乾闥婆王阿脩羅王迦樓羅王緊那羅王摩睺羅伽王梵王及諸梵天王一切諸佛法王所共守護佛子是爲菩薩摩訶薩出生清淨口業

得十種守護若菩薩摩訶薩出生如是清淨口業得十種守護者則能成辦十種大事何等爲十所謂令一切衆生界皆悉歡喜一切刹界無不聞知悉能發起一切諸根悉能清淨一切性界拔出一切諸煩惱界遠離一切諸習氣界明淨一切諸直心界長養一切諸深心界充滿一切諸法性界照明一切大涅槃界是爲十佛子菩薩摩訶薩有十種心何等爲十所謂大地等心持一切衆生諸善根故大海等心受持無量無邊諸佛智慧大法海故須彌山王等心令一切衆生安住無上善根故摩尼寶心速離煩惱淨直心故金剛心決定了知一切法故堅固金剛圍山心一切諸魔外道不能壞故蓮華等心一切佛法不能染故優曇鉢華等心於一切劫難值遇故淨日等心除滅一切衆生愚癡瞳障闇故虛空等心一切衆生無能量故佛子是爲菩薩摩訶薩十種心若菩薩摩訶薩安住此心則得一切諸佛無上清淨大心佛子菩薩摩訶薩有十種發心何等爲十所謂發度脫一切衆生心發拔出一切衆生煩惱心發斷除一切習氣心發斷除一切疑惑具足清淨無疑惑心發除滅一切衆生苦惱心發除滅一切惡道諸難心發隨順一切諸佛教心發一切菩薩所學心發覺悟一切諸佛菩提示現一切衆生非凡愚所入心發擊大法鼓音聲聞于一切世界普照一切衆生諸根心佛子是爲菩薩摩訶薩十種發心若菩薩摩訶薩安住此心則得一切諸佛無上業心佛子菩薩摩訶薩有十種心滿何等爲十所謂滿一

切虛空界衆生無邊故滿一切法界深入無量無邊故滿一切三世於一念中悉解脫故滿一切佛降神受胎出生捨家得道轉正法輪乃至大般涅槃悉明了故滿一切衆生界決定了知希望習氣及諸根故滿智慧光隨順了知一切法界故滿無量無邊解一切法如幻網故滿無生一切諸法無自性故滿無礙自心德心無障礙故滿自在於念念中現成菩提故佛子是爲菩薩摩訶薩十種心滿若菩薩摩訶薩安住此心則得成滿一切佛法無上無量莊嚴佛子菩薩摩訶薩有十種根何等爲十所謂歡喜根於一切佛信不壞故樂菩薩根覺悟一切佛菩薩故不退菩薩根究竟一切事故住菩薩根安住一切菩薩行故甚深根覺般若波羅蜜巧方便故不休息根究竟一切衆生事故金剛等根決定了知一切法故金剛光明炎根普照一切佛境界故不雜根一切如來同一身故無礙際根深入如來十種力故佛子是爲菩薩摩訶薩十種根若菩薩摩訶薩安住此根則得一切諸佛無上淨根佛子菩薩摩訶薩有十種直心何等爲十所謂不染一切世間法直心不染聲聞緣覺直心隨順菩提直心不違一切智道直心一切衆魔及諸外道不能沮壞直心不染如來圓滿清淨智慧直心隨所聞法悉能攝取受持直心於一切受生處無所選擇直心深入細微智慧直心善巧修習一切佛法直心佛子是爲菩薩摩訶薩十種直心若菩薩摩訶薩安住此心則得一切諸佛無上清淨直心佛子菩薩摩訶薩有十種深心

何等爲十所謂不退深心長養一切諸善法故離疑深心解一切佛微密語故正持深心不捨菩薩大願行故無上正直深心深入一切諸佛法故了達深心於一切佛法得自在故殊勝深心深入種種方便法故爲首深心於一切境界悉究竟故自在深心莊嚴一切三昧自在不斷絶故具足深心攝取本大願故不捨深心教化一切群生類故佛子是爲菩薩摩訶薩十種深心若菩薩摩訶薩安住此深心則得一切諸佛無上清淨深心佛子菩薩摩訶薩有十種方便何等爲十所謂布施方便悉捨一切不求報故學持一切戒具行頭陀威儀清淨方便不輕他故離一切纏顛倒瞋恚我慢忍一切衆生諸惡方便遠離一切彼我想故精進不退方便究竟身口意業一切境界不忘失故一切諸禪三昧解脱諸通方便遠離一切五欲諸煩惱故正向智慧方便長養一切功德心無猒足故大慈方便說一切衆生無衆生故代一切衆生受諸苦惱不捨大悲方便解一切法無自性故十力覺悟方便決定無礙智示現一切衆生故轉不退法輪方便轉至衆生心故佛子是爲菩薩摩訶薩十種方便若菩薩摩訶薩安住此法則得一切諸佛無上大智方便佛子菩薩摩訶薩有十種樂修何等爲十所謂樂修最勝尊重方便諸善根故樂修莊嚴出生種種諸莊嚴故樂修廣事心彌廣故樂修寂滅深入甚深方便法故樂修無邊發無量心故樂修善持一切諸佛所護念故樂修不壞一切魔業不能壞故樂修決定解了一切諸業

報故樂修現在隨意能現自在神力大變化故樂修聽受於一切佛得受記故樂修自在隨意隨時成菩提故佛子是爲菩薩摩訶薩十種樂修若菩薩摩訶薩安住此修則得一切諸佛無上樂修佛子菩薩摩訶薩有十種解脫深入世界何等爲十所謂一切世界入一世界一世界入一切世界一蓮華座一如來身充滿一切世界示現一切世界皆悉虚空諸佛莊嚴莊嚴一切世界一菩薩身充滿一切世界於一毛孔中安置一切世界一切世界入一衆生身一佛道場一菩提樹充滿一切世界一妙音聲充滿一切世界隨其所應無不開解皆爲歡喜佛子是爲菩薩摩訶薩十種解脫深入世界若菩薩摩訶薩安住此法則得一切諸佛出生佛刹無上解脫佛子菩薩摩訶薩有十種入衆生性何等爲十所謂一切衆生界入無身性一切衆生界悉入一衆生身一切衆生界悉入菩薩身一切衆生界悉入如來性藏一切衆生界悉入一衆生界一切衆生界悉入諸佛法器一切衆生界悉入帝釋梵王隨衆生形類而普示現一切衆生界示現入一切聲聞緣覺不轉威儀一切衆生界入菩薩功德莊嚴莊嚴一切衆生一切衆生界入如來相好莊嚴色身寂靜威儀示現衆生佛子是爲菩薩摩訶薩十種入衆生性若菩薩摩訶薩安住此性則得一切諸佛無上自在性佛子菩薩摩訶薩有十種習氣何等爲十所謂菩提心習氣善根習氣教化衆生習氣見佛習氣於清淨土受生習氣菩薩行習氣大願習氣波羅蜜習氣

出生平等法習氣種種分別境界習氣佛子是爲菩薩摩訶薩十種習氣若菩薩摩訶薩安住此法則能除滅一切衆生煩惱習氣得佛無上大智習氣佛子菩薩摩訶薩有十種熾然何等爲十所謂熾然一切衆生界教化究竟令成就故熾然世界悉嚴淨故熾然如來究竟菩薩一切行故熾然善根積集如來功德諸相好故熾然大悲除滅一切衆生苦故熾然大慈令一切衆生安住如來無上樂故熾然波羅蜜積集菩薩諸莊嚴故熾然巧方便隨其所應悉示現故熾然菩提得無礙智故略說菩薩皆悉熾然一切諸法明達了知一切法故佛子是爲菩薩摩訶薩十種熾然若菩薩摩訶薩安住此法則能究竟不斷菩薩諸行除滅一切煩惱熾然則得一切諸

佛無上熾然正法佛子菩薩摩訶薩有十種趣何等爲十所謂趣波羅蜜趣學趣智趣實義趣正法趣出生善根趣見佛趣菩薩諸行門趣無上菩提趣轉法輪佛子是爲菩薩摩訶薩十種趣若菩薩摩訶薩安住此趣則得一切諸佛無上趣法佛子菩薩摩訶薩有十種事則能具足一切佛法何等爲十所謂深信善知識具足佛法深信佛教具足佛法不謗正法具足佛法離放逸行摧滅憍慢巧妙方便迴向善根具足佛法深信諸佛境界無量具足佛法深入一切世界具足佛法安住法界具足佛法離諸魔界具足佛法正念一切佛具足佛法深信如來成就十力具足佛法佛子是爲菩薩摩訶薩十種事則能具足一切佛法若菩薩摩訶薩安住此法則得具

足一切諸佛無上大智佛子菩薩摩訶薩有十種退失佛法應當遠離何等爲十所謂於善知識生憍慢心失佛法道畏生死苦失佛法道猒菩薩行失佛法道猒惡受生失佛法道樂著三昧失佛法道於諸善根起疑惑心失佛法道誹謗正法失佛法道斷菩薩行失佛法道樂求聲聞及緣覺乘失佛法道起瞋恚心失佛法道應當遠離佛子是爲菩薩摩訶薩十種退失佛法若菩薩摩訶薩遠離此法則得一切菩薩正趣離生聖行正道佛子菩薩摩訶薩有十種離生何等爲十所謂出生般若波羅蜜菩薩離生觀察一切衆生遠離一切邪見斷一切縛度脫一切衆生菩薩離生不念一切相亦不捨離著相衆生菩薩離生不著三界亦復不著一切世界菩薩離生永離煩惱而親近衆生菩薩離生於諸法中得離欲法常以大悲哀念衆生菩薩離生現處眷屬令樂寂靜菩薩離生離世界生現此没彼生行菩薩行菩薩離生行一切世間事而不染世法菩薩離生決定了知無上菩提而亦不捨菩薩行願菩薩離生佛子是爲菩薩摩訶薩十種離生永離世間大聖正法不共一切衆生及聲聞緣覺若菩薩摩訶薩安住此法則得一切菩薩十種決定法何等爲十所謂於一切如來種性中生深入一切如來境界深解一切諸菩薩行正向一切諸波羅蜜出生一切諸佛善根安住一切如來無上性中安住一切諸佛淨力隨順一切如來菩提與一切佛共同一身與一切佛同住而無有異佛子是爲菩薩摩訶薩十種決定

法佛子菩薩摩訶薩有十種出生佛道法何等爲十所謂隨順善知識出生佛道法同善根故深信一切佛法出生佛道法樂求如來無盡自在故於一切大願得正希望出生佛道法修習廣心故決定了知已身善根出生佛道法所行諸業無虚妄故於一切劫修菩薩行出生佛道法盡未來際無疲猒故於阿僧祇世界諸處受生出生佛道法善巧方便教化一切衆生故修習不斷菩薩所行出生佛道法長養大悲故以無量心出生佛道法於一念中充滿一切虚空界故深入甚深諸大願行出生佛道法本生善根不壞不失故善持守護一切如來種性出生佛道法令一切衆生發菩提心志常樂求無上菩提長養一切善根故佛子是爲菩薩摩訶薩十種出生佛道法若菩薩摩訶薩安住此法則得善男子十種名號何等爲十所謂菩薩名號菩提智身故摩訶薩埵名號住大乘故第一薩埵名號最第一無間道法故勝薩埵名號覺勝菩提故無比薩埵名號智慧無比故上薩埵名號上精進故無上薩埵名號開示顯現無上法故力薩埵名號廣知十力故無等薩埵名號一切衆生無與等故不思議薩埵名號隨其心念覺菩提故佛子是爲菩薩摩訶薩得善男子十種名號佛子菩薩摩訶薩有十種道何等爲十所謂一道是菩薩道不捨菩提心故二道是菩薩道出生智慧方便故三道是菩薩道空方便無相際無願三昧三界無染故四行是菩薩道悔過除罪隨喜功德恭敬勸請無量諸佛善知迴向故長養五

根是菩薩道住有信根不可沮壞發大精進究竟一切事而不退轉安住正念除滅亂想三昧方便決定了知智慧境界善巧分別故六通自在是菩薩道天眼悉見一切世界有色衆生死此生彼天耳悉聞一切諸佛所説經法皆能受持廣爲一切衆生解説出生無礙知他心智悉知一切衆生心念宿命智通悉知過去一切阿僧祇刼長養善根身通自在隨其所應現大神變漏盡智通知見實際生菩薩道不斷絶故七念是菩薩道念佛於一毛道見一切佛教化衆生念法不離一如來衆於一切佛所對面聞法悉能受持隨應衆生諸根希望而度脱之念僧見不退轉菩薩大衆令一切衆生常見菩薩大衆念施行一切施菩薩布施正念長養菩薩布施功德念戒不離菩提心一切善根迴向衆生念天念兜率陀天一生補處菩薩念一切衆生善巧方便智慧教化悉令安隱隨順無上菩提故八正道分是菩薩道所謂正見遠離邪見正思惟正念一切智遠離虚妄正語隨順聖教離口四過正業饒益教化一切衆生未曾失時正命安住四聖種成頭陀功德具足淨威儀遠離一切惡正精進勤修一切菩薩苦行修佛十力無所罣礙正念悉能憶持一切音聲除滅世間一切亂想正定善巧方便於一三昧出生菩薩不可思議法門一切三昧故九次第定是菩薩道所謂離欲惡不善法因覺觀起一切口業無所障礙説法教化一切衆生令得一切智喜悦遠離退過休息喜悦離世苦樂常見諸佛逮得無上菩提快樂

不動三昧出生四無色定亦不離欲界色界受生正受滅盡三昧而亦不息菩薩行故如來十力是菩薩道所謂巧方便善知是處非處善知一切衆生去來現在業因果報善知一切衆生種種諸根隨彼諸根而爲説法善知衆生無量諸性善知一切衆生種種欲樂隨應説法菩薩淨身皆悉充滿一切衆生一切刹一切世一切劫普現如來具足威儀而亦不捨菩薩所行善巧方便知一切禪三昧解脱垢淨起知時非時出生菩薩無量法門善知一切衆生死此生彼於一念中善知三世一切阿僧祇劫善知一切衆生除滅一切煩惱結使及諸習氣而亦不捨菩薩行故佛子是爲菩薩摩訶薩十種道若菩薩摩訶薩安住此道則得一切諸佛無上巧方便道佛

子菩薩摩訶薩有無量道無量道具無量修道無量莊嚴道何以故菩薩摩訶薩有十種無量道故何等爲十所謂虛空界無量法界無量衆生界無盡無量世界無分齊無量阿僧祇劫無盡究竟無量衆生語法無量如來身無量佛音聲無量如來力無量一切智無量佛子是爲菩薩摩訶薩十種無量道何以故如虛空界無量菩薩積集道具亦復如是如法界無量無邊菩薩積集道具亦復如是如衆生界無盡無量菩薩積集道具亦復如是如世界無分齊無量菩薩修習道具亦復如是如一切劫算數不可盡菩薩積集道具亦復如是一切衆生悉共算數所不能盡如一切衆生語言無量菩薩積集道具出生智慧諸言語法亦復如是如如來身無量菩薩

積集道具充滿一切衆生一切刹一切世一切劫亦復如是如佛音聲無量出一言音皆悉充滿一切法界一切衆生無不聞知菩薩積集道具亦復如是如如來力無量菩薩積集道具長養如來力亦復如是如一切智無量菩薩積集道具亦復如是佛子是爲菩薩摩訶薩十種道具若菩薩摩訶薩安住此法則得一切諸佛無量無邊智慧佛子菩薩摩訶薩有十種修道何等爲十所謂不著不出修身口意無忌失故無增減修知諸法眞實故非有非無修入非有非無性故如幻如夢如電如響如鏡中像如熱時炎如水中月修於一切法無所著故空無相無願修見三界不捨長養諸善根故不可言説修不著法施設故不壞法界修決定了知一切法故如實際不可壞修如如虛空際平等至一切故菩薩智修不捨勇猛精進力故如來十力四無所畏一切智平等修於一切法悉除疑惑故佛子是爲菩薩摩訶薩十種修道若菩薩摩訶薩安住此法則得一切諸佛無上一切智巧方便修佛子菩薩摩訶薩有十種莊嚴道何等爲十所謂菩薩摩訶薩不離欲界悉能正受色無色界禪定解脱亦不因此於彼受生是爲第一莊嚴道菩薩摩訶薩入聲聞道亦不乘此道出於三界是爲第二莊嚴道菩薩摩訶薩入緣覺道亦不捨大悲是爲第三莊嚴道菩薩摩訶薩雖百千天女眷屬圍繞端嚴殊特顏容無倫技術悉備音樂巧妙菩薩聞此妙音未曾暫捨諸禪解脱三昧是爲第四莊嚴道菩薩摩訶薩與一切衆生設衆

妓樂共相娛樂乃至一念不捨諸禪解脫三昧是爲第五莊嚴道菩薩摩訶薩不著一切世間諸法究竟世間得到彼岸度脫衆生是爲第六莊嚴道菩薩摩訶薩安住正智修習正道趣於邪道欲令衆生遠離邪道於此邪道不取眞實清淨之相是爲第七莊嚴道菩薩摩訶薩遠離身口意惡業常持淨戒一向正求如來淨戒示現一切凡愚童蒙衆生持戒威儀爲教化成就犯戒衆生故菩薩具足成滿一切清淨功德正趣菩薩趣而現受生地獄畜生餓鬼閻羅王及諸難趣令彼衆生離惡趣故而實菩薩不攝彼趣是爲第八莊嚴道菩薩摩訶薩於一切佛法不由他悟得無礙辯明淨智慧普照一切諸佛正法安住一切諸佛自在共一切佛清淨法身具足成就一切堅固大人明淨正法安住一切平等諸乘向一切佛境界法門一切衆生所應讚歎恭敬供養爲一切衆生作無上師專求正法未曾捨離示現於法有疑示現師受恭敬供養和尚阿闍梨而實爲一切天人無上法師何以故菩薩摩訶薩善知方便住菩薩道隨其所應方便示現是爲第九莊嚴道菩薩摩訶薩具足成就甚深智慧究竟菩薩一切無上法行一切如來以甘露法而灌其頂究竟一切法自在彼岸離垢無礙清淨法繒以冠其首於一切世界普現如來無礙法身轉不可壞清淨法輪清淨法身於一切世界無處不至究竟一切法自在彼岸具足成就一切菩薩自在之法巧妙方便於一切剎示現受生與三世佛共一境界而亦不斷菩薩所

行不捨菩薩法不轉菩薩業不捨菩薩道未曾廢捨菩薩威儀不捨菩薩熾然不捨善巧方便不離菩薩事修菩薩行心無疲猒不離菩薩受持法行何以故菩薩摩訶薩欲速成阿耨多羅三藐三菩提故不捨菩薩行觀察衆生是爲第十莊嚴道佛子是爲菩薩摩訶薩十種莊嚴道若菩薩摩訶薩安住此道則得一切諸佛無上道寶莊嚴而不捨菩薩道

佛子菩薩摩訶薩有十種足何等爲十所謂淨戒足積集成滿一切大願故精進足積集一切菩提枝至不退轉故諸通足隨衆生願令歡喜故身通足不離一坐而能悉詣一切佛刹故深心足究竟一切勝妙法故堅誓足所求諸事悉究竟故攝善法足不違一切尊重教故聞法無猒足聞持一切佛所說法無疲倦故如法資生具足入一切衆諸根無異故正向菩薩行足離一切惡故佛子是爲菩薩摩訶薩十種足若菩薩摩訶薩安住此足則得一切諸佛無上勝足能一舉足皆悉遍至一切世界

佛子菩薩摩訶薩有十種手何等爲十所謂信手於一切佛所說正法一向信心究竟受持故不著財施手有來乞者令歡喜故先意善來問訊手右掌相顯現故恭敬供養一切佛手長養無量功德無疲猒故善解多聞手除一切衆生諸疑惑故遠離三界離生寂靜手拔欲汙泥衆生類故安置彼岸手救濟四流漂沒衆生故離悋法手盡能開說一切法故一切世間離世間諸論智手除滅一切身心病故智慧寶手除滅一切煩惱癡暗示現一切不可稱說法光明故佛子

是爲菩薩摩訶薩十種手若菩薩摩訶薩安住此手則得一切諸佛無上之手能以一掌普覆十方一切世界

大方廣佛華嚴經卷第四十一

音釋

曀於計切陰曀也埵丁果切算蘇貫切計也灌古玩切溉也繒疾陵切

大方廣佛華嚴經卷第四十二

東晋天竺三藏佛陀跋陀羅等譯

離世間品第三十三之六

佛子菩薩摩訶薩有十種腹何等爲十所謂離諂曲腹直心清淨故離幻僞腹身口意業皆眞正故不爲事腹離藏惡故無窮盡腹於一切法無所著故滅煩惱腹智明淨故清淨心腹離一切惡故觀察一切食想腹正念眞實法故觀察一切行腹善覺緣起故善覺一切道腹具足成就正希望故離一切煩惱諸邪見腹令一切衆生得如來腹故佛子是爲菩薩摩訶薩十種腹若菩薩摩訶薩安住此腹則得一切諸佛無上之腹悉能容受一切衆生佛子菩薩摩訶薩有十種藏何等爲十所謂不斷如來種性是菩薩藏廣說佛法長養無量諸善法故受持守護如來正法是菩薩藏開示衆生大智明故長養僧寶是菩薩藏攝取不退正法輪故覺悟正定衆生是菩薩藏度脫衆生不失時故教化成就不定衆生是菩薩藏善根相續因不斷故發大悲心救護邪定衆生是菩薩藏起彼未來善根因緣故滿足如來十力不可沮壞是菩薩藏降伏衆魔具足成就不退善根故住四無畏大師子吼是菩薩藏令一切衆生悉歡喜故得佛十八不共法是菩薩藏一切智慧無不至故平等覺悟一切衆生一切刹一切法一切佛是菩薩藏於一念中深入平等故佛子是爲菩薩摩訶薩十種藏若菩薩摩訶薩安住此藏則得一切諸佛無上善根大智慧藏佛子菩薩摩訶薩有十種心何等爲十所謂勇

猛心所發事業悉究竟故無懈怠心積集相好諸善根故勇健力心摧伏一切諸惡魔故正思惟心除滅一切煩惱垢故不退轉心往詣道場究竟菩提故性清淨心覺心無所至無所著故知衆生心隨衆生性令彼覺悟得解脱故入大梵天住佛法心種種衆生性悉救護故空無相無願無行心遠離相見不著三界故金剛莊嚴心衆生數等魔乃至不能動一毛故佛子是爲菩薩摩訶薩十種心若菩薩摩訶薩安住此心則得一切諸佛無上金剛藏心佛子菩薩摩訶薩有十種莊嚴何等爲十所謂大慈莊嚴救護一切衆生故大悲莊嚴堪忍一切苦故大願莊嚴所可發願悉究竟故迴向莊嚴建立一切諸佛功德妙莊嚴故功德莊嚴饒益一切衆生故波羅蜜莊嚴度脫一切衆生故智慧莊嚴除滅一切衆生煩惱愚癡暗故方便莊嚴出生普門諸善根故一切智心堅固不亂莊嚴不樂異乘故決定莊嚴於正法中滅疑惑故佛子是爲菩薩摩訶薩十種莊嚴若菩薩摩訶薩安住此法則得一切諸佛無上莊嚴降一切魔佛子菩薩摩訶薩有十種器仗何等爲十所謂遠離慳悋惠施心仗除滅一切慳貪垢故持戒仗拔出一切諸惡戒故平等觀察一切法仗遠離一切虛妄法故智慧仗除滅衆生諸煩惱故正命仗遠離一切諸邪命故方便仗一切示現故略說貪恚癡一切煩惱是菩薩仗以煩惱門化衆生故生死仗不斷菩薩行教化衆生故說實法仗一切無著故一切智門仗不離菩薩行門故佛子是爲菩薩摩訶

薩十種器仗若菩薩摩訶薩安住此法則能除滅一切衆生長夜積集煩惱結使習氣佛子菩薩摩訶薩有十種頭何等爲十所謂涅槃首無見頂故恭敬尊重首一切世間天人恭敬供養故深妙首於一切三千大千世界最第一故一切善根首三界衆生應供養故荷負一切衆生首得無上金剛頂故無量無邊首攝取一切最勝法故般若波羅蜜首樂法王法故方便首示現一切衆生平等首故教化成就一切衆生首爲一切衆生無上師故守護如來正法首不斷三寶故佛子是爲菩薩摩訶薩十種頭若菩薩摩訶薩安住此法則得一切諸佛無上智頂佛子菩薩摩訶薩有十種眼何等爲十所謂肉眼見一切現色故天眼見一切衆生死此生彼故慧眼見一切衆生諸根故法眼見一切法眞實相故佛眼見如來十力故智眼分別一切法故明眼見一切佛光明故出生死眼見涅槃故無礙眼見一切法無障礙故普眼平等法門見法界故佛子是爲菩薩摩訶薩十種眼若菩薩摩訶薩成就此眼則得一切諸佛無上大智慧眼佛子菩薩摩訶薩有十種耳何等爲十所謂聞讃歎聲斷除貪愛聞毀呰聲斷除瞋恚聞聲聞緣覺聲不起求心聞菩薩道聲發起歡喜奇特之心聞地獄畜生餓鬼閻羅王阿脩羅一切難處貧苦音聲發起大悲莊嚴而自莊嚴聞天人趣勝妙音聲觀一切法皆悉無常聞佛功德音聲勤修精進究竟滿足一切功德聞波羅蜜四攝菩薩經藏音聲發究竟心到於彼岸聞十方世界一切音聲

悉了如響菩薩摩訶薩從初發心乃至道場常正受法耳而亦不捨教化成就一切衆生佛子是爲菩薩摩訶薩十種耳若菩薩摩訶薩成就此耳則得一切諸佛無上大智慧耳佛子菩薩摩訶薩有十種鼻何等爲十所謂所聞穢氣觀察不臭所聞香氣觀察不香所聞香臭觀察平等聞非香非臭觀察捨離聞衣服牀褥卧具及身支節香則知彼人貪恚愚癡等分煩惱聞大寶藏諸藥草香悉能了知一切寶藏聞下至阿鼻地獄上至非想非非想處衆生之香悉能了知諸根本行聞聲聞施戒聞慧香住一切智心未曾散亂聞一切菩薩行香攝取如來智地聞一切佛智境界香不斷菩薩所行佛子是爲菩薩摩訶薩十種鼻若菩薩摩訶薩成就此鼻則得一切諸佛無量無邊無上清淨鼻佛子菩薩摩訶薩有十種舌何等爲十所謂分别解說一切衆生無盡行舌分别解說無盡法舌讚歎諸佛無盡功德舌無盡辯舌演說無盡大乘法舌普覆十方虚空界舌普照一切佛世界舌平等讚歎一切衆生舌隨順諸佛令歡喜舌降一切魔及諸外道除滅一切生死煩惱悉令衆生至涅槃舌佛子是爲菩薩摩訶薩十種舌若菩薩摩訶薩成就此舌則得諸佛無上大金剛舌普覆一切世界佛子菩薩摩訶薩有十種身何等爲十所謂人身教化成就一切人故非人身教化成就地獄畜生餓鬼閻羅王故天身教化成就欲界色界無色界衆生故學身示現學地故無學身示現阿羅漢地故緣覺身教化令入緣覺地故菩薩身

積集大乘故如來身受如來智記故摩党摩身巧方便出生無量功德故無漏法身以少方便普現一切衆生身故佛子是爲菩薩摩訶薩十種身若菩薩摩訶薩成就此身則得一切諸佛無上法身佛子菩薩摩訶薩有十種意何等爲十所謂上首意出生一切善根故隨順佛教意如說修行故深入意解一切佛法故内意深入衆生希望故不亂意不爲煩惱所亂故清淨意不受垢染故善調伏意不失時故正思惟業意遠離一切惡故調伏諸根意於境界中諸根不馳騁故深定意佛三昧不可稱量故佛子是爲菩薩摩訶薩十種意若菩薩摩訶薩成就此意則得一切諸佛無上意佛子菩薩摩訶薩有十種行何等爲十所謂聞法行樂聽受法故說法行利益衆生故不隨愛瞋癡怖行調伏自心故欲界行教化成就欲界衆生故色無色界三昧行令速轉故義法行速成就淨慧故一切趣行教化衆生故一切佛刹行恭敬禮拜供養一切佛故涅槃行斷生死相續故成滿諸佛行不斷菩薩行故佛子是爲菩薩摩訶薩十種行若菩薩摩訶薩成就此行則得一切諸佛行非行如來行佛子菩薩摩訶薩有十種住何等爲十所謂菩提心住未曾忘失故波羅蜜住不猒功德故樂聞正義住明淨智慧故阿練若處住成就諸大三昧故隨順一切智頭陀威儀四聖種住少欲知足故隨順住順正法故親近如來住成滿佛威儀故諸明住滿足大智故無生忍住受記滿足故道場菩提住滿足力無畏一切佛法故佛子是爲菩

薩摩訶薩十種住若菩薩摩訶薩安住此住則得一切諸佛無上一切智住佛子菩薩摩訶薩有十種坐何等爲十所謂轉輪王坐興十善故四天王坐於一切世界諸佛正法得自在故帝釋坐於一切衆生最第一故梵天坐自心他心得自在故師子坐分別演説甚深義故正法坐欲明陀羅尼諸力辯故堅固三昧坐究竟大誓故大慈坐令惡心衆生悉歡喜故大悲坐能忍一切諸苦惱故金剛坐調伏衆魔諸外道故佛子是爲菩薩摩訶薩十種坐若菩薩摩訶薩安住此坐則得一切諸佛無上尊坐佛子菩薩摩訶薩有十種卧何等爲十所謂寂靜卧身心憺怕故禪定卧正念思惟觀諸法故諸三昧卧身心柔輭故梵天卧不惱自他故思惟業卧後心無悔故順正法卧不可傾動故正導卧善知識覺悟故妙願卧善知迴向故一切事畢卧所作究竟故捨方便卧究竟本事故佛子是爲菩薩摩訶薩十種卧若菩薩摩訶薩安住此法則得一切諸佛無上道卧悉能覺悟一切衆生佛子菩薩摩訶薩有十種住何等爲十所謂大慈住等心觀察一切衆生故大悲住不輕未學衆生故大喜住滅憂惱故大捨住有爲無爲悉平等故一切波羅蜜住菩提心爲首故一切種空住善解諸法故無相住離生受證不退轉故無願住捨受生故念慧住忍法成滿故一切法平等住得受記法故佛子是爲菩薩摩訶薩十種住若菩薩摩訶薩安住此住則得一切諸佛無上無礙住佛子菩薩摩訶薩有十種行何等爲十所謂正念行

滿足四念處故諸趣行正覺法趣故慧行隨順諸佛故波羅蜜行滿足一切智故四攝行教化成就諸衆生故生死行長養一切諸善根故一切衆生言戲行拔出衆生故貪熾然行覺悟一切衆生諸根故巧方便行長養般若波羅蜜故道場行覺一切智不斷菩薩行故佛子是爲菩薩摩訶薩十種行若菩薩摩訶薩安住此行則得一切諸佛無上大智慧行佛子菩薩摩訶薩有十種觀察何等爲十所謂觀察善業乃至微色悉照見故觀察死此生彼不著一切衆生故觀察一切衆生諸根決定了知無根法故觀察妙法法界不可壞故觀察現前於一切佛法修佛眼故觀察智慧隨器說法故觀察無生法忍決定得佛法故觀察不退佛地除滅一切煩惱超出三界二乘地故觀察甘露灌頂法地於一切佛法得自在不動故觀察佛三昧於一切十方作佛事故佛子是爲菩薩摩訶薩十種觀察若菩薩摩訶薩安住此法則得一切諸佛無上大智觀察佛子菩薩摩訶薩有十種周遍觀察何等爲十所謂周遍觀察諸來求者慈心施與滿彼意故周遍觀察諸犯戒者安置如來清淨戒故周遍觀察害心衆生安置如來堪忍力故周遍觀察諸懈怠者令彼衆生勤修精進究竟大乘故周遍觀察亂心衆生除彼亂心安置如來一切智地故周遍觀察愚癡衆生除彼疑惑一切有見故周遍觀察諸善知識隨如來教住佛法故周遍觀察隨所聞法具足成就無上義故周遍觀察一切衆生不捨大悲故周遍觀察一切佛法覺一

切智故佛子是爲菩薩摩訶薩十種周遍觀察若菩薩摩訶薩安住此法則得一切諸佛無上大智周遍觀察佛子菩薩摩訶薩有十種奮迅何等爲十所謂色奮迅於天龍夜叉乾闥婆阿脩羅迦樓羅緊那羅摩睺羅伽等一切衆中現最勝故象奮迅示現象寶心故龍奮迅興大法雲普覆一切曜明解脱電光震實義雷降諸根力覺意禪定解脱三昧甘露法雨故大金翅鳥王奮迅壞滅愚癡闇曀𣫭膜消竭愛水於大苦海搏撮煩惱諸惡龍故師子奮迅安住無畏被執平等大智鎧仗摧伏衆魔諸外道故勇健奮迅能於生死大戰陣中摧滅一切煩惱大怨敵故智慧奮迅決定了知陰界諸入十二縁起現一切佛自在法故陀羅尼奮迅聞持一切法未曾忘失廣爲群生分別說故辯才奮迅分別一切句身味身無所罣礙隨問即答悉令歡喜言不虛故如來奮迅坐師子座降伏衆魔調伏外道滿足一切智具一念相應慧所得所知所覺所成皆悉覺知成無上菩提故佛子是爲菩薩摩訶薩十種奮迅若菩薩摩訶薩安住此法則得一切諸佛無上自在奮迅佛子菩薩摩訶薩有十種師子吼何等爲十所謂我必成佛是菩提心師子吼於一切衆生起大悲心未度者度未脱者脱未安者安未涅槃者令得涅槃是大悲師子吼守護受持不斷三寶性是報如來恩師子吼令一切佛剎皆悉清淨是究竟大誓師子吼除滅一切惡道諸難是自持淨戒師子吼滿足如來身口意相好莊嚴是積集功德無猒足師子吼成滿

一切諸佛智慧是積集智慧衆具無猒足師子吼除滅一切魔事專求正道是除滅煩惱師子吼知一切法無我無我所無命無富伽羅空無相願觀一切法淨如虛空是於一切法得無生忍師子吼一生補處菩薩摩訶薩嚴淨震動一切佛刹釋梵四天王咸悉請求降神下生以無礙慧眼普觀世間一切衆生無勝我者示現出生遊行七步大師子吼我於世間最勝第一我永究竟生老死法是如說修行師子吼佛子是爲菩薩摩訶薩十種師子吼若菩薩摩訶薩安住此法則得一切諸佛無上大師子吼佛子菩薩摩訶薩有十種淨施何等爲十所謂平等心施無惡衆生故隨意施滿一切願故無亂心施不退轉故隨應供施分別了知富伽羅故不選擇施不求果報故一向施於一切物心無著故內外一切施究竟清淨故迴向菩提施遠離有爲無爲故教化成就衆生施乃至道場不捨離故三種圓滿清淨施施者受者財物平等清淨如虛空故佛子是爲菩薩摩訶薩十種淨施若菩薩摩訶薩安住此施則得一切諸佛無上清淨大施佛子菩薩摩訶薩有十種淨戒何等爲十所謂身淨戒防護身三惡故口淨戒遠離口四過故心淨戒永離貪恚諸邪見故具一切淨戒於天人中最勝妙故守護菩提心淨戒不樂小智故守護如來所說淨戒乃至微細罪大怖畏故微密淨戒善拔犯戒諸衆生故不作一切惡淨戒積集一切諸善法故遠離一切有見淨戒於戒無著故守護一切衆生淨戒出生大悲故佛子是爲菩

薩摩訶薩十種淨戒若菩薩摩訶薩安住此戒則得一切諸佛遠離衆惡無上淨戒佛子菩薩摩訶薩有十種淨忍何等爲十所謂若他罵辱悉能堪忍護彼心故若他刀杖加害亦能堪忍護彼我故知一切瞋恚忍自然不動故自在處忍能害不害故衆生歸趣忍不惜身命故遠離我慢忍不輕未學故割截支節忍觀察如幻故一切惡事忍離自他想故煩惱忍遠離煩惱境界故隨順一切菩薩方便智忍得無生忍於一切智境界不由他悟故佛子是爲菩薩摩訶薩十種淨忍若菩薩摩訶薩安住此忍則得一切諸佛無上法忍不由他悟佛子菩薩摩訶薩有十種淨精進何等爲十所謂淨身業精進恭敬供養奉給一切諸佛菩薩尊重福田不退轉故淨口業精進聞持一切諸佛正法未曾忘失讚歎如來隨所聞法廣爲人說無疲倦故淨意業精進巧方便入慈悲喜捨禪定解脫三昧相續起無退轉故淨直心精進遠離諂曲正直一切事一切方便究竟不退轉故淨深心精進常趣勝趣積集無上智慧白淨法故行不虛妄淨精進攝取布施戒忍多聞及不放逸乃至道場不中息故降伏一切衆魔怨敵淨精進悉能除滅貪恚愚癡煩惱邪見諸纏障蓋故滿足智慧光淨精進有所施作悉善思惟心無中悔究竟衆事得一切佛不共法故無所染著淨精進離心境界身口心相非相甚深法門普觀境界決定了知眞實如如故具足成就法明淨精進次第進入一切諸地於諸佛所得甘露灌頂受法王記無漏法身現

捨天壽降神世間出家成道轉淨法輪入大涅槃究竟具足普賢行故佛子是為菩薩摩訶薩十種淨精進若菩薩摩訶薩安住此法則得一切諸佛無上大淨精進佛子菩薩摩訶薩有十種淨禪何等為十所謂常樂出家淨禪捨離一切有故親近善知識淨禪諮受修習正法道故樂阿練若處淨禪遠離我我所法故離言戲憒閙處淨禪樂寂滅故心柔輭淨禪諸根不亂故智慧寂靜淨禪一切音聲諸禪定刺不能亂故七覺八道淨禪於一切境界智慧決定故離味禪等諸煩惱垢淨禪不取欲界故諸通明淨禪決定了知一切衆生諸根故以少方便現前遊戲神通淨禪如來三昧不可稱量故佛子是為菩薩摩訶薩十種淨禪若菩薩摩訶薩安住此禪則得一切諸佛無上淨禪佛子菩薩摩訶薩有十種淨慧何等為十所謂知因淨慧不壞果報故解一切緣淨慧不壞和合故解一切法不常不斷淨慧了緣起如如故拔出一切邪見淨慧不取衆生相故解一切衆生心心所行淨慧觀一切法皆如幻故諸辯勝智淨慧隨問能答無罣礙故降伏衆魔及諸外道出過聲聞緣覺淨慧深入如來方便智故見一切佛清淨法身見一切衆生皆悉清淨見一切法皆悉寂滅見一切世界皆悉虛空淨慧於一切相智慧無礙故攝取一切陀羅尼辯諸波羅蜜巧方便淨慧得一切勝智故一念相應金剛智覺一切法平等淨慧具足成就無上智故佛子是為菩薩摩訶薩十種淨慧若菩薩摩訶薩安住此慧則得一切諸佛無上

大智佛子菩薩摩訶薩有十種淨慈何等爲十所謂等心淨慈不選擇衆生故饒益淨慈於一切衆生有所施作悉能辨故救護淨慈究竟度脱一切衆生生死嶮難故哀愍不捨一切衆生淨慈長養有爲善根故解脱淨慈滅一切衆生諸煩惱故出生菩提淨慈令一切衆生樂求菩提故於一切衆生無礙淨慈放無量光普照衆生故虛空淨慈救護一切衆生故法緣淨慈覺悟眞實法故無緣淨慈證取菩薩離生法故佛子是爲菩薩摩訶薩十種淨慈若菩薩摩訶薩安住此慈則得一切諸佛無上清淨大慈佛子菩薩摩訶薩有十種淨悲何等爲十所謂不共淨悲自大悲故不猒淨悲代一切衆生受大苦故處一切惡道淨悲受生死度衆生故一切天人中受生淨悲示現一切法悉無常故爲邪定衆生淨悲於無量劫大誓莊嚴不捨離故不著已樂淨悲與衆生樂故不求報淨悲自心清淨故除滅一切衆生倒惑淨悲説實法故知一切法自性清淨空無所有客塵所染菩薩於彼而起淨悲説眞實淨法故解一切法如虛空足跡衆生癡瞶不知眞實菩薩於彼而起淨悲欲令衆生發大乘心究竟涅槃故佛子是爲菩薩摩訶薩十種淨悲若菩薩摩訶薩安住此悲則得一切諸佛無上清淨大悲佛子菩薩摩訶薩有十種淨喜何等爲十所謂發菩提心淨喜捨一切所有淨喜於犯戒人不生惡心教化成就淨喜於一切諍訟衆生悉令和合得無上智淨喜不惜身命守護正法淨喜遠離五欲常樂正法淨喜令一切衆

生不著資生之具常樂正法淨喜見一切佛恭敬供養無有猒足而不壞法界淨喜令一切衆生常樂禪定解脫三昧相續淨喜令一切衆生專求寂靜除滅亂想得無上慧遠離邪見滿足諸願究竟菩薩苦行淨喜佛子是爲菩薩摩訶薩十種淨喜若菩薩摩訶薩安住此喜則得一切諸佛無上清淨大喜佛子菩薩摩訶薩有十種淨捨何等爲十所謂一切衆生恭敬供養不生愛著一切衆生輕慢毀辱不生瞋恚淨捨常行世間不爲八法之所染汙淨捨於器知時於非器不生惡心淨捨不求聲聞緣覺學無學淨捨遠離五欲一切煩惱乃至不生一念惡心淨捨不歎修行二乘及猒生死淨捨遠離世間語非涅槃語非離欲語戲笑語惱他語聲聞緣覺語乃至一切障菩提語淨捨若有衆生待時受化菩薩淨捨若有衆生應受佛化菩薩淨捨菩薩摩訶薩遠離二法無上無下無取無捨無虛無實觀察平等安住眞實得忍淨捨佛子是爲菩薩摩訶薩十種淨捨若菩薩摩訶薩安住此捨則得一切諸佛無上清淨大捨佛子菩薩摩訶薩有十種義何等爲十所謂多聞義如說修行故法義善巧方便分別解故空義解第一空故寂滅義令一切衆生離生死故不可說義一切語言無所著故如義一切三世等觀察故入法義悉一味故如來義順如來故實際義覺眞實故大般涅槃義滅一切苦不斷菩薩行故佛子是爲菩薩摩訶薩十種義若菩薩摩訶薩安住此義則得一切諸佛無上一切智義佛子菩薩摩訶薩有十

種法何等爲十所謂眞實法如說修行故無害法遠離瞋恚故無諍法除滅一切諸煩惱故寂滅法離熾然故離欲法永離欲垢諸煩惱故不虛法離虛妄故不生法一切諸法悉虛空故無爲法離三相故性淨法自然清淨故報身煩惱滅無餘涅槃法行菩薩行受持不捨故佛子是爲菩薩摩訶薩十種法若菩薩摩訶薩安住此法則得一切諸佛無上之法佛子菩薩摩訶薩有十種功德具何等爲十所謂勸發衆生起菩提心是功德具不斷三寶故隨順十種迴向是功德具斷一切不善法集一切善法故智慧正教是功德具於三界功德最殊勝故心無疲猒是功德具度脫一切衆生到彼岸故悉能捨離內外所有是功德具於一切物悉無著故相好滿足精進不退是功德具止心馳騁故不輕三品善根是功德具善巧方便迴向菩提故於邪定犯戒衆生不起輕慢增長大悲是功德具顯現大人法故恭敬供養一切如來於一切菩薩起如來想於一切衆生所作究竟是功德具長養守護正直心故菩薩摩訶薩於阿僧祇劫具足修習一切善根皆悉能捨與一衆生心無憂悔如一衆生一切衆生亦復如是是爲第十虛空界等大功德具具足成就廣大智慧故佛子是爲菩薩摩訶薩十種功德具若菩薩摩訶薩安住此法則得一切諸佛無上大功德具佛子菩薩摩訶薩有十種智具何等爲十所謂親近眞實多聞善知識恭敬尊重禮拜供養奉給隨順不違其教是第一智具離諂曲故離慢下意心無放逸身口

及意皆悉柔輭無有輕躁心常歡喜護持淨戒和顏愛語先意問訊遠離邪僞是第二智具自然成就佛法器故安住念慧不捨正覺除滅亂想修習六念行六和敬不求其報是第三智具出生長養十種智故樂法樂義勤修正法學無猒足遠離世論及世間語樂聞離世間語遠離小乘樂求大乘是第四智具修習正念不可思議故正求六波羅蜜受持修習具足成就四種梵住順諸明法能問智人遠離惡趣專向善趣慈心調伏離呵責議論防護他心是第五智具如說修行諸佛眞實法故常樂出家不樂三界守護自心遠離三覺不生惡心身口及意皆悉柔輭善知心性是第六智具令自他心俱清淨故觀陰如幻界如毒蛇入如空聚觀一切法如化如炎水月鏡像如夢如電如呼聲響如旋火輪如空中雲如因陀羅陣如日月光非常非斷無來無去無住深心信解不起誹謗是無生住滅第七智具具足成就一切法空淨智慧故無我無衆生無富伽羅無思無義無貪恚癡無所有無毀無譽無取無捨無主無行究竟涅槃若菩薩摩訶薩聞此深法能信能解除滅疑惑是第八智具究竟具足深解脫故以正方便思惟止觀調伏諸根一切諸法無所造作無生無爲皆悉寂滅衆生計我者究竟無所有無縛無脫無身口心亦無精進觀察一切衆生一切法一切心一切行無前無後皆悉平等是第九智具遠離一切相究竟彼岸故菩薩摩訶薩善知緣起故見法清淨見法清淨故見刹清淨見刹清淨故見虛空清

淨見虛空清淨故見法界清淨見法界清淨故則見智慧是第十智具積集一切智故佛子是爲菩薩摩訶薩十種智具若菩薩摩訶薩安住此法則得一切諸佛一切法中無上無礙清淨大智

大方廣佛華嚴經卷第四十二

音釋

沮壞 沮在呂切止之也壞古賵切毀也 慳悋 慳苦閑切悋力刃切慳悋靳惜也 荷負 荷胡可切負房久切荷負擔也 馳騁 馳直離切疾驅也騁丑郢切馳騖也 憺怕 憺徒覽切怕薄各切憺怕恬靜無爲貌 翅 式利切金翅鳥名 㲉 苦角切 搏撮 搏伯各切擊也撮七括切爪持也

大方廣佛華嚴經卷第四十三

東晉天竺三藏佛陀跋陀羅等譯

離世間品第三十三之七

佛子菩薩摩訶薩有十種明足何等爲十所謂深知佛法明足一切法中除癡暗明足遠離邪見明足慧光清淨普照諸根明足正方便勤修精進明足深入菩薩眞諦正趣離生明足滅煩惱業成就盡智無生智明足思惟淨慧清淨天眼明足清淨憶念念宿命明足具足淨地清淨諸明除滅諸漏漏盡智明足佛子是爲菩薩摩訶薩十種明足若菩薩摩訶薩安住此法則得一切諸佛一切法中無上大明足佛子菩薩摩訶薩有十種求法何等爲十所謂直心求法離於諂曲虛僞心故精勤求法離懈怠故一向求法不惜身命故爲斷一切衆生煩惱求法不求資生具故爲饒益一切衆生求法不自利故爲深入智慧求法不輕彼故欲令正法常堅固求法不樂世間故爲愍悼衆生求法不捨菩提心故爲隨一切衆生所問能答求法悉能除滅諸疑惑故爲具滿佛法求法不樂餘乘故佛子是爲菩薩摩訶薩十種求法若菩薩摩訶薩安住此法則得一切諸佛法中無上無礙智不由他悟佛子菩薩摩訶薩有十種明了法何等爲十所謂隨順世間明了法爲欲長養一切世間凡夫善根故無礙不壞信明了法解法眞性信行人故安住法界明了法解法行人故遠離八邪向八正道明了法解八人故除滅衆結斷生死漏見眞實諦明了法解須陀洹故觀味是患還來受生明了法解斯陀

含故乃至須臾不樂三界不著受生專求盡漏明了法解阿那含故六通自在遊八解脱隨意正受九次第定諸辯明了法解阿羅漢故常樂寂靜因外縁解知足少事不由他悟成就智慧明了法解縁覺故成就勝智諸根明利心常解脱長養無量功德智慧滿足諸佛十力四無所畏一切佛法明了法解菩薩故佛子是爲菩薩摩訶薩十種明了法若菩薩摩訶薩安住此法則得一切諸佛無上大智慧明了法佛子菩薩摩訶薩有十種向法何等爲十所謂隨順恭敬善知識向法覺悟諸天向法於一切佛所常懷慚愧向法哀念衆生不斷生死向法究竟一切事不起虚妄心向法遠離餘乘專修菩薩大乘向法遠離邪道專求正道向法降伏衆魔滅除煩惱向法安住佛地知一切衆生諸根隨應聞法廣爲演説向法安住無量無邊清淨法界向法佛子是爲菩薩摩訶薩十種向法若菩薩摩訶薩安住此法則得一切諸佛無上向法佛子菩薩摩訶薩有十種魔何等爲十所謂五陰魔貪著五陰故煩惱魔煩惱染故業魔能障礙故心魔自憍慢故死魔離受生故天魔起憍慢放逸故失善根魔心不悔故三昧魔味著故善知識魔於彼生著心故不知菩提正法魔不能出生諸大願故佛子是爲菩薩摩訶薩十種魔應作方便速遠離之佛子菩薩摩訶薩有十種魔業何等爲十所謂忘失菩提心修諸善根是爲魔業惡心布施瞋心持戒棄捨惡性懈怠衆生輕慢猒惡亂心無智衆生是爲魔業慳惜正法呵責法器衆生

貪求利養爲人說法爲非器人說深妙法是爲魔業不聞波羅蜜雖聞不修行生懈怠心不求深妙無上菩提是爲魔業遠離善知識親近惡知識樂求二乘於受生處起離欲寂靜除滅之心是爲魔業於菩薩所起瞋恚心說其過惡斷彼利養常求罪釁惡眼視之是爲魔業誹謗正法不聞契經聞不讚歎若有法師說法不能恭敬下意自言我說是義彼說非義是爲魔業學世間論巧於文字善於句味手筆文頌樂說二乘隱覆深法開演雜語於非器所說甚深法遠離菩提安住邪道是爲魔業已度已安者親近恭敬而供養之未度未安者永不親近恭敬供養亦不教化是爲魔業隨增上慢增長諸慢輕懱衆生不求正法眞實智慧諸根散亂難可化度是爲魔業佛子是爲菩薩摩訶薩十種魔業菩薩摩訶薩應速遠離正求佛業佛子菩薩摩訶薩有十種捨離魔業何等爲十所謂親近善知識捨離魔業不自尊舉不自讚歎捨離魔業信佛深法不生誹謗捨離魔業未曾忘失一切智心捨離魔業安住不放逸修習甚深法捨離魔業安住菩薩藏正求一切法捨離魔業常欲聽法樂聞深義心無疲倦捨離魔業歸依十方一切諸佛捨離魔業信心正念一切諸佛菩提樹捨離魔業一切菩薩出生善根皆悉不二捨離魔業佛子是爲菩薩摩訶薩十種捨離魔業若菩薩摩訶薩安住此業則離一切諸魔業道佛子菩薩摩訶薩有十種見佛何等爲十所謂無著佛安住世間成正覺故願佛出生故業報佛信故持佛隨

順故涅槃佛永度故法界佛無處不至故心佛安住故三昧佛無量無著故性佛決定故如意佛普覆故佛子是爲菩薩摩訶薩十種見佛若菩薩摩訶薩安住此法則能覩見無上如來佛子菩薩摩訶薩有十種佛業何等爲十所謂勸化衆生是第一佛業隨順長養諸佛法故夢中見佛是第二佛業發起過去諸善根故多聞是第三佛業逮得無疑決定智故爲悔纏所纏者善巧方便說悔過法是第四佛業除滅一切諸疑悔故若有衆生起慳心無智心聲聞心緣覺心害心疑心憍慢心者現如來身相好莊嚴化斯等類是第五佛業出生長養過去諸善根故正法難時廣爲衆生說淨妙法衆生聞已便得具足陀羅尼智慧神通如應示現饒益衆生是第六佛業心力清淨故若魔事起種種方便逮遠離之以虛空界等微妙音聲亦不輕懱他人除滅一切魔業具足忍辱是第七佛業正直功德故行無量行不證聲聞緣覺離生聖行諸根未熟者不爲彼人說解脫果但除愛本是第八佛業出生本願故斷除一切生死漏縛一切諸結出生菩薩行於一切衆生長養大悲深心信解菩薩所行究竟涅槃是第九佛業不斷菩薩行故菩薩摩訶薩爲自他故求解脫道而無猒足離一切行及一切法於如來色身無所染著精勤專求無礙智慧不由他悟令一切佛刹嚴飾清淨決定了知皆悉虛空教化成就一切衆生而不捨無我性安住法界諸通自在具足成就一切種智而不捨菩薩行轉淨法輪令一切衆生皆得歡喜

廣爲衆生説甚深法示現如來無量自在而不捨菩薩身現大涅槃而不捨離一切處生佛子菩薩摩訶薩出生如是等乃至翻覆三昧是第十佛業佛子是爲菩薩摩訶薩十種佛業若菩薩摩訶薩安住此業則得一切諸佛無上無師大業不由他悟佛子菩薩摩訶薩有十種慢業何等爲十所謂於尊重福田和尚阿闍梨父母沙門婆羅門所而不尊重恭敬供養是爲慢業有諸法師得勝妙法乘於大乘深知出生死道得陀羅尼成就多聞具智慧藏善能説法而不信受恭敬供養是爲慢業聽受法時若聞深法發離欲心歡喜無量而不讃法師令衆歡喜是爲慢業起憍慢心自高降彼不省己過不調自心是爲慢業起計我心見有功德智慧者不讃其美見無德者反説其善若聞讃他於彼人所起嫉妬心是爲慢業若有法師知是法是律是實是佛語以憎嫉故説言非法非律非實非佛語欲壞他信心故是爲慢業自敷高座我爲法師不應執事不應宗敬供養餘人諸修梵行尊長有德悉應恭敬供養於我是爲慢業遠離嚬蹙惡眼視彼常以和顏等觀衆生言常柔軟無有麤獷離恚恨心而於彼法師求其過惡是爲慢業以我慢心於多聞者不往恭敬起聞法留難亦不諮問何等爲善何等不善何等應作何等不應作作何等業長夜饒益一切衆生作何等行不益衆生作何等行從明入明作何等行從冥入冥如是人輩爲我心漂没不能得見出要正道是爲慢業起慢心故不值諸佛難得之法消盡宿世所

種善根不應說而說起訶責心更相譏論住如是法應入邪道但菩提心力故而不永捨菩薩所行雖不捨菩薩道而於無量百千萬劫尚不值佛何況聞法是爲慢業佛子是爲菩薩摩訶薩十種慢業若菩薩摩訶薩離此慢業則得一切諸佛十種無上清淨意業佛子菩薩摩訶薩有十種智業何等爲十所謂信解因緣不壞因果是爲智業不捨菩提心常念一切佛是爲智業親近一切諸善知識恭敬供養心無懈怠是爲智業樂法樂義多聞無猒專求正法遠離邪念修習正念是爲智業於一切衆生不起我心於一切菩薩起如來想愛樂菩薩猶如己身愛重正法如惜己命愛敬如來如護己目於持戒者生諸佛想是爲智業離身口意諸不善業修行清淨身口意業歎諸賢聖隨順菩提是爲智業不違緣起離諸邪見除滅癡暗照一切法是爲智業於十迴向起慈母想於諸波羅蜜起慈父想於巧方便起菩提想是爲智業於布施淨戒多聞專求正觀功德智慧心無疲猒是爲智業若業諸佛所讚能降衆魔滅除煩惱諸纏障礙教化衆生順智律儀攝取正法嚴淨佛刹正向通明是爲智業佛子是爲菩薩摩訶薩十種智業若菩薩摩訶薩安住此業則得一切諸佛出生巧妙方便無上智業佛子菩薩摩訶薩有十種魔所攝持何等爲十所謂懈怠心魔所攝持捨佛正法魔所攝持貪求無猒魔所攝持專念自度魔所攝持不發大願魔所攝持遠離煩惱常樂寂靜魔所攝持斷生死漏魔所攝持捨菩薩行魔所攝

持捨教化成就一切衆生心魔所攝持於正法中生疑惑心誹謗佛法魔所攝持佛子是爲菩薩摩訶薩十種魔所攝持應速遠離若菩薩摩訶薩能棄捨此魔所攝持則得一切諸佛十種攝持何等爲十所謂佛攝持故初發菩提心佛攝持故常於生生未曾忘失菩提之心佛攝持故覺一切魔事能悉遠離佛攝持故聞六波羅蜜如說修行佛攝持故知生死苦而不猒惡佛攝持故觀甚深法得解脱果佛攝持故爲衆生說聲聞緣覺解脱而不樂彼乘佛攝持故觀無爲法心不樂住於有爲法不生二相佛攝持故令不相續得寂滅相續佛攝持故得一切智自在而不捨衆生種性所行佛子是爲菩薩摩訶薩十種佛攝持若菩薩摩訶薩安住此持則得一切諸佛十力所持佛子菩薩摩訶薩有十種法攝持何等爲十所謂一切行無常法所攝持一切行苦法所攝持一切法無我法所攝持寂滅涅槃法所攝持法從緣起無緣則不起法所攝持不正思惟故起無明行乃至老死不正思惟滅故則無明滅無明滅故乃至老死滅法所攝持三解脱門出生聲聞乘決定無諍法出生緣覺乘法所攝持六波羅蜜四攝法出生大乘法所攝持知一切刹一切法一切衆生一切世間是佛境界法所攝持斷一切念捨一切取離過去未來隨順涅槃法所攝持佛子是爲菩薩摩訶薩十種法攝持若菩薩摩訶薩安住此持則得一切諸佛無上法持佛子菩薩摩訶薩住兜率天有十種事業何等爲十所謂菩薩摩訶薩爲欲界諸天

說離欲法縱逸自在皆悉無常一切快樂皆悉苦惱勸發開道彼諸天子發菩提心是爲住兜率天第一所行事業菩薩摩訶薩爲色界諸天說諸禪解脱三昧相續起彼諸禪支有味著者因味起身見邪見無明煩惱爲説實智於一切妙色起顛倒心妄想取淨爲説不淨觀察無常勸發開道彼諸天子發菩提心是爲住兜率天第二所行事業菩薩摩訶薩住兜率天正受三昧名光明莊嚴於自身中放大光明普照一切三千大千世界隨其所應以種種音聲而爲説法彼諸衆生聞説法已皆大歡喜起恭敬心命終之後生兜率天復爲説法皆悉令發菩提之心是爲住兜率天第三所行事業菩薩摩訶薩以無礙淨眼普觀十方一切兜率天菩薩摩訶薩彼諸菩薩亦見此菩薩摩訶薩各相見已爲彼菩薩廣説正法謂降神母胎出生世間捨家求道往詣道場以大莊嚴而自莊嚴發起過去所行憶過去行成就功德不離此座現如是等一切諸事是爲住兜率天第四所行事業菩薩摩訶薩住兜率天十方一切兜率天菩薩欲見此菩薩摩訶薩恭敬供養禮拜故皆來詣此爾時菩薩摩訶薩欲令彼諸菩薩皆悉歡喜滿其願故説大法門隨彼菩薩所住之地所行所斷所修所證具足廣説彼諸菩薩聞説法已皆大歡喜各還本刹所住宫殿是爲住兜率天第五所行事業菩薩摩訶薩住兜率天講説正法時欲界主天魔波旬眷屬圍繞詣菩薩所壞亂説法爾時菩薩住金剛智所攝般若波羅蜜巧妙方便深入智門

說甘露法承佛神力說如來法皆悉降伏彼諸魔衆時彼魔衆見菩薩如是自在神力又聞說法皆發阿耨多羅三藐三菩提心是爲住兜率天第六所行事業菩薩摩訶薩住兜率天知欲界天子不識苦故不樂聞法爾時菩薩摩訶薩放大音聲告諸天子今日菩薩摩訶薩出内眷屬若欲見者應速詣此聞是音已無量億那由他天子悉往詣彼爾時菩薩摩訶薩普現宫内一切眷屬彼諸天子未曾聞見見已皆大歡喜此菩薩眷屬音樂之中出如是聲而告之言諸天子一切衆行皆悉無常一切衆生皆悉大苦一切諸法皆悉無我寂滅涅槃又復告言汝等皆應修菩薩行究竟菩提具一切智時諸天子聞是音已心大恐怖一向正求無上菩提是爲住兜率天第七所行事業菩薩摩訶薩住兜率天不捨兜率天所住之處悉能往詣一切佛所見諸如來恭敬禮拜供養聽法爾時諸佛爲菩薩說甘露灌頂受記之法一切諸明菩薩行地欲令菩薩以一念相應慧具足一切枝一切種深入一切智是爲住兜率天第八所行事業菩薩摩訶薩住兜率天以法界虚空界等一切恭敬供養供養一切世界諸佛見此供養時無量無邊衆生發菩提心是爲住兜率天第九所行事業菩薩摩訶薩住兜率天出生無量無邊法門示現一切世界中種種色種種形種種威儀種種方便隨其所應而爲說法欲令一切衆生悉歡喜故是爲住兜率天第十所行事業佛子是爲菩薩摩訶薩住兜率天十種所行事業若菩薩摩訶薩具

足此業則能下生人間佛子菩薩摩訶薩於兜率天臨命終時有十種示現事何等爲十所謂菩薩於兜率天臨命終時於足下相輪放大光明名安樂莊嚴普照三千大千世界一切諸難惡道衆生觸斯光者滅一切苦皆得安樂爾時衆生咸作是念今日忽有奇特大人出現于世是爲第一所示現事菩薩摩訶薩於兜率天臨命終時放眉間白毫相光名曰覺悟普照三千大千世界觸彼宿世同行菩薩摩訶薩身觸光已咸作是念彼菩薩摩訶薩於兜率天今將命終時諸菩薩即化作無量無邊供養之具疾往詣彼菩薩摩訶薩所是爲第二所示現事菩薩摩訶薩臨命終時於右掌中出大光明名淨境界悉能嚴淨三千大千世界此世界中若有無漏諸辟支佛覺斯光者即捨壽命若不覺者光明力故徙置他方餘世界中一切諸魔及衆外道有見衆生悉皆徙置他方世界除如來住持所化衆生是爲第三所示現事菩薩摩訶薩從其兩膝放大光明名曰離垢清淨莊嚴普照最下諸天宮殿上至淨居諸天宮殿無不明了時諸天子咸作是念今此菩薩摩訶薩於兜率天將捨壽命時諸天子疾辦供具香華瓔珞塗香末香衣蓋幢旛及諸音樂詣菩薩所恭敬供養我等咸皆隨侍守護從此命終乃至示現大般涅槃是爲第四所示現事菩薩摩訶薩於兜率天臨命終時從其心中放大光明名曰金剛淨妙莊嚴普照一切世界金剛力士爾時百億金剛力士咸作是念此是菩薩摩訶薩於兜率天將欲命終故以

此相示現我等我等咸當隨侍守護乃至示現大般涅槃是爲第五所示現事菩薩摩訶薩於兜率天臨命終時從一切毛孔放大光明名曰分別一切衆生普照三千大千世界遍觸一切諸菩薩身觸已復觸一切諸天世人時諸菩薩咸作是念我等當往詣彼恭敬供養如來并復教化彼諸衆生是爲第六所示現事菩薩摩訶薩於兜率天臨命終時於摩尼寶藏正法堂中放大光明名善調伏隨彼菩薩所降神處普照王宮彼諸菩薩各作是念隨此菩薩所生之處若於其家若於聚落若於城邑若閻浮提内受生之處我當生彼爲欲教化諸衆生故是爲第七所示現事菩薩摩訶薩於兜率天臨命終時天樓閣中放大光明名淨莊嚴一切宮殿放斯光明照所生母照已彼菩薩母安隱快樂具足成就一切功德其母身内自然樓閣七寶莊嚴爲欲安處菩薩身故是爲第八所示現事菩薩摩訶薩於兜率天臨命終時放足下光明名曰安住若諸天子及諸梵天其命將終蒙斯光故皆得住壽供養菩薩從此命終乃至示現大般涅槃是爲第九所示現事菩薩摩訶薩於兜率天從其小相放大光明名嚴淨日眼示現菩薩種種諸業時有人天或見菩薩在兜率天或見命終或見處胎或見出生或見捨家或見成佛或見轉法輪或見如來大般涅槃是爲第十所示現事佛子菩薩摩訶薩或於坐處或於樓閣或於宮殿放如是等百萬阿僧祇光放斯光時顯現無量諸菩薩業佛子菩薩摩訶薩具足如是等一切淨業

故從兜率天下生世間佛子菩薩摩訶薩有十種事故降神母胎何等爲十所謂爲教化成就小心衆生故示現處胎不令小心衆生作如是念菩薩自然化生善根智慧不從行得是爲第一事示現處胎又復欲令父母諸親長養宿世同行善根故是爲第二事示現處胎菩薩摩訶薩初受胎時遠離愚癡正念思惟除滅亂想成就念慧心未曾亂是爲第三事示現處胎菩薩摩訶薩處母胎時常講說法十方世界諸菩薩衆釋梵四天王來詣菩薩菩薩即時廣爲說法示現菩薩自在神力菩薩摩訶薩具足成就無量無邊諸智慧故現如是等奇特之事是爲第四事示現處胎菩薩摩訶薩於母胎中爲化衆生故令彼衆生本願滿故是爲第五事示現處胎菩薩摩訶薩於人中成道應具人法受生故是爲第六事示現處胎菩薩摩訶薩於母胎中三千大千世界衆生普見菩薩處於母胎如明鏡中見其面像爾時大心諸天龍夜叉乾闥婆阿脩羅迦樓羅緊那羅摩睺羅伽人非人等悉詣菩薩恭敬供養是爲第七事示現處胎菩薩摩訶薩處母胎時餘方世界一生補處在母胎者悉共講說菩薩無盡智慧之藏是爲第八事示現處胎菩薩摩訶薩初受胎時正受離垢三昧一切兜率天宮一切供養莊嚴之具悉入母胎三昧力故令其母身無諸苦患是爲第九事示現處胎佛子菩薩摩訶薩處母胎時具足成就無量無邊功德藏故十方世界一切供具悉以供養一切如來彼諸如來爲此菩薩演說無量無邊法界法

門是爲第十事示現處胎佛子若菩薩摩訶薩住此法門則能示現菩薩十種微細趣何等爲十所謂菩薩摩訶薩處毋胎時示現初發菩提之心乃至甘露灌頂受記之地在毋胎中又復現處兜率陀天在毋胎中示現出生在毋胎中示現童子地在毋胎中現在宮殿色味之間在毋胎中示現出家在毋胎中現行苦行往詣道場成等正覺在毋胎中現轉法輪在毋胎中示現大般涅槃在毋胎中示現微細諸法一切菩薩行一切如來自在神力無量行門佛子是爲菩薩摩訶薩十種微細趣若菩薩摩訶薩安住此趣則得一切諸佛無上智慧大微細趣佛子菩薩摩訶薩有十種生何等爲十所謂離愚癡生放大光明網普照三千大千世界生除滅一切未來世最後身生不生生知三界諸劫悉如幻生於十方世界普現身生具足一切智身生放一切如來光明普照覺悟一切衆生生正受大智自在諸禪三昧身生佛子菩薩生時一切佛刹六種震動一切衆生皆得解脱一切惡道皆悉除滅映蔽一切諸魔光明悉如聚墨無量菩薩普來雲集佛子是爲菩薩摩訶薩十種生爲欲化度衆生類故示現是生佛子菩薩摩訶薩有十種大莊嚴而自莊嚴何等爲十所謂菩薩摩訶薩作如是念一切世間没五欲泥除我一人無能濟彼如是知故發大莊嚴而自莊嚴煩惱愚癡覆衆生眼皆悉盲瞽我今智慧自在當普開導衆生慧眼悉令清淨發大莊嚴而自莊嚴我今因此假名身故得如來無上清淨法身充滿三世發

大莊嚴而自莊嚴菩薩摩訶薩以無礙淨眼悉遍觀察十方一切諸梵天處乃至大自在天處是等衆生皆自謂我成就自在智慧之力菩薩悉能摧滅彼我慢心發大莊嚴而自莊嚴菩薩摩訶薩見諸衆生於過去世種諸善根今欲退没我今還令彼諸衆生住不退地發大莊嚴而自莊嚴欲令衆生種少善根得無量果發大莊嚴而自莊嚴見佛無量自在神力發大莊嚴而自莊嚴觀見過去同行菩薩染著餘事不成正覺發大莊嚴而自莊嚴菩薩摩訶薩見諸天人疲頓猒倦退正希望發大莊嚴而自莊嚴菩薩摩訶薩爲一切如來光明觸故長養一切大正希望發大莊嚴而自莊嚴佛子是爲菩薩摩訶薩十種大莊嚴爲教化衆生故發此莊嚴而自莊嚴佛子菩薩摩訶薩有十種事故遊行七步何等爲十所謂現菩薩力故遊行七步現七寶故遊行七步滿地神願故遊行七步現超出三界相故遊行七步現大象王牛王師子王最勝行故遊行七步現金剛地相故遊行七步欲與衆生力故遊行七步現七覺寶相故遊行七步具足成就一切佛法不由他悟故遊行七步欲自稱我於世最無倫匹故遊行七步佛子是爲菩薩摩訶薩十種事故遊行七步教化衆生故作是示現佛子菩薩摩訶薩有十種事故現童子地何等爲十所謂書數筭計刻印方便現此業故現童子地現乘象馬車乘弓射諸武藝故現童子地欲學一切世間巧妙談論諸嬉戲故現童子地離身口意一切惡業故現童子地現正向般涅槃正

受三昧充滿一切諸世界故現童子地現菩薩力過天人龍夜叉乾闥婆阿脩羅迦樓羅緊那羅摩睺羅伽釋梵四天王故現童子地現殊妙色出過一切釋梵四天王故現童子地欲令衆生遠離五欲常樂正法故現童子地爲現尊重正法供養一切世界諸如來故現童子地常樂正法普照一切受持正法故現童子地佛子是爲菩薩摩訶薩十種事故現童子地佛子菩薩摩訶薩現童子地已有十種事故現處中宫何等爲十所謂令同修行者增長善根故現處中宫欲明菩薩諸善根故現處中宫爲著樂天人故現處中宫於五濁世隨應化故現處中宫於深宫内正受三昧欲明菩薩功德力故現處中宫欲令宿世同行衆生滿本願故現處中宫欲令父母

親屬滿本願故現處中宫欲以妓樂出妙法音供養一切佛故現處中宫菩薩摩訶薩於其宫内入甚深三昧成等正覺乃至示現大般涅槃故現處中宫隨順守護法故現處中宫佛子是爲菩薩摩訶薩十種事故現處中宫以此是故最後生菩薩示現出家佛子菩薩摩訶薩有十種事故示現出家何等爲十所謂欲令衆生猒離家故示現出家爲著家衆生故示現出家欲現隨順諸賢聖道故示現出家欲宣揚讃歎出家法故示現出家欲令衆生離二見故示現出家欲令衆生離欲樂我樂故示現出家欲現出三界相故示現出家欲顯自在不由他悟故示現出家欲隨順如來十力四無畏故示現出家一切最後生菩薩法應爾故示現出家佛子是爲菩薩

摩訶薩十種事故示現出家爲化衆生故佛子菩薩摩訶薩爲十種事故示現苦行何等爲十所謂菩薩摩訶薩欲教化成就小心衆生故示現苦行爲拔著邪見衆生故示現苦行爲無業報邪見衆生欲令知業報故示現苦行爲隨順五濁世界衆生故示現苦行爲懈怠衆生故示現苦行欲令衆生樂求法故示現苦行爲著欲樂我樂衆生故示現苦行爲顯菩薩殊勝行故示現苦行欲令未來衆生發精進故示現苦行諸天世人諸根未熟待時熟故示現苦行佛子是爲菩薩摩訶薩爲十種事故示現苦行

大方廣佛華嚴經卷第四十三

音釋

舋 許覲切舋隙也 懱 莫結切輕易也 獷 古猛切麤惡也 盲瞽 盲莫耕切瞽公戶切 懈怠 懈古隘切懶也怠徒耐切惰也

大方廣佛華嚴經卷第四十四

東晉天竺三藏佛陀跋陀羅等譯

離世間品第三十三之八

佛子菩薩摩訶薩有十種事故往詣道場何等爲十所謂欲普照一切世界故往詣道場爲震動一切世界故往詣道場欲於一切世界普現身故往詣道場爲覺悟一切菩薩一切衆生一切同行故往詣道場爲示現道場莊嚴事故往詣道場爲隨應受化示現莊嚴菩提樹故往詣道場欲對見十方世界一切佛故往詣道場欲於舉足下足念念悉入無量正受諸三昧門成等正覺故往詣道場爲受一切天龍夜叉乾闥婆阿修羅迦樓羅緊那羅摩睺羅伽乃至釋梵四天王等恭敬供養各不相知故往詣道場欲以無礙智眼普觀一切世界正念一切佛於一切刹現成佛故往詣道場佛子是爲菩薩摩訶薩十種事故往詣道場爲教化衆生故佛子菩薩摩訶薩有十種事故坐於道場何等爲十所謂種種震動一切刹故坐於道場普照一切諸世界故坐於道場除滅一切諸惡道故坐於道場變一切刹爲金剛故坐於道場觀一切佛師子吼故坐於道場離一切虛妄心淨如虛空故坐於道場示現隨順淨身威儀故坐於道場隨順圓滿金剛三昧故坐於道場受一切佛清淨坐處故坐於道場自善根力悉能受持一切衆生故坐於道場佛子是爲菩薩摩訶薩十種事故坐於道場佛子菩薩摩訶薩坐道場時有十種奇特未曾有法何等爲十所謂菩薩摩訶薩坐道場時十方世界一

切諸佛觀此菩薩咸舉右手讚言善哉善哉無上導師是一奇特未曾有法菩薩摩訶薩坐道場時一切如來應供等正覺皆悉護持是二奇特未曾有法菩薩摩訶薩坐道場時宿世同行菩薩悉來雲集以種種莊嚴具恭敬供養是三奇特未曾有法菩薩摩訶薩坐道場時十方一切世界草木叢林非衆生類皆悉曲躬歸向道場是四奇特未曾有法菩薩摩訶薩坐道場時正受三昧名善知法界得此三昧故究竟菩薩一切諸行是五奇特未曾有法菩薩摩訶薩坐道場時得陀羅尼名曰離垢勝妙海藏菩薩摩訶薩住此陀羅尼故一切諸佛降甘露法雨此菩薩是六奇特未曾有法菩薩摩訶薩坐道場時以神通力恭敬供養一切諸佛是七奇特未曾有法菩薩摩訶薩坐道場時入於無上智慧法門善巧方便悉知一切衆生諸根是八奇特未曾有法菩薩摩訶薩坐道場時正受三昧名曰善覺菩薩摩訶薩入此定已得淨法身滿虛空界一切三世是九奇特未曾有法菩薩摩訶薩坐道場時清淨身業攝取三世無礙智慧普照一切是十奇特未曾有法佛子是爲菩薩摩訶薩坐道場時得十種奇特未曾有法佛子菩薩摩訶薩坐道場時有十種義故示現降魔何等爲十所謂五濁惡世衆生樂相征伐欲顯菩薩功德力故示現降魔悉滅天人諸疑惑故示現降魔爲欲化度魔眷屬故示現降魔諸天世人樂征伐者令集受化故示現降魔集天人已顯現菩薩功德之力不可破壞調伏衆生故示現降魔發起一

切衆生力故示現降魔哀愍未來一切衆生故示現降魔乃至道場現有魔事悉能超出衆魔境故示現降魔顯現煩惱力勢羸劣大悲善根勢强盛故示現降魔順五濁世諸衆生故示現降魔佛子是爲菩薩摩訶薩十種義故坐道場時示現降魔佛子菩薩摩訶薩有十種覺如來力何等爲十所謂超出一切衆魔事業除滅煩惱究竟一切菩薩所行覺如來力於一切菩薩三昧而得自在覺如來力具足成就一切菩薩諸禪三昧覺如來力滿足一切諸白淨法覺如來力分別善法調伏世間法覺如來力以淨法身滿一切刹覺如來力所出淨音悉與一切衆生心等覺如來力悉能受持一切佛法覺如來力得與三世如來身口意等於一念中知三世法覺如來力得善覺三昧具佛十力所謂是處非處智乃至漏盡智覺如來力佛子是爲菩薩摩訶薩十種覺如來力菩薩摩訶薩具此力故得名如來佛子如是得成如來應供等正覺已能轉十行清淨法輪何等爲十一者具足清淨四無所畏二者出生四辯淨妙音聲三者明了四諦四者隨順諸佛無礙法門五者清淨等心悉能普覆一切衆生六者所說不虛決定濟度衆生苦際七者宿世大悲所持八者以妙法音充滿世界一切衆生無不聞知九者阿僧祇劫常說正法未曾暫息十者轉諸根力覺意解脫諸禪三昧相續不絶佛子如來應供等正覺轉如是十行等無量行法輪佛子如來應供等正覺清淨法輪因十種白淨法故轉入衆生心出生無相決定不

虛何等爲十所謂過去願力故大悲所持故不捨衆生故智慧自在隨其所應爲說法故未曾失時故隨彼法器不增減故決定了知三世智故身行最勝故口行無虛故智行隨音聲悉覺悟故佛子是爲因十種白淨法故能轉法輪入衆生心出生無相決定不虛佛子如來應供等正覺究竟佛事已有十種義示現大般涅槃何等爲十所謂明一切行悉無常故明一切有爲非安隱故明般涅槃趣最安隱故明般涅槃遠離一切諸怖畏故以諸天人樂著色身明色身無常是磨滅法令求常住淨法身故明無常力强不可轉故明有爲法不隨愛行不自在故明三界法悉如坏器無堅牢故明般涅槃最爲眞實不可壞故明般涅槃遠離生死非起滅故佛子以此十種義故如來應供等正覺示現大般涅槃佛子一切如來應供等正覺法皆如是所願已成已轉法輪所應度者皆悉已度已與菩薩受尊記號一切佛事皆悉究竟安住不變示現大般涅槃佛子是爲如來應供等正覺以十義故示現大般涅槃佛子是爲菩薩摩訶薩清淨勝行大妙法門諸佛所說無量深義能令一切諸有智者皆悉歡喜究竟一切菩薩大願不斷所行佛子若有衆生聞此經者信心清淨不起誹謗如說修行彼諸衆生速成阿耨多羅三藐三菩提何以故菩薩摩訶薩如說行故佛子是故菩薩摩訶薩應如說行一心敬信受持此經佛子此經出生一切菩薩諸行功德深妙義華深入智慧攝一切法門遠離世間聲聞緣覺一切衆生所不

共法悉能普照一切法門長養善根度脫衆生是故菩薩摩訶薩應一心聽受護持此經若菩薩摩訶薩受持此經則能出生一切諸願以少方便疾得阿耨多羅三藐三菩提說此出生一切菩薩諸行功德深妙義華深入智慧攝一切法門遠離世間聲聞緣覺一切衆生所不共法悉能普照一切法門長養善根度脫衆生經時佛神力故此經法如是故十方無量阿僧祇世界六種震動大光普照爾時十方諸佛面對觀視普賢菩薩歡喜讚言善哉佛子乃能說此出生一切菩薩諸行功德深妙義華深入智慧攝一切法門遠離世間聲聞緣覺一切衆生所不共法悉能普照一切法門長養善根度脫衆生經佛子汝已善學此法善知此法快說此法我等諸佛亦說此法一切諸佛亦復如是是故佛子我等悉共守護此經令未來世菩薩未聞者聞爾時普賢菩薩承佛神力觀察十方一切大衆一切法界以偈頌曰

無量無數劫　勤修諸苦行　供養無量佛
生此真佛子　化度無量衆　安立無上道
菩薩無等行　我說善諦聽　供養無量佛
皆悉無染著　化度一切衆　不起衆生想
常求佛功德　其心無所依　說彼勝妙行
令衆悉歡喜　降伏一切魔　滅三界煩惱
已具聖功德　示現童子地　滅惡煩惱癡
其心常寂然　示現無量行　我說彼功德
遠離一切惡　究竟到彼岸　無量衆生中
種種現變化　知心生住滅　示現一切事
說彼妙功德　令衆悉歡喜　見三有衆生

無量苦逼迫　流轉於生死　煩惱火熾然
欲令彼解脫　一向求菩提　略說彼功德
一心善諦聽　施戒忍精進　禪定得自在
具足慧方便　大慈度衆生　無量無數劫
樂修悲喜捨　我說彼功德　仁等當諦聽
枯槁無量身　常正求菩提　不惜其壽命
究竟無上道　常爲利衆生　不求自安樂
慈悲心牟尼　我說彼勝行　無量無數劫
說少分不盡　虛空可度量　海水可滴數
菩薩功德海　無可爲譬喻　饒益衆生故
略說其少分　持衆生善根　長養白淨法
遠離憍慢心　求法無猒足　令衆得安止
長養智慧樹　菩薩心如地　饒益一切衆
柔輭慈心根　無上大悲莖　功德葉智華
持戒爲妙香　如來淨慧光　開敷菩薩華
不著有爲水　普令衆生喜　直心爲種子
慈悲爲根芽　智慧方便莖　五度爲枝條
禪葉諸明華　一切智爲果　法樹神力鳥
普覆三世間　眞實諦爲足　白淨法爲身
正念爲頸項　智首解脫頂　慈悲明淨眼
實義幽谷出　菩薩法師子　調伏一切魔
生死爲曠野　煩惱諸惡道　邊見爲賊難
癡盲迷正路　菩薩大導師　見彼迷眞者
開示其正道　引至安隱處　貪恚諸煩惱
常惱害衆生　無量衆苦患　長夜而逼切
菩薩見彼苦　爲發大悲心　具說八萬四
對治濟度之　菩薩爲法王　正道化衆生
遠惡修衆善　一向求菩提　一切諸佛所
受自在智記　廣施賢聖珍　令具七覺寶
清淨戒爲轂　精進以爲輻　三昧正受輞

三轉淨法輪　清淨心爲盾　明利智慧劒
摧滅諸煩惱　外道衆魔怨　甚深智慧海
正法一味水　禪覺寶充滿　一切莫能知
直心淨彌廣　一切智爲潮　菩薩智慧海
演說不可盡　世間高無上　於彼無所著
禪明智慧山　堅正不傾動　若有親近者
疾得同彼慧　住智須彌頂　普觀一切世
深心如金剛　一切悉堅固　三寶一切智
信心不可壞　降伏一切魔　除滅諸煩惱
安住無所畏　度脫諸群生　興起大慈雲
普覆於一切　明曜大悲電　雷震法洪音
四辯澍法雨　八正甘露水　除滅煩惱火
安住一切義　白淨法爲城　智慧爲牆壁
無上智樓閣　慚愧爲深壍　三空解脫門
正念爲防守　四道爲正路　遊之出三界

建無上法幢　摧滅一切魔　法身金翅鳥
四如意爲足　慈悲明淨眼　住一切智樹
菩薩金翅王　生死大海中　搏撮天人龍
安置涅槃岸　淨戒圓滿日　清淨智光明
神足爲疾行　消竭愛欲水　覺長夜衆生
長養根力藥　菩薩明淨日　一切無不照
圓滿法界月　衆生觀無猒　映蔽於二乘
小智螢火光　菩薩清涼月　遊於畢竟空
垂光照三界　心法無不現　自在諸法王
功德色嚴身　方便淨智眼　安住勝妙法
相好莊嚴身　一切觀無猒　彼法自在王
如法治衆生　除滅欲煩惱　超出於三界
常樂勤修習　慈悲喜捨法　菩薩大梵王
普現種種身　演出淨妙音　三界無不聞
遠離一切行　境界常清淨　逮得不退智

具足法自在 永離二乘道 諸佛所授記
乘於無上乘 究竟一切智 心淨如虛空
永離一切有 行於世間事 其心無所依
究竟白淨行 亦令衆生然 菩薩慧彌廣
清淨如虛空 無量方便地 饒益諸群生
清涼慈悲水 消滅熾煩惱 智慧猛盛火
燒盡煩惱習 風馳遊十方 廣作諸佛事
菩薩如意寶 除滅衆貧苦 智慧如金剛
摧滅諸邪見 無量德莊嚴 悉令衆生喜
究竟無上行 安住如來處 菩薩功德華
七覺令開敷 諸願爲寶鬘 嚴飾世間頂
菩薩淨戒香 遠離諸惡戒 以此淨戒香
塗熏一切衆 菩薩無上蓋 普覆諸世間
建立智慧幢 摧滅衆魔幢 菩薩莊嚴行
淨妙智慧旛 慚愧功德衣 普覆一切衆
菩薩無上乘 乘之出三界 其心善調順
安住寶象王 菩薩大龍王 具足自在力
普降甘露法 澤潤諸群生 菩薩甚難值
猶如優曇華 降伏一切魔 除滅諸煩惱
佛所轉法輪 彼能隨順轉 慧燈除衆暗
普令見正道 菩薩功德河 隨順正道流
常爲生死橋 度人無休息 菩薩正法船
汎遊諸願海 智慧悉成滿 度人到彼岸
菩薩淨園林 實樂樂衆生 正法解脫華
明淨智宮殿 菩薩雪山頂 出生藥樹王
除滅煩惱病 悉令一切喜 菩薩等如來
覺悟諸衆生 除滅愚癡暗 得成等正覺
最勝所從來 菩薩如是來 逮得平等智
究竟到彼岸 菩薩大導師 教化諸群生
自然成正覺 一切智境界 具足無量力

一切莫能壞　安住無所畏　知法了衆生
乃至色界中　所有諸衆生　一切語言音
皆悉能隨順　過色至無色　現彼一切事
一切諸衆生　說之不能盡　菩薩悉成就
如是等功德　解了性非性　所有無所有
具足眞實智　除滅一切縛　究竟一切智
其心無所著　說彼甚深行　令衆悉歡喜
了達一切法　皆悉如幻化　發起方便悲
一切佛護持　出生智化門　普現無量事
仁等當諦聽　菩薩諸功德　一身無邊際
普現無量身　非心非心境　應現一切衆
出于一妙音　究竟語言法　悉攝衆生類
一切諸言音　遠離煩惱身　隨應示現身
無量方便身　一切音說法　其心常寂滅
清淨如虛空　以心莊嚴剎　示現一切衆
示現種種身　於彼無所著　遠離一切生
亦不壞彼因　隨順一切趣　受生無所著
了身如虛空　隨其所應現　菩薩現如是
無量無邊事　恭敬供養彼　最勝兩足尊
塗香末香華　幢蓋旛音樂　無上供養具
直心供諸佛　不離一佛會　普在諸佛所
善巧能問難　聽受深妙法　聞此正法故
逮得諸三昧　一一三昧中　生無量定門
又復能普現　無量三昧起　智慧巧方便
究竟到彼岸　覺悟一切法　皆悉如幻化
示現種種身　出生無量音　入衆生想網
其心無染著　或時現衆生　隨順世間義
或示菩提行　無量無有邊　布施持淨戒
忍辱勤精進　定慧四無量　修行四攝法
或現行成滿　或得無生忍　或受灌頂記

或一生補處　或現聲聞乘　或復現緣覺
無量剎涅槃　不捨菩薩行　或現爲帝釋
或現梵天王　或天女圍繞　或復獨宴默
或現比丘像　淨戒調諸根　或現自在王
或現入法網　或現巧術女　或現修苦行
或現在五欲　或復在禪定　或現般涅槃
或復現受生　或現童子身　或復現衰老
若有思議者　迷亂心發狂　或在天宮殿
或現終下生　或現處母胎　成佛轉法輪
或復現出生　或現般涅槃　或現童子術
或復現出家　或現坐道場　或成無上道
或復示現轉　自在正法輪　或現求正法
或現爲佛身　充滿無量剎　不退菩薩行
深入無量劫　究竟到彼岸　無量劫一念
一念無量劫　一切劫非劫　示現衆生劫
無來無積聚　示現諸劫事　於一微塵中
普見一切佛　一切諸群生　無處不有佛
一切諸佛剎　及衆生境界　悉能分別知
一切諸法印　一切劫可盡　法印無窮巳
如是知衆生　無量無有邊　彼一衆生有
無量百千萬　那由他等身　因緣亦如是
如彼一衆生　一切亦復然　如是究竟知
亦令一切學　悉知衆生根　上中下不同
諸根常流轉　知是器非器　一根一切根
展轉相依持　菩薩微細智　皆悉分別知
亦知諸欲性　種種煩惱垢　了過去心行
未來今現在　悉知衆生行　究竟到彼岸
知行無所行　爲衆說妙法　如是知心行
染汙及清淨　菩薩一念中　逮得一切智
深入如來心　究竟難思議　一念悉能知

諸佛無上智　究竟神力智　具足諸通明
能於一念中　悉詣十方刹　如是疾遊行
無量無數劫　不離本坐處　安住甚深法
猶如工幻師　種種現形色　非色非無色
幻化無所有　菩薩亦如是　深知廣方便
示現衆變化　充滿一切世　譬如明淨日
出現於世間　悉能除衆冥　一切靡不照
菩薩智慧日　明淨甚圓滿　出淨心境界
普照一切法　猶如人夢中　造作種種事
無量劫可盡　夢性無窮盡　菩薩於一念
示現夢等法　無量劫可盡　智慧無終極
常樂居山澤　遠離世間語　究竟語言道
其心無染著　菩薩悉了知　諸法眞實性
普說衆生音　不起虛妄想　譬如春月時
衆生見炎氣　愚者謂爲水　尋之增渴愛
菩薩如是見　衆生煩惱覆　如炎增渴愛
一向求解脫　知衆生非實　而更增大悲
觀色如聚沫　受如水上泡　想如春時炎
衆行如芭蕉　心如工幻師　示現種種事
善分別五陰　其心無所著　諸入悉空寂
遠離自在事　諸界無實性　示衆生界分
第一眞實諦　決定寂滅性　廣演分別法
而心不染著　菩薩知五陰　無有去來今
因由煩惱業　轉此三苦輪　演說緣起法
非有亦非無　深解眞實義　於彼無所著
菩薩淨智慧　解說三世法　示現諸群生
皆悉是一念　欲色無色界　示現衆生事
三乘戒解脫　究竟一切智　了知處非處
知業知諸根　欲性諸煩惱　一切至處道
宿命智天眼　除滅諸煩惱　知佛十種力

而猶未究竟　隨順諸佛法　深解諸法空
悉滅衆煩惱　而不盡諸漏　廣入甚深道
教化諸群生　佛子住無畏　不捨菩薩行
無謬無漏失　亦不捨正念　精進欲三昧
智慧無損減　三種常清淨　明達於三世
大慈念衆生　一切無障礙　深入諸法門
具足如是行　我說甚少分　莊嚴功德義
無量無數劫　說之不可盡　我所說少分
如大地一塵　常依如來智　而亦無所依
常修奇特想　大悲堅强故　安住清淨戒
常勤修精進　教化諸群生　受眞佛子記
究竟佛功德　如刹知衆生　分別三世劫
其心無疲倦　具陀羅尼力　深解眞實義
思惟無等法　逮得無上道　一切妙功德
發願求菩提　慈悲因緣力　令菩提淨勝

具足波羅蜜　隨順善究竟　決定諸智力
覺悟無上道　成就方便智　樂說甚深法
隨順常守護　逮得法王處　安住勝妙法
於彼無所著　出生智慧華　覺悟勝菩提
住持一切劫　菩薩得正望　安住甚深法
除滅衆生疑　修習甚深智　善能分別智
究竟定慧境　覺悟一切智　智入諸解脫
究竟到彼岸　具足諸通明　離垢清涼園
具足白淨法　示現種種行　普現莊嚴法
皆悉不可議　善知衆生心　能說令究竟
清淨菩提印　智光照一切　一切莫能稱
遠離懈怠法　安住如山王　具功德智海
金剛妙寶法　安住大莊嚴　究竟諸大事
一切莫能壞　世智常自在　遊戲諸神通
一切法境界　自在無障礙　身願行自在

遊戲諸神通　一切法境界　自在無障礙
身願行自在　智慧亦自在　無量億自在
示現於一切　具足諸自在　遊戲諸神通
深入佛境界　一切莫能壞　黠慧所莊嚴
無畏不共法　修行佛子業　遠離一切惡
清淨身身業　清淨口口業　諸佛守護故
成辦十大事　心心所起住　顯現無上事
安住諸根定　逮得最勝根　清淨正直心
遠離諸諂曲　深入衆生性　示現種種事
除滅煩惱習　究竟無上行　具足深智慧
逮得一切智　遠離一切惡　方便趣寂滅
出生功德道　善學一切學　無量道心境
修習無所著　安住深智慧　示現道莊嚴
手足及心腹　無上智慧藏　其心如金剛
智慧爲器仗　智慧觀察頂　深入菩提行
清淨戒爲鼻　除滅諸熾然　四辯廣長舌
無處不至身　淨妙智慧心　諸善行爲行
道場安隱住　師子牀爲座　梵住爲安卧
無礙第一義　觀察善逝智　普照於一切
薩婆若光明　照生死昏夜　遍觀衆生行
種種妙功德　以此爲奮迅　離貪爲淨施
不慢清淨戒　不動爲淨忍　不轉淨精進
自在爲淨禪　不行愚癡智　虛空慈普救
不憂惱爲悲　清淨法爲喜　離諸煩惱捨
寂靜爲深義　境界爲正法　迴向功德具
智具如利劒　普照爲衆明　聞法無猒足
是爲正求法　不惜身壽命　是爲明正法
隨順諸佛教　除滅諸魔道　清淨正直心
攝取諸佛業　遠離衆魔業　長養諸智慧
遠離魔所持　安住諸佛持　究竟得法持

住無住智慧　作業已命終　降神入母胎
示現微細趣　又復現出生　獨稱我最勝
示現行七步　現爲童子地　復現處深宮
現出家學道　莊嚴詣道場　普放無量光
覺悟諸群生　降伏一切魔　得成無上道
現轉淨法輪　示現如來地　增長白淨法
現大般涅槃　菩薩修諸行　無量無有邊
如我向所說　略舉其少分　無量劫修習
令衆住菩提　衆生諸法行　於彼無染著
如是具足行　成就力自在　以無量諸剎
安置一毛道　掌持無量剎　遍遊諸世界
還置於本處　衆生無恐怖　菩薩以一切
嚴淨諸佛剎　安置一毛孔　衆生無不見
能以一毛孔　悉受一切海　大海不增減
衆生無嬈害　示現如是等　一切諸事相
無量金剛山　手摩爲微塵　以此一切塵
遍散諸佛剎　復末塵下剎　遍布餘世界
一切塵可知　智慧不可盡　於一毛孔中
放演淨光明　普照一切世　悉蔽日月光
珠火天神光　隱沒悉不現　除滅惡道苦
爲說無上法　菩薩一言音　出生一切音
一切諸衆生　無不悉聞者　以聞此法音
皆得大歡喜　具足廣宣暢　諸佛所說法
過去一切劫　安置未來今　未來現在劫
迴置過去世　十方一切剎　皆悉現成壞
以一切衆生　安置一毛道　過去及現在
一切諸如來　具足自在力　悉於身中現
深知變化法　善能隨所應　普現無量身
於彼無所著　帝釋梵王身　四天大王身
諸天清淨身　一切衆生身　聲聞緣覺身

如來清淨身　普現一切身　善修菩薩行
現入衆想網　上中下諸品　一切智所持
普現佛及刹　具足深智慧　除滅諸想網
示現菩薩行　究竟成菩提　示現如是等
無量自在力　一切無不現　舉世莫能知
示現無所現　究竟無有上　隨順應衆生
爲說決定行　淨身等虛空　妙音滿世間
淨戒爲塗香　慚愧衣普覆　離垢正法繒
一切智摩尼　功德莊嚴身　拜署無上王
波羅蜜金輪　諸通爲象寶　神足爲馬寶
淨慧無上珠　妙行爲女寶　四攝寶藏臣
方便主兵寶　無上轉輪王　勝妙三昧城
空觀妙宮殿　慈悲大莊嚴　智慧爲利劒
堅强正念弓　明利根爲箭　諸佛護持蓋
建立智慧幢　直入諸魔軍　忍力悉摧滅

陀羅尼平地　淨妙行流水　深智爲涌泉
淨慧清涼林　空爲澄淨池　七覺妙華敷
神足以莊嚴　三昧爲娛樂　法門爲歌頌
思惟正法女　甘露法之食　解脫味爲漿
調御順三乘　遊戲無上園　此等諸勝行
及餘無上法　無量劫修學　其心無疲倦
供養一切佛　嚴淨一切刹　普令一切衆
安住一切智　一切刹微塵　悉可知其數
一切虛空界　皆悉可度量　一切衆生心
念念可知數　佛子諸功德　說之不可盡
欲具此功德　及餘勝妙法　欲滅一切苦
安樂諸群生　欲與諸如來　身口意齊等
應發金剛心　究竟此勝行

大方廣佛華嚴經卷第四十四

音釋

坏 音杯切未燒瓦器也 逼迫 逼彼陟切驅也迫博陌切窘也 輭 而兗切柔也 盾 食尹切兵器 澍 之戍切霖霔也 塹 七豔切遶城水也 沫 弭撥切水沫也 泡 匹交切水漚也

大方廣佛華嚴經卷第四十五

東晋天竺三藏佛陀跋陀羅等譯

入法界品第三十四之一

爾時佛在舍衛城祇樹給孤獨園大莊嚴重閣講堂與五百菩薩摩訶薩俱普賢菩薩文殊師利菩薩而爲上首夜光幢菩薩須彌山幢菩薩寶幢菩薩無礙幢菩薩華幢菩薩離垢幢菩薩日光幢菩薩正幢菩薩離塵幢菩薩明淨幢菩薩大地端嚴菩薩寶端嚴菩薩大慧端嚴菩薩金剛智端嚴菩薩離垢端嚴菩薩法日端嚴菩薩功德山端嚴菩薩智光端嚴菩薩普妙德端嚴菩薩大地藏菩薩虛空藏菩薩蓮華藏菩薩寶藏菩薩日藏菩薩淨德藏菩薩法印藏菩薩明淨藏菩薩齊藏菩薩蓮華藏菩薩善德眼菩薩普見眼菩薩清淨眼菩薩離垢眼菩薩無礙眼菩薩普眼菩薩善觀眼菩薩青蓮華眼菩薩金剛眼菩薩寶眼菩薩虛空眼菩薩善眼菩薩天冠菩薩普照法界慧天冠菩薩道場天冠菩薩普照十方天冠菩薩生諸佛藏天冠菩薩一切世間最上天冠菩薩明淨天冠菩薩無量寶天冠菩薩受一切如來師子座天冠菩薩普照法界虛空天冠菩薩梵王周羅菩薩龍王周羅菩薩一切佛化光明周羅菩薩道場周羅菩薩一切願海音摩尼寶王周羅菩薩出生如來光衆寶自在周羅菩薩莊嚴一切虛空寶摩尼寶王周羅菩薩一切如來自在光幢摩尼王網普覆周羅菩薩一切佛音轉法輪周羅菩薩三世慧音周羅菩薩大光菩薩離垢光菩薩寶光菩薩離塵光菩薩夜光菩

薩法光菩薩寂靜光菩薩日光菩薩自在光菩薩天光菩薩功德幢菩薩智幢菩薩法幢菩薩諸通幢菩薩光幢菩薩華幢菩薩摩尼幢菩薩菩提幢菩薩梵幢菩薩普光幢菩薩梵音菩薩海音菩薩大地音菩薩世主音菩薩山相擊音菩薩充滿一切法界音菩薩一切法海雷音菩薩降伏一切魔音菩薩大悲方便雲雷音菩薩滅一切苦安慰音菩薩法上菩薩勝上菩薩智上菩薩功德須彌山上菩薩功德珊瑚上菩薩稱上菩薩普光上菩薩大慈上菩薩智海上菩薩如來性起上菩薩光妙德菩薩勝妙德菩薩上妙德菩薩明淨妙德菩薩法妙德菩薩月妙德菩薩虛空妙德菩薩寶妙德菩薩妙德幢菩薩智妙德菩薩娑羅林王菩薩法王菩薩衆生王菩薩

梵王菩薩山王菩薩寶王菩薩離垢王菩薩寂靜王菩薩不動王菩薩仙王菩薩勝王菩薩寂靜音菩薩無礙音菩薩說大地音菩薩大海雷音菩薩雲音菩薩法光音菩薩虛空音菩薩一切衆生善根雷音菩薩開悟過去願音菩薩圓滿道音菩薩智須彌山音菩薩虛空覺菩薩離垢覺菩薩無礙覺菩薩善覺菩薩普照三世覺菩薩廣覺菩薩普光覺菩薩法界光覺菩薩如是等五百菩薩此諸菩薩皆悉出生普賢之行境界無礙充滿一切諸佛刹故持無量身悉能往詣一切佛故具足無礙淨眼見一切佛明自在故至無量處一切諸佛成正覺時悉能往詣現前見佛無休息故無量智光普照一切諸法海故於無量劫說不可盡辯清淨故究竟虛空界智慧

境界悉清淨故無所依止隨其所應現色身故除滅癡曀善分別知衆生界故虛空智慧放大光網普照一切諸法界故復與五百大聲聞俱悉覺眞諦證如實際深入法性離生死海安住如來虛空境界離結使縛不著一切遊行虛空於諸佛所疑惑悉滅深入信向諸佛大海復與諸天王俱悉已恭敬供養過去諸佛長夜饒益一切衆生心常行慈未曾忘失守護群生入勝智門不捨一切衆生出生諸佛正法境界守護佛法受持佛性生如來家專求一切智門爾時諸菩薩聲聞天人及其眷屬咸作是念如來行如來智境界如來持如來力如來無畏如來三昧如來住如來勝妙功德如來身如來智一切天人無能知無能度無能得底無能受無能思惟無能觀察無能分別無能開發無能宣明無能爲人如實解說除佛持力自在力威神力如來本願力過去善根力親近善知識力清淨信心方便力樂求勝妙法力清淨正直菩提心力深心一切智願力又諸大衆種種意種種欲種種解種種語種種地種種根種種方便種種心境界種種依如來功德種種樂聞法世尊往昔發一切智願求一切智菩薩諸願清淨波羅蜜菩薩諸地菩薩滿足行菩薩莊嚴菩薩方便莊嚴菩薩道莊嚴菩薩出生方便海莊嚴菩薩自在莊嚴菩薩本生海菩提門自在海如來自在轉法輪如來刹清淨自在如來方便莊嚴衆生界如來法王法如來道明普照一切如來自在入一切衆生處如來爲一切衆生作最上福田如來爲一切衆

生說功德嗟嘆三輪化度一切群生唯願世尊大悲慈愍具足顯現爾時世尊知諸大衆心之所念以大悲身大悲門大悲爲首大悲隨順方便法入師子奮迅三昧令一切衆生樂清淨法入三昧已時大莊嚴重閣講堂忽然廣博無量無邊不可破壞金剛寶地清淨莊嚴一切摩尼寶王遍布其地散無量寶華奇妙衆寶瑠璃爲柱以明淨寶而莊嚴之衆寶莊嚴微密無間閻浮檀寶以爲樓閣衆寶欄楯却敵撩向阿僧祇欄楯而以嚴飾諸天王寶堅固衆寶而莊嚴之摩尼寶網彌覆其上建衆寶幢懸諸旛蓋放大光網普照法界又以不可說衆雜妙寶莊嚴其外四邊階道衆寶合成爾時佛神力故令祇洹林忽然廣博與不可說佛刹微塵數世界等衆寶莊嚴不可說寶遍布其地阿僧祇寶以爲垣牆寶多羅樹列植道側無量香河微流盈滿一切寶華以爲波浪皆悉右旋演說一切佛法音聲不可思議分陀利華皆悉開敷彌布水上衆寶華樹高顯榮茂列植其岸不可思議樓閣摩尼寶網羅覆其上阿僧祇妙寶莊嚴光明普照阿僧祇摩尼寶王嚴飾其地出衆妙香建立無量摩尼王幢香幢衣幢旛幢繒幢華幢莊嚴具幢鬘幢寶垂帶幢衆寶蓋幢大摩尼幢普照摩尼寶幢出佛音幢師子寶王幢出一切佛本生海幢一切法界幢摩尼寶王幢以爲莊嚴時祇洹林上虛空中有不可思議天寶宮殿雲不可思議衆香樹雲不可說須彌山雲莊嚴虛空不可說不可說衆寶樂器演妙法音讚詠如來不可說寶樹雲彌

覆虛空不可說衆寶座雲覆以寶衣菩薩處上歎佛功德不可說天寶像雲以爲莊嚴不可說白淨真珠網雲以爲莊嚴不可說解脫樓閣雲以爲莊嚴不可說妙解脫音樂雲雨以爲莊嚴何以故如來善根不可思議故如來白淨法不可思議故如來威神不可思議故如來一身充滿一切法界自在不可思議故一切佛刹莊嚴入一佛身不可思議故一微塵中現一切佛一切法界不可思議故一毛孔中盡過去際一切如來次第顯現不可思議故放一光明照一切刹不可思議故如來一毛孔中出一切佛刹微塵等化身雲充滿一切世界不可思議故如來一毛孔中現一切佛刹成壞不可思議故如此祇樹給孤獨園見嚴淨佛刹一切法界虛空界一切世界所見嚴淨亦復如是如來充滿來詣祇洹菩薩充滿一切如來大衆海安住普雨一切妙莊嚴雲雨一切衆寶光明普照一切摩尼王雲雨一切蓋雲莊嚴一切天身雲雨一切華樹雲莊嚴一切雜色衣雲雨一切鬘雲流注莊嚴一切摩尼寶王莊嚴雲雨一切衆生身雜色香雲雨寶華雲諸天女雲各持妙寶於虛空中迴轉莊嚴一切衆寶鉢曇摩華雜寶師子座莊嚴虛空爾時東方過不可說佛刹微塵等世界海有世界名金剛雲明淨燈莊嚴佛號明淨妙德王彼大衆中有菩薩名明淨願光明與不可說佛刹微塵等菩薩俱來向此土與種種雲莊嚴虛空所謂與天華雲散天末香雲垂天鬘帶雲雨天寶雲天莊嚴雲天寶蓋雲天寶衣雲天幢蓋雲充滿虛

空以可悦樂衆寶莊嚴來詣佛所禮拜供養即於東方化作一切莊嚴樓閣寶蓮華藏師子之座如意寶網羅覆其身與其眷屬結跏趺坐南方過不可說佛刹微塵等世界有世界名金剛藏佛號普照妙德王彼大衆中有菩薩名不可壞精進勢王與不可說佛刹微塵等菩薩俱來向此土皆悉賫持一切妙香神力持故普熏一切佛世界海執持一切摩尼寶網華鬘瓔珞寶衣寶像妙德光明諸莊嚴具一切妙師子寶以爲莊嚴神力持故充滿一切諸佛世界來詣佛所禮拜供養即於南方化作白淨妙寶樓閣普照十方寶蓮華藏師子之座結跏趺坐以寶華網羅覆其身西方過不可說佛刹微塵等世界有世界名寶燈須彌山幢佛號法界智燈彼大衆中有菩薩名無上普妙德王與世界海微塵等菩薩俱來向此土與不可說佛刹微塵等種種色香須彌山雲充滿一切法界不可說佛刹微塵等種種色香水須彌山雲充滿一切法界不可說佛刹微塵等種種色摩尼寶王須彌山雲充滿一切法界不可說佛刹微塵等種種色光明莊嚴寶幢須彌山雲充滿一切法界不可說佛刹微塵等種種色金剛藏摩尼寶王須彌山雲充滿一切法界不可說佛刹微塵等閻浮檀寶幢須彌山雲充滿一切法界不可說佛刹微塵等摩尼寶王遍照一切法界須彌山雲普覆虚空一切如來不可說佛刹微塵等相好摩尼寶王普照須彌山雲充滿一切衆生境界一切如來爲菩薩時不可說佛刹微塵等所行須彌山雲充滿法

界一切如來示現不可說佛刹微塵等莊嚴道場來詣佛所禮拜供養即於西方化作一切香王樓閣以真珠寶網羅覆其上如帝釋幢寶蓮華藏師子之座結跏趺坐金色寶網羅覆其身如意寶王爲髻明珠北方過不可說佛刹微塵等世界有世界名寶衣光明幢佛號法界虛空妙德彼大衆中有菩薩名無礙妙德藏王與世界海微塵等菩薩俱來向此土以一切寶繒雲莊嚴虛空神力持故充滿虛空雜寶衣雲雜香熏衣雲日幢摩尼寶衣雲金色妙衣雲衆寶網衣雲閻浮檀金色莊嚴衣雲白淨寶衣雲明淨寶王衣雲妙光寶衣雲海莊嚴寶王衣雲莊嚴虛空神力持故皆悉充滿一切虛空來詣佛所禮拜供養即於北方化作大海摩尼寶王樓閣瑠璃寶

蓮華藏師子之座結跏趺坐妙寶王網羅覆其身清淨寶王爲髻明珠東北方過不可說佛刹微塵等世界有世界名放離垢歡喜光明網佛號無礙眼王彼大衆中有菩薩名法界善化願月王與世界海微塵等菩薩俱來向此土興寶樓閣雲皆悉充滿一切世界香樓閣雲香煙樓閣雲華樓閣雲栴檀樓閣雲金剛樓閣雲摩尼樓閣雲金樓閣雲寶衣樓閣雲鉢曇摩樓閣雲皆悉普覆一切佛刹來詣佛所禮拜供養即於東北方化作一切法界門寶山樓閣不可稱香王寶蓮華藏師子之座結跏趺坐摩尼華網羅覆其身妙莊嚴藏摩尼寶王以爲天冠東南方過不可說佛刹微塵等世界有世界名香雲莊嚴幢佛號龍自在王彼大衆中有菩薩名法義慧炎王

與世界微塵等菩薩俱來向此土與無量金色圓滿光雲普覆虛空無量寶色圓滿光雲佛白毫相圓滿光雲衆寶雜色圓滿光雲寶蓮華藏圓滿光雲衆寶樹華圓滿光雲如來無見頂相圓滿光雲閻浮檀金色圓滿光雲日光圓滿光雲月光圓滿光雲普覆虛空來詣佛所禮拜供養即於東南方化作明淨摩尼寶王樓閣金剛寶蓮華藏師子之座結跏趺坐寶炎光網羅覆其身西南方過不可說佛刹微塵等世界有世界名曰光藏佛號法月普照智王彼大衆中有菩薩名壞散一切衆魔智幢王與世界微塵等菩薩俱來向此土一一毛孔普興虛空界等寶華炎雲遍照一切世界放香炎雲衆寶炎雲金剛炎雲香煙炎雲大龍自在電光炎雲明淨摩尼寶炎雲金色寶炎雲妙德藏摩尼寶王網炎雲一一毛孔各放虛空界等如來光明海雲普照三世來詣佛所禮拜供養即於西南方化作一切方便門光網普照法界摩尼樓閣香燈炎寶蓮華藏師子之座結跏趺坐摩尼寶藏王妙光明網羅覆其身冠一切衆生向解脫音摩尼寶王冠西北方過不可說佛刹微塵等世界有世界名淨願摩尼寶藏佛號普明淨妙德須彌山王彼大衆中有菩薩名明淨願智幢王與世界微塵等菩薩俱來向此土於念念中一切相好一切毛孔皆出三世一切諸佛身雲充滿一切虛空界又出一切菩薩身雲一切如來眷屬身雲一切如來變化身雲一切如來本生身雲一切聲聞緣覺身雲一切如來道場菩提樹雲一切如來自在

雲一切世界王身雲一切嚴淨佛刹雲於念念中一切相好一切毛孔皆出如是等雲充滿虛空來詣佛所禮拜供養即於西北方化作諸方清淨摩尼妙寶樓閣清淨一切衆生摩尼寶蓮華藏師子之座結跏趺坐堅固光明真珠寶網羅覆其身首冠普覆摩尼寶冠下方過不可說佛刹微塵等世界有世界名一切如來光圓滿清淨佛號無礙虛空智幢王彼大衆中有菩薩名壞散一切障智慧勢王與世界微塵等菩薩俱來向此土於一切毛孔出一切衆生語海音雲三世菩薩行海音雲一切菩薩願音雲一切菩薩成滿清淨波羅蜜音雲一切菩薩行妙音聲雲充滿一切世界一切菩薩積集自在音雲一切菩薩往詣道場降伏衆魔成最正覺自在音雲一切諸佛轉正法輪修多羅音雲隨其所應化度衆生方便音雲令一切衆生隨時方便得妙智慧善根音雲來詣佛所禮拜供養即於下方化作諸佛寶光明藏莊嚴樓閣寶蓮華藏師子之座結跏趺坐普照道場摩尼寶王爲髻明珠上方過不可說佛刹微塵等世界有世界名說無盡覺佛號圓滿普智光音彼大衆中有菩薩名分別法界智通王與世界海微塵等菩薩俱來向娑婆世界釋迦牟尼佛所一切相好一切毛孔一切支節一切身分一切莊嚴具一切衣服中出盧舍那等過去一切諸佛未來一切已受記佛未受記佛現在十方一切世界一切諸佛及眷屬雲皆悉顯現過去所行檀波羅蜜及受施者皆悉顯現過去所修尸波羅蜜持戒清淨過去羼

提波羅蜜割截支節心不動亂過去修習毗梨耶波羅蜜過去修習一切如來禪波羅蜜海過去修習一切如來轉淨法輪過去一切悉捨不著壽命過去歡喜樂求諸菩薩道過去出生菩薩清淨大莊嚴願過去一切菩薩力波羅蜜過去一切菩薩圓滿智慧皆悉具足出如是等諸自在雲充滿法界皆悉顯現來詣佛所禮拜供養即於上方化作金剛莊嚴藏樓閣青金剛寶蓮華藏師子之座結跏趺坐一切寶網羅覆其身三世佛號摩尼寶王爲髻明珠是諸菩薩及其眷屬皆悉具足普賢行願成就三世諸佛清淨智眼轉一切佛淨妙法輪攝取諸佛勝妙音聲修多羅海具足一切菩薩自在究竟彼岸於念念中悉詣一切諸如來所現自在力一身充滿一切世界能於一切如來衆中現清淨身於一微塵悉能示現一切世界隨所應化成就衆生未曾失時於一毛孔出一切佛妙法雷音知衆生界皆悉如幻知一切佛悉如電光知一切有趣皆悉如夢知一切果報如鏡中像知一切衆生如熱時炎知一切世間皆如變化具足成就如來十力無所畏法於大衆中能師子吼深入無盡一切辯海決定了知一切衆生語言法海於淨法界行無礙行知一切法皆悉無諍具足菩薩諸通妙智勤修精進摧伏諸魔安住三世以勝妙智慧無所染著清淨妙行得佛莊嚴一切智地知一切有悉無所有深入一切法界智海以不壞智入一切世界於一切世界普現自在示現一切世界受生知一切世界種種形色以微細境界

現廣佛剎以廣佛剎現微細境界於一念中住一切佛住得一切佛住持智身得清淨慧了知十方一切剎海於一念中悉能出生無量自在遍滿十方一切世界海此諸菩薩皆悉成就如是等無量功德滿祇洹林皆是如來威神力故爾時諸大聲聞舍利弗目揵連摩訶迦葉離婆多須菩提阿泥盧豆難陀金毗羅迦旃延富樓那彌多羅尼子如是等諸大聲聞在祇洹林而悉不見如來自在如來莊嚴如來境界如來變化如來師子吼如來妙功德如來自在行如來勢力如來住持力清淨佛剎如是等事皆悉不見亦復不見不可思議菩薩大會菩薩境界自在變化菩薩眷屬隨所來方妙寶莊嚴諸師子座菩薩宮殿三昧自在周遍觀察菩薩奮迅勤行精進供養諸佛菩薩受記長養善根菩薩受身清淨法身智身願身色身相好無量光明圓滿莊嚴放大光網變化身雲菩薩充滿一切方網菩薩諸行圓滿具足如是等事一切聲聞諸大弟子皆悉不見何以故修習別異善根行故本不修習能見如來自在善根亦不修習淨佛土行又不讚歎見佛自在所得功德不於生死中教化衆生發阿耨多羅三藐三菩提心亦不安立衆生於佛菩提亦不守護如來種性令不斷絕亦不攝取一切衆生亦不成就諸波羅蜜不爲衆生稱歎勝妙智慧眼地亦不修習一切智行不求諸佛離世善根亦不出生自在淨剎不求菩薩諸通明眼不修菩薩境界不壞善根亦不出生佛力住持菩薩大願又亦不知諸法如幻菩薩集會

悉皆如夢亦不修習菩薩離生聖行之心不得普賢清淨智眼是諸功德不與聲聞辟支佛共以是因緣諸大弟子不見不聞不入不知不覺不念不能遍觀亦不生意何以故此是菩薩智慧境界非諸聲聞智慧境界是故諸大弟子在祇洹林不見如來自在神力亦無三昧清淨智眼於微細處見諸境界亦無法門神力境界亦無諸力勝妙功德亦無是處智亦無智眼能見聞覺知及生意念亦不樂說不能讚歎不能顯現不能施與不能勸化安立衆生於彼妙法何以故以聲聞乘出三界故又以滿足聲聞之道住聲聞果不能具足無所有智住眞實諦常樂寂靜遠離大悲常自調伏捨離衆生是故雖與如來對面而坐不能覺知神變自在譬如餓鬼躶形飢渴舉身燒然爲諸虎狼毒獸所逼往詣恒河欲求水飲或見枯竭或見灰炭所以者何悉由宿行罪業障故一切聲聞亦復如是雖在祇洹不覩如來自在神力所以者何無明障瞖覆淨眼故譬如有人於大會中昏寢夢見諸天城郭帝釋宮殿園觀林池衆寶莊嚴散諸雜華寶樹行列妙衣覆上諸天男女遊戲其中自然妙音共相娛樂受天快樂其人自覩安住此處見天宮殿無量莊嚴其餘大會悉不知見所以者何覺夢異故一切菩薩世界諸王亦復如是如彼夢中無所不見深入菩薩妙法門故積集善根出生一切智願故決定明了佛功德故正向菩薩弘誓道故滿足一切智故滿足普賢諸行願故得一切菩薩圓滿地故得一切菩薩三昧自在故行一

切菩薩無礙智故是故一切諸大菩薩悉覩如來不可思議神變境界深入明達究竟彼岸一切聲聞諸大弟子皆不能知譬如雪山有諸藥草賢明良醫悉分別知雖有捕獵放牧人等遊止彼山悉不能知菩薩摩訶薩亦復如是具足一切智出生一切菩薩自在明了如來神足變化彼諸聲聞大弟子衆雖處祇洹悉不覺知所以者何常求自安不廣濟故譬如地中有諸寶藏唯呪術者悉能別知記録庫藏以自資給奉養父母賑卹親屬拯濟貧乏菩薩摩訶薩亦復如是以淨慧眼入佛自在不可思議神力境界普入無量方便大海諸三昧海恭敬供養一切諸佛守護正法以四攝法攝取衆生諸大聲聞雖處祇洹不覩如來自在神變譬如盲人至大寶洲行住坐卧不見衆寶此諸聲聞亦復如是在祇洹林大法寶洲親侍世尊不覩如來自在神變菩薩大衆所以者何不得菩薩清淨眼故不能次第覺法界故譬如有人以明淨藥而用治眼於夜暗中處在大衆悉見衆人行住坐卧餘人不見如來亦爾遠得無礙清淨智眼悉能知見一切世間示現無量自在神變及菩薩衆諸大聲聞不覩如來自在神變及菩薩衆譬如比丘在大會中入一切處定所謂地水火風天衆生境界其餘大衆悉不能見地水火風乃至境界諸一切處如來所現不可思議菩薩悉見諸大聲聞不知不見譬如有人以翳身藥自塗其目行住坐卧無能見者唯有彼人悉能覩見如來亦復如是永離世間無能見者唯一切智菩薩境界非諸

聲聞之所能知如人從生有二種天常隨侍衛一曰同生二曰同名天常見人人不見天如來神變亦復如是非諸聲聞所能知見唯諸菩薩乃能覩見譬如比丘於大衆中入滅盡定不捨諸根亦不滅度而不知見諸大衆事所以者何滅定力故諸大聲聞亦復如是處祇洹林大衆之中諸根現前而不覩見如來神變不入不知不覺不念不生心意所以者何如來境界甚深彌曠難知難見難得源底無有限量遠離世間不可思議無能壞者非諸聲聞緣覺境界爾時明淨願光明菩薩承佛神力觀察十方以偈頌曰

瞻察堅固人　菩提難思議　祇洹林顯現
無量自在法　如來神力持　顯現無量德
世間悉迷惑　不知諸佛法　法王甚深法
無量難思議　顯現大變化　一切莫能測
如來莊嚴相　讃歎不可盡　以法無相故
宣明一切佛　最勝於祇洹　顯現自在力
甚深不可議　遠離語言道　觀察無量德
菩薩衆雲集　不思議刹來　供養於最勝
悉滿諸大願　常修無礙行　一切諸世間
莫能知其心　一切諸緣覺　無量大聲聞
皆悉不能知　菩薩行境界　菩薩大智慧
一切莫能壞　遠離諸亂想　究竟深智地
最大名稱人　深入無量定　顯現自在力
充滿諸法界

大方廣佛華嚴經卷第四十五

音釋

噠嚫 梵語也此云財施噠陁葛切嚫初覲切
植 承職切立也
跏趺 跏古牙切趺方無切跏趺屈足坐也
曇 徒含切
髻 古詣切綰髮也
躶 郎果切赤體也
狼 呂當切獸名
捕獵 捕薄故切獵良涉切捕獵捉禽獸也
賑卹 賑章忍切卹辛律切賑卹賙救也

大方廣佛華嚴經卷第四十六

東晉天竺三藏佛陀跋陀羅等譯

入法界品第三十四之二

爾時不可壞精進勢王菩薩承佛神力觀察十方以偈頌曰

瞻察眞佛子　功德智慧藏　究竟菩薩道
安隱諸世間　無量智明鑒　禪定心不動
智慧甚深廣　境界不可測　閑靜祇洹林
無量妙莊嚴　菩薩皆充滿　悉依正覺住
無量大衆海　一切無所著　十方來會此
處華師子座　除滅衆虛妄　一切無所染
離垢無礙心　究竟諸法界　建立智慧幢
不動如金剛　諸法無變化　示現無量變
一切十方界　無量億佛刹　悉能遍往詣
而亦不分身　瞻仰釋師子　無量力自在
以佛威神故　十方大衆集　佛子悉究竟
一切語言道　佛法不可壞　安住法界地
法性不可壞　牟尼甚深法　句身及味身
分別無窮盡

爾時無上普妙德王菩薩承佛神力觀察十方以偈頌曰

瞻察堅固人　智慧廣圓滿　善知時非時
爲衆演說法　遠離諸外道　調伏諸論師
隨其所應化　爲現自在力　正覺非量法
亦非無量法　牟尼悉超越　有量無量法
譬如明淨日　除滅一切闇　導師智亦然
普照三世法　譬如十五日　圓滿明淨月
最勝亦如是　白淨法圓滿　譬如虛空中
淨日光明曜　普照於一切　佛自在亦然
譬如虛空性　一切無障礙　世間燈如是

自在無障礙　譬如大地性　能持諸群生
世間燈法輪　能持亦如是　譬如大風性
飄疾無障礙　佛法亦如是　速遍諸世間
譬如大水輪　世界所依住　智慧輪亦然
三世佛所依

爾時無礙妙德藏王菩薩承佛神力觀察十方以偈頌曰

譬如大寶山　饒益諸群生　如來功德山
饒益亦如是　譬如大海水　清涼而澄淨
如來亦如是　能除熱渴愛　譬如須彌山
安峙於大海　如來山亦然　安住深法海
譬如大海中　能出一切寶　無師智亦然
覺難覺無難　導師甚深智　無量無有數
顯現自在力　無能思議者　譬如工幻師
示現種種事　佛智亦如是　現諸自在力
譬如如意珠　能滿一切意　最勝亦如是
悉滿諸淨願　譬如明淨寶　悉能照一切
導師智如是　普照一切法　譬如隨方寶
正住諸方現　無礙燈亦然　諸法於中現
譬如淨水珠　澄清諸濁水　見佛亦如是
諸根悉清淨

爾時法界善化願月王菩薩承佛神力觀察十方以偈頌曰

譬如青寶珠　能青一切色　若有見佛者
皆悉同菩提　一一微塵中　最勝現自在
悉能淨無量　無邊諸菩薩　逮得甚深法
種種莊嚴事　唯諸菩薩境　世間莫能測
具足諸莊嚴　如來淨妙行　成就菩薩道
深入諸法界　正覺所示現　不可思議刹
一切現在佛　菩薩悉充滿　釋師子成就

無量自在法　示現大神變　無量無有邊
菩薩種種行　無量無有邊　如來自在力
爲之悉顯現　佛子善修學　甚深諸法界
成就無礙智　明了一切法　如來威神力
爲衆轉法輪　出生勝功德　令世悉清淨
如來淨境界　甚深圓滿智　實智大龍王
度脫一切衆

爾時法義慧燄王菩薩承佛神力觀察十方以偈頌曰

最勝有三世　聲聞諸弟子　皆悉不能知
如來舉足事　去來今現在　一切諸緣覺
亦復不能知　如來舉足事　何況世凡夫
結使所纏縛　愚暗覆淨眼　而能知導師
最勝無量德　具足諸智慧　超出語言道
一切莫能知　譬如明淨月　光明無能知
導師亦如是　功德不可議　如來一方便
出生無量化　無數劫思筭　不能知少分
如來一方便　出生無量德　一切智正法
皆悉無能知　若有求菩提　修習菩薩行
是彼之境界　所能分別知　不思議方便
超度生死海　若滅吾我心　是則能究竟
清淨心無量　大願悉成滿　逮得佛菩提
最勝之境界

爾時壞散一切衆魔智幢王菩薩承佛神力觀察十方以偈頌曰

大智無礙身　非身難思議　如來淨法身
一切莫能測　不思議行業　起此清淨身
無量妙莊嚴　不染於三界　普明照一切
清淨諸法界　開發菩提門　出生深定智
永離諸垢染　除滅一切障　世間明淨日

普放慧光明　永絶生死流　悉令三界淨
具足菩薩德　成就佛菩提　顯現無量色
於彼無所染　所可現衆色　一切莫能思
人王勝智慧　能於念念中　具無量菩提
一切莫能知　具足無盡智　一切莫能壞
彼於一念中　明達三世佛　分別一切業
正念思菩提　於思而非思　思法寂滅故
甚深不可說　遠離語言道　如來從此起
佛業難思議

爾時明淨願智幢王菩薩承佛神力觀察十方以偈頌曰

離癡清淨念　聞持一切法　深慧能分別
諸佛無盡海　菩薩決定心　修習菩薩行
出生甚深智　除滅諸疑惑　其心無疲猒
遠離於懈怠　常勤修精進　究竟諸佛法
具足信智慧　安住不可動　常樂甚深法
觀察無所著　無量無邊劫　積集諸功德
專心常迴向　諸佛甚深法　雖在生死中
其心無染著　安住諸佛法　常樂如來行
世間諸所有　陰界等諸法　無畏悉除斷
安住佛正法　世間顛倒惑　生死輪常轉
修習無礙行　實利益衆生　菩薩行難稱
一切莫能知　除滅一切苦　安樂諸群生
善覺菩提智　普照諸世間　除滅愚癡暗
度脫一切衆

爾時壞散一切障智慧勢王菩薩承佛神力觀察十方以偈頌曰

無量無數劫　佛音難得聞　何況親奉覲
除滅諸疑惑　如來世間燈　究竟一切法
無上勝福田　令衆悉清淨　如來妙色身

一切莫能思　無量劫諦觀　其心無猒足
佛子善觀察　如來妙色身　除滅一切障
究竟成菩提　如來妙色身　出生淨妙音
無礙諸辯才　廣開菩提門　普照一切衆
無量難思議　建立大乘智　授以菩提記
功德圓滿日　出興照世間　長養一切世
無量功德身　若有值如來　遠離諸惡道
除滅一切苦　具足智慧身　若有見如來
能發無量心　長養無數智　值遇諸導師
若有見如來　得定菩提心　能自決定知
我必成菩提

爾時分別法界智通王菩薩承佛神力觀察十方以偈頌曰

菩薩見如來　無量淨功德　皆悉善迴向
究竟一切智　饒益衆生故　如來出世間
具足大悲心　爲世轉法輪　一切無能報
大仙普慈恩　不可思議劫　代衆受苦故
無量億劫中　受諸地獄苦　不捨一切衆
悉令得見佛　普能代衆生　具受無量苦
其心無疲倦　爲度一切故　一切諸世間
所有惡道苦　如來常處中　悉令聞正法
一一地獄住　不可思議劫　具受無量苦
終不離諸佛　所以無量劫　常在三惡道
欲令諸群生　長養智慧故　衆生見如來
除滅諸苦惱　安立於大智　一切佛境界
若有見佛者　除滅一切障　長養功德藏
究竟成菩提　如來能除滅　世間諸疑惑
隨其所應化　悉滿彼大願

爾時普賢菩薩觀察一切大衆欲重開發顯現照明以法界等方便廣說師子奮迅三昧

法界等虛空界等三世等一切衆生界等一切劫等一切業性等衆生希望等衆生欲等法光明等隨時教化等一切衆生根等爲諸菩薩十種廣說師子奮迅三昧何等爲十所謂廣說一切法界中一切佛刹微塵等佛次第興世演說正法廣說虛空界等一切佛刹中盡未來劫一切諸佛所謂廣說一切佛刹中一切如來現成正覺廣說虛空界等一切佛刹中佛坐道場眷屬圍繞菩薩大衆皆悉往詣廣說一念中三世一切佛出變化身充滿一切法界廣說一身充滿一切世界海一切佛刹海平等照持廣說一一境界中顯現三世一切諸佛自在功德地廣說一一微塵中顯現三世一切佛刹微塵等佛自在神力廣說一一毛孔出三世一切佛大願海音開發化道盡未來劫一切菩薩廣說處法界等師子之座大衆圍繞莊嚴道場各隨其處轉妙法輪盡未來劫未曾斷絕佛子此師子奮迅三昧有如是等不可說佛刹微塵等廣說唯是如來智慧境界爾時普賢菩薩摩訶薩欲重明師子奮迅三昧承佛神力觀察如來觀察大衆觀察如來不可思議境界觀察諸佛三昧觀察不可思議世界觀察不可思議智慧觀察一切法皆悉如幻觀察不可思議諸佛平等觀察無量無邊一切音聲語言道故以偈頌曰

一一毛孔中　普現最勝海　佛處如來座
菩薩衆圍繞　一一毛孔中　無量諸佛海
道場處華座　轉淨妙法輪　一一毛孔中
一切刹塵等　最勝跏趺坐　演說普賢行

最勝坐一刹　充滿十方界　無盡菩薩雲
來詣於佛所　無量億佛刹　塵數菩薩集
圍繞於如來　爲說諸法界　顯現諸佛刹
入法界智海　安住普賢行　滿足諸佛刹
安住於如來　一切諸世界　深入菩薩行
樂聞勝法雲　一一刹無量　億劫修諸行
修習彼行已　究竟深法海　滿足大願海
安住如來地　出生最勝法　具足普賢行
成就功德海　得無量自在　如來身雲覆
一切諸佛刹　普雨甘露法　令衆住佛道

爾時世尊欲令諸菩薩安住師子奮迅三昧故放眉間白毫相光名普照三世法界門不可說世界微塵等光明以爲眷屬普照十方一切世界海時祇洹林菩薩大衆普雲集者悉見一切法界虛空界等一切佛刹種種色種種清淨種種安住種種形如是等一切世界諸大菩薩現坐道場菩薩圍繞諸天供養成等正覺或見於不可說佛刹微塵等諸眷屬中出妙音聲充滿法界轉淨法輪或見在天宮殿在龍宮殿夜叉乾闥婆阿脩羅迦樓羅緊那羅摩睺羅伽人及非人等諸宮殿中或見在人聚落城邑大王京都現種種身種種姓名種種色種種圓光種種光網種種辯種種眷屬種種持種種教持種種音聲而爲說法如此間如來爲諸菩薩現甚深三昧神力變化一切法界虛空界等十方一切世界海中現國土身及衆生身諸業所起乃至一毛孔中一切悉現亦復如是而不壞三世不壞衆生普照一切諸衆生心色身清淨隨所應化普現一切衆生類前開示一切諸佛妙

法調伏衆生顯現如來自在神力其有衆生見聞念知如來自在神通力者皆佛宿世善知識也皆悉修習四攝善根一向專求無上菩提攝諸善根成就方便逮得如來不可思議自在三昧悉與法界虚空界等或得法身或得色身或得菩薩具足諸行或得清淨諸波羅蜜或得菩薩圓滿淨行或得菩薩諸地或得菩提自在或得如來不壞三昧或得如來諸行智力或得如來無礙辯才此諸菩薩得如是等十不可說佛刹微塵等諸妙功德所謂種種道種種門種種入種種度種種方便種種至種種方種種光明種種功德種種功德具種種自在深入菩薩諸三昧海所謂普莊嚴法界菩薩三昧普照三世無礙三昧不壞法界智三昧隨時深入如來境界三昧普照虚空三昧行如來力三昧如來無畏莊嚴師子奮迅三昧一切法界方便藏三昧無礙法界淨月三昧清淨莊嚴法雲三昧除滅癡障法王幢三昧一一境界中悉見一切佛海三昧一切世間不可壞身清淨光明智幢三昧深入佛身無壞三昧隨順一切世藏三昧諸法無跡無依三昧圓滿普照寂滅三昧無所有善化普化遍照三昧攝持一切佛刹三昧莊嚴一切佛刹現成菩提三昧行一切正法三昧行一切衆生境界無礙三昧生一切諸佛三昧究竟一切佛德海三昧一一境界出生盡未來際功德三昧解了一切如來本生海三昧護持盡未來際一切如來種性三昧令現在十方一切佛刹海悉淨三昧於一念中普照一切佛刹三昧遠離障礙深入

一切境界三昧令一切刹入一佛刹三昧出一切佛化身三昧決定智慧金剛王入一切根海三昧住持一切佛身皆一身藏無差别三昧於一念中住一切佛法界方便無盡三昧於一切法界佛刹中示現涅槃三昧住無上地三昧令一切世界衆生悉見其身無别異三昧一切佛智現前三昧知一切法實相三昧於一念中具分别知三世三昧於一念中知一切法界藏三昧皆隨順知如來智師子行三昧於一切境界慧眼圓滿三昧十力境界等三昧於一切境界以平等眼示現三昧出生一切妙色衆生見無猒足三昧無動藏三昧一法攝一切法三昧一言普説一切音聲三昧一切佛無二法三昧離三世三昧分别一切劫不壞智三昧微細方便十力内

三昧一切劫出生菩薩行無斷三昧一切十方普雲現前三昧菩提自在法界無礙三昧分别一切覺正希望安隱幢三昧一切莊嚴莊嚴虛空三昧於念念中出生化雲三昧離垢如空如來月光三昧一切佛持如空三昧一切法莊嚴法光三昧開一切法義燈三昧十力圓滿光三昧三世一切佛幢三昧一切佛同一藏三昧於念念中發起究竟一切事三昧無盡功德藏三昧示現無量無邊諸佛境界三昧住一切法金剛師子座三昧出生顯現一切如來變化無不知見三昧一切念如來日三昧一日悉覺三世三昧自然寂静解脱三昧見一切佛三昧鉢曇摩華莊嚴一切法界決定智三昧一切法無著虛空淨眼三昧一方攝十方海三昧深入無底法界三

昧一切法海三昧放一切光寂靜身三昧一念出生一切通明願三昧一切時一切處成菩提三昧一切法界入一莊嚴三昧一切佛住持三昧一切衆生勝地智明三昧一念中一身充滿法界三昧一身中顯現清淨法界三昧普門入法界顯現大莊嚴三昧一切佛法圓滿輪智住持三昧一切法方便一方便莊嚴三昧因陀羅網攝衆生界諸願精進住持三昧分別一切世界輪三昧蓮華妙德自在三昧分別一切衆生身三昧對現一切衆生身三昧分別一切音聲海三昧了別一切衆生地三昧不可壞大悲藏三昧一切佛入如來際三昧修習一切佛法門三昧觀察師子奮迅菩薩三昧如是等不可說佛剎微塵等三昧門入如來海入一切佛自在三昧於念念中充滿法界彼諸菩薩一一皆有妙師子座悉與十佛世界等現大自在甚深智慧悉得諸地明淨智慧普觀一切從智性生尊求一切智具足成就離癡慧眼悉爲衆生作調御師修行諸佛平等正法決定了知一切境界分別了知一切世界樂寂滅法遠離世間常好閑靜遊諸佛剎無所染著於一切法心無所依安住莊嚴妙法宮殿教化成就一切衆生爲一切衆生顯現佛剎具足成就無上智門順離欲際得智慧身消竭一切諸有爲海爲一切衆生顯眞實際法海慧光具足圓滿皆悉安住堅固三昧以大悲心常念衆生解一切衆生皆悉如夢一切如來悉如電光一切言音皆悉如響了一切法皆悉如化滿足諸願具菩薩行普智圓滿方便清淨心

樂寂靜成滿一切諸陀羅尼智慧境界具足十力遠離恐怖安住法界具淨法眼得一切法無所有門修行無量智慧大海究竟到於智慧彼岸悉得般若波羅蜜力成就神通波羅蜜度衆生海於三昧波羅蜜悉得自在善知一切智無錯謬巧妙方便開示法藏具足辯才成就大願具足諸力法雲無盡於大衆中能師子吼而無所畏常求正法心無所著以淨慧眼滅除癡闇智月圓滿照世生滅成就智慧放大光明照一切諦善巧方便智慧功德金剛之山超出三世一切法王覺無所畏智功德幢滅諸魔幢建立精進圓滿智幢具足成就無上之身得一切法無礙智慧覺了無盡智眞實際安住眞際修行決定無相三昧巧方便生諸菩薩行無二智慧諦見境

界世間諸趣普照佛刹無所染著於一切法除滅癡闇究竟智慧皆悉圓滿放淨法光照十方界爲一切衆生作不虛福田若見聞者所願成滿爲一切世間功德須彌遠離恐怖伏諸外道以微妙音遍一切刹常見諸佛心無猒足成就如來自在法身隨其所應而化度之能以一身滿一切刹以少方便具足清淨自在神力普遊十方無所障礙智慧圓滿遍照法界爲一切衆曜明淨日隨其所應讃歎功德了一切衆生諸根希望於一切法得無諍境界分別了知諸法自性大小相攝決了如來甚深之地說句味身諸法深義無有窮盡於一言中普說一切修多羅海究竟一切諸陀羅尼廣智慧身究竟無量劫陀羅尼於一劫中決定了知不可說劫於一念中了

達三世法陀羅尼普照無量諸佛法海爲一切衆生起淨智慧轉正法輪無能壞者成就如來智慧境界常入善現三昧正受遠離障礙深入諸法於一切法得勝智自在清淨莊嚴一切境界深入十方甚深法界攝取十方一切法界於一一微塵中現成正覺於無色性現一切色能以一方攝一切方彼諸菩薩具足成滿如是等無量功德智慧之藏常爲一切諸佛讚歎以句味身說其功德不能窮盡皆悉雲集於祇洹林爾時彼諸菩薩深入如來功德大海入已於菩薩身中及樓閣中莊嚴具中師子座中以樂法力故不可思議力故於念念中各放無量光明雲普照法界覺悟衆生所謂出一切寶香光明雲讚歎三世諸佛功德微妙音聲充滿十方出一切衆生雲境界光明說一切衆生清淨業報微妙音聲充滿十方出一切菩薩願行莊嚴光雲說一切菩薩願行功德出一切佛變化身雲一切如來微妙音聲充滿十方出一切菩薩身雲相好莊嚴於一切佛刹以微妙音讚歎諸佛充滿十方出三世佛莊嚴道場雲現一切佛成等正覺充滿十方於一切境界中出龍王雲雨一切香充滿十方出一切佛身雲歎普賢行充滿十方出一切佛刹淨光明雲一切如來轉法輪音充滿十方時諸菩薩威神力故此法力故出如是等不可說佛刹微塵等雲爾時文殊師利菩薩摩訶薩承佛神力觀察十方欲讚祇洹林中無量莊嚴以偈頌曰

觀察祇洹中　如來自在力　一切境界出

無量功德雲　無量淨妙色　種種而莊嚴
皆悉普照現　十方諸佛刹　佛子身毛孔
出佛音聲雲　種種寶莊嚴　充滿十方刹
其身如梵王　威儀常安靜　遍遊十方刹
演出妙音聲　如來毛孔出　不可思議身
皆悉如普賢　衆妙相莊嚴　菩薩普成就
三世功德海　充滿於虛空　出生莊嚴雲
於此祇洹中　演出妙音聲　普說一切衆
善淨業果報　一一境界中　悉現佛刹海
三世諸如來　無量自在力　如來毛孔中
一切諸世界　微塵等佛刹　皆悉分別現
一切境界中　出生諸佛雲　無量善方便
度脱一切衆　華雲香炎雲　清淨摩尼雲
種種莊嚴雲　充滿於十方　三世一切佛
莊嚴妙道場　於此祇洹林　一切悉顯現

普賢等佛子　無量種莊嚴　衆生等劫中
所修嚴淨刹　如是諸世界　悉現祇洹林
時彼一切諸菩薩衆以如來三昧照故一一皆得不可說佛刹微塵等大悲法門饒益安樂攝取衆生彼諸菩薩於一一毛孔各出不可說佛刹微塵等光明一一光明端各出不可說佛刹微塵等菩薩其身尊重於諸世間最爲殊勝隨其所應皆悉顯現充滿法界教化衆生未度者度未脱者脱現不可說佛刹微塵等諸天宮殿無常死相一切諸法皆悉如夢讃歎道場說一切菩薩諸大願門或於一切世界示現受生爲一切衆生廣現檀波羅蜜門或現一切諸佛圓滿淨戒功德尸羅波羅蜜門或現斷一切支節羼提波羅蜜門或現勤修精進毗梨耶波羅蜜門或現一切

菩薩禪定三昧相續解脱法門如來圓滿智慧光明門專求一切佛法爲一一句身味身義故能捨無量無數之身詣諸佛所問無量法門善知時會隨其所應而爲說法令一切衆生住一切智逮得方便智光海門悉能供養諸佛菩薩降伏衆魔制諸外道悉能顯現菩薩力門知一切技術明淨智地欲令衆生得勝妙法悉能了知衆生諸根煩惱習氣種種業報及智慧地以如是等不可說佛剎微塵等法門教化衆生或現天宮或現龍宮夜叉乾闥婆阿脩羅迦樓羅緊那羅摩睺羅伽等宮或現梵宮或現人宮或現閻羅王宮或現地獄餓鬼畜生處大悲智慧及諸大願不可沮壞攝取衆生不捨方便或以名號教化或以憶念教化或以音聲教化或以圓滿光明教化或以光明網教化隨其所應悉現其前現處處莊嚴不離佛所不離樓閣座而普現十方或放化身雲或現無二身遊行十方教化衆生或現聲聞色像或現梵天色像或現一切苦行色像或現良醫色像或現商人色像或現正命色像或現伎人色像或現天色像或現一切技術色像或現一切城邑聚落京都色像隨其所應往詣其所或現種種色身音聲教化衆生或現諸語言法種種威儀種種菩薩行種種巧術一切智明爲世間燈普照衆生業報莊嚴分別諸方悉行圓滿菩薩諸行悉現一切城邑聚落京都化度衆生爾時文殊師利童子從善安住樓閣出與一切同行諸菩薩俱金剛力士常隨侍衞本願具足天樂聞法地天常習大悲泉池方天

除滅愚癡夜天出生佛晝日天莊嚴正法界虛空河天度衆生生死海天長養一切善根薩婆若山天莊嚴一切衆生身滿足諸願供養一切佛身天守護一切衆生城天守護一切衆生夜叉王令一切衆生歡喜乾闥婆王除滅一切餓鬼趣鳩槃茶王於生死海拔濟衆生迦樓羅王正求薩婆若阿脩羅王見佛歡喜無猒足摩睺羅伽王常猒生死諸天王常敬禮佛諸梵天王等俱詣佛所頭面禮足設諸供養已辟退南方爾時尊者舍利弗承佛神力見文殊師利童子以菩薩莊嚴而自莊嚴出祇洹林遊行南方見已作如是念我今當與文殊師利菩薩俱行爾時尊者舍利弗與六千比丘眷屬圍繞從自房出來詣佛所禮足辟退向文殊師利此六千比丘是舍利弗共行弟子皆新出家其名曰海智比丘大善調伏比丘功德光比丘大童子比丘電光興比丘清淨行比丘天妙德比丘因陀羅慧比丘梵天比丘寂靜慧比丘如是等六千比丘已曾供養過去諸佛於諸佛所種諸善根性樂清淨信心明徹行諸大願觀佛境界了法實相饒益衆生常樂專求諸佛功德此等比丘皆是文殊師利之所化度爾時尊者舍利弗觀察大衆告海智比丘言汝可觀察文殊師利菩薩清淨之身相好莊嚴一切天人莫能思議光明圓滿令無量衆生發歡喜心放大莊嚴妙光明網除滅衆生無量苦惱觀其眷屬成就善根觀其遊步威儀庠序所遊行處自然平正十方無礙觀其功德所行道路其傍悉有衆妙寶藏自然發出觀其供

養過去諸佛善根依果從衆林樹出莊嚴藏觀彼一切諸天大王恭敬禮拜供養雲雨海智汝觀文殊師利一切如來眉間毫相放無量光說諸佛法悉入其頂爾時尊者舍利弗爲諸比丘讚說文殊師利無量功德諸大莊嚴彼諸比丘聞讚歎已皆悉歡喜其心清淨離諸垢穢身體柔輭調伏諸根遠離障礙現見諸佛正求菩提逮得菩薩清淨諸根具菩薩力長養大悲入諸波羅蜜發弘誓願悉見十方諸如來海時諸比丘白尊者舍利弗言唯然大師願俱往詣文殊師利爾時尊者舍利弗與諸比丘往詣其所到已謂文殊師利此諸比丘皆新出家欲見仁者爾時文殊師利童子即爲顯現菩薩自在如象王迴顧視比丘時諸比丘頭面禮足却住一面合掌而立作如是念我等以此禮拜功德知法實相如和尚舍利弗釋迦牟尼世尊得清淨身相好音聲神力自在如文殊師利爾時文殊師利告諸比丘汝等當知若善男子善女人成就十種大心則得佛地況菩薩地何等爲十所謂發廣大心長養一切善根究竟不退心無猒足見一切佛恭敬供養心無猒足正求一切佛法心無猒足遍行菩薩諸波羅蜜心無猒足具足一切菩薩三昧心無猒足於一切三世流轉心無猒足嚴淨佛刹充滿十方心無猒足教化成就一切衆生心無猒足於一切刹一切劫中行菩薩行心無猒足發廣大心修習一切佛刹微塵等諸波羅蜜度脫一切衆生具佛十力心無猒足若善男子善女人成就如是十種大法則能長養一切善

根離生死趣一切世間性超出聲聞緣覺之地生如來家具足成就菩薩大願行菩薩行住菩薩地成就如來功德之力降伏衆魔制諸外道彼諸比丘聞此法已皆得無礙淨眼三昧悉見十方一切如來及其眷屬無量衆生亦見種種世界形類衆寶宫殿及諸微塵乃至如來十眼境界皆悉覩見彼諸如來以種種句身味身種種辯才微妙音聲所說法海皆悉聞知彼世界中一切衆生心念諸根皆悉了知知彼衆生過去未來諸趣受生又能知彼過去未來各十劫事知彼如來十種本生十種成就菩提自在十種轉法輪十種神力十種教誡十種說法十種辯才得此三昧時具足成就十種實際菩提之心一萬三昧一萬淨波羅蜜得大智慧圓滿光明菩薩十明住菩提心爾時文殊師利菩薩勸諸比丘修普賢行住普賢行彼諸比丘出生大願海生大願海已身心清淨得不死通明得是明已不離此處出生一切如來法身充滿十方具足一切佛法爾時文殊師利菩薩建立彼諸比丘菩提心已與其眷屬漸遊南方至覺城東住莊嚴幢娑羅林中大塔廟處過去諸佛所遊止處亦是過去諸佛爲菩薩時修苦行處此處常爲一切天龍夜叉乾闥婆阿脩羅人非人等之所供養時文殊師利即於此處說普照一切法界修多羅有百萬億修多羅以爲眷屬說此法時於大海中有無量千億龍王與眷屬俱來詣文殊師利聞此法已猒離龍趣正求佛道捨龍身已生天人中一萬龍王於阿耨多羅三藐三菩提得不退

轉時覺城人聞文殊師利在莊嚴幢娑羅林中大塔廟處聞已優婆塞優婆夷童男童女皆悉往詣文殊師利時有優婆塞名曰大智與千優婆塞眷屬俱其名曰修達多優婆塞婆須達多優婆塞功德光優婆塞名稱德優婆塞寂靜德優婆塞歡喜德優婆塞善慧優婆塞大慧優婆塞賢優婆塞賢妙德優婆塞如是等千優婆塞俱頭面禮足退坐一面復有五百優婆夷其名曰大慧光優婆夷善光優婆夷善身優婆夷可樂身優婆夷跋陀羅優婆夷賢德優婆夷賢光優婆夷光明幢優婆夷妙德光優婆夷善眼優婆夷如是等五百優婆夷俱頭面禮足退坐一面復有五百童子其名曰善財童子善行童子善戒童子善威儀童子善精進童子善心童子善慧童子善覺童子善眼童子善臂童子善光勝童子如是等五百童子俱頭面禮足退坐一面復有五百童女其名曰善行童女跋陀羅童女悅樂顏童女堅固慧童女妙功德童女勝體童女梵天與童女功德光童女善光明童女如是等五百童女俱頭面禮足退坐一面爾時文殊師利知覺城大衆集已隨其所應以大慈力令彼清涼大悲現前將爲說法甚深智慧分別其心以大辯力而爲說法觀察善財童子以何因緣名曰善財此童子者初受胎時於其宅內有七大寶藏其藏普出七寶樓閣自然周備金銀瑠璃玻瓈真珠硨磲碼碯從此七寶生七種牙時此童子處胎十月出生端正支體具足其七種寶牙高三尋廣七尋又其家內自然具有五百寶器盛滿

衆寶金器盛銀銀器盛金金剛器盛衆香衆香器盛寶衣玉石器盛上味饌摩尼器盛雜寶種種寶器盛酥油蜜及以醍醐資生之具瑠璃器盛衆寶玻瓈器盛硨磲硨磲器盛玻瓈碼碯器盛赤珠赤珠器盛碼碯火珠器盛淨水珠淨水珠器盛火珠如是等五百寶器自然行列又雨衆寶滿諸庫藏以此事故婆羅門中善明相師字曰善財此童子者已曾供養過去諸佛深種善根常樂清淨近善知識身口意淨修菩薩道求一切智修諸佛法心淨如空具菩薩行爾時文殊師利菩薩如象王迴觀察善財而告之曰吾當爲汝說微妙法即爲分別諸佛正法分別諸佛次與世法淨眷屬法轉梵輪法諸佛色身相好清淨莊嚴之法一切諸佛具法身法諸佛音聲妙莊嚴法說一切如來平等正法爾時文殊師利知善財等一切大衆聞說此法皆大歡喜發菩提心顯明過去諸善根已不捨本坐如應化度覺城衆生已遊行南方爾時善財童子從文殊師利聞佛如是諸妙功德專求菩提隨從文殊師利以偈頌曰

三有爲城郭　高慢爲垣牆　諸趣爲却敵
染愛爲深塹　愚癡暗覆蔽　三毒常熾然
惡魔爲君王　童蒙依止住　貪愛所纏縛
諂曲壞正行　疑惑障慧眼　流轉諸邪道
慳嫉所纏縛　趣向餓鬼難　生老病死逼
愚癡轉趣輪　圓滿無上悲　清淨智慧日
消竭煩惱海　願顧少觀察　圓滿無上慈
慧光安衆生　一切無不曜　月王願照我
一切法界王　淨法爲四兵　常轉正法輪

願化我妙法　具足菩提願　積集功德藏
饒益一切衆　大師願度我　忍鎧莊嚴身
執持智慧劒　於魔險惡道　濟我免衆難
住法須彌頂　妙定天女侍　降伏阿脩羅
帝釋觀察我　具足離垢力　分別一切有
世間明淨燈　願示我正趣　遠離諸惡道
悉令善趣淨　開我解脫門　超出諸世難
著常我樂淨　迷惑於生死　清淨智慧眼
願開解脫門　遠離諸顛倒　無畏知正道
了達諸正趣　示現我菩提　安住正見地
諸佛功德樹　常雨正覺華　願示我菩提
世間明淨日　三世諸如來　如法而來去
願令我悉見　分別一切業　深知諸法性
決定智慧乘　示我摩訶衍　諸願輪成滿
大悲不可盡　淨妙德莊嚴　安我菩提乘

具足淨法界　大慈爲觀察　功德華莊嚴
賜我第一乘　安住梵行座　三昧女朝侍
微妙法音樂　示我法王道　無盡四攝藏
功德莊嚴智　光明照一切　願速示勝道
施惠圓滿光　栴檀戒塗身　忍辱大莊嚴
願速示正道　深入諸禪定　教化群生類
具足方便乘　安我勝法乘　諸願圓滿輪
永絕生死輪　具足持智力　安我妙法乘
一切悉殊妙　大悲觀衆生　究竟勝妙行
安我實智乘　安住金剛慧　究竟一切智
除滅諸障礙　安我賢聖乘　慈悲甚彌廣
安樂諸群生　法界等淨眼　安我無上乘
除滅衆苦陰　諸業煩惱輪　降伏一切魔
安我正法乘　智慧照十方　莊嚴諸法界
滿足衆生願　安我勝妙乘　心淨如虛空

除滅邪見愛　饒益一切衆　安我勝法乘
安住如風輪　普持一切刹　令衆住定地
安我殊勝乘　安住如大地　具足大悲力
智慧益衆生　安我最勝乘　四攝光圓滿
饒益群生類　總持清淨光　示我明淨日
開發淨慧眼　莊嚴妙智王　冠以無上冠
法王慈顧我

爾時文殊師利如象王迴觀善財童子作如是言善哉善哉善男子乃能發阿耨多羅三藐三菩提心求善知識親近善知識問菩薩行求菩薩道善男子是爲菩薩第一之藏具一切智所謂求善知識親近恭敬而供養之是故善男子應求善知識親近恭敬一心供養而無猒足問菩薩行云何修習菩薩道云何滿足菩薩行云何清淨菩薩行云何究竟菩薩行云何出生菩薩行云何正念菩薩道云何緣於菩薩境界道云何增廣菩薩道云何菩薩具普賢行爾時文殊師利爲善財童子以偈頌曰

善哉功德藏　能來詣我所　發廣大悲心
專求無上道　先發諸大願　除滅衆生苦
究竟菩薩行　成就無上道　若有諸菩薩
不猒生死苦　具足普賢行　一切莫能壞
功德光勝來　清淨功德海　正求普賢行
饒益一切衆　無量無有邊　世界諸佛所
聞說淨法雲　受持不忘失　悉於十方界
普見無量佛　成滿諸願海　具足菩薩行
究竟方便海　安住如來地　隨順諸佛教
逮得一切智　一切世界中　法王積劫行
具足普賢道　究竟佛菩提　一切刹劫海

修習菩薩行　滿足諸大願　成就普賢乘
無量諸衆生　聞彼名號者　修習普賢願
得成無上道

大方廣佛華嚴經卷第四十六

音釋

峙直爾切屹立也　奮迅奮方問切迅息晋切　錯謬錯七各切舛也謬靡幼切誤也　羼初限切　薩婆若梵語也此云一切智若爾者切　鎧苦亥切甲也

大方廣佛華嚴經卷第四十七
東晉天竺三藏佛陀跋陀羅等譯
入法界品第三十四之三
爾時文殊師利説此偈已告善財言善男子於此南方有一國土名曰可樂其國有山名曰和合於彼山中有一比丘名功德雲汝詣彼問云何菩薩學菩薩行修菩薩道乃至云何具普賢行善男子彼比丘者善能顯説菩薩所行時善財童子從文殊師利聞法歡喜頭面禮足繞無數帀瞻仰悲戀泣涕辭退漸漸南行向可樂國登和合山於彼山中十方周遍一心觀察求覓大師爲在何所如是尋求乃至七日爾時善財見彼比丘乃在山頂静思經行見已馳詣頭面禮足右繞而住白言大聖我已先發阿耨多羅三藐三菩提心而未知菩薩云何學菩薩行修菩薩道我聞大師善能宣暢唯願垂慈具足演説時彼比丘告善財言善哉善哉善男子乃能發阿耨多羅三藐三菩提心問菩薩行善男子如是事者難中之難所謂能問菩薩所行修菩薩道入菩薩境界出生清淨菩薩之道求於菩薩清淨廣心具足諸願隨順世間所應化者於生死中求解脱門有爲無爲心不染著善男子我於解脱力逮得清淨方便慧眼普照觀察一切世界境界無礙除一切障一切佛化陀羅尼力或見東方一佛二佛十百千萬十億百億千億百千億佛或見百億那由他千億那由他百千億那由他佛或見無量阿僧祇不可思議不可稱無分齊無邊際不可量不可説不可説不可説佛或見閻浮提微

塵等佛或見四天下微塵等佛或見小千世界微塵等佛或見二千世界微塵等佛或見三千大千世界微塵等佛南西北方四維上下亦復如是種種形色種種自在遊戲神通種種眷屬莊嚴放大光網種種清淨莊嚴佛刹隨受化者示現自在菩提法門見諸如來於大衆中而師子吼善男子我唯知此普門光明觀察正念諸佛三昧豈能了知菩薩圓滿清淨智行諸大菩薩得圓滿普照念佛三昧門悉能覩見一切諸佛及其眷屬嚴淨佛刹得一切衆生遠離顛倒念佛三昧門隨一切衆生所應悉令清淨得一切力究竟念佛三昧門正念修習諸佛十力得諸法中心無顛倒念佛三昧門悉得覩見一切佛雲於彼佛所聞法受持得分别十方一切如來念佛

三昧門悉見一切世界海中諸如來海得不可見不可入念佛三昧門於微細境界見一切佛自在境界得諸刧不顛倒念佛三昧門於一切刧常見諸佛未曾遠離得隨時念佛三昧門於一切時常見諸佛得嚴淨佛刹念佛三昧門起一切佛刹無能壞者普見諸佛得三世不顛倒念佛三昧門悉見三世諸佛及其眷屬得無壞境界念佛三昧門於一切境界悉見諸佛得寂靜念佛三昧門於一念中悉見一切世界中一切如來示現涅槃得離月離時念佛三昧門於一日中悉見一切如來遊行教化得廣大念佛三昧門見一佛身結跏趺坐充滿法界得微細念佛三昧門於一毛孔見一切佛成等正覺得莊嚴念佛三昧門於一念中見一切佛於一切世界成

等正覺神力自在得清淨事念佛三昧門見一切佛慧光普照轉妙法輪得淨心念佛三昧門自心明了見一切佛得淨業念佛三昧門見一切衆生諸業如鏡中像得自在念佛三昧門見一切莊嚴法界諸佛充滿得虚空等念佛三昧門見如來身普照法界及虚空界爾時功德雲比丘告善財言善男子南方有國名曰海門彼有比丘名曰海雲汝應詣彼問菩薩行善男子彼比丘者能分别説善根具因善根大地善根大力善根能讚歎菩提因縁廣摩訶衍增廣波羅蜜力顯現一切菩薩行海善能清淨圓滿大願能令出生清淨普門莊嚴法門生大悲力時善財童子從功德雲比丘聞法歡喜頭面禮足繞無數帀眷仰顧戀辭退南行一心正念善知識教智慧光明菩薩法門菩薩三昧觀察一切菩薩諸方便海圓滿功德心常樂見一切菩薩念一切佛次第興世清淨功德漸趣南方海門國土詣海雲比丘頭面禮足右繞畢退住一面白言大聖我已先發阿耨多羅三藐三菩提心欲度一切智慧大海而未知菩薩云何離生死性得不退轉生如來家度生死海逮得如來一切智海捨凡夫地得如來地斷生死流入菩薩流滅諸趣輪滿諸願輪降伏衆魔具佛功德竭愛欲海長大悲海閉諸惡道開天人路諸解脱門出三界城到一切智城捨離一切玩好之具發弘誓願攝取衆生爾時海雲比丘告善財言善男子汝已發阿耨多羅三藐三菩提心耶荅言唯然善男子若不深植善根則不能發阿耨多羅三藐三菩

提心得普門善根普照光明法門長養正道三昧慧光出生種種功德海藏長白淨法未曾退失親近善知識恭敬供養不惜身命無所藏積離諸憍慢心安不動猶如大地大慈愍念一切群生遠離一切諸生死門好樂佛境界者能發菩提心大悲心救護一切衆生故大慈心安樂一切衆生故無疲倦心滅一切衆生諸苦惱故饒益心滅一切衆生不善法故無畏心除滅一切諸惱害故無礙心滅一切障故廣大心充滿一切法界故無邊心等虛空界故廣心見一切如來故清淨心於三世法智不違故智心究竟一切智海故善男子我住此海門國十有二年境界大海觀察大海思惟大海無量無邊思惟大海甚深難得源底思惟大海漸漸深廣思惟大海無量妙寶而莊嚴之思惟大海無量水聚思惟大海水色種種不可思議思惟大海大身衆生之所依止思惟大海水性所居思惟大海大雲彌覆思惟大海未曾增減善男子我如是思惟時復作是念世間頗更有法廣此大海深此大海莊嚴於此大海者不作是念已即見海底水輪之際妙寶蓮華自然涌出伊那尼羅寶爲莖閻浮檀金爲葉沉水香寶爲臺碼碯寶爲鬚彌覆大海百萬阿脩羅王悉共執持百萬摩尼寶莊嚴網羅覆其上百萬龍王雨以香水百萬迦樓羅王銜妙寶繒帶垂下莊嚴百萬羅剎王慈心觀察百萬夜叉王恭敬禮拜百萬乾闥婆王讚歎供養百萬天王雨天香華末香幢旛妙寶衣雲百萬梵王稽首敬禮百萬淨居天各敬禮已合掌而

住百萬轉輪王七寶莊嚴百萬海神王從大海出恭敬禮拜百萬夜光寶光明網普照一切百萬淨寶百萬明淨寶以爲莊嚴百萬寶藏出無量光明普照一切百萬閻浮檀寶安住莊嚴百萬金剛師子寶不可沮壞清淨莊嚴百萬日藏寶明淨光明普照一切百萬不可壞摩尼寶出生長養一切善行百萬如意寶珠無盡莊嚴彼寶蓮華如來無上善根所起悉令一切菩薩諸願成滿十方世界無不顯現出生一切諸法如幻從淨法生無諍方便法之所莊嚴行如夢法無爲法印究竟到於無礙方便普覆十方一切法界唯佛境界隨順世間無量阿僧祇劫歎不可盡見彼華上有一如來結跏趺坐彼佛淨身上至非想非非想天無不充滿見彼如來坐此莊嚴寶

蓮華座不可思議大衆圍繞見不可思議圓滿光明莊嚴見不可思議相好莊嚴見不可思議神力自在見不可思議如來妙色見不可思議無見頂相見不可思議廣長舌相念不可思議清淨音聲思惟不可思議圓滿音聲見不可思議如來諸力解了不可思議清淨無畏解了不可思議一切諸辯憶念菩薩過去不可思議大劫本行見不可思議菩提自在見不可思議正法雲見不可思議普門莊嚴身見不可思議身左右端嚴見辦一切不可思議事饒益衆生時彼如來即申右手而摩我頂說普眼經唯是如來境界出生一切菩薩淨行普照一切法界攝取圓滿一切法界普照一切嚴淨佛刹降伏一切衆魔外道悉令一切衆生歡喜普照一切衆生所行

隨其所應無不顯現普照一切衆生根輪善
男子我從佛聞此普眼經皆悉受持讀誦通
利正念思惟善男子假使有人以大海等墨
須彌聚筆書寫此經一一品一一法門一一
方便一一生法門一一句中義味猶不能盡
善男子我於佛所千二百歲聞受此經於一
一日受阿僧祇品多聞陀羅尼光明力故究
竟阿僧祇品百萬門陀羅尼光明力故攝取
阿僧祇品無量旋陀羅尼光明力故分別阿
僧祇品隨順分別諸地陀羅尼光明力故淨
阿僧祇品嚴勝陀羅尼光明力故出生阿僧
祇品隨喻莊嚴陀羅尼光明力故說阿僧祇
品明淨音聲陀羅尼光明力故照阿僧祇品
虛空藏陀羅尼光明力故廣阿僧祇品樹提
沙陀羅尼光明力故成阿僧祇品海藏陀羅
尼光明力故其有十方諸天天王諸龍龍王
夜叉夜叉王乾闥婆乾闥婆王阿脩羅阿脩
羅王迦樓羅迦樓羅王緊那羅緊那羅王人
人王梵天梵天王若來問我我即爲彼開發
顯現分別讚說悉令安住此普眼經善男子
我唯知此一法門豈能盡知菩薩諸行何以
故諸菩薩等究竟一切行故究竟大願海一
切劫海不斷絶故入衆生海應受化者悉隨
順故深入一切衆生心海出生如來十力智
光明故悉知一切衆生諸根隨所應化不失
時故入一切佛刹海出生佛刹堅固願故究
竟恭敬供養一切佛海大願力故度一切法
海解脫智故深入功德海如說修行故度一
切衆生語言海於十方剎轉法輪故善男子
汝詣南方六十由旬有一國土名曰海岸彼

有比丘名曰善住應往問彼云何菩薩修清淨行時善財童子頭面禮足繞無數帀眷仰無量辭退南行爾時善財童子正念善知識教正念普眼經思惟彼佛自在神力受持彼佛句味法雲修習正法入深法海盡法源底攝取勝法除滅癡曀了法寶洲至海岸國周遍十方推求大師今在何所見彼比丘經行虛空阿僧祇天眷屬圍繞時諸天衆爲供養善住比丘故於虛空中散諸天華作衆妓樂出微妙音阿僧祇寶幢莊嚴虛空時諸龍王爲供養故興不可思議沉水香雲遍滿虛空緊那羅王爲供養故作諸妓樂出妙音聲充滿虛空諸海神王爲供養故嘯和雅音阿修羅王爲供養故興不可思議寶雲莊嚴虛空放不可思議光明普照一切以不可思議珍玩之具莊嚴虛空不可思議緊那羅王充滿虛空離殺害心恭敬供養善住比丘不可思議諸羅刹王與諸惡形羅刹鬼等眷屬圍繞充滿虛空善住比丘大慈力故不可思議諸夜叉王與夜叉衆俱充滿虛空爲守護善住比丘故周帀圍繞不可思議諸梵天王在虛空中合掌敬禮以大音聲讚彼比丘於一面住不可思議諸淨居天與宮殿俱爲供養故詣善住比丘爾時善財童子見虛空中如是供養合掌敬禮善住比丘白言大聖我已先發阿耨多羅三藐三菩提心而未知菩薩云何正向佛法專求佛法恭敬佛法修諸佛法長養佛法積集佛法熏修佛法淨諸佛法遍淨佛法至諸佛法我聞大聖善能教授諸菩薩法云何菩薩修習佛法常見諸佛未曾遠

離常見菩薩同其善根不離佛法智慧具足不捨大願於一切衆生究竟其事於一切劫修菩薩行心無疲倦不捨佛刹普能莊嚴一切世界悉能知見諸佛自在不離有爲修菩薩行悉了如幻入一切趣現受生死而無起滅常聞正法未曾遠離悉能受持諸佛法雲不離慧光普照三世爾時善住比丘告善財言善哉善哉善男子乃能發阿耨多羅三藐三菩提心能問佛法一切智法及無師法善男子我已成就菩薩無礙法門我已修習分別明了遠得無礙明淨慧光得慧光已觀察一切衆生心行無所障礙觀一切衆生死此生彼無所障礙於宿命智無所障礙於未來智無所障礙於現在世知一切衆生無所障礙於一切衆生語言法中無所障礙若一切衆生來問難者悉能應荅無所障礙知一切衆生根無所障礙教化衆生無所障礙分別了知一切刹那羅婆摩睺姤路無所障礙於三世海無所障礙已身充滿十方佛刹無所障礙何以故依無所有無作神通力故善男子我得此神通力故於虛空中行住坐卧遊騰十方於一念中遍至東方一佛世界百佛世界千佛百千佛無量佛世界乃至不可說不可說諸佛世界閻浮提微塵等世界乃至不可說不可說佛刹微塵等世界悉得覩見彼世界中一切諸佛及其眷屬以一切華香末香塗香寶鬘幢旛雜綵繒蓋衆妙寶網一切形像供養彼如來應供等正覺彼諸如來所可開現宣明讚歎悉聞受持分別通達彼佛所有過去淨刹我悉憶念南西北方四維

上下亦復如是若有衆生得見我者皆悉畢定阿耨多羅三藐三菩提如我所見一切衆生若大若小若好若醜若苦若樂爲化度故隨其所應現同彼身若有衆生來至我所悉令安住於此正法善男子我唯知此一無礙法門云何能說菩薩修大悲戒諸波羅蜜戒乘大乘戒不捨菩薩道戒滅障礙戒菩薩藏戒不捨菩提心戒一切佛法深心戒念一切智不忘失戒如虚空戒一切世間無所依戒不可壞戒無譬喻戒不濁戒不雜戒離疑戒清淨戒離塵戒離垢淨戒善男子菩薩有如是等無量功德我豈能知如實解說善男子於此南方有一國土名曰自在城名祝藥彼有良醫名曰彌伽汝詣彼問云何菩薩向菩薩行時善財童子禮善住比丘足乃至辭退南行爾時善財童子一心正念法光法門具足法力正念諸佛不斷三寶歎離欲性念善知識普照三世念諸大願究竟一切法界衆生於一切有爲心無所著觀察一切諸法無常悉能嚴淨一切佛刹心無懈怠於一切佛及其眷屬心無所著漸至彼國入祝藥城求良醫彌伽今在何所爾時童子見彼良醫處正法堂坐於說法師子之座與一萬大衆前後圍繞爲說輪字莊嚴光經時善財童子詣良醫彌伽頭面禮足右繞畢退住一面合掌白言大聖我已先發阿耨多羅三藐三菩提心而未知菩薩云何向菩薩行云何學菩薩行云何於生死中常能不失菩提之心云何得平等心而無所趣云何逮得堅固正直之心一切世間無能壞者云何生大悲力而無

憂惱云何證淨普門陀羅尼力云何生智慧光於一切法除滅癡闇云何證諸辯力分別諸法眞實之藏云何得正念力受持一切清淨法輪未曾忘失云何得淨趣力於一切趣普照諸法云何得智慧力於一切法得決定智了眞實義爾時良醫謂善財言善男子汝已先發阿耨多羅三藐三菩提心耶答言唯然爾時良醫下師子座五體投地敬禮善財禮已散妙金華諸雜寶華無價摩尼勝末栴檀無價寶衣而以覆之以如是等衆妙供具而供養之敬重讚歎作如是言善哉善哉善男子乃能發阿耨多羅三藐三菩提心善男子若有能發阿耨多羅三藐三菩提心者則爲守護一切佛性嚴淨一切諸佛刹性化衆生性爲一切衆生說如法性順一切業性成滿一切菩薩行性不斷一切諸大願性解離欲性智慧明淨普照三世一切法性建解脫性爲一切佛之所護持一切諸佛常共護念善能隨順一切菩薩一切賢聖皆悉隨喜爲一切梵天恭敬禮拜一切諸天恭敬供養一切夜叉王之所建立一切羅刹王恭敬供養一切龍王而頂戴之一切緊那羅王敬心讚歎一切世界王皆悉敬念彼爲安慰一切衆生滅三惡道遠離衆難救拔一切貧窮根本安置天人快樂之處遇善知識未曾遠離聞佛妙法發菩提心因淨菩提心枝得明淨光照菩薩道順菩薩智住菩薩地善男子當知菩薩能爲一切衆生作甚難事難值難見爲一切衆生而作父母莊嚴衆生攝取一切諸天世人除滅衆生無量苦難守護衆生遠離

憂惱菩薩爲大風輪安持衆生不令墜落三惡道故菩薩爲大地生長一切諸善根故菩薩爲大海具足無盡功德藏故菩薩爲日明淨慧光普照世間滅癡闇故菩薩爲須彌山王功德善根最高大故菩薩爲月令一切衆生悉清涼故菩薩爲大將悉能降伏一切魔故菩薩爲善丈夫於法城中爲君王故菩薩爲火能燒衆生諸貪愛故菩薩爲雲雨甘露法故菩薩爲正見悉能長養諸妙根故菩薩爲方便顯法海故菩薩爲橋令諸衆生度生死海故爾時良醫稱揚讚歎善財童子及諸菩薩已即從口中放大光雲普照三千大千世界照已時大千世界大神力天乃至諸梵天等悉詣良醫時彼良醫即爲方便隨順分別廣演顯現說輪字莊嚴光經時彼大衆聞此經已於阿耨多羅三藐三菩提得不退轉所應作已還昇本座告善財言善男子我已成就所言不虛法門分別了知三千大千世界諸天語言諸龍夜叉乾闥婆阿修羅迦樓羅緊那羅摩睺羅伽人非人等一切語言如此三千大千世界十方無量無邊不可說不可說三千大千世界亦復如是善男子我唯知此菩薩所言不虛法門云何能說諸菩薩行彼諸菩薩隨順深入衆生一切相海隨順深入衆生一切施設海隨順深入諸名號海隨順深入諸語言海隨順深入諸句相續海隨順深入諸解說句次第海隨順深入諸解說句相續次第海隨順深入諸如來海隨順深入分別諸句海隨順深入一切衆生諸語言海逮得一切圓滿莊嚴微妙音聲出生分

別諸文字輪善男子於此南方有一國土名曰住林彼有長者名曰解脫汝詣彼問云何菩薩向菩薩道修菩薩道成菩薩道思菩薩道時善財童子於良醫所聞此法門發深淨信心恭敬於法決定知見因善知識得薩婆若頭面禮足乃至辭退南行爾時善財童子正念菩薩所言不虛法門入菩薩語言海念一切衆生微細方便海思惟菩薩諸垢淨法出生菩薩善根光明淨修菩薩教化衆生巧方便門明淨菩薩攝衆生智堅固菩薩正直心力長養菩薩深心之力淨修菩薩種種欲力信菩薩心遠離諸惡願心堅固以大莊嚴而自莊嚴心無疲倦勇猛精進心不退轉具不可壞淨信心力金剛那羅延所不能壞攝取一切善知識教無礙境界皆悉清淨無垢境界妙心現前逮得普眼方便光明陀羅尼地了法界地心常現前知平等地非地莊嚴清淨不著我所無二境界逮得清淨無礙智慧了知法地無所障礙知諸方地而不退轉分別了知一切業地嚴淨顯現諸佛大地得智慧輪分別三世逮得普樂光明三昧遍照身心順至一切諸境界地如來智慧普照境界興起一切智慧波浪身常不離佛法勢力爲諸如來之所護持其心悉與一切佛等隨順智慧普照一切其身充滿一切剎網成就大願已身容受一切法界如是念已漸漸遊行經十二年至住林國周遍推求解脫長者見已禮足於一面住作如是念我得善利見善知識善知識者出興世難至其所難得值遇難得見知難得親近難得共住難得其意

難得隨順難念已白言大聖我已先發阿耨多羅三藐三菩提心欲值一切佛欲見一切佛欲得一切佛意欲知一切佛欲得一切諸佛三昧隨順一切佛一切大願欲滿一切佛一切大願欲求一切佛智慧光明欲自身中出一切佛欲得諸明知一切佛自在神通欲淨一切佛力無畏法欲聞一切佛法心無猒足欲受一切佛法欲持一切佛法欲分別一切佛法欲護一切佛教欲與一切諸菩薩同欲與菩薩同善根友欲具菩薩諸波羅蜜欲滿一切諸菩薩行欲發菩薩清淨大願欲得一切諸佛菩薩因緣法藏欲得一切菩薩無量法藏智慧光明欲得一切菩薩諸三昧藏欲出生一切菩薩諸通明藏欲發大悲藏教化衆生無有窮盡欲分別知遊戲神通藏欲分別知自在之藏欲於自在藏心得自在欲清淨十種藏一向專求此諸功德詣長者所欲滿諸願欲超出生死欲得自在法欲具恭敬門欲具方便門欲遠離諸垢欲清淨莊嚴欲身心柔輭欲調伏諸根白言我聞大聖善教菩薩方便正道普照一切顯現妙法示導津濟開正法門除滅顛倒拔疑惑刺心離迷垢照除重闇離諸煩惱永得清涼棄捨諂曲超出生死離不善根長養善根遠離諸趣無所染著滅一切障求薩婆若到法王城其心安住大慈大悲教菩薩行修諸三昧其心安住隨順法門發廣大心具足諸力照明一切諸群生心唯願大聖爲我分別云何菩薩向菩薩道修菩薩行既修習已令速清淨菩薩之行具成菩薩圓滿淨行時解脫長者以過

去善根力佛威神力文殊師利憶念力故入菩薩三昧門其三昧門名攝一切佛刹無量旋陀羅尼入已得清淨身於其身内十方各見十佛世界微塵等佛及嚴淨刹一切大衆過去所行彼諸如來神力自在一切大願功德之具諸清淨行莊嚴正道成等正覺轉淨法輪教化衆生究竟諸法於其身内皆悉顯現而無雜亂不相障礙如本相住形色不同種種莊飾菩薩大衆圍繞莊嚴顯現一切諸佛自在説諸願門示現無量自在神力或於一刹處兠率天而作佛事或於一刹示現命終或現受胎或現處胎顯自在力或現出生或現處中宫或現出家或現往詣莊嚴道場或現降魔或現成佛或現天宫夜叉乾闥婆諸世界主大衆圍繞請轉法輪或現轉法輪或現入諸趣或現般涅槃或現分舍利或現起塔種種莊嚴彼諸如來爲種種衆生諸衆生海種種方便種種根種種煩惱習氣或於小衆而現大衆所謂一由旬衆現十由旬衆乃至不可説佛刹微塵等由旬衆而爲説法彼諸如來以微妙音所説正法善財童子悉聞受持又見彼佛自在神力不可思議菩薩三昧爾時解脱長者從三昧起告善財言善男子我已成就如來無礙莊嚴法門得此法門已覩見東方閻浮檀光世界星宿王如來應供等正覺明淨藏菩薩等一切大衆又見南方諸力世界普香如來應供等正覺心王菩薩等一切大衆又見西方香光世界須彌燈王如來應供等正覺無礙心菩薩等一切大衆又見北方聖服幢世界自在神力無有

能壞如來應供等正覺自在勢菩薩等一切大衆又見東北方一切樂寶世界無礙眼如來應供等正覺無礙化菩薩等一切大衆又見東南方香炎光世界香智如來應供等正覺自在慧炎光菩薩等一切大衆又見西南方普照慧日世界法界輪幢如來應供等正覺散一切華幢菩薩等一切大衆又見西北方普淨現世界一切佛寶無上幢如來應供等正覺法幢王菩薩等一切大衆又見上方無盡佛性世界無量慧光圓滿幢如來應供等正覺法界地幢王菩薩等一切大衆又見下方佛解脱光世界無礙慧幢如來應供等正覺一切衆生世界幢王菩薩等一切大衆善男子我見十方各一萬佛刹微塵等如來彼諸如來不來至此我不往彼善男子我若欲見安樂世界無量壽佛隨意即見妙樂世界阿閦如來善住世界師子如來善現圓滿光明世界月慧如來寶師子莊嚴世界毗樓遮那如來善男子如是等一切諸佛隨意即見彼諸如來不來至此我不往彼知一切佛無所從來我無所至知一切佛及與我心皆悉如夢知一切佛悉如電光了知已心如水中像知一切佛皆悉如幻已心亦爾知一切佛音聲如響已心亦爾如是知如是解如是入善男子當知菩薩皆由已心得諸佛法修菩薩行淨一切刹教化衆生出諸大願一切智城遊戲神通不思議門諸佛菩薩一切自在無礙境界皆由已心具甚深智了一切法是故善男子以諸善根增長已心雨甘露法潤澤其心於境界中令心清淨勤修精進令

心堅固專念正法令心不亂智慧明淨遠離心垢明淨慧光照察其心生自在心發廣大心與諸佛等如來十力以照其心善男子我唯修此如來無礙法門云何能說菩薩諸行無障礙智無礙淨行安住觀察現在諸佛三昧得無涅槃三昧具足三世平等正法善知平等三昧境界之地具足淨身住諸佛住不壞境界一切諸方法門境界智門圓滿智慧觀察普照一切於已身中悉現一切世界成壞而於已身及諸世界不生二想究竟衆行功德具足善男子於此南方有一國土名曰莊嚴閻浮提頂彼有比丘名曰海幢汝詣彼問云何菩薩向菩薩道修菩薩行時善財童子頭面敬禮解脫長者足右繞畢讚歎無量阿僧祇功德眷仰觀察心無猒足悲泣流淚專念善知識順善知識觀善知識由善知識得一切智於善知識遠離諂曲於善知識發慈母心遠離一切無益法故於善知識發慈父心能生一切諸善法故辭退南行

大方廣佛華嚴經卷第四十七

音釋

睺胡溝切　幢直江切　阿閦梵語也此云無動閦初六切

大方廣佛華嚴經卷第四十八

東晉天竺三藏佛陀跋陀羅等譯

入法界品第三十四之四

爾時善財童子正念思惟解脫長者教念不可思議菩薩法門思惟不可思議菩薩慧光隨順深入不可思議甚深法界攝取菩薩不可思議淨妙功德顯現如來不可思議自在神力解了不可思議莊嚴佛刹分別知佛不可思議住持莊嚴安住境界思惟不可思議菩薩境界三昧莊嚴分別不可思議世界究竟無礙向不可思議菩薩堅固淨業深心受持不可思議淨業諸願漸漸趣南方至莊嚴閻浮提頂國周遍推求海幢比丘見在靜處結跏趺坐三昧正受滅出入息身安不動寂然無覺從其足下出阿僧祇長者阿僧祇婆羅門皆悉頂冠衆寶天冠各齎妙寶上味飲食一切寶衣香華寶鬘末香塗香資生之具攝諸貧窮安慰撫接雨衆寶物令一切衆生皆大歡喜充滿十方從其兩膝出刹利婆羅門皆悉聰慧形色威儀服飾莊嚴皆悉不同以微妙音訓導衆生離惡修善住眞實義說四攝法令衆生歡喜充滿十方從腰兩邊出一切衆生數等五通仙人或服草衣或樹皮衣皆執澡瓶持三岐杖威儀庠序無有變異遊行虛空讚歎三寶爲衆生說淸淨梵行調伏諸根演眞實義攝取世間令諸衆生入智慧海又復演說世間諸論令次第住一切善根充滿十方從其兩脇出不可思議龍不可思議龍女顯現不可思議諸龍自在攝取衆生雨不可思議香莊嚴雲華莊嚴雲鬘莊嚴雲

寶蓋莊嚴雲寶旛莊嚴雲衆寶莊嚴雲無價摩尼寶莊嚴雲寶瓔珞莊嚴雲寶座莊嚴雲寶宮殿莊嚴雲寶蓮華莊嚴雲寶冠莊嚴雲天形像莊嚴雲天女莊嚴雲雨如是等雲各不可思議普照十方一切世界而以供養一切如來普令衆生皆大歡喜充滿法界從胷德字出無量阿僧祇阿脩羅王示現阿脩羅王不可思議自在神力震動一切諸大海水及百千世界令諸山王皆相衝擊震動一切諸天宮殿映蔽一切諸魔光明悉如聚墨降伏一切諸魔軍衆除滅衆生放逸憍慢離忿害心滅不善法壞煩惱山棄捨戰諍又以神力覺悟衆生猒離諸惡永絕生死不著諸趣普令衆生常樂寂滅住菩提心淨菩薩行住諸波羅蜜究竟菩薩地照一切法普照諸佛方便之法充滿法界從其背出阿僧祇聲聞緣覺應以二乘化衆生故著我見者教不淨觀貪欲多者教慈心觀瞋恚多者教緣起觀愚癡多者教方便智觀察諸法爲等分者說無著法著境界者說妙願境界樂寂滅者教入諸趣饒益衆生充滿法界從其兩肩出阿僧祇諸夜叉王諸羅刹王種種惡身長短形色乘種種乘各與其衆而自圍繞其有衆生能行善者及衆賢聖諸菩薩等若向正道若得果證皆悉防衛而守護之或作金剛力士守護諸佛及佛住處若有衆生遭諸恐怖亦防護之悉令無畏諸疾病者令得除愈諸在難者悉令解脫除滅橫死離諸熱惱教化衆生令得實利壞生死輪讚歎法輪摧外道輪充滿法界從其腹出百千阿僧祇緊那羅王

各與百千阿僧祇阿僧祇緊那羅女眷屬圍繞出百千阿僧祇乾闥婆王各與百千阿僧祇阿僧祇乾闥婆眷屬圍繞出百千阿僧祇天娛樂音說實相法讚歎諸佛稱美菩提及菩薩行歎菩提門入法輪門好樂一切自在法門演說一切般涅槃門攝持一切諸佛教門歡喜一切衆生之門嚴淨一切諸佛刹門講說一切諸法界門除滅一切諸障礙門宣明一切諸善根門充滿法界從其口出百千阿僧祇轉輪聖王七寶具足四兵圍繞放無慳光雨摩尼寶諸貧苦者悉令富樂無財施者令得惠施爲諸群生歎離殺盜邪婬之法修習慈心常說愛語饒益衆生除滅妄語遠離惡口攝取衆生遠離兩舌說和合語離無義語說甚深法悉令衆生遠離口過讚歎大悲令衆生歡喜離瞋恚心分別世間一切正法觀察因緣照明眞諦拔諸群生邪見毒刺除滅疑惑離一切障明法實義充滿法界從其兩目出百千阿僧祇日普照十方滅一切闇悉令衆生除滅垢曀遠離一切惡道苦毒令寒者得溫於垢濁佛刹放明淨光廣說乃至普照金銀瑠璃等一切世界及衆生類除滅衆生心之重闇悉令歡喜能辦衆生無量事業莊嚴一切世界妙法境界充滿法界從其眉間出百千阿僧祇天主帝釋無量雜寶以爲莊嚴持釋王法普照一切諸天宮殿震動一切須彌山王悉令諸天於天境界生猒離心歎功德力明智慧力起直心力長深心力嚴淨念力堅固菩提心遠離欲樂讚歎樂見一切諸佛不歎樂境界樂歎聞法樂離世

間樂觀察諸法智慧之樂離阿脩羅戰鬪恐怖滅煩惱軍遠離死畏願降衆魔興妙法山說須彌山等廣大法句能辦衆生無量事業充滿法界從其額上出無量梵天妙色端嚴世界無倫威儀庠序演出妙音讚歎諸佛勸請說法令衆生歡喜乃至能辦衆生無量事業充滿法界從其頭上出阿僧祇諸菩薩衆種種形色相好嚴身放無量光網現檀波羅蜜讚歎布施遠離慳悋無所貪著莊嚴一切世界稱揚淨戒遠離惡戒安立衆生菩薩律儀歎大乘戒出生大悲功德之藏說一切有皆悉如夢說五欲樂無有滋味安立衆生離煩惱法稱揚讚歎金色身業讚歎慈心遠離殺害滅畜生趣歎多聞力安立衆生於忍辱力歎普照自在遠離放逸安立衆生於不放逸歎禪波羅[illegible]見般若波羅蜜樂[illegible]死而於諸趣自在受生[illegible]明自在壽命讚歎一切陀羅[illegible]淨三昧力現自在生讚歎智慧普[illegible]生諸根分別演說諸心心行照十方智[illegible]自在薩婆若充滿法界從其頂上出百千阿僧祇佛身分具足相好莊嚴猶如金山普照一切出妙音聲充滿法界顯現無量無邊神力自在普雨一切甘露法雲爲坐道場菩薩雨平等法雲爲灌頂菩薩雨普門法雲爲深忍菩薩雨普莊嚴法雲爲童眞菩薩雨堅固山法雲爲不退菩薩雨海藏法雲爲成就直心菩薩雨普境界法雲爲方便道菩薩雨自性地音聲法雲爲生貴菩薩雨隨順世間法

雲爲修行菩薩雨猒離法雲爲治地菩薩雨長養法藏法雲爲初發心菩薩雨精進法雲爲信行者雨無盡門法雲爲色界衆生雨無盡平等法雲爲大梵天雨普藏法雲爲大自在天雨生力法雲爲魔天王雨心幢法雲爲化樂天雨淨念法雲爲兜率天雨淨意法雲爲夜摩天雨歡喜法雲爲帝釋天雨莊嚴虛空法雲爲夜叉王雨歡喜法雲爲乾闥婆王雨自在圓滿法雲爲阿脩羅王雨大境界法雲爲迦樓羅王雨無量世界法雲爲緊那羅王雨饒益衆生勝智法雲爲諸人王雨不可樂法雲爲諸龍王雨歡喜幢法雲爲摩睺羅伽王雨寂靜法雲爲地獄衆生雨不亂念莊嚴法雲爲諸畜生雨智慧法雲爲閻羅王處雨無畏法雲爲餓鬼處雨正希望法雲悉令衆生向賢聖門充滿法界彼諸如來一一毛孔各放阿僧祇淨光明網阿僧祇妙色阿僧祇莊嚴阿僧祇境界辦阿僧祇事充滿十方

爾時善財一心觀察海幢比丘念彼三昧法門思惟不可思議菩薩境界思惟無量無作現在莊嚴普門法門觀察法界莊嚴智慧依佛智住出菩薩力建菩薩願力增廣菩薩諸行如是正意觀察一日一夜乃至七日七夜半月一月乃至六月六日過此已後海幢比丘從三昧起爾時善財歎未曾有合掌白言甚奇大聖如此三昧最爲甚深如此三昧最爲廣大如此三昧境界無量如此三昧不可思議神力自在如此三昧不可稱量如此三昧慧光明淨如此三昧阿僧祇莊嚴以爲莊嚴如此三昧境界不可壞如此三昧無有退

轉如此三昧普照十方一切世界如此三昧具有無量義趣方便大聖其有菩薩入此三昧能為一切除滅衆苦永絶地獄餓鬼畜生一切楚毒遠離諸難令天人趣悉得寂靜令衆生歡喜常樂甚深禪定境界猒離有為超出三界發菩提心長養智慧功德因緣長養彌廣無上大悲生大願力照菩薩道智慧莊嚴六波羅蜜究竟出生大乘境界智慧遍照普賢所行得菩薩諸地智慧光明具一切菩薩清淨願行證一切智境界大聖此三昧者名為何等善男子此三昧名普眼捨得又名清淨光明般若波羅蜜境界又名清淨莊嚴普門善男子修習般若波羅蜜故得此三昧得此三昧時即得百萬阿僧祇三昧大聖此三昧唯有此功德境界復有餘耶善男子此三昧者分別一切世界無所障礙究竟一切世界無所障礙遊行一切世界無所障礙莊嚴一切世界無所障礙修治一切世界無所障礙嚴淨一切世界無所障礙見一切佛無所障礙觀一切佛功德無所障礙知一切佛自在神力無所障礙究竟一切佛力無所障礙度一切佛功德大海無所障礙雨一切佛淨妙法雲無所障礙度一切佛法無所障礙得一切佛轉法輪智不可破壞無所障礙得一切佛清淨大衆海之源底無所障礙隨順普入十方世界無所障礙隨順觀察十方佛法無所障礙大悲攝取十方衆生無所障礙大慈充滿十方世界無所障礙見十方佛心無猒足無所障礙隨順遍入衆生大海無所障礙了知衆生一切根海無所障礙分別一

切諸衆生海無所障礙善男子我唯知此清淨光明般若波羅蜜三昧法門云何能說諸大菩薩究竟之行諸大菩薩皆悉深入智慧大海善能分別清淨法界智慧究竟一切法趣慧光無量充滿一切得大陀羅尼自在光明一切三昧圓滿清淨出生一切自在通明深入一切無盡辯海雷震一切諸地音聲悉能救護一切衆生我尚不能說彼所行況其功德顯其境界說其境界照其法門明其積聚諸功德藏說其正道諸三昧海平等智慧善男子於此南方有一住處名曰海潮彼有園林名普莊嚴有優婆夷名曰休捨汝詣彼問云何菩薩修菩薩道淨菩薩道時善財童子歡喜無量於海幢比丘所不堅固中而得堅固於不實中而得眞實究竟功德妙藏境界得明淨智普照一切逮得甚深三昧光明到淨解脫方便觀察一切世界淨諸法門明淨智慧普照十方頭面禮足繞無數帀眷仰觀察辭退南行爾時善財童子正念思惟海幢比丘心未曾捨樂見無猒顧戀聖音目想慈顏正念思惟其心境界三昧境界願行境界正念思惟明淨智慧敬善知識向善知識念善知識教於善知識起愛恭敬又作是念因善知識得見諸佛善知識者開示顯現一切佛法善知識者是奇特法令人得見諸佛法故善知識者爲明淨眼令人見佛如虛空故善知識者爲善津濟令人於佛華池得源底故漸漸南行至海潮處見普莊嚴園林七寶垣牆周帀圍繞諸妙寶樹行列莊嚴一切華樹雨華如雲布散其地香樹芬馨普熏十

方鬘樹垂鬘寶樹雨寶遍布莊嚴衆寶衣樹彌覆一切諸音樂樹出微妙音以如是等諸珍玩具而以莊嚴此園林中有一萬講堂衆寶合成一萬樓閣閻浮檀金以覆其上一萬宮殿毗樓遮那寶藏莊嚴一萬浴池衆寶合成七寶欄楯周帀圍繞八功德水湛然盈滿閻浮檀金沙淨水寶珠遍布池底四面寶階端嚴齊正寶多羅樹周帀行列鳧鴈鴛鴦孔雀哀鸞異類衆鳥遊戲其中出和雅音覆以金網風自然起出微妙聲設衆寶帳寶樹周遍建阿僧祇殊勝寶幢放大光明照百由旬百萬池沼黒栴檀泥凝積池底生寶蓮華充滿其中從彼蓮華出大光明普照一切彼園林中有大宮殿名莊嚴幢海藏妙寶以爲其地瑠璃寶柱莊嚴殊妙巍巍高大猶若金山衆生見者無不喜樂有阿僧祇淨摩尼寶普照一切出自然香謂明相香王香覺悟香等數衆寶座謂蓮華藏座照諸方藏座明淨藏座衆生悅樂藏座師子藏座離垢寶藏座不思議藏座普門摩尼妙寶藏座光嚴藏座大海藏座金剛師子藏座無量窻牖妙寶莊飾又張一萬衆妙寶帳謂寶衣帳妙寶華帳寶樹枝帳摩尼寶帳金帳莊嚴帳香帳娛樂帳自在龍王帳馬王帳釋天莊嚴寶帳一萬寶網交絡其上謂金鈴網珍寶蓋網衆寶像網海藏珠網青瑠璃摩尼寶網師子吼網月摩尼網香像網衆寶山網寶王網一萬光明普照世界謂夜光摩尼光明日藏摩尼淨寶光明月幢摩尼妙寶光明香炎光明妙藏摩尼寶光明鉢曇摩光明夜光摩尼淨寶光明

大燈摩尼淨寶光明普照諸方摩尼光明又出十種火香電光雨十種雲出過諸天謂十種黒栴檀雲十種曼陀羅華雲十種莊嚴雲十種鬘雲十種雜色衣雲十種寶雲十種天子雲十種天女雲十種菩薩雲常樂聞法爾時休捨優婆夷處金色藏座海藏寶莊嚴網羅覆其身吉由羅莊嚴出過諸天大摩尼網莊嚴其首師子珠寶無量如意淨摩尼寶嚴飾其身無量億衆恭敬圍繞合掌而住東方無量衆生諸梵天王梵身大梵梵輔他化自在天王乃至人及非人一切諸王來詣其所南西北方四維上下亦復如是其有得見此優婆夷者一切衆病皆悉除愈心淨離垢拔邪見刺除滅障礙淨無礙地於彼地中長養善根成就諸根方便攝一切智一切陀羅尼門一切三昧門皆現在前發一切願門究竟一切行門出生一切淨門其心廣大出生一切通得無礙身靡所不至爾時善財童子入普莊嚴園林周遍觀察見休捨優婆夷處金色座往詣其所頭面禮足繞無數帀白言大聖我已先發阿耨多羅三藐三菩提心而未知菩薩云何學菩薩行修菩薩道唯願爲我具足演說答言善男子我唯成就一法門若見聞念知親近我者皆悉不虛善男子若有衆生不種善根不親近善知識不爲諸佛所護念者彼諸衆生不能見我善男子若有衆生能見我者則於阿耨多羅三藐三菩提得不退轉東方諸佛常來我所處寶師子座爲我說法南西北方四維上下一切諸佛悉來我所處寶師子座爲我說法善男子我常見

諸佛菩薩未曾遠離善男子我此大衆有八萬四千億菩薩皆我同行於阿耨多羅三藐三菩提得不退轉此普莊嚴園林一切衆會亦於阿耨多羅三藐三菩提得不退轉善財白言大聖發菩提心來爲久如耶答言善男子我念過去於定光佛所出家求道淨修梵行恭敬供養聞法受持次於離垢佛所出家求道淨修梵行恭敬供養聞法受持次於妙幢佛妙德佛福德藏佛毗樓遮那佛普眼佛梵壽佛自在佛善天佛善男子我於如是等三十六恒河沙佛所出家求道淨修梵行恭敬供養聞法受持了知一切諸佛智慧初發菩薩心充滿法界無量大悲攝取衆生發諸菩薩無量大願究竟十方法界無量大悲普復衆生於一切刹一切劫中修習菩薩無量諸行無量三昧力不捨不轉菩薩正道菩薩無量陀羅尼力善能護持一切衆生菩薩無量淨智慧力方便正念普照三世菩薩無量諸通明力遍遊一切諸世界網菩薩無量諸辯才力能以一言悅一切衆善男子我有菩薩無量自在神力能以一身滿一切刹善財白言大聖久如當成阿耨多羅三藐三菩提善男子菩薩不爲教化一衆生故發菩提心不爲教化百衆生乃至不爲教化不可說不可說轉衆生故發菩提心廣說如阿僧祇品不爲教化一世界衆生故發菩提心乃至不爲教化不可說不可說世界衆生故發菩提心不爲教化閻浮提微塵等衆生故不爲教化三千大千世界微塵等衆生故乃至不爲教化不可說不可說三千大千世界微塵等

衆生故發菩提心菩薩不爲恭敬供養一如來故發菩提心乃至不爲恭敬供養不可説不可説諸如來故發菩提心菩薩不爲淨一刹故發菩提心乃至不爲淨不可説不可説刹故發菩提心菩薩不爲淨閻浮提微塵等刹故發菩提心乃至不爲淨不可説不可説三千大千世界微塵等刹故發菩提心菩薩不爲護持一佛法故發菩提心廣説如上菩薩不爲滿一願故發菩提心不爲莊嚴一刹故不爲知一佛眷屬故不爲受持一佛法故不爲知一衆生心海故不爲度一衆生根海故不爲知一世界諸劫次第成敗故不爲知一衆生煩惱習氣故不爲斷一衆生煩惱故不爲滿一衆生行故發菩提心欲教化一切衆生故發菩提心欲恭敬供養一切諸佛欲嚴淨一切佛刹欲守護受持一切佛法欲滿足一切大願欲知一切佛眷屬欲知一切衆生心海欲知一切衆生心心所行欲知一切衆生諸根輪欲知一切世界一切劫數次第成敗欲知一切衆生煩惱習氣欲斷一切衆生煩惱欲滿一切衆生行故發菩提心善男子略説菩薩有如是等百萬阿僧祇方便法門菩薩悉應究竟了知隨順智慧究竟修習菩薩等行淨一切佛刹心無倒惑善男子是故我發此願淨一切刹我願乃滿斷一切衆生煩惱習氣我願乃滿大聖此法門者名爲何等善男子此法門名離憂安隱幢我唯知此法門諸大菩薩其心如海悉能容受一切佛法我當云何能知其行諸菩薩心堅固正直如須彌山諸大菩薩則爲良藥若有見者

除滅煩惱諸大菩薩則爲淨日除滅一切衆生癡闇諸大菩薩則爲大地悉能載持一切衆生諸大菩薩則爲智風長養一切衆生實義諸大菩薩則爲自在以淨智光普照一切諸大菩薩則爲慶雲隨其所應雨甘露法諸大菩薩則爲淨月放諸功德光明之網諸大菩薩則爲帝釋悉能守護一切衆生我當云何能知其行善男子於此南方有一國土名曰海潮彼有仙人名毗目多羅善能解說菩薩諸行汝詣彼問時善財童子頭面禮足繞無數帀觀察無猒悲泣流淚正念思惟得菩提難遇善知識難得與上人共同止難得菩薩諸根難滿足菩薩正直心難值遇同意善知識難觀眞實難知法正教難出生妙心難念一切智難長養法明難作是念已辭退南行爾時善財童子思惟隨順菩薩正教淨菩薩行心能長養菩薩德力心見諸佛心欲菩提心能發起長養大願心照十方一切諸法心見法實心覆一切無有散亂心淨智慧觀諸法界除滅癡闇心淨正直除滅障礙心能降伏一切衆魔漸漸遊行至海潮國周徧推求仙人毗目多羅時彼仙人在大林中阿僧祇樹莊嚴此林寶葉普覆諸華果樹常以嚴飾寶樹雨寶遍散其地大栴檀樹周帀行列諸沉水樹常出妙香尼拘律樹閻浮檀樹雨甘香果優鉢羅鉢曇摩分陀利華以爲莊嚴爾時善財見彼仙人在此林中服樹皮衣縈髮草座一萬仙人以爲眷屬如栴檀林栴檀圍繞往詣其所五體敬禮念善知識能開導我薩婆若門念善知識現眞實道念善知識

能安置我一切智地念善知識然智寶燈明淨慧光長養十力智慧光明善知識道即一切智無盡之藏善知識爲燈照一切智境界故善知識爲橋度生死故善知識爲蓋生大慈力覆一切故善知識爲光不虛照一切法眞實相故善知識爲海潮滿足大悲故作是念已繞無數帀合掌而立白言大聖我已先發阿耨多羅三藐三菩提心而未知菩薩云何學菩薩行修菩薩道時彼仙人觀察大衆而作是言汝等當知此童子者已發阿耨多羅三藐三菩提心請一切衆生普施無畏饒益一切衆生向深智海欲飲一切諸佛法雨欲盡一切法海源底欲成世間智慧大海欲與大悲重雲欲雨甘露法雨欲出世間明淨智月欲滅世間諸煩惱闇欲長養一切衆生善根爾時大衆各持種種金色妙華香可悅樂散童子上頭面禮足曲躬敬繞作如是言此童子者悉能救護一切衆生滅三惡道離閻羅趣一切諸難消竭欲海除滅苦陰捨愚癡闇斷貪愛縛能昇功德金剛圍山建立世間智慧須彌於世間出明淨智日顯曜一切善根諸法示導世間明識善惡時彼仙人告大衆言若有能發阿耨多羅三藐三菩提心者得一切智淨一切佛功德之地時彼仙人告善財言善男子我已成就菩薩無壞幢智慧法門善財白言大聖彼法門者境界云何時彼仙人即申右手摩善財頂摩已執善財手即時善財自見其身在於十方十佛世界微塵等佛所見彼諸佛相好莊嚴以阿僧祇寶珍玩之具莊嚴其剎又見彼佛眷屬大海

所從聞法悉能受持乃至不失一句一味分别受持正法梵輪受諸法雲入佛大願淨修諸力清淨願行究竟諸功德藏見彼諸佛隨應化度一切衆生見一切佛清淨圓滿大光明網見已隨順無礙智慧光明究竟佛力或自見身於一佛所一日一夜或復自見於餘佛所七日七夜如是次第於餘佛所或有半月一月一歲百歲千歲或百千歲百千億歲或百億那由他歲或半劫一劫百劫千劫百千劫或百億那由他劫乃至不可説不可説那由他劫或閻浮提微塵等劫乃至不可説不可説世界微塵等劫爾時善財爲無壞幢智慧法門照故得明淨藏三昧無盡法門三昧照故得遊一切方陀羅尼光明金剛圓滿光明法門照故得分别智意樓閣三昧住平地莊嚴法藏般若波羅蜜精進照故得佛虚空藏三昧光明一切諸佛法輪三昧光明相照故得三世圓滿智無盡光明時彼仙人放善財手爾時善財即自見身還在本處時彼仙人問善財言汝憶念耶答言唯然大聖善知識力故善男子我唯知此菩薩無壞幢智慧法門我豈能知大菩薩行諸大菩薩皆得一切衆生自在三昧於一切時輪而得自在出生諸佛無盡智慧證一切佛嚴淨慧燈於一念中了三世事於一切世間現淨慧身充滿法界隨衆生所應悉現其前了知一切衆生所行圓滿清淨悉可愛樂我豈能知大菩薩行妙功德願嚴淨佛刹善察論機智慧境界甚深三昧神力自在解脱境界遊戲神通法身音聲究竟智慧如是等事非我境界善

男子於此南方有一國土名曰進求有婆羅門名方便命汝詣彼問云何菩薩向菩薩道修菩薩道時善財童子歡喜無量恭敬禮巳繞無數帀瞻仰觀察辭退南行

大方廣佛華嚴經卷第四十八

音釋

齎祖西切持也澡子皓切洗滌也芬馨芬撫文切馨醯經切芬馨香氣遠聞也鳬防夫切野鶩也行列行胡郎切

大方廣佛華嚴經卷第四十九

東晋天竺三藏佛陀跋陀羅等譯

入法界品第三十四之五

爾時善財童子爲無壞幢智慧法門所照決了諸佛不可思議自在神力善知菩薩不可思議法門又不可思議菩薩三昧智慧以照其心得一切時三昧光明得一切相三昧境界光明得明淨智令一切衆生得勝妙法得一切處至道法門隨順世間行心無有二以明淨智普照境界得一切聲聞明淨忍藏得無生忍知法實相常行菩薩行不捨菩薩心增長薩婆若心得十力明普照一切樂妙法音心無猒足如説修行住薩婆若究竟一切智境界出生無量菩薩莊嚴心滿足菩薩清淨大願於一念頃遍至一切諸佛刹網教化成就無量衆生海心無懈倦悉見菩薩無量行境界悉分别見一切世間見諸佛刹種種莊嚴於微細境界悉能安置無量世界又能見彼種種莊嚴悉能分别無量世界諸語言法又知無量衆生欲樂知諸衆生無量所行以無量方便教化衆生善知殊方隨其所應化度衆生念善知識漸漸遊行至進求國周遍推求彼婆羅門時婆羅門修諸苦行求一切智四面火聚猶如大山中有刀山高峻無極從彼山上自投火聚爾時善財詣婆羅門頭面禮足合掌而立白言大聖我已先發阿耨多羅三藐三菩提心而未知菩薩云何學菩薩行修菩薩道願爲我説答言善男子汝今若能登此刀山投火聚者菩薩諸行皆悉清淨爾時善財作如是念得人身難離諸難

難得無難難得淨法難值佛世難具諸根難聞佛法難遇善知識難得與同止難得聞正教難得正命難順趣正法難此將非魔魔所使耶非善知識而現善知識相將非惡菩薩耶而今爲我作壽命難作善根難薩婆若難此非正教險惡道耳遠離法門薩婆若等一切佛法作是念時十萬梵天在虛空中作如是言善男子莫作是念莫作是念此是大聖具足金剛智慧光明精進不退悉已究竟一切境界欲竭一切衆生貪愛大海欲裂一切諸邪見網欲燒一切衆生煩惱除滅愚闇普照一切令一切衆生離生死險難除滅三世愚癡闇冥放淨光明普照一切時諸梵天及自在天衆生主天等諸邪見天作如是言我造衆生我爲一切世間最勝我爲最上我爲第一是諸天等見婆羅門修大苦行五熱炙身見如是已各於諸禪不得滋味來詣其所時婆羅門以自在力而爲說法令滅邪見捨離我心發大慈悲普覆衆生長養菩提正直之心開四種道求佛法身隨所應化悉能示現佛微妙音一切悉聞無有障礙復有一萬魔在虛空中以種種摩尼寶華散婆羅門告善財言善男子此婆羅門苦行力故放大光明令我宮殿諸莊嚴具悉如聚墨我不復樂即與無量諸天天女眷屬圍繞來詣其所爲我說法悉於阿耨多羅三藐三菩提得不退轉復有一萬他化自在天在虛空中各持天華恭敬供養作如是言善男子此婆羅門苦行力故放大光明令我宮殿諸莊嚴具悉如聚墨我不復樂即與眷屬來詣其所爲我說

法令我於心而得自在於煩惱中而得自在於受生中而得自在除滅障礙而得自在於一切三昧而得自在於莊嚴具而得自在於壽命中而得自在乃至令我於一切佛法而得自在復有一萬化自在天在虛空中以天妓樂恭敬供養作如是言善男子此婆羅門五熱炙身時放大光明照我宮殿及莊嚴具照已悉令我等不樂五欲不求欲樂身心柔輭與眷屬俱來詣其所爲我說法淨心明淨心善奇特心柔輭心歡喜心乃至逮得清淨十力長養離生出生無量清淨之身乃至得佛清淨法身得清淨口微妙音聲遍至一切無所障礙乃至得一切智復有一萬兜率陀天與其眷屬在虛空中雨一切末香雲恭敬供養作如是言善男子此婆羅門五熱炙身時我自於宮殿不樂須臾來詣其所爲我解說無著之法少欲知足長養善根發菩提心乃至究竟一切佛法復有一萬諸天三十三天及阿脩羅與眷屬俱在虛空中雨曼陀羅華雲摩訶曼陀羅華雲恭敬供養作如是言善男子此婆羅門五熱炙身時我於天樂不須臾樂著來詣其所爲我說法遠離欲樂乃至爲我說無常法變易不住斷除一切放逸憍慢長養發起菩提之心又善男子我見此婆羅門時須彌山頂六種震動我於爾時心大恐怖專求一切智復有一萬大龍王伊那槃那難陀跋難陀等興黑栴檀香雲諸龍王女出妙樂音雨天華雲天香水雲恭敬供養作如是言善男子此婆羅門五熱炙身時放大光明普照一切龍王宮殿令諸龍王離熱

沙苦金翅鳥怖滅瞋恚熱身體清涼發歡喜心發喜心已而爲說法猒惡龍趣至誠悔過除滅業障發阿耨多羅三藐三菩提心乃至住一切智復有一萬夜叉王種種供養此婆羅門及以善財作如是言善男子此婆羅門五熱炙身時我及羅刹鳩槃茶等悉於衆生發大慈心無所嬈害慈心力故不樂宮殿與眷屬俱來詣其所彼婆羅門以大慈心蔭覆我等令我歡喜身心柔輭安隱快樂爲我說法乃至令無量夜叉羅刹鳩槃茶等發阿耨多羅三藐三菩提心復有一萬乾闥婆王在虛空中作如是言善男子此婆羅門五熱炙身時放大光明照我宮殿悉令我等得不思議樂來詣其所爲我說法乃至令發阿耨多羅三藐三菩提心得不退轉復有一萬阿脩羅王在虛空中右膝胡跪一心合掌恭敬供養作如是言善男子此婆羅門五熱炙身時一切阿脩羅宮殿大地大海皆悉震動我等爾時除滅高心來詣其所爲我說法遠離一切諂曲幻心得深法忍安住不動具足十力復有一萬迦樓羅王勇力持等化爲外道童子在虛空中作如是言乃至爲我說法安立大慈讚歎大悲度生死海没於五欲泥者歎淨直心門生慧方便翅隨其所應皆悉化度復有一萬緊那羅王在虛空中作如是言善男子此婆羅門五熱炙身時於我寶多羅樹中金鈴網中寶瓔珞中諸寶樹中種種樂器中自然演出微妙音聲佛聲法聲比丘僧聲不退轉諸菩薩聲菩提心聲其方其國有某菩薩發菩提心修行苦行修大布施莊嚴道

場住詣道場成正覺聲善男子我聞是聲即大歡喜來詣其所爲我說法令無量衆生於阿耨多羅三藐三菩提得不退轉復有無量欲界諸天在虛空中供養恭敬作如是言善男子此婆羅門五熱炙身時放大光明乃至普照阿鼻地獄除滅苦痛若有衆生見斯光者命終生天知報恩故捨五欲樂來詣其所樂觀無猒爲我說法乃至令無量衆生發菩提心爾時善財童子聞奇特法心大歡喜於婆羅門所發起眞實善知識心頭面禮足如是白言向疑聖教違知識教唯願大聖受我悔過時婆羅門爲善財童子而說偈言

欲求菩提者　當順知識教　除滅諸疑惑
一心常恭敬　修習於正道　知法眞實相
安住於道場　成就佛菩提

爾時善財童子即登刀山自投火聚未至中閒即得菩薩安住三昧既至火聚復得菩薩寂靜安樂照明三昧得三昧已白言甚奇大聖如是刀山及大火聚我身觸時安隱快樂時婆羅門告善財言善男子我唯成此菩薩無盡法門明淨法王諸菩薩行滿足諸願悉滅衆生煩惱邪見得不退轉不可盡心離懈怠心一切無畏得金剛那羅延藏究竟大心境界無有疲倦遠離諸垢不動如風輪精進不退以大莊嚴而自莊嚴饒益衆生如是法門我當云何能知能說善男子於此南方有城名師子奮迅有一童女名彌多羅尼汝詣彼問云何菩薩學菩薩行修菩薩道時善財童子頭面禮足繞無數帀觀察無猒辭退南行爾時善財童子起不可思議恭敬之心好

樂淨法專向大乘求諸佛智親近如來觀法境界無所障礙決定實際住實境界至三世際解了三世如虛空際決定了知三世法際不住法際住無礙際不違業際決定了知佛際非際住如來住滅一切妄想不著一切佛一切眷屬一切世界知一切衆生非我無實一切音聲離語言道解一切色猶如電光漸漸南行至彼城已周徧推問彌多羅女爲在何所時有人答今在師子幢王宮內聞已即詣門下求見彼女時無量人衆悉入宮中善財問言諸人今者爲詣何所答言我等欲詣彌多羅女聽受正法爾時善財作如是念此工宮門自在出入無所障礙善財即入見彼女人處在明淨寶藏法堂地玻瓈色瑠璃爲柱金剛爲壁閻浮檀金欄楯牕牖光明普照阿僧祇摩尼寶而莊校之又千寶藏摩尼寶鏡圓滿莊嚴衆生所樂明淨妙寶以爲嚴飾又阿僧祇摩尼寶網羅覆其上百千金鈴出微妙音有如是等不可思議衆寶校具莊嚴講堂見彼女人身如真金目髮紺色處淨水香寶師子座覆以金網敷衆寶衣大衆圍繞以梵音聲而爲說法見已頭面禮足繞無數帀合掌恭敬於一面住白言大聖我已先發阿耨多羅三藐三菩提心而未知菩薩云何學菩薩行修菩薩道答言善男子汝諦觀此法堂莊嚴爾時善財見一一瑠璃柱中一一金剛壁中一一摩尼鏡中一一形像中一一寶中一一莊嚴中一一金鈴中一一寶樹中一一寶形像中一一寶瓔珞中悉見法界等一切如來從初發心修菩薩行成滿大願功

德莊嚴成等正覺轉淨法輪乃至示現無餘涅槃如淨水中見月影像善財童子於一切境界莊嚴具中見一切佛從初發心乃至示現無餘涅槃亦復如是皆是彼女過去善根依果力故爾時善財正念諸佛恭敬合掌白言大聖此何法門答言善男子是般若波羅蜜普莊嚴法門我於三十六恒河沙佛所修此法門彼諸如來各以異門令我入此般若波羅蜜普莊嚴法門善財白言大聖此法門者境界云何答言善男子我入此法門正念思惟分別受持生平等時得普門陀羅尼等百萬阿僧祇陀羅尼門以爲眷屬所謂佛剎陀羅尼門佛陀羅尼門法陀羅尼門衆生陀羅尼門過去陀羅尼門未來陀羅尼門現在陀羅尼門安住實際陀羅尼門功德陀羅尼門功德具陀羅尼門智陀羅尼門智具陀羅尼門諸願陀羅尼門分別諸願陀羅尼門行陀羅尼門修集行陀羅尼門淨行陀羅尼門滿足行陀羅尼門業陀羅尼門不違業陀羅尼門業流陀羅尼門業所作陀羅尼門遠離惡業陀羅尼門向正業陀羅尼門業自在陀羅尼門善行陀羅尼門善行三昧陀羅尼門三昧陀羅尼門隨順三昧陀羅尼門分別三昧陀羅尼門無壞三昧陀羅尼門諸通明陀羅尼門心海陀羅尼門種種心陀羅尼門淨心地陀羅尼門普照重惡心陀羅尼門心喜調御師陀羅尼門發起衆生陀羅尼門煩惱陀羅尼門習氣陀羅尼門煩惱方便陀羅尼門欲陀羅尼門衆生所行陀羅尼門衆生種種業行陀羅尼門衆生世間自性陀羅尼門

衆生相陀羅尼門方便陀羅尼門説法陀羅尼門大悲陀羅尼門大慈陀羅尼門寂滅陀羅尼門諸語言道陀羅尼門方便非方便陀羅尼門隨順陀羅尼門分別陀羅尼門攝取陀羅尼門無礙實際陀羅尼門普陀羅尼門佛法陀羅尼門菩薩法陀羅尼門緣覺法陀羅尼門聲聞法陀羅尼門世間法陀羅尼門出世間法陀羅尼門世界起陀羅尼門世界滅陀羅尼門世界形色陀羅尼門淨世界陀羅尼門垢世界陀羅尼門於淨世界現垢濁刹陀羅尼門於垢世界現清淨刹陀羅尼門純淨世界陀羅尼門純垢世界陀羅尼門平等世界陀羅尼門翻覆世界陀羅尼門伏住世界陀羅尼門入因陀羅網陀羅尼門迴轉世界陀羅尼門住相陀羅尼門小處置大陀羅尼門大處置小陀羅尼門分別佛身陀羅尼門放佛莊嚴光明網陀羅尼門分別如來圓滿音聲陀羅尼門佛正法輪陀羅尼門生佛法輪陀羅尼門分別佛法輪陀羅尼門無壞佛法輪陀羅尼門佛辯法輪陀羅尼門向佛法輪陀羅尼門能作佛事陀羅尼門向諸佛衆陀羅尼門分別諸佛大衆陀羅尼門諸佛無量大眷屬海陀羅尼門普照佛力陀羅尼門如來三昧陀羅尼門如來三昧神力自在陀羅尼門究竟佛事陀羅尼門住佛所住陀羅尼門佛持陀羅尼門佛化陀羅尼門佛知衆生心心所行陀羅尼門佛神力自在陀羅尼門住兜率天陀羅尼門乃至示現入般涅槃陀羅尼門饒益無量衆生陀羅尼門諸甚深法陀羅尼門諸莊嚴法陀羅尼門菩提

心色法方便陀羅尼門菩提心起色陀羅尼門願色陀羅尼門行色陀羅尼門通明色陀羅尼門出生死色陀羅尼門清淨智色陀羅尼門清淨慧色陀羅尼門菩提無量色陀羅尼門自心淨色陀羅尼門善男子我唯知此般若波羅蜜普莊嚴法門諸大菩薩心如虛空入深法界功德成滿安住出世法遠離世間行具足清淨離癡慧眼決定了知無量法界智慧無量與虛空等得無礙眼於一切境界無所障礙住無礙地藏普照一切善能分別一切法義一切世間無能壞者行世間行無所染著善巧方便饒益攝取一切衆生隨其所應悉能示現於一切時轉正法輪而得自在如是功德我當云何能知能說善男子於此南方有一國土名曰救度彼有比丘名曰善現汝詣彼問云何菩薩學菩薩行修菩薩道時善財童子頭面禮足繞無數帀辭退南行爾時善財童子正念思惟甚深法門思惟甚深法界思惟甚深法地思惟甚深衆生思惟甚深諸行思惟甚深衆生心流注思惟甚深衆生如光影思惟甚深諸法之性思惟甚深衆生語法思惟甚深法界圓滿莊嚴思惟甚深種諸業行思惟甚深世間業所莊飾漸漸遊行至救度國於城都聚落村邑市里仙人住處山林曠野周遍推求善現比丘見彼比丘在林經行形貌端嚴顏容姝妙其髮右旋如紺青色頂有肉髻身色紫金其目長廣如青蓮華脣口丹色如頻婆果頸項圓直脩短得所胷有德字勝妙莊嚴七處平滿其臂纖長手指縵網金輪莊嚴牖(膞)䏶鹿蹲腰腹

不現師子上身如淨居天其身圓滿如尼拘樹王相好莊嚴如雪山王出諸良藥圓光一尋諸根調伏目視安諦智慧無礙猶如大海其心不動一切世間所不能壞天龍八部恭敬圍繞彼比丘經行時地天持地步天出寶蓮華隨覆其跡無盡圓滿天除滅衆闇覺天雨雜華雲不動藏天現諸寶藏普光勝虛空天莊嚴虛空妙德海天散寶供養離垢藏須彌山天合掌禮侍恭敬供養無礙力天起香華風雲而供養之夜天以莊嚴身五體敬禮常覺日天持明淨寶幢莊嚴虛空除滅闇冥爾時善財童子往詣其所頭面禮足白言大聖我向阿耨多羅三藐三菩提求菩薩行我聞大聖善能開導諸菩薩道云何菩薩學菩薩行修菩薩道願分別說答言善男子我年既少出家日近自我生來於三十八恒沙佛所淨修梵行或於一佛所七日七夜淨修梵行或餘佛所半月一月一歲百歲那由他歲乃至不可說不可說歲或一小劫半劫一劫或阿僧祇劫乃至不可說不可說阿僧祇劫淨修梵行彼諸佛所聞法受持不違其教莊嚴諸願究竟淨修菩薩諸行具足六波羅蜜知菩提境界知種種法輪守護佛法乃至正法滅盡嚴淨一切諸佛世界出生三昧大願力故究竟菩薩一切淨行出生菩薩一切行願力故淨一切佛諸波羅蜜出生普賢諸行力故善男子我不離此經行處悉見十方智慧無礙故一切法界悉現在前於一念中過不可說不可說諸世界故於一念中嚴淨不可說不可說諸佛世界出生大願力故不可

說不可說衆生方便門悉現在前具十力智
出生普賢菩薩行願力故見不可說不可說
諸佛悉現在前於一念中恭敬供養不可說
不可說世界微塵等佛恭敬供養如來願力
故能聞受持不可說不可說諸佛法雲分別
了知阿僧祇諸法趣出生法輪陀羅尼力故
不可說不可說菩薩行悉現在前一切諸行
皆悉清淨滿足菩薩因陀羅網行願力故不
可說不可說諸三昧海悉現在前一切三昧
皆悉清淨滿足三昧出生一切三昧力故不
可說不可說諸根海皆現在前一切根輪隨
順時輪出生安住諸根際願力故不可說不
可說時輪悉現在前能一切時轉淨法輪出
生究竟衆生願力故一切三世海悉現在前
分別一切世界三世出生隨順智慧光明願
力故善男子我唯知此隨順菩薩燈明法門
諸金剛燈菩薩生諸佛家具足成就不死命
根無盡智慧成無壞身支體具足隨其所應
悉能顯現具妙形色世無倫匹毒刃火災所
不能害身如金剛不可沮壞降伏衆魔制諸
外道身真金色超出世間隨其所應無不聞
見普觀世間雨甘露法普照一切滅諸障礙
見者無猒拔斷一切諸不善根起妙善根難
遇難見我當云何能知能說彼功德行善男
子於此南方有一國土名曰輸那彼有童子
名釋天主汝詣彼問云何菩薩學菩薩行修
菩薩道時善財童子專求菩薩莊嚴正道菩
薩諸力照心修行菩薩無壞無盡諸功德行
成滿菩薩堅固大願以大莊嚴而自莊嚴一
切無畏不退堅固正直之心受持一切菩薩

行雲受持菩薩正法之雲而無猒足恭敬一切菩薩功德攝取一切衆生常欲超出生死曠野樂欲見聞恭敬親近於善知識心無猒倦頭面禮足恭敬無量隨順教誨辭退南行爾時善財童子與天龍大衆眷屬圍繞至輸那國周遍推求釋天主童子時虛空中有諸天龍而告之曰善男子此童子在善城門外河水之側爾時善財見釋天主與一萬童子弄沙嬉戲即詣其所頭面禮足繞無數帀合掌恭敬於一面住白言大聖我已先發阿耨多羅三藐三菩提心而未知菩薩云何學菩薩行修菩薩道唯願解說答言善男子文殊師利教我相黶子法筭數法印法我因知此三種法故得一切巧術智慧法門善男子我因此法門故知黶子筭數印性疾病中毒爲鬼所著諸魔所持悉能消伏立大小城都邑聚落善惡之相田業商估一切衆生身肢節相善趣惡趣行業之相知此衆生之於善趣知此衆生之於惡趣此聲聞此緣覺此如來地諸方便相如是等事我悉了知普令衆生修學此法復次善男子我亦了知菩薩筭數之法所謂百千爲一羅叉百千羅叉爲一拘梨百千拘梨爲一那由他廣說如阿僧祇品善男子若有無量百千由旬等大沙聚我悉分別筭知其數善男子如筭法能知沙聚筭知東方一切世界南西北方四維上下亦復如是筭知一切世界中一切劫一切佛一切法一切菩薩一切業筭數了知一切世界中一切四諦名號亦復如是善男子我唯知此巧術智慧法門諸大菩薩深入一切筭數法

門筭數一切法深入三世筭數之法筭數一切衆生筭數一切法筭數一切佛筭數一切佛名號筭數一切菩薩一切筭數轉自在輪菩薩我當云何能知能說彼功德行發明境界讃歎諸力顯正直心說功德具說諸大願顯現清淨諸波羅蜜說功德藏勝妙智慧善男子於此南方有城名曰海住有優婆夷名曰自在汝詣彼問云何菩薩學菩薩行修菩薩道時善財童子聞善知識教歡喜無量得未曾有奇特正直心寶其心彌廣普覆衆生得筭數諸佛次第出世自在法門淨法圓滿智慧究竟分別顯現一切諸趣於三世境界無所障礙出生無盡功德海心得大智慧自在光明斷三界縛頭面禮足右繞三帀辭退南行爾時善財童子於善知識心無猒足猶如大海吞納衆流善知識日明淨慧光開發其心猶蓮華敷長養一切善根萌芽莖節枝葉功德大樹善知識月能以清涼教法光明除衆熱惱善知識者如夏雪山衆獸所集樂善知識心猶如大海衆寶充滿善知識教長養法身如閻浮樹華果具足心常樂住善知識教法譬如龍王於虛空中神變自在善知識教起大寶山顯現一切以善知識教而自圍繞猶如帝釋降阿脩羅無能壞者漸漸遊行至海住城周遍推求自在優婆夷時有人言善男子此優婆夷在此城中深宮之內善財聞已往詣宮門敬心而立彼優婆夷所住之處廣博嚴飾衆寶垣牆周帀圍繞開置四門阿僧祇寶以爲莊嚴善財進入見優婆夷處師子座年在盛美容色姝妙觀者無猒徐

莊嚴具素服被髮身色光明除佛菩薩餘無能及於其宮內數十億牀出過天人菩薩宿世行業所造衣服飲食衆妙寶物諸莊嚴具常開四門周給一切而無窮盡一萬女寶眷屬圍繞容色威儀悉如諸天猶如莊嚴衆妙寶樹口常演出天妙音聲敬樂觀察此優婆夷禮拜供養彼諸女身常出妙香普熏大城若有聞者皆得不退菩提之心無怒害心無怨敵心無慳嫉心無幻僞心無諂曲心無貪愛心無瞋恚心無懈怠心無量心平等心大慈心益衆生心淨持戒心無求欲心聞彼音聲皆悉歡喜身心柔輭其有見者皆得離欲爾時善財頭面禮彼優婆夷足敬心右繞於一面住白言大聖我已先發阿耨多羅三藐三菩提心而未知菩薩云何學菩薩行修菩薩道答言善男子我成就無盡功德藏莊嚴法門以一器食施百衆生隨其所欲皆得充滿千衆生百千衆生億衆生千億衆生百千億衆生那由他衆生百那由他衆生百千那由他衆生乃至不可說不可說衆生閻浮提微塵等衆生乃至不可說不可說佛刹微塵等衆生隨其所欲皆悉充滿而無損減又復施與上味美欲輦輿衣服華鬘妙香末香塗香寶莊嚴具又施牀坐車乘妙蓋幢旛如是等種種諸物隨其所欲悉令充滿皆大歡喜善男子於東方一世界乃至不可說不可說世界閻浮提微塵等世界乃至不可說不可說佛刹微塵等世界中一切聲聞緣覺食我食已悉成道果又於東方乃至不可說不可說佛刹微塵等世界中一生補處菩薩食我

食已降魔成道南西北方四維上下亦復如是善男子汝見我此一萬眷屬女不唯然已見善男子如是等百萬阿僧祇菩薩悉我同行同願同善根同修道同欲性同淨正念同清淨趣同善根無量同得諸根同心依果同境界同正趣離生同眞實義同明正法同具菩薩清淨妙色同無量力同堅精進同正法音同語言道同諸功德同清淨業同清淨報同清淨大悲救護一切同清淨業不違因緣同清淨口業於一切佛衆隨其所應悉爲說法同恭敬供養諸佛同決定知一切諸法同得菩薩清淨諸地此諸菩薩取我器食於一念頃遍遊十方供養一切聲聞緣覺菩薩諸佛及施餓鬼悉令滿足而我器食無所損減善男子我此器食隨應諸天悉令充滿乃至施人亦復如是善男子且待須臾汝自見之善財即見無量人衆從四門入彼優婆夷皆令安坐隨所適樂悉令充悅善男子我唯得此無盡功德藏莊嚴法門諸大菩薩無盡功德藏海猶如虛空以無量功德熏修其心如隨意寶滿足一切衆生願故大功德藏悉滅一切諸貧苦故功德須彌雨衆寶故大功德藏開法城門故功德燈明滅貧暗故大功德蓋勝妙善根覆一切衆生故我當云何能知能說彼功德行善男子於此南方有城名曰大與彼有長者名甘露頂汝詣彼問云何菩薩學菩薩行修菩薩道時善財童子頭面禮足遶無數帀憶念不捨辭退南行

大方廣佛華嚴經卷第四十九

音釋

峻私閏切險峭也炙之石切燔炙也姝尺朱切美也頸居郢切頭莖也縵網縵母官切網文兩切[月+庸]尺容切均直也䏶傍禮切股也[足+專]市兗切腓腸也黶於琰切

大方廣佛華嚴經卷第五十

東晋天竺三藏佛陀跋陀羅等譯

入法界品第三十四之六

爾時善財童子得無盡功德光明法門正念思惟彼功德海觀察彼虛空功德趣彼功德聚登彼功德山攝彼功德藏盡彼功德底度彼功德海淨彼圓滿功德周遍觀察彼諸功德隨彼功德藏持彼功德教淨彼功德性漸漸遊行至大興城周遍推求長者甘露頂樂求善知識以善知識熏其身心於善知識起正直心觀善知識常無猒足學善知識勇猛精進求善知識一切善根同善知識一切善根於善知識無嫌恨心滿功德藏學善知識種種方便雖不由他悟而常親近諸善知識長諸善根淨修菩提正眞之心增長一切善薩諸根成就一切善根滿足大願發廣大悲近一切智不離諸佛增長普賢菩薩所行如來光明常照其心爾時善財見甘露頂於彼城内處七寶堂阿僧祇寶師子座上金剛伊尼羅寶以爲座足離垢寶藏而以校飾五百寶像以爲莊嚴建衆寶幢垂寶繒旛張衆寶帳無量寶網羅覆其上有人手執閻浮檀金蓋瑠璃爲竿復有執持離垢寶拂侍立左右衆妙雜香而以熏之雨天華雲作五百種勝妙妓樂娛樂城内一萬大衆周帀圍繞顔容姝妙天人無倫成就菩薩直心莊嚴衆生悉常隨順甘露頂教宿世同修諸善根故爾時善財頭面禮足繞無數帀恭敬合掌於一面住白言大聖我爲利益一切衆生故發阿耨多羅三藐三菩提心所謂滅一切衆生苦惱

令安隱住究竟快樂度生死海到法寶洲銷竭貪愛修大悲念除五欲渴樂一切智令究竟度生死曠野常樂一切諸佛功德超出三界至薩婆若城而未知菩薩云何學菩薩行修菩薩道攝一切衆生長者答言善哉善哉童子乃能發阿耨多羅三藐三菩提心若能發心學菩薩道修菩薩行此人難得求善知識見善知識親近恭敬於善知識其心不退而無猒足善男子汝見我此一萬眷屬不唯然已見我本爲彼說種種法令發阿耨多羅三藐三菩提心生如來家修白淨法滿足無量諸波羅蜜具佛十力離世間姓立如來姓壞生死輪轉淨法輪滅三惡道立正法趣善男子當知菩薩悉能救護一切衆生善男子我成就此如意功德寶藏法門隨其所須悉滿彼願謂以衆寶車乘象馬僮僕衣服飲食香華末香燈明湯藥幢旛繒蓋隨意眷屬天冠寶飾一切珍玩資生之具盡給施之乃至以法廣施衆生善男子且待須臾汝自見之即時善財見諸方國城邑聚落一切衆生來詣其所悉命令坐時甘露頂仰視虛空隨諸來會一切所須悉從空下滿足其願既充願已爲說正法悉令長養諸功德藏消生死愛渴仰佛法乃至具足大人味味之相滅貧窮苦富甘露財降伏衆魔無能壞者成就十力無上智慧如是等類悉滿願已皆大歡喜隨所來方各還本處善男子我唯知此如意功德寶藏法門諸大菩薩具足一切自在功德成就寶手覆一切剎雨無量雲謂衆寶雲種種色莊嚴雲種種色寶天冠雲種種色衣雲

種種妙聲雲種種華雲種種周羅摩尼寶雲種種色香雲種種色蓋雲種種色幢旛雲皆悉充滿一切世界一切佛刹一切諸佛及其眷屬爲教化一切衆生令供養一切佛故我當云何能知能說彼菩薩行顯其自在善男子於此南方有城名師子重閣彼有長者名法寶周羅汝詣彼問云何菩薩學菩薩行修菩薩道時善財童子歡喜踊躍頭面敬禮繞無數帀如弟子法作如是念因善知識得一切智於善知識生無壞心聞善知識教悉能隨順調伏諸根作是念已辭退南行爾時善財童子正念如意功德寶藏法門守護彼功德藏淨彼功德須彌山王得彼功德海之源底開彼功德藏觀彼功德藏圓滿清淨彼功德藏攝彼功德藏出生長養彼功德藏力漸漸遊行至於彼城周遍推求長者法寶周羅於道遇見頭面禮足合掌恭敬於一面住白言大聖我已先發阿耨多羅三藐三菩提心而未知菩薩云何學菩薩行修菩薩道時彼長者執善財手將歸其家善男子且觀我家爾時善財遍觀舍宅悉閻浮檀金色七寶爲牆周帀圍繞瑠璃莊嚴硨磲爲柱敷赤眞珠寶師子座建師子寶幢張瑠璃寶帳如意珠網羅覆其上阿僧祇寶而莊嚴之碼碯寶池八功德水盈滿其中一切寶樹周遍圍繞其宅廣大十重八門爾時善財見最下重設衆餚饍惠施一切見第二重施雜寶衣見第三重施惠一切寶莊嚴具見第四重施內眷屬悉履善行巧於語言見第五重乃至五住菩薩雲集其中結集正法離世間樂出一切論

諸陀羅尼三昧法印分別三昧智慧光明見第六重得般若波羅蜜菩薩充滿其中具甚深智得寂靜明智慧藏地無礙法門超出三有境界無礙念不二法結集般若波羅蜜門分別解說般若波羅蜜門所謂寂滅藏般若波羅蜜門分別一切衆生般若波羅蜜門不動轉般若波羅蜜門離欲普照般若波羅蜜門不可壞藏般若波羅蜜門一切衆生淨眼般若波羅蜜門海藏般若波羅蜜門普眼般若波羅蜜門一切無盡方便海般若波羅蜜門隨順衆生普照無礙般若波羅蜜門慶雲漸下般若波羅蜜門結集如是等百萬阿僧祇般若波羅蜜門彼菩薩衆不可說莊嚴而莊嚴之見第七重嚮忍菩薩充滿其中出巧方便智慧悉能聞持諸佛法雲見第八重常住菩薩充滿其中具諸神通遍一切刹照一切衆生一切法界具足法身詣一切佛無所障礙悉能受持一切佛法見第九重補處菩薩充滿其中見第十重一切如來充滿其中從初發心修菩薩行超出生死滿足大願神力自在一切佛刹及其眷屬轉淨法輪化度衆生顯現住持爾時善財見如是等奇特事已白言大聖我未曾見如是清淨大衆昔於何處種諸善根今得如是勝妙果報善男子我憶過去無量光明法界普莊嚴王如來應供等正覺明行足善逝世間解無上士調御丈夫天人師佛世尊出興于世彼佛入城我以香華妓樂而供養之供養已持此善根迴向三處謂滅除貧苦常見諸佛菩薩及善知識恒聞正法故獲斯報善男子我唯知此滿

足大願法門諸大寶海菩薩得不可壞清淨法身不可壞法雲普覆一切具足成就不可壞功德不可壞大功德網普覆一切入不可壞三昧境界具足菩薩不可壞善根住不可壞如來所住不可壞智慧究竟三世住一切劫而無疲倦住不可壞普眼境界地我當云何能知能説彼功德行善男子於此南方有一國土名實利根城名普門彼有長者名普眼妙香汝詣彼問云何菩薩學菩薩行修菩薩道時善財童子頭面敬禮法寶周羅足已辭退南行爾時善財童子思惟諸佛無量法門逮得菩薩無量諸行菩薩無量妙方便道普照身心樂求無量方便法門成就菩薩清淨解脫菩薩無量清淨諸根菩薩無量諸清淨力心隨菩薩無量諸行出生菩薩無量大願力逮得菩薩不可沮壞妙智慧幢普照一切漸漸遊行至於彼國求普門城心無休息精進不退念善知識讚善知識隨順善知識諸根專向普門法門遠離一切諸放逸行開淨慧眼度生死海見普門城百千小城周帀圍繞高峻堅固妙巧無比種種莊嚴普眼妙香長者於此城中坐衆香座往詣其所頭面禮足恭敬合掌於一面住白言大聖我已先發阿耨多羅三藐三菩提心而未知菩薩云何學菩薩行修菩薩道答言善哉善哉善男子乃能發阿耨多羅三藐三菩提心善男子我知一切衆生病風寒熱病及諸雜病枉横病鬼著病毒病諸呪術病如是等類一切諸病我悉了知隨其所應皆能療治善男子十方衆生諸有病者來詣我所我悉能治除其

恚巳沐浴香湯香華瓔珞名衣上服而莊嚴之餚饍飲食而供養之無量珍寶而惠施之然後爲說種種法門貪欲多者教不淨觀瞋恚多者教慈心觀愚癡多者教法相觀等分行者教勝法門稱揚讚歎諸佛功德發菩提心故說長養大悲於無量生死苦心不猒故分別廣說諸波羅蜜長養無量淨智慧故說諸大願教化成就一切衆生故說普賢菩薩行顯現清淨尸波羅蜜故說不可思議如來功德顯現羼提波羅蜜故說如來無壞清淨法身顯現毗梨耶波羅蜜故說如來無與等者顯現如來禪波羅蜜故說清淨法身顯現般若波羅蜜故說一切淨法身令一切衆生皆悉覩見顯現方便波羅蜜故說於生死中住一切劫顯現願波羅蜜故說嚴淨一切佛刹顯現諸力波羅蜜故說淨法身隨其所應悉令歡喜顯現智波羅蜜故說常樂見清淨法身遠離一切不善法故善男子我以如是等種種法施悉令滿足歡喜而還善男子我又善知和衆香法所謂不可稱王香新頭香勝香覺香明相香沉水香堅固香栴檀香雲香不動諸根香知如是等一切諸香燒此香時一心向佛發大誓心滿一切願所謂救護一切衆生嚴淨一切佛刹恭敬供養一切諸佛乃至燒一丸香時充滿十方一切法界一切如來及其眷屬香帳莊嚴一切法界香宮殿香垣牆香樓閣香欄楯香却敵香牕牖香半月香蓋香幢香旛香網香形像香光明香莊嚴具香雲雨莊嚴十方一切法界一切諸佛及其眷屬善男子我唯知此令一切衆生

歡喜普門法門見一切佛身諸大藥王菩薩若有聞見親近憶念執持名號皆悉不虛其有見者煩惱悉滅得諸如來法之源底滅除苦陰永離一切生死恐怖得無所畏具一切智破壞無量生死高山安住正法我當云何能知能說彼功德行善男子於此南方有城名曰滿幢王名滿足汝詣彼問云何菩薩學菩薩行修菩薩道時善財童子頭面敬禮普眼妙香長者繞無數帀辭退南行爾時善財童子次第憶念諸善知識正念思惟善知識教復作是念善知識者能攝取我能守護我令我不退阿耨多羅三藐三菩提如是思惟得大歡喜心無量歡喜心發清淨心寂滅心廣大心莊嚴心無著心無礙心虛空心見諸佛菩薩心自在心順諸法心於一念中充滿一切佛剎心見如來心念十力心不捨諸佛善知識心漸經人衆城邑聚落至滿幢城問滿足王今在何所有人答言今在正殿行於王法教化衆生應攝取者而攝取之應罰者罰應治者治諸有諍者斷其諍訟有恐怖者施以無畏讚歎不殺不盜不邪婬不妄言不兩舌不惡口不無義語無貪恚癡爾時善財遥見彼王處金剛師子座阿僧祇寶而以莊嚴無量寶像以爲莊飾種種香雲而普熏之無量寶衣以敷其上又復建立無量寶幢無量寶旛周遍垂下張衆寶帳頂冠如意摩尼寶冠閻浮檀金半月莊嚴髮紺青色耳普垂埵身佩無價摩尼瓔珞百千寶網羅覆其上閻浮檀金蓋衆寶爲鈴常出妙音瑠璃爲竿夜光寶藏普照諸方彼滿足王有大勢力離

諸怨敵無量自在一萬大臣各處常位修理王事勇將一萬持仗侍衛爾時善財見無量衆生犯王法者身被五縛或斷手足或截耳鼻或挑雙目或斬身首或投沸灰或氍纏油灌以火焚之如是等無量楚毒而苦治之爾時善財作如是念我爲一切衆生故學菩薩行修菩薩道今見此王行大惡逆諸不善法此乃惡中之惡第一惡人作是念時虛空有天而告之曰善男子汝當憶念普眼妙香善知識教善財即時仰觀虛空而答之言我常憶念天又語言若常憶念何故疑怪善男子菩薩方便不可思議菩薩智慧不可思議攝取衆生不可思議調伏衆生不可思議教化衆生不可思議愍念衆生不可思議度脱衆生不可思議爾時善財聞天教已詣彼王所

頭面禮足白言大聖我已先發阿耨多羅三藐三菩提心而未知菩薩云何學菩薩行修菩薩道時滿足王王事訖已手執善財將入宫内命就寶師子座而告之曰善男子汝觀我家善財即觀廣大無極七寶垣牆周帀圍繞七寶講堂無量百千衆寶樓閣而莊嚴之乃至不可思議摩尼寶網羅覆其上五百侍女端嚴如天如上所説善男子見我此報所因業不答言已見善男子我成就菩薩幻化法門我此國土殺生偷盜乃至邪見諸群生類不可教化離諸惡業我爲調伏令解脱故化作人衆種種苦治令捨十不善道一切諸惡具足十善得究竟樂發阿耨多羅三藐三菩提心具一切智善男子當知我身口意乃至蟻子不生害心何況人耶人是福田生諸

善根善男子我唯知此幻化法門諸大菩薩得無生忍知一切有趣皆悉如幻知菩薩行悉如變化一切世間悉如電光一切諸法皆悉如夢深入無礙法界具菩薩妙行境界無礙攝一切行於無量旋陀羅尼而得自在我當云何能知能說彼功德行善男子於此南方有城名曰善光王名大光汝詣彼問云何菩薩學菩薩行修菩薩道時善財童子頭面禮足繞無數帀辭退南行爾時善財童子一心正念彼王智慧幻化法門觀一切法皆悉如幻分別諸業專求正法一心思惟彼王變化救度衆生思惟世間一切如幻分別了知三世願行悉如幻化入淨法界漸經人衆聚落城邑曠野諸難心無疲倦至善光城問衆人曰此城何名答言善光爾時善財作如是念我善知識在此城中我今必定見善知識聞菩薩行菩薩正法及諸法門菩薩功德不可思議境界不可思議自在不可思議平等法門不可思議勇猛之力不可思議我今必聞菩薩究竟境界作是念已入善光城見城七寶無量莊嚴七重深塹周帀圍繞八功德水盈滿其中底布金沙優鉢羅鉢曇摩拘牟頭分陀利華遍滿其中七寶垣牆七重圍繞所謂金剛師子垣牆不可壞金剛垣牆精進金剛垣牆不可壞精進金剛垣牆無底金剛垣牆淨網金剛垣牆離欲清淨金剛垣牆是七重牆阿僧祇寶而莊嚴之其城奇特高峻廣大十億街巷一一街巷各有無量億那由他阿僧祇人衆阿僧祇閻浮檀金樓閣瑠璃實網羅覆其上不可思議白銀樓閣赤真珠

網羅覆其上不可思議瑠璃樓閣莊嚴藏摩尼寶網羅覆其上不可思議玻瓈樓閣離垢摩尼寶藏網羅覆其上不可思議明淨寶樓閣日藏摩尼寶網羅覆其上阿僧祇因陀尼羅寶樓閣妙寶光明網羅覆其上阿僧祇堅固寶樓閣夜光寶炎網羅覆其上不可思議金剛樓閣不可壞幢摩尼寶網羅覆其上不可思議沉水栴檀樓閣摩訶曼陀羅華網羅覆其上如是等不可稱說妙寶樓閣以種種網羅覆其上不可思議妙寶網不可思議金鈴網不可思議香網不可思議華網不可思議衣網羅覆其上又張不可思議諸妙寶帳不可思議珍妙寶蓋以覆其上建立不可思議雜寶幢旛而莊嚴之當此城中有一樓閣名曰衆生樂見無猒阿僧祇摩尼寶而以莊嚴彼大光王常處其中爾時善財於此一切嚴飾珍妙心無染著一心樂欲見善知識見大光王處於法堂寶師子座結跏趺坐衆寶莊嚴敷以寶衣萬阿僧祇寶像以爲莊嚴種種妓樂而娛樂之有二十八大人之相八十種好而以莊嚴身眞金色如明淨日普照一切如盛滿月衆星中明如梵天王處於大衆如大海中有衆珍寶如雪山中出諸良藥如大龍王雷震諸法實相音聲如虛空清淨不受塵垢如須彌山四種寶色普照衆生性海譬如寶洲智寶充滿彼王殿前及諸街巷城四門外處處安置衆珍寶聚及諸寶衣無量億那由他諸姝女衆容飾端嚴五欲無倫姿好巧妙迴動天人六十四術無不備擧無量乳牛其角金色乳味甘香一轂一石又有無

量諸莊嚴具種種甘香百味餚饍無量音樂及諸湯藥資生之具一一街巷兩邊各有二十億菩薩以此一切資生之具而用惠施攝衆生故悅衆生故淨衆生心故滅衆生煩惱故令衆生解實義故安立衆生一切智故令衆生離惡心故拔出衆生邪見刺故淨衆生業道故爾時善財五體敬禮大光王已右繞一帀於一面住白言大聖我已先發阿耨多羅三藐三菩提心而未知菩薩云何學菩薩行修菩薩道我聞大聖善能解說唯願敷演答言善男子我成就菩薩大慈幢行清淨滿足我於無量不可說不可說諸佛菩薩所聞此妙法觀察清淨修習莊嚴善男子我住此行如法治國觀察衆生順行世間如法教化衆生攝取衆生安置衆生饒益衆生如法熏衆生如法教衆生令修善根觀法眞實令諸衆生得慈心大慈心大慈力心饒益心離恐怖心攝衆生心不捨衆生心發於大願滅諸苦心安隱衆生令得快樂身心柔輭遠離心垢捨生死樂常樂正法除煩惱垢得清淨心以一切善熏衆生心斷生死流入深法海滅諸有趣出無礙心得一切智淨諸心海信力堅固無能壞者善男子我以如是安住此行如法治國令諸人民離衆怖畏有貧窮者來至我所隨所求索常開庫藏而告之曰恣意取之勿作衆惡此城衆生悉向大乘各見此城種種不同或見垢穢或見清淨或見木石或見瑠璃或見無壞幢旛周帀圍繞或見不可思議樓閣阿僧祇寶而以莊嚴以正直心修諸善根於諸佛所求一切智爲我宿世所

攝衆生修菩薩行者乃見此城衆寶嚴淨餘見垢穢善男子此城衆生五濁惡時行諸不善我愍念彼入於菩薩大慈爲首順世三昧入此定時彼諸衆生惡心惱心諍心害心皆悉除滅所以者何此三昧力法如是故善男子且待須臾汝自見之時王即入大慈爲首順世三昧入已善光大城六種震動諸寶垣牆樓閣宮殿欄楯牕牖却敵半月寶鈴羅網諸寶形像出妙音聲讚歎彼王其城內外一切人民皆大歡喜一心合掌敬禮彼王諸畜生等慈心相向亦禮彼王山原樹林皆悉曲躬而向彼王河池泉流皆悉向王一萬龍王興黑重雲雷震曜電雨衆香水一萬釋天王夜摩天王刪兜率天王化自在天王他化自在天王等於虛空中作億那由他妓樂音聲阿僧祇天婇女衆妙音歌頌雨阿僧祇華雲香雲末香雲鬘雲蓋雲雜色衣雲阿僧祇寶幢旛蓋莊嚴虛空供養彼王伊那槃那龍王敷大蓮華普覆虛空垂阿僧祇妙綵繒帶阿僧祇寶而莊嚴之阿僧祇寶鬘瓔珞天莊嚴具諸妙華香充滿虛空供養彼王阿僧祇天女充滿虛空稱讚彼王阿僧祇羅剎鬼等常在大海閻浮提住飲血食肉水陸惡獸常害衆生皆得慈心及寂靜心明信後世遠離諸惡心大歡喜五體投地敬禮彼王皆得無量身心快樂阿僧祇毗舍闍鬼及四天下毒害衆生三千大千世界乃至十方各百萬億那由他世界中毒害衆生亦復如是時大光王從三昧起告善財言善男子我唯知此菩薩大慈幢行三昧諸大菩薩以大慈蓋普覆救

護一切衆生上中下品等觀無二慈如大地載育衆生菩薩滿月出功德光除衆惱熱菩薩淨日智慧光明普照一切菩薩明燈除滅重闇菩薩淨水珠滅衆生心海煩惱垢濁菩薩如意寶珠隨衆生心悉令滿足菩薩疾風速令衆生修習三昧入一切智城我當云何能知能說彼功德行讃歎稱量彼功德山觀彼功德知大願風輪得眞實地分別了知莊嚴大乘普賢菩薩之所修行及諸三昧讃大悲雲善男子於此南方有城名曰安住有優婆夷名曰不動汝詣彼問云何菩薩學菩薩行修菩薩道時善財童子敬禮彼王繞無數帀辭退南行爾時善財童子正念思惟大光王教思惟菩薩大慈幢行大慈爲首隨順世間三昧出生不可思議功德願力長養菩薩不可思議堅固智慧思惟菩薩不共之法思惟不可思議諸法實相思惟菩薩不可思議眷屬思惟菩薩不可思議衆事作是思惟已得歡喜心離欲心極踊躍心謙下心離垢心明淨心堅固心無畏心無盡心作是念時悲泣流淚復作是念見善知識則能出生一切功德起菩薩行清淨正念陀羅尼出生菩薩三昧光明見一切佛雨諸佛法雲分別解說菩薩諸願出生菩薩不可思議智慧光明長養菩薩堅固諸根念善知識能離險道念善知識開示正路念善知識順平等法念善知識顯摩訶衍念善知識究竟普賢菩薩所行念善知識現一切智城念善知識度一切法界海念善知識普照三世一切法海念善知識長養一切諸白淨法念善知識成滿一切

諸賢聖法善財如是悲心念時如來使天隨菩薩天於虛空中而告之曰善男子其有隨順善知識教諸佛歡喜其有隨順善知識教近一切智於善知識教心無猒故一切諸義悉現在前善男子汝詣安住王城不動優婆夷所是汝善知識不久當見爾時善財從智慧光明三昧起漸漸遊行至安住城推問不動優婆夷今在何所時有人言善男子不動優婆夷在其家內父母守護親近眷屬周帀圍繞爲無量衆演說正法爾時善財歡喜無量即詣其門入彼家內見其宮殿金色光明皆悉普照觸斯光者身心柔軟爾時善財光明觸身即得五百三昧門所謂覺一切三昧門奇特幢三昧門寂靜三昧門遠離一切衆生三昧門普眼三昧門如來藏三昧門得如是等五百三昧門身心柔軟如七日胎又聞妙香出過天人前詣其所合掌恭敬一心觀察見彼形色天龍八部諸婇女衆所不能及十方世界一切女人無與等者容色妙絕十方無倫況有勝者唯除諸佛其宮殿嚴飾十方世界無與等者口出妙香十方世界無與等者其莊嚴具十方世界無與等者其眷屬衆十方世界無與等者何況有勝除如來衆如是勝妙不令衆生起染著心其有見者除滅煩惱如梵天王欲界煩惱不現在前其有得見此優婆夷一切煩惱皆悉除滅十方衆生樂觀無猒除明行足爾時善財見彼女人不可思議法不可思議三昧不可思議無比妙色無量光明網一切無障不可思議饒益衆生不可窮盡諸眷屬海觀察不可思議身

無有猒足爾時善財以偈頌曰

常持清淨戒　精進修忍辱　譬如盛滿月

星中獨明曜

爾時善財偈讚歎已白言大聖我已先發阿耨多羅三藐三菩提心而未知菩薩云何學菩薩行修菩薩道我聞大聖善能解說願為敷演爾時彼女以善語愛語答善財言善哉善哉善男子乃能發阿耨多羅三藐三菩提心我成就菩薩無壞法門修學菩薩堅固之行得一切法平等地陀羅尼得一切法平等法門得離有莊嚴三昧善財白言菩薩無壞法門乃至離有莊嚴三昧境界云何善男子是處難知難說善財白言唯願大聖承佛神力為我解說我當因善知識信知分別正念觀察一心隨順遠離虛妄解了平等爾時優婆夷答言善男子於過去世離垢劫中有如來應供等正覺號曰脩臂出興於世時有國王名曰電光我為王女中夜寂靜廢音樂時五百侍女皆悉昏寐我在樓上仰觀星宿見彼如來在虛空中如寶山王天龍八部不可思議大菩薩眾恭敬圍繞放大光明網普照十方彼佛毛孔出微妙香我聞是香身體柔輭心大歡喜恭敬禮拜一心合掌仰觀彼佛不見頂相觀身左右不見邊際相好莊嚴見無猒足善男子我於爾時作如是念修何等業出生如是身長養如是身具足如是身清淨如是身自在如是身光明眷屬諸莊嚴具功德智慧三昧陀羅尼諸辯才藏不可譬喻善男子時彼如來知我心念而告我言汝應發不可壞心除滅煩惱發勝妙心不著一切

有發不懈怠心隨順深入方便之法發忍辱心調伏衆生諸惡心海發離癡心遠離一切諸生死趣發無猒心見一切佛心無猒倦發無知足心悉飲一切諸佛法雲發寂靜心以一切佛方便隨順世間發守護心護持一切諸佛法輪發分別心隨其所應演說法寶皆令歡喜善男子我於爾時從彼如來聞此法教清淨法門求一切智如來十力所言不虛光明莊嚴清淨法身相好莊嚴如來眷屬嚴淨佛剎如來威儀如來壽命我發是心時一切煩惱聲聞緣覺金剛諸山所不能壞善男子我發此心已於閻浮提微塵等劫不生欲想何況其事於爾所劫自於眷屬不生瞋心何況餘人於爾所劫不生我見心況我所心於爾所劫不生愚癡心不生無記心乃至胎中常起正念何況餘時於爾所劫乃至夢中見一切佛況十眼觀於爾所劫聞持一切諸佛法雲未曾忘失一句乃至世間語言尚不忘失況如來語於爾所劫悉飲一切諸佛法海乃至世法亦分別知出生一切方便諸三昧門心無虛妄於爾所劫受持一切諸佛法輪於法輪中不失一法乃至無有二智除化衆生於爾所劫見一切佛海及諸化佛於彼佛所滿足大願於爾所劫於一切菩薩海所具足出生清淨菩薩行海於爾所劫若有衆生得見我者皆發阿耨多羅三藐三菩提心乃至不生一念二乘之心於爾所劫於一切佛法乃至一句一味不生疑惑無有二想無虛妄想無種種想無染著想無好醜想無愛恚想善男子我初發心來常見諸佛菩薩及

善知識聞佛大願修菩薩行諸波羅蜜智慧諸地無盡法藏普入無量無邊一切世界分别無量衆生界不離清淨智慧光明除滅一切衆生煩惱長養發起衆生善根隨其所應悉能顯現未曾捨離微妙音聲其有聞者皆悉歡喜善男子我入此無壞法門觀察一切法平等陀羅尼顯現無量自在神變汝欲見不唯然欲見爾時不動優婆夷入萬三昧門正念觀察所謂專求莊嚴正法心無疲猒三昧門離癡莊嚴三昧門十力三昧門佛無盡藏三昧門住如是等三昧門時十不可説佛刹微塵等世界六種震動淨如瑠璃一一世界中各見百億如來一一如來大衆圍繞放大光明普照十方或現兜率天或現於一切世界以妙音聲轉淨法輪乃至示現大般涅槃時優婆夷從三昧起告善財言善男子汝見此不唯然已見善男子我唯成就此無壞法門爲一切衆生説微妙法皆令歡喜諸大菩薩遊行十方無有障礙如金翅鳥王悉得衆生大海源底若見衆生有菩提因從生死海而撮取之安置菩提譬如商人入大寶洲專求如來十力大寶遊生死海教化衆生除滅煩惱如明淨日消竭愛水開敷一切衆生蓮華譬如疾風遊行十方摧滅一切衆生邪見煩惱樹枝譬如大地長養一切衆生善根如轉輪王以四攝法攝取衆生我當云何能知能説彼功德行善男子於此南方有一國土名不可稱城名知足有出家外道名曰隨順一切衆生汝詣彼問云何菩薩學菩薩行修菩薩道時善財童子頭面禮足繞無數帀

辭退南行

大方廣佛華嚴經卷第五十

音釋

嫌恨 嫌戶兼切憎也恨下艮切怨也 餚饍 餚胡交切几非穀而食曰餚饍時戰切細具食也 療 力嶠切治也 挑 土凋切撥也 毾 徒協切毛布也 㲄 古候切取牛乳也 刪 所間切

大方廣佛華嚴經卷第五十一

東晉天竺三藏佛陀跋陀羅等譯

入法界品第三十四之七

爾時善財童子一心正念彼優婆夷是我眞善知識念彼正教念彼所說念彼所發念彼所開念彼示現念彼所歎念彼所明念彼廣演念彼修習隨順思惟修遍修寂靜寂滅照明觀察漸漸經由城邑聚落於日沒時入知足城周遍推求隨順一切衆生外道今在何所於中夜時見彼城北有一大山光明照曜如日初出爾時善財天明出城登彼山上遥見外道靜處經行成就妙色超踰梵王一萬梵天眷屬圍遶往詣其所頭面禮足却住一面白言大聖我已先發阿耨多羅三藐三菩提心而未知菩薩云何學菩薩行修菩薩道

答言善哉善哉善男子乃能發阿耨多羅三藐三菩提心善男子我已安住至一切處菩薩之行成就普觀三昧法門無依無作神足以平等般若波羅蜜光明觀察分別一切諸趣一切衆生死此生彼流轉諸有種種雜類形色好醜種種欲樂諸趣受生所謂天龍夜叉乾闥婆阿脩羅迦樓羅緊那羅摩睺羅伽地獄餓鬼畜生閻羅王處人非人處彼諸衆生或著邪見或好二乘或樂大乘以妙智慧種種方便饒益衆生或教世間種種技藝欲令衆生得諸巧術陀羅尼門或以四攝攝取衆生欲令一切得薩婆若或歎諸波羅蜜欲令衆生得一切智迴向或歎發菩提心欲令衆生於諸善根不可沮壞或歎菩薩行欲令衆生嚴淨佛剎滿足大願教化衆生或說猒

離法欲令衆生知惡行果受三塗苦或說淨法欲令衆生發歡喜心於諸佛所植衆德本得一切智果或歎如來應供等正覺欲令衆生發弘誓願一向專求清淨法身或歎如來功德欲令衆生一向樂求佛無壞身或歎如來無比妙法欲令衆生得佛一切無壞功德復次善男子此知足城内一切人民男女長幼隨其所應我悉化度彼諸衆生莫知我誰此閻浮提九十六種外道邪見我悉爲彼種種說法斷其邪見三千大千世界乃至十方一切世界諸衆生海以種種智方便法門種種諸事色像音聲化度饒益亦復如是善男子我唯知此菩薩至一切處行法門諸大菩薩身與一切衆生數等悉得分別一切衆生身三昧出生變化輪遍遊一切世界一切諸趣普現十方一切衆生前其有見者樂觀無猒悉能長養一切善根住一切劫不捨大願得因那羅莊嚴光明之行不著一切專求實義隨順衆生三世平等照無我界具足無盡大悲之藏我當云何能知能說彼清淨行功德智慧善男子於此南方有一國土名甘露味彼有長者名青蓮華香汝詣彼問云何菩薩學菩薩行修菩薩道時善財童子頭面敬禮彼外道足遶無數帀辭退南行爾時善財童子不惜身命不著財寶遠離熾然不著諸趣不著世間五欲快樂不著眷屬勢力自在常樂化度一切衆生嚴淨一切諸佛世界恭敬供養一切諸佛心無猒足知一切法眞實之相欲得一切菩薩功德巨海滿足大願於一切劫修菩薩行詣一切佛及眷屬海入一

菩薩三昧悉能顯現一切菩薩神力自在於一毛孔見一切佛心無猒足悉聞受持一切諸佛正法輪雲心無猒足專求此等一切菩薩諸佛功德漸漸遊行至甘露味國詣青蓮華香長者所頭面禮足遶無數帀於一面住白言大聖我已先發阿耨多羅三藐三菩提心向無上道志求一切諸佛智慧欲滿一切諸佛大願欲淨一切諸佛色身欲見一切諸佛法身欲知一切諸佛智身欲淨滿一切菩薩諸行欲照一切菩薩諸三昧門欲成就一切菩薩諸陀羅尼欲悉除滅一切障礙欲遍遊一切諸佛世界而未知菩薩云何學菩薩行修菩薩道生一切智答言善哉善哉善男子乃能發阿耨多羅三藐三菩提心善男子我能善知一切諸香一切和香一切熏香一切塗香一切末香一切香王一切天香龍夜叉乾闥婆阿脩羅迦樓羅緊那羅摩睺羅伽人非人等香除滅一切衆疾病香滅憂惱香生一切衆生諸喜樂香長養諸煩惱香除滅諸煩惱香喜樂無爲香猒離有爲香放逸香不放逸香念諸佛香順正法香賢聖人香分別一切諸菩薩香一切菩薩地一切菩薩住香如是等香我悉了知彼香生起所行成就具足清淨安隱方便境界行業根本皆悉了知善男子人中有香名大象藏因龍鬭生若燒一丸興大光網雲覆甘露味國七日七夜降香水雨若著身者身則金色若著衣服宮殿樓閣亦悉金色若有衆生得聞此香七日七夜歡喜悅樂滅一切病無有枉横遠離恐怖危害之心專向大慈普念衆生我知彼已

而爲說法令無量衆生於阿耨多羅三藐三菩提得不退轉善男子復有香名牛頭栴檀從離垢山生若以塗身火不能燒復有香名不可壞從大海生若以塗身出妙音聲降伏怨敵復有香名蓮華黒沉水從阿耨達池四岸邊生若燒一丸悉能普熏閻浮提界若有衆生得聞此香離一切惡具清淨戒復有香名曰明相從雪山王生若有衆生聞此香者離諸垢染心得清淨而爲說法令彼悉得菩薩離垢圓滿三昧復有香名曰海藏從羅剎國生應轉輪王若燒一丸令四種兵列住虚空復有香名清淨莊嚴從善法堂生若燒一丸悉令諸天得念佛三昧復有香名曰淨藏從夜摩天生若燒一丸令彼諸天皆悉雲集詣夜摩王聽受正法復有香名先陀婆從兜率天生常在補處菩薩座前若燒一丸興大香雲普覆十方一切法界雨無量莊嚴供一切佛及其眷屬復有香名曰轉意從化自在天生若燒一丸於化自在天七日七夜雨莊嚴雨善男子我唯知此香諸大菩薩遠離一切不善習氣永離五欲滅除煩惱降伏衆魔斷一切縛離三有趣智慧妙香而自莊嚴一切世間無所染著具足成就無礙戒香除滅障礙智慧境界通達無滯心常平等我當云何能知能說彼功德行清淨戒門身口意業離一切惡善男子於此南方有城名曰樓閣彼有海師名曰自在汝詣彼問云何菩薩學菩薩行修菩薩道時善財童子頭面敬禮彼長者足遶無數帀辭退南行爾時善財童子向樓閣城觀察正道專求正道觀夷險道垢

淨道安危道復作是念因善知識得菩薩道諸波羅蜜道攝取衆生入無礙法界隨順一切衆生除滅一切煩惱熾然一切邪見拔一切不善刺度一切生死海必至一切智城何以故因善知識得一切善根因善知識得一切智作是念已漸漸遊行至樓閣城周帀推求自在海師見在海岸舩舶處住十萬商人及無量衆而圍遶之欲聞勝法入大海法佛功德海法往詣其所頭面禮足却住一面白言大聖我已先發阿耨多羅三藐三菩提心而未知菩薩云何學菩薩行修菩薩道答言善哉善哉善男子乃能發阿耨多羅三藐三菩提心能諮問我大乘妙寶度生死海到一切智洲得不可壞摩訶衍法離二乘難住寂滅樂遠離生死洄澓流淵逮得菩薩至處道

法陀羅尼輪菩薩莊嚴道薩婆若波浪成就普法門於一切法無所障礙度一切智海善男子我成就大悲幢淨行法門在此海邊樓閣城中爲貧窮者修諸苦行欲令一切隨意所求悉充足已廣爲說法皆令歡喜發起善根長養功德智慧之藏利菩薩根發菩提心淨菩薩直心增益菩薩深心出生長養大悲之力除生死苦遊生死海而無疲倦攝取衆生海令住功德海得一切法智海光明見一切佛海度一切智海善男子我住此城如是思惟如是正念饒益衆生善男子我知海中一切寶洲一切寶相一切生寶一切淨寶及不淨寶知一切寶價一切寶器知一切寶隨所應用知作一切寶知一切寶境界知一切寶光明知一切龍宮殿滅一切龍難知一切

羅刹宮殿滅一切羅刹難知一切大身衆生宮殿滅一切大身衆生難知趣知捨迴澓恐怖能離波浪知相水色知日月星宿知諸算數知晝知夜知刹那羅婆摩睺姤路知去知住安危之法知海舩舶牢不牢法明候風相而迴轉之了所至處善男子我已成就如是智慧利益衆生故入於大海因爲說法悉令歡喜離生死怖入一切智海竭愛欲海逮得三世光明智海度一切苦海清淨一切衆生心海嚴淨一切諸佛刹海遍遊一切十方界海無所障礙知一切衆生諸根願海隨順一切衆生行海知一切衆生隨所應海善男子我成就此大悲幢淨行法門若有見聞憶念我者皆悉不虛善男子我唯知此法門諸大菩薩行於生死煩惱大海無所染著離邪見海入實法海以善方便攝衆生海住一切智海滅一切衆生諸放逸海善分別知時非時海善方便知化衆生海未曾失時我當云何能知能說彼功德行善男子於此南方有城名曰可樂彼有長者名無上勝汝詣彼問云何菩薩學菩薩行修菩薩道時善財童子頭面禮足遶無數帀悲泣流淚辭退南行爾時善財童子增廣大慈大悲潤澤長養功德智慧莊嚴離煩惱垢入平等法心不放逸拔不善刺滅一切障精進堅固修習菩薩不可思議三昧慧光普照寂靜快樂功德水池解脫華敷滿足大願充滿法界無所障礙趣一切智一向專求菩薩正道漸漸遊行至可樂城周遍推求無上勝長者城東有林名離憂惱妙莊嚴幢時彼長者在此林中無量長者周

帀圍遶理斷國事因爲說法離我我所及一切有遠離嫉妬清淨心海安住淨心常見諸佛得無垢信力受諸佛法起菩薩力行菩薩行出生菩薩諸三昧力顯現菩薩諸智慧力演說菩薩正念之力樂發無上菩提之心爾時善財詣長者所以敬法故五體投地良久乃起白言大聖我是善財我是善財我已先發阿耨多羅三藐三菩提心而未知菩薩云何學菩薩行修菩薩道教化衆生常見諸佛諮問正法悉能受持諸佛法雲專向一切諸方便門於一切世界一切劫中行菩薩行知一切佛自在神力能受一切諸佛所持得諸佛力時彼長者告善財言善哉善哉善男子乃能發阿耨多羅三藐三菩提心善男子我成就至一切趣菩薩淨行莊嚴法門無依無作神足之力善男子何等爲至一切趣菩薩淨行莊嚴法門善男子此三千大千世界一切阿脩羅世間一切迦樓羅地獄餓鬼夜叉羅刹鳩槃茶乾闥婆人非人等世間三十三天須夜摩天删兜率天乃至魔天世間欲界所住一切生趣一切天宫一切龍宫一切夜叉乾闥婆阿脩羅迦樓羅緊那羅摩睺羅伽等宫人中國土城邑聚落於中說法滅除諍訟諸恚害心悉解繫縛皆令出獄離諸恐怖滅不善業殺害衆生乃至邪見斷諸王事及國土事遠不善法悉令衆生除滅諸惡教以巧術及種種論饒益一切皆令歡喜隨順一切諸外道衆現勝妙智遠離邪見樂於佛法乃至梵天廣爲說法如此三千大千世界乃至十方不可說不可說億那由他佛刹微塵

等世界中廣說正法所謂佛法菩薩法衆生法聲聞法緣覺法說地獄餓鬼畜生閻羅趣法現惡道苦說諸天趣現諸天樂說世間法離世間法顯菩薩道離生死惡說一切智諸妙功德滅愚癡苦及諸障礙欲令衆生得離世樂離諸虛妄解眞實法遠離惡業滅諸煩惱轉淨法輪善男子我唯知此至一切趣菩薩淨行莊嚴法門無依無作神通之力諸大菩薩具足成就諸神通明佛刹等身得普眼地知語言道神力自在具足智慧離諸諍訟逮得大人廣長舌相出微妙音無能壞者分別一切三世諸佛亦無二想明淨智慧照三世法境界無量淨如虛空我當云何能知能說彼功德行善男子於此南方有一國土名曰難忍城名迦陵伽婆提有比丘尼名師子奮迅汝詣彼問云何菩薩學菩薩行修菩薩道時善財童子頭面敬禮彼長者足遶無數帀眷仰觀察辭退南行爾時善財童子漸漸遊行至彼國城周遍推問彼比丘尼時有無量男女大衆荅善財言此比丘尼今在王園日光林中以法饒益一切衆生爾時善財詣彼園林周遍觀察見一大樹名曰滿月放大光明照百由旬復見大樹名曰普覆其形如蓋放青光明復見華樹名曰華藏高如雪山雨衆華雲如天帝釋波利質多羅樹復見大樹名曰柔輭光明普照常有果實復見大樹名曰明淨不可譬喻摩尼莊嚴出阿僧祇清淨妙寶復見依樹出阿僧祇妙寶衣藏復見歡喜樹自然演出微妙音聲復見普莊嚴香熏樹出一切香普熏十方無所障礙復見彼

園泉流渊池栴檀行樹周帀圍遶七寶欄楯以爲莊嚴黒栴檀泥凝停其底布以金沙八功德水充滿其中優鉢羅鉢曇摩拘牟頭分陀利華敷榮鮮茂遍覆其上寶樹周遍端嚴殊妙一一樹下各敷無量師子之座布以寶衣熏以衆香張衆寶帳白淨寶網羅覆其上金鈴網中出妙音聲或有樹下敷蓮華藏師子之座或有樹下敷香藏座或有樹下敷龍莊嚴藏座或有樹下敷寶聚師子座或有樹下敷明淨普照藏座或有樹下敷師子樂藏座彼一一座各有十萬寶師子座眷屬圍遶無量莊嚴散無量寶充滿其中如海寶洲寶衣布地柔輭妙好蹈則足没舉則還復異類衆鳥出和雅音超越帝釋歡喜之園種種華樹常雨華雲超勝帝釋照明之園妙香普熏超於帝釋善法講堂寶樹樂樹出微妙聲超過善口天女歌音無量百千樓閣莊嚴觀者無猒超踰帝釋善現大城此園一切諸莊嚴具如梵天宫衆生樂見爾時善財見此園林皆是菩薩業行所成出諸世間善根所起供養不可思議諸佛所得無能壞者此皆師子奮迅比丘尼了法如幻長養功德藏善根所成三千大千世界天龍八部無量衆生悉入此園而不迫迮何以故此比丘尼不可思議威神力故爾時善財見比丘尼遍處一切寶師子座端嚴姝妙威儀庠序其心寂靜調伏諸根譬如龍象如澄淨渊如意寶珠五欲不染猶如蓮華心無所畏如師子王安住淨戒不可傾動如須彌山滅除衆生諸煩惱熱如涼香王滅除衆病如良藥王見者不虚如婆

樓那天長養善根猶如良田見處一座淨居天衆眷屬圍遶爲說不盡法門又見處座悅樂梵等梵衆圍遶爲說普妙音聲法門又見處座無量他化自在天王等天子天女眷屬圍遶爲說菩薩清淨自在法門又見處座化自在天王等天子天女眷屬圍遶爲說清淨一切莊嚴法門又見處座删兠率天王等天子天女眷屬圍遶爲說心藏旋復法門又見處座夜摩天王等天子天女眷屬圍遶爲說無量莊嚴法門又見處座釋天王等天子天女眷屬圍遶爲說猒離法門又見處座娑伽羅龍王十光明龍王難陀跋難陀龍王摩那斯龍王伊那槃那龍王阿耨達龍王等龍子龍女眷屬圍遶爲說善方便救護衆生法門又見處座提頭賴吒天王等乾闥婆男女眷屬圍遶爲說無盡法門又見處座摩睺羅伽阿脩羅王等眷屬圍遶爲說法界方便智莊嚴法門又見處座大勢力迦樓羅王等眷屬圍遶爲說於生死海無畏法門又見處座屯緊那羅王等眷屬圍遶爲說佛行光明法門又見處座雲山摩睺羅伽王等眷屬圍遶爲說佛喜法門又見處座無量男子女人童男童女眷屬圍遶爲說勝趣法門又見處座常奪衆生命羅刹王等眷屬圍遶爲說起大慈大悲法門又見處座樂聲聞者眷屬圍遶爲說勝智光明法門又見處座樂緣覺者眷屬圍遶爲說明淨如來功德光明法門又見處座樂大乘者眷屬圍遶爲說普門三昧智慧光明法門又見處座初發心菩薩眷屬圍遶爲說一切佛大願法門又見處座二地菩薩

眷屬圍遶爲說離垢三昧法門又見處座三地菩薩眷屬圍遶爲說寂靜莊嚴法門又見處座四地菩薩眷屬圍遶爲說一切智勢力境界法門又見處座五地菩薩眷屬圍遶爲說淨心華藏法門又見處座六地菩薩眷屬圍遶爲說明淨藏法門又見處座七地菩薩眷屬圍遶爲說普地藏法門又見處座八地菩薩眷屬圍遶爲說法界法身境界法門又見處座九地菩薩眷屬圍遶爲說無有無著莊嚴法門又見處座十地菩薩眷屬圍遶爲說無礙三昧法門又見處座金剛力士眷屬圍遶爲說智慧金剛法門見處如是等一切諸座一切諸趣一切衆生眷屬圍遶種善根者爲說善根長善根者爲說增長一切善根隨其所應而爲說法乃至於阿耨多羅三藐三菩提得不退轉何以故此比丘尼成就百萬阿僧祇般若波羅蜜門故所謂普眼般若波羅蜜門說一切佛法般若波羅蜜門分別法界般若波羅蜜門壞散一切障礙般若波羅蜜門出生長養一切衆生善法般若波羅蜜門勝莊嚴般若波羅蜜門無礙藏般若波羅蜜門法界圓滿般若波羅蜜門清淨心藏般若波羅蜜門一切衆生樂藏般若波羅蜜門得如是等百萬阿僧祇般若波羅蜜門於此園中所有衆生皆於阿耨多羅三藐三菩提得不退轉爾時善財見師子奮迅比丘尼諸奇特事所謂園林資生之具經行威儀寶師子座大衆眷屬諸妙功德神力自在微妙音聲如是一切諸奇特事又聞微妙清淨音聲宣揚讚歎不思議法無量法雲之所潤澤

身心柔軟五體投地恭敬禮已將欲繞旋見比丘尼遍一切座自見已身及無量衆樹木園林皆悉右旋繞無數帀如是見已合掌恭敬於一面住白言大聖我已先發阿耨多羅三藐三菩提心而未知菩薩云何學菩薩行修菩薩道唯願大聖爲我解說善男子我成就菩薩一切智底法門大聖如此法門體性云何善男子此法門者智光莊嚴於一念中普照三世大聖此智光莊嚴法門境界云何善男子入此法門現前正受一切法林三昧時十方一切世界諸佛處兜率天者於彼一一佛所從其自身出生不可說不可說佛刹微塵等摩尼摩身恭敬禮拜又賷不可說不可說佛刹微塵等華香瓔珞諸妙寶鬘末香塗香衣蓋幢旛種種寶華雲乃至一切莊嚴具雲寶網寶帳莊嚴網等種種寶座以如是等諸供養具供養如來如兜率天所與供養降神母胎出生王宮捨家學道詣菩提樹成最正覺轉淨法輪在諸天上人非人中乃至般涅槃所興供養亦復如是若有衆生知我供養皆於阿耨多羅三藐三菩提得不退轉其有衆生來至我所即爲彼說般若波羅蜜我不起衆生想不取衆生想知一切語言而不著語言見一切佛不取佛想深解法身故受持一切諸佛法輪而亦不取法輪之想解了諸佛眞實相故於念念中悉能充滿一切法界而亦不取法界之想了一切法猶如幻故善男子我唯知此菩薩一切智底法門諸大菩薩究竟法界一切無著一身結跏趺坐充滿法界於自身内悉能顯現一切佛刹於

一念中悉能往詣一切佛所於自身内悉能顯現諸佛神力能以一毛舉不可說不可說諸佛世界於一一毛孔現不可說不可說世界成敗於一念中攝取不可說不可說衆生於一念中攝取不可說不可說劫我當云何能知能說彼功德行善男子於此南方有一國土名曰險難城名寶莊嚴有一女人名婆須蜜多汝詣彼問云何菩薩學菩薩行修菩薩道時善財童子頭面敬禮比丘尼足遶無數帀眷仰觀察辭退南行爾時善財童子大慧光明以照其心具足長養一切種智一心思惟諸法實相建立一切語言陀羅尼藏廣修受持一切法輪陀羅尼爲衆生歸長大悲力方便觀察一切種智滿法界等清淨大願明淨慧光普照十方生一切莊嚴諸通明力充滿十方一切世界究竟成滿菩薩諸業漸漸遊行至險難國寶莊嚴城推問婆須蜜多女今在何所爾時有人不知彼女深智慧者作如是念今此童子威儀庠序其心寂靜調伏諸根遠離放逸顛倒惑亂念慧現前視瞻詳審言音和雅不著形色正念思惟甚深法相遠離懈倦心如大海此非染欲顛倒之人無情欲想不没欲泥不隨諸根行出魔界不服五欲不爲一切諸魔所縛所不應作已能不爲有何等意而求此女其中有人先知彼女有智慧者作如是言善哉童子得大善利乃能推求深智女人當知童子一向求佛悉欲攝取一切衆生拔諸欲刺壞散淨想善男子今此女人在此城中深宮之内爾時善財聞此語已心大歡喜往詣其門見彼宮宅嚴

飾廣大十重寶牆周帀圍遶列植十行寶多羅樹十重深塹八功德水充滿其中底布金沙妙寶蓮華優鉢羅鉢曇摩拘牟頭分陀利敷榮鮮茂彌覆水上出微妙香能轉人心不生垢染衆寶宮殿臺觀樓閣阿僧祇寶以爲嚴飾紺瑠璃地灑以香水熏以沉香塗以栴檀寶網羅覆閻浮檀金以爲垂鈴出和雅音散衆寶華猶如降雪諸妙莊嚴說不可盡金剛摩尼眞珠寶藏充滿宅内十種園林以爲莊嚴爾時善財見彼女人處寶師子座顔貌端嚴妙相成就身如眞金目髮紺色不長不短不白不黑身分具足一切欲界無與等者何況有勝言音婉妙世無倫匹善知字論技藝諸論成就幻智菩薩方便以阿僧祇寶莊嚴其身寶網羅覆首冠天冠大衆圍遶皆悉修善同其願行成就善根不可沮壞具足無盡功德寶藏身出光明普照一切觸斯光者歡喜悦樂身心柔輭滅煩惱熱爾時善財頭面禮足遶無數帀恭敬合掌於一面住白言大聖我已先發阿耨多羅三藐三菩提心而未知菩薩云何學菩薩行修菩薩道答言善男子我已成就離欲實際清淨法門若天見我我爲天女若人見我我爲人女乃至非人見我我爲非人女形體姝妙光明色像殊勝無比若有衆生欲所纏者來詣我所爲其說法皆悉離欲得無著境界三昧若有見我得歡喜三昧若有衆生與我語者得無礙妙音三昧若有衆生執我手者得詣一切佛刹三昧若有衆生共我宿者行解脫光明三昧若有衆生目視我者得寂靜諸行三昧若有衆

生見我嚬呻者得壞散外道三昧若有衆生觀察我者得一切佛境界光明三昧若有衆生阿黎宜我者得攝一切衆生三昧若有衆生阿衆鞞我者得諸功德密藏三昧如是等類一切衆生來詣我者皆得離欲實際法門善財白言大聖昔於何所種諸善根修何等業得此法門答言善男子過去有佛號曰常住如來應供等正覺出興于世彼佛哀愍饒益諸群生故入安樂城足蹈門閫即時大地六種震動其城自然奇妙廣博衆寶莊嚴散諸雜華自然演出娛樂之音放大光明一切諸天充滿虛空廣說如佛入城經中現奇特事善男子我於爾時爲長者婦名曰善女見如是等諸奇特事從夫長者出於道巷奉彼如來妙寶天冠時文殊師利爲佛侍者爲我說法發阿耨多羅三藐三菩提心善男子我唯知此離欲實際法門諸大菩薩成就無量方便智慧廣大智藏智慧境界無能壞者我當云何能知能說彼功德行善男子於此南方有城名首婆波羅彼有長者名曰安住彼常供養栴檀佛塔汝詣彼問云何菩薩學菩薩行修菩薩道時善財童子頭面敬禮彼女人足乃至辭退南行爾時善財童子漸漸遊行至於彼城詣長者所乃至白言大聖我已先發阿耨多羅三藐三菩提心而未知菩薩云何學菩薩行修菩薩道答言善男子我已成就不滅度際菩薩法門住此法門故普見十方一切世界去來今佛無涅槃者除化衆生方便滅度善男子我開栴檀佛塔戶時念念正受無盡佛性三昧門於念念中得無量

無邊勝妙諸法白言大聖此三昧者境界云何答言善男子我入此三昧時見此世界迦葉佛拘那含牟尼佛尸棄佛毗婆尸佛提舍佛弗沙佛無上勝佛無上蓮華佛見如是等不可說不可說諸佛閻浮提微塵等佛乃至不可說不可說佛刹微塵等佛見此諸佛從初發心神力自在一切大願清淨妙行諸波羅蜜次第成就菩薩諸地得深法忍降伏衆魔長養成就自在菩提淨諸佛刹種種大衆教化衆生放大光明轉淨法輪神力變化皆悉受持正念思惟智慧分别彼諸佛法顯現衆生見知未來彌勒佛等一切諸佛現在盧舍那佛等一切諸佛亦復如是如此世界見知十方三世一切諸佛聲聞緣覺菩薩亦復如是善男子我唯知此不滅度際菩薩法門諸大菩薩一念悉知三世諸法念際平等而無有二住佛所住於一切劫而無劫想隨順諸佛平等正法如來及我一切衆生等無有二淨莊嚴智照三世間成就諸佛不轉威儀分别一切法界境界我當云何能知能說彼功德行善男子於此南方海上有山名曰光明彼有菩薩名觀世音汝詣彼問云何菩薩學菩薩行修菩薩道時善財童子頭面敬禮彼長者足遶無數帀眷仰觀察辤退南行

大方廣佛華嚴經卷第五十一

大方廣佛華嚴經卷第五十二

東晉天竺三藏佛陀跋陀羅等譯

入法界品第三十四之八

爾時善財童子正念思惟彼長者教隨順菩薩解脫之藏正念菩薩諸憶念力欲次第分別一切諸佛及諸佛法一心正念諸佛法流憶念受持彼諸佛法及諸莊嚴長養菩提思惟正念一切諸佛不思議業漸漸遊行至光明山登彼山上周遍推求見觀世音菩薩住山西阿處處皆有流泉浴池林木鬱茂地草柔輭結跏趺坐金剛寶座無量菩薩恭敬圍遶而爲演說大慈悲經普攝衆生見已歡喜踊躍不能自勝合掌諦觀目不暫眴作如是念善知識者則是如來善知識者一切法空善知識者諸功德藏善知識者十力妙寶善知識者難見難遇善知識者無盡智藏善知識者功德山王善知識者開發示導一切智門能令一切入薩婆若海究竟清淨無上菩提時觀世音遥見善財告言善來童子專求大乘攝取衆生直心深心樂求佛法長養大悲救護一切向普賢行清淨成滿一切大願欲聞受持一切諸佛一切法雲增長善根而無猒足順善知識不違其教從文殊師利智慧功德大海所起成就善根得佛勢力光明三昧離懈怠心專求正法常見諸佛遠離衆惡修諸善行智慧成滿淨如虛空爾時善財詣觀世音頭面禮足遶無數帀恭敬合掌於一面住白言大聖我已先發阿耨多羅三藐三菩提心而未知菩薩云何學菩薩行修菩薩道答言善哉善哉善男子乃能發阿耨多

羅三藐三菩提心善男子我已成就大悲法門光明之行教化成就一切衆生常於一切諸佛所住隨所應化普現其前或以惠施攝取衆生乃至同事攝取衆生顯現妙身不思議色攝取衆生放大光網除滅衆生諸煩惱熱出微妙音而化度之威儀說法神力自在方便覺悟顯變化身現同類身乃至同止攝取衆生善男子我行大悲法門光明行時發弘誓願名曰攝取一切衆生欲令一切衆生離險道恐怖熱惱恐怖愚癡恐怖繫縛恐怖殺害恐怖貧窮恐怖不活恐怖諍訟恐怖大衆恐怖死恐怖惡道恐怖諸趣恐怖不同意恐怖愛不愛恐怖一切惡恐怖逼迫身恐怖逼迫心恐怖愁憂恐怖復次善男子我出生現在正念法門名字輪法門故出現一切衆生等身種種方便隨其所應除滅恐怖而爲說法令發阿耨多羅三藐三菩提心得不退轉未曾失時善男子我唯知此菩薩大悲法門光明之行諸大菩薩一切普賢大願成滿究竟成就普賢所行不斷一切諸善根流不斷一切菩薩諸三昧流一切劫流修菩薩行未曾斷絶順三世流善知一切成敗諸世界流斷一切衆生不善根流出生一切衆生諸善根流除滅一切諸生死流我當云何能知能說彼功德行爾時東方有一菩薩名曰正趣來詣此土住金剛山頂至此山時娑婆世界六種震動衆寶莊嚴放大光明映蔽日月釋梵天龍八部光明悉如聚墨普照地獄餓鬼畜生閻羅王處滅除衆苦斷除煩惱及諸病苦普雨寶雨充滿佛刹乃至普雨一切莊

嚴雲雨供養如來隨其所應示現其身然後來詣觀世音所時觀世音告善財言善男子汝見此衆中正趣菩薩不答言唯然已見善男子汝詣彼問云何菩薩學菩薩行修菩薩道時善財童子頭面敬禮觀世音足遶無數帀觀察無猒正念聖教深入智海辭詣正趣頭面禮足右遶畢恭敬合掌於一面住白言大聖我已先發阿耨多羅三藐三菩提心而未知菩薩云何學菩薩行修菩薩道善男子我已成就菩薩普門速行法門白言大聖於何佛所得此法門所從來剎去此幾何發來久如答言善男子此處難知一切諸天人非人等所不能了唯精進不退近善知識佛所護念具足善根淨正直心得菩薩根開智慧眼多聞多知菩薩境界唯願大聖爲我解說我當承佛神力善知識力而得信解答言善男子我所從來剎名曰妙藏佛號妙德於彼佛所得此法門從彼發來已經不可說佛剎微塵等劫於一念中行不可說佛剎微塵等步一步過不可說佛剎微塵等世界所經諸國佛皆現在以一切菩薩諸供養具而供養之悉能了知彼世界中諸群生海分別諸根隨其所應而爲說法放大光網普照十方出妙音聲演說正法饒益度脫彼諸衆生乃至十方亦復如是善男子我唯知此菩薩普門速行法門諸大菩薩普於十方無所不至境界無量無能壞者清淨法身充滿法界分別了知諸衆生道滿一切剎順一切法等觀三世說平等法隨順世間不著佛道普至諸道無著無礙我當云何能知能說彼功德行善

男子於此南方有城名婆羅波提彼有一天名曰大天汝詣彼問云何菩薩學菩薩行修菩薩道時善財童子頭面敬禮正趣菩薩遶無數帀眷仰觀察辭退南行爾時善財童子正念思惟菩薩無障礙行一向專求正趣菩薩智慧境界出生通明境界一切功德精進堅固歡喜無量得不思議遊戲神通決定了知諸功德地諸三昧地陀羅尼地諸大願地諸辯才地具諸力地漸漸遊行至於彼城推問大天今在何所時有人言善男子在此城內大法堂上化現其身大衆圍遶而爲說法爾時善財往詣其所頭面敬禮彼大天足遶無數帀恭敬合掌於一面住白言大聖我已先發阿耨多羅三藐三菩提心而未知菩薩云何學菩薩行修菩薩道爾時大天出四長臂取四海水澡洗其面洗已取諸金華以散善財作如是言善男子菩薩難聞難見乃是世間奇特之法諸善男子中分陀利華爲衆生歸依攝取饒益載育衆生普照一切顯現正道遠離愚癡爲衆生師救護正法爲衆生將救護安隱悉令得至一切智城具足成就淨身口業永離衆惡於衆生類常以愛語隨其所應悉現其前未曾失時善男子我已成就菩薩雲網法門白言大聖此法門者境界云何爾時大天於善財前積天金聚猶若山王白銀瑠璃玻瓈硨磲碼碯夜光離垢藏寶明淨寶諸方便門摩尼寶周羅寶瓔珞寶吉由羅寶莊嚴髮寶莊嚴童子寶彌何羅莊嚴寶彌拘羅寶赤真珠寶莊嚴一切諸肢節寶如意珠寶皆悉積聚猶若山王一切華一切

香一切塗香一切末香一切鬘一切衣一切蓋一切幢一切旛一切娛樂具五欲境界如是等積悉如山王又復顯現阿僧祇諸童女衆語善財言善男子汝取此諸物供養如來惠施一切攝取衆生悉令衆生修檀波羅蜜學檀波羅蜜捨離一切善男子我以此物教汝惠施教一切衆生亦復如是悉令衆生以無貪善根普熏身心近善知識恭敬供養諸佛菩薩出生長養一切善根發阿耨多羅三藐三菩提心復次善男子若有衆生貪五欲者爲彼顯現不淨境界若瞋恚放逸憍慢諍訟如羅刹鬼飲血食肉悉教彼等修大慈悲皆令永離瞋恚放逸若懈怠者爲現水火盜賊惡正怨敵等難善男子如是等類諸惡衆生種種方便滅不善根長養善根除滅一切波羅蜜障礙怨敵具足成滿諸波羅蜜超出障礙得無礙法善男子我唯知此菩薩雲網法門諸大菩薩帝釋天王滅一切煩惱阿修羅難諸菩薩水滅煩惱火諸菩薩火能燒一切衆生貪愛諸菩薩風能散一切諸染著心菩薩金剛摧滅一切吾我之想我當云何能知能說彼功德行善男子此閻浮提內有一國土名摩竭提有道場地神名曰安住汝詣彼問云何菩薩學菩薩行修菩薩道時善財童子頭面敬禮彼大天足乃至辭退趣摩竭提國詣彼道場安住地神爾時一萬地天各作是言此來童子能攝衆生即是佛藏能破一切衆生無明㲉膜生法王家離垢無礙寶繒以冠其頂智慧寶藏摧外道輪時安住地天等一萬地天雨衆香水以灑其地掃以香

風而以莊嚴放大光明普照三千大千世界衆寶莊嚴一切華樹開敷鮮茂一切果樹悉成果實一切泉源河池流相灌注演出種種娛樂音聲諸天衆寶莊嚴樓閣異類衆鳥皆悉歡喜出哀和音無量寶藏自然涌出爾時安住地神告善財言善來童子汝欲目見曾於此處所種善根果報不乎爾時善財頭面敬禮彼地神足恭敬合掌於一面住白言大聖唯然欲見時彼地神即以足指案地無量阿僧祇那由他寶藏開發顯現善男子汝昔所種善根果報致此寶藏自在隨汝善男子我已成就菩薩不可壞藏法門我於然燈佛來常護菩薩修菩薩行深入智慧境界盡其源底大願成滿淨菩薩行出生菩薩一切通明具足菩薩諸力功德成就菩薩不可壞法

遊諸佛刹聞一切佛所受記法轉一切法輪一切修多羅法雲以大法光明教化衆生受持諸佛自在神力善男子乃往古世過須彌山微塵等劫有劫名莊嚴世界名月幢佛號善眼於彼佛所得此法門修習長養淨此法門於其中間常遇不可說不可說佛刹微塵等佛彼諸如來往詣道場自在神力皆悉奉覲於此佛所修習善根善男子我唯知此法門諸大菩薩常能隨侍一切諸佛悉聞受持彼諸佛法深入諸佛秘密教法於念念中出淨法身等一切佛佛影藏出一切佛法所行無壞我當云何能知能說彼功德行善男子此閻浮提有城名曰迦毗羅婆彼有夜天名婆娑婆陀汝詣彼問云何菩薩學菩薩行修菩薩道時善財童子頭面敬禮安住地神遶

無數帀辭詣彼城爾時善財童子正念思惟安住天教菩薩不可壞藏法門修諸三昧明諸三昧觀察菩薩諸法律儀菩薩自在遊戲神通觀察菩薩一切淨法深入菩薩甚深智慧究竟菩薩無壞法門隨順菩薩無壞法門深入菩薩諸法門海漸漸遊行至於彼城從東門入中城而住爾時善財日沒未久隨順一切菩薩所教一心欲見婆娑婆陀夜天於善知識發如來想普眼境界顯現諸方智慧悉至一切境界清淨法眼普見一切諸法界海大智慧眼觀察十方見彼夜天於彼城上虛空中住處寶樓閣香蓮華座身如真金目髮紺色端嚴姝妙見者無猒身服朱衣衆寶莊嚴頂上結髮猶如梵王於其身上現一切星宿及其光明化度無量世界衆生遠離惡道於一毛孔皆悉覩見所化衆生或有生天或得聲聞緣覺修菩薩行種種方便形色音聲諸語言法所說正教化度衆生隨所經劫諸菩薩等教化衆生悉令修習菩薩諸行勇猛精進修諸三昧諸神力門菩薩自在神力境界菩薩所住菩薩光明菩薩奮迅菩薩法門以化衆生於一毛孔皆悉見聞爾時善財見聞此已心大歡喜頭面敬禮彼夜天足遶無數帀恭敬合掌於一面住白言天神我已先發阿耨多羅三藐三菩提心信解因善知識得諸佛法唯願天神開示顯現一切智道若有菩薩向此道者得十力地爾時夜天告善財言善哉善哉善男子敬善知識隨順其教若有菩薩隨其教者疾得阿耨多羅三藐三菩提善男子我已成就菩薩光明普照諸

法壞散衆生愚癡法門善男子我於惡衆生發大慈心於不善業衆生發大悲心於修善衆生發歡喜心於善惡衆生發無二心於染汙衆生發清淨心於邪道衆生發正道心於樂不淨衆生發樂淨心於樂生死衆生發隨順法輪心於樂聲聞緣覺衆生發安立一切智道心善男子我常如是思惟教化衆生於夜闇中人靜鬼神盜賊所遊行時比丘離威儀時重雲煙塵昏蔽日月不見色時若有衆生在城邑聚落山巖曠野八方大海乃至一切水陸衆生於此衆生以種種方便滅其恐怖若有衆生遭於海難雲難山難大風迴復及以波浪迷惑失道不見邊岸遭如是等種種海難我於爾時或作船形或作馬王象王狗王師子獸王阿脩羅王海神王形作如是等形方便度脫衆生海難爲陸地衆生或作淨月及諸星宿炬火電光諸寶光明天身光明菩薩光明以如是等無量方便救護衆生發如是心我爲一切衆生常作歸依除滅煩惱令畏死者得無畏法令貧窮者皆得富樂爲在山衆生或作果樹或作流泉迦陵頻伽鳥等出妙音聲或作山神或作平地以如是等無量方便度脫衆生發如是心令諸衆生免此山難又令一切越生死山爲曠野衆生種種方便令其悅樂入正見道除滅饑渴於如是等無量難中救衆生已復作是念願令衆生速滅衆苦究竟一切安隱智道見樂著國土衆生受諸苦惱種種方便滅其樂著作如是念願令衆生除五陰著住一切佛薩婆若境界見著聚落衆生受諸苦惱種種方便

而爲説法令其猒離以法攝之復作是念令一切衆生離六入空聚超出生死究竟得入一切智城復次善男子若有衆生迷於十方以東爲西以西爲東乃至以上爲下以下爲上爲此衆生無量方便斷其迷惑若欲出者開示門户若失道者示導正路若欲度者示以津濟無舟檝者而資給之不知方域示其樂土以如是等無量方便顯現開導而度脱之發如是心我已照除長夜昏冥世間衆事無不宣敘又令衆生永滅癡闇得清淨眼離衆生相及諸邪見常樂我淨計著衆生及福伽羅陰界諸入不了因果行不善道殺害衆生乃至邪見不孝父母不供養沙門婆羅門遠離正道行不善業誹謗正道欲壞法輪毀菩薩衆憎惡大乘不讃菩提毀呰賢聖行惡人法造五逆業如是等類諸惡衆生我以明淨慧光除其愚闇令發阿耨多羅三藐三菩提心究竟普賢菩薩所行開十力道遠離生死現一切智城諸佛境界諸佛神通具足諸力現總持力安住諸佛平等正法現一切佛悉同一身復次善男子我見貧苦老病衆生種種方便而救濟之復作是念以無上法攝彼衆生滅諸煩惱令得解脱離生老病死憂悲苦惱惡道諸難近善知識深入法界離諸惡業淨佛法身置無老病死常住法界復次善男子我見諸惡衆生遠離正道趣於邪徑著諸倒見虛妄迷惑具行不善身口意業種種放逸依止惡法於非正覺爲正覺想於正覺所非正覺想近惡知識受諸苦惱我見此已無量方便除其邪惑安立正見令於天人

最爲殊勝復作是念令諸衆生得出世間無上正道不復退轉於一切智滿足普賢菩薩大願得一切智而亦不離菩薩諸地不壞衆生性爾時夜天欲重宣明此法門義承佛神力觀察十方即爲善財以偈頌曰

我所成妙法　知時諸門地　照除愚癡闇
普觀一切法　無量無數劫　我常修大慈
普覆諸群生　善財應速具　成就大悲海
出生三世佛　除滅一切苦　善財速究竟
佛子心歡喜　遠離世間惡　超出三界苦
受諸賢聖樂　遠離有爲惡　聲聞智解脱
滿足如來力　佛子應究竟　我以淨天眼
普觀十方刹　於彼世界中　見佛處道場
相好莊嚴身　無量衆圍遶　放大光明海
普照化衆生　覩諸群生類　死此而生彼
迴流五趣中　常受無量苦　以淨天耳海
普聞十方音　一切語言海　皆悉能受持
一切諸如來　無量微妙聲　所轉淨法輪
悉聞能受持　我以淨鼻根　法海中無礙
能入諸法門　善財應究竟　我成大人相
清淨廣長舌　隨應演妙法　佛子應究竟
清淨妙法身　三世如如等　隨其所應化
一切無不現　我心無所染　清淨如虛空
普攝一切佛　而亦無所著　了知無量刹
群生諸心海　分別一切根　遠離衆虛妄
我以神通力　遍遊無量刹　普覆一切衆
調伏諸衆生　智慧如虛空　無比無盡藏
供養諸如來　饒益一切衆　清淨廣智慧
分別諸法海　除滅衆生惑　佛子應究竟
通達三世法　深入諸佛海　明了一切法

無能測量者　一一微塵中　悉見佛刹海
又覩諸如來　此是普力地　見盧舍那佛
道場成正覺　十方刹微塵　悉轉正法輪
相好自莊嚴　猶若普賢身　隨應受化者
顯現無量身

爾時善財童子白言天神發阿耨多羅三藐三菩提心爲幾時耶得此法門其已久如乃能如是饒益衆生答言佛子乃往古世過如須彌山微塵等劫有世界名寶德劫名寂靜有五百億佛出興於世時有大城名蓮華光有轉輪聖王名善法度如聖王法成就七寶城東有林名曰妙德於此林中有菩提樹名一切佛自在光明爾時一切法雷王佛坐此樹下成等正覺放大光明普照一切世界王玉女寶名法慧月蓮華光於彼城內有一夜天名曰淨月於彼夜時出微妙音告此玉女汝應當知一切法雷王佛出興于世稱揚讚歎彼佛功德顯現如來自在神力發阿耨多羅三藐三菩提心讚歎普賢菩薩一切願行時王玉女供養彼佛及諸菩薩諸聲聞衆善男子爾時玉女法慧月蓮華光者豈異人乎我身是也善男子我於彼佛種善根力於須彌山微塵等劫不墮地獄餓鬼畜生閻羅王處不生下賤之家具足諸根除滅衆苦常於天人中勝不離善知識諸佛菩薩不生五濁劫中於彼諸佛菩薩所增長善根於八十須彌山微塵等劫安隱快樂而未滿足菩薩諸根復次善男子過此須彌山微塵等劫已復過一萬劫有劫名離憂世界名離垢勝有須彌寂靜眼如來應供等正覺等五百如來出

與于世其佛國土或淨或穢彼世界中有一四天下名曰離垢城名莊嚴我於爾時爲明勝長者女名勝慧光端正姝妙彼淨月天以本願力生此城中復作夜天名清淨眼時彼夜天復於中夜來詣我家顯現妙色讚歎如來又勸導我詣彼如來放大光明在前引導我於爾時與父母俱及其眷屬往詣須彌寂靜眼如來所供養恭敬聽佛說法得菩薩三昧名曰見佛教化衆生明淨慧光普照三世得此三昧已憶念過去須彌山微塵等劫所見諸佛又聞彼佛所說經法得光明普照諸法壞散衆生愚癡法門放大光明照十佛刹微塵等世界見彼刹中一切如來往詣其所知彼衆生諸語言法心根欲性爲彼衆生作善知識隨其所應顯現其身於念念中長養此法門一身充滿世界微塵等世界乃至充滿世界海微塵等世界海悉見彼世界海微塵等世界海中一切如來往詣其所彼佛說法我悉聞持分別了知彼諸如來本事願海彼諸如來嚴淨佛刹我亦嚴淨於彼世界中隨其所應示現其身化度衆生念念長養於此法門與法界等善男子我唯知此光明普照諸法壞散衆生愚癡法門諸大菩薩究竟無量無邊普賢所行深入法界海建智慧幢得諸三昧遊戲神通大願成滿守護受持十方世界一切佛法於念念中悉能嚴淨一切佛刹滿功德海於念念中教化一切諸群生海智慧淨日普照三世一切世界教化一切衆生離垢淨月除滅一切衆生熱惱疑惑癡闇於一切有海心無所著演出清淨圓滿妙

音充滿十方一切法界於一一微塵中顯現一切自在神力明淨慧光普照三世我當云何能知能說彼功德行善男子此閻浮提摩竭提國有一夜天名甚深妙德離垢光明汝詣彼問云何菩薩學菩薩行修菩薩道爾時善財即以偈讚彼夜天曰

我見清淨身　相好自莊嚴　如文殊師利
亦如寶山王　具足淨法身　三世悉平等
普攝諸群生　其心無所著　普放淨光明
遍照一切趣　於一毛孔中　悉見諸星宿
離垢清淨心　如空滿十方　攝取諸法王
明淨深智慧　一一毛孔中　悉放無量光
十方諸佛所　普雨功德雲　一一毛孔中
出諸變化身　充滿十方界　方便度衆生
本爲菩薩時　淨不思議刹　一一毛孔中
皆悉得顯現　若有見聞者　悉獲功德利
專求菩薩道　成就佛菩提　若有見聞者
發大歡喜心　遠離惡道難　除滅諸煩惱
千刹微塵劫　讚歎其功德　諸劫猶可盡
功德無窮已

時善財童子頭面敬禮彼夜天足遶無數帀眷仰觀察心無猒足辭退遊行向摩竭國爾時善財童子一心思惟彼夜天神初發道心圓滿清淨思惟是已即得深入諸菩薩藏出生菩薩諸大願海淨諸菩薩波羅蜜道逮得菩薩圓滿諸地住諸菩薩圓滿行業窮盡菩薩發趣道海善能深入一切智海皆悉救護一切衆生長養增廣大慈悲雲於一切刹出生普賢諸大願行漸漸遊行至甚深妙德離垢光明夜天所頭面禮足遶無數帀恭敬合

掌於一面住白言天神我先發阿耨多羅三藐三菩提心而未知菩薩云何修菩薩行具足諸地答言善哉善哉童子乃能發阿耨多羅三藐三菩提心問菩薩行具足諸地善男子菩薩成就十法則能具足菩薩所行何等爲十一者得現前三昧見一切佛二者得清淨眼見一切佛相好嚴身三者分别了知一切諸佛無量無邊功德大海四者無量無邊佛光明海悉能普照一切法界五者於一一毛孔放一切衆生數等大光明海隨其所應度脱衆生六者於一一毛孔悉見一切寶光燄海七者於念念中出一切佛變化大海充滿法界究竟一切諸佛境界教化衆生而無障礙八者出一切佛妙音聲海轉三世佛清淨法輪九者演說一切修多羅雲究竟佛音

深入一切諸如來海十者現不思議佛自在神力化度衆生善男子若有菩薩具此十法則能滿足菩薩一切諸行善男子我已成就菩薩寂滅定樂精進法門悉見三世嚴淨佛刹一切諸佛及眷屬海無量無邊佛神力海分别了知佛名號海轉法輪海知彼諸佛壽命無量音聲微妙法身清淨充滿法界亦不著如來一切諸相何以故如來非過去除滅世間一切取故如來非未來無所起故如來非現在無生身故如來非滅離語言道故如來非實現幻法故如來非虚妄饒益一切衆生出與世故如來去無所至滅死此生彼故如來不可壞法性無壞故如來一性離語言道故如來無性究竟法故善男子我如是了知一切如來開發增廣菩薩寂滅定樂精進

法門照明莊嚴深入隨順平等堅固境界分別了知遠離虛妄發起大悲攝取衆生未曾捨離一心寂定正受初禪除滅意業得寂智力攝取衆生歡喜悅樂入第二禪捨離生死寂滅涅槃觀衆生性修第三禪滅一切衆生諸煩惱苦修第四禪增長一切智菩提心願出生菩薩一切三昧海巧妙方便究竟菩薩一切法門海成就菩薩遊戲神通出生菩薩自在所行明淨智慧深入普門法界善男子我如是修習菩薩寂滅定樂精進法門種種方便度脫衆生在家放逸貪欲衆生令修不淨想不樂想憂惱想逼迫想繫縛想羅刹想無常想苦想無我想空想不自在想老死想令彼衆生遠離五欲常樂正法信家非家出家學道思惟坐禪爲障亂聲除鬼神怖若於中夜欲出行時爲開門戶光明照路除滅闇冥讚佛法僧及善知識又復讚歎近善知識令諸衆生未生惡法方便不生已生惡法方便令滅未生善法方便令生已生善法方便增廣行菩薩行修波羅蜜滿足大願出生一切智習大慈悲欲令衆生得人天樂除滅妄想增長善法順薩婆若善男子我唯知此菩薩寂滅定樂精進法門諸大菩薩滿普賢願具足普賢菩薩所行究竟得離癡闇法界具足善根成就如來智力光明於佛境界無所障礙住生死中心無所染薩婆若願具足成滿深入一切諸佛刹海攝取一切諸佛大海受一切佛妙法雲海滅一切衆生生死闇海薩婆若光照生死夜我當云何能知能說彼功德行善男子去此不遠如來右面有一夜

天名曰喜目觀察衆生汝詣彼問云何菩薩學菩薩行修菩薩道爾時甚深妙德離垢光明夜天欲重宣明此法門義以偈頌曰

入於現前定　普見三世佛　離垢清淨眼
分別諸佛海　觀察諸佛身　相好自莊嚴
一念無量力　自在滿法界　盧舍那如來
道場成正覺　一切法界中　轉於淨法輪
最勝知法相　寂滅無有二　妙色相莊嚴
顯現一切衆　佛身難思議　悉滿諸法界
普於十方剎　隨應悉現前　一念放光明
一切剎塵等　無量微妙色　普照諸法界
如來一毛孔　放不思議光　普照諸群生
除滅衆煩惱　如來一毛孔　出無盡化海
充滿諸法界　顯現衆生類　如來一妙音
充滿諸法界　普雨甘露法　令發菩提心
無量劫修行　攝取諸群生　普見諸佛剎
皆悉如電光　如來出世間　普現群萌類
衆生性境界　悉能分別知　一切諸菩薩
所住諸法門　於佛一毛孔　悉能分別知
不遠有夜天　名喜目觀察　汝往詣彼問
云何菩薩行

時善財童子頭面敬禮彼夜天足遶無數帀眷仰辭退向喜目觀察衆生夜天

大方廣佛華嚴經卷第五十二

音釋

眴（輸閏切目動也）　玻瓈（梵語具云塞坡胝迦此云水精玻溥禾切瓈郎奚切）　㲉（苦角切）　膜（慕各切）　檝（即涉切）　福伽羅（梵語也亦云補特伽羅此云數取趣伽丘迦切）

大方廣佛華嚴經卷第五十三

東晉天竺三藏佛陀跋陀羅等譯

入法界品第三十四之九

爾時善財童子專求善知識念因善知識生諸善法善知識者難見難遇見善知識滅諸亂想見善知識除滅一切諸纏障礙見善知識得薩婆若智慧光明見善知識深入佛海見善知識得正念法雲陀羅尼受持一切佛淨法輪雲見善知識具大悲海救護衆生見善知識智慧明淨悉能普照諸法界海時喜目觀察衆生夜天以威神力加善財童子讚善知識詣善知識恭敬供養善知識者則是菩提善知識者則是精進善知識者難見難遇善知識者是不可壞力因善知識遍遊十方斷生死流悉能成辦一切大事莊嚴正道得普門法門一切無礙見善知識不離本處遍至十方一切佛所爾時善財即時了知見善知識成滿無量諸大願海得一切智饒益衆生滅除未來無量劫苦以大莊嚴而自莊嚴一一微塵中修行一切諸法界法見十方海知未來劫諸語言法及菩薩行究竟一切諸菩薩行於念念中得一切智神力自在諸莊嚴道等三世佛淨法界流不離法界境界而能往詣充滿法界善知識所爾時善財往詣喜目觀察衆生夜天見彼夜天在如來所於大衆中處寶蓮華師子之座正受菩薩普光喜幢法門一切毛孔出衆妙雲其有見者欣悅無猒所謂智慧行雲饒益衆生離於諍訟不著諸法以平等心普攝衆生顯三世菩薩修行布施悉捨內外難捨之物十方衆生

皆悉覩見又於一切毛孔出衆生數等菩薩變化身雲充滿法界現衆生前顯示正受不動三昧覺悟衆生不樂三界遠離世間滅除生死現天人中種種成敗教諸衆生修不淨觀除淨想倒說有爲行無常變易苦惱之法令諸衆生深入佛戒未曾暫離受持諸佛清淨禁戒現無疑惑及以香戒戒香普熏一切衆生又於一切毛孔出衆生數等妙色身雲顯示衆生截諸肢節皆悉能忍堪受衆苦一切訶責惡罵皆悉忍受於彼衆生不生恚心恭敬讚歎不生惡心於一切衆生不起我慢顯現諸法自性之忍顯現無盡菩提心智除滅一切衆生煩惱修習忍法行菩薩行顯現清淨金剛之身顯現如來清淨無上色身隨其所應教化衆生又於一切毛孔出諸趣種種色身雲勇猛精進現一切智勇猛精進現菩提境界而不退轉勇猛精進降伏諸魔勇猛精進於生死海悉能救度一切衆生勇猛精進除滅一切惡道諸難勇猛精進壞無智山勇猛精進恭敬供養一切如來心無疲倦勇猛精進受持守護諸佛法輪勇猛精進壞散一切諸障礙山勇猛精進嚴淨一切諸如來刹得諸如來清淨精進教化度脫一切衆生又於一切毛孔出種種色身雲以諸方便除滅衆生愁憂苦惱悉令歡喜猒惡五欲讃歎慚愧調伏諸根修行無上清淨梵行身口意善顯現世間一切所欲皆不可樂建立衆生令樂正法出生正受九次第定除滅衆生一切煩惱顯現菩薩諸三昧海通明自在神力境界令諸衆生皆悉歡喜身心柔輭滅煩

惱熱得清淨樂長養正法又於一切毛孔出諸趣種種身雲詣一切剎諸佛師長善知識所恭敬供養心無疲倦受持一切諸佛法輪究竟一切佛海顯現一切法海顯現一切諸法實相顯現一切諸三昧門清淨智慧分別一切衆生心海金剛智慧壞散一切衆生諸邪見山出生圓滿明淨慧日於一念中悉能除滅一切衆生愚癡闇冥令諸衆生皆悉歡喜得薩婆若又於一切毛孔出一切衆生數等身雲現種種色身不思議身隨其所應悉現其前以無量音爲諸衆生演說世間功德之藏世間行業一切三界皆不可樂歎離三界諸惡邪見遠離邪道向一切智超出聲聞緣覺之地於有爲無爲心無所著背捨生死正向涅槃而亦不捨諸趣往來不捨發菩提心成等正覺教化衆生得一切智又於一一毛孔出一切佛剎微塵等變化身雲普現一切諸衆生前修普賢行滿普賢願讚歎究竟一切大願於念念中嚴淨一切諸世界海於念念中恭敬供養一切諸佛於念念中悉能受持一切法海於念念中一一微塵中出生一切世界海微塵等法界方便海住持一切剎一切劫淨一切智道未曾休息於念念中悉入一切諸如來力究竟三世方便海於一切剎現自在力令一切衆生修菩薩行成滿大願得一切智又於一一毛孔出一切衆生心等身雲悉現一切諸衆生前顯現無量一切智力不可窮盡無能壞者修不退轉菩薩諸行於生死法心無所染降伏衆魔滅煩惱力壞散一切障礙山力具大悲力於一切劫

修菩薩行心無疲倦震動一切諸佛世界令衆生喜轉淨法輪建立法幢制諸外道修菩薩行力波羅蜜得一切智又於一一毛孔出一切衆生心等種種色身雲充滿無量諸衆生界隨其所應現菩薩行智力精進度衆生海分別了知一切衆生心心所行海一切衆生諸根海一切衆生行海教化衆生未曾失時明淨智慧究竟法性於念念中明淨智慧充滿法界了知一切世界成敗及其莊嚴自在神力詣諸佛所恭敬供養守護受持正法輪雲如是顯現智波羅蜜悉令衆生皆大歡喜熙怡快樂身心柔軟除滅熱惱遠離憂慼棄捨衆惡調伏諸根心得解脫於一切智得不退轉如顯現諸波羅蜜化度衆生顯現菩薩一切功德化度衆生亦復如是又於一切毛孔顯現喜目觀察衆生夜天從初發心所爲功德求善知識往詣諸佛恭敬供養修習善根行檀波羅蜜難捨能施行尸波羅蜜棄捐天下宮殿眷屬出家學道淨修禁戒行羼提波羅蜜一切衆生悉加惡言無量逼切皆悉能忍行毗梨耶波羅蜜修諸苦行專求菩提其心堅固而不退轉行禪波羅蜜諸方便道滿足清淨禪波羅蜜於諸三昧而得自在究竟一切諸三昧海相續次第未曾斷絕行般若波羅蜜清淨菩薩圓滿智慧出明淨慧日無盡慧藏究竟智海行方便波羅蜜出生一切諸方便身方便功德方便清淨方便本事行願波羅蜜出生一切諸願淨身成滿諸願隨應行願及願波羅蜜本事行力波羅蜜力波羅蜜因緣功德力波羅蜜方便海分別

演說力波羅蜜本事行智波羅蜜智波羅蜜出生智波羅蜜淨身智波羅蜜說智波羅蜜境界智波羅蜜所攝智波羅蜜光明智波羅蜜本事智波羅蜜分別行智波羅蜜深入智波羅蜜攝取諸法隨順知法知業知刹知劫知三世知佛出世知佛智知菩薩知菩薩智知菩薩住知菩薩功德知菩薩迴向知諸大願知轉法輪知分別法知入法海知方便海知法旋流知諸法趣如是等一切智波羅蜜於一切毛孔皆悉顯現化度衆生又於一切毛孔出無量身雲所謂阿迦尼吒天身雲淨居天身雲善現天身雲不熱天身雲果實天身雲遍淨天身雲無量淨天身雲少淨天身雲淨果天身雲無量淨果天身雲少淨果天身雲光音天身雲無量光音天身雲少光音天身雲大梵天身雲梵輔天身雲梵衆天身雲他化自在天王及他化自在天子天女身雲化自在天王及化自在天子天女身雲兜率天王及兜率天子天女身雲夜摩天王及夜摩天子天女身雲三十三天王及三十三天天子天女身雲提頭賴吒天王及一切乾闥婆男女身雲毗樓勒叉天王及一切鳩槃荼男女身雲毗樓博叉天王及一切龍男女身雲毗沙門天王及一切夜叉男女身雲緊那羅王及一切緊那羅男女身雲摩睺羅伽王及一切摩睺羅伽男女身雲迦樓羅王及一切迦樓羅男女身雲阿脩羅王及一切阿脩羅男女身雲閻羅王及一切閻羅王男女身雲人王身雲男子女人童男童女身雲出如是等一切諸趣身雲聲聞緣覺仙人身雲

地水火風神海神河神山神林神樹神穀神味神藥草神園觀神城郭神道場神夜神晝神虛空神方神道路神身形神金剛力士神出如是等一切身雲充滿十方一切世界法界爲一切衆生現喜目觀察衆生夜天從初發心所行功德積集無量諸波羅蜜次第受生死此生彼及其名號近善知識值遇諸佛聞持正法行菩薩行得諸三昧次第覩見一切佛刹及諸如來次第諸劫得淨智慧深入法界觀察衆生知衆生海死此生彼得淨天耳次第悉聞一切音聲知他心智次第了知衆生心念無依神足次第自在充滿十方得諸菩薩次第法門究竟菩薩諸法門海菩薩自在菩薩精進菩薩得證正趣離生衆生想菩薩想菩薩勝妙清淨功德如是等類一切功德彼化身雲悉爲衆生以諸音聲分别解說開示顯現所謂風輪音聲水輪音聲火炎音聲大海音聲大地震動音聲山王相擊音聲天城震動音聲天寶音聲諸天音聲龍王音聲夜叉王乾闥婆王阿脩羅王迦樓羅王緊那羅王摩睺羅伽王等音聲人王音聲梵王音聲天女歌頌音聲天樂音聲摩尼寶王音聲如來音聲菩薩音聲如來化身音聲以如是等種種音聲爲諸衆生分别演說喜目觀察衆生夜天從初發心一切功德彼一一身雲說此法時念念中於一一方嚴淨不可說不可說諸佛世界無量無邊衆生滅惡道苦無量無邊衆生成就天樂無量無邊衆生度生死海無量無邊衆生安立聲聞辟支佛地無量無邊衆生得菩薩不可思議喜幢自

在法門於念念中無量無邊衆生住如來地爾時善財童子皆得見聞如上一切諸奇特事正念思惟觀察分别深入定智安住平等何以故與彼夜天先同行故佛護念故成就不可思議諸善根故具足菩薩根故生佛家故得善知識力故一切諸佛神力持故盧舍那佛本願力故善根熟故堪受普賢菩薩行故爾時善財得菩薩歡喜淨光明海得十方一切諸如來力得彼夜天離垢喜幢法門即恭敬合掌以偈讚歎彼夜天曰

無量無數劫　深學最勝法　隨應所受化
顯現妙色身　了知諸群生　愚癡顛倒惑
種種身方便　度脫衆生類　清淨妙法身
除滅煩惱熱　非二現有二　爲化衆生故
陰入及諸界　皆悉無所著　具行及色身
度脫一切衆　不著內外法　越度生死海
明淨智慧光　普照於一切　喜目天無著
除滅衆虛妄　衆生樂著世　爲現佛法力
無礙三昧力　一一毛孔中　出諸化身雲
供養十方佛　念念諸出生　諸佛方便力
攝取諸衆生　究竟一切法　觀察諸有海
業行莊嚴身　演說無礙法　令衆清淨故
相好自莊嚴　猶若普賢身　隨應受化者
顯現無量身

爾時善財童子偈讚歎已白言天神發阿耨多羅三藐三菩提心爲幾時耶得此法門其已久如爾時夜天以偈答言

憶念過去世　無量刹塵劫　爾時有一劫
名曰寂靜音　有都名香水　其王名智慧
十二億百千　那由四天下　彼聖轉輪王

清淨妙色身　三十二相具　八十好莊嚴
妙身清淨藏　閻浮檀金色　光明照一切
庠步遊虛空　彼王有千子　勇猛身端正
大臣有一億　智慧悉賢明　婇女有十億
端嚴如天后　大慈心柔輭　瞻奉給侍王
彼聖轉輪王　常以正法治　統領諸山地
一切四天下　我時爲寶女　具足淨梵音
身出金色光　周照四萬里　日光既没已
中夜閑寂然　我當於爾時　神瑞降善夢
見佛出世間　號曰功德海　顯現自在力
充滿十方界　放大光明海　一切刹塵等
無量自在身　充滿於十方　大地六種動
自然出妙音　如來與出世　天人悉歡喜
一切毛孔中　出佛化身海　充滿十方界
隨應而說法　我夢見如是　如來自在力

聞說深妙法　其心大歡喜　一萬夜天神
充滿虛空中　讚歎彼如來　聞已即覺悟
彼天告我言　賢慧女速起　佛已興汝國
劫海難值遇　聞此音歡喜　即見明淨光
觀察從何來　道場樹王所　時見如來身
猶若寶山王　一切毛孔中　放大光明海
見佛自在力　其心大歡喜　即發弘誓願
令我獲此德　我時覺大王　普及諸眷屬
見彼佛光明　歡喜心無量　我時與彼王
無量那由他　眷屬四種兵　往詣如來所
我於二萬歲　供養彼如來　七寶四天下
一切悉奉施　時彼如來說　功德普雲經
大願海莊嚴　隨應度衆生　我發如是願
來世作夜天　諸有放逸者　悉令遠離之
爾時我初發　無上菩提心　生死有爲中

未曾有忘失　從是後供養　十億那由佛
生死海受樂　饒益諸群生　初佛功德海
第二功德燈　第三寶幢佛　第四虛空智
第五蓮華藏　六無礙音月　第七法月王
八圓滿智燈　第九寶炎佛　無上天人尊
第十化音聲　我已悉供養　如是等諸佛
十億那由他　猶未得慧眼　究竟生死海
次第復有劫　名曰天妙勝　世界名寶光
五百佛興世　初佛圓滿月　第二明淨日
第三光明佛　四須彌山王　第五華炎佛
第六智慧海　第七然燈佛　第八天德藏
九光明王幢　第十普智王　如是等諸佛
我已悉供養　未離樂五陰　非樂生樂想
次第復有劫　名莊嚴梵音　爾時有世界
名蓮華燈雲　彼有無量佛　及其大眷屬
我已悉供養　聞受持正法　初佛寶須彌
第二功德海　法界須彌幢　第四法須彌
第五法幢佛　第六法地佛　第七法力佛
第八虛空慧　第九光炎山　第十照明山
如是等諸佛　我已悉供養　猶未了眞實
究竟諸法海　次第復有劫　名曰歡喜德
爾時有世界　名曰功德幢　彼劫有八十
那由他諸佛　無量供養具　奉彼諸最勝
初乾闥婆王　二壽命樹王　三功德須彌
第四寶眼佛　第五盧舍那　六光明莊嚴
第七法勝佛　第八明淨德　第九世間主
十一切法王　如是等諸佛　我已悉供養
猶未得妙智　深入法界海　次第復有劫
名曰寂靜慧　爾時有世界　名普光明雲
有千佛興世　無量德莊嚴　除滅煩惱垢

一切衆清淨　初佛號無諍　第二無礙力
三法界光明　四一切燈王　五婆樓那天
第六衆生歸　七忍圓滿燈　八法具足燈
九光明嚴海　第十光明王　如是等諸佛
我已悉供養　猶未解眞法　遊行一切剎
次第復有劫　名曰香燈雲　爾時有世界
名曰清淨起　一億佛興世　嚴淨一切劫
彼佛所說法　我悉聞受持　初佛無量稱
第二法海佛　第三勇猛王　四功德法王
第五勝法雲　第六天冠佛　第七智炎佛
第八虛空音　第九等勝起　第十妙德光
供彼諸佛已　成就八正道　次第復有劫
名明淨堅固　爾時有世界　名曰寶幢王
五百佛興世　彼諸如來等　我已悉供養
求無礙法門　初佛圓滿德　第二寂靜音

第三功德海　第四日王佛　第五功德王
第六須彌相　第七法王佛　第八功德王
第九須彌山　第十光明王　如是等諸佛
我已悉供養　我皆悉嚴淨　一切最勝道
猶未得具足　究竟深法忍　次第復有劫
名曰爲勝主　爾時有世界　名寂靜音聲
八千那由他　諸佛興出世　我已悉供養
於彼修正道　初佛號華聚　第二海藏佛
第三功德起　第四天周羅　第五摩尼藏
第六金山佛　第七寶聚佛　第八寂靜幢
第九法幢佛　第十智王佛　如是等諸佛
我已悉供養　次第復有劫　名曰千功德
爾時有世界　名善化幢燈　六億那由他
諸佛興出世　我已悉供養　彼一切如來
初佛寂靜幢　第二智慧幢　第三百燈佛

四功德雲王　寂靜光明王　第六明淨日
第七法燈佛　第八光炎佛　九天功德藏
第十智慧燈　如是等諸佛　我已悉供養
未得無生忍　究竟諸法海　次第復有劫
名無著莊嚴　爾時有世界　名無量勝光
時有三十六　那由他佛出　如是等諸佛
我已悉供養　初功德須彌　第二虛空心
第三莊嚴智　第四莊嚴藏　五法音聲海
六持法音聲　第七化音聲　第八功德海
九功德海燈　第十功德幢　彼諸如來等
我皆悉值遇　功德幢如來　出興於世時
我爲功德天　供養彼最勝　時佛爲我説
莊嚴大願海　陀羅尼念力　皆悉能受持
我得明淨眼　三昧陀羅尼　於一一念中
悉見最勝海　出生大悲藏　深入方便雲
心淨如虛空　悉得諸佛力　觀察諸衆生
常樂我淨倒　愚癡闇所覆　煩惱起虛妄
邪見貪欲等　無量諸惡業　一切諸趣中
具受不善報　一切諸趣中　種種業受身
生老病死患　無量苦逼迫　我發無上心
安樂彼衆生　令至諸佛所　成滿如來力
滿足大願雲　常見一切佛　修習於正道
具足諸功德　一向廣專求　無量功德雲
法門波羅蜜　充滿諸法界　佛子我爾時
即得普賢行　分別深法界　攝取一切法
成滿一切地　三世方便海　修習無礙行
一念具佛智

善男子爾時智慧轉輪王者豈異人乎文殊師利童子是也紹繼轉輪王姓諸如來種使不斷絕時王賢慧寶女者我身是也爾時夜

天覺悟我者普賢菩薩所變化也我於爾時初發阿耨多羅三藐三菩提心發道心已於佛刹微塵等劫不墮惡道常生天人覩見諸佛乃至功德幢佛所得此普光喜幢法門得此法門已饒益化度無量衆生善男子我唯知此法門諸大菩薩於念念中普詣一切諸如來所具足成就精進大海於念念中滿足一切諸大願海於念念中出生一切未來劫菩薩諸行於一一菩薩行中出生一切佛刹微塵等身彼一一身充滿一切諸法界海於一一法界中顯現一切佛刹隨其所應現菩薩行於一一佛刹中究竟一切佛刹微塵等諸佛海於一一佛所究竟一切法界等如來自在神力一一如來所分別過去諸劫行菩薩行一一如來所守護受持一切法輪究竟三世如來諸方便海我當云何能知能說彼功德行善男子此佛衆中有一夜天名曰妙德救護衆生汝詣彼問云何菩薩學菩薩行具菩薩行淨菩薩行時善財童子頭面敬禮喜目觀察衆生夜天足辭退而行爾時善財童子正念思惟普光喜幢法門分別深入開發顯現隨順善知識教一向專求見善知識身心諸根普遊方面求善知識思念善知識道勇猛精進乃得值遇同善知識一切善根具足成就深妙方便因善知識出生長養一切善根發諸大願於一切劫不離善知識往詣妙德救護衆生夜天所爾時夜天爲善財童子顯現菩薩教化一切世間法門境界相好嚴身眉間白毫相中放大光明名曰普慧炎燈淨幢無量光明以爲眷屬普照一切世

界照已入善財頂充滿其身爾時善財即得菩薩離垢圓滿三昧得此三昧已於一切地水火風微塵衆寶微塵香微塵金剛微塵摩尼微塵碎末微塵一切莊嚴具微塵一切境界微塵如是等一一微塵中悉見佛刹微塵等世界成敗風輪水輪金剛輪地輪種種莊嚴衆山圍遶無量大海諸天宮殿諸雜寶樹種種莊嚴諸龍宮殿夜叉乾闥婆阿脩羅迦樓羅緊那羅摩睺羅伽人非人等城郭宮殿地獄餓鬼畜生閻羅王處悉見五道衆生死此生彼分別了知彼諸世界或有世界淨或有世界不淨或有世界趣淨或有世界趣不淨或有世界淨不淨或有世界不淨淨或有世界一向淨或有世界其形平正或有世界其形如伏或有世界其形四方如是等一切世界一切趣中見彼夜天於一切時普現一切諸衆生前隨其所應而度脫之爲地獄衆生滅諸楚毒爲諸畜生滅惱害畏爲餓鬼衆生除饑渴苦爲諸龍等滅一切畏爲欲界衆生除欲界苦爲諸人類除闇冥畏不活畏惡名畏大衆畏惡道畏死畏失善根畏失菩提心畏近惡知識畏失善知識畏聲聞緣覺地畏生死畏不同意畏非時受生畏生惡人家畏行惡業畏業障畏煩惱障畏報障畏諸貪著畏諸繫縛畏滅如是等一切怖畏又復教化四生衆生所謂卵生胎生濕生化生有色無色有想無想非有想非無想衆生常現其前而教化之滿大願力故菩薩三昧力故諸通明力故出生普賢菩薩行力故出生長養大悲海故無礙大慈覆一切衆生故安樂一

切衆生故攝取一切衆生故深入菩薩自在境界法門故普現一切諸佛刹中爲嚴淨故在一切法中智慧覺悟故在一切佛所恭敬供養故在一切佛法中守護正法故在一切衆生心海中度脱衆生故在一切衆生諸根中調伏諸根故在一切衆生欲海中爲除障礙得清淨故在一切衆生愚癡闇中出生一切智光明故爾時善財見彼夜天自在神力不可思議菩薩境界一切世界教化衆生成就菩薩一切法門自在神力歡喜無量頭面禮足恭敬合掌於一面住一心觀察爾時夜天即捨相好妙莊嚴身現夜天形而不捨離自在神力爾時善財以偈頌曰

善財合掌住　諦觀無猒足　見無量神力
其心大歡喜　我見尊妙身　相好自莊嚴
清淨如虛空　一切莫能壞　所放殊妙光
無量刹塵等　種種微妙色　普照於十方
一一毛孔放　衆生等光明　一一光明端
出生寶蓮華　從華出化身　除滅衆生苦
放諸香光明　普熏十方界　雨無量華雲
供養諸最勝　放無量寶光　一一如須彌
普照一切衆　除滅愚癡闇　口放淨光明
猶如無量日　普照盧舍那　無量之境界
眼放淨光明　猶如無量月　普照群生類
除滅愚癡曀　妙相等衆生　出生化身海
充滿諸法界　度脱三有海　清淨微妙身
一切無不見　遠離水火賊　王等一切難
喜目觀察天　教我詣尊所　見尊白毫相
演出明淨光　普照十方海　除滅一切闇
顯現自在力　從我頂上入　光明入身已

舉體柔輭樂　即得離垢定　普見十方佛
悉能分別知　一切諸微塵　一一微塵中
普見十方剎　或有淨世界　或有不淨剎
不淨世界中　衆生受諸苦　不淨世界中
衆生受苦故　示現三乘像　而往救度之
清淨佛國土　無量寶莊嚴　諸佛大菩薩
常樂於中住　一一微塵中　普見淨剎海
盧舍那積劫　令彼土清淨　一切佛剎中
現坐菩提樹　得成最正覺　而轉淨法輪
我見妙德天　詣彼嚴淨剎　一切如來所
恭敬而供養

大方廣佛華嚴經卷第五十三

音釋

羼提 梵語也此云忍辱羼初限切

曀 於計切猶翳也

大方廣佛華嚴經卷第五十四

東晉天竺三藏佛陀跋陀羅等譯

入法界品第三十四之十

爾時善財偈讚歎已白言天神甚奇甚特此菩薩法門最爲甚深此法門者名爲何等得此法門其已久如本修何行而致之乎善男子此處甚深一切人天聲聞緣覺所不能知何以故滿普賢菩薩行者境界大悲菩薩藏境界救護一切衆生菩薩境界除滅一切惡道諸難菩薩境界一切佛刹中守護一切佛法令不斷絶菩薩境界一切劫中修菩薩行滿大願海菩薩境界具足成就明淨慧光滅一切衆生愚癡闇障普照一切菩薩境界於一念中明淨智慧普照三世諸方便海菩薩境界善男子諦聽諦聽我當承佛神力爲汝解説佛子乃往古世過世界微塵等劫有劫名離垢圓滿世界名明淨妙德幢有須彌山微塵等如來出現於世其佛世界七寶合成衆寶莊嚴其土圓滿離垢清淨寶網羅覆金剛圍山周帀圍遶有十萬億那由他四域天下或有天下清淨衆生亦淨或有天下不淨衆生不淨或有天下淨不淨雜衆生亦雜或有天下清淨一切衆生善根具足無諸疾患或有天下嚴淨殊勝但諸菩薩彼世界東際近金剛山有四天下名華燈幢妙寶樓閣臺觀宫殿上味飲食自然具足瞻蔔華樹普覆一切種種香樹出妙香雲諸寶鬘樹普雨鬘雲諸雜華樹雨不思議衆妙華雲諸末香樹雨末香雲諸香王樹雨妙香雲摩尼寶樹雨種種寶諸音樂樹微風吹動出和雅音充滿

虛空日月明淨妙寶光明普照一切彼四天下有百萬億那由他諸王京都一一王都有千渠水微流迴映衆華普被自然演出天音樂聲岸植寶樹行列莊嚴衆寶爲地一一水間有十億千城彼一一城有十億百千那由他聚落圍遶彼一一城及一一聚落各有無量億那由他妙寶樓閣而莊嚴之彼閻浮提有一王都名寶華燈安隱豐樂人民熾盛此諸衆生具足修行十善業道時彼城中有轉輪王名曰明淨寶藏妙德爲大法王治以正法從蓮華生具三十二大人之相七寶成就王有千子端正勇猛有十億大臣王有寶女名妙德成滿端嚴姝妙目髮紺色身如天金梵音清淨身出光明照千由旬彼有一女名妙德眼一切諸行皆悉具足端正殊特觀者無猒有十億百千那由他諸婇女衆皆與聖王同善根行身眞金色一切毛孔皆出妙香衆寶莊嚴超踰天女爾時衆生壽命無量或有不定或有中夭形色不同長短名號音聲善根精進方便亦悉不同有好有醜有讃有毀爾時有人謂一人言我色端嚴汝形鄙陋共相凌毀作惡業已壽命色力所受快樂皆悉損減時彼城北有道場樹名普光明妙法音幢衆寶爲根無能壞者莖節枝葉衆寶合成皆悉齊等出衆寶光雲普覆一切放衆寶光普照十方演妙音聲宣揚如來自在神力於其樹前有香水池名寶華光明眞法音雲衆寶爲岸有十億百千那由他寶樹圍遶彼一一樹如菩提樹寶瓔珞樹周帀垂下清淨妙寶以爲莊嚴衆寶樓閣無量無數周遍道

場彼香池中有一蓮華名三世一切佛莊嚴境界雲最初妙德幢佛於彼華上成等正覺化衆生故放大光明名曰萬歲衆生見者知後萬歲佛當出世次後放光名一切衆生離垢歡喜燈衆生見者知九千歲佛當出世次後放光名離垢燈妙德藏衆生見者悉覩妙色知八千歲佛當出世次後放光名一切衆生業報音聲衆生見者分别了知自已業報知七千歲佛當出世次後放光名起一切善根音聲若有衆生諸根不具觸斯光明皆悉具足知六千歲佛當出世次後放光名曰顯現不可思議諸佛境界音聲衆生見者悉發明淨自在之心知五千歲佛當出世次後放光名曰嚴淨一切佛刹衆生見者見一切如來嚴淨佛刹知四千歲佛當出世次後放光名一切佛不可壞境界明淨燈衆生見者知佛自在無所不至知三千歲佛當出世次後放光名普照三世一切諸佛本事音聲衆生見者知一切如來過去本事無量大海知二千歲佛當出世次後放光名離癡曀智如來淨燈衆生見者得平等淨眼普見一切嚴淨佛刹一切如來一切衆生知一千歲佛當出世次後放光名一切衆生見諸如來長養善根衆生見者知後七日佛當出世次後放光名一切衆生歡喜音聲衆生見者一心歡喜欲見如來佛子彼佛於一萬歲中放如是等無量光明教化衆生滿七日已佛神力故一切世界六種震動爾時衆生於念念中見一切佛刹皆悉清淨衆寶莊嚴時彼世界衆生悉詣道場一切金剛圍山須彌山王一切諸

山一切變化一切音聲一切大地一切城邑垣牆宮殿如是等一切諸物出微妙音歌頌讚佛又出一切香雲一切寶光明雲一切寶形像雲一切寶衣雲一切華雲一切末香雲一切寶莊嚴雲一切如來圓滿光雲一切如來大願聲雲一切如來妙音聲雲一切如來諸相好雲顯現不可思議如來瑞應相雲出如是等一切妙雲供養如來時彼三世一切佛莊嚴境界雲蓮華周帀出生十佛世界微塵等衆寶蓮華彼一一蓮華鬚上有寶蓮華藏師子之座彼師子座上有十佛世界微塵等菩薩摩訶薩爾時妙德幢佛於一切世界隨其所應轉正法輪令無量衆生離惡道苦無量衆生生天人中立無量衆生於聲聞緣覺之地立無量衆生於勇猛精進菩薩之行

立無量衆生於離垢幢精進菩薩之行立無量衆生於法光明菩薩之行立無量衆生於清淨根菩薩之行立無量衆生於平等諸力菩薩之行立無量衆生於一向專求入正法城菩薩之行立無量衆生於至一切處不可破壞神力自在菩薩之行立無量衆生於一切方便菩薩之行立無量衆生出生菩薩三昧安住菩提立無量衆生修一切淨行安住菩提立無量衆生發菩提心立無量衆生住菩薩道立無量衆生清淨諸波羅蜜立無量衆生於菩薩初地乃至立無量衆生於菩薩十地立無量衆生於菩薩大願殊勝之行立無量衆生於普賢菩薩清淨願行何以故如來轉不可思議自在法輪故於念念中隨其所應以種種身種種方便種種說法度脫無

量衆生爾時普賢菩薩知實華燈城王都衆生自恃色貌陵懱他人化現妙身端嚴殊特往詣彼城放大光明普照一切時彼聖王身之光明諸寶光明寶女光明寶樹光明日月星宿光明皆悉映蔽猶如聚墨在真金山普賢菩薩身色光明映蔽衆光亦復如是爾時衆生各作是念今此光明悉蔽我等不復顯現爲是梵天諸大光耶爾時普賢菩薩在彼聖王寶宮殿上於虛空中而告之言大王當知佛興於世今在普光明妙法音幢菩提樹下時彼衆生見普賢菩薩相好嚴身無量光明聞妙音聲歡喜無量發如是願令我等所作善根得此妙身相好莊嚴威儀無異神力自在除滅一切衆生愚闇覺悟一切佛興于世趣趣受生願常不離此善知識時彼聖王與其寶女及諸眷屬千子大臣幷四種兵上昇虛空放大光明照四天下普爲衆生以偈讃曰

如來出世間　普救諸群生　汝等應速起
往詣導師所　無量無數劫　或有佛興世
演說深妙法　饒益一切衆　普見諸群生
愚癡顛倒惑　流轉生死苦　於彼起大悲
無量無數劫　修習菩薩行　爲化衆生故
發起無上悲　頭目手足等　難捨悉能施
無量無數劫　專求佛菩薩　無量無數劫
如來難值遇　其有見聞者　一切悉不虛
如來在道場　處佛正法座　降伏一切魔
得成最正覺　觀察如來身　放演無量光
種種微妙色　除滅一切闇　一一毛孔中
放光不思議　除滅愚癡瞪　令衆悉歡喜

各辦衆供具　發大精進心　咸詣如來所
恭敬設供養

爾時轉輪聖王讚歎佛已以轉輪王功德善根與十種雲普覆虛空往詣道場供養如來所謂一切寶雲一切華雲一切衣雲一切寶衣雲一切寶網金鈴雲一切堅固香雲一切如意珠雲一切妙寶幢雲一切寶宮殿雲一切莊嚴雲普覆一切莊嚴虛空供養如來往詣佛所頭面禮足遶無數帀退坐普照寶藏之座爾時妙德眼女即解身上諸莊嚴具奉散如來時莊嚴具於虛空中變成寶蓋衆寶莊嚴悉與一切諸宮殿等端嚴齊整十寶莊嚴金剛圍山周帀圍遶其形猶如明淨樓閣衆寶莊嚴無量龍王悉共執持寶樹圍遶妙香普熏於其蓋中有菩提樹枝葉榮茂普覆法界以無量莊嚴而莊嚴之見盧舍那佛坐此樹下與不可說佛刹微塵等大菩薩俱皆悉具足普賢菩薩一切所行住菩薩住無能壞者又見一切世界諸王圍遶如來又見彼佛神力自在又見一切諸劫次第世界成敗又見一切諸佛次第出世又見普賢菩薩在一切佛所恭敬供養教化衆生又見彼一一世界中悉有佛刹微塵等世界種種安住種種莊嚴種種清淨種種劫種種如來出興於世種種三世種種國土種種法界種種諸道種種入法界種種虛空種種道場種種佛光種種諸佛莊嚴師子之座種種如來眷屬種種如來方便種種轉法輪種種如來妙音說種種音聲海說種種修多羅雲時彼女人見聞如是歡喜無量爾時妙德幢佛於大衆中

說修多羅名一切如來法輪妙音十佛世界微塵等修多羅以爲眷屬時彼女人聞此經已即得一萬三昧身心柔軟如初受胎又如衆生初受勝業果報又如初生堅固吉樹所謂見現在一切諸佛三昧普照一切佛刹三昧深入三世三昧一切如來妙音轉法輪三昧知一切佛願海三昧滅一切衆生生死苦惱三昧滅一切衆生癡闇滿足莊嚴大願三昧滅一切衆生諸苦三昧令一切衆生具足快樂三昧教化一切衆生心無疲倦三昧一切菩薩無礙幢三昧菩薩降神母胎莊嚴三昧得如是等一萬三昧復得淨三昧心不動心歡喜心正希望心廣大心順善知識教心甚深薩婆若心隨順方便海心一切無著心捨離一切世間境界心究竟如來境界心普照一切色海心滅瞋恚心愛念心平等心無疲倦心不退轉心離懈怠心觀一切法寂靜心隨順一切法海心隨順分別一切法心分別一切衆生海心救護一切衆生心普照一切世界心滿一切佛大願海心壞散一切障礙山心積集無量功德山心向佛十力心普照一切菩薩境界心長養一切菩薩諸功德心充滿一切十方海心發平等心成滿佛刹微塵等諸願海心願淨一切如來刹心如是等心出生十佛世界微塵等法門所謂教化一切衆生法門分別一切法界法門究竟一切法海法門於一切世界盡未來劫出生菩薩行法門於一切世界盡未來劫住菩薩行法門往詣一切佛所法門值遇一切善知識法門恭敬供養一切佛法門於念念中出生

一切智不斷菩薩行法門出生如是等十佛世界微塵等法門出生普賢菩薩願行專求一切智時彼女人得諸如來初發心願善男子復於是前過十大劫有世界名日輪光照佛號因陀羅妙德幢此妙德眼女因普賢菩薩善知識故造蓮華如來像衆寶莊嚴發菩提心善男子爾時明淨寶藏妙德轉輪聖王者豈異人乎今彌勒菩薩是也時寶女妙德成滿者今寂靜音夜天是也妙德眼女者我身是也善男子我以莊嚴具供養妙德幢如來故見佛無量自在神力聞說正法聞正法已即得教化一切衆生法門恭敬供養須彌山微塵等一切如來聞彼諸佛所說經法皆悉受持於一念中見彼一切佛刹一切如來及菩薩衆善男子其後有劫名大光明世界名種種莊嚴有五百佛出興于世我悉恭敬供養此諸如來其最初佛名大悲幢我爲夜天恭敬供養次後如來名金剛那羅延幢時我爲轉輪王恭敬供養彼佛爲我說修多羅名起一切如來性十佛世界微塵等修多羅以爲眷屬次後如來號金剛無礙妙德時我爲轉輪王恭敬供養彼佛爲我說修多羅名普照一切衆生諸根須彌山微塵等修多羅以爲眷屬悉聞受持次後如來名明淨炎妙德山莊嚴時我爲長者恭敬供養彼佛爲我說修多羅名普照三世藏閻浮提微塵等修多羅以爲眷屬悉聞受持次後如來名一切法海起王時我爲阿修羅恭敬供養彼佛爲我說經名分別一切法界五百修多羅以爲眷屬悉聞受持次後如來名甚深妙法海光

時我爲龍女雨如意摩尼寶雲恭敬供養彼佛爲我說修多羅名長養歡喜海百萬億修多羅以爲眷屬悉聞受持次後如來名寶焰功德山燈時我爲海神雨衆寶華雲恭敬供養彼佛爲我說修多羅名法界方便海世界微塵等修多羅以爲眷屬悉聞受持次後如來名功德海光圓滿妙德時我爲仙人在雪山住與六萬仙人俱往詣彼佛雨寶華雲恭敬供養彼佛爲我說修多羅名法燈無所著六萬修多羅以爲眷屬悉聞受持次後如來名明淨妙德藏我爲地天名出生平等義與無量地天俱往詣彼佛雨一切寶一切寶藏一切莊嚴雲恭敬供養彼佛爲我說修多羅名起一切如來智藏無量修多羅以爲眷屬悉聞受持佛子如是五百如來次第興世其最後佛名法界虛空寶山妙德燈時我爲仙人名曰善口彼佛入城我在空中以一千偈讚歎如來爾時世尊眉間白毫相放大光明名普照法界莊嚴普照十方照已入我身中即得法界方便不退藏法門佛子如是等世界微塵等劫諸佛興世我悉恭敬供養彼諸如來所說正法悉聞受持未曾忘失一句一味於一一佛所得三世甚深法界清淨法身一切智光普照一切攝取普賢菩薩所行於念念中悉見無量無邊諸佛得無量無邊淨慧光明普照一切先未得未證普賢所行令悉成滿何以故說無量無邊故爾時妙德救護衆生夜天欲重明此義以偈頌曰

善財應諦聽　甚深難見法　普照於三世
分別深法界　如我初發心　專求無上道

隨所得法門　諦聽我今說　過去久遠世
佛刹微塵劫　爾時有一劫　名離垢圓滿
時有世界名　明淨妙德幢　須彌微塵等
如來出興世　初佛妙德幢　二普慧光炎
法幢德須彌　第四師子佛　第五寂靜王
六號除滅惡　第七功德聚　第八須彌山
第九妙德佛　第十明淨月　如是十如來
彼劫初出世　次復有十佛　初虛空方便
第二普光明　三安住諸力　第四功德海
第五高無上　第六最勝雲　第七功德佛
第八光燄山　第九蓮華佛　第十法界化
是爲第二十　初光明幢王　第二智慧佛
第三心義佛　四陀羅妙德　第五妙天佛
第六勇猛王　第七智慧德　第八光明幢
第九如來號　超出一切世　第十蓮華佛
是爲第三十　第一光炎山　第二功德海
第三法光明　第四妙蓮華　第五衆生眼
第六香光明　七妙德寶山　八乾闥婆王
第九明淨智　第十寂靜色　初佛光智慧
第二寶光明　三虛空妙德　第四妙相佛
圓滿功德光　第六那羅延　第七妙須彌
八功德轉輪　九不可壞王　第十寶山佛
初佛娑羅王　第二妙德藏　第三光明王
第四眞實起　第五光明德　六陀羅尼德
七光明甚深　八法海音佛　第九須彌幢
光明妙德佛　寶光燄如來　是爲第十佛
初佛梵光燄　第二虛空音　第三法界光
第四圓滿光　第五分別方　第六光明幢
第七虛空燈　第八樂妙德　第九明淨光
妙功德如來　十寂靜妙德　大悲雲如來

初佛力光慧　二衆生現前　第三無上福
第四妙德光　第五法起佛　六風速妙德
第七淨幢佛　第八寶蓋佛　第九妙德佛
十普照三世　初佛號願海　第二光明德
第三金剛身　四須彌妙德　第五正念佛
六幢王妙德　第七智慧燈　第八無量寶
第九號方便　明淨法界佛　第十號法海
明淨智妙德　初佛號法寶　功德轉輪王
第三功德雲　第四忍辱燈　第五寂靜音
第六寂靜幢　第七衆生燈　第八大願佛
第九如來號　不可壞幢王　第十號智慧
炎起妙德佛　初佛號法王　第二無礙智
三照語言海　第四妙音聲　第五妙德音
第六自在佛　七十方一切　衆生現前佛
第八平等意　九無上如來　第十號自然
賢妙德最勝　如是等一切　須彌塵數佛
彼諸如來等　我已悉供養　佛剎微塵劫
所出諸如來　悉恭敬供養　逮得此法門
我於無量劫　修行得法門　善財聞思惟
應當速究竟

善男子我唯知此教化衆生菩薩法門諸大菩薩究竟無量無邊菩薩所行悉從種種性海中起種種正直身心滿諸根海具足一切諸大願門修行無量諸三昧門具足成就無量神力修行無量智慧之行入種種智諸法光明普照一切我當云何能知能說彼功德行善男子於此道場去我不遠有一夜天名寂靜音處寶幢蓮華師子之座百萬阿僧祇諸天眷屬圍遶汝詣彼問云何菩薩學菩薩行修菩薩道時善財童子頭面敬禮妙德救

護衆生夜天足遶無數帀敬心辤退往詣寂靜音夜天所頭面禮足遶無數帀恭敬合掌於一面住白言天神我已先發阿耨多羅三藐三菩提心我依善知識學菩薩行入菩薩行入菩薩行地住菩薩行住唯願天神爲我解說爾時夜天告善財言善哉善哉善男子乃能依善知識求菩薩道善男子我成就菩薩無量歡喜莊嚴法門白言天神此法門者爲何所作境界云何何等方便爲何等行答言善男子我能清淨一切衆生心海除滅塵垢不斷清淨莊嚴之心得不退境界堅固之心不可動心決定了知功德寶山莊嚴無染著心常現前護一切衆生心見一切佛諸菩薩海無猒足心清淨菩薩正直力心普照一切智慧海心善男子我爲衆生滅除憂惱無量衆苦令其永離諸惡色聲香味觸法除滅衆生愛別離苦怨憎會苦及餘一切諸惡因緣壞敗大苦住生死苦生老病死憂悲惱苦令得如來無上快樂一切城邑聚落衆生我悉救護令得安樂廣爲說法教令漸求一切種智若見衆生在家宮殿心樂著者爲彼說法令知諸法眞實之性若見衆生與父母兄弟歡娛讌集爲彼說法令與諸佛菩薩共會若見衆生妻子歡會爲彼說法令竭生死愛欲之海具足大悲等觀一切若見衆生處王宮殿爲彼說法悉令遠得賢聖快樂若見衆生著境界者爲彼說法令得如來甚深境界若見衆生起瞋恚者爲彼說法令得如來羼提波羅蜜爲懈怠者演說正法令得菩薩清淨毗棃耶波羅蜜爲亂心者演說正法令得

如來禪波羅蜜爲邪癡者演説正法令得般若波羅蜜爲著三界者演説正法令出三有爲樂小法者演説正法令其滿足菩提大願爲自安者演説正法令具大願饒益一切爲心劣者演説正法令得菩薩力波羅蜜爲無智者演説正法令得菩薩智波羅蜜爲無色者演説正法令得如來清淨色身爲危脆身者演説正法令得無上清淨法身爲惡色者演説正法令得如來清淨妙色爲苦惱者演説正法令得如來無上快樂爲貧窮者演説正法令得菩薩諸清淨藏爲園觀者演説正法令一向求諸佛妙法爲在路者演説正法令得一切智道爲聚落者演説正法令出三界爲著國土者演説正法令過聲聞緣覺及菩薩地住如來地爲在城郭者演説正法令入法王城普照一切爲在隅者演説正法令得三世平等智慧爲在方者演説正法令一切智常現在前觀一切法爲貪欲多者演説正法令觀不淨滅生死愛爲瞋恚多者演説正法令得究竟大慈之海爲愚癡多者演説正法令得智慧觀諸法海爲等分者演説正法令其分別諸勝願海離生死樂滅生死苦顯佛正法不著五陰常行妙法爲懈怠者演説正法令得莊嚴勝道爲憍慢者演説正法令觀一切諸法平等爲諂曲者演説正法令得菩薩清淨直心善男子我以如是等無量法施攝取衆生滅惡道苦處天人樂求離三界具諸功德種種方便而化度之歡喜無量復次善男子我常觀察菩薩大海種種願行種種淨身種種淨光種種光炎種種諸道趣

薩婆若入種種三昧海顯現種種自在神力出生種種妙音聲海種種妙莊嚴身種種方便入如來海往詣種種諸佛刹海究竟種種諸如來海深入種種諸辯才海普照種種如來境界成就種種諸智慧海超度種種三昧印海安住種種遊戲法門以種種門趣薩婆若種種莊嚴虛空法界種種莊嚴雲普覆虛空觀察種種諸大衆海十方世界一切刹中諸如來所菩薩眷屬普雨種種妙莊嚴雲皆悉來會安處種種莊嚴之座深入如來方便大海行諸法海度種種智海我見此已起無量歡喜與佛力等又善男子盧舍那佛不可思議清淨色身相好莊嚴我見此已起無量歡喜盧舍那佛於念念中放法界等光普照一切諸法界海我見是已起無量歡喜盧舍那佛於念念中一一毛孔放無量佛刹微塵等光一一光明有無量佛刹微塵等光以爲眷屬普照一切充滿法界除滅衆生一切苦惱我見是已起無量歡喜盧舍那佛於念念中從頂上兩肩上放一切佛刹微塵等寶光山雲普照一切充滿法界我見是已起無量歡喜盧舍那佛一一毛孔放一切佛刹微塵等香雲普熏十方一切佛刹我見是已起無量歡喜盧舍那佛一一相中出一切佛刹微塵等相充滿一切諸世界海我見是已起無量歡喜盧舍那佛一一毛孔出一切佛刹微塵等自在力雲初發心等清淨波羅蜜莊嚴菩薩諸地我見是已起無量歡喜盧舍那佛一一毛孔念念出生不可說不可說佛刹微塵等諸龍王身爲見龍身而受化故又出不

可說不可說佛刹微塵等諸夜叉身乾闥婆阿脩羅迦樓羅緊那羅摩睺羅伽等身爲見彼身而受化故我見是已起無量歡喜盧舍那佛一一毛孔出不可說不可說佛刹微塵等轉輪王身雲七寶成就神力自在充滿法界爲見彼身而受化故我見是已起無量歡喜盧舍那佛一一毛孔出不可說不可說佛刹微塵等梵王身雲出淨梵音爲衆生說法爲見聞彼而受化故我見是已於念念中起無量歡喜悉與法界薩婆若等起者非起得者非得見者非見入者非入度者非度滿者非滿聞者非聞何以故分別了知法界性故解三世法悉一性故佛子此菩薩無量歡喜莊嚴法門有如是等無量境界佛子此法門者無量無邊究竟方便諸法海故此法門者

不可損減薩婆若心不可壞故此法門者不可窮盡衆生妄想不可盡故此法門者最爲甚深寂靜智境界故此法門者不可破壞菩薩智所知故此法門者不可稱量不可破壞滿法界故此法門者即是普門於一相中攝取一切自在力故此法門者第一一切法無身行無二故此法門者非生一切諸法悉如幻故此法門者如電攝薩婆若諸大願故此法門者如化善能變化菩薩行故此法門者如大地輪饒益一切諸衆生故此法門者如大水輪以廣大悲潤衆生故此法門者如大火輪消竭衆生諸貪愛故此法門者如大風輪立一切衆生薩婆若故此法門者猶如大海功德莊嚴一切衆生故此法門者如須彌山一切功德海中起故此法門者如大城郭

一切法街巷而莊嚴故此法門者猶如虛空三世諸佛自在最無上故此法門者猶如慶雲普雨衆生甘露法故此法門者猶如白日普照一切滅癡闇故此法門者猶如滿月滿足衆生功德海故此法門者如如至一切故此法門者如影善能應化諸業報故此法門者如響隨其所應爲說法故此法門者猶如電光隨其所應悉照知故此法門者猶如樹王一切諸佛功德妙華成就一切智果實故此法門者猶如金剛一切世間無能壞故此法門者如隨意寶王出生無量自在力故此法門者如離垢寶悉分别知三世佛故此法門者猶如寶幢出一切佛平等法輪妙音聲故佛子如此諸喻非喻爲喻爾時善財白寂靜音夜天言菩薩修何等法得此法門答言

佛子菩薩修行十妙法故得此法門何等爲十所謂菩薩修行布施令一切衆生海皆悉歡喜修行淨戒成滿諸佛功德大海修行忍辱了知一切諸法眞性修行精進於薩婆若堅固不退修行禪定除滅一切衆生煩惱修行智慧分别了知一切法海修行方便教化成就一切衆生海修行大願於一切佛刹海盡未來劫修菩薩行修行諸力於念念中現一切刹成等正覺修行無盡智了知三世法無所障礙佛子是爲十妙法菩薩摩訶薩修行此法起此法門得此法門淨此法門成此法門長養增廣不可沮壞善財白言天神發阿耨多羅三藐三菩提心爲久如耶答言佛子乃往古世過二佛刹微塵等劫有劫名普照幢於此蓮華藏莊嚴世界海東過十世界

海有一世界海名曰離垢衆寶莊嚴彼世界海中有世界性名一切佛光明願音彼世界性中有一世界名離垢光金色莊嚴一切寶雲而莊嚴之衆寶爲地堅固不動形如一切香妙德王莊嚴樓閣皆悉清淨諸天宮殿充滿其中彼有王都名曰普滿妙德藏王彼有道場名一切衆寶莊嚴藏月光明其佛號不退法界妙音於此道場得阿耨多羅三藐三菩提我於爾時爲菩提樹神名功德燈無量光幢我見彼佛成等正覺顯現無量自在神力我於爾時發阿耨多羅三藐三菩提心於彼佛所逮得三昧名普照佛功德海彼道場上次有如來出興于世號法樹功德山彼菩提樹神命終之後還生此處爲菩提樹夜天名妙德慧功德光明聞彼如來轉正法輪復得無量歡喜普照一切境界三昧彼道場上次有如來出興于世號一切法海妙音聲王值彼如來復得三昧名成就一切法地彼道場上次有如來出興于世號寶光燄燈幢王值彼如來復得三昧名分別一切普照雲彼道場上次有如來出興于世號功德須彌光王值彼如來復得三昧名照諸佛海彼道場上次有如來出興于世號法雲妙音聲王值彼如來復得三昧名一切法海燈彼道場上次有如來出興于世號智慧燈明淨燈王時我爲天女值彼如來復得三昧名明淨燈滅衆生苦彼道場上次有如來出興于世號法勇幢妙德值彼如來復得三昧名三世佛普照藏彼道場上次有如來出興于世號法燈勇猛智慧師子值彼如來復得三昧名明淨

智普照一切無所障礙彼道場上次有如來出興于世號智力山王值彼如來復得三昧名普照三世衆生根行佛子彼普照幢劫離垢光金色莊嚴世界如是次第有十佛世界微塵等如來出興于世我於爾時或爲天王龍王夜义王乾闥婆王阿脩羅王迦樓羅王緊那羅王摩睺羅伽王或爲人王梵王男子女人童男童女皆悉值彼一切如來恭敬供養彼佛說法悉聞受持於彼佛刹二佛世界微塵等劫修菩薩行經佛刹微塵等受生最後命終生此蓮華藏莊嚴世界海娑婆世界中作道場夜神值拘樓孫如來得三昧眼名離垢一切香王光明次值拘那含牟尼如來復得三昧名隨順普照一切刹海次值迦葉如來復得三昧名妙音聲海分別一切衆生音海今復值見盧舍那佛坐於道場菩提樹下成等正覺於念念中顯現無量自在力海復得菩薩無量歡喜莊嚴法門得法門已深入十不可說不可說世界海微塵等法界方便海以此法界方便海於一切佛刹微塵一一微塵中悉見十方不可說不可說佛刹微塵等世界及彼諸佛彼諸如來所說正法悉聞受持又見盧舍那佛於念念中一切世界坐於道場成等正覺出生無量自在神力一一神力滿法界海我悉諳彼所說正法悉聞受持又復見彼一切諸佛一一毛孔出化身海滿法界海顯現種種自在神力於一切佛刹海一切世界性一切世界一切諸趣一切衆生中隨其所應轉正法輪我以精進聞持陀羅尼故悉能受持正念思惟知味知義明

智慧藏圓滿清淨分別了知一切法海觀察三世諸佛平等出生一切方便法門於一一方便出生一切修多羅雲一一修多羅雲成就一切諸正法海一一法海攝取一切諸迴轉法一一迴轉法普出一切諸妙法雲一一法雲出生一切諸法波浪一一波浪逮得一切歡喜法海一一歡喜法海出生一切諸功德地一一功德地出生一切諸三昧海一一三昧海見一切佛海一一佛所得一切光明海一一光明海普照三世得圓滿智地普照十方知無量佛過去行海照一切佛無量本事海難捨能施持無量淨戒行無量忍長養清淨菩薩精進清淨無量諸禪定海了知如來般若波羅蜜海普照如來無量方便海了知如來長養功德智慧力波羅蜜分別如來無量智波羅蜜海普照如來過去無量菩薩諸地無量佛地神力自在無量劫中所修習起淨無量佛過去菩薩地修無量佛過去智地照無量佛諸智慧地知無量佛爲菩薩時相續善根知無量佛爲菩薩時於一切劫海中一切佛海所修菩薩行知無量佛爲菩薩時出生佛刹海無量菩薩行充滿法界種種方便門教化衆生普照十方諸世界海爲諸衆生現自在力普照如來一切智地轉淨法輪悉聞受持一切法雲顯現無量菩薩自在神力普照諸佛相海行海力海於念念中知彼諸佛從初發心乃至無餘涅槃遺法滅盡

善男子汝所問我發心已來爲幾時者如上所說乃至來生此刹供養盧舍那佛如此世界供養拘樓孫佛乃至盧舍那佛供養賢劫

未來諸佛亦復如是如供養賢劫諸佛供養一切世界未來諸佛亦復如是而彼離垢光金色莊嚴世界今猶現在是故善男子汝當一心修此法門爾時寂靜音夜天欲重明此法門義以偈頌曰

善財應諦聽　我說此法門　應生歡喜心
勤修令究竟　無量諸劫海　修習菩薩行
心淨如虛空　入一切智藏　聞三世佛法
一心樂專求　於彼如來所　修習諸功德
我見過去佛　恭敬悉供養　聞佛說正法
歡喜心無量　亦已悉恭敬　供養於父母
一心樂專求　究竟此法門　老病貧窮等
諸根不具者　除滅彼苦惱　悉令得安樂
水火官賊難　怨敵諸恐怖　及海中諸難
我皆救濟之　衆生煩惱業　種種受報苦
摧破生死山　救護諸群生　一切諸惡道
無量楚毒苦　生老病死痛　我當悉除滅
我願無量劫　安隱一切衆　常見一切佛
滅除生死苦

善男子我唯成就此無量歡喜莊嚴法門諸大菩薩深入法海分別一切劫善知一切諸世界海成敗之事我當云何能知能說彼功德行善男子此道場上如來衆中有一夜天名曰妙德守護諸城汝詣彼問云何菩薩學菩薩行修菩薩道爾時善財讃歎寂靜音夜天以偈頌曰

我受知識教　來詣天神所　見無量淨身
安處天寶座　虛妄取諸相　染著一切法
無智衆生等　不能知境界　清淨妙色身
一切諸天衆　無量劫諦觀　其心無猒足

遠離於五陰　一切無所著　超出世疑惑
顯現自在力　不染内外法　無礙心不動
明淨智慧眼　見佛自在力　身爲正法藏
心是無礙智　成佛智慧光　普照諸群生
分別說心業　莊嚴諸世間　知心業自性
現身等衆生　知世悉如夢　了佛如電光
一切法如響　令衆無所著　念念悉除滅
三世衆生惑　不取三世相　而能演說法
一切佛刹海　一切諸佛海　無量衆生海
無著修法門
時善財童子頭面敬禮彼夜天足遶無數帀
敬心辭退

大方廣佛華嚴經卷第五十四

音釋

陵懱 陵力膺切侮也懱莫結切輕易也　譧 於甸切合飲也

大方廣佛華嚴經卷第五十五

東晉天竺三藏佛陀跋陀羅等譯

入法界品第三十四之十一

爾時善財童子正念思惟智慧分别隨順正趣修廣身證無量歡喜莊嚴法門往詣妙德守護諸城夜天所見彼夜天處普照一切宮殿寶師子座不可說諸天眷屬圍遶隨方面身一切衆生色身普現一切衆生前身一切衆生無所著身一切衆生身身一切衆生無上身隨順教化一切衆生身遊十方身至一切十方身究竟佛身究竟教化一切衆生身善財見此身已歡喜無量頭面禮足遶無數帀恭敬合掌於一面住白言天神我已先發阿耨多羅三藐三菩提心而未知菩薩云何學菩薩道饒益衆生以無上攝法攝取衆生順如來業親近法王時彼夜天告善財言善哉善哉佛子爲救護一切衆生故問菩薩行爲嚴淨一切佛刹供養一切佛住一切劫救護一切衆生守護一切如來種性究竟十方一切法界海平等之心充滿一切悉聞受持一切諸佛所轉法輪隨其所應雨甘露法故問菩薩行善男子我已成就甚深妙德自在音聲法門是故佛子我爲勝大法師無所罣礙於一切法心無所著分別如來一切法藏安住如來大慈大悲建立衆生於菩提心得一切利不捨菩提心長養一切善根爲一切衆生調御大師安立衆生一切智道故於一切世界爲明淨日照一切衆生無量善根故等心觀察一切衆生不捨一切衆生出生長養一切善根甚深智慧觀淨爾炎斷一切不

善業行諸善業救護衆生顯現一切諸佛世界修行嚴淨諸本事業立一切衆生清淨善根令值一切諸善知識無能壞者立一切衆生佛正教故佛子我常以法施爲首出生長養諸白淨法一切智心堅固不動如金剛藏不可沮壞心常依止佛力魔力善知識力心壞一切諸結業山心能專求一切智圓滿白淨法無礙法門一切種智佛子我以如是智慧光明淨諸衆生無量善法饒益一切復次佛子我以十行觀察法界隨順法界攝取法界何等爲十所謂知法界無量智慧無量故知法界無量無邊悉見一切諸如來故知佛法界無量無邊詣一切刹恭敬供養一切佛故知法界無分齊於一切世界海行菩薩行故知法界不可壞究竟如來不可沮壞圓滿智故知法界一如來妙音一切衆生無不聞故知法界自然清淨教化一切衆生滿佛願故知法界遍至衆生深入普賢菩薩行故知法界一切莊嚴普賢菩薩行自在莊嚴故知法界不可滅一切智善根光滿法界令諸衆生悉清淨故佛子我以此十行觀察法界增長善根知佛奇特境界不可思議佛子我如是正念思惟以一萬陀羅尼爲衆生說法所謂攝取一切諸法圓滿陀羅尼持一切法圓滿陀羅尼一切法雲雷震圓滿陀羅尼諸佛起住圓滿陀羅尼轉一切佛名號輪圓滿陀羅尼分別演説三世諸佛大願海圓滿陀羅尼攝一切乘海圓滿陀羅尼照一切衆生業海燈藏圓滿陀羅尼一切法現前旋流勇猛圓滿陀羅尼一切智勇猛圓滿陀羅尼以如

是等萬陀羅尼爲一切衆生分別說法復次佛子我或爲衆生說聞慧法或爲衆生說思慧法或爲衆生說修慧法或說一有或說一切有海或說一佛海或說一切佛名號海或說一世界或說一切世界海或說授一記或說授一切記海或說一佛眷屬海或說一切佛眷屬海或說一佛法輪或說一切佛法輪海或說一修多羅或說一切佛修多羅海或說一會或說一切會海或說一薩婆若心或說一切菩提心海或說一乘或說一切乘海佛子以如是等無量方便爲諸衆生敷演不可說不可說法佛子我深入此無壞法界皆悉究竟如來正法以無上法施攝取衆生盡未來劫修習普賢菩薩所行佛子我已成就此甚深妙德自在音聲法門於念念中悉能長養一切法門充滿法界爾時善財白夜天言妙哉天神如此法門最爲甚深得此法門其已久如答言佛子乃往古世過轉世界微塵等劫有劫名離垢光明時有世界名法界妙德雲有四天下微塵等香須彌山莊嚴於蓮華中出一切佛妙願音聲一切衆生淨業所起衆寶合成形如蓮華清淨無垢有須彌山微塵等衆妙寶樹周帀圍遶有須彌山微塵等衆妙寶香以爲莊嚴有須彌山微塵等諸四天下莊嚴世界一一四天下各有不可說不可說城彼世界中有四天下名莊嚴幢彼四天下有王都城名普寶華光於彼城外有道場名法王宮殿光明其道場上有須彌山微塵等佛出興于世其最初佛號法海雷音光明王時有轉輪王名離垢光明於彼佛

所守護正法聞時正法修多羅海佛滅度後出家學道正法欲滅於大劫中有惡劫起煩惱熾盛衆生恚怒忿毒交諍諸比丘衆背功德利心樂放逸常好王論賊論女論國論海論世間之論樂如是等種種諸論時王比丘作如是念如來無量阿僧祇劫修習妙法云何此諸比丘而共毀滅彼王比丘即昇虛空放大光明雲無量種色普照十方一切世界除滅一切衆生煩惱立無量衆生無上菩提復令正法於六萬五千歲而得興盛時有比丘尼名法輪化光是彼轉輪王女十萬比丘尼以爲眷屬見父王比丘光明神變即發阿耨多羅三藐三菩提心得一切佛燈明三昧甚深妙德自在音聲法門得已身心柔輭法海雷音光明王佛神力自在一切功德悉現在前佛子時轉輪王隨彼如來轉正法輪興隆法者豈異人乎今普賢菩薩摩訶薩是也法輪化光比丘尼者我身是也我於爾時守護佛法建立十萬比丘尼衆得不退轉地又令攝取一切如來法門三昧法輪光明三昧又復建立入一切法海方便般若波羅蜜佛子次有如來出興于世名離垢法山我得值遇次有如來名法圓滿光明周羅次有如來名法日妙德雲次有如來名法海分別妙音聲王次有如來名法日圓滿燈次有如來名法化幢雲次有如來名法炎山幢王次有如來名甚深法妙德月次有如來名法智普光明藏次有如來名普智境界覺悟衆生次有如來名妙德山王次有如來名普門普賢須彌山次有如來名一切法精進幢次有如來

名寶華妙德雲次有如來名寂靜甚深光明周羅次有如來名法炎大慈光明月次有如來名光炎妙德海次有如來名智慧日普照一切次有如來名圓滿普智次有如來名無上智覺明王次有如來名功德炎華燈次有如來名智慧師子幢王次有如來名普日光明王次有如來名須彌相莊嚴次有如來名勇猛日普光明次有如來名法網覺妙德月次有如來名法蓮華敷善德妙音次有如來名相日普光明次有如來名普光妙德正法音聲次有如來名無畏妙德那羅延師子次有如來名普智健幢次有如來名敷法蓮華身次有如來名功德華妙法海次有如來名道場覺妙德月次有如來名法炬妙德月次有如來名普照光明周羅次有如來名法幢燈次有如來名妙德海幢雲次有如來名稱山妙德雲次有如來名栴檀妙德月次有如來名明淨普妙德華次有如來名普照衆生光明王次有如來名鉢頭摩華妙功德藏次有如來名香炎光明王次有如來名鉢頭摩因次有如來名明淨相山次有如來名普稱功德幢次有如來名普門光明須彌山次有如來名妙德法城光明次有如來名明淨功德山次有如來名勝相妙德次有如來名法力勇猛幢次有如來名法輪光明妙音次有如來名功德光炎樓閣智光次有如來名無上妙法輪月次有如來名明淨法鉢頭摩覺幢次有如來名寶鉢頭摩光藏次有如來名寶戶棄雲燈次有如來名智覺華次有如來名種種炎妙德須彌山藏次有如來名圓滿

炎妙德王次有如來名功德雲莊嚴光明次有如來名法山雲幢次有如來名普明淨功德山次有如來名法日雲燈王次有如來名法雲名聲自在王次有如來名法圓滿雲次有如來名善覺明淨智幢次有如來名法圓滿善覺妙德月次有如來名金色山賢法次有如來名明淨賢妙德須彌山次有如來名普智慧雲妙聲次有如來名法力妙德樓閣次有如來名香燄妙德王次有如來名金色摩尼山妙聲次有如來名白毫藏一切法圓滿光明次有如來名明淨法輪次有如來名無上清淨尸羅山次有如來名普精進炬光照雲次有如來名廣三昧海天冠光明次有如來名寶燄妙德王次有如來名法炬寶帳妙聲次有如來名法雲空光明師子次有如來名相好莊嚴幢月次有如來名光明炎山電雲次有如來名無礙虛空法光次有如來名樂智華敷次有如來名世間王光明妙聲次有如來名法三昧光明妙音次有如來名法音眞實藏次有如來名法光明炎妙聲海次有如來名普照三世相幢次有如來名法圓滿山光明次有如來名法界師子光明次有如來名法界師子炎次有如來名明淨妙德須彌山次有如來名一切三昧海師子次有如來名普智光明燈佛子於離垢光明劫中如是等須彌山微塵等如來出興于世其最後佛名法界城明淨智燈彼諸如來我悉恭敬供養聞法受持出家學道守護佛法於彼諸佛所種種方便入此甚深妙德自在音聲法門以種種方便化衆生海復次佛子復

有佛剎微塵等劫中諸佛出世我亦皆悉恭敬供養是故佛子一切衆生長寢生死唯我獨覺復能覺悟一切衆生守護心城離三界城入一切智無上法城善男子我唯成就此甚深妙德自在音聲法門除滅衆生兩舌口過令淨實語諸大菩薩決了衆生諸語言道於一念中覺悟一切衆生之心深入衆生語言音海善知衆生施設語法分別了知一切法海深入攝取一切諸法陀羅尼海善巧方便爲衆生出一切法雲究竟度脫一切衆生攝取衆生立無上業隨順淨智分別業藏能師子吼法施一切得諸法地圓滿陀羅尼我當云何能知能說彼功德行善男子此佛衆中有一夜天名開敷樹華汝詣彼問云何菩薩學一切智安立衆生於薩婆若爾時妙德守護諸城夜天欲重明此法門義以偈頌曰

佛子深法門　虛空如如性　分別三世佛
無量諸法界　出生無量門　不思議諸法
長養無礙智　了達三世法　過轉剎塵劫
劫名離垢光　世界妙德雲　城名寶華光
彼劫次第有　須彌塵等佛　初佛號法海
雷音光明王　後佛法界城　明淨智慧燈
我皆悉供養　聞法大歡喜　見法海雷音
光明王如來　衆妙相莊嚴　猶如須彌山
見佛即發心　專求一切智　心大如虛空
其性同如如　充滿於三世　諸佛菩薩衆
大悲心普覆　一切剎衆生　清淨妙法身
充滿諸佛剎　隨其所應化　悉爲顯現身
我初發心時　震動一切剎　教化諸群生
悉令大歡喜　次值第二佛　聞法而供養

即時得覩見　十刹海塵佛　如是次第値
須彌塵等佛　恭敬供養彼　一切諸如來
聞法悉受持　逮得此法門　廣度一切衆
究竟到彼岸　轉刹塵等劫　諸佛興出世
我亦悉詣彼　恭敬而供養　聞法悉受持
清淨此法門

爾時善財得此甚深妙德自在音聲法門入菩薩無量無邊諸三昧海出生無量無邊陀羅尼海得菩薩神通諸明光曜入諸辯海長養一切甚深法海欲讚歎彼妙德守護諸城夜天以偈頌曰

智慧海成滿　永度生死海　長養智慧藏
普照於十方　了達内外法　皆悉如虛空
無礙清淨慧　究竟於三世　念念能分别
無量無有邊　一切諸境界　而心無所著
無量大悲心　度脱衆生海　明淨智慧眼
了衆生無性　深入佛法門　窮盡其源底
種種巧方便　化度諸群生　普於一切法
了達其眞性　修習薩婆若　令衆悉清淨
天是調御師　究盡一切智　充滿於法界
説法化衆生　順盧舍那願　無礙度衆生
安住至處道　普見十方佛　天心甚深妙
除滅煩惱熱　清淨如虛空　離垢無染著
攝取於三世　佛刹諸如來　一切菩薩衆
一切群生類　一念分别知　刹那及羅婆
晝夜月半月　乃至無量劫　十方諸群生
有色及無色　有想無想等　知此死生彼
除滅一切衆　虛妄顛倒想　善知語言法
顯現菩提道　出盧舍那願　一切佛法海
無礙法身心　隨應現衆生

時善財童子以偈讚歎彼夜天已頭面禮足遶無數帀敬心辭退爾時善財童子正念思惟增廣甚深妙德自在音聲法門往詣開敷樹華夜天所見彼夜天在衆寶香樹樓閣之內處寶樹下師子法座百萬諸天眷屬圍遶爾時善財頭面敬禮彼夜天足遶無數帀恭敬合掌於一面住白言天神我已先發阿耨多羅三藐三菩提心云何菩薩學菩薩道行菩薩道趣薩婆若唯願天神爲我解說答言善男子我於日沒優鉢羅鉢曇摩華皆悉還合若諸人衆遊園觀者廢捨縱逸歸其家時爲放光明在險徑者照示平路令彼專求一切智道若於山巖深水曠野在如是等種種難處悉放光照令免衆苦得安隱樂又善男子若諸衆生放逸五欲爲其顯現老病死苦悉令覩見捨離放逸修習善根爲慳貪者讚歎布施若犯戒者安立淨戒爲瞋恚者讚歎大慈安立忍辱若懈怠者教令修行菩薩精進若亂心者教令修習諸禪三昧若愚癡者令其深入般若波羅蜜樂小法者教以大乘著三界者令住菩薩圓滿無著諸波羅蜜若諸衆生功德羸弱爲衆結業之所逼迫令住菩薩力波羅蜜順無智者令住菩薩智波羅蜜捨離癡闇善男子我已成就無量歡喜知足光明法門善財白言天神此法門者境界云何答言善男子如來方便光明攝取衆生佛子若有衆生受快樂者悉蒙佛力諸光明力隨如來教佛威神力隨順佛道聞佛正法入佛善根如來圓滿明淨智日如來性淨業力普照一切悉蒙如是功德力故普令衆生

受諸快樂佛子我入此法門時正念思惟深入盧舍那如來應供等正覺過去所行菩薩行海善男子我知菩薩本發菩薩地心時見諸衆生著我我所無明覆蔽入諸邪見隨順貪愛欲慧所縛心亂顛倒慳嫉所纏貧窮逼切於生死中受衆苦惱不值諸佛見如是已發大悲心攝取衆生除諸苦患普饒益之令得一切無染著心於諸施物不求果報分別了知一切因緣諸法實相具足成就大慈大悲圓滿法蓋普覆衆生以知足法養智慧力摧散一切諸煩惱山安樂衆生隨所應化雨甘露法以聖法利等施衆生得十力果無上快樂成就菩薩通力自在充滿法界悉現一切諸衆生前雨一切物悉令歡喜充足其意救護衆生滅生死苦不求恩報嚴淨一切衆生心寶悉同一切諸佛善根增長薩婆若教化成就一切衆生以無上淨法淨諸佛刹於念念中滿一切法界以明淨智分別三世充滿虛空於一切時轉淨法輪教化衆生令諸衆生生一切智清淨諸持覺悟一切諸佛菩提分別一切未來諸劫於一切劫行菩薩行心無有二悉能遍遊一切世界其身容受一切刹海悉能攝取一切世界分別解說一切世界種種形色種種莊嚴種種依住或不淨淨或淨不淨或純清淨或純垢穢或廣或狹或大或小或覆或仰如是等諸世界海中生菩薩行證菩薩行於念念中出生菩薩諸自在行於念念中爲衆生現三世諸佛清淨法身佛子盧舍那佛於過去世行菩薩行時見諸群生無智功德愚癡所覆著我我所無明

瞖障不正思惟入諸邪見不識因果順煩惱業不修聖道得無作法常於生死險道流轉受種種苦發起大悲令諸衆生出生菩薩無量諸行修習一切諸波羅蜜安立堅固勝妙善根除滅衆苦長功德藏了知因果不違業報知法眞實悉分別知衆生欲樂及一切刹守護受持一切佛法令不斷絶滅不善法滿薩婆若佛子以如是等無量法施攝取衆生令一向求薩婆若法修行菩薩諸波羅蜜具賢聖利長薩婆若滿善根海顯現如來無量自在以如是等種種方便攝取衆生顯現如來無量功德安立衆生於菩提道攝諸智慧善財白言天神發阿耨多羅三藐三菩提心其已久如答言佛子此事難知難信難入難說難得一切諸天聲聞緣覺所不能知除佛神力依善知識成滿善根淨正直心遠離諂曲滅諸染汙逮得普照智慧光明哀愍衆生降伏諸魔拔煩惱樹必欲成就一切種智除滅生死憂悲惱海得如來樂入佛功德精進之海安住佛地滿足如來一切智力究竟十力如此人者乃能信解能知能入能說能得何以故此佛境界一切衆生及諸菩薩所不能知我當承佛神力爲調伏衆生直心清淨廣修善根得甚深心樂聞此法爲如此等隨其所應分別解說爾時夜天欲重明此義觀察三世諸佛境界以偈頌曰

佛子此法門　甚深佛境界　不思刹塵劫
說之無窮盡　貪欲瞋恚癡　高慢衆生等
皆悉不能知　最勝寂靜法　慳嫉心諂曲
煩惱業覆者　一切不能知　甚深佛境界

著諸陰入界　及起吾我見　心想見顛倒
不知佛境界　清淨離虛空　如來深境界
依住生死者　皆悉不能知　出生如來家
諸佛常守護　奉持佛法藏　慧眼之境界
親近善知識　滿足白淨法　究竟諸佛力
聞此法歡喜　心淨離虛妄　猶如虛空性
慧燈除癡闇　是彼之境界　以大慈悲心
普覆諸衆生　等心觀一切　是彼之境界
其心大歡喜　等觀衆生類　捨離於一切
離垢之境界　淨心離諸惡　乃至畏微罪
隨順諸佛法　離垢之境界　安住忍辱法
其心不可動　知實不違業　無盡心境界
勇猛勤精進　安住不退心　究竟薩婆若
調伏之境界　入於寂定心　除滅煩惱熱
深入智慧海　寂靜起境界　了達群生類
諸法眞實相　深法之境界　是慧燈法門
覺悟衆生性　不著諸有海　普照一切心
是導師法門　悉從三世佛　清淨願往生
普於一切剎　窮盡未來劫　修習菩薩行
是普賢法門　入諸方便海　遍觀諸剎海
無礙深智慧　悉知剎成敗　一一塵中見
諸佛坐道場　成佛化衆生　無礙眼法門
善財至我所　親近善知識　聞此甚深法
精進勤修習　此盧舍那境　甚深難思議
我承佛神力　爲汝分別說

佛子乃往古世過世界海微塵等劫有一世界海名明淨山彼有如來出興于世號智慧法界山諸方寂靜普照王如來應供等正覺彼佛爲菩薩時淨彼世界海彼世界海中有佛剎微塵等世界性彼一一世界性中有世

界微塵等佛出興于世一一如來說世界微塵等修多羅一一修多羅中授佛刹微塵等諸菩薩記顯現如來種種神力無量方便種種諸乘教化衆生佛子彼世界海中有一世界性名普門莊嚴彼世界性中有一世界名曰一切寶色妙德普照一切寶華海以爲莊嚴衆寶爲體狀若天城清淨嚴飾普照一切諸佛道場顯現諸佛變化光明彼世界中有須彌山微塵等四天下彼四天下中有一四天下名寶山幢彼四天下有閻浮提縱廣十萬由旬彼閻浮提内有十萬大城彼諸城中有一王都名堅固寶莊嚴雲燈有一萬城周帀圍遶人壽萬歲時有大王名一切法師子吼圓蓋妙音有五百大臣六萬婇女七百王子端正勇健爾時彼王威德普被一閻浮提無有怨敵彼大劫中有惡劫起五濁熾然爾時人民行十惡業遠離十善死入惡道壽命短促形色鄙陋貧窮下賤多苦少樂更相諍訟互相謗毀離他眷屬深入邪見以諸貪著行非法故風雨不時卉木叢林百穀苗稼皆悉枯槁彼時人民饑饉病瘦悉詣王都髙聲大呼時諸人衆無量無數圍遶王城或舉兩手或復合掌或號天扣地或舉身自撲或右膝著地或著弊衣眼無光色悲聲大叫咸言大王我等今者大苦大苦饑渴寒凍疾病危困無所歸依無救濟者如在牢獄種種苦逼轉趣死路作如是等無量楚毒悲聲上訴求自全濟安隱快樂大王則是衆生寶藏清淨之池善正治法大智大乘爲大寶洲真實利益能與衆生天人之樂時彼大王聞此悲苦

楚毒音聲即得百萬阿僧祇大悲法門一心思惟即發十大悲語何等爲十所謂嗚呼痛哉一切衆生墜於無底生死深坑無所歸依我當爲彼作歸依者悉令逮得如來之地哀哉衆生爲煩惱亂無有救濟我當爲彼作救護者悉令安立一切善業哀哉衆生生老病死無有救護我當爲彼作救護者除滅一切身心苦痛哀哉衆生有諸恐怖無有救護我當爲彼作救護者令住一切智安隱之處哀哉衆生爲身見疑之所覆蔽我當爲彼作明淨燈普照一切現明淨智哀哉衆生爲愚癡覆我當爲彼作大明炬現一切智正法之城哀哉衆生爲諸慳嫉諂曲幻僞濁亂其心我當爲彼悉得無上清淨法身哀哉衆生爲生死長流之所漂溺我當令彼度生死海到佛彼岸哀哉衆生從生盲瞽我當令彼見眞實義同一切佛哀哉衆生根不調伏我當令彼調伏諸根除滅障礙得一切智時彼大王發如是等十大悲語擊鼓宣令一切衆生安隱勿怖隨汝所須我皆資給即時班下閻浮提內大小諸城都邑聚落悉開庫藏金銀珍寶衣服餚饍香華瓔珞床席被褥宮殿宅舍諸妙寶幢夜光寶幢摩尼寶幢醫師湯藥種種諸器盛衆雜寶諸金剛器盛衆妙香種種香器盛諸衣服種種車乘旛綵幢蓋又復擊鼓宣令天下一切諸城都邑聚落令施汝等國土城邑聚落妻子頭目齒舌心肝血肉腸胃手足一切肢節時城東門外有大會處名曰明淨摩尼妙德其地平正廣博清淨無諸雜穢衆寶爲地散雜寶華熏以衆香一切香雲

充滿虚空寶樹圍遶無量華網及諸寶網羅覆其上自然演出無量億那由他娛樂音聲有如是等無量珍妙而莊嚴之皆是菩薩淨業果報於彼會中王所住處十寶爲地十寶欄楯十種寶樹周帀圍遶形色金剛不可沮壞衆寶莊嚴懸諸寶旛白淨寶網金鈴寶網衆華寶網摩尼寶網雜衣寶網羅覆其上熏以名香自然演出無量微妙歌頌音聲時彼大王處師子座端嚴姝妙具大人相肢節周備那羅延身不可沮壞王姓中生以正治國於財心法悉得自在功德無量無違命者衆妙寶蓋以覆其上其蓋常出無量光明閻浮金色覆以淨妙摩尼寶網金寶諸鈴出和雅音宣揚善行爾時閻浮提內無量阿僧祇衆生悉來歸命讃言大王王是智人天下第一功德須彌功德明淨猶如滿月得菩薩心等觀衆生普施一切時王見已歡喜無量於彼大衆發大悲心善知識心隨所求者悉令充足而攝取之時王即得無量快樂釋提桓因乃至化自在天王無量百億那由他劫受諸快樂所不能及他化自在天王不思議劫受諸快樂亦所不及大梵天王不可議劫住梵住樂亦所不及乃至淨居天無分齊劫住寂靜樂亦所不及復次善男子譬如有人仁慈至孝遭世事難違離父母經歷年歲後忽遇會瞻奉親顔忻慰踊悦不能自勝時彼大王見來求者心大歡喜亦復如是信心堅固長養菩提何以故此菩薩專求一切智饒益安樂一切衆生成滿大願遠不善法修行諸善救護衆生開薩婆若門攝一切智滿衆生願

入一切佛諸功德海壞一切煩惱魔業障山隨順一切諸如來教入深智流不違正道出諸法流成滿大願住大人法滿足普門善根之藏離一切惡心無所染了達諸法猶如虛空復次佛子時彼大王見諸衆生發一子想父母想福田想難報恩想師想佛想大慈悲心悉普覆之隨其所須衣服飲食華香末香塗香鬘蓋幢旛諸莊嚴具床座被褥舍宅宫殿園觀浴池車乘輦輿象馬衆寶所住宫殿及其眷屬内諸庫藏城邑聚落如是一切悉施衆生普令充足時彼會中有一童女名寶光明端正姝妙顔容無倫身如真金目髮紺色口演妙音身出名香衆寶莊嚴常懷慚愧正念無亂威儀庠序於諸師長恭敬尊重諸根寂定念慧現前所聞諸法能持能解宿世長養無量善根諸妙善法潤澤其身近善知識好樂大乘心如虛空自安安彼常樂見佛求薩婆若與六十童女俱去王不遠一心恭敬合掌而住作如是念我得善利見善知識遇善知識於彼王所起大師想善知識想慈悲人想生此念時歡喜無量脱莊嚴具置彼王前發如是願今此大王安隱無量無邊衆生願我來世亦復如是大王智慧大王正道大王所乘大王相好大王財寶無能壞者願我來世亦復如是隨所生處我亦隨生時彼大王告此女言我今悉捨内外所珍恣汝取之時彼女人倍增歡喜以偈頌曰

大王未興世　堅固莊嚴都　一切不可樂
猶如餓鬼處　衆生相殘害　竊盜縱婬泆
兩舌不實語　無義麤惡言　貪利他財物

瞋恚懷害心　邪見不善行　命終墮惡道
如是衆生等　愚癡所覆蔽　種種行諸惡
天旱不降澤　以無時雨故　百穀悉不生
草木皆枯槁　泉流亦乾渴　大王未興世
一切諸河池　皆悉乾枯涸　猶如大曠野
大王初生時　天興慶重雲　降甘普流澤
河池悉盈溢　除滅一切惡　遠離諸恐怖
人民皆歡喜　大王生世故　往昔諸群生
各各相殘害　飲食人血肉　今悉修慈心
百穀普不生　卉木皆枯燥　饑渴所逼迫
種種受苦惱　大王既興世　粳米自然生
樹出妙衣服　王世所歸故　昔王競微利
强弱相陵奪　今種種莊嚴　如釋難陀園
昔人貪欲重　種種放逸行　侵犯他妻色
而共相危害　今日諸人民　衆寶妙莊嚴
貞潔無邪婬　猶如兜率天　昔日諸衆生
妄言非法語　縱口無義言　諂曲取人意
今日群生類　遠離諸惡語　愛眼視衆生
口發柔和音　昔日諸衆生　種種行邪見
合掌恭敬禮　牛羊犬豕類　今聞王正法
遠離諸邪見　善知苦樂法　悉從因緣起
大王演妙音　無不愛樂者　梵釋等音聲
皆悉不能及　大王衆寶蓋　懸處虚空中
覆以諸寶網　普出妙香熏　金鈴自然出
如來和雅音　宣揚甚深法　除滅衆煩惱
次復廣演說　十方諸佛刹　一切諸劫中
如來及眷屬　又復次第說　過去十方刹
一切諸劫中　如來及眷屬　又出微妙音
充滿於天下　梵王諸群生　悉聞業果報
衆生聞音已　自知諸業藏　離惡修衆善

專求無上道　王父名淨光　母曰蓮華光
父於五濁世　正法治天下　五百蓮華池
寶樹悉圍遶　底布以金沙　寶華悉敷茂
於彼池岸上　有諸妙法堂　衆寶爲欄楯
種種寶莊嚴　末世惡法起　積年不降雨
池流皆枯竭　卉木悉焦然　七日王當生
先降靈瑞相　諸人見歡喜　救護出世間
彼時於中夜　大地六種動　自然演妙光
猶如明淨日　浴池有五百　功德水充滿
一切諸寶樹　如本悉榮茂　河流諸泉源
一切皆盈滿　靈澤普津液　沾洽閻浮提
樹木諸叢林　雜卉衆藥草　百穀苗稼等
生長普滋茂　巖嵑諸高山　幽邃深險谷
普及一切地　自然悉平正　山陵諸卉木
沙礫雜穢等　悉於一念中　變成衆寶玉
人見此奇特　歡喜而發言　快哉大善利
我得清涼池　時彼淨光王　與內眷屬俱
一切大臣等　歡喜遊園觀　五百浴池中
有池名歡喜　池上妙法堂　王眷屬遊止
時王語夫人　我願悉成滿　國土還豐樂
人民普安隱　時彼浴池中　千葉寶華生
普放清淨光　明曜須彌頂　明淨金剛莖
衆寶爲華葉　閻浮檀金臺　諸妙香爲鬚
於彼蓮華中　出生一童子　相好莊嚴身
諸天悉敬禮　王見大歡喜　入池撫掬之
安置后膝上　汝子應欣慶　寶藏普踊出
寶樹生妙衣　天樂奏妙聲　充滿虛空中
時彼諸人民　合掌恭敬禮　歡喜如是言
此是世歸依　身放大光明　普照於一切
若有遇斯光　諸漏悉除滅　一切惡鬼神

壽害衆生類　悉捨不善心　自然生慈愍
惡名失善利　疾病鬼所持　如是衆苦滅
一切皆歡喜　天下諸群生　相視如父母
離惡修慈心　專求一切智　遠離諸惡趣
廣開天人路　顯現無上道　度脫諸群生
我等得善利　遇斯大施主　衆生失正路
導師今出世

爾時寶光明童女偈讚王已頭面禮足遶無數帀恭敬合掌於一面住王讚女言善哉善哉乃能信知他人功德是爲希有若有愚癡不知報恩無有智慧濁心邪見具如是等非法衆生不知不信諸佛菩薩清淨功德一切智境汝今專求無上菩提修菩薩行攝取安隱饒益衆生王讚女已以無價衣手自授與而告之曰汝自著之時彼女人以膝著地敬禮合掌頂受而著時王復與六十女衣彼著衣已與眷屬俱遶畢辭退諸女衣中普出一切星宿光明衆人見已咸歎之曰此諸女等皆悉端正如淨夜天星宿莊嚴善男子爾時一切法師子吼圓蓋妙音王者豈異人乎今盧舍那如來應供等正覺是也淨光王者今淨飯王是也蓮華光夫人者摩耶夫人是也時國人者今大衆是也悉於阿耨多羅三藐三菩提得不退轉或住初地乃至十地大願成就住諸法門修方便道求一切智住諸解脫爾時開敷樹華夜天欲重明此義以偈頌曰

我有清淨眼　悉見世界海　生死五趣中
衆生常流轉　見諸佛菩薩　往詣菩提樹
得道轉法輪　化度諸群生　我以淨天耳

境界一切音　諸佛所說法　悉聞歡喜持
我有無二智　一切無等等　能於一念中
了衆生心海　我得宿命智　念一切劫海
自身及他人　分別悉了達　我於一念知
諸刹海塵劫　諸佛及菩薩　五道衆生類
彼佛初發願　專求佛菩提　究竟悉滿足
無量菩薩行　覺了等正覺　種種巧方便
轉淨妙法輪　顯現諸乘海　爲衆演說法
度脫於一切　乃至遺法住　我悉一念知
我於無量劫　修習此法門　眞佛子應速
究竟此法門

佛子我唯知此菩薩無量歡喜知足光明法門諸大菩薩於一切佛所修行一切諸佛行海求一切智清淨滿足一切大願於一菩薩地修行一切菩薩地海於一菩薩行攝取一切菩薩行海於一法門自在修攝一切法門我當云何能知能說彼功德行佛子於此道場有一夜天名願勇光明守護衆生汝詣彼問云何菩薩學菩薩行修菩薩道成就衆生無上菩提淨諸佛刹值一切佛修習一切如來正法時善財童子頭面敬禮彼夜天足遶畢辭退爾時善財童子往詣願勇光明守護衆生夜天所見彼夜天在大衆中處於普照摩尼王藏師子之座摩尼王網羅覆其身光明普照一切法界一切日月星宿光明以爲其身一切衆生形類色像悉於中現又現一切諸色海身諸威儀身諸方面身應現一切衆生前身遊行十方自在力身於一切時現衆生前不失時身詣諸佛所敬禮之身長養一切諸善根身受持一切佛正法雲不忘失

身滿足一切菩薩願身普照一切諸世界身除滅癡暗普照一切明淨燈身知法如幻離垢深慧了諸法身覺悟一切普現意身離熾然身不可壞身無所依住佛行持身無有染汙清淨法身善財見已五體投地起佛世界微塵等念念彼天身良久乃起恭敬合掌一心諦觀於善知識得十種心何等爲十所謂得自已心勇猛精進求薩婆若能受持故得具一切智法心隨順一切正教道故得自受生心安住無上正法門故得同行心共普賢菩薩諸行願故得具一切功德藏心長養一切白淨法故得勇猛心長養諸佛大精進故得具一切諸善根心成滿一切諸大願故得辦一切大利益心具足菩薩自在力故是爲於善知識得十種心爾時善財一心觀察彼夜天已得世界微塵等菩薩共法所謂正念共法念十方三世一切佛故大悲共法分別了知一切法海故諸趣共法一切佛法輪不可壞故覺悟共法智如虛空普照三世一切方便海故諸根共法以明淨慧普照衆生一切根海故淨心共法修菩薩道得一切智無礙功德莊嚴故境界共法明淨智慧照佛境故隨順方便共法究竟一切智方便海普照一切故知義共法知一切法眞實性故法無畏共法壞散一切諸怨敵故清淨色身共法隨其所應現身淨故諸力共法於薩婆若不退轉故無畏共法淨正直心如虛空故精進共法於一切劫行菩薩行不退轉故辯才共法明淨智慧深入諸法照一切故無比共法一切衆生無能勝故語言共法於大衆中說

淨妙法無所畏故妙聲共法能師子吼出微妙聲滿一切法海故淨音共法一切衆生悉樂聞故淨德共法令一切衆生悉清淨故智地共法於一切佛受法輪故梵行共法安住一切佛境界故大慈共法於念念中普覆一切衆生海故大悲共法雨甘露法救一切衆生故身業共法於一切衆生隨所作故口業共法分別一切語言法故意業共法立一切衆生薩婆若心故莊嚴共法嚴淨一切諸佛刹故詣一切佛共法見一切佛出興世故勸請共法請諸如來轉法輪故供養共法供養一切諸如來故教化共法度脫一切諸衆生故光明共法照一切法故三昧共法於一切衆生心海得不動故充滿共法諸菩薩等自在神力滿諸佛刹故菩薩法門共法出生菩薩自在力故眷屬共法樂與菩薩共同止故深入共法分別一切諸世界故了心共法廣淨佛刹故隨順共法入一切佛世界海故充滿方便共法分別了知一切世界故無上共法普現一切諸佛刹故不退共法遊行十方無障礙故除滅一切愚癡共法得一切佛圓滿智故不生共法與一切佛爲眷屬故滿一切佛刹網共法恭敬供養一切佛故決定智共法分別了知諸法海故如說修行共法順入一切諸法門故專求共法欲求一切諸淨法故清淨共法諸佛功德莊嚴身口意故淨意共法於一切法智滿淨故勇猛共法究竟一切事滿善根故淨行共法滿足一切菩薩行故無礙共法分別了知諸法相故方便共法具足自在智法門故淨入共法隨其所應

現境界故菩薩門共法修行一切諸修法故護持共法一切諸佛所護持故離生共法次第逮得菩薩地故安住共法安住一切菩薩住故演説共法了知諸佛授記法故禪定共法於一念中悉入一切諸三昧故三昧起共法一切佛事種種相故淨念共法知一切念故菩薩行共法盡未來劫行菩薩行不斷絶故淨信共法歡喜增長佛智慧故長養共法除滅一切諸障礙故不退智共法與一切佛智慧等故受生共法隨時應化一切衆生故住共法住一切智故境界共法法界境界故無著共法心不染著一切有故善知法相共法等心觀察一切法故容受共法於已身内受持一切諸佛法故通明共法分别了知一切世間故神力共法以少方便遊行一切佛刹海故陀羅尼共法普照一切陀羅尼海故持一切佛法輪共法悉能受持一切修多羅法故深入共法解一切法如虚空故淨光共法普照一切諸世界故明淨共法隨其所應現衆生故震動共法動諸佛刹爲諸衆生現自在故不虚共法見聞念者悉不虚故聖道共法滿一切願十力智故得如是等佛刹微塵等菩薩共法爾時善財入如是等菩薩共法於善知識得無量無邊淨正直心偏袒右肩恭敬合掌以偈讚歎彼夜天曰

我以無上心　專求佛菩提　今於善知識
而起自已心　遠離諸惡業　成就清淨行
由見善知識　得無盡白法　我見知識已
功德莊嚴心　盡未來刹劫　修行菩薩道
惟願善知識　哀愍攝取我　爲我悉顯現

正教眞實法　閉塞諸惡趣　廣開天人路
佛一切智道　爲我悉顯現　念彼善知識
一切功德藏　我於念念得　虛空功德海
授我波羅蜜　不思議功德　長養諸善福
智繒速冠頂　我念善知識　一切種智道
依止善知識　滿足白淨法　具足衆善利
功德普成滿　究竟一切法　成就薩婆若
知識爲大師　安立無上法　無量無數劫
不能報其恩

大方廣佛華嚴經卷第五十五

音釋

分齊 分扶問切齊在計切分齊限量也　枯槁 枯苦胡切槁苦浩切　娙洟 娙夷針切娙蕩也洟弋質切放洟也　凅 下各切竭也　爆 蘇到切乾也　津液 津將鄰切液羊益切　邃 雖遂切深遠也　礫 郎擊切小石也　撫掬 撫芳武切捋也掬君六切兩手捧也　崿 五各切山名

大方廣佛華嚴經卷第五十六

東晋天竺三藏佛陀跋陀羅等譯

入法界品第三十四之十二

爾時善財説偈讚已白言天神向所顯現不
思議法此法門者名爲何等發道心來爲幾
時耶久如當成無上菩提答言善男子此法
門者名隨應化覺悟衆生長養善根善男子
我入此法門覺悟一切諸法平等知一切法
眞實之相遠離世間無所染著解一切色非
一非異了色非色而能顯現無量諸色所謂
種種色清淨色莊嚴色放一切莊嚴色普現
色同一切衆生色一切世間現前色普照色
見無猒色相好淨色離惡色現勇猛色甚深
色一切世間無能盡色難無盡色種種雲色
諸形像色顯現無量自在力色可愛樂色一
切善起色隨應現前色隨應度衆生色普照
無礙色離垢色不壞淨身色不思議法方便
光明色非比非無比妙絶色非明闇色滅一
切闇色積集一切白淨法色功德大海之所
生色過去修行恭敬生色淨直心生如虚空
色勝廣大色無斷無盡色海光明色一切世
間無所依止不可壞色充滿一切十方無礙
色念念色海色令一切衆生大歡喜色攝取
一切衆生堅固色一切毛孔中如來功德師
子吼色淨一切衆生深心色現一切法義色
圓滿光明無礙色離垢虚空等色不依垢無
著色普照離垢法界色不可稱色隨眼見色
照諸方色隨時顯現應衆生色寂靜色滅一
切煩惱色一切衆生功德福田光明色見不
虚色大智光色無礙法身滿一切色顯現威

儀不虛色積集大慈海色具足功德須彌山色普照一切趣色淨大智色正念一切世間色一切寶光色淨寶藏色不壞淨衆生色趣薩婆若色悅衆生眼色一切寶莊嚴勝光明色不取不捨一切衆生色無決定無究竟色顯現自在諸持力色一切自在神足色佛種姓色遠離衆惡滿法界色悉詣一切諸佛大衆照一切色成諸海色善行依果色隨化授色一切世間見無猒足種種光明普照色顯現三世一切色顯現一切海色放一切光明海色種種光色過一切世間一切香光色顯現圓滿諸日雲色持圓滿淨月雲色放須彌山妙華雲色出種種鬘雲色顯現一切鉢曇摩華雲色一切香像雲充滿法界色散一切末香雲色現一切佛淨願身色一切音聲出師子吼法界海色普賢菩薩清淨身色於念念中現如是等色充滿十方教化衆生或見或念而得度脫或現轉法輪或現隨時應或現親近或現覺悟或現自在神力或現種種變化或現不可思議自在神力變化度脫衆生滅不善法安立善法滿足大願一切智勢力菩薩法門勢力具足成就大慈大悲佛子我住此法門現無量色身分別了達一切色海放無量無邊法雲普照一切諸佛世界現無量無邊諸佛現無量無邊自在神力覺悟衆生長養善根於念念中令不可思議衆生於阿耨多羅三藐三菩提得不退轉佛子如汝所問得此法門爲幾時者我今承佛神力爲汝解說佛子菩薩圓滿智者離一切虛妄本性清淨一切種智超出一切諸障礙山隨

所應化皆悉普照佛子譬如日性無有闇冥但日没已天下則闇出則大明菩薩圓滿明淨智日亦復如是離一切虚妄普照一切教化衆生佛子譬如淨日出閻浮提普照天下衆寶山樹影現一切大海河池衆生之類莫不對見日亦不來入此池流菩薩智日亦復如是出三有海於佛寶法虚空中行住於寂滅應現一切趣趣生處同衆生身而化度之實不生死無所染著離一切虚妄無修短想何以故佛子菩薩摩訶薩離諸顛倒了一切世悉如夢幻解眞實法無有衆生圓滿大悲皆悉對現一切衆生而教化之佛子譬如大船不依此岸不樂彼岸不著中流於大海中濟度衆生菩薩摩訶薩亦復如是以波羅蜜力船於生死海濟度衆生不依此岸不樂彼岸而度衆生於一切劫修菩薩行不起劫想亦不見劫有修短相佛子譬如虚空出過法界一切世界有成有敗而彼虚空本性清淨無所染汙不可沮壞遠離恐怖一切障礙而能普持未來諸劫一切佛刹菩薩摩訶薩心亦復如是以虚空等圓滿智慧莊嚴其心發起一切大願風輪持一切衆生令滅惡道生諸善趣心無憂喜安立衆生一切智道除滅煩惱生死過患佛子譬如化人無有實形生老病死饑渴等苦菩薩出生如化智慧不可沮壞妙色法身亦復如是於一切劫諸生死中化度衆生而無所著亦無恐怖無貪無恚除滅一切熾然煩惱心不貪樂一切趣生佛子菩薩智慧雖復如是甚深難測我當承佛神力爲汝解説令未來世諸菩薩等滿足大

願成就諸力佛子乃往古世過世界海微塵等劫復過是數有劫名善光彼有世界名曰寶光於彼劫中有萬如來出興于世最初如來號法輪音聲虛空燈彼閻浮提中有寶莊嚴王都彼有大林名善光明於此林中有一道場名曰善華彼道場上有寶蓮華師子之座時彼如來於此座上成阿耨多羅三藐三菩提爾時人民壽十千歲殺盜婬泆妄言兩舌惡口綺語貪恚邪見行如是等十不善道時彼如來於百歲中坐於道場爲諸菩薩及諸天王并閻浮提宿植德者而爲說法其餘衆生待善根熟爾時國王名曰勝光時彼人民行十不善貪著五欲作種種惡遠離善法不孝父母不敬沙門婆羅門有無量衆生犯王治法囚執囹圄受諸楚毒爾時彼王有一太子名曰善伏端正殊特成就妙色具二十八大人之相處在中宮婇女圍遶聞彼獄人楚毒音聲聞已憂惱起大悲心入彼獄中見諸罪人裸形亂髮繫縛榜笞悲呼流淚苦毒無量太子見已發大悲心慰喻之曰莫恐莫怖我今能令汝等解脫於是太子往詣王所白言大王獄中罪人願施無畏大王哀愍幸垂矜赦時彼大王召諸群臣而共參議此事云何群臣答言彼諸罪人竊盜官物謀殺大王侵犯宮人有如是罪必應刑戮若救彼者罪應至死時彼太子大悲深至救護彼故作如是言我代獄囚受諸楚毒願苦治我我爲救彼不惜身命欲令罪囚悉得解脫所以者何若我不救此衆生者云何能濟三界牢獄諸在生死牢獄衆生悉爲貪愛之所纏縛愚

癡所蔽受種種苦身形鄙陋心常放逸而不能知出要之道無智慧光著諸蘊界無有福慧遠離實智染縛結垢幽閉苦獄隨順惡魔生老病死常爲憂惱之所逼迫我當云何令彼解脫我今應當捨自身命而拔救之爾時五百大臣咸發聲言大王當知如太子意放獄囚者毀壞王法危及我等不治太子國不久立王聞此言即發威怒令誅太子王后聞之毀容降服與千婇女馳詣王所頭面禮足如是請言大王當知太子有罪願垂慈恕賜其壽命時彼大王即召太子太子既至復白王言願垂哀赦獄囚苦人若不矜恕我代受苦王言隨意爾時太子即入獄中放諸罪人代受楚毒曾無中悔一向正念一切種智大悲爲首饒益衆生夫人白王願聽太子在外半月布施修福然後隨王如法苦治王即聽許時彼都城北有一大林名曰日光太子詣彼設大施會須食與食須衣與衣乃至車乘華鬘塗香末香幢旛繒蓋及餘一切寶莊嚴具期既限滿爾時國王及諸群臣長者居士男女大小并諸外道皆悉雲集爾時法輪音聲虛空燈如來知諸衆生應化時至與大衆俱天王圍遶龍王供養夜叉王守護乾闥婆王讚歎阿修羅王禮侍迦樓羅王以清淨心散諸雜寶緊那羅王歡喜讚歎供養過去諸佛摩睺羅伽王悲泣正觀與如是等無量大衆前後圍遶來詣彼會爾時太子及諸大衆遥見佛來端嚴殊特諸根寂定如大象王神心澄明淨若淵海顯現如來自在境界勝妙功德相好嚴身圓滿光明普照一切震動十

方無量世界一切毛孔普出如來微妙香雲普雨種種諸莊嚴雲行佛威儀除滅一切衆生煩惱爾時太子既見如來歡喜無量五體投地合掌白言善來世尊念哀取我唯願世尊處摩尼座諸菩薩衆皆就寶座周帀圍遶時佛坐已除滅一切衆生苦患離諸障蓋堪聖法器爾時如來知諸衆生應受化者而爲演說圓滿因緣修多羅時彼大衆聞正法已八十那由他衆生皆起離垢清淨法眼得無學地一萬衆生得大乘道滿足普賢菩薩行願見十方佛轉正法輪現自在力百佛世界微塵等衆生具摩訶衍滅十方世界無量衆生惡道苦難生天人趣時彼太子得隨應化覺悟衆生長養善根法門佛子爾時太子豈異人乎我身是也我於一切衆生起大悲心普饒益之不著三界又亦不求名譽果報捨離憍慢不輕他人不加彼惡不貪財利遠離三有莊嚴大乘開一切智門普行菩薩無量諸行佛子我於爾時得此法門時諸大臣今五百惡人調達眷屬是也彼諸人等佛皆教化令發阿耨多羅三藐三菩提心過未來世須彌山微塵等劫成等正覺所住世界同名寶光國界莊嚴父母種姓受胎出生棄家學道往詣道場轉正法輪說修多羅語言音聲光明眷屬壽命法住及其名號皆悉不同其最初佛號饒益月第二佛號大悲師子第三佛號救護衆生最後如來號大賢王佛子當知本諸罪人我所救者即拘樓孫等賢劫千佛及百萬阿僧祇諸大菩薩於無量精進妙德慧佛所發阿耨多羅三藐三菩提心今悉

現在十方國土行菩薩行修習增廣此隨應化覺悟衆生長養善根法門者是也佛子時王勝光者今薩遮尼揵子大論師是也時王宮人諸眷屬者即彼尼揵六萬弟子與師俱來共佛論義悉降伏之授阿耨多羅三藐三菩提記者是也此諸人等當成正覺世界劫號皆悉不同佛子我於爾時救罪人已父母聽我捨離國土妻子眷屬於法輪音聲虛空燈佛所出家學道五百歲中淨修梵行於此中間得一萬三昧一萬陀羅尼門一萬諸明一萬法藏一萬薩婆若勇猛精進一萬清淨忍門一萬寂滅禪定一萬方便般若波羅蜜各於十方現前對見一萬如來出生一萬菩薩大願長養菩薩一萬諸力又得菩薩一萬神通於念念中各遊十方一萬佛刹於念念中各憶十方一萬佛海見彼如來一萬化海普遊十方教化衆生於念念中見十佛世界衆生於諸趣中死此生彼或好或醜或之善處或入惡道知彼衆生諸心心法心意所行及諸根海行業善根悉皆門達佛子我於爾時命終之後即復於彼閻浮提中王宮受生作轉輪王彼法輪音聲虛空燈如來滅度之後我於爾時守護正法次值法虛空妙德王佛次爲釋王即彼道場值天藏佛次爲炎摩天王即彼世界值大地功德山佛復值法輪光音聲王佛次爲化樂天王即彼世界值虛空燈智王佛次爲阿修羅王即彼世界值一切法雷震王佛次爲他化自在天王即彼世界值不可壞力幢佛次爲梵王即彼世界值法輪化普光音佛佛子於彼寶光世界善光

劫中一萬如來出興于世我悉值遇次復有劫名曰日光六十億佛出興于世時我爲王名大智慧值最初相好功德山佛復值妙音聲佛次爲大臣值離垢童子佛次爲阿修羅王值勇猛精進佛復值究竟相好佛次爲商人值離垢辟佛次爲城天值師子行佛次爲毗沙門天王值天周羅佛次爲乾闥婆王值法上名稱佛次爲鳩槃茶王值光明天冠佛恭敬供養佛子我諸趣受身供養如是等六十億佛於一一佛所教化無量無邊衆生我於一一佛所得種種三昧門種種陀羅尼門具足諸辯種種智慧種種法光照十方海諸佛刹海見諸佛海如一劫中值遇諸佛恭敬供養於世界微塵等劫一切世界中諸佛與世我悉值遇恭敬供養聞法受持守護正法

亦復如是於諸佛所修此法門爾時願勇光明守護衆生夜天欲重明此義以偈頌曰

歡喜恭敬心　能問甚深法　我當承佛力
爲汝分別說　過於不思議　世界海塵劫
爾時有一劫　名曰爲善光　彼時有世界
名曰爲寶光　於彼世界中　十千佛興世
我值彼諸佛　恭敬悉供養　於彼如來所
修習此法門　爾時有王都　名曰可愛樂
廣博悉平正　種種妙莊嚴　衆生雜行起
世界有淨穢　時彼諸衆生　多行不善法
爾時有大王　號曰爲勝光　正法治天下
等心於一切　彼王有太子　號名曰善伏
端嚴甚殊妙　相好莊嚴身　時彼諸人民
有犯王法者　幽閉在牢獄　太子悉救之
爾時諸臣等　俱白大王言　太子欲危王

宜應加苦治　時王用臣言　如法治太子
諸臣送太子　往彼刑戮處　王后聞此已
來白大王言　願聽十五日　布施修功德
時王即聽許　令其修福業　餚饍車乘等
隨欲悉給之　所期日已盡　將至刑戮處
彼時一切衆　悲感悉號泣　時法輪音聲
虛空燈如來　知衆生根熟　往諸大衆所
顯現自在力　演說圓滿經　無量諸衆生
悉受菩提記　爾時王太子　即發菩提心
願我悉度脫　一切諸群萌　供養彼如來
即隨佛出家　勇猛精進力　專求無上道
具足此法門　大悲念衆生　知法眞實相
劫海修菩提　一切諸導師　次第興出世
我皆悉恭敬　供養護持法　刹海微塵等
一切諸劫中　如來出興世　恭敬悉供養
善伏我身是　修習大悲心　不惜身壽命
救護彼苦人　逮得此法門　劫海常修習
念念悉增長　無量諸功德　所見諸最勝
方便爲我說　聞已即修習　此寂滅法門
無量劫修此　不思議法門　佛雨甘露海
我已悉飲之　依止此法門　普遊十方界
一念悉分別　三世諸佛刹　依此法門故
見三世佛海　於諸最勝所　現身如電光
依此法門故　遍詣十方佛　各現大神力
勝妙威儀法　依此法門故　能爲問難海
不思議諸佛　所說聞受持　依此法門故
於十方世界　諸佛大衆中　自在顯神變
依此法門故　種種現色身　能於一身中
顯現諸佛身　依此法門故　一一毛孔中
放大光明海　除衆生煩惱　依此法門故

一一毛孔中　出化無量身　法雨濟衆生
此法難思議　菩薩所修學　依住此法門
盡來劫修行　除滅諸邪見　隨應化衆生
悉令得安住　一切種智地　不可思議趣
顯現種種身　隨其所應化　而爲演說法

佛子我唯成就此法門諸大菩薩超出世間普照諸趣悉能究竟一切境界壞障礙山了達法相善巧方便分別諸法解法無我攝取教化度脫衆生皆悉了知三世法界善知一切語言道海我當云何能入如是大智慧海大智境界三昧解脫法門自在善男子此閻浮提有一園林名流彌尼彼有天名妙德圓滿汝詣彼問云何菩薩行菩薩行生如來家爲世間燈盡未來劫修菩薩行心無疲倦時善財童子頭面敬禮彼夜天足遶畢辭退爾時善財童子正念思惟彼夜天教修習增長隨所應化覺悟衆生長養善根法門漸漸遊行至彼林中周遍推求妙德圓滿林天見坐衆寶樓閣之上二萬那由他諸天圍遶爲說菩薩受生海經生如來家長養菩薩功德爾時善財頭面禮足白言天神我已先發阿耨多羅三藐三菩提心云何菩薩行菩薩行生如來家爲世間燈答言佛子菩薩有十種受生法若有菩薩行是法者生如來家於念念中長養善根不退不怖不惱不亂不懈不悔至一切智順知法界修解脫道於一念中長養一切諸波羅蜜捨離世間具足佛地智慧猛盛佛法現前順眞實義滿薩婆若何等爲十所謂供養一切佛方便虛空願藏菩薩受生法滿菩提心枝藏菩薩受生法現前方便

觀察寂滅虛空藏菩薩受生法以淨直心普照三世藏菩薩受生法普照一切藏菩薩受生法生如來家藏菩薩受生法佛光明力藏菩薩受生法具足分別薩婆若門藏菩薩受生法一切法界化莊嚴藏菩薩受生法勇猛精進至佛地藏菩薩受生法佛子何等爲供養一切佛方便虛空願藏受生法此菩薩摩訶薩發如是願我當恭敬供養一切諸佛無量喜心見佛無猒具不壞信積集功德供養諸佛心無猒足佛子是爲初受生法薩婆若初門長養善根故佛子何等爲滿足菩薩心枝藏受生法此菩薩摩訶薩發阿耨多羅三藐三菩提心起大悲心救護一切衆生故值遇佛心常見佛故求正法心無所惜故大莊嚴心向薩婆若故發大慈心普覆攝取一切衆生故不捨一切衆生心薩婆若莊嚴不可壞故離諂曲心得實智故如說行心得菩薩道故不欺一切佛心滿足諸佛大誓願故爲薩婆若發大願心教化未來一切衆生故如是等佛刹微塵等菩提心枝滿足生如來家佛子是爲第二受生法佛子何等爲現前方便觀察寂滅虛空藏受生法此菩薩摩訶薩觀察寂滅一切法海心究竟滿足一切智道不疲倦心正念善法業海心一切菩薩諸三昧海清淨心具一切菩薩諸功德心出生一切菩薩莊嚴道心於無量劫勇猛精進不休息心出生普賢行化一切衆生心善學威儀住菩薩德一切諸有悉非有心佛子是爲第三受生法佛子何等爲以淨直心普照三世藏受生法此菩薩摩訶薩淨直心界照佛菩

提深入菩薩方便法海深心不壞猶如金剛背一切有諸生死趣向一切佛具自在力趣諸勝道增益菩薩根離垢淨心不可動轉長養大願常爲諸佛之所護念壞散一切諸障礙山悉爲衆生而作歸依佛子是爲第四受生法佛子何等爲普照一切藏受生法此菩薩摩訶薩具足方便教化衆生不貪財利以清淨心悉捨一切持無量淨戒住佛境界具足忍法得一切佛忍光明法勇猛精進究竟一切智境界修習諸禪具足清淨圓滿普門三昧智慧以明淨慧日普照法界得無礙眼見一切佛海深入一切諸法源底智者所讚令衆生歡喜修習正法見眞實相佛子是爲第五受生法佛子何等爲生如來家藏受生法此菩薩摩訶薩生如來家隨諸佛教具足一切甚深法門同三世一切諸佛六願同三世一切諸佛善根同三世一切諸佛法身遠離世間向離世間趣長養白淨法住大功德法門得佛持定見諸如來隨所應化淨諸衆生不捨大願聞法受持佛子是爲第六受生法佛子何等爲佛光明力藏受生法此菩薩摩訶薩深入佛力遍遊十方供養諸佛心無疲倦知一切法如幻如夢色如電光成就如化自在通明知一切有生趣如影知一切佛所轉法輪皆悉如響悉究竟說一切法界佛子是爲第七受生法佛子何等爲具足分別薩婆若門藏受生法此菩薩摩訶薩以童子身住菩薩住觀薩婆若於無量劫觀察一一諸智慧門劫猶可盡諸智慧門不可窮盡究竟菩薩自在境界諸三昧門念念悉詣十方

佛所入不可壞三昧境界不可壞法不可壞智無邊境界得非境界境界於少境界悉具足得不可說地於無量中得有量法知諸世間名假施設分別一切語言之法佛子是爲第八受生法佛子何等爲一切法界化莊嚴藏受生法此菩薩摩訶薩種種莊嚴無量佛刹究竟衆生諸變化身佛應化身無所依止清淨法化悉行一切無礙法界應受化者爲彼現身教示種種諸菩薩行善能出生離諸障礙一切智門淨智慧藏教化衆生未曾失時佛子是爲第九受生法佛子何等爲勇猛精進至佛地藏受生法此菩薩摩訶薩悉於三世諸如來所受灌頂法一切世界境界無障礙菩薩悉知三世衆生死此生彼修菩薩行知諸衆生心次第起知三世佛次第成正覺善巧方便知法次第知一切刧次第成敗隨應衆生顯現莊嚴成等正覺顯現次第轉正法輪教化無量無邊衆生佛子是爲第十受生法菩薩摩訶薩住是法已種種莊嚴一切佛刹無量億刧無量法海無量境界教化衆生覺悟無量諸法界流顯現諸佛不可思議如虛空等深法境界無量諸行攝取衆生現轉法輪於一切世界護持佛法悉於一切境界以微妙音說不可說佛正法雲住諸法門趣無礙道以一切法莊嚴道場隨所應度成佛與世教化成就無邊衆生時彼林天欲重明此義以偈頌曰

清淨正直心　先發如是願　普見一切佛
供養無猒足　皆悉淨莊嚴　三世諸佛刹
又願莊嚴心　度脫諸群生　修習寂滅法

其心無猒足　三世無障礙　身心如虛空
深入大悲海　直心如須彌　窮盡大智海
是爲人中雄　大慈覆一切　增廣諸度海
教化諸群生　此是無上人　知法眞實相
三世佛家生　究竟諸法海　是爲智慧者
清淨妙法身　其心無障礙　已身滿十方
具足如來力　甚深智慧中　逮得自在力
專求一切智　究竟三昧海　嚴淨諸佛剎
教化一切衆　顯現自在力　是爲稱莊嚴
淨入最勝力　長養薩婆若　法界無障礙
此是眞佛子

佛子菩薩摩訶薩具此十法生如來家爲世間燈佛子我成就此無量境界自在法門爾時善財白言天神此法門者境界云何答言佛子我已具足一切菩薩受生大願是故我來生此林中本願力故正念菩薩受生之法於後百年菩薩從彼兜率陀天降神下生時此林中有十種瑞相何等爲十一者此林忽然廣博地平如掌二者土石雜穢變爲金剛衆妙莊嚴三者寶娑羅樹周帀行列四者時此林中沉水末香出過諸天種種莊嚴五者諸妙華鬘寶莊嚴具皆悉充滿六者諸寶樹中自然流出種種妙寶七者諸池水中出芙蓉華八者時此林中娑婆世界欲色諸天龍夜叉乾闥婆阿修羅迦樓羅緊那羅摩睺羅伽恭敬作禮合掌而住九者天女乃至摩睺羅伽女賚供養具合掌恭敬於一面住十者十方一切佛臍中放光明名曰菩薩受生自在燈普照此林於彼一一諸光明中現一切佛受生自在出家自在一切菩薩功德自在

又出如來微妙音聲佛子是爲林中十種瑞相此相現時諸天王等知必當有菩薩下生我見此瑞歡喜無量佛子摩耶夫人出迦毗羅城入此園林生太子時自然而有十種光明因此光故一切衆生得法光明何等爲十所謂寶牙藏光一切香光鉢曇摩光出微妙聲讃善生光十方菩薩初發心光一切菩薩得入諸地自在法光一切菩薩諸波羅蜜大智慧光出生菩薩無量大智願光方便化度衆生智光普照一切法界諸佛受胎出生棄家學道成正覺光佛子是爲十種光明此光普照無量無邊諸衆生心佛子摩耶夫人於此林中在畢利乂樹下坐時現菩薩十種受生自在何等爲十爾時欲界一切天王天子天女色界諸天及龍夜乂乾闥婆阿修羅迦樓羅緊那羅摩睺羅伽并其眷屬皆悉雲集爲欲供養彼菩薩故爾時摩耶夫人放大功德妙色光明普照一切其餘光明悉蔽不現猶如聚墨除滅衆生一切煩惱一切惡道苦又於一切諸毛孔中放大光明普照十方無所障礙是爲菩薩第一受生自在復次佛子摩耶夫人腹内悉能容受三千大千世界又能顯現百億四天下於彼百億閻浮提中王都京邑所住園林名字各異摩耶夫人遍坐彼處諸天圍遶悉爲顯現不可思議智慧自在是爲菩薩第二受生自在復次佛子摩耶夫人一一毛孔中顯現如來於過去世爲菩薩時恭敬尊重供養諸佛彼諸如來所說正法於毛孔中皆悉得聞譬如明鏡淨池水中見日月像摩耶夫人諸毛孔中顯現如來於

過去世爲菩薩時恭敬尊重供養諸佛彼諸如來所説正法皆悉得聞亦復如是是爲菩薩第三受生自在復次佛子摩耶夫人一一毛孔中顯現如來於過去世諸世界中城邑聚落山林河池一切諸處行菩薩行隨彼諸劫所值諸佛清淨善根壽命名號及善知識如是等事皆悉顯現菩薩於彼諸受生時摩耶夫人常爲其母是爲菩薩第四受生自在復次佛子摩耶夫人一一毛孔中顯現如來於過去世爲菩薩時其身色相行業威儀所受苦樂是爲菩薩第五受生自在復次佛子摩耶夫人一一毛孔中顯現如來於過去世爲菩薩時所行布施身體手足眼耳鼻舌骨齒髓腦心血皮肉妻子眷屬城邑聚落宫殿寶物一切内外并諸受者皆悉顯現又聞求者所言音聲是爲菩薩第六受生自在復次佛子摩耶夫人身中普出過去諸佛本爲菩薩最後生時莊嚴佛刹衆生樹林華鬘諸香塗香末香摩尼寶王娱樂讚歎如是等事充滿此林皆悉聞見是爲菩薩第七受生自在復次佛子摩耶夫人身中又出諸天宫殿龍夜义乾闥婆阿修羅迦樓羅緊那羅摩睺羅伽及人宫殿衆寶莊嚴妙香普熏無能壞者出過諸天爲欲供養彼菩薩故充滿此林是爲菩薩第八受生自在復次佛子摩耶夫人身中又出十不可説億那由他世界微塵等菩薩其身色像相好莊嚴光明自在及其眷屬皆悉同彼盧舍那佛是諸大士從彼出已讚歎菩薩是爲菩薩第九受生自在復次佛子菩薩生時於摩耶夫人前地金剛輪中生

大蓮華金剛爲莖有十世界微塵等寶葉摩
尼寶王以爲其臺衆寶香鬘以阿僧祇寶網
羅覆其上一切天王所共執持一切乾闥婆
王普雨香雲讚歎過去諸佛功德一切夜叉
王圍遶守護自然出生衆妙寶華娛樂音聲
一切阿修羅王皆悉降伏頭面敬禮一切迦
樓羅王以寶繒旛莊嚴虛空一切緊那羅王
歡喜諦觀心無猒足讚歎歌頌菩薩功德一
切摩睺羅伽王歡喜踊躍普雨種種莊嚴雲
是爲菩薩第十受生自在佛子摩耶夫人生
菩薩時如虛空中現明淨日如雷電光如山
起雲如闇中燈菩薩爾時雖現出生而悉解
達一切諸法如電夢幻不來不去不生不滅
佛子我一念中悉知菩薩此閻浮提受生自
在出生自在亦知百億閻浮提受生自在出
生自在亦知三千大千世界微塵等佛剎十
佛世界微塵等佛剎乃至悉知一切世界微
塵等佛剎菩薩受生自在出生自在亦復如
是爾時善財白圓滿妙德林天言天神得此
菩薩受生自在法門其已久如答言佛子乃
往古世過億佛剎微塵等劫有劫名可悅樂
彼有世界名一切寶彼劫世界中有八十那
由他佛出興于世其最初佛號不可壞自在
幢王彼世界中一閻浮提有一王都名莊嚴
幢王名寶焰眼光第一夫人名善喜光如此
世界摩耶夫人爲盧舍那佛母彼世界中善
喜光夫人爲最初如來母亦復如是善喜光
夫人生菩薩時與二百萬那由他諸婇女衆
詣金色園林攀寶樹枝生彼如來時有乳母
名離垢光諸天王等以雜香湯洗浴太子抱

授乳母乳母敬受歡喜無量即得菩薩普眼境界三昧得三昧已見十方佛無所障礙復得菩薩受生自在法門佛子譬如初受胎識速疾無礙得此法門知一切佛受生自在亦復如是佛子於意云何彼乳母者豈異人乎我身是也我從是來念念常見菩薩受生自在法海盧舍那佛教化衆生自在神力佛子我念念中悉得三千大千世界微塵等淨智慧眼常見一切世界微塵等刹及彼諸佛知彼如來自在受生又復了知盧舍那佛初發大願乃至悉知十方諸佛初發大願亦復如是亦恭敬供養彼諸如來彼佛說法我悉得聞受持修行時彼林天承佛神力觀察十方欲重明此一切境界菩薩受生自在法門義故以偈頌曰

佛子汝所問　最勝寂滅境　一心善諦聽
我今說因緣　過億刹塵劫　劫名可悅樂
八十那由他　如來出興世　最初如來名
無壞自在幢　我時見彼佛　金色林中生
乳母離垢光　今則我身是　太子金色身
天王抱授我　敬愛無上人　觀察不見頂
圓體難思議　視之無猒足　離垢清淨身
相好自莊嚴　我見妙寶像　歡喜心無量
思惟難思議　長養功德海　見彼自在力
我發菩提心　專求佛功德　具足諸願海
嚴淨諸世界　遠離三惡道　於諸世界中
供養一切佛　專求大願海　除滅衆生苦
聞彼初佛法　成就此法門　我於億刹塵
一切諸劫中　修習菩薩行　嚴淨此法門
彼劫中諸佛　我已悉供養　守護其王法

淨修法門海　億刹塵等劫　諸佛出興世
持彼正法輪　修難議法門　一念悉了知
一切刹微塵　一一微塵中　見無量刹海
彼佛初生時　顯現自在力　我於一念中
皆悉分別見　不可思議刹　見彼諸菩薩
或處兜率天　專求佛菩提　無量刹海中
見彼生自在　無量衆圍遶　而爲其說法
一念中悉見　無量諸刹海　一切諸菩薩
出家詣道場　不可思議刹　得成最正覺
顯現諸方便　除滅衆生苦　一一微塵中
轉無盡法輪　無盡妙音海　普雨甘露法
念念中悉見　一一微塵中　億刹塵等佛
示現般涅槃　見無量刹海　如來初受生
一一諸佛所　無量身供養　不思議刹海
無量諸群生　我以諸方便　爲說甘露法
佛子我知此　不思議法門　無量諸劫數
稱讚不可盡

佛子我唯知此菩薩受生自在法門諸大菩薩能以諸劫爲一念藏顯現一切諸妙方便供養諸佛滿足大願覺了一切諸佛正法示現一切諸趣受生生諸佛所教化衆生未曾失時爲衆生現受生自在於諸佛刹現自在雲常生一切諸如來家我當云何能知能說彼諸功德佛子迦毗羅城有釋迦女名曰瞿夷汝詣彼問云何菩薩遊生死中教化衆生時善財童子頭面敬禮彼林天足遶畢辭退向於彼城正念思惟增廣明淨菩薩受生自在法門漸漸遊行至菩薩會莊嚴講堂離憂妙德天所爾時彼天一萬諸天以爲眷屬來迎善財白言善來大智慧人修不思議菩薩

法門以淨直心滿足大願廣菩薩行向正法城究竟菩薩無量方便我觀仁者勇猛精進修菩薩道心無懈倦威儀庠序諸根調伏不久必當逮得無上清淨莊嚴佛身口意相好嚴身十力智慧莊嚴其心遊行十方教化衆生我觀仁者修行勇猛精進力故必當得見三世諸佛受諸如來一切法雲修習菩薩禪定法門寂滅之法入於甚深如來法門何以故詣善知識親近供養正念思惟善知識教無有退轉疲倦之心除滅障礙降伏諸魔無能壞者令一切衆生得歡喜故善財答言如天所說我願如是欲令一切衆生歡喜除滅煩惱諸不善法具足善法得安隱樂一切衆生以衆惡業煩惱結故入三惡道受無量苦菩薩見已起憂悲心譬如有人唯有一子愛念情重忽有人來割截其身肢節手足慈父見之悼惻悲念菩薩若見衆生造惡業緣煩惱結故入三惡道受無量苦見如是已痛心悲念亦復如是菩薩若見衆生具身口意諸善業故生天人中受身心樂見如是已歡樂無量何以故菩薩摩訶薩不自爲故求薩婆若不貪生死五欲快樂不隨心想諸見顛倒結使纏縛貪愛邪見不著衆生種種樂想不著禪味不爲結礙流轉生死菩薩但見諸有海中一切衆生受無量苦發大悲願而攝取之常以大悲大願力故行菩薩行供養諸佛求薩婆若欲令衆生遠離煩惱淨佛世界調伏一切惡心衆生悉令具足清淨身心行菩薩行而無疲倦若有菩薩如是行者悉能莊嚴一切衆生出生長養天人樂故爲父母皆

令安立菩提心故爲養育皆令究竟菩薩道故爲衛護皆令遠離三惡道故爲大船師皆令得度生死海故爲歸依令捨諸魔煩惱怖故爲導師皆令遠得清涼處故爲知津濟皆令得度佛剎海故爲主藏臣皆令得入法寶洲故爲淨妙華令開一切佛功德華故爲大光明普放功德智慧光故爲歡喜皆令端嚴勝殊妙故爲所尊遠離一切諸惡業故爲普賢具足一切諸功德故爲燈明常放智慧淨妙光故爲慶雲常雨一切甘露法故天神菩薩摩訶薩如是行者一切衆生悉皆愛念樂正法故爾時善財將昇法堂彼離憂妙德天與百萬眷屬各各賫持妙香華鬘及諸雜寶散善財上以偈頌曰

無量無數劫　世燈或出世　普爲衆生故
正求佛菩提　無量億諸劫　難見難值遇
功德日今出　照除世間闇　見諸衆生類
愚惑癡所覆　廣發大悲心　專求無師道
清淨正直心　不惜身壽命　親近善知識
專求佛菩薩　一切無所依　不著於世間
離垢清淨心　無礙如虛空　行諸菩薩行
具滿妙功德　放大智慧光　普照一切世
不離於世間　亦不著世間　行世無障礙
如風遊虛空　譬如火災起　一切無能滅
勇猛精進火　求道亦如是　勇猛大精進
一切莫能壞　金剛慧師子　遊行無所畏
一切法海中　一切諸佛海　親近善知識
速見彼諸佛

大方廣佛華嚴經卷第五十六

音釋

沮壞　沮在呂切過也壞古費切毀也

囹圄　囹郎丁切圄魚巨切囹圄獄名

餚饍　餚胡交切凡非穀而食曰餚饍時戰切具食也

悼惻　悼徒到切傷也惻初力切痛也

大方廣佛華嚴經卷第五十七

東晉天竺三藏佛陀跋陀羅等譯

入法界品第三十四之十三

爾時離憂妙德天偈讚歎已恭敬法故俱昇法堂昇法堂已周遍推求彼釋迦女即見坐於寶蓮華藏師子之座八萬四千衆女圍遶皆是貴族王者之女悉於過去彼菩薩所修行諸行同彼菩薩一切善根常以布施愛語攝取衆生求薩婆若利益一切令諸衆生同佛菩提大悲爲首普念衆生如一子想修習大悲普覆一切過去已曾於菩薩所修不思議勝妙智慧於阿耨多羅三藐三菩提得不退轉具足成滿諸波羅蜜心無所著直心智慧皆悉清淨求薩婆若離障蓋網超出諸難得淨法身行普賢行長養菩薩一切諸力成就圓滿淨智慧日爾時善財五體投地敬禮瞿夷禮已合掌於一面住白言大聖我已先發阿耨多羅三藐三菩提心而未知菩薩云何行生死中而無所染覺了一切諸法實相超出聲聞緣覺之地住如來地而不捨離菩薩所行修菩薩行不離佛地超出世間法身圓滿應世受生普現種種諸方便身知法無性示現一切衆生之身解甚深法以妙音聲而爲說法知衆生空而能不捨化諸世間知一切佛不生不滅而能供養心無退轉知無業報而行善業無有休息爾時瞿夷作如是言善哉善哉善男子能問諸菩薩摩訶薩所行之法修習普賢諸行願者能如是問諦聽諦聽善思念之我當承佛神力爲汝解說善男子若有菩薩成就十法則能滿足因陀羅

網普智光明菩薩之行何等爲十所謂依善知識廣發無量諸弘誓願修淨勝妙正眞希望集一切智功德聞佛出世歡喜無量心常樂住三世佛所隨順一切諸大菩薩悉爲一切佛所護持清淨大悲遠離生死是爲十法若有菩薩成就此法則能滿足因陀羅網普智光明菩薩之行佛子若諸菩薩勇猛精進心無退轉出生修習佛無盡法值善知識故佛子菩薩有十法值善知識何等爲十所謂不惜身命不求世樂知諸法相而不捨離一切智願觀察法界離三有海無所依住深入一切菩薩諸願普照一切諸佛世界淨修菩薩圓滿智慧是爲十法值善知識爾時瞿夷承佛神力觀察十方欲重明此義以偈頌曰

無諂於知識　智慧廣無量　專求佛菩提
利益諸衆生　恭敬善知識　其心如佛想
勇猛精進力　具因陀網行　解脫心增廣
其量均虛空　攝取於三世　佛刹及衆生
直心如虛空　遠離煩惱垢　出生佛功德
是爲身雲行　不思議智慧　積集功德海
清淨福業藏　不染於世間　一切諸佛所
聞法無猒足　智慧燈普照　是爲照世行
一念皆能詣　十方刹海佛　聞法分別知
是爲隨順行　見佛眷屬海　究竟三昧海
滿足諸大願　是因陀網行　未來劫修行
諸佛所護念　普照諸世界　是爲法光行
大悲見衆生　智日出世間　法光除癡闇
是爲智日行　見諸趣衆生　迴流生死中
爲轉淨法輪　是爲普賢行　智慧身無量
隨應而示現　普於一切趣　度脫諸群生

發起大慈悲　普覆於一切　遍照諸群生
令得佛菩提

善男子我已成就分別觀察一切菩薩三昧海法門善財白言大聖此法門者境界云何答言善男子我入是法門知此娑婆世界衆生佛刹微塵等劫中死此生彼作善惡業受諸果報在生死道出生死者正定邪定及不定聚有使善根無使善根具足善根不具足善根不善根善根善根攝不善根不善根攝善根善根所起不善根所起一切善惡皆悉了知彼諸劫中佛興于世我悉了知知彼諸佛初發道心行菩薩行出生一切諸大願海知彼供養一切諸佛具菩薩行成等正覺轉正法輪現自在力化度衆生知彼眷屬聲聞緣覺之所修行過去修習一切善根得明淨智成就寂滅自在法門顯現種種自在神力教化衆生而般涅槃知彼眷屬諸菩薩衆初發道心修習善根出生種種諸大願行成就滿足諸波羅蜜種種莊嚴菩薩之道菩薩諸地自在之力菩薩諸地住分別修習諸菩薩地淨菩薩地修菩薩地菩薩諸地相菩薩諸地智菩薩諸攝智菩薩善巧方便教化衆生菩薩諸住菩薩圓滿淨行菩薩自在行菩薩三昧海菩薩方便於念念中悉知菩薩諸三昧海一切種智電光法雲得諸法忍盡一切智底知彼菩薩詣佛刹海究竟法海知衆生海修習一切菩薩法門滿足大願顯現種種自在神力如是等事我悉了知如此娑婆世界知十方世界世界性世界海世界輪世界圓滿世界分別世界旋世界轉世界蓮華世

界須彌世界相中事亦復如是盧舍那佛本願力故我悉深入分別念知何以故此法門者悉知一切衆生心海知一切衆生積集善根知一切衆生有垢有淨知一切衆生性知一切聲聞三昧自在法門知一切緣覺菩薩諸佛三昧自在法門如是等事悉分別知善財白言大聖發阿耨多羅三藐三菩提心來其已久如答言佛子乃往古世過世界微塵等劫有劫名勝光明時有世界名離恐怖彼世界中有四天下彼閻浮提中有一王都名妙德樹須彌山於八十王都最爲殊勝彼有王名一切寶主有六萬婇女五百大臣五百王子端正勇健摧伏怨敵其王太子名增上功德主顔貌殊勝相好嚴身與萬婇女俱持妙幢散諸寶華作諸妓樂乘妙寶車詣香牙山遊戲園林時彼道路坦然平正種種莊嚴散衆妙華寶樹行列衆妙寶帳以覆其上於彼路側積衆寶聚雜種種衣諸莊嚴具餚饍飲食如是等事隨其所須皆給施之時有母人名曰善現將一童女名曰離垢妙德端嚴姝妙修短得所顔容無倫目髮紺色脣齒丹素口出梵音才能巧妙言論聰辯修習慈心見者無猒少貪恚癡常懷慚愧心無諂曲乘妙寶車婇女圍遶從母遊觀先太子前至香牙園太子見巳生染愛心語其母言欲娉賢女以爲我妻母語女言太子今欲求汝爲妃於意云何女白母言若欲使我爲彼妃者當自殞滅母報女曰勿作此言所以者何今此太子悉巳具足轉輪王相必爲聖主有玉女寶汝當爾時不堪給使此處尊勝莫生難心

時彼園外有一道場名法雲光有勝日光如來應供等正覺出興于世於彼道場成無上道時女夢見彼如來身於夢覺已空中有天而告之曰汝夢所見是勝日光佛成道已來始經七日今在道場無量菩薩大衆圍逩彼佛衆會一切天龍八部鬼神乃至無量淨居諸天地神風神海神火神山神樹神叢林藥草城郭等神皆悉雲集奉覲世尊聽受正法時彼女人聞是語已詣太子所合掌而立以偈白言

我色世間最　智慧無倫匹　才妙善言論
觀者無猒足　太子應當知　我心善貞潔
志尚心端直　清淨無所染　遠離於瞋恚
貪欲及愚癡　以眞淨直心　饒益諸群生
我見太子身　相好自莊嚴　見已喜無量
諸根悉調伏　妙體猶淨金　髮美紺青色
額廣目明徹　必爲自在王　其身踰金山
相好自嚴飾　我今太子所　合掌恭敬住
其目淨修廣　方臆如師子　觀者無猒足
妙音應納我　舌相廣長妙　猶如赤銅色
演出梵音聲　聞者踊躍喜　口方牙深固
齒白而齊密　若有覩見者　一切皆歡喜
離垢清淨身　具相三十二　成就此妙相
必爲轉輪王

爾時太子語彼女言汝是誰女爲誰守護若先屬他我則不宜起染愛心爾時太子說偈問曰

清淨功德身　見者無猒足　誰爲汝父母
爲誰所守護　若先有所屬　我不起欲想
非分生婬心　命終墮惡道　不應爲豪貴

種種富樂故　發起如是等　放逸貪亂心
種種生邪見　幻誑諸諂曲　如是造諸惡
流轉於世間　父母知識所　應起恭敬心
慈悲廣覆護　一切諸群萌　若於一切處
所從聞法者　能生諸善故　應起恭敬心
一切諸導師　正法菩薩衆　聖僧功德海
皆悉應恭敬　修習諸功德　遠離一切惡
安住於正法　廣行菩薩道　若無歸依者
應起大慈心　諸在三惡道　應發大悲念
一切諸法界　有成必有敗　捨心平等觀
莫隨煩惱魔　應發菩提心　覺悟諸群生
無量劫修行　不起疲倦想

時彼女母說偈白言

唯願太子聽　此女從生來　乃至今長成
一切諸因緣　太子所生日　女從蓮華生
其目淨修廣　肢節悉具足　我曾於春月
遊觀娑羅園　觀見諸卉木　種種華榮茂
同遊八百女　容儀悉端嚴　皆已具知足
諸巧技能法　彼園有浴池　名曰衆莊嚴
我於池岸坐　婇女衆圍遶　時彼浴池中
千葉蓮華生　寶葉瑠璃莖　閻浮檀金臺
衆妙寶香鬚　普放淨光明　遍照閻浮提
猶若日初出　時見此玉女　從彼蓮華生
觀者皆念言　此則善業報　目髮紺青色
其身如紫金　衆寶以莊嚴　觀者心無猒
離垢淨無穢　肢節悉具足　猶如真金像
安處寶蓮華　毛孔栴檀香　普熏於一切
口出蓮華香　演妙梵音聲　此是玉女寶
世間所希有　身相悉具足　種種妙莊嚴
一切諸技術　世間言論法　究竟悉纓練

願爲哀納受　此是玉女寶　身分悉圓滿
功德具莊嚴　宿行之所得　善知衆生病
起患之所由　又知對治法　除滅衆疑惑
一切閻浮提　衆生語言法　種種妓樂音
無不善通達　此女修功德　遠離女人法
能轉衆生心　唯願哀納受　捨離嫉妬心
不醉於五欲　不起瞋恚心　修習忍智慧
精進持淨戒　能辨一切事　專求諸功德
太子願納受　若見諸貧窮　老病衆苦逼
無所歸依者　大悲普慈念　若欲利衆生
不求自安樂　功德莊嚴身　饒益於一切
於諸威儀中　常修不放逸　修習諸善法
見者無不悅　功德普莊嚴　遠離染汙心
常求善知識　恭敬樂供養　修習大慈法
棄捨怨結心　智慧無與等　唯願哀納受

爾時太子答言善女我已先發阿耨多羅三藐三菩提心欲無量劫行菩薩行積集一切功德智慧淨修一切諸波羅蜜恭敬供養一切諸佛護持正法嚴淨一切諸佛世界令如來種相續不斷教化衆生滅生死苦住究竟樂欲令衆生淨智慧眼住菩薩道修菩薩行具足一切菩薩諸地令一切衆生心大歡喜我當盡未來劫行檀波羅蜜悉捨一切國城妻子肢節手足頭目髓腦或在家布施出家修道汝於爾時莫作障礙壞我道心爾時太子重爲彼女而說偈言

哀愍衆生故　我發菩提心　無量無數劫
積集智功德　無量劫海中　修習諸大願
廣修菩薩行　具足一切地　三世諸佛所
學六波羅蜜　聞法能修行　專求菩薩道

十方垢濁刹　我悉令嚴淨　除滅諸群生
三惡道苦患　以諸方便力　廣度一切衆
除滅愚癡闇　住一切智道　供養諸佛海
淨修一切地　發起大慈悲　内外一切捨
若我施來求　妻子諸眷屬　在家及出家
汝莫作障礙　若能如是者　我則納受汝

時女荅言敬從來教乃至出家不敢有礙即說偈言

一切劫海中　地獄火燒身　若能眷納我
甘心受此苦　一切生死身　碎末如微塵
若能眷納我　甘心受此苦　無量劫頂戴
一切金剛山　若能眷納我　甘心受此苦
一切生死海　以我施無悔　若得法王處
願令我亦然　無量無數劫　修行菩薩道
有來求我者　歡喜願施與　太子見衆苦
發起菩提心　無量大慈悲　攝衆生及我
我不求豪富　不貪五欲樂　但願共行法
而爲太子妻　修廣明淨眼　慈愍觀衆生
不起染汙心　必成菩提道　太子遊行時
地出衆寶華　此相無有疑　必爲轉輪王
我昔於夢見　正覺勝日光　菩提樹下坐
大衆悉圍遶　夢中見彼佛　以手摩我頂
覺已大歡喜　踊躍無有量　空中時有天
名曰清淨身　彼天爲我說　道場佛興世
我發如是念　若見太子者　當爲分別說
勝日光佛與　我昔所志願　於今悉成滿
唯願俱往詣　供養彼如來

爾時太子聞彼如來出興于世心大歡喜踊躍無量欲見彼佛以五百寶散彼女人又與妙德光藏淨周羅寶并妙衣服時彼女母即

爲太子而說偈言

今此玉女寶　功德莊嚴身　我昔所志樂
此願今成滿　持戒不放逸　智慧諸功德
普於一切世　最勝無倫匹　此女蓮華生
種姓無譏嫌　遠離諸不善　太子同志願
此女身柔軟　猶如天繒纊　蒙彼手摩者
衆患悉除滅　毛孔所出香　芬馨無倫比
衆生若聞者　悉住於淨戒　其身淨無垢
譬如眞金像　若有覩見者　離害具慈心
口出微妙聲　無不樂聞者　若有聽斯音
遠離諸惡業　心淨無瑕穢　質直無諂曲
隨其所聞法　如說能修行　恭敬善知識
及所尊重者　遠離貪欲心　專求於正法
此女心不恃　妙色蓮華生　世間諸榮樂
唯求無上道

時彼太子與此女俱并一萬婇女出香牙園各乘寶車往詣道場下車步進遥見如來相好嚴身其心澄淨如鏡淵渟諸根調伏猶如象王心大歡喜踊躍無量與婇女衆往詣佛所頭面禮足恭敬供養遶無數帀各持五百衆妙寶華供散彼佛爲彼如來與立五百衆香樓閣雜寶嚴飾時彼如來爲說普門燈明修多羅聞說經已於一切法中得三昧海所謂諸佛願海三昧普照三世光藏三昧對見一切諸佛三昧普照一切衆生三昧普照世界海淨智燈光明三昧普照衆生根海智光明三昧救護衆生光雲三昧教化衆生現前智燈明三昧聞持諸佛法輪三昧具普賢行淨雲三昧於一切法中得如是等諸三昧海時彼玉女於諸法中得不可壞寂靜法門於

阿耨多羅三藐三菩提得不退轉時彼太子與諸眷屬禮彼如來遶無量帀辭退還宫詣父王所頭面敬禮白言大王彼道場上勝日光佛始成正覺王問太子從誰聞乎答言從彼離垢妙德女聞時王聞已歡喜無量猶如貧人得大寶藏作如是念佛無上寶難值難遇能滅衆生惡道貧苦爲無上醫善對治法除滅衆生諸煩惱患爲善導師於生死海濟度衆生置涅槃處作是念已召諸小王及諸群臣并婆羅門刹利居士皆悉集會而告之曰我聞太子無上吉語云勝日光佛出興于世我聞是已歡喜無量無以酬報今捨王位授與太子王捨位已與諸眷屬往詣道場勝日光佛所頭面禮足退坐一面爾時如來觀察彼王及諸眷屬白毫相中放大光明名曰一切衆生心燈普照十方無量世界一切諸王顯現如來不可思議自在神力應受化者令彼心淨具足不可思議功德超出世間其身清淨以微妙音爲大衆説離癡翳法眞實燈陀羅尼門佛刹微塵等陀羅尼以爲眷屬彼王聞已即得廣大智慧光明閻浮提微塵等菩薩得此陀羅尼六十那由他人得諸漏盡一萬衆生皆得離垢清淨法眼無量衆生悉發阿耨多羅三藐三菩提心又以不可思議自在神力於十方刹以三乘法化度衆生爾時彼王作如是念此諸功德若不出家則不能辦我今應當於如來所出家修道前白佛言今從世尊出家學道佛答王言宜知是時時王即與一萬眷屬出家修道皆得離癡翳法眞實燈陀羅尼門及世界微塵等陀羅

尼又得菩薩十明及無量辯淨無礙身詣諸佛所悉聞受持佛正法輪爲大法師以神通力遍諸世界隨所應化爲彼現身讃歎佛法幷諸過去菩薩所行菩薩本生又讃歎佛無量無邊自在神力守護正法爾時太子月十五日王得道時於其正殿婇女圍遶七寶自至一金輪寶名勝自在二象寶名曰青山三紺馬寶名勇疾風四神珠寶名光藏雲五主藏臣寶名曰大財六玉女寶名淨妙德七主兵臣寶名離垢眼得是七寶於閻浮提作轉輪王時有千子端正勇猛能伏怨敵時彼人民熾盛豐樂自在八萬王城城各建立五百樓閣大僧伽藍衆寶莊嚴一一僧伽藍起廣大塔一切衆寶以爲莊嚴香華繒蓋而供養之一一王城次第請佛以不思議衆妙供具供養如來時佛入城無量衆生皆大歡喜長養善根發菩提心以廣大悲饒益衆生正求佛法知眞實義平等觀察三世諸法明淨智慧普照三世知三世佛次第出世攝取衆生向菩薩道行菩薩行安住菩薩平等正法逮得如來法輪智光深入法海能於己身見一切刹善知諸根弘誓願海得一切智爾時如來次第受彼諸王請時如是饒益無量衆生佛子爾時太子增上功德主豈異人乎今釋迦牟尼佛是也爾時王寶主寶華佛是也寶華如來今在東方過世界海微塵等世界海有一世界海名法界虛空光雲中有世界名佛圓滿光妙德燈彼有道場名曰一切天王光幢彼佛始成正覺與不可說佛刹微塵等菩薩大衆圍遶說法彼寶華佛爲菩薩時淨

彼剎海彼剎海中三世諸佛出興世者皆寶華佛爲菩薩時教化令發阿耨多羅三藐三菩提心爾時女母善現者今我母善目是也王眷屬者彼如來所大衆是也皆悉具足普賢諸行成就大願清淨法身普照世間其心無壞逮得菩薩諸三昧門以清淨眼皆悉對見一切諸佛一切如來以虛空等妙音聲雲轉正法輪悉聞受持於諸法中得自在力出入息頃遍遊一切諸佛世界以微妙音爲衆生說法而未曾離一切佛所盡未來劫修菩薩行隨所應化悉爲現身爾時離垢妙德寶女共增上功德主轉輪王四事供養勝日光佛者我身是也彼佛滅後其世界中有六十百千億那由他佛出興于世其最初佛號明淨身次名淨月普照智次名智觀幢次名廣智光明王次名精進金剛那羅延次名不壞智次名智普緣次名淨德智雲次名師子智光次名周羅光明次名功德光幢次名智日幢次名開寶蓮華身次名功德光次名智雲光次名普明淨月次名莊嚴淨妙音次名師子勇猛智照次名法界慧月次名覺衆生心虛空電光次名善鼻妙香次名寂滅響次名甘露山次名法海雷音次名無壞智音次名覺空電光周羅次名月光白毫相雲次名圓面淨慧次名善覺智華光次名寶炎山妙德王次名廣德夜光次名妙寶月幢次名具三昧身次名勝寶光王次名現普智光次名炎海門燈次名離垢妙音王次名無等功德次名勝幢次名修臂次名本願淨月次名眞實智燈次名法上妙音次名明淨妙德藏王次

名乘幢次名法海蓮華佛子彼一劫中如是次第六十百千億那由他佛出興于世我悉親近恭敬供養其最後佛名廣解脫光於彼佛所得淨智眼佛子爾時彼佛初成正覺入城教化我時爲王夫人與彼大王恭敬供養聞彼佛說如來性起燈修多羅聞已得淨智眼又得觀察菩薩三昧海法門佛子我得此法門已於世界微塵等劫受持修習是諸劫中值無量佛出興于世我悉恭敬供養佛子我或一劫值一如來出興于世恭敬供養或二或三或不可說或於一劫值世界微塵等佛出興于世我悉恭敬供養而未能知諸大菩薩身量像貌及其身業心行智慧三昧境界佛子我若見修菩薩行者歡喜無量恭敬供養以諸方便而攝取之令於阿耨多羅三藐三菩提得不退轉佛子我於世界微塵等劫值遇諸佛恭敬供養彼佛說法悉聞受持時彼諸佛各以種種修多羅爲我說此法門我聞是已悉於三世佛刹海中諸如來所佛眷屬所修此法門又行菩薩行菩薩大願海種種法門中修此法門猶未能知普賢菩薩所行法門何以故佛子普賢法門猶如虛空無量無邊又如衆生及三世海十方刹海及諸法界無量無邊佛子普賢菩薩法門與諸佛身境界齊等我於世界微塵等劫觀菩薩身心無猒足何以故我於菩薩一一毛孔中念念悉見無量無邊莊嚴世界佛坐道場成等正覺於大衆中以微妙音轉正法輪說種種修多羅種種諸乘種種清淨復次佛子我於菩薩一一毛孔中念念悉見諸衆生海各

有所住及其境界諸根不同於三世中發菩提心行菩薩行具大願海淨諸菩薩無量無邊波羅蜜海及諸菩薩本生之海無量無邊大慈悲海攝取衆生悉令歡喜乃至悉見一切菩薩現處中宮婇女圍遶佛子我於菩薩一一毛孔中皆悉現見如是等事佛子我唯知此法門諸大菩薩皆悉究竟諸方便海顯現一切衆生等身隨順世間於一切毛孔普放一切相海光明了法無性諸衆生類等如虚空一切至處皆悉如如顯現神變於諸法界得自在力遊戲普門一切諸地法門海中我當云何能知能説彼功德行爾時瞿夷語善財言善男子此迦毗羅城摩耶夫人汝詣彼問云何菩薩修習諸行不染世法供養諸佛於菩薩行得不退轉除滅障礙不由他悟入諸法門常能應現一切佛所攝取衆生盡未來劫修菩薩行而不退轉究竟滿足大乘諸願長養一切衆生善根爾時瞿夷承佛神力欲重明此義以偈頌曰

我見樂修行　菩薩諸行者　歡喜心無量
皆悉攝取之　乃昔久遠世　過百刹塵劫
有劫名清淨　世界名光明　爾時彼劫中
六十百千億　那由他諸佛　出興於世間
最後等正覺　號名法幢燈　彼佛滅度後
有王名智山　以大自在力　王領閻浮提
悉能廣降伏　一切諸怨敵　王子有五百
端正身姝妙　其體淨圓滿　見者無猒足
深信諸佛法　恭敬而供養　守護正法藏
受持樂修習　彼王有太子　名曰善光明
三十相嚴身　饒益諸群生　五百億人俱

出家行學道　勇猛精進力　護持彼佛法
王都名智樹　一億城圍遶　有林名靜德
衆寶樹莊嚴　善光住此林　廣說佛正法
辯才無窮盡　令衆悉清淨　或爲乞食故
入彼王都城　庠序有威儀　見者莫不欣
遊步如師子　志意常安諦　諸根悉調伏
念慧現在前　爾時有長者　名曰歡喜幢
我爲長者女　名曰隨順光　時我於城中
遇見善光明　相好莊嚴身　歡喜心無量
次乞至我門　我以染心施　摩尼莊嚴具
投彼善光鉢　雖以染愛心　供養彼佛子
二百五十劫　不經三惡道　常於天人中
尊貴王家生　恒見善光明　妙相莊嚴身
於後所過劫　二百有五十　善現女家生
名離垢妙德　我見勝自在　發起供養心
不惜身壽命　隨其所施與　時與太子俱
覲佛勝日光　歡喜心無量　發起菩提心
彼劫最後佛　名廣解脫光　出興於世間
我值悉供養　從彼最後佛　得淨智慧眼
了知諸法相　除滅虛妄倒　得觀察菩薩
三昧海法門　一念悉覩見　不可思議刹
見彼諸佛刹　或淨或垢穢　於淨不貪樂
於穢不憎惡　普見諸世界　如來坐道場
一念見諸佛　不思議光海　亦見佛眷屬
一切三摩提　一切諸法門　皆悉無障礙
入知彼業行　隨其所住地　及諸大願海
一念悉了知　我於菩薩身　見諸菩薩等
無量劫修行　一切莫能測　一一毛孔見
阿僧祇劫刹　風輪水火輪　一切大地輪
種種所依住　世界形類相　諸妙莊嚴具

衆生身差別　又見世界海　一切諸世界
諸佛出興世　說法度衆生　我於無量劫
修習菩薩行　猶未知菩薩　身業心智慧

時善財童子頭面敬禮彼瞿夷足遶畢辭退爾時善財童子作如是念我當云何見善知識善知識者遠離世間住無所住不著諸入超出障礙趣無礙道具淨法身善業化身以明淨智觀諸世間大願成滿持佛法身如意法身非生滅身非來去身非虛實身非聚散身一切諸相即一相身離邊見身無所著身無窮盡身滅衆虛妄如電光身如幻夢身如鏡像身如淨日身充滿一切諸方化身於三世中無壞法身非身之身如是等身一切世間所不能見唯是普賢菩薩所見彼善知識行無礙行我當云何能見親近知其相貌聞法受持作是念已時有城天名曰寶眼眷屬圍遶在虛空中爲善財現妙莊嚴身以天寶冠寶莊嚴具供養善財作如是言善男子應守護心城離生死故應莊嚴心城得十力故應淨心城遠離慳嫉諸諂曲故應滅熾然猛炎心城諸禪三昧法門相續得自在故應照心城常以般若波羅蜜光照如來海及眷屬故應長養心城攝取諸佛方便道故應堅固心城出生普賢諸行願故應修心城諸魔魔民及餘怨敵莫能壞故應明心城得諸如來智光明故應修無壞心城能受如來正法雲故應具足心城已心悉受一切如來功德海故應廣心城大慈普覆一切衆生故應蓋心城以法普覆障不善故應進心城無量大悲救一切衆生故應開心城門正念一切三世

佛故應達心城悉知諸佛轉正法輪修多羅法門因緣起故應知心城道開示顯現一切智道故應持心城具三世佛諸願海故應知心城力長養法界功德力故應放心城普照光明知一切衆生諸根欲性結業習氣諸垢淨故應知心城自在力攝取一切諸法界故應瑩心城住佛念故應知心城實相了達諸法無實性故應知心城如幻入一切智正法城故菩薩摩訶薩若如是知諸心城者則能積集一切善根何以故蠲除無量諸障礙故所謂見佛障聞法障供養佛障攝衆生障淨佛刹障佛子菩薩摩訶薩若有如是無障礙心以少方便能見一切諸善知識究竟成就一切種智爾時有天名法妙德在虛空中妙聲讚歎摩耶夫人又放種種色光明網廣照無量諸佛世界爾時善財見光明網照諸佛身遶一帀已然後還來入善財頂充滿其身爾時善財即得離垢淨光明眼除滅一切愚癡闇障得離翳眼了知一切衆生實性得離垢眼觀一切法性得淨慧眼觀一切刹性得淨光眼見佛法身得普明眼觀不思議如來色身得無礙光眼觀察一切世界成敗得遍光眼見一切佛轉正法輪出生修多羅得普境界眼觀察無量諸佛神力教化衆生得普見眼觀一切世界隨因緣起諸佛興世時有守護菩薩法堂羅刹鬼王名曰善眼與妻子俱一萬羅刹眷屬圍遶在虛空中散衆妙華語善財言善男子若有菩薩成就十法則能親近諸善知識何等爲十所謂直心清淨遠離諂曲不壞大悲攝取衆生觀察衆生非眞

實性於薩婆若心不退轉於佛大衆得堅信心以淨慧眼觀諸法性無壞大悲普覆衆生明淨慧光了諸法界善對治法雨甘露雲除生死苦順善知識以明淨眼觀諸法性相續不斷菩薩成就比十法者則能親近諸善知識復次佛子菩薩成就十三昧門則能覩見諸善知識何等爲十所謂淨法虛空圓滿三昧觀察一切方海三昧分別一切境界三昧對見十方諸佛三昧長養功德藏海三昧念念不捨善知識三昧現前見一切如來功德善知識三昧詣善知識三昧常得不離一切善知識三昧恭敬供養善知識無過失三昧善男子菩薩成就此十三昧門則能覩見諸善知識又得諸善知識微妙音聲轉正法輪三昧法門若有菩薩住此法門悉知一切諸佛平等常能覩見諸善知識爾時善財答羅刹言善哉善哉以哀愍故方便教我見善知識願爲我說云何往詣善知識所於何方處城邑聚落求善知識答言善男子敬禮十方求善知識正念思惟一切境界求善知識勇猛自在遍遊十方求善知識知身知行如夢如電詣善知識爾時善財隨順其教即時覩見大寶蓮華從地涌出金剛爲莖摩尼爲葉淨寶爲臺衆妙香鬘以阿僧祇摩尼寶網羅覆其上蓮華臺上有一樓觀名曰攝取法界方藏金剛爲地樓有千柱一切摩尼衆寶合成種種莊嚴懸阿僧祇妙寶瓔珞阿僧祇寶以爲欄楯爾時善財見樓觀中有摩尼寶師子之座衆寶莊飾雜寶欄楯敷衆妙衣寶網覆上建寶幢蓋於金鈴中出妙音聲雨妙香

華諸寶鈴中出諸菩薩修行音聲月幢中出佛化身淨摩尼中顯現如來次第受生日摩尼中放無量光照十方刹摩尼寶王光明幢中放一切佛圓滿光明明淨寶中出衆供具一切衆生燈佛正法雲如意寶中念念出生普賢自在充滿法界須彌幢中出天妙聲讃歎如來爾時善財見此不可思議莊嚴高座不可思議眷屬圍遶見摩耶夫人處彼座上端正姝妙具淨色身出三世間色身一切世間對現色身遠離一切有趣色身隨其所應教化色身一切衆生不染色身起廣大色身與一切衆生等色身一切衆生無等色身一切衆生見不虛色身種種色身隨所應化顯現色身無量形像色身普門形像色身一切衆生對現色身廣大自在門莊嚴色身教化一切衆生色身一切衆生對現垂形色身一切時現種種不壞色身一切衆生究竟不究竟住色身不去色身於一切趣無所滅故不來色身一切趣無所生故不起色身不起不現故不滅色身離一切世間語言道故不虛色身隨所得故不斷色身隨應世間故無所至色身不生不死故不壞色身法性無壞故無相色身三世語言斷故一相色身無相善說相故如電色身隨應一切衆生心故如幻色身智幻滿故如炎色身持衆生想故如影色身一切衆生本願相續不斷故如夢色身隨應衆生不可壞故究竟法界色身淨如虛空故現大悲色身成就一切衆生故顯現無礙門色身於念念中滿法界故無量無邊色身淨一切世間離語言道故無所依色身教

化衆生究竟願故住持色身能辦一切衆生事故不生色身幻願滿故無比色身出世間故隨應色身隨應度故不雜色身隨業相續故如意珠色身滿足一切衆生願故離虛妄色身一切衆生虛妄起故離覺觀色身一切衆生不能思察故不究竟色身除滅生死故清淨色身離如來覺觀故如是色非色色如電故受非受除滅世間苦受故離一切想分別一切衆生想故出生行非行諸業如幻故離識境界滿足菩薩智慧願故空無所有一切衆生語言斷故色身成就妙色不滅故爾時善財見摩耶夫人隨應衆生示現如是種種無量色身衆生或見過他化自在天王女身乃至過四天王女身或見過龍王女身乃至過人王女身爾時善財見如是等種種色身長養一切衆生善根行不可壞檀波羅蜜大悲普念一切衆生出生如來無量功德勇猛精進求薩婆若知一切法皆寂滅相入深忍海具足一切無壞禪定修習一切三昧境界逮得如來圓滿禪定滅一切衆生諸煩惱海皆悉嚴淨一切法界分別了知諸佛法輪以明淨智觀一切法海見一切佛心無猒足次第觀察三世如來開一切佛門見三世佛次第與世淨佛道戒如如如空攝一切衆生而教化之得淨法身淨一切佛剎諸大誓願究竟化度一切衆生一念充遍諸佛境界出生菩薩自在神力顯現無量清淨色身降一切魔力增長功德力生善法力得一切佛力具菩薩力生一切智力如來智慧普照一切悉知無量衆生心海了知衆生諸根欲性一

身充滿十方無量無邊佛刹悉分别知佛刹成敗開淨智眼見三世海諸佛法海出生一切如來功德知一切菩薩所修功德從初發心乃至究竟長養一切衆生善根於一切世間讃歎一切諸佛功德成滿一切菩薩毋願爾時善財見摩耶夫人有如是等閻浮提微塵等未曾有事即變化已身悉與摩耶夫人身等合掌敬禮五體投地即得無量無邊諸三昧門正念修習分别觀察隨順出生印證證已從三昧起起已敬遶摩耶夫人及諸眷屬恭敬合掌於一面住白言大聖文殊師利菩薩往昔教我發阿耨多羅三藐三菩提心求善知識親近供養我已漸求至大聖所願爲演說云何菩薩學菩薩行修菩薩道答言佛子我已成就大願智幻法門得此法門故

爲盧舍那如來毋於此閻浮提迦毗羅城淨飯王宫從右脅生悉達太子顯現不可思議自在神力善男子菩薩於兜率天命終時一一毛孔放大光明名一切如來受生圓滿功德顯現不可說不可說佛刹微塵等菩薩受生莊嚴普照一切世界照已來觸我頂遍入我身一切毛孔入已普見菩薩受生自在莊嚴又見出家往詣道場成等正覺菩薩天人大衆圍遶恭敬供養轉正法輪彼諸如來於過去世行菩薩行於諸佛所恭敬供養發菩提心淨諸佛刹無量化身充滿法界教化衆生乃至示現大般涅槃如是等事皆悉覩見又善男子彼妙光明來入我身我身爾時超出世間與虚空等亦不過人身悉能容受十方菩薩莊嚴宫殿

大方廣佛華嚴經卷第五十七

音釋

因陀羅（梵語也此云帝陀唐何切）殞（于敏切殁也）髓腦（髓息委切骨中脂也腦奴皓切頭髓也）繒纊（繒疾陵切帛也纊苦謗切絮也）渟（特丁切水止也）

大方廣佛華嚴經卷第五十八

東晉天竺三藏佛陀跋陀羅等譯

入法界品第三十四之十四

爾時菩薩從兜率天降神下時與十佛刹微塵等菩薩俱皆悉同行大願善根莊嚴法門智慧自在一切諸地清淨法身無量色身究竟普賢諸大願行悉皆同等如是菩薩眷屬圍遶又與八萬諸龍王俱娑伽羅龍王等及諸夜叉八部神等恭敬供養降神下時放大光明普照世界現自在力除滅一切諸惡道苦以巧方便教化不可思議衆生皆悉令知宿世業行令諸菩薩修不放逸無所染著救護衆生令悉覩見此菩薩身現如是等諸奇特事與大衆俱來處我胎彼諸菩薩於我胎内遊行自在或以三千大千世界以爲一步或不可說不可說佛刹微塵等世界以爲一步又念念中十方一切世界一切佛所不可說不可說菩薩眷屬及四天王忉利天王乃至梵王如是等一切天王皆入我胎欲見菩薩恭敬供養聽受正法悉皆容受如是等衆而胎不廣大亦不迫迮於此世界示現如是神變受生十方一切閻浮提中亦復如是亦不分身種種現化隨其所應爲菩薩母何以故修此大願智幻法門故善男子我爲盧舍那佛母拘樓孫佛拘那含牟尼佛迦葉佛彌勒佛師子佛法幢佛善眼佛淨華佛妙德華佛提舍佛弗沙佛歡喜意佛自在佛離垢佛明淨月佛執炬佛樂靜佛金剛楯佛清淨義佛阿私陀佛度彼岸佛高炎山佛執燈佛寶蓮華佛功德稱佛無量德持佛妙德燈佛莊

嚴身佛善威儀佛妙德慈佛善幢佛智盛佛無量音佛無諍佛散疑佛清淨佛廣光佛速淨佛妙德雲佛莊嚴頂髮佛樹王佛莊嚴寶冠佛智海佛淨寶佛堅天冠佛具諸願佛大自在佛妙德王佛勝妙德佛栴檀雲佛廣淨眼佛殊勝慧佛修習智佛高王佛自在慧佛離色佛師子喜佛無上王佛妙德頂佛金剛智山佛妙德藏佛寶網嚴身佛善慧佛自在天佛大地天佛無著功德佛衆牙佛慧光佛妙德天佛無上座佛無上德佛仙人伏根佛隨順語佛自在德幢佛明淨幢佛分別支佛毗舍佉佛放一切衆生香光明佛金剛寶嚴佛歡喜眼佛滅欲塵佛高大身佛善天佛無上天佛向寂滅佛覺智佛離塵垢佛光炎王佛安住佛毗舍佉天佛金剛山佛智炎盛妙

德佛安隱佛優波提舍佛具淨德佛樂賢德佛第一義勇佛百光炎佛一增上佛深音聲佛大地王佛白淨佛山音聲佛殊勝佛不可壞佛無上醫佛功德月佛不違逆佛功德聚佛月出佛功德天佛光明盛佛娑羅陰佛藥王佛勝寶佛金剛慧佛八十妙德佛一切無壞佛大名稱王佛勇健進持佛無量光佛大莊嚴炎佛法王不虛佛不退地佛明淨天佛苦行淨天佛同意佛解脫音佛無壞王佛滅諂僞佛淨瞻蔔光佛善勝月佛執明炬佛莊嚴身佛不可説佛觀衆生佛無量光佛無畏音佛最勝天佛無畏智盛佛妙德華佛月光炎佛不退慧佛離愛佛不著慧佛長養德聚佛滅惡道佛無量化佛師子吼佛義不退佛見無礙佛降衆寃佛不著相佛離虛妄海佛

清淨海佛不可沮壞須彌山佛無著智佛無量座佛與魔戰佛隨師行佛無上調佛常月佛饒益王佛不動陰佛饒益名佛饒益慧佛壽持佛壽名佛滿稱佛無壞盛佛色明淨佛無相智佛勇無動佛難思妙德佛同月行佛無量身佛隨順王佛增壽天佛佛子如是等賢劫一切佛於此世界成等正覺我悉爲母亦於十方一切世界教化衆生爾時善財白言大聖得此法門其已久如答言佛子乃往古世過不可思議非諸菩薩通明境界不可數劫有劫名淨光彼有世界名曰妙德須彌山王其土清淨無諸垢穢衆寶合成種種嚴飾見者無猒彼世界中有千億四天下諸四天下中有一四天下彼一四天下中有八十億大王之都彼王都中有一王都名曰智幢有轉輪王名曰勇盛彼王都北有一道場名月光明其道場神名慈妙德時有菩薩名離垢幢坐於道場臨成正覺時有惡魔名金剛光明與眷屬俱至菩薩所壞其道行時勇盛王具足菩薩神力自在化作兵衆多彼魔軍而摧伏之時彼菩薩得成正覺時道場神見此事已歡喜無量發如是願此轉輪王乃至成佛我爲其母善男子我曾於彼道場供養十那由他佛善男子彼道場神豈異人乎我身是也轉輪王者盧舍那佛是也善男子我從爾時發願已來盧舍那佛於一切有行菩薩行教化衆生乃至最後受生我常爲母復次善男子現在過去十方無量無邊諸佛放大光明來照我身宮殿住處者彼最後生我悉爲母善男子我唯知此大願智幻法門諸

大菩薩具大悲藏教化衆生心無猒足得自在法一一毛孔現一切佛自在神力我當云何能知能説彼功德行善男子於此世界中忉利天上有天名正念彼天有女汝詣彼問云何菩薩學菩薩行修菩薩道時善財童子敬受其教頭面作禮遶無數帀戀慕瞻仰却行而退遂往天宫見彼童女禮足圍遶合掌前住白言聖者我已先發阿耨多羅三藐三菩提心而未知菩薩云何學菩薩行修菩薩道我聞聖者善能誘誨願爲我説天女答言善男子我得菩薩解脱名無礙念清淨莊嚴善男子我念過去有最勝劫名青蓮華我於彼劫中供養恒河沙等諸佛如來彼諸如來從初出家我皆瞻奉守護供養造僧伽藍營辦什物又彼諸佛從爲菩薩住母胎時誕生之時行七步時大師子吼時住童子位在宫中時向菩提樹成正覺時轉正法輪現佛神變教化調伏衆生之時如是一切諸所作事從初發心乃至法盡我皆明憶無有遺餘常現在前念持不忘又憶過去劫名善地我於彼供養十恒河沙等諸佛如來又過去劫名爲妙德我於彼供養十佛世界微塵等諸佛如來又劫名無所得我於彼供養八十四億百千那由他諸佛如來又劫名善光我於彼供養閻浮提微塵等諸佛如來又劫名無量光我於彼供養二十恒河沙等諸佛如來又劫名精進德我於彼供養一恒河沙等諸佛如來又劫名善悲我於彼供養八十恒河沙等諸佛如來又劫名勝遊我於彼供養六十恒河沙等諸佛如來又劫名妙月我於彼供

養七十恒河沙等諸佛如來善男子如是憶念恒河沙劫我常不捨諸佛如來應正等覺從彼一切諸如來所聞此無礙念清淨莊嚴菩薩解脫受持修行恒不間斷隨順趣入如是先劫所有如來從初菩薩乃至法盡一切神變我以淨嚴解脫之力皆隨憶念明了現前持而順行曾無懈廢善男子我唯知此無礙念清淨解脫如諸菩薩摩訶薩出生死夜朗然明徹永離癡冥未嘗惛寐心無諸蓋身行輕安於諸法性清淨覺了成就十力開悟群生而我云何能知能說彼功德行善男子迦毗羅城有童子師名曰遍友汝詣彼問云何菩薩學菩薩行修菩薩道時善財童子以聞法故身心遍悅不思議善根流派增廣頭面敬禮天主光足遶無數帀戀仰辭去從天宮下漸向彼城至遍友所禮足圍遶合掌恭敬於一面立白言聖者我已先發阿耨多羅三藐三菩提心而未知菩薩云何學菩薩行修菩薩道我聞聖者善能誘誨願爲我說遍友答言善男子此有童子名善知衆藝學菩薩字智汝可問之當爲汝說爾時善財即至其所頭頂禮敬於一面立白言聖者我已先發阿耨多羅三藐三菩提心而未知菩薩云何學菩薩行修菩薩道我聞聖者善能誘誨願爲我說時彼童子告善財言善男子我得菩薩解脫名善知衆藝我恒唱持入此解脫根本之字唱阿字時入般若波羅蜜門名菩薩威德各別境界唱囉字時入般若波羅蜜門名平等一味最上無邊唱跛字時入般若波羅蜜門名法界無異相唱者字時入般若

波羅蜜門名普輪斷差别唱多字時入般若波羅蜜門名得無依無上唱邏字時入般若波羅蜜門名離依止無垢唱茶字時入般若波羅蜜門名不退轉之行唱婆字時入般若波羅蜜門名金剛場唱茶字時入般若波羅蜜門名曰普輪唱沙字時入般若波羅蜜門名爲海藏唱他字時入般若波羅蜜門名普生安住唱那字時入般若波羅蜜門名圓滿光唱邪字時入般若波羅蜜門名差别積聚唱史吒字時入般若波羅蜜門名普光明息諸煩惱唱迦字時入般若波羅蜜門名差别一味唱娑字時入般若波羅蜜門名霈然法雨唱摩字時入般若波羅蜜門名大流湍激衆峯齊峙唱伽字時入般若波羅蜜門名普上安立唱娑他字時入般若波羅蜜門名眞如藏遍平等唱社字時入般若波羅蜜門名入世間海清淨唱室者字時入般若波羅蜜門名一切諸佛正念莊嚴唱柁字時入般若波羅蜜門名觀察圓滿法聚唱奢字時入般若波羅蜜門名一切諸佛教授輪光唱佉字時入般若波羅蜜門名淨修因地現前智藏唱叉字時入般若波羅蜜門名息諸業海藏蘊唱娑多字時入般若波羅蜜門名蠲諸惑障開淨光明唱壤字時入般若波羅蜜門名作世間了悟因唱頗字時入般若波羅蜜門名智慧輪斷生死唱婆字時入般若波羅蜜門名一切宮殿具足莊嚴唱車字時入般若波羅蜜門名修行戒藏各别圓滿唱娑摩字時入般若波羅蜜門名隨十方現見諸佛唱訶娑字時入般若波羅蜜門名觀察一切無

緣衆生方便攝受令生海藏唱訶字時入般若波羅蜜門名修行趣入一切功德海唱伽字時入般若波羅蜜門名持一切法雲堅固海藏唱吒字時入般若波羅蜜門名十方諸佛隨願現前唱拏字時入般若波羅蜜門名不動字輪聚集諸億字唱娑頗字時入般若波羅蜜門名化衆生究竟處唱娑迦字時入般若波羅蜜門名諸地滿足無著無礙解光明輪遍照唱闍字時入般若波羅蜜門名宣說一切佛法境界唱多娑字時入般若波羅蜜門名一切虛空法雷遍吼唱侘字時入般若波羅蜜門名曉諸迷識無我明燈唱陀字時入般若波羅蜜門名一切法輪出生之藏善男子我唱如是入諸解脫根本字時此四十二般若波羅蜜門爲首入無量無數般若波羅蜜門善男子我唯知此善知衆藝菩薩解脫如諸菩薩摩訶薩能於一切世出世間善巧之法以智通達到於彼岸殊方異藝咸綜無遺文字算數蘊其深解醫藥呪術善療衆病有諸衆生鬼魅所持怨憎呪詛惡星變怪死屍奔逐癲癇羸瘦種種諸疾咸能救之使得痊愈又善別知金玉珠貝珊瑚瑠璃摩尼硨磲雞薩羅等一切寶藏出生之處品類不同價直多少村營鄉邑大小都城宮殿苑園巖泉藪澤凡是一切人衆所居菩薩咸能隨方攝護又善觀察天文地理人相吉凶鳥獸音聲雲霞氣候年穀豐儉國土安危如是世間所有技藝莫不該練盡其源本又能分別出世之法正名辯義觀察體相隨順修行智入其中無疑無礙無愚暗無頑鈍無憂惱

無沉没無不現證而我云何能知能說彼功德行善男子此摩竭提國有一聚落彼中有城名婆呾那有優婆夷號曰賢勝汝詣彼問云何菩薩學菩薩行修菩薩道時善財童子頭面敬禮衆藝之足遶無數帀戀仰辭去向聚落城至賢勝所禮足圍遶合掌恭敬於一面立白言聖者我已先發阿耨多羅三藐三菩提心而未知菩薩云何學菩薩行修菩薩道我聞聖者善能誘誨願爲我說賢勝答言善男子我得菩薩法門名無依處道場既自開解復爲人說又得無盡三昧非彼三昧法有盡無盡以能出生一切智性眼無盡故又能出生一切智性耳無盡故又能出生一切智性鼻無盡故又能出生一切智性舌無盡故又能出生一切智性身無盡故又能出生一切智性意無盡故又能出生一切智性種種慧明無盡故又能出生一切智性周遍神通無盡故又能出生一切智性如海波濤無量功德皆無盡故又能出生一切智性遍世間光無盡故善男子我唯知此無依處道場法門如諸菩薩摩訶薩一切無著功德行而我云何盡能知說善男子南方有城名爲沃田彼有長者名堅固解脫汝可往問云何菩薩學菩薩行修菩薩道爾時善財禮賢勝足遶無數帀戀慕瞻仰辭退南行到於彼城詣長者所禮足圍遶合掌恭敬於一面立白言聖者我已先發阿耨多羅三藐三菩提心而未知菩薩云何學菩薩行修菩薩道我聞聖者善能誘誨願爲我說長者答言善男子我得菩薩解脫名無著清淨念我自得是解脫

已來發願充滿於十方佛所無復希求善男子我唯知此淨念解脱如諸菩薩摩訶薩獲無所畏大師子吼安住髙廣福慧之聚而我云何能知能說彼功德行善男子即此城中有一長者名爲妙月其長者宅常有光明汝詣彼問云何菩薩學菩薩行修菩薩道時善財童子禮堅固足遶無數帀辭退而行向妙月所禮足圍遶合掌恭敬於一面立白言聖者我已先發阿耨多羅三藐三菩提心而未知菩薩云何學菩薩行修菩薩道我聞聖者善能誘誨願爲我說妙月答言善男子我得菩薩解脱名淨智光明善男子我唯知此智光解脱如諸菩薩摩訶薩證得無量解脱法門而我云何能知能說彼功德行善男子於此南方有城名出生彼有長者名無勝軍汝詣彼問云何菩薩學菩薩行修菩薩道是時善財禮妙月足遶無數帀戀仰辭去漸向彼城至長者所禮足圍遶合掌恭敬於一面立白言聖者我已先發阿耨多羅三藐三菩提心而未知菩薩云何學菩薩行修菩薩道我聞聖者善能誘誨願爲我說長者答言善男子我得菩薩解脱名無盡相我以證此菩薩解脱見無量佛得無盡藏善男子我唯知此無盡相解脱如諸菩薩摩訶薩得無限智無礙辯才而我云何能知能說彼功德行善男子於此城南有一聚落名之爲法彼聚落中有婆羅門名尸毗最勝汝詣彼問云何菩薩學菩薩行修菩薩道時善財童子禮無勝軍足遶無數帀戀仰辭去漸次南行詣彼聚落見尸毗最勝禮足圍遶合掌恭敬於一面立

白言聖者我已先發阿耨多羅三藐三菩提心而未知菩薩云何學菩薩行修菩薩道我聞聖者善能誘誨願爲我説婆羅門答言善男子我得菩薩法門名誠願語過去現在未來菩薩以是語故乃至於阿耨多羅三藐三菩提無有退轉無已退無現退無當退善男子我以住於誠願語故隨意所作莫不成滿善男子我唯知此誠願語法門如諸菩薩摩訶薩與誠願語行止無違言必以誠未曾虚妄無量功德因之出生而我云何能知能説善男子於此南方有城名妙意花門彼有童子名曰德生復有童女名爲有德汝詣彼問云何菩薩學菩薩行修菩薩道時善財童子於法尊重禮婆羅門足遶無數帀戀仰而去漸次南行至於彼城見童子童女頂禮其足

圍遶畢已於前合掌而作是言聖者我已先發阿耨多羅三藐三菩提心而未知菩薩云何學菩薩行修菩薩道唯願慈哀爲我宣説時童子童女告善財言善男子我等證得菩薩解脱名爲幻住以斯淨智觀諸世間皆幻住因緣生故一切衆生皆幻住業煩惱所起故一切法皆幻住無明有愛等展轉緣生故一切三界皆幻住顛倒智所生故一切衆生生滅生老病死憂悲苦惱皆幻住虚妄分别所生故一切國土皆幻住想倒心倒見倒無明所現故一切聲聞辟支佛皆幻住智斷分别所成故一切菩薩皆幻住能自調伏教化衆生殊勝智心及諸行願之所成故一切菩薩衆會變化調伏諸所施爲皆幻住願及智所攝成故善男子幻境自性不可思議善男

子我等二人但能知此菩薩解脫如諸菩薩摩訶薩善入無邊諸事幻網彼功德行我等云何能知能說時童子童女說自解脫已諸善根力不思議故令善財身柔輭光澤賢首藏師探玄記云自下九位知識皆是舊翻于闐本所欠應是西域覺賢之所畧耳余共日照三藏勘天竺諸本及崐崘本幷于闐別行本並皆同有此文是以於大唐永隆年西京西太原寺三藏法師地婆訶羅唐云日照共京十大德道成律師等奉勅譯補沙門復禮親從筆受自說本願又作是言善男子於此南方有一國土名曰海澗彼有園林名大莊嚴藏於彼林中有大樓觀名嚴淨藏菩薩住昔善根所起菩薩諸願自在諸通智力巧妙方便功德大悲法門所起彼園中有菩薩摩訶薩名曰彌勒常化父母親戚眷屬及同行者又復長養其餘無量衆生善根令住大乘亦欲爲汝顯現菩薩方便法門欲明菩薩受生自在欲對現教化一切衆生令猒諸有宣明菩薩大慈悲力覺悟菩薩無相法門明諸有趣悉無自相汝詣彼問云何菩薩淨菩薩道云何菩薩學菩薩戒云何菩薩淨菩薩心云何菩薩發諸大願云何菩薩積功德具云何菩薩得菩薩地云何菩薩滿足一切諸波羅蜜云何菩薩得諸忍法云何菩薩住功德行云何菩薩近善知識何以故彼菩薩摩訶薩究竟一切諸菩薩行分別了知衆生心行以巧便智而教化之滿足一切諸波羅蜜住菩薩地得諸忍門證於菩薩離生之法於諸佛所而得受記於菩薩法自在遊戲持諸佛持無量諸佛以一切智甘露正法而灌其頂善男子彼菩薩摩訶薩能示導汝真善知識堅菩提心長養善根住正直心現菩薩根說無礙法

平等諸地讚歎菩薩所出生道具諸菩薩願行功德能廣演說普賢所行善男子汝不應於一善根中生知足想一光明法一行一願一受記莂得法忍門六波羅蜜菩薩諸地所淨佛刹近善知識於是事中生知足想何以故善男子菩薩摩訶薩應一向求無量善根積集無量菩提具積集無量菩提因緣修習無量諸大迴向教化成就無量衆生了知無量諸衆生心諸根欲性衆生諸行除滅無量衆生煩惱結業習氣除滅無量衆生邪見諸染汙心令發無量諸清淨心拔出無量諸苦惱刺消竭無量愛欲之海遠離無量愚癡闇冥壞散無量大憍慢山解散無量生死繫縛越度無量煩惱有流煎竭無量受生海源拯拔無量愛欲淤泥於三界獄勉濟苦難悉令安立八聖道支普令除滅三毒熾然斷絕無量諸魔鈎餌遠離無量諸惡魔業修淨無量菩薩直心長養菩薩無量方便出生菩薩無量諸根淨修菩薩無量欲性深入菩薩無量等法修行菩薩無量勝行清淨菩薩無量功德淨修菩薩無量威儀示現菩薩無量隨順世間發起無量不壞信心發起無量大精進力淨修無量諸正念力成滿無量諸三昧力開發無量諸大慧力堅固無量諸欲性力積聚無量諸功德力長養無量諸淨智力發起無量菩薩諸力成滿無量諸如來力悉分別知無量法門普入無量諸法方面淨修無量法門發起無量法明照無量法無量諸根了知無量諸煩惱病積集無量諸妙法藥以善方便療衆結病修習無量甘露正法詣諸佛

刹恭敬供養無量如來遍入菩薩大衆源底護持無量如來正法不識無量衆生罪咎除滅無量惡道諸難令無量衆生生天人中總攝無量諸衆生類淨修無量陀羅尼門成滿無量諸大願行修習無量大慈願力不惜壽命求無量法修習無量寂滅法力出生無量淨智通明知無量衆生諸趣受生而爲應現無量化身知無量心諸語言法悉入菩薩無量諸行修菩薩法觀察菩薩甚深法門覺悟菩薩難知境界到諸菩薩難至之趣攝持菩薩勇猛功德證於菩薩離生淨妙難證之法覺悟菩薩諸莊嚴行於一切處顯現菩薩自在神力受持菩薩無壞法雲增廣菩薩無量無邊淨智慧行究竟無量諸波羅蜜受於菩薩無量記莂深入菩薩無量忍門修治菩薩不思議地諸正法門於無量劫以大弘誓而自莊嚴供養諸佛淨不可說諸佛世界發不可說菩薩願行善男子畧說菩薩教化一切衆生於一切劫行菩薩行於一切趣應現受生以明淨智了一切三世淨一切刹滿一切願供養一切佛與一切菩薩同修願行親近一切諸善知識是故善男子應一向求諸善知識若見聞法恭敬供養於善知識勿生嫌疑身心懈猒令一切善知識心大歡悅何以故因善知識究竟一切諸菩薩行成滿一切菩薩功德一切菩薩大願一切菩薩善根一切菩薩助道法生一切菩薩法明淨一切菩薩法門淨修一切菩薩禁戒一切菩薩禪定三昧一切菩薩堅固無上菩提之心一切菩薩總持辯才淨一切菩薩功德藏同一切菩

薩大願解一切菩薩宻法一切菩薩法寶長養一切菩薩諸根積集一切菩薩智聚護一切菩薩功德法藏清淨一切菩薩受生聞持一切菩薩法雲出生一切菩薩正道發起一切菩薩道心成就一切諸佛菩提一切菩薩諸行了知十方一切法界讚一切菩薩直心功德起一切菩薩大慈悲力攝一切菩薩無量善根得一切菩薩道支得一切菩薩饒益衆生心遠離惡道安住大乘修菩薩行遠惡知識於菩薩法心不退轉超出凡夫聲聞緣覺一切世間心無惑亂無所染著廣修菩薩無量諸行長養一切諸善功德除滅煩惱一切諸魔莫能沮壞因善知識悉能成辦如是等事何以故善知識者能令除滅諸障礙故遠不善法離惡知識滅無明闇諸邪見縛超出生死一切世間斷魔鈎餌拔苦惱刺出無智險難邪惑山澗越度有流諸惡邪徑示導清淨菩提正道教菩薩法修習四道明淨慧眼安立薩婆若增長菩提心廣大慈悲修波羅蜜住菩薩地得深法忍淨一切善根積集一切菩薩功德施與一切菩薩功德見一切佛心大歡喜護持淨戒解真實義出正法門離諸邪道現明法門普照一切聞持無量諸佛法雲滅一切煩惱增益一切智住一切佛法復次善男子善知識者則爲慈母生佛家故善知識者則爲慈父以無量事益衆生故善知識者則爲養育守護不爲一切惡故善知識者則爲大師教化令學菩薩戒故善知識者則爲導師教化令至彼岸道故善知識者則爲良醫療治一切煩惱患故善知識者

則爲雪山長養明淨智慧藥故善知識者則爲勇將防護一切諸恐怖故善知識者則爲牢船悉令越度生死海故善知識者則爲船師令至一切智法寶洲故是故善男子應當如是正念思惟諸善知識又善男子詣善知識發大地心持一切事無疲倦故發金剛心堅固正直不可壞故發金剛山心一切苦患不能壞故發無自心隨彼意故發弟子心不違一切教故發僮僕心一切苦役不疲猒故發養育心不畏煩惱所汙染故發傭作心隨所受教不違逆故發卑下心遠離自大增上慢故發成熟心善知時非時故發寶馬心離懭悷不調故發大車心載一切故發大象心伏諸根故發大山心一切惡風不能動故發小犬心離瞋恚故發旃陀羅心離憍慢故發折角心離威勢故發大風心無所著故發大船心於彼此岸往反不疲故發橋梁心度善知識教故發孝子心見善知識無猒足故發王子心順君教故又善男子應於自身生病苦想於善知識生醫王想於所說教生良藥想又於自身生遠行想於善知識生導師想於所說教生正路想又於自身生趣彼岸想於善知識生知濟想於所說法生涼池想又於自身生農夫想於善知識生龍王想於所說法生時澤想於隨說行生成熟想又於自身生貧窮想於善知識生毗沙門寶天王想於所說教生珍寶想又於自身生弟子想於善知識生大師想於所說法生修學想又於自身生怯劣想於善知識生勇健想於所說法生器仗想又於自身生商人想於善知識

生導師想於所說法生珍寶想隨聞說行生勝寶想又於自身生子息想於善知識生慈父想於所說法生立家想又於自身生王子想於善知識生大臣想於所說法學王教想善男子詣善知識應正思念發如是想何以故因淨直心見善知識隨順其教增長善根如依雪山出衆藥草爲佛法器如海吞流生諸勝德如海出寶淨菩提心如練眞金超出世間如海須彌不染世間如水蓮華不没諸惡如海死屍長白淨法如月盛滿普照法界如日迴曜長菩薩身如母養子善男子略說菩薩摩訶薩若能隨順善知識教得十不可說百千億那由他諸功德明十不可說百千億那由他淨直深心增長十不可說百千億那由他菩薩諸根淨十不可說百千億那由他菩薩諸根滅十不可說百千億那由他諸障礙法超十不可說百千億那由他諸惡魔業入十不可說百千億那由他菩薩法門滿十不可說百千億那由他諸妙功德修十不可說百千億那由他菩薩所行具十不可說百千億那由他菩薩大願善男子略說菩薩因善知識究竟一切菩薩行一切菩薩波羅蜜一切菩薩地一切菩薩忍一切菩薩陀羅尼一切菩薩三昧門一切菩薩通明智自在一切菩薩迴向一切菩薩大願善男子如是等一切法善知識爲本依善知識起依善知識生依善知識取依善知識發依善知識長依善知識住依善知識得爾時善財聞如是等讚善知識諸菩薩行如來正法心大歡喜踊躍無量正念思惟菩薩所行漸漸遊行向

海淵國以過去際修身業力及清淨心遠離惡行超出世間虛妄惑倒求佛法寶義長養諸根滿足大願具精進力不惜身命饒益衆生修菩薩行積集佛法見諸如來淨一切刹供養法師護持正法成就菩薩諸淨願身善知緣起修習不可思議善根作是念已淨心信敬一切菩薩如世尊想修習諸根心不顛倒正念恭敬離世間想滿足諸願出生無量菩薩化身讚歎三世一切諸佛菩薩法門智慧覺悟如來菩薩一切至處自在神力乃至一毛孔中佛菩薩身皆悉充滿無礙智眼觀十方法界及虛空界三世諸法爾時善財如是恭敬供養具諸願忍以無量智觀境界地爾時善財五體敬禮彼嚴淨藏高大樓觀作如是念此是諸佛菩薩諸善知識是諸佛塔是如來像諸佛菩薩法寶住處是聲聞緣覺亦是其塔此是衆聖亦是父母亦是福田此是一切法界境界作是念已又復等觀猶如虛空等觀如法界無有障礙等觀如實際至一切處等觀如如來除諸虛妄無所染著等觀如影如夢如電如響悉從緣起非有非無深心信解隨諸業因而受果報知從信心成等正覺因解佛功德供養諸佛因恭敬心出佛化身因修善根起諸佛法因般若波羅蜜起一切波羅蜜因堅固願起諸佛法因諸迴向起一切菩薩行一切智境界法界解了迴向非常非斷非生非滅非無因作捨離有見諸顛倒惑謂從自在而生諸法本有實性次第而出離我我所深達緣起入諸法界見有爲法猶如鏡像離有無見不生不滅滅邪癡

惑了諸法空悉無自在超出諸相入無相際而亦不違種生芽法悉知一切從因緣生如因印故而生印像如鏡中像如電如夢如響如幻各隨因有一切諸法亦復如是隨業受報以善方便潤澤諸法爾時善財禮未起間知法如是得不思議善根柔輭身心稽首禮畢敬遶十帀合掌諦觀復作是念此是解空無相願者之所住處離虛妄者之所住處住法界者了知衆生非實有者知不生者知一切世間無所著者方便分別一切衆生者一切無所依者離一切相者知一切法無自性者不虛妄取一切業者了知一切心意識相者知一切道非出非不出者住一切甚深大智度者方便充滿普門法界者寂滅一切衆生煩惱者智慧斷除見愛慢者一切禪定解脫三昧神通遊戲者修一切菩薩三昧境界者安住一切如來所者以一劫爲一切劫以一切劫爲一劫者以一切剎爲一剎以一剎爲一切剎而亦不壞諸剎相者以一法爲一切法以一切法爲一法而亦不壞諸法相者以一衆生爲一切衆生以一切衆生爲一衆生而解衆生無差別者以一佛爲一切佛以一切佛爲一佛而解諸佛無有二者以三世爲一念以一念爲三世者於一念中詣一切剎者普照饒益一切衆生者得一切入者出過衆生爲教化故而不捨離者不依一切剎而遊行莊嚴一切世界供養佛者詣一切佛無染著者依善知識不味法者住一切魔宮不樂欲者入一切相而不捨離一切智者了一切衆生身無我無衆生無二觀者自身容

受一切世界而不壞法性者盡未來劫修諸願行而不取劫長短相者不離一毛端處而現一切世界普爲衆生說正法者可尊重者解甚深者達無二者了無性者善對治者體法空者住慈悲者遠離一切聲聞緣覺地者超出一切魔境界者不染一切世間境界者究竟一切菩薩法門者隨順一切佛法門者猒一切生死而不證聲聞離生法者知一切法無生而亦不起不生見者觀不淨法不證離欲法不染愛者修習大慈不爲除滅瞋恚法者觀於緣起一切法中無愚癡者住於四禪不隨生者住四無量不生無色爲教化者修習止觀不證明脫化衆生者住空三昧滅無見者住無相三昧爲化衆生不捨相者住無願三昧不捨菩薩一切願者一切煩惱業中得自在力爲教化故示現隨順煩惱業者離於生死而現受生爲教化者離一切趣現入諸趣化衆生者修大慈悲不隨愛者修習喜心見衆生苦常憂慼者修習捨心而不捨離利他事者得九次第定而不猒離欲界生者離於諸受而不證實際者住三脫門而不證聲聞解脫法者觀四眞諦而不證諸果者觀於緣起離邊見者修八正道而不求出生死難者超凡夫地而不墜於二乘地者觀陰熾然而不求滅於五陰者離四魔道而不求捨諸魔覺者捨六入障而現受者觀眞如相而不證於實際法者現學一切乘而不捨離摩訶衍者如此樓觀住一切功德者之所住處爾時善財以偈頌曰

安生大慈心　彌勒摩訶薩　具足妙功德

饒益諸群生　住於灌頂地　諸佛之長子
思惟佛境界　安住此法堂　一切諸佛子
常履大乘行　遊行諸法界　安住此法堂
施戒忍精進　禪智方便願　究竟彼岸者
安住此法堂　無礙智如空　普照三世法
了知一切者　安住此法堂　解了一切法
眞實無生相　如鳥遊空者　安住此法堂
除滅貪恚癡　一切諸顛倒　常樂寂靜者
安住此法堂　三脫門道觀　陰入界緣起
遠離惡道者　安住此法堂　深入無礙智
等觀衆生刹　知法無性者　安住此法堂
三世法無礙　猶如空中風　無所染著者
安住此法堂　見衆生受苦　無有歸依處
大悲普濟者　安住此法堂　見盲冥衆生
捨正入險路　爲示正道者　安住此法堂

見諸有爲中　生老病死逼　令免恐怖者
安住此法堂　見衆生結患　積集智慧藥
悲心醫王者　安住此法堂　見無量衆生
漂溺生死海　大悲船度者　安住此法堂
深入生死海　摧滅煩惱龍　採佛智寶者
安住此法堂　願地慈悲眼　觀海出衆生
如金翅鳥者　安住此法堂　法界空中行
猶如淨日月　慧光普照者　安住此法堂
爲一一衆生　盡未來際劫　荷負諸苦者
安住此法堂　一一諸刹中　盡來劫修行
金剛精進者　安住此法堂　一坐處聞持
諸佛法無猒　大智慧海者　安住此法堂
遍遊世界海　及諸大衆海　供養佛海者
安住此法堂　一切劫海中　修諸願行海
出生功德者　安住此法堂　一一毛孔中

佛刹劫衆生　無礙眼見者　安住此法堂
一念中遍入　不可説諸劫　知念無礙者
安住此法堂　一切刹微塵　衆生水滴等
生此等願者　安住此法堂　無量劫修行
總持禪定願　解脱法門者　安住此法堂
一切諸佛子　出生無量德　饒益衆生者
安住此法堂　成就無礙智　通明巧方便
隨應現生者　安住此法堂　從初發道心
究竟一切行　化身滿法界　顯現自在力
一念成正覺　入無量智業　莫能測量者
安住此法堂　無礙淨慧力　遊行諸法界
無垢智觀者　安住此法堂　成就無礙足
一切無所著　了刹無二者　安住此法堂
觀諸寂滅法　皆悉如虛空　離垢境界者
安住此法堂　大悲觀衆生　諸苦所逼迫
拔濟饒益者　安住此法堂　不離一坐處
普現衆生前　如明淨日月　除滅魔鉤餌
佛子住此堂　哀愍諸群生　出無量化身
充滿諸法界　佛子住此堂　遍遊諸世界
一切如來所　無量無數劫　無依入此堂
稱量佛境界　無量無數劫　其心無猒倦
佛子住此堂　念念入諸定　一一三昧門
顯現佛境界　佛子住此堂　覺了一切刹
三世一切劫　衆生佛名號　佛子住此堂
諸劫爲一念　遠離妄想惑　隨順於衆生
佛子住此堂　修習諸三昧　一一心念中
了達三世法　佛子住此堂　一處跏趺坐
普現一切刹　一切諸趣中　佛子住此堂
悉飲佛法海　深入智慧海　超度功德海
無礙智思量　三世無數刹　諸劫諸如來

無數衆生類　佛子住此堂　常於一念中
了知於三世　諸佛刹成敗　善知諸最勝
所修諸行願　并衆生諸根　修習佛境界
一一微塵中　見一切劫刹　諸佛及眷屬
一切衆生類　佛子住此堂　常觀一切法
衆生刹世劫　皆悉無自性　觀察衆生等
法等如來等　願等世界等　三世悉平等
佛子住此堂　教化諸群生　供養諸如來
思惟諸法界　無量智慧業　滿足諸大願
無數劫演說　不可得窮盡　一切諸佛子
具足無量德　安住此法堂　我合掌敬禮
諸佛之長子　彌勒無礙行　我今合掌禮
唯願慈矜愍

大方廣佛華嚴經卷第五十八

音釋

瞻蔔梵語也此云黃華瞻陟廉切蔔蒲北切　迦毗羅梵語也此云黃色謂古有仙曰黃頭於此處修道故名毗頻眉切　吒陟駕切　湍激湍他端切疾瀨也激古歷切蕩也　峙丈里切山屹立也　柂徒我切　壤汝兩切　綜子宋切綜理也　癲癇癲丁年切癇何山切癲癇狂病也　呾當達切　㦥悷㦥力董切悷郎計切㦥悷多惡不調也　餌忍止切

大方廣佛華嚴經卷第五十九

東晉天竺三藏佛陀跋陀羅等譯

入法界品第三十四之十五

爾時善財讚歎樓觀諸菩薩已合掌恭敬供養禮訖於門下立欲見彌勒菩薩爾時遥見彌勒菩薩與無量天龍夜义乾闥婆阿脩羅迦樓羅緊那羅摩睺羅伽人非人等大衆圍遶從外而來威德特尊普照一切不染世法超出一切世間衆魔境界滅諸障礙深入如來菩薩境界供養諸佛等諸佛法冠解脫繒淨妙天冠住大智網於諸佛所得一切智甘露灌頂生諸佛法得薩婆若爾時善財頭面敬禮一心合掌白言大聖云何菩薩學菩薩行修菩薩道既修學已具一切佛法隨所請衆生悉令度脫成就大願究竟一切菩薩所行安慰一切諸天世人不負本心不違三寶不欺天人不罔衆生不斷佛種持菩薩家如來正法如是等事唯願演說爾時彌勒觀察大衆指善財言汝等見是童子問菩薩行具足一切功德者不此童子者勇猛精進專求實義以正直心得不退轉常修勝法心無猒足如救頭然求善知識親近供養聞法受持此童子者昔於頻陀伽羅城受文殊師利教求善知識展轉經由一百一十諸善知識問菩薩行心無疲倦次來我所如是童子學大乘者甚為希有成滿大願能辦大事具大莊嚴常以大慈救護衆生起大精進波羅蜜示導大衆乘大法船度生死海令住大道得大法寶長養大智如是之人難得聞見親近共住同行亦難何以故此童子者發心救護一

切衆生除滅衆苦惡道諸難邪見險路愚癡之闇超出生死壞一切趣輪度魔境界於一切世間無所染著出欲泥解貪縛除邪倒摧慢幢拔使刺發諸蓋裂愛網滅無明竭有流離諂幻淨心垢釋疑惑度無智海猒生死苦乘大法船濟四使流於大愛河造智慧橋愚癡闇中然智慧燈於生死路示以正道煩惱病者令服法藥生死路者授甘露法三毒盛者滅以定水令得清涼諸憂怖者施以無畏三有獄者開以智門邪見縛者斷以慧劒住三畏城開解脫門在危險者示安隱處懼結賊者施以無畏墜三惡塹者俯接令出爲陰賊害者置涅槃城著衆生者示八正道住六入空聚者拯以慧明失津要者示以正濟近惡知識者令親善友樂童蒙者誘以聖法樂住生死宅者普令超入一切智城救護一切衆生之類不捨清淨求菩提心積集大乘心無疲倦飲正法雨而無猒足勇猛究竟諸功德事淨諸法門修菩薩行心無疲懈不退方便出生大願見善知識心樂無猒奉給所爲隨順其教不以爲苦諸善男子世間有能發起無上菩提心者甚爲希有若發心已如是精進求佛法者亦甚希有如是樂欲淨菩薩道具菩薩行不惜身命求善知識不違其教集菩提分不貪利養不捨菩薩正直之心不著家業不染五欲不戀父母及諸親族但樂尊修一切種智如是之人倍復希有諸善男子若有菩薩如是學者則能究竟菩薩所行成滿大願近佛菩提淨一切刹教化衆生深入法界具足一切諸波羅蜜廣菩薩行畢本

意性出於魔業值遇一切諸善知識於一生中能具普賢菩薩諸行此童子者入威儀海諸智慧海修菩提海菩薩行海成滿一切諸佛願海詣諸刹海見諸佛海入眷屬海行供養海聞正法海飲妙法海成滿一切菩薩力海顯現一切自在力雲一切衆生無不見者滅一切煩惱處入一切佛處入諸法門處入諸三昧處住諸通明處遊行法界處如日月出照一切衆生處不依諸相如虛空中鳥常樂寂靜無壞法門遍遊因陀羅網世界諸佛世界如風無礙深入法界現諸世間見三世佛心大歡喜踊躍無量隨諸佛教爲聖法器得諸法門具菩薩行現自在力善財汝今得最大利於無量劫難聞見者汝悉聞見知彼功德所謂得見文殊師利積無量德遠離一切險難惡道安住正法過童蒙地住諸菩薩功德之地具智慧地得諸佛地菩薩行海成滿虛空等諸佛智藏專求無量諸妙功德心無猒倦若能如是堅直心者則能樂求諸善知識具菩薩行教化衆生具不思議清淨之信諸妙功德正法義者悉得覩見一切佛子善財汝今獲大善利次第覩見諸佛眞子隨彼自說願行所得汝從聞已皆悉具得如是行者於無量劫之所難辦以是因緣諸佛子等次第爲說難聞見者汝悉聞見從彼聞法現自在力爲一切佛之所護念菩薩所攝隨順彼教得大善利長養一切諸菩薩性學諸功德不斷佛種常爲諸佛甘露灌頂不久當與諸佛子等隨前衆生因其修善皆悉令獲勝妙果報善財汝應發大歡喜不久當得大

果報故無量菩薩於無數劫修菩薩行汝今一生皆悉具得皆由直心精進力故其有欲得如是法者當如善財之所修學便得究竟諸菩薩行滿一切願達一切法譬如慶雲隨所覆處能降甘澤隨智慧願具菩薩行亦復如是善財當知我所顯說皆是普賢菩薩所行應當了知近善知識過去諸佛專求菩提修習此行於無量劫諸有爲中受無量苦猶不值遇過去諸佛不具是行善財汝今皆得成就聞諸佛法行菩薩行其有衆生聞是行者得大善利成滿大願親近諸佛爲佛真子必成佛道清淨解脱除滅諸惡遠離衆苦積集功德清淨法身遊行十方見諸如來菩薩大衆長養善根如水蓮華值遇諸佛聞持正法安住佛道具諸佛願究竟諸佛功德彼岸

爾時彌勒告善財言汝可往詣文殊師利問諸法門智慧境界普賢所行彼當爲汝分別演說爾時善財聞是語已悲泣流淚文殊師利即時伸臂遥授善財華寶瓔珞善財得已歡喜供散彌勒菩薩彌勒菩薩即以右手摩善財頂讚言善哉善哉佛子汝亦不久當與我等爾時善財踊躍無量以偈頌曰

無量無數劫　難得見聞者　我今得奉覲
無上善知識　文殊我所尊　究竟功德岸
衆見善知識　願速還親近

爾時善財五體敬禮彌勒菩薩合掌白言大聖我已先發阿耨多羅三藐三菩提心而未知菩薩云何學菩薩行修菩薩道大聖今者已爲諸佛授一生記證於菩薩離生正法住菩薩住究竟一切諸波羅蜜具足一切諸法

忍門成就菩薩一切諸地自在遊戲一切法門得一切三昧到於菩薩隨所至趣逮得一切陀羅尼辯才方便光明具足成就菩薩自在積集一切助菩提分遊戲巧方便慧得一切通明隨所修學悉已究竟菩薩諸行具一切願知諸乘門持如來持攝佛菩提守護一切諸佛法藏出生智寶菩薩功德如是宓教常為菩薩大衆上首為煩惱賊所逼迫者以勇猛力能為摧滅令得安隱生死曠野迷正路者示以正道煩惱患者治以良醫諸衆生尊為天中天為無上聖勝出二乘生死海者為作導師而度脫之張大教網絙生死海諸調伏者攝而取之長養善根安立菩薩於無礙乘究竟一切諸菩薩事住諸佛所唯願大聖為我演說云何菩薩學菩薩行修菩薩道

爾時彌勒菩薩摩訶薩觀察善財指示大衆歎其功德以偈頌曰

善財童子者　淨直心智慧　專求菩薩行
而來至我所　善來大悲雲　能雨甘露法
具足三淨眼　菩薩行無猒　善來正直心
精進無懈倦　諸根悉調伏　專求菩薩行
善來無壞行　常求善知識　了達一切法
教化諸群生　善來清淨道　安住功德路
勇猛精進力　逮得最勝地　善來難見者
諸佛功德子　增長諸善根　深入無量境
善來平等者　利衰及毀譽　苦樂世間法
其心無所染　善來安樂者　直心離諂曲
除滅於憍慢　瞋恚放逸法　善來最勝藏
觀察一切衆　長養功德藏　其心無疲倦
善來三世智　圓滿諸法界　了佛功德藏

其心無疲倦　善來妙蓮華　增長名稱雲
諸佛子教來　我示無礙趣　成就智慧網
了達不思議　廣修菩薩行　教化諸群生
專求佛菩提　修習離垢行　聞持諸大願
至此無疲倦　去來現在佛　所成諸行業
善財欲修學　故來至我所　志求眞法師
演說正道法　善教菩薩者　故來至我所
佛子修智慧　具足於菩提　親近善知識
故來至我所　衆生慈父母　長養諸功德
究竟菩提道　故來至我所　生老病死者
無上良醫王　衆生之釋天　雨甘露法藥
衆生明淨日　普照諸正道　衆生之淨月
功德圓滿故　譬如須彌山　怨親心不動
猶如大海水　未曾有增減　猶如海導師
度脫無量衆　一切無所著　故來至我所

勇猛精進力　拯救諸衆生　悉令得安樂
專求善知識　建立正法幢　顯現佛功德
除滅惡道苦　開諸善趣門　能詣諸導師
覩見佛妙身　聞持彼密教　專求黠慧師
欲具妙智色　託生種姓家　究竟諸功德
故來至我所　無比正直心　親近善知識
聞其所說教　皆悉能奉行　因昔無量德
文殊令發心　隨順其教命　專求佛菩提
捨天宮家屬　父母諸親戚　世間一切樂
謙苦求知識　如是清淨行　於此命終已
得諸勝妙果　昇入佛法堂　善財見衆生
生老病死苦　爲發大悲心　專求佛菩提
見五道輪轉　衆苦所逼迫　修習金剛輪
壞散苦趣輪　衆生田荒穢　貪恚邪見刺
爲淨修治故　專求利智犂　衆生處癡闇

盲冥失正路　善財爲導師　慧光示正道
忍辱爲密鎧　執持慧利劍　乘於三脫門
摧滅煩惱賊　善財勇猛力　普爲三界衆
除滅諸恐怖　令置安隱處　善財爲海師
造立大法船　越度爾炎海　令住淨寶洲
善財爲一切　法界中淨日　以願智慧光
普照衆生類　善財爲覺月　妙法悉圓滿
慈定清涼光　滅諸煩惱熱　善財智海依
直心金剛地　菩薩行漸深　出生妙法寶
菩提心龍王　昇於法界空　興雲雨甘露
長養白淨果　淨信心爲炷　慈悲爲香油
正念爲寶器　然彼耀世燈　道心迦羅邏
慈悲爲胞胎　菩提分肢節　長養如來藏
增益功德藏　清淨智慧藏　熾盛智慧藏
成滿諸願藏　如是大莊嚴　救護諸群生
一切天人中　難聞難得見　如是智慧樹
根深不可動　勇健爲敷茂　饒益諸群生
欲聞一切法　除滅諸疑惑　具足妙功德
專求善知識　摧滅煩惱魔　消滅邪愛垢
悉令得解脫　專求智慧者　安住功德道
究竟滅三塗　開示諸善趣　令具涅槃道
顯現八正路　除滅諸邪見　壞裂煩惱網
消竭愛欲海　善財明淨日　普照群萌類
能爲調御師　拯濟三有衆　覺悟於一切
永出五欲泥　除滅虛妄想　爲開解脫門
分別諸法界　嚴淨如來刹　究竟一切法
善財應歡喜　勇猛修方便　信心不可壞
積集妙功德　成滿諸大願　不久見諸佛
了達一切法　嚴淨諸佛刹　成就佛菩提
隨順威儀海　究竟諸行海　度脫於一切

無量衆生海　出生諸善法　具足妙功德
與諸佛子等　圓滿解脱法　成滿諸大願
降伏一切魔　具足清淨業　除滅諸煩惱
成就一切智　了達甚深法　除滅諸群生
煩惱衆苦患　一切衆生輪　迴流生死輪
爲轉淨法輪　除滅衆苦輪　守護佛種性
淨修法種性　攝取僧種性　了三世種性
成滿大願網　壞散邪見網　⿰鬲瓜裂諸愛網
決破衆苦網　成就直心性　具足智慧性
嚴淨世界性　度脱衆生性　善財令一切
無量諸群生　諸佛及菩薩　皆悉大歡喜
善財淨慧光　普照諸刹法　一切衆生類
皆見無量佛　照明諸世界　清涼衆生界
遠離於惡道　除滅三有苦　令衆離邪道
顯現諸善道　修習八正道　安立解脱道
普令諸群生　度脱生死海　除滅諸煩惱
安住功德海　消竭煩惱海　令度三有海
諸根悉調伏　不染於世間

爾時彌勒菩薩以如是等讚歎善財諸妙功德令無量衆生發道心已告善財言善哉善哉童子乃能發阿耨多羅三藐三菩提心專求一切佛法饒益一切世間救護一切衆生善男子汝得善利人身壽命值遇諸佛得見文殊師利大善知識汝爲法器善根潤澤長清白法淨勝欲性爲善知識之所總攝諸佛護念何以故菩提心者則爲一切諸佛種子能生一切諸佛法故菩提心者則爲良田長養衆生白淨法故菩提心者則爲大地能持一切諸世間故菩提心者則爲淨水洗濯一切煩惱垢故菩提心者則爲大風一切世間

無障礙故菩提心者則爲盛火能燒一切邪見愛故菩提心者則爲淨日普照一切衆生類故菩提心者則爲明月諸白淨法悉圓滿故菩提心者則爲淨燈普照一切諸法界故菩提心者則爲淨眼悉能覩見邪正道故菩提心者則爲大道皆令得入一切智城故菩提心者則爲正濟悉令得到出要處故菩提心者則爲大乘容載一切諸菩薩故菩提心者則爲門戶令入一切菩薩行故菩提心者則爲宮殿安住修習三昧法故菩提心者則爲園觀於中遊戲受法樂故菩提心者則爲勝宅一切衆生所歸依故菩提心者則爲依止因修一切菩薩行故菩提心者則爲守護能滿菩薩諸大願故菩提心者則爲慈母增長一切諸菩薩故菩提心者則爲養育守護一切諸菩薩故菩提心者則爲善知識離一切惡諸恐怖故菩提心者則爲大王勝諸聲聞緣覺心故菩提心者則爲最勝成滿一切無比願故菩提心者則爲大海悉能容受諸功德故菩提心者則爲須彌山王等觀衆生心不動故菩提心者則爲金剛圍山攝持一切諸衆生故菩提心者則爲雪山長養智慧清涼藥故菩提心者則爲香山出生一切功德香故菩提心者則爲虛空諸妙功德無邊際故菩提心者則爲蓮華不染一切世間法故菩提心者則爲寶象悉能調伏一切根故菩提心者則爲寶馬遠離諸惡儱悷法故菩提心者則爲調御師悉能守護摩訶衍故菩提心者則爲良藥療治一切煩惱病故菩提心者則爲沃焦消盡一切不善法故菩提心

者則爲金剛壞散一切諸惡法故菩提心者則爲和香出生一切功德香故菩提心者則爲妙華一切世間所愛樂故菩提心者則爲白栴檀除滅五欲諸熱病故菩提心者則爲樂器微妙音聲聞法界故菩提心者則爲勇健摧滅煩惱諸怨敵故菩提心者則爲善鑷拔出一切煩惱刺故菩提心者則爲尊主於餘一切莫能勝故菩提心者則爲毗沙門天王捨離一切諸貧苦故菩提心者則爲妙德莊嚴一切諸功德故菩提心者則爲莊嚴具嚴飾一切諸菩薩故菩提心者則爲火災焚燒一切有爲法故菩提心者則爲無壞藥王樹根長養一切諸佛法故菩提心者則爲龍珠除滅無量煩惱毒故菩提心者則爲水珠淨諸心垢煩惱濁故菩提心者則爲如意珠

具足一切功德利故菩提心者則爲天德瓶滿足一切所欲樂故菩提心者則爲劫初樹出生一切莊嚴具故菩提心者則爲恒娑相衣不受一切諸塵垢故菩提心者則爲正業本性淨故菩提心者則爲利犂修治一切衆生田故菩提心者則爲那羅延箭悉能鑒徹身見鎧故菩提心者則爲猒離決定了知苦患相故菩提心者則爲利矟能刺一切煩惱賊故菩提心者則爲甘露雨能滅一切煩惱火故菩提心者則爲利劒斬除一切煩惱惡故菩提心者則爲金搥壞散一切憍慢山故菩提心者則爲利刀斬截七使煩惱鎧故菩提心者則爲勇健幢傾倒一切諸魔幢故菩提心者則爲釿斧斫伐無知諸苦樹故菩提心者則爲器仗防護一切諸艱難故菩提心

者則爲善手防護一切諸度身故菩提心者則爲妙足安立一切諸功德故菩提心者則爲眼藥除滅一切無明翳故菩提心者則爲善拔刺悉能拔出身見刺故菩提心者則爲安隱床除滅一切生死苦床故菩提心者則爲善友度脫無量生死難故菩提心者則爲善利遠離一切衰耗法故菩提心者則爲天人師善知菩薩出要道故菩提心者則爲寶藏無量功德不可盡故菩提心者則爲涌泉清泠智慧無窮盡故菩提心者則爲淨鏡顯現一切諸法門故菩提心者則爲淨池洗濯一切諸垢穢故菩提心者則爲大河流引諸度四攝法故菩提心者則爲龍王悉能普雨甘露法故菩提心者則爲命根任持菩薩大悲法故菩提心者則爲甘露能令安住不死

法故菩提心者則爲羅網網取一切所應化故菩提心者則爲善緡攝取一切諸衆生故菩提心者則爲鉤餌釣出生死淵居衆生故菩提心者則爲阿伽陀藥除滅一切諸惡患故菩提心者則爲波羅提毗叉藥悉能療治五欲毒故菩提心者則爲大地消滅無量邪想水故菩提心者則爲大風輪壞散一切諸障蓋故菩提心者則爲寶洲出生道品功德寶故菩提心者則爲種姓長養一切白淨法故菩提心者則爲居宅納受一切功德寶故菩提心者則爲大城菩薩商人所住處故菩提心者則爲金藥消煩惱垢令清淨故菩提心者則爲香窬具足一切功德味故菩提心者則爲正道令入一切智城故菩提心者則爲寶器容受一切白淨法故菩提心者則爲

時澤悉能除滅煩惱塵故菩提心者則爲安住出生菩薩之所住故菩提心者則爲壽行不取聲聞諸解脫故菩提心者則爲瑠璃寶其性淨妙不受垢故菩提心者則爲伊尼羅寶勝諸聲聞緣覺智故菩提心者則爲法鼓覺悟煩惱長寢衆生故菩提心者則爲淨水其性清淨無垢濁故菩提心者則爲閻浮檀金令有爲善如聚墨故菩提心者則爲山王超出一切諸世間故菩提心者則爲歸依悉能救護諸衆生故菩提心者則爲實義遠離一切虛妄法故菩提心者則爲無上寶悉令歡喜得滿足故菩提心者則爲大會隨彼所須令充悅故菩提心者則爲尊長於諸衆生無倫匹故菩提心者則爲寶藏受持一切諸佛法故菩提心者則爲因陀羅網攝諸煩惱阿脩羅故菩提心者則爲毗樓那風震動教化衆生心故菩提心者則爲因陀羅火焚燒一切煩惱習故菩提心者則爲無上塔一切天人應供養故佛子菩提心者如是無量功德成就悉與一切諸佛菩薩諸功德等何以故因菩提心出生一切諸菩薩行三世諸佛成正覺故善男子譬如有人得自在藥離五恐怖何等爲五所謂火不能燒水不能漂毒不能中刀不能傷熏不能害菩薩摩訶薩亦復如是發菩提心攝薩婆若離五恐怖何等爲五所謂不爲欲火所燒諸有流水所不能漂瞋恚惡毒所不能中煩惱利刀所不能傷邪覺觀烟熏不能害善男子譬如有人得解脫藥終不橫死菩薩摩訶薩亦復如是得菩提心妙智慧藥生死過患所不能害善男子

譬如有人得龍王藥若有毒蟲聞其藥氣即避遠去菩薩摩訶薩亦復如是得菩提心大龍王藥一切煩惱諸惡毒蟲聞其藥氣皆悉散滅善男子譬如有人得不可壞藥一切怨敵不得其便菩薩摩訶薩亦復如是得菩提心不壞法藥一切煩惱諸魔怨敵所不能壞善男子譬如有人得頻伽陀藥能出毒刺菩薩摩訶薩亦復如是得菩提心頻伽陀藥能出三毒諸邪見刺善男子譬如有人得善見藥王滅一切病菩薩摩訶薩亦復如是得菩提心善見藥王滅一切衆生諸煩惱病善男子譬如刪陀那大藥王樹其有衆生在彼樹蔭身諸惡瘡皆得除愈菩薩摩訶薩亦復如是得菩提心刪陀藥樹其有衆生依蔭此樹一切煩惱不善業瘡皆得除愈善男子譬如藥王樹名無壞根以其力故長養一切閻浮提樹菩提心樹亦復如是以其力故長養一切學無學菩提善根善男子譬如藥草名阿藍婆若用塗體身得柔澤意離諸惡菩薩摩訶薩亦復如是得菩提心阿藍婆藥長身口意諸善行業善男子譬如有人得念力藥有所聞法終不忘失菩薩摩訶薩亦復如是得菩提心念力藥者聞持一切佛法不忘善男子譬如有藥名曰蓮華其有服者住壽一劫菩薩摩訶薩亦復如是服菩提心蓮華藥者阿僧祇劫而得自在善男子譬如有人執翳身藥一切衆生所不能見菩薩摩訶薩亦復如是得菩提心翳身藥者一切諸魔所不能見善男子譬如大海有摩尼寶名積衆寶若不至他方設火炎起乃至消滅海水一滴無

有是處菩提之心積衆寶珠亦復如是處於菩薩直心海中乃至以一善根迴向薩婆若有忘失者無有是處而薩婆若無所染著不離善根善男子譬如摩尼名淨光明有人以此瓔珞身者蔽餘寶光悉如聚墨菩薩摩訶薩亦復如是以菩提心摩尼寶珠瓔珞其身映蔽聲聞緣覺心寶善男子譬如水珠置濁水中水即澄清菩提心珠亦復如是除滅一切煩惱垢濁善男子譬如有人得住水寶珠瓔珞其身入深水中而不没溺菩薩摩訶薩亦復如是得菩提心住水寶珠入生死海而不沉没善男子譬如有人得大龍寶珠往到龍所龍不爲害菩薩摩訶薩亦復如是得菩提心大龍寶珠入欲界中煩惱惡龍所不能害善男子譬如帝釋有摩尼寶瓔珞其身於天中尊菩薩摩訶薩亦復如是著菩提心寶瓔珞者悉於一切三界中尊善男子譬如有人得隨意珠除滅一切貧窮困苦菩薩摩訶薩亦復如是得菩提心隨意寶珠除滅一切邪命貧苦善男子譬如火珠因日光發能出猛炎得菩提心明淨火珠亦復如是因大慧光所感發故出智慧火善男子譬如月珠因月光發出清凉水得菩提心淨月寶珠亦復如是因彼迴向善根月光所感發已出生善根諸大願水善男子譬如龍王著如意寶冠遠離恐怖菩薩摩訶薩亦復如是著菩提心大悲如意寶冠遠離一切惡道諸難善男子譬如莊嚴一切衆生藏摩尼寶悉能成滿一切所願無所損減得菩提心妙莊嚴藏摩尼寶珠成滿菩薩及餘衆生所欲願樂無所損

滅善男子譬如轉輪王有摩尼寶普照宮殿滅一切闇菩薩摩訶薩亦復如是得菩提心摩尼寶者悉能普照五趣宮殿滅一切闇善男子譬如有人爲紺色寶光明所觸即同其色菩薩摩訶薩亦復如是得菩提心紺色寶光觀察諸法善根迴向同薩婆若色善男子如瑠璃寶於百千歲處不淨中不爲所染菩提之心淨瑠璃寶亦復如是於百千劫住欲界中不爲五欲之所染汙其性淨故善男子如離垢光淨摩尼寶出一切寶菩提之心離垢光寶亦復如是出生凡夫聲聞緣覺菩薩諸佛功德珍寶善男子譬如大摩尼寶悉能除滅一切諸闇菩提心寶亦復如是除滅一切無知闇冥善男子譬如大海有無價寶商人船車載之入城餘摩尼寶無與等者菩提之心無價寶珠亦復如是處生死海菩薩摩訶薩以大願船載入解脫城聲聞緣覺諸功德寶所不能及善男子譬如離垢大摩尼寶處閻浮提能照四萬由旬日月宮殿皆悉顯現菩提之心離垢寶珠亦復如是住於生死照法界空佛境宮宅悉令顯現善男子譬如摩尼風王能持日月所照境界所有香華一切品類菩提之心摩尼風王亦復如是悉能攝持一切種智所照境界一切天人聲聞緣覺諸佛菩薩及諸有漏無漏善根善男子譬如海中有摩尼寶名曰海藏顯現海中諸莊嚴事菩提之心海藏寶珠亦復如是顯現一切智境界諸莊嚴事善男子譬如閻浮檀金除如意寶勝一切寶菩提之心閻浮檀金亦復如是除一切智勝諸功德善男子譬如有

人善能呪龍於諸龍中而得自在菩薩摩訶薩亦復如是得菩提心善呪術法於一切煩惱龍中而得自在善男子譬如勇士被執鎧仗一切怨敵所不能壞菩薩摩訶薩亦復如是被菩提心大莊嚴具一切煩惱諸魔怨敵所不能壞善男子譬如憂陀伽婆羅栴檀若燒一銖香氣普熏小千世界三千大千世界珍寶所不能及菩提心香亦復如是以妙功德普熏法界一切聲聞緣覺功德所不能及善男子譬如白栴檀以塗其身除諸惱熱得清涼樂菩提心香亦復如是除滅覺觀貪恚癡熱令智慧身悉得涼樂善男子譬如須彌山衆生品類近彼山者悉同其色菩提心山亦復如是若有近者皆得同彼薩婆若色善男子譬如波利質多樹華香閻浮提中諸婆師華瞻蔔華等所不能及菩提心香亦復如是妙功德香聲聞緣覺無漏戒定智慧解脫解脫知見所不能及善男子譬如波利質多樹華未開敷時其香普熏閻浮提內一切華香所不能及菩提心華亦復如是一切天人有漏無漏功德華香所不能及善男子譬如波利質多樹華一日熏衣瞻蔔華婆師華雖千歲熏所不能及菩提心華亦復如是一日所熏功德香徹十方佛所一切聲聞緣覺以無漏心熏諸功德於百千劫所不能及善男子譬如那利羅樹根莖枝葉及其華果悉益衆生菩提心樹亦復如是因於菩薩大慈悲生從初發心乃至究竟一切佛法常能饒益一切衆生善男子譬如一兩阿羅娑藥變十兩銅以爲眞金於彼藥分無所損減菩提心

藥亦復如是攝迴向智除滅一切煩惱業障淨一切法同薩婆若色煩惱惡業不能損減譬如小火隨所焚燒其炎轉盛菩提心火亦復如是隨所緣法慧火猛盛譬如一燈然百千燈無所損減菩提心燈亦復如是悉然三世諸佛慧燈無所損減譬如明燈入大闇室悉能照除一切闇冥菩提心燈亦復如是入心闇室於無量劫積集癡闇悉能除滅具足菩薩明淨智慧譬如燈炷隨其精麤光明亦爾若益膏油光明轉增菩提心炷亦復如是隨其本願出智慧光普照法界增大悲油教化衆生淨佛世界行諸佛事無有窮盡譬如他化自在天王冠閻浮檀金自然天冠欲界諸天所不能壞菩薩摩訶薩亦復如是冠菩提心大願天冠聲聞緣覺所不能壞譬如大師子吼小師子聞皆悉勇健一切禽獸遠避竄伏佛師子吼諸菩薩等若聞讚歎菩提心聲長養法身妄見衆生潛伏退散譬如有人用師子筋以爲琴弦音聲既奏餘弦斷絕一切如來波羅蜜身出菩提心功德音聲若樂五欲二乘法者聞悉斷滅譬如牛馬羊乳合在一器以師子乳投彼器中餘乳消盡直過無礙如來師子菩提心乳著無量劫所積諸業煩惱乳中皆悉消盡不住聲聞緣覺法中譬如迦毗伽鳥在𣪊中時有大勢力餘鳥弗及菩薩摩訶薩亦復如是於生死𣪊發菩提心功德勢力聲聞緣覺所不能及譬如金翅鳥初始生時其目明淨有大勢力大小諸鳥所不能及菩薩摩訶薩亦復如是生如來家發菩提心慧眼明淨有大勢力聲聞緣覺於

百千劫修習智慧所不能及譬如健士以那羅延金剛利箭射堅牢鎧直過無礙菩薩摩訶薩亦復如是以菩提心智慧利箭射諸邪見煩惱牢鎧徹過無礙譬如摩訶那伽大力勇士奮威怒時閻浮提人無能壞者菩薩摩訶薩亦復如是發大慈悲修菩提心一切世間諸魔眷屬及煩惱業所不能壞譬如有人學大技術雖未究竟諸餘巧能所不能及菩薩摩訶薩亦復如是學菩提心願雖未究竟聲聞緣覺諸餘衆生所不能及譬如有人學善射術先自安立菩薩摩訶薩亦復如是學一切智地先自安立菩提之心必得一切佛法譬如幻師先讀幻術然後示現一切幻事菩薩摩訶薩亦復如是發菩提心然後顯現一切諸佛菩薩正法譬如幻術非色現色菩提心相亦復如是顯現法界功德莊嚴譬如有人著閻浮檀金莊嚴之具映蔽一切悉如聚墨菩薩摩訶薩亦復如是以菩提心莊嚴之具蔽諸衆生聲聞緣覺所有功德譬如阿夜揵多鐵此鐵少分悉能毀壞一切餘鐵諸鉤鎖縛菩提之心亦復如是斷諸邪見煩惱愛縛譬如疾風隨去無礙菩提心風亦復如是隨所行處除諸煩惱悉無障礙不住聲聞緣覺解脫譬如有人善入大海而不没溺摩伽羅魚所不能害菩薩摩訶薩亦復如是以菩提心入生死海不爲生死之所染汙亦不證實際聲聞緣覺摩伽羅魚所不能害譬如有人服食甘露一切衆患所不能害菩薩摩訶薩亦復如是服菩提心甘露法藥不墮聲聞緣覺之地修習大悲滿足願行譬如有人

用翳身藥以塗其目自在遊行無能見者菩薩摩訶薩亦復如是得菩提心滿足大願自在遊行入魔境界一切衆魔所不能見譬如有人依恃大王不畏餘人菩薩摩訶薩亦復如是依菩提心大力法王除滅障蓋不畏惡道譬如有人居深水内不畏火焚菩薩摩訶薩亦復如是居菩提心善根水内聲聞緣覺解脱之火所不能燒譬如有人依恃猛將不畏怨敵菩薩摩訶薩亦復如是依菩提心不畏諸惡譬如釋天執持金剛降伏一切諸阿脩羅菩薩摩訶薩亦復如是執菩提心摧滅諸魔及餘外道譬如有人服阿羅娑藥不瘦不老延壽無窮菩薩摩訶薩亦復如是服菩提心阿羅娑藥於無量劫在生死中修菩薩行無所染著譬如阿羅娑藥初用淨水菩提心藥亦復如是一切菩薩所修行中最爲先首譬如人諸根法中命根爲首菩薩摩訶薩亦復如是諸佛正法菩提之心最爲其首譬如人命根斷故不能利益父母親族菩薩摩訶薩亦復如是離菩提心不能饒益一切衆生譬如大海無能壞者菩提心海亦復如是聲聞緣覺不能沮壞譬如日光諸星宿光所不能蔽菩提心日亦復如是圓滿大願智慧日光聲聞緣覺無漏慧光所不能蔽譬如太子初生已爲大臣之所尊重菩薩摩訶薩亦復如是發菩提心已爲一切聲聞緣覺所共尊重修大悲故譬如王子年雖幼小一切大臣皆悉敬禮菩薩摩訶薩亦復如是發菩提心聲聞緣覺皆悉敬禮譬如王子雖未自在已具成就國王儀相菩薩摩訶薩亦復如是

雖爲煩惱業障所覆以具成就菩提心相譬如目瞎見眞淨寶謂爲不淨菩提心寶亦復如是無智不信起不淨想譬如呪藥若有衆生見聞共住一切衆病皆悉除愈菩提心藥亦復如是長養善根攝智慧藥滿足大願菩薩慧身若有衆生見聞共住修正念者皆悉除滅煩惱諸病譬如恒娑相衣不受塵垢菩提心衣亦復如是不受一切生死塵垢譬如有人常持甘露專念不散而能分別一切諸法菩薩摩訶薩亦復如是持菩提心甘露正法正念不散而能教化一切衆生令具大願成智慧身譬如犂無有軛則不堪用菩提之心亦復如是離正直心於如來法無有實義譬如轉輪王有妙天冠名曰象藏洗彼冠時四種兵衆遊行虛空菩提心冠亦復如是淨諸菩薩一切善根遠離三有如來智慧無爲境界虛空中行譬如金剛從金性生非餘寶生菩提心寶亦復如是大悲救護衆生性生非餘善生譬如有樹不從根生而能長養枝葉華果菩提心樹亦復如是無所依止而能長養一切種智通明大願普覆世間譬如金剛非一切器盡能發明亦非諸器盡能容持菩提心寶亦復如是小心慳結無智者器不能發明諂曲邪見衆生器中不能容持譬如金剛能壞衆寶菩提之心亦復如是決定了知一切諸法譬如金剛能壞衆山菩提之心亦復如是壞散一切諸邪見山譬如金剛雖破不全一切衆寶猶不能及菩提之心亦復如是雖小懈怠聲聞緣覺諸功德寶所不能及譬如破金剛猶能除滅諸貧困苦菩提之

心亦復如是雖復小失威儀趣法猶能除滅諸貧窮苦譬如小金剛悉能破壞一切諸物菩提之心亦復如是緣小境界能破一切無知癡惑譬如金剛非常人所得菩提之心亦復如是非小心衆生之所能得譬如金剛無智術者所不能識菩提之心亦復如是無智衆生所不能識譬如金剛無能消滅菩提之心亦復如是一切諸法不能消盡譬如金剛器仗一切衆生乃至摩訶那伽不能執持除那羅延力菩提之心亦復如是聲聞緣覺不能受持除諸菩薩摩訶薩譬如金剛器仗無不鑒徹非餘器仗之所能爲菩提之心亦復如是觀察三世教化衆生阿僧祇劫受無量苦聲聞緣覺所不能及譬如金剛餘不能持除金剛地菩提之心亦復如是出生菩薩行願功德聲聞緣覺所不能持除薩婆若正直心者譬如金剛器中盛水不可燒盡菩提之心亦復如是安住勝妙迴向善根入生死趣諸不善法不能消盡譬如金剛能持大地不令墜沒菩提之心亦復如是持諸菩薩一切願行不令墜落沒於三界譬如金剛於百千劫處於水中而不爛壞亦無變異菩提之心亦復如是於無量劫處生死中諸煩惱業不能斷滅亦無損減譬如金剛一切大火不能燒熱菩提之心亦復如是一切生死貪恚癡火不能燒熱譬如金剛道場之座能持菩薩降伏諸魔成等正覺餘不能持菩提之心亦復如是能持一切菩薩願行諸波羅蜜諸忍諸地迴向受記修菩提道供養諸佛聞法受行一切諸心所不能持善男子菩提之心成

就如是無量功德若有衆生發菩提心則具如是無量功德是故善男子汝得善利發阿耨多羅三藐三菩提心修菩薩行具足如是無量功德善男子汝先所問云何菩薩學菩薩行修菩薩道者汝今入是明淨莊嚴藏大樓觀者則能了知學菩薩行修菩薩道具足成就無量功德

大方廣佛華嚴經卷第五十九

音釋

絙居鄧切盡也　拯之庱切救也　⿰國𠂢裂⿰國𠂢居縛切搏也裂良傑切破也　沃焦沃烏酷切焦即消切　鎧苦亥切鉀也　搥直追切棒也　釿舉欣切與斤同　濯直角切浣也　刪師姦切　竄取亂切匿也　翅矢利切

大方廣佛華嚴經卷第六十

東晉天竺三藏佛陀跋陀羅等譯

入法界品第三十四之十六

爾時善財童子敬遶彌勒菩薩合掌白言唯願大聖開樓觀門令我得入爾時彌勒菩薩即彈右指門自然開善財即入入已還閉爾時善財觀察樓觀廣大無量猶如虛空衆寶爲地有阿僧祇窻牖却敵欄楯七寶合成阿僧祇幡幢蓋莊嚴阿僧祇寶瓔珞垂帶阿僧祇大師子幢半月寶像諸寶繒綵又阿僧祇天冠寶衣而以莊嚴阿僧祇寶網羅覆其上阿僧祇金鈴自然演出微妙音聲又雨無量寶華鬘雲諸妙香雲雨阿僧祇細末金屑放阿僧祇勝妙光明普照一切有阿僧祇異類衆鳥出和雅音雨阿僧祇優鉢羅鉢曇摩分陀利華出阿僧祇摩尼寶光普照一切於樓觀內具有百千諸妙樓觀不相障礙莊校嚴飾亦如上說爾時善財覩見樓觀不可思議衆妙莊嚴心大歡喜踊躍無量其心柔輭離諸妄想除滅一切愚癡闇障正念思惟專求妙趣以無礙身恭敬作禮禮已彌勒菩薩威神力故諸樓觀中自見其身又見無量自在神力不思議事或見彌勒隨本種姓壽命知識長養善根諸劫世界一切佛所及諸眷屬因諸大願初發阿耨多羅三藐三菩提心或見初得慈心三昧因以爲名或見彌勒行菩薩行滿足一切諸波羅蜜諸忍諸地淨佛世界見諸如來聞法受持守護正法爲大法師得無生忍知其方處其如來所劫數多少而得受記或見彌勒爲轉輪王十善化世或爲

四天王饒益一切衆生或爲帝釋呵責五欲或爲夜摩天王讚不放逸或爲兜率天王讚歎一生菩薩功德或爲化樂天王讚自在法或爲魔王說無常法或爲他化自在天王讚歎菩薩莊嚴化身或爲梵王讚歎四無量心或爲阿脩羅王調伏眷屬入大智海了達諸法悉如幻化或爲閻羅王放大光明普照地獄滅一切苦或以餚饍飲食施與諸餓鬼或爲畜生受種種身而爲說法除其癡闇或爲四天王眷屬說法乃至爲諸梵天王眷屬說法或爲諸龍眷屬說法乃至爲人非人等眷屬說法或爲聲聞緣覺及諸菩薩大衆說法或爲發心菩薩乃至十地菩薩說法或見讚歎初發心菩薩乃至十地菩薩功德或見滿足一切波羅蜜入於平等諸法忍門廣三昧門樂深法門修禪三昧出生通明充滿一切行菩薩行隨順世間成就大願或見與同行菩薩俱饒益衆生或見與一生菩薩諸佛現前受記者俱或見彌勒於百千劫經行誦念書寫經卷無有懈息或觀法門思惟實義或入諸禪四無量心解脫三昧一切入等或見出生菩薩通明或見正受變化三昧一一毛孔出化身雲所謂天身雲諸龍夜叉乃至摩睺羅伽身雲四天王身雲乃至梵王身雲轉輪聖王王子大臣長者居士聲聞緣覺如來身雲復見一一毛孔中出一切衆生等化身雲或出菩薩法門所謂讚歎菩提心功德門檀波羅蜜門乃至願波羅蜜門四攝諸禪無量三昧通明總持諸諦諸辯止觀解脫緣起念處正勤神足根力覺道聲聞緣覺二乘所

行菩薩大乘諸地諸忍菩薩願行現如是等一切法門或於樓觀見諸如來大衆圍遶又知諸佛家族不同種姓不同其身壽量劫刹教授無量法門正法住世分別了知皆悉不同爾時善財諸樓觀中見一樓觀高廣嚴飾勝妙於前包容三千大千世界百億閻浮提百億兜率天菩薩命終降神受胎出生遊行七步觀察十方大師子吼帝釋梵王恭敬奉侍現童子身處宮殿中出遊園觀以薩婆若心出家苦行現受乳糜往詣道場降伏衆魔觀菩提樹轉正法輪昇天宮殿方土劫數眷屬壽量行菩薩行滿足大願演說正法教化衆生現分舍利皆悉不同爾時善財自見已身在諸佛所見如是等諸奇特事又聞樓觀諸金鈴中出不思議微妙音聲所謂初發菩提心聲菩薩所行諸度願聲恭敬供養不可思議諸佛音聲淨佛刹聲佛法雲聲諸莊嚴具亦出如是微妙音聲又聞其菩薩在其世界於其劫中其知識化迴向善根出生大願於其佛所大衆之中發菩提心聲又聞菩薩修習諸行劫數多少於某刹中成正覺聲如是名號壽量長短滿足大願化衆生聲於諸菩薩聲聞緣覺大衆之中現般涅槃法住世聲又聞菩薩於某世界悉能廣行檀波羅蜜淨持禁戒修習忍辱發行精進入諸禪定習應智慧爲求法故捨諸珍寶國城妻子頭目手足守護正法爲大法師施清淨法設大法會建大法幢擊法鼓吹法螺雨法雨興立塔廟種種莊嚴安樂衆生護佛法藏又聞其佛在其世界於其劫中成等正覺眷屬多少壽

命長短滿足大願教化衆生聞如是等不可思議微妙音聲身心柔輭歡喜無量即得無量陀羅尼門辯才門忍門精進門大願門通明門智慧門解脱門波羅蜜門三昧門爾時善財於寶鏡中見諸如來及其眷屬諸大菩薩聲聞緣覺淨世界不淨世界雜世界或世界有佛或世界無佛或上中下世界或有世界如因陀羅網或有飜覆仰伏世界又復覩見平正世界悉分別知五道別異又見無量阿僧祇諸大菩薩經行禪定觀察諸法發大悲心普覆衆生造種種論辯衆義趣或書經卷或問或答或見出生三種迴向及諸大願悉皆覩見如是等事又見諸寶柱中普放無量青黄赤白淨玻瓈色因尼羅寶閻浮檀金諸光明網又見諸瓔珞中出八功德香水瑠璃寶中出無量光明又見優鉢羅鉢曇摩分陀利中生諸妙華大如車輪華中悉見男女大小釋梵四王諸龍夜叉乃至人非人等及諸象馬聲聞菩薩一切衆生種種形類皆悉恭敬合掌禮佛又寶樹中悉見種種妙色之身所謂如來身菩薩身天龍八部等身釋梵天身轉輪王身四部衆身各各執持衆供養具尊重讃歎恭敬禮拜又見半月像中放阿僧祇日月光明又見彌勒於過去世修菩薩行布施頭目髓腦手足肢節一切身分國城妻子種種諸物隨其所須盡給施之又見彌勒讃歎諸佛恭敬供養或爲醫王療治衆病失正路者示以正道或爲大船師導至寶洲或爲馬王荷負衆生令離鬼難或爲論師造諸經論或爲轉輪王十善化世或見孝順父

毋近善知識不違其教或現聲聞緣覺菩薩如來形色教化衆生或爲法師讃歎佛法禪思誦念與諸福業造立塔廟諸妙形像以香華鬘恭敬供養或教衆生三歸五戒八齋十善出家學道聞法受持正念思惟住菩提心又見彌勒於無量劫行六波羅蜜化衆生事又見彌勒無量劫中諸善知識爾時彌勒菩薩告善財言善來童子汝見樓觀諸大菩薩不可思議自在力不唯然已見譬如有人夢中覩見山林河池大海須彌諸天宫殿四天下中一切像類見如是已歡喜無量爾時善財亦復如是以大菩薩威神力故遠離虚妄見三界法皆悉如夢菩薩智慧無礙法門入諸菩薩莊嚴法門究竟菩薩不可思議諸妙方便顯現菩薩神力自在譬如有人當命終時見中陰相所謂行惡業者見於地獄畜生餓鬼受諸楚毒或見閻羅王持諸兵仗囚執將去或見刀山或見劒樹或見利葉割截衆生或見鑊湯煑治衆生或聞種種悲苦音聲若修善者當命終時悉見一切諸天宫殿或見天女種種莊嚴遊戲快樂見如是等諸妙勝事而不自覺死此生彼但見不可思議行業境界善財童子亦復如是於樓觀内見諸菩薩不可思議勝業境界譬如有人爲非人所持見種種形類若有問難悉能應答善財童子亦復如是以大菩薩威神力故悉能分别正念思惟一切諸法譬如有人入於龍宫七日半月一歲百歲謂爲須臾善財童子亦復如是入彌勒菩薩神力宫殿於百千劫謂如須臾譬如梵宫名莊嚴藏於中悉見三千

世界異類形像善財童子亦復如是於樓觀中悉見一切未曾有事譬如比丘得一切入定行立坐卧隨彼境界悉現在前善財童子亦復如是於樓觀中隨彼境界悉分別知譬如人見乾闥婆城無所障礙善財童子亦復如是於樓觀中見一切法無所障礙譬如有人昇天宮殿見人住處無所障礙譬如大海於中悉見三千世界一切品類譬如幻師悉能顯現一切形色善財童子亦復如是於樓觀中彌勒菩薩威神力故悉見一切未曾有事無所障礙爾時彌勒菩薩攝威神力即時彈指告善財言善男子汝從定起從定起已而告之言汝觀見此菩薩神力自在大願功德依果菩薩莊嚴修習奇特諸深妙行出生死道一切法門無量莊嚴諸佛大願不可思議菩薩三昧如是等事汝悉見不善財答言唯然已見蒙善知識威神力故爾時善財白言大聖此何法門答言入三世智正念思惟莊嚴藏法門善男子一生菩薩得如是等不可說不可說法門大聖此諸奇特妙莊嚴法從何所來答言菩薩神力之所出生而亦不在神力之中不來不去無積聚處譬如龍雨不從身心但以發意欲雨則雨然彼境界不可思議善男子此諸奇特妙莊嚴法亦復如是無所從來但以菩薩神力出生善男子譬如幻師現種種事無來去處但以幻力現種種事此諸奇特妙莊嚴法亦復如是無來無去無住無著不生不滅但學菩薩智願力故現如是事爾時善財白言大聖從何所來答言佛子菩薩無來趣無行住趣無所著趣不

生不死趣不住不至趣不離不起趣不捨不著趣無業無報趣無起無依趣不常不斷趣善男子菩薩但爲教化救護衆生從大慈悲來滅衆生苦故從菩薩淨戒道來隨其所樂自在生故從菩薩大願道衆本發意故從菩薩神通道來滅衆生苦住佛所故從菩薩無增損趣來不失身心諸善業故從菩薩慧方便來隨順一切衆生類故從菩薩化身趣來如電鏡像故善男子汝所問我何所來者我從生處摩離國來彼有聚落名曰樓觀有長者子名瞿波羅我爲說法令立菩提我本生處諸群生等隨所應化而爲說法亦爲父母及諸親屬隨應說法安立大乘而來至此善財白言大聖何等爲菩薩生處答言善男子菩薩有十種生處何等爲十所謂菩提心是菩薩生處生菩薩家故正直心是菩薩生處生善知識家故安住諸地是菩薩生處生諸波羅蜜家故出生大願是菩薩生處生菩薩行家故大悲是菩薩生處生四攝家故真實觀法是菩薩生處生般若波羅蜜家故摩訶衍是菩薩生處生方便波羅蜜家故教化衆生是菩薩生處生菩提家故智慧方便是菩薩生處生無生法忍家故隨順諸法是菩薩生處生三世諸佛家故善男子菩薩摩訶薩以般若波羅蜜爲母大方便爲父檀波羅蜜爲乳尸波羅蜜爲乳母羼提波羅蜜爲莊嚴具毗梨耶波羅蜜爲養育者禪波羅蜜爲潔淨善知識爲師菩提分爲朋友一切善根爲親族一切菩薩爲兄弟菩提心爲家如說修行爲家地菩薩所住爲家處菩薩忍法爲豪

尊出生大願爲巨富具菩薩行爲順家法讚摩訶衍爲紹家法甘露灌頂一生菩薩爲王太子能淨修治三世佛家佛子如是菩薩超凡夫地證離生法生如來家住佛種姓不斷三寶守護一切菩薩種姓淨所生處離諸惡道悉爲一切天人釋梵沙門婆羅門恭敬供養以生佛家滿足一切大願藏故佛子菩薩摩訶薩生如是家知一切法悉如電光一切趣中受生無猒了趣知化雖現處中而無所著達一切法悉無有我心無憂悔以大慈悲教化衆生而不疲倦了達生死皆悉如夢於一切劫行菩薩行而不疲懈了知五陰皆悉如幻不畏生死知諸法界心無所著了一切法如熱時燄於一切行不生倒惑遊戲幻法超魔境界得淨法身離煩惱業於諸趣中而得自在無顛倒惑善男子我淨法身充滿一切法界現一切衆生等色一切衆生等音聲一切衆生等名號一切衆生等威儀現一切衆生等隨順世間現一切衆生等受生現一切衆生等童子身一切衆生等想出生一切菩薩大願爲變化身與衆生等充滿法界若諸同行失道心者還令發起菩提心故我於此閻浮提南界摩離國內拘提聚落婆羅門家種族中生爲欲滅彼高慢心故化度父母及親族故於中受生善男子我於南方隨諸衆生所應示現而化度之於此命終生兜率天爲欲化度彼諸天故顯現勝妙智慧功德消欲渴愛令知諸行皆悉無常天趣壽命盛必有衰入摩訶衍一生菩薩皆悉雲集爲欲教化諸同行故欲開釋迦牟尼世尊所化蓮

華現彼受生善男子我於彼中壽終下生成正覺時汝及文殊師利俱得見我善男子汝今往詣文殊師利問云何菩薩學菩薩行修菩薩道具足成就普賢所行彼當爲汝分別演説何以故文殊師利滿足無量億那由他菩薩願行常爲無量億那由他諸佛之母又爲無量億那由他諸菩薩師勇猛精進教化衆生名稱普聞十方世界常於一切諸佛衆中爲大法師悉爲諸佛之所讃歎安住甚深智慧法門分別了知一切法界於無量劫修諸法門究竟普賢菩薩所行善男子文殊師利是汝善知識能令汝得生如來家長養善根積功德聚能示語汝諸善知識滿足大願顯現一切菩薩不可思議功德是故善男子汝應一心尊重恭敬往詣其所何以故汝先所見諸善知識修菩薩行滿足大願得諸法門皆由文殊師利威神力故時善財童子頭面敬禮彌勒菩薩遶無數帀辭退而行爾時善財童子如是經遊百一十城到普門城邊思惟而住觀察十方一心專求文殊師利何當會遇面奉慈顔作是念時文殊師利遥伸右手過百一十由旬至普門城摩善財頂而作是言善哉善哉善男子若離信根憂悔心沒功行不具退失精勤於少功德便以爲足於一切善心生住著不發起菩薩行不爲善知識之所攝護不爲如來之所憶念是等皆悉不能了知如是法性如是理趣如是所行如是所住若周遍知若種種知若盡源底若漸趣入若解説若分別若證知若獲得皆悉不能是時文殊師利爲善財童子示教誨已

慰喻令其歡喜踊躍令得成就阿僧祇法門得無量大智光明無量菩薩陀羅尼無量大願無量三昧無量神通無量智慧皆悉成就復令得入普賢所行道場之内既置善財自所住已文殊師利還攝不現爾時善財得見三千大千世界微塵等諸善知識不違其教增長薩婆若大慈悲藏以淨慧眼普觀衆生安住菩薩寂靜法門分別了知諸法境界入佛甚深大功德海具解脱道長養精進爲薩婆若修正直心入於三世甚深法海隨順諸佛清淨法輪現入諸趣於一切劫修菩薩行滿足大願明淨慧光照一切智境淨菩薩根以淨慧光除愚癡翳照一切法了達法界一切佛刹及諸衆生壞障礙山住無礙法具足成就諸地法藏修習普賢菩薩所行善財童子得聞普賢菩薩名號行願功德諸地地具地法地得地次第地修地住地境界地持地共地正道一念欲見普賢菩薩爾時善財正念起如來金剛藏道場一切寶蓮華藏師子座心虛空界等心一切無著心淨一切刹無障礙心於一切法境界無障礙心充滿一切十方心得薩婆若境界無量心莊嚴道場心深入分別法海心教化成就一切衆生廣大心於一切劫行菩薩行究竟如來十力心爾時善財起是心時自善根力佛威神力普賢菩薩諸善根力即見十種瑞相何等爲十所謂見一切淨刹莊嚴菩提見一切刹無諸惡道見一切刹淨如蓮華見一切刹一切衆生身心柔輭見一切刹無量莊嚴見一切刹一切衆生三十二相莊嚴其身見一切刹莊嚴

雲覆見一切剎一切衆生成就慈心見一切剎莊嚴道場見一切剎一切衆生皆悉修習念佛三昧是爲十又見十種光相見一切世界微塵一一微塵中放一切如來光明網雲與一切世界微塵等一一微塵中放一切佛種種色光與一切世界微塵等普照法界一一微塵中放一切寶雲光明與一切世界微塵等普照法界一一微塵中放如來光炎輪雲普照法界一一微塵中出一切香雲普熏法界讚歎普賢菩薩諸行一切大願諸功德海一一微塵中放一切日月光雲放普賢菩薩光明普照法界一一微塵中出一切衆生等身雲相好莊嚴放佛光明普照法界一一微塵中出一切菩薩身雲究竟一切行充滿法界一一微塵中出一切寶形像雲充滿十方一切世界一一微塵中出一切如來身雲與一切世界微塵等普雨一切甘露正法充滿法界是爲十爾時善財見十種瑞相已即作是念我今必見普賢菩薩增長善根究竟菩薩妙行見一切佛若見普賢菩薩得一切智想一心恭敬欲見普賢菩薩爾時善財即見普賢菩薩在金剛藏道場於如來前處蓮華藏師子之座大衆圍遶心如虛空無所染著除滅障礙淨一切剎以無礙法充滿十方住一切智入諸法界教化衆生於一切劫行菩薩行恭敬供養一切諸佛心無退轉於衆生中最勝最上一切世間無能壞者一切菩薩不能察其智慧境界具不思議諸妙功德普觀三世等諸如來爾時善財見普賢菩薩一一毛孔放一切世界微塵等光明普照一

切虛空法界等世界除滅一切衆生苦患悉能長養菩薩善根一一毛孔出種種香雲普熏十方一切如來及諸眷屬一一毛孔出一切世界微塵等華雲一一毛孔出一切世界微塵等諸香樹雲出衆妙香莊嚴法界一一毛孔出一切世界微塵等妙寶衣雲莊嚴虛空一一毛孔出一切世界微塵等種種寶樹充滿虛空以爲莊嚴雨種種寶供佛大衆一一毛孔出一切世界微塵等色界天身充滿一切法界一切衆生界讚歎菩提一一毛孔出一切梵王身雲勸請如來轉妙法輪一一毛孔出一切欲天身雲皆悉護持諸佛法輪一一毛孔念念中出一切世界微塵等三世諸佛充滿虛空無依衆生爲作歸依一一毛孔念念中出一切世界微塵等清淨佛刹諸佛菩薩充滿其中教化成就無量衆生一一毛孔念念中出一切世界微塵等淨不淨佛刹充滿虛空令染汙者皆悉清淨一一毛孔念念中出一切世界微塵等不淨淨刹調伏不淨衆生一一毛孔念念中出一切世界微塵等一切衆生身雲隨順世間教化衆生一一毛孔念念中出一切世界微塵等菩薩身雲讚歎諸佛長養一切衆生善根一一毛孔念念中出一切世界微塵等初發心菩薩身雲於一切刹示現初發菩提之心一一毛孔念念中出一切世界微塵等菩薩身雲於一一刹讚一切佛功德願海普賢菩薩所行妙行一一毛孔念念中出一切世界微塵等普賢所行雨甘露法令一切衆生修薩婆若一一毛孔念念中出一切世界微塵等佛初成

正覺出興于世爾時善財見如是等不可思議自在神力見已歡喜踊躍無量重觀普賢一一身分一一肢節一一毛孔中悉見三千大千世界風輪水輪火輪地輪大海寶山須彌山王金剛圍山一切舍宅諸妙宮殿衆生等類一切地獄餓鬼畜生閻羅王處諸天梵王乃至人非人等欲界色界及無色界一切劫數諸佛菩薩教化衆生如是等事皆悉顯現十方一切世界亦復如是如此娑婆世界盧舍那如來應供等正覺所現自在力東方蓮華妙德世界賢首佛所顯現神力亦復如是如賢首佛所如是東方一切世界一切佛所顯現神力亦復如是如東方南西北方四維上下一切世界一切佛所顯現神力亦復如是於一切世界一切微塵一一微塵中現自在力亦復如是爾時善財見普賢菩薩不可思議自在神力即得十不可壞智慧法門何等爲十所謂於念念中能以一身遍一切剎於念念中詣一切佛所於念念中恭敬供養一切諸佛於念念中一切佛所聞持正法得一切佛法輪智波羅蜜門得不思議佛自在智波羅蜜門得無盡辯智慧法門得般若波羅蜜觀諸法門得一切法界海大方便波羅蜜門得知一切衆生欲性智慧波羅蜜門得普賢所得智慧波羅蜜門爾時普賢菩薩即伸右手摩善財頂摩已善財復得一切世界微塵等諸三昧門一一三昧門各有一切世界微塵等三昧以爲眷屬一一三昧中見一切世界微塵等諸如來海長養一切世界微塵等諸功德具生薩婆若滿大願海安住

正道究竟一切諸菩薩行發薩婆若勇猛精進爲一切佛光明所照如此娑婆世界盧舍那佛所普賢菩薩摩善財頂令得具足一切世界微塵等三昧門諸妙功德普賢菩薩在於十方一切世界諸如來所摩善財頂所得功德亦復如是爾時普賢菩薩告善財言善男子汝今見我自在神力奇持事不答言唯然已見此不思議莫能測者唯除如來善男子我於過去不可說不可說世界海微塵等劫修菩薩行專求菩提一一劫中見不可說不可說世界海微塵等佛修菩提心一一劫中於一切世界設不可說不可說廣大施會給施一切或施妻子城邑聚落頭目髓腦肢節血肉一切身分不惜壽命一向專求一切種智於一一劫恭敬供養不可說不可說世界海微塵等佛於彼佛所出家學道受持正法未曾生於貪恚癡心我我所心樂著生死虛妄之心輕慢他心諸障礙心修不可壞佛菩提心未曾忘失善男子我所修行菩薩諸行淨佛世界教化衆生長養大悲供養諸佛及善知識護持正法悉捨一切內外諸物修習世間出世間智令一切衆生背生死苦讚歎一切諸佛功德如是等事於不可說不可說劫中演說劫猶可盡此諸功德不可窮盡善男子我得如是功德具力諸善根力樂勝法力修功德力觀察諸法寂滅性力淨慧眼力佛威神力諸大願力大慈悲力淨通明力善知識力得是力故逮得本性清淨法身三世不壞又得無上清淨色身超出一切世間隨應化者莫不覩見遊一切刹無處不至現

自在力見者無猒善男子汝且觀我清淨法身無量劫海行菩薩行之所成就無量劫中難聞難見種少善根聲聞菩薩猶尚不得聞我名字況見我身善男子若有衆生聞我名者於阿耨多羅三藐三菩提不復退轉若現若觸若迎送若隨順若見光明若見震動諸佛世界乃至夢中見聞我者亦復如是若思惟念我若一日一夜若七日七夜若半月若一月若一歲若百歲若一劫若百劫乃至不可說不可說世界微塵等劫若一生念我若百生乃至不可說不可說世界微塵等生念我亦復如是以如是等世界微塵等諸妙方便令一切衆生發阿耨多羅三藐三菩提心住不退轉善男子若有衆生聞我修習淨佛刹者必得往生清淨世界若有衆生見聞我身必得生我清淨身中善男子汝復觀我清淨法身爾時善財於普賢菩薩相好肢節諸毛孔中見不可說不可說世界海諸佛充滿一一如來以不可說不可說大菩薩衆以爲眷屬見彼一一如來刹海所依不同形色各異金剛圍山大雲彌覆佛興世間所轉法輪如是等事皆悉不同又見普賢菩薩於十方刹出一切世界微塵等如來化身教化衆生令發阿耨多羅三藐三菩提心爾時善財童子經由親近一佛世界微塵等諸善知識所得功德於見普賢菩薩所得功德百分不及一百千萬分乃至算數譬喻所不能及何以故善財童子於念念中入不可說不可說佛世界海得不可說不可說微塵等諸功德藏知諸佛海次第與世菩薩衆海眷屬圍遶了

衆生根現自在力而化度之或一世界於一劫中修菩薩行乃至不可說不可說世界微塵等劫修菩薩行不此世界沒不彼世界生而能教化無量無邊世界衆生令發阿耨多羅三藐三菩提心爾時善財童子能自究竟普賢所行諸大願海不久當與一切佛等一身充滿一切世界刹等身等行等正覺等自在力等轉法輪等諸辯才等妙音聲等方便等無畏力等佛所住等大慈悲等不思議法門自在力等爾時普賢菩薩欲重明此義以偈頌曰

汝等離煩惱　清淨心諦聽　說佛一切行
眞實波羅蜜　超出諸世界　無上調御士
遠離煩惱垢　清淨如虛空　圓滿智慧日
除滅煩惱闇　普照一切法　安樂諸群生
如來無量劫　時乃出興世　譬如優曇華
難見難值遇　普爲諸群萌　苦行無量劫
隨順諸世間　其心無染著　時諸菩薩衆
既聞普賢教　敬心聽如來　自在眞實義
普賢眞佛子　究竟一切行　常爲佛所歎
言必不虛妄　普賢功德華　不染三界法
勸發大衆聽　無盡智慧海　諸佛微妙智
清淨如虛空　明了一切行　其心無所著
一念悉了達　三世一切法　善知衆生根
隨其所應化　衆生心煩惱　諸業善不善
所樂皆悉知　而爲說正法　或見如來坐
充滿十方界　衆生罪所障　雖近而不見
或見初發心　遠離諸放逸　無量無數劫
修習菩薩行　或聞諸最勝　妙音演說法
罪垢衆生等　不聞佛名號　或見大菩薩

充滿三千界　究竟普賢行　如來爲說法
或見盧舍那　無量無數劫　嚴淨此世界
得成最正覺　或見賢首佛　普賢大菩薩
斯等悉充滿　蓮華妙德刹　或見阿彌陀
觀世音菩薩　灌頂受記者　充滿諸法界
或見阿閦佛　香象大菩薩　斯等悉充滿
妙樂嚴淨刹　或見月慧佛　金幢大菩薩
斯等悉充滿　明淨鏡妙刹　或見日藏佛
智灌大菩薩　斯等悉充滿　清淨光明刹
或見十方界　諸佛放光明　爲衆轉法輪
除滅愚癡闇　或見一毛孔　不可說佛刹
諸佛莊嚴身　佛子衆圍遶　爲轉正法輪
度脫諸群生　或於一毛孔　普見諸佛子
無數億劫中　修習菩薩行　或於一一塵
悉見無量刹　或淨或垢穢　諸行業所起
或見盧舍那　於彼轉法輪　顯現自在力
方便入涅槃　觀察衆生類　一切業煩惱
顯現自在力　化之令解脫　如是諸法王
十方世界中　顯現自在力　我今說少分
或見釋迦文　初成等正覺　饒益諸群生
一切莫能測　或見爲菩薩　供養一切佛
或住童子地　顯現自在力　或見行施戒
忍辱勤精進　深入諸禪定　住慧方便地
或見究竟住　一切種智地　三昧陀羅尼
出生諸通明　或見無量劫　修習菩薩行
逮得不退轉　甘露灌頂記　或見爲梵身
帝釋四天王　刹利婆羅門　示現此等身
或見從兜率　命終降神生　或見住宮殿
捨欲而出家　或見坐道場　降魔成正覺
轉淨妙法輪　涅槃後起塔　或見無量壽

最勝天人尊　爲授灌頂記　成無上導師
或見十力尊　教化已周訖　般涅槃已來
無量無數劫　或見論師月　現處梵王宮
亦現大自在　魔王宮殿中　或見兜率宮
諸天衆圍遶　爲彼說正法　悉令大歡喜
或見處夜摩　帝釋四天王　諸龍夜叉王
八部宮殿中　定光如來所　供養得受記
如是等方便　教化諸群生　光明身壽命
淨慧及眷屬　教化威儀聲　皆悉不可數
見佛同衆生　或身如須彌　或現跏趺坐
充滿於世界　或見光一尋　或百千由旬
或現照法界　或照一切剎　或現壽百歲
百千萬億歲　無量那由他　不可思議劫
無礙清淨慧　一念知三世　悉從因緣起
而實無自性　一剎成正覺　普現諸世界
能現一世界　而作無量剎　示現無量剎
而爲一世界　安住無上道　具足無畏力
無礙智慧轉　十二行法輪　知苦集盡道
十二支緣起　四辯無礙智　演說一切法
無我無我所　亦無有自性　無生亦無滅
無來亦無去　皆悉如虛空　而不壞諸業
如來爲衆生　方便分別說　轉此法輪時
震動一切剎　大海金剛山　無有恐怖者
如來一音說　各隨所應解　滅諸煩惱垢
令住薩婆若　如來一音說　或聞施戒忍
精進禪智慧　慈悲及喜捨　四念四正勤
如意諸根力　覺道止觀念　神通諸法門
如來一音說　八部人非人　梵釋四天王
隨類音聲解　若多貪恚癡　憍慢慳嫉結
八萬四千垢　各聞對治法　未修淨業者

聞說十善道　已修施戒者　聞說般涅槃
染著於生死　懈怠諸群生　聞說解脫門
除滅生死苦　少欲知足者　樂處於閑靜
如是等衆生　聞說二乘音　或修廣大心
具諸功德藏　親近諸佛者　聞說大乘聲
或有一世界　聞說一乘音　或二三四五
乃至無量乘　智慧行有異　解脫無差別
猶如虛空性　無有若干相　如來微妙音
其性亦如是　隨所應化者　所聞各不同
佛以過去行　得一微妙音　無心於彼此
而能應一切　佛口放妙光　八萬四千數
普照諸世界　除滅衆煩惱　具足智功德
三種順衆生　離世如虛空　常現於世間
雖復隨世現　生老病死苦　或復現住壽
其性如虛空　如來分別知　一切衆生類
諸根及性欲　令住薩婆若　諸佛尊導師
示入於大衆　隨其所應化　善現威儀法
爲諸聲聞現　出家威儀法　常樂修寂滅
無餘涅槃證　婆羅門衆中　示現羸老身
縈髮而苦行　語論無窮盡　服氣或斷食
五熱以炙身　如是現苦行　降伏諸異學
或持異道戒　善算多方術　星曆地動相
種種衆生相　深入諸禪定　三昧及解脫
種種現嬉戲　令得薩婆若　示現樂衣服
種種莊嚴身　勇健善兵法　降伏剎利故
現知治正法　時節諸義利　輭語攝衆生
降伏大臣故　或詣四天王　八部鬼神所
方便爲說法　皆令大歡喜　或現爲帝釋
安住善法堂　諸天衆圍遶　爲彼演說法
夜摩或兜率　化樂化自在　梵王至淨居

爲彼演説法　如是現無數　種種威儀法
無量方便力　度脫諸群生　譬如工幻師
能現種種事　佛爲化衆生　示現種種身
如月遊虛空　觀者謂增損　影現諸河池
映蔽螢火光　如來淨智月　示現有增損
處於直心水　映蔽二乘光　譬如深大海
珍寶不可盡　於中悉顯現　衆生形類像
甚深因緣海　功德寶無盡　清淨法身中
無像而不現　譬如明淨日　照除世間闇
如來淨智日　悉除三世闇　如龍興慶雲
普雨於一切　身心不降雨　除熱得清涼
如來亦如是　興起大悲雲　普雨甘露法
滅除三毒火　此法亦不從　如來身心出
如來淨法身　三界無倫匹　超出諸世間
非有亦非無　其實無所依　不去而遍至
譬如夢所見　亦如空中華　非色非無色
非相非無相　非有亦非無　其性如虛空
如海摩尼寶　能出種種寶　衆生諸光明
而光無所有　導師亦如是　雖有而非有
不於一處中　積集功德寶　大仙現虛空
如自性實際　涅槃離欲滅　皆悉是一性
衆生心微塵　海水渧可數　虛空亦可量
佛德說無盡　聞此法歡喜　信心無疑者
速成無上道　與諸如來等

大方廣佛華嚴經卷第六十

華嚴經梵本凡十萬偈昔道人支法領從于闐國得此三萬六千偈以晉義熙十四年歲次鶉火三月十日於揚州司空謝石所立道場寺請天竺禪師佛度跋陀羅手執梵文譯梵爲晉沙門釋法業親從筆受

時吳郡內史孟顗右衛將軍褚叔度爲檀越至元熙二年六月十日出訖

音釋

窻牖牖與久切在屋曰窻在墻曰牖　測初力切測度也　羸倫爲切病瘦也

縈於營切繞也　鶉火鶉常倫切鶉火辰次之名

大方廣佛華嚴經

唐于闐國三藏沙門實叉難陀譯

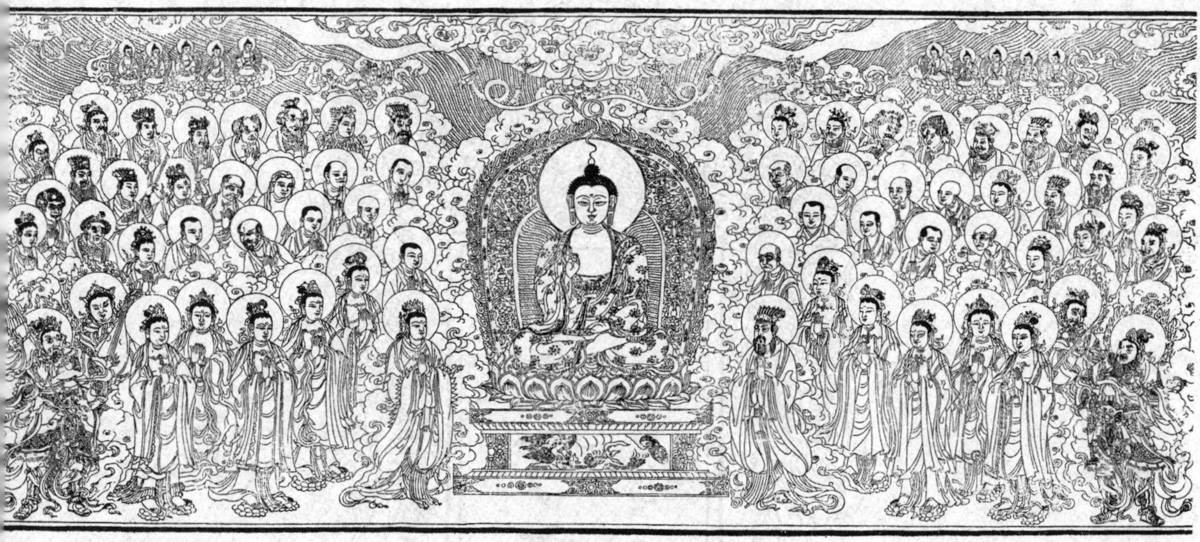

清刻龍藏佛說法變相圖

永樂御製大方廣佛華嚴經序

蓋聞統萬法唯一理貫萬古唯一心心也者萬法之源衆妙之體靈明不昧清淨空寂非色相之可求非比量之可擬故有無相之知不用之用惟不泥知故無所不知惟不泥用故無所不用所以森羅寶印而周徧沙界也大方廣佛華嚴經者諸佛之性海一眞之法界顯玄微之妙詮演無盡之宗趣語其廣大則無所不包語其精密則無所不備雖一路一門之可入而千殊萬變之無窮望之者莫測其津即之者莫睨其際所謂會滄海而爲墨聚須彌而爲筆不能盡一句之義而況以淺近之觀卑下之識而欲探其閫奧者哉雖然至道無形至理有要蓋要者以一而爲衆以衆而爲一以大而爲小以小而爲大愈煩

而愈簡愈多而愈約含十方虚空於一毫納無量剎土於芥子行布萬象之粲明圓融海波之一味總貫于一奚有差别事理交徹而兩忘性相融通而無盡若圓鏡之互照猶明珠之相含故悟之者得圓至功於頃刻見金色界於塵毛普雨應量隨其好樂鮮不由於自心亦何有於佛説如彼世人同遊寶藏各隨所欲皆獲如意又如飢餐香積皆得充飽詮是理以闡教其調伏利益者至矣朕閒窺真諦略究旨歸求千訓於一言索群象於一字深歎如來之道甚深廣大以一心而爲宗啓多門而無礙千流之異而同源萬車之殊而同轍最勝之法真實之義非名言之可窮豈小機之可解直須了悟自心圓信成就庶可叩真如之玄關以造空王之寶殿也於是鏤梓徧布流通廣大乘之教宗爲群生之方便若夫剖微塵之千卷有待明人書大藏於空中俟彼智者謹書此爲序以發其端云

永樂十年六月初四日

大方廣佛華嚴經序

唐　武　則　天　製

蓋聞造化權輿之首天道未分龜龍繫象之初人文始著雖萬八千歲同臨有截之區七十二君詎識無邊之義由是人迷四忍輪迴於六趣之中家纏五蓋沒溺於三塗之下及夫鷲巖西峙象駕東驅慧日法王超四大而高視中天調御越十地以居尊包括鐵圍延促沙劫其爲體也則不生不滅其爲相也則無去無來念處正勤三十七品爲其行慈悲喜捨四無量法運其心方便之力難思圓對之機多緒混太空而爲量豈筭數之能窮入纖芥之微區匪名言之可述無得而稱者其唯大覺歟朕曩劫植因叨承佛記金仙降旨大雲之偈先彰玉扆披祥寶雨之文後及加以積善餘慶俯集微躬遂得地平天成河清海晏殊禎絶瑞既日至而月書貝葉靈文亦時臻而歲洽踰海越漠獻賝之禮備焉架險航深重譯之詞罄矣大方廣佛華嚴經者斯乃諸佛之密藏如來之性海視之者莫識其指歸挹之者罕測其涯際有學無學志絶窺覦二乘三乘寧希聽受最勝種智莊嚴之跡既隆普賢文殊願行之因斯滿一句之內包法界之無邊一毫之中置剎土而非隘摩竭陀國肇興妙會之緣普光法堂爰敷寂滅之理緬惟奥義譯在晉朝時踰六代年將四百然圓一部之典纔獲三萬餘言唯啓半珠未窺全寶朕聞其梵本先在于闐國中遣使奉迎近方至此既覩百千之妙頌乃披十萬之正文粤以證聖元年歲次乙未月旅姑洗朔

維戊申以其十四日辛酉於大徧空寺親受筆削敬譯斯經遂得甘露流津預夢庚申之夕膏雨灑潤後覃壬戌之辰式開實相之門還符一味之澤以聖曆二年歲次己亥十月壬午朔八日己丑繕寫畢功添性海之波瀾廓法界之疆域大乘頓教普被於無窮方廣眞詮遐該於有識豈謂後五百歲忽奉金口之言娑婆境中俄啓珠函之祕所冀闡揚沙界宣暢塵區並兩曜而長懸彌十方而永布一窺寶偈慶溢心靈三復幽宗喜盈身意雖則無說無示理符不二之門然而因言顯言方闡大千之義輒申鄙作爰題序云

大方廣佛華嚴經卷第一

唐于闐國三藏沙門實叉難陀譯

世主妙嚴品第一之一

如是我聞一時佛在摩竭提國阿蘭若法菩提場中始成正覺其地堅固金剛所成上妙寶輪及衆寶華清淨摩尼以爲嚴飾諸色相海無邊顯現摩尼爲幢常放光明恒出妙音衆寶羅網妙香華纓周帀垂布摩尼寶王變現自在雨無盡寶及衆妙華分散於地寶樹行列枝葉光茂佛神力故令此道場一切莊嚴於中影現其菩提樹高顯殊特金剛爲身瑠璃爲榦衆雜妙寶以爲枝條寶葉扶踈垂蔭如雲寶華雜色分枝布影復以摩尼而爲其果含暉發燄與華間列其樹周圓咸放光明於光明中雨摩尼寶摩尼寶內有諸菩薩其衆如雲俱時出現又以如來威神力故其菩提樹恒出妙音說種種法無有盡極如來所處宮殿樓閣廣博嚴麗充徧十方衆色摩尼之所集成種種寶華以爲莊校諸莊嚴具流光如雲從宮殿間華影成幢無邊菩薩道場衆會咸集其所以能出現諸佛光明不思議音摩尼寶王而爲其網如來自在神通之力所有境界皆從中出一切衆生居處屋宅皆於此中現其影像又以諸佛神力所加一念之間悉包法界其師子座高廣妙好摩尼爲臺蓮華爲網清淨妙寶以爲其輪衆色雜華而作瓔珞堂榭樓閣階砌戶牖凡諸物像備體莊嚴寶樹枝果周迴間列摩尼光雲互相照耀十方諸佛化現珠王一切菩薩髻中妙寶悉放光明而來瑩燭復以諸佛威神所

持演説如來廣大境界妙音遐暢無處不及爾時世尊處于此座於一切法成最正覺智入三世悉皆平等其身充滿一切世間其音普順十方國土譬如虛空具含衆像於諸境界無所分別又如虛空普徧一切於諸國土平等隨入身恒徧坐一切道場菩薩衆中威光赫奕如日輪出照明世界三世所行衆福大海悉已清淨而恒示生諸佛國土無邊色相圓滿光明徧周法界等無差別演一切法如布大雲一一毛端悉能容受一切世界而無障礙各現無量神通之力教化調伏一切衆生身徧十方而無來往智入諸相了法空寂三世諸佛所有神變於光明中靡不咸覩一切佛土不思議劫所有莊嚴悉令顯現有十佛世界微塵數菩薩摩訶薩所共圍繞其名曰普賢菩薩摩訶薩普德最勝燈光照菩薩摩訶薩普光師子幢菩薩摩訶薩普寶燄妙光菩薩摩訶薩普音功德海幢菩薩摩訶薩普智光照如來境菩薩摩訶薩普寶髻華幢菩薩摩訶薩普覺悅意聲菩薩摩訶薩普清淨無盡福光菩薩摩訶薩普光明相菩薩摩訶薩海月光大明菩薩摩訶薩雲音海光無垢藏菩薩摩訶薩功德寶髻智生菩薩摩訶薩功德自在王大光菩薩摩訶薩善勇猛蓮華髻菩薩摩訶薩普智雲日幢菩薩摩訶薩大精進金剛臍菩薩摩訶薩香燄光幢菩薩摩訶薩大明德深美音菩薩摩訶薩大福光智生菩薩摩訶薩如是等而爲上首有十佛世界微塵數此諸菩薩往昔皆與毗盧遮那如來共集善根修菩薩行皆從如來善根

海生諸波羅蜜悉已圓滿慧眼明徹等觀三世於諸三昧具足清淨辯才如海廣大無盡具佛功德尊嚴可敬知衆生根如應化伏入法界藏智無差別證佛解脫甚深廣大能隨方便入於一地而以一切願海所持恒與智俱盡未來際了達諸佛希有廣大祕密之境善知一切佛平等法已踐如來普光明地入於無量三昧海門於一切處皆隨現身世法所行悉同其事總持廣大集衆法海辯才善巧轉不退輪一切如來功德大海咸入其身一切諸佛所在國土皆隨願往已曾供養一切諸佛無邊際劫歡喜無倦一切如來得菩提處常在其中親近不捨恒以所得普賢願海令一切衆生智身具足成就如是無量功德復有佛世界微塵數執金剛神所謂妙色那羅延執金剛神日輪速疾幢執金剛神須彌華光執金剛神清淨雲音執金剛神諸根美妙執金剛神可愛樂光明執金剛神大樹雷音執金剛神師子王光明執金剛神密燄勝目執金剛神蓮華光摩尼髻執金剛神如是等而爲上首有佛世界微塵數皆於往昔無量劫中恒發大願願常親近供養諸佛隨願所行已得圓滿到於彼岸積集無邊清淨福業於諸三昧所行之境悉已明達獲神通力隨如來住入不思議解脫境界處於衆會威光特達隨諸衆生所應現身而示調伏一切諸佛化形所在皆隨化往一切如來所住之處常勤守護復有佛世界微塵數身衆神所謂華髻莊嚴身衆神光照十方身衆神海音調伏身衆神淨華嚴髻身衆神無量威儀

身衆神最上光嚴身衆神淨光香雲身衆神守護攝持身衆神普現攝取身衆神不動光明身衆神如是等而爲上首有佛世界微塵數皆於往昔成就大願供養承事一切諸佛復有佛世界微塵數足行神所謂寶印手足行神蓮華光足行神清淨華髻足行神攝諸善見足行神妙寶星幢足行神樂吐妙音足行神栴檀樹光足行神蓮華光明足行神微妙光明足行神積集妙華足行神如是等而爲上首有佛世界微塵數皆於過去無量劫中親近如來隨逐不捨復有佛世界微塵數道場神所謂淨莊嚴幢道場神須彌寶光道場神雷音幢相道場神雨華妙眼道場神華纓光髻道場神雨寶莊嚴道場神勇猛香眼道場神金剛彩雲道場神蓮華光明道場神妙光照耀道場神如是等而爲上首有佛世界微塵數皆於過去值無量佛成就願力廣興供養復有佛世界微塵數主城神所謂寶峯光耀主城神妙嚴宮殿主城神清淨喜寶主城神離憂清淨主城神華燈燄眼主城神燄幢明現主城神盛福光明主城神清淨光明主城神香髻莊嚴主城神妙寶光明主城神如是等而爲上首有佛世界微塵數皆於無量不思議劫嚴淨如來所居宮殿復有佛世界微塵數主地神所謂普德淨華主地神堅福莊嚴主地神妙華嚴樹主地神普散衆寶主地神淨目觀時主地神妙色勝眼主地神香毛發光主地神悅意音聲主地神妙華旋髻主地神金剛嚴體主地神如是等而爲上首有佛世界微塵數皆於往昔發深重願

願常親近諸佛如來同修福業復有無量主山神所謂寶峯開華主山神華林妙髻主山神高幢普照主山神離塵淨髻主山神光照十方主山神大力光明主山神威光普勝主山神微密光輪主山神普眼現見主山神金剛密眼主山神如是等而爲上首其數無量皆於諸法得清淨眼復有不可思議數主林神所謂布華如雲主林神擢幹舒光主林神生芽發曜主林神吉祥淨葉主林神垂布燄藏主林神清淨光明主林神可意雷音主林神光香普徧主林神妙光逈曜主林神華果光味主林神如是等而爲上首不思議數皆有無量可愛光明復有無量主藥神所謂吉祥主藥神栴檀林主藥神清淨光明主藥神名稱普聞主藥神毛孔光明主藥神普治清淨主藥神大發吼聲主藥神蔽日光幢主藥神明見十方主藥神益氣明目主藥神如是等而爲上首其數無量性皆離垢仁慈祐物復有無量主稼神所謂柔軟勝味主稼神時華淨光主稼神色力勇健主稼神增長精氣主稼神普生根果主稼神妙嚴環髻主稼神潤澤淨華主稼神成就妙香主稼神見者愛樂主稼神離垢淨光主稼神如是等而爲上首其數無量莫不皆得大喜成就復有無量主河神所謂普發迅流主河神普潔泉澗主河神離塵淨眼主河神十方徧吼主河神救護衆生主河神無熱淨光主河神普生歡喜主河神廣德勝幢主河神光照普世主河神海德光明主河神如是等而爲上首有無量數皆勤作意利益衆生復有無量主海神所

謂出現寶光主海神成金剛幢主海神遠離塵垢主海神普水宮殿主海神吉祥寶月主海神妙華龍髻主海神普持光味主海神寶燄華光主海神金剛妙髻主海神海潮雷音主海神如是等而爲上首其數無量悉以如來功德大海充滿其身復有無量主水神所謂普興雲幢主水神海潮雲音主水神妙色輪髻主水神善巧漩澓主水神離垢香積主水神福橋光音主水神知足自在主水神淨喜善音主水神普現威光主水神吼音徧海主水神如是等而爲上首其數無量常勤救護一切衆生而爲利益復有無數主火神所謂普光燄藏主火神普集光幢主火神大光普照主火神衆妙宮殿主火神無盡光髻主火神種種燄眼主火神十方宮殿如須彌山主火神威光自在主火神光明破暗主火神雷音電光主火神如是等而爲上首不可稱數皆能示現種種光明令諸衆生熱惱除滅復有無量主風神所謂無礙光明主風神普現勇業主風神飄擊雲幢主風神淨光莊嚴主風神力能竭水主風神大聲徧吼主風神樹杪垂髻主風神所行無礙主風神種種宮殿主風神大光普照主風神如是等而爲上首其數無量皆勤散滅我慢之心復有無量主空神所謂淨光普照主空神普游深廣主空神生吉祥風主空神離障安住主空神廣步妙髻主空神無礙光燄主空神無礙勝力主空神離垢光明主空神深遠妙音主空神光徧十方主空神如是等而爲上首其數無量心皆離垢廣大明潔復有無量主方神所

謂徧住一切主方神普現光明主方神光行莊嚴主方神周行不礙主方神永斷迷惑主方神普遊淨空主方神大雲幢音主方神髻目無亂主方神普觀世業主方神周徧遊覽主方神如是等而爲上首其數無量能以方便普放光明恒照十方相續不絕復有無量主夜神所謂普德淨光主夜神喜眼觀世主夜神護世精氣主夜神寂靜海音主夜神普現吉祥主夜神普發樹華主夜神平等護育主夜神遊戲快樂主夜神諸根常喜主夜神出生淨福主夜神如是等而爲上首其數無量皆勤修習以法爲樂復有無量主晝神所謂示現宮殿主晝神發起慧香主晝神樂勝莊嚴主晝神香華妙光主晝神普集妙藥主晝神樂作喜目主晝神普現諸方主晝神大悲光明主晝神善根光照主晝神妙華瓔珞主晝神如是等而爲上首其數無量皆於妙法能生信解恒共精勤嚴飾宮殿復有無量阿脩羅王所謂羅睺阿脩羅王毗摩質多羅阿脩羅王巧幻術阿脩羅王大眷屬阿脩羅王大力阿脩羅王徧照阿脩羅王堅固行妙莊嚴阿脩羅王廣大因慧阿脩羅王出現勝德阿脩羅王妙好音聲阿脩羅王如是等而爲上首其數無量悉已精勤摧伏我慢及諸煩惱復有不可思議數迦樓羅王所謂大速疾力迦樓羅王無能壞寶髻迦樓羅王清淨速疾迦樓羅王心不退轉迦樓羅王大海處攝持力迦樓羅王堅固淨光迦樓羅王巧嚴冠髻迦樓羅王普捷示現迦樓羅王普觀海迦樓羅王普音廣目迦樓羅王如是等而爲

上首不思議數悉已成就大方便力普能救攝一切衆生復有無量緊那羅王所謂善慧光明天緊那羅王妙華幢緊那羅王種種莊嚴緊那羅王悅意吼聲緊那羅王寶樹光明緊那羅王見者欣樂緊那羅王最勝光莊嚴緊那羅王微妙華幢緊那羅王動地力緊那羅王攝伏惡衆緊那羅王如是等而爲上首其數無量皆勤精進觀一切法心恒快樂自在遊戲復有無量摩睺羅伽王所謂善慧摩睺羅伽王清淨威音摩睺羅伽王勝慧莊嚴髻摩睺羅伽王妙目主摩睺羅伽王如燈幢爲衆所歸摩睺羅伽王最勝光明幢摩睺羅伽王師子臆摩睺羅伽王衆妙莊嚴音摩睺羅伽王須彌堅固摩睺羅伽王可愛樂光明摩睺羅伽王如是等而爲上首其數無量皆勤修習廣大方便令諸衆生永割癡網復有無量夜叉王所謂毗沙門夜叉王自在音夜叉王嚴持器仗夜叉王大智慧夜叉王燄眼主夜叉王金剛眼夜叉王勇健臂夜叉王勇敵大軍夜叉王富資財夜叉王力壞高山夜叉王如是等而爲上首其數無量皆勤守護一切衆生復有無量諸大龍王所謂毗樓博叉龍王娑竭羅龍王雲音妙幢龍王燄口海光龍王普高雲幢龍王德叉迦龍王無邊步龍王清淨色龍王普運大聲龍王無熱惱龍王如是等而爲上首其數無量莫不勤力興雲布雨令諸衆生熱惱消滅復有無量鳩槃茶王所謂增長鳩槃茶王龍主鳩槃茶王善莊嚴幢鳩槃茶王普饒益行鳩槃茶王甚可怖畏鳩槃茶王美目端嚴鳩槃茶王高峯慧

鳩槃茶王勇健臂鳩槃茶王無邊淨華眼鳩槃茶王廣大天面阿脩羅眼鳩槃茶王如是等而爲上首其數無量皆勤修學無礙法門放大光明復有無量乾闥婆王所謂持國乾闥婆王樹光乾闥婆王淨目乾闥婆王華冠乾闥婆王普音乾闥婆王樂搖動妙目乾闥婆王妙音師子幢乾闥婆王普放寶光明乾闥婆王金剛樹華幢乾闥婆王樂普現莊嚴乾闥婆王如是等而爲上首其數無量皆於大法深生信解歡喜愛重勤修不倦復有無量月天子所謂月天子華王髻光明天子衆妙淨光明天子安樂世間心天子樹王眼光明天子示現清淨光天子普遊不動光天子星宿王自在天子淨覺月天子大威德光明天子如是等而爲上首其數無量皆勤顯發衆生心寶復有無量日天子所謂日天子光燄眼天子須彌光可畏敬幢天子離垢寶莊嚴天子勇猛不退轉天子妙華纓光明天子最勝幢光明天子寶髻普光明天子光明眼天子持勝德天子普光明天子如是等而爲上首其數無量皆勤修習利益衆生增其善根復有無量三十三天王所謂釋迦因陀羅天王普稱滿音天王慈目寶髻天王寶光幢名稱天王發生喜樂髻天王可愛樂正念天王須彌勝音天王成就念天王可愛樂淨華光天王智日眼天王自在光明能覺悟天王如是等而爲上首其數無量皆勤發起一切世間廣大之業復有無量須夜摩天王所謂善時分天王可愛樂光明天王無盡慧功德幢天王善變化端嚴天王總持大光明天王

不思議智慧天王輪𩮀天王光燄天王光照天王普觀察大名稱天王如是等而爲上首其數無量皆勤修習廣大善根心常喜足復有不可思議數兜率陀天王所謂知足天王喜樂海髻天王最勝功德幢天王寂靜光天王可愛樂妙目天王寶峯淨月天王最勝勇健力天王金剛妙光明天王星宿莊嚴幢天王可愛樂莊嚴天王如是等而爲上首不思議數皆勤念持一切諸佛所有名號復有無量化樂天王所謂善變化天王寂靜音光明天王變化力光明天王莊嚴主天王念光天王最上雲音天王衆妙最勝光天王妙髻光明天王成就喜慧天王華光髻天王普見十方天王如是等而爲上首其數無量皆勤調伏一切衆生令得解脫復有無數他化自在天王所謂得自在天王妙目主天王妙冠幢天王勇猛慧天王妙音句天王妙光幢天王寂靜境界門天王妙輪莊嚴幢天王華蘂慧自在天王因陀羅力妙莊嚴光明天王如是等而爲上首其數無量皆勤修習自在方便廣大法門復有不可數大梵天王所謂尸棄天王慧光天王善慧光明天王普雲音天王觀世言音自在天王寂靜光明眼天王光徧十方天王變化音天王光明照耀眼天王悅意海音天王如是等而爲上首不可稱數皆具大慈憐愍衆生舒光普照令其快樂復有無量光音天王所謂可愛樂光明天王清淨妙光天王能自在音天王最勝念智天王可愛樂清淨妙音天王善思惟音天王普音徧照天王甚深光音天王無垢稱光明天王最

勝淨光天王如是等而爲上首其數無量皆住廣大寂靜喜樂無礙法門復有無量徧淨天王所謂清淨慧名稱天王最勝見天王寂靜德天王須彌音天王淨念眼天王可愛樂最勝光照天王世間自在主天王光燄自在天王樂思惟法變化天王變化幢天王星宿音妙莊嚴天王如是等而爲上首其數無量悉已安住廣大法門於諸世間勤作利益復有無量廣果天王所謂愛樂法光明幢天王清淨莊嚴海天王最勝慧光明天王自在智慧幢天王樂寂靜天王普智眼天王樂旋慧天王善種慧光明天王無垢寂靜光天王廣大清淨光天王如是等而爲上首其數無量莫不皆以寂靜之法而爲宮殿安住其中復有無數大自在天王所謂妙燄海天王自在名稱光天王清淨功德眼天王可愛樂大慧天王不動光自在天王妙莊嚴眼天王善思惟光明天王可愛樂大智天王普音莊嚴幢天王極精進名稱光天王如是等而爲上首不可稱數皆勤觀察無相之法所行平等

大方廣佛華嚴經卷第一

音釋

御製序

晛 研計切 視也　探 他含切 窺索也　閫 苦本切 閫閾也　粲 蒼案切 明也

鏤 郎豆切 雕刻也　梓 祖似切 良木也

序

峙丈几切山屹立也緒象呂切端緒也扆隱豈切戶牖之閒謂之扆若今之屛風也洽胡夾切浹洽也謂霑被周徧也賝癡林切美寶也鏧詰定切垂盡也窺覦窺缺規切小視也覦容朱切覬覦也肇直紹切始也粵王月切發語辭也姑洗洗蘇典切姑洗律名

經

阿蘭若梵語也此云閑靜處若音惹帀作合切徧也榦居案切與幹同木旁生者為枝正出為榦蔭於禁切茈也萃影萃秦醉切聚也榭詞夜切臺上有屋曰榭砌七計切階甃也髻音計綰髮也遐暢遐何加切遠也暢尺亮切通也赫弈赫郝格切弈夷益切赫弈光盛貌齎音齊肚臍也擢直角切籊也迥曜迥戶茗切遠也曜弋笑切光照也輭乳兗切柔也漩澓漩音旋澓音伏漩澓水洄流也樹杪杪弭沼切木末也阿修羅梵語也亦云阿素洛此云無酒又名非天迦樓羅梵語也亦云揭路荼此云金翅鳥緊那羅梵語也亦云緊捺洛此云疑神又云人非人緊居忍切摩睺羅伽梵語也亦云莫呼洛伽正言牟呼洛迦此云大蟒神睺音侯臆乙力切胷肉也健臂健渠建切有力也臂卑義切手腕也乾闥婆梵語也亦云健達縛此云香陰帝釋樂神也闥音撻兜率陀梵語也亦云覩史多此云知足兜當侯切蘂乳捶切花蕊也勹曰蘂从曰芔

大方廣佛華嚴經卷第二

唐于闐國三藏沙門實叉難陀譯

世主妙嚴品第一之二

爾時如來道場衆海悉已雲集無邊品類周帀徧滿形色部從各各差別隨所來方親近世尊一心瞻仰此諸衆會已離一切煩惱心垢及其餘習摧重障山見佛無礙如是皆以毗盧遮那如來往昔之時於劫海中修菩薩行以四攝事而曾攝受一一佛所種善根時皆已善攝種種方便教化成熟令其安立一切智道種無量善穫衆大福悉已入於方便願海所行之行具足清淨於出離道已能善出常見於佛分明照了以勝解力入於如來功德大海得於諸佛解脫之門遊戲神通所謂妙燄海大自在天王得法界虛空界寂靜方便力解脫門自在名稱光天王得普觀一切法悉自在解脫門清淨功德眼天王得知一切法不生不滅不來不去無功用行解脫門可愛樂大慧天王得現見一切法眞實相智慧海解脫門不動光自在天王得與衆生無邊安樂大方便定解脫門妙莊嚴眼天王得令觀寂靜法滅諸癡暗怖解脫門善思惟光明天王得善入無邊境界不起一切諸有思惟業解脫門可愛樂大智天王得普往十方說法而不動無所依解脫門普音莊嚴幢天王得入佛寂靜境界普現光明解脫門名稱光善精進天王得住自所悟處而以無邊廣大境界爲所緣解脫門爾時妙燄海天王承佛威力普觀一切自在天衆而說頌言

佛身普徧諸大會　充滿法界無窮盡

寂滅無性不可取　爲救世間而出現
如來法王出世間　能然照世妙法燈
境界無邊亦無盡　此自在名之所證
佛不思議離分別　了相十方無所有
爲世廣開清淨道　如是淨眼能觀見
如來智慧無邊際　一切世間莫能測
永滅衆生癡暗心　大慧入此深安住
如來功德不思議　衆生見者煩惱滅
普使世間獲安樂　不動自在天能見
衆生癡暗常迷覆　如來爲說寂靜法
是則照世智慧燈　妙眼能知此方便
如來清淨妙色身　普現十方無有比
此身無性無依處　善思惟天所觀察
如來音聲無限礙　堪受化者靡不聞
而佛寂然恒不動　此樂智天之解脫
寂靜解脫天人主　十方無處不現前
光明照耀滿世間　此無礙法嚴幢見
佛於無邊大劫海　爲衆生故求菩提
種種神通化一切　名稱光天悟斯法

復次可愛樂法光明幢天王得普觀一切衆生根爲說法斷疑解脫門淨莊嚴海天王得隨憶念令見佛解脫門最勝慧光明天王得法性平等無所依莊嚴身解脫門自在智慧幢天王得了知一切世間法一念中安立不思議莊嚴海解脫門樂寂靜天王得於一毛孔現不思議佛刹無障礙解脫門普智眼天王得入普門觀察法界解脫門樂旋慧天王得爲一切衆生種種出現無邊劫常現前解脫門善種慧光明天王得觀一切世間境界入不思議法解脫門無垢寂靜光天王得示

一切衆生出要法解脫門廣大清淨光天王得觀察一切應化衆生令入佛法解脫門爾時可愛樂法光明幢天王承佛威力普觀一切少廣天無量廣天廣果天衆而說頌言

諸佛境界不思議　一切衆生莫能測
普令其心生信解　廣大意樂無窮盡
若有衆生堪受法　佛威神力開導彼
令其恒覩佛現前　嚴海天王如是見
一切法性無所依　佛現世間亦如是
普於諸有無依處　此義勝智能觀察
隨諸衆生心所欲　佛神通力皆能現
各各差別不思議　此智幢王解脫海
過去所有諸國土　一毛孔中皆示現
此是諸佛大神通　愛樂寂靜能宣說
一切法門無盡海　同會一法道場中
如是法性佛所說　智眼能明此方便
十方所有諸國土　悉在其中而說法
佛身無去亦無來　愛樂慧旋之境界
佛觀世法如光影　入彼甚深幽奧處
說諸法性常寂然　善種思惟能見此
佛善了知諸境界　隨衆生根雨法雨
為啓難思出要門　此寂靜天能悟入
世尊恒以大慈悲　利益衆生而出現
等雨法雨充其器　清淨光天能演說

復次清淨慧名稱天王得了達一切衆生解脫道方便解脫門最勝見天王得隨一切諸天衆所樂如光影普示現解脫門寂靜德天王得普嚴淨一切佛境界大方便解脫門須彌音天王得隨諸衆生永流轉生死海解脫門淨念眼天王得憶念如來調伏衆生行解

脱門可愛樂普照天王得普門陀羅尼海所流出解脱門世間自在主天王得能令衆生值佛生信藏解脱門光燄自在天王得能令一切衆生聞法信喜而出離解脱門樂思惟法變化天王得入一切菩薩調伏行如虛空無邊無盡解脱門變化幢天王得觀衆生無量煩惱普悲智解脱門星宿音妙莊嚴天王得放光現佛三輪攝化解脱門爾時清淨慧名稱天王承佛威力普觀一切少淨天無量淨天徧淨天衆而説頌言

了知法性無礙者　普現十方無量剎
説佛境界不思議　令衆同歸解脱海
如來處世無所依　譬如光影現衆國
法性究竟無生起　此勝見王所入門
無量劫海修方便　普淨十方諸國土
法界如如常不動　寂靜德天之所悟
衆生愚癡所覆障　盲暗恒居生死中
如來示以清淨道　此須彌音之解脱
諸佛所行無上道　一切衆生莫能測
示以種種方便門　淨眼諦觀能悉了
如來恒以總持門　譬如剎海微塵數
示教衆生徧一切　普照天王此能入
如來出世甚難值　無量劫海時一遇
能令衆生生信解　此自在天之所得
佛説法性皆無性　甚深廣大不思議
普使衆生生淨信　光燄天王能善了
三世如來功德滿　化衆生界不思議
於彼思惟生慶悦　如是樂法能開演
衆生没在煩惱海　愚癡見濁甚可怖
大師哀愍令永離　此化幢王所觀境

如來恒放大光明　一一光中無量佛
各各現化衆生事　此妙音天所入門

復次可愛樂光明天王得恒受寂靜樂而能降現銷滅世間苦解脫門清淨妙光天王得大悲心相應海一切衆生喜樂藏解脫門自在音天王得一念中普現無邊劫一切衆生福德力解脫門最勝念智天王得普使成住壞一切世間皆悉如虛空清淨解脫門可愛樂淨妙音天王得愛樂信受一切聖人法解脫門善思惟音天王得能經劫住演說一切地義及方便解脫門演莊嚴音天王得一切菩薩從兜率天宮沒下生時大供養方便解脫門甚深光音天王得觀察無盡神通智慧海解脫門廣大名稱天王得一切佛功德海滿足出現世間方便力解脫門最勝淨光天王得如來往昔誓願力發生深信愛樂藏解脫門爾時可愛樂光明天王承佛威力普觀一切少光天無量光天極光天衆而說頌言

我念如來昔所行　承事供養無邊佛
如本信心清淨業　以佛威神今悉見
佛身無相離衆垢　恒住慈悲哀愍地
世間憂患悉使除　此是妙光之解脫
佛法廣大無涯際　一切剎海於中現
如其成壞各不同　自在音天解脫力
佛神通力無與等　普現十方廣大剎
悉令嚴淨常現前　勝念解脫之方便
如諸剎海微塵數　所有如來咸敬奉
聞法離染不唐捐　此妙音天法門用
佛於無量大劫海　說地方便無倫匹
所說無邊無有窮　善思音天知此義

如來神變無量門　一念現於一切處
降神成道大方便　此莊嚴音之解脫
威力所持能演說　及現諸佛神通事
隨其根欲悉令淨　此光音天解脫門
如來智慧無邊際　世中無等無所著
慈心應物普現前　廣大名天悟斯道
佛昔修習菩提行　供養十方一切佛
一一佛所發誓心　最勝光聞大歡喜

復次尸棄梵王得普住十方道場中說法而所行清淨無染著解脫門慧光梵王得使一切衆生入禪三昧住解脫門善思慧光明梵王得普入一切不思議法解脫門普雲音梵王得入諸佛一切音聲海解脫門觀世言音自在梵王得能憶念菩薩教化一切衆生方便解脫門寂靜光明眼梵王得現一切世間業報相各差別解脫門普光明梵王得隨一切衆生品類差別皆現前調伏解脫門變化音梵王得住一切法清淨相寂滅行境界解脫門光耀眼梵王得於一切有無所著無邊際無依止常勤出現解脫門悅意海音梵王得常思惟觀察無盡法解脫門爾時尸棄大梵王承佛威力普觀一切梵身天梵輔天梵衆天大梵天衆而說頌言

佛身清淨常寂滅　光明照耀偏世間
無相無行無影像　譬如空雲如是見
佛身如是定境界　一切衆生莫能測
示彼難思方便門　此慧光王之所悟
佛刹微塵法門海　一言演說盡無餘
如是劫海演不窮　善思慧光之解脫
諸佛圓音等世間　衆生隨類各得解

而於音聲不分別　普音梵天如是悟
三世所有諸如來　趣入菩提方便行
一切皆於佛身現　自在音天之解脫
一切衆生業差別　隨其因感種種殊
世間如是佛皆現　寂靜光天能悟入
無量法門皆自在　調伏衆生徧十方
亦不於中起分別　此是普光之境界
佛身如空不可盡　無相無礙徧十方
所有應現皆如化　變化音王悟斯道
如來身相無有邊　智慧音聲亦如是
處世現形無所著　光耀天王入此門
法王安處妙法宮　法身光明無不照
法性無比無諸相　此海音王之解脫

復次自在天王得現前成熟無量衆生自在藏解脫門善目主天王得觀察一切衆生樂令入聖境界樂解脫門妙寶幢冠天王得隨諸衆生種種欲解令起行解脫門勇猛慧天王得普攝爲一切衆生所說義解脫門妙音句天王得憶念如來廣大慈增進自所行解脫門妙光幢天王得示現大悲門摧滅一切憍慢幢解脫門寂靜境天王得調伏一切世間瞋害心解脫門妙輪莊嚴幢天王得十方無邊佛隨憶念悉來赴解脫門華光慧天王得隨衆生心念普現成正覺解脫門因陀羅妙光天王得普入一切世間大威力自在法解脫門爾時自在天王承佛威力普觀一切自在天衆而說頌言

佛身周徧等法界　普應衆生悉現前
種種教門常化誘　於法自在能開悟
世間所有種種樂　聖寂滅樂爲最勝

住於廣大法性中　妙眼天王觀見此
如來出現徧十方　普應群心而說法
一切疑念皆除斷　此妙幢冠解脫門
諸佛徧世演妙音　無量劫中所說法
能以一言咸說盡　勇猛慧天之解脫
世間所有廣大慈　不及如來一毫分
佛慈如空不可盡　此妙音天之所得
一切衆生慢高山　十力摧殄悉無餘
此是如來大悲用　妙光幢王所行道
慧光清淨滿世間　若有見者除癡暗
令其遠離諸惡道　寂靜天王悟斯法
毛孔光明能演說　等衆生數諸佛名
隨其所樂悉得聞　此妙輪幢之解脫
如來自在不可量　法界虛空悉充滿
一切衆會皆明覩　此解脫門華慧入
無量無邊大劫海　普現十方而說法
未曾見佛有去來　此妙光天之所悟

復次善化天王得開示一切業變化力解脫門寂靜音光明天王得捨離一切攀緣解脫門變化力光明天王得普滅一切衆生癡暗心令智慧圓滿解脫門莊嚴主天王得示現無邊悅意聲解脫門念光天王得了知一切佛無盡福德相解脫門最上雲音天王得普知過去一切劫成壞次第解脫門勝光天王得開悟一切衆生智解脫門妙髻天王得舒光疾滿十方虛空界解脫門喜慧天王得一切所作無能壞精進力解脫門華光髻天王得知一切衆生業所受報解脫門普見十方天王得示現不思議衆生形類差別解脫門

爾時善化天王承佛威力普觀一切善化天

衆而說頌言

世間業性不思議　佛爲群迷悉開示
巧說因緣眞實理　一切衆生差別業
種種觀佛無所有　十方求覓不可得
法身示現無眞實　此法寂音之所見
佛於劫海修諸行　爲滅世間癡暗惑
是故清淨最照明　此是力光心所悟
世間所有妙音聲　無有能比如來音
佛以一音徧十方　入此解脫莊嚴主
世間所有衆福力　不與如來一相等
如來福德同虛空　此念光天所觀見
三世所有無量劫　如其成敗種種相
佛一毛孔皆能現　最上雲音所了知
十方虛空可知量　佛毛孔量不可得
如是無礙不思議　妙髻天王已能悟
佛於曩世無量劫　具修廣大波羅蜜
勤行精進無厭怠　喜慧能知此法門
業性因緣不可思　佛爲世間皆演說
法性本淨無諸垢　此是華光之入處
汝應觀佛一毛孔　一切衆生悉在中
彼亦不來亦不去　此普見王之所了

復次知足天王得一切佛出興世圓滿教輪解脫門喜樂海髻天王得盡虛空界清淨光明身解脫門最勝功德幢天王得消滅世間苦淨願海解脫門寂靜光天王得普現身說法解脫門善目天王得普淨一切衆生界解脫門寶峯月天王得普化世間常現前無盡藏解脫門勇健力天王得開示一切佛正覺境界解脫門金剛妙光天王得堅固一切衆生菩提心令不可壞解脫門星宿幢天王得

一切佛出興咸親近觀察調伏衆生方便解脫門妙莊嚴天王得一念悉知衆生心隨機應現解脫門爾時知足天王承佛威力普觀一切知足天衆而說頌言

如來廣大徧法界　於諸衆生悉平等
普應群情闡妙門　令入難思清淨法
佛身普現於十方　無著無礙不可取
種種色像世咸見　此喜髻天之所入
如來往昔修諸行　清淨大願深如海
一切佛法皆令滿　勝德能知此方便
如來法身不思議　如影分形等法界
處處闡明一切法　寂靜光天解脫門
衆生業惑所纏覆　憍慢放逸心馳蕩
如來爲說寂靜法　善目照知心喜慶
一切世間眞導師　爲救爲歸而出現
普示衆生安樂處　峯月於此能深入
諸佛境界不思議　一切法界皆周徧
入於諸法到彼岸　勇慧見此生歡喜
若有衆生堪受化　聞佛功德趣菩提
令住福海常清淨　妙光於此能觀察
十方刹海微塵數　一切佛所皆往集
恭敬供養聽聞法　此莊嚴幢之所見
衆生心海不思議　無住無動無依處
佛於一念皆明見　妙莊嚴天斯善了

復次時分天王得發起一切衆生善根令永離憂惱解脫門妙光天王得普入一切境界解脫門無盡慧功德幢天王得滅除一切患大悲輪解脫門善化端嚴天王得了知三世一切衆生心解脫門總持大光明天王得陀羅尼門光明憶持一切法無忘失解脫門不

思議慧天王得善入一切業自性不思議方便解脫門輪齋天王得轉法輪成熟衆生方便解脫門光燄天王得廣大眼普觀衆生而往調伏解脫門光照天王得超出一切業障不隨魔所作解脫門普觀察大名稱天王得善誘誨一切諸天衆令受行心清淨解脫門爾時時分天王承佛威力普觀一切時分天衆而說頌言

佛於無量久遠劫　已竭世間憂惱海
廣闢離塵清淨道　永耀衆生智慧燈
如來法身甚廣大　十方邊際不可得
一切方便無限量　妙光明天智能入
生老病死憂悲苦　逼迫世間無暫歇
大師哀愍誓悉除　無盡慧光能覺了
佛如幻智無所礙　於三世法悉明達
普入衆生心行中　此善化天之境界
總持邊際不可得　辯才大海亦無盡
能轉清淨妙法輪　此是大光之解脫
業性廣大無窮盡　智慧覺了善開示
一切方便不思議　如是慧天之所入
轉不思議妙法輪　顯示修習菩提道
永滅一切衆生苦　此是輪齋方便地
如來眞身本無二　應物隨形滿世間
衆生各見在其前　此是燄天之境界
若有衆生一見佛　必使淨除諸業障
離諸魔業永無餘　光照天王所行道
一切衆會廣大海　佛在其中最威耀
普雨法雨潤衆生　此解脫門名稱入

復次釋迦因陀羅天王得憶念三世佛出興乃至剎成壞皆明見大歡喜解脫門普稱滿

音天王得能令佛色身最清淨廣大世無能比解脱門慈目寶髻天王得慈雲普覆解脱門寶光幢名稱天王得恒見佛於一切世主前現種種形相威德身解脱門發生喜樂髻天王得知一切衆生城邑宫殿從何福業生解脱門端正念天王得開示諸佛成熟衆生事解脱門高勝音天王得知一切世間成壞劫轉變相解脱門成就念天王得憶念當來菩薩調伏衆生行解脱門淨華光天王得了知一切諸天快樂因解脱門智日眼天王得開示一切諸天子受生善根俾無癡惑解脱門自在光明天王得開悟一切諸天衆令永斷種種疑解脱門爾時釋迦因陀羅天王承佛威力普觀一切三十三天衆而説頌言

我念三世一切佛　所有境界悉平等
如其國土壞與成　以佛威神皆得見
佛身廣大徧十方　妙色無比利群生
光明照耀靡不及　此道普稱能觀見
如來方便大慈海　往劫修行極清淨
化導衆生無有邊　寶髻天王斯悟了
我念法王功德海　世中最上無與等
發生廣大歡喜心　此寶光天之解脱
佛知衆生善業海　種種勝因生大福
皆令顯現無有餘　此喜髻天之所見
諸佛出現於十方　普徧一切世間中
觀衆生心示調伏　正念天王悟斯道
如來智身廣大眼　世界微塵無不見
如是普徧於十方　此雲音天之解脱
一切佛子菩提行　如來悉現毛孔中
如其無量皆具足　此念天王所明見

世間所有安樂事　一切皆由佛出生
如來功德勝無等　此解脫處華王入
若念如來少功德　乃至一念心專仰
諸惡道怖悉永除　智眼於此能深悟
寂滅法中大神通　普應群心靡不周
所有疑惑皆令斷　此光明王之所得

復次日天子得淨光普照十方衆生盡未來劫常爲利益解脫門光燄眼天子得以一切隨類身開悟衆生令入智慧海解脫門須彌光歡喜幢天子得爲一切衆生主令勤修無邊淨功德解脫門淨寶月天子得修一切苦行深心歡喜解脫門勇猛不退轉天子得無礙光普照令一切衆生益其精爽解脫門妙華纓光明天子得淨光普照衆生身令生歡喜信解海解脫門最勝幢光明天子得光明普照一切世間令成辦種種妙功德解脫門寶髻普光明天子得大悲海現無邊境界種種色相寶解脫門光明眼天子得淨治一切衆生眼令見法界藏解脫門持德天子得發生清淨相續心令不失壞解脫門普運行光明天子得普運日宮殿照十方一切衆生令成就所作業解脫門爾時日天子承佛威力普觀一切日天子衆而說頌言

如來廣大智慧光　普照十方諸國土
一切衆生咸見佛　種種調伏多方便
如來色相無有邊　隨其所樂悉現身
普爲世間開智海　燄眼如是觀於佛
佛身無等無有比　光明照耀徧十方
超過一切最無上　如是法門歡喜得
爲利世間修苦行　往來諸有無量劫

光明徧淨如虛空　寶月能知此方便
佛演妙音無障礙　普徧十方諸國土
以法滋味益群生　勇猛能知此方便
放光明網不思議　普淨一切諸含識
悉使發生深信解　此華纓天所入門
世間所有諸光明　不及佛一毛孔光
佛光如是不思議　此勝幢光之解脫
一切諸佛法如是　悉坐菩提樹王下
令非道者住於道　寶髻光明如是見
衆生盲暗愚癡苦　佛欲令其生淨眼
是故爲然智慧燈　善目於此深觀察
解脫方便自在尊　若有曾見一供養
悉使修行至於果　此是德天方便力
一法門中無量門　無量千劫如是說
所演法門廣大義　普運光天之所了

復次月天子得淨光普照法界攝化衆生解脫門華王髻光明天子得觀察一切衆生界令普入無邊法解脫門衆妙淨光天子得了知一切衆生心海種種攀緣轉解脫門安樂世間心天子得與一切衆生不可思議樂令踊躍大歡喜解脫門樹王眼光明天子得如田家作業種芽莖等隨時守護令成就解脫門出現淨光天子得慈悲救護一切衆生令現見受苦受樂事解脫門普遊不動光天子得能持清淨月普現十方解脫門星宿王自在天子得開示一切法如幻如虛空無相無自性解脫門淨覺月天子得普爲一切衆生起大業用解脫門大威德光明天子得普斷一切疑惑解脫門爾時月天子承佛威力普觀一切月宮殿中諸天衆會而說頌言

佛放光明徧世間　照耀十方諸國土
演不思議廣大法　永破眾生癡惑暗
境界無邊無有盡　於無量劫常開導
種種自在化群生　華髻如是觀於佛
眾生心海念念殊　佛智寬廣悉了知
普爲說法令歡喜　此妙光明之解脫
眾生無有聖安樂　沉迷惡道受諸苦
如來示彼法性門　安樂思惟如是見
如來希有大慈悲　爲利眾生入諸有
說法勸善令成就　此目光天所了知
世尊開闡法光明　分別世間諸業性
善惡所行無失壞　淨光見此生歡喜
佛爲一切福所依　譬如大地持宮室
巧示離憂安隱道　不動能知此方便
智火大明周法界　現形無數等眾生
普爲一切開真實　星宿王天悟斯道
佛如虛空無自性　爲利眾生現世間
相好莊嚴如影像　淨覺天王如是見
佛身毛孔普演音　法雲覆世悉無餘
聽聞莫不生歡喜　如是解脫光天悟

大方廣佛華嚴經卷第二

音釋

盲暗 盲眉庚切目無童子也　唐捐 捐余專切唐捐謂徒棄也　憍慢 憍舉喬切傲也慢莫晏切倨也　摧殄 摧徂回切折也殄徒典切滅也　曩世 曩乃朗切曩世謂昔世也　闡 闡齒善切顯也　纏覆 纏澄延切繞也覆敷救切蓋也　馳蕩 馳陳知切驟馳也蕩大浪切流蕩也　廣闢 闢毗亦切廣闢謂廣大開闢也　逼迫 逼筆力切窘逼也迫音伯急迫也　芽莖 芽牛加切萌芽也莖何耕切枝莖也

大方廣佛華嚴經卷第三

唐于闐國三藏沙門實叉難陀譯

世主妙嚴品第一之三

復次持國乾闥婆王得自在方便攝一切衆生解脱門樹光乾闥婆王得普見一切功德莊嚴解脱門淨目乾闥婆王得永斷一切衆生憂苦出生歡喜藏解脱門華冠乾闥婆王得永斷一切衆生邪見惑解脱門喜步普音乾闥婆王得如雲廣布普蔭澤一切衆生解脱門樂摇動美目乾闥婆王得現廣大妙好身令一切獲安樂解脱門妙音師子幢乾闥婆王得普散十方一切大名稱寶解脱門普放寶光明乾闥婆王得現一切大歡喜光明清淨身解脱門金剛樹華幢乾闥婆王得普滋榮一切樹令見者歡喜解脱門普現莊嚴乾闥婆王得善入一切佛境界與衆生安樂解脱門爾時持國乾闥婆王承佛威力普觀一切乾闥婆衆而説頌言

諸佛境界無量門　一切衆生莫能入
善逝如空性清淨　普爲世間開正道
如來一一毛孔中　功德大海皆充滿
一切世間咸利樂　此樹光王所能見
世間廣大憂苦海　佛能消竭悉無餘
如來慈愍多方便　淨目於此能深解
十方刹海無有邊　佛以智光咸照耀
普使滌除邪惡見　此樹華王所入門
佛於往昔無量劫　修習大慈方便行
一切世間咸慰安　此道普音能悟入
佛身清淨皆樂見　能生世間無盡樂
解脱因果次第成　美目於斯善開示

衆生迷惑常流轉　愚癡障蓋極堅密
如來爲說廣大法　師子幢王能演暢
如來普現妙色身　無量差別等衆生
種種方便照世間　普放寶光如是見
大智方便無量門　佛爲群生普開闡
入勝菩提眞實行　此金剛幢善觀察
一刹那中百千劫　佛力能現無所動
等以安樂施群生　此樂莊嚴之解脫

復次增長鳩槃茶王得滅一切寃害力解脫門龍主鳩槃茶王得修習無邊行門海解脫門莊嚴幢鳩槃茶王得知一切衆生心所樂解脫門饒益行鳩槃茶王得普成就清淨大光明所作業解脫門可怖畏鳩槃茶王得開示一切衆生安隱無畏道解脫門妙莊嚴鳩槃茶王得消竭一切衆生愛欲海解脫門高峯慧鳩槃茶王得普現諸趣光明雲解脫門勇健臂鳩槃茶王得普放光明滅如山重障解脫門無邊淨華眼鳩槃茶王得開示不退轉大悲藏解脫門廣大面鳩槃茶王得普現諸趣流轉身解脫門爾時增長鳩槃茶王承佛威力普觀一切鳩槃茶衆而說頌言

成就忍力世導師　爲物修行無量劫
永離世間憍慢惑　是故其身最嚴淨
佛昔普修諸行海　教化十方無量衆
種種方便利群生　此解脫門龍主得
佛以大智救衆生　莫不明了知其心
種種自在而調伏　嚴幢見此生歡喜
神通應現如光影　法輪眞實同虛空
如是處世無央劫　此饒益王之所證
衆生癡翳常蒙惑　佛光照現安隱道

爲作救護令除苦　可畏能觀此法門
欲海漂淪具衆苦　智光普照滅無餘
既除苦已爲說法　此妙莊嚴之所悟
佛身普應無不見　種種方便化群生
音如雷震雨法雨　如是法門高慧入
清淨光明不唐發　若遇必令消重障
演佛功德無有邊　勇臂能明此深理
爲欲安樂諸衆生　修習大悲無量劫
種種方便除衆苦　如是淨華之所見
神通自在不思議　其身普現徧十方
而於一切無來去　此廣面王心所了

復次毗樓博叉龍王得消滅一切諸龍趣熾然苦解脫門娑竭羅龍王得一念中轉自龍形示現無量衆生身解脫門雲音幢龍王得於一切諸有趣中以清淨音說佛無邊名號海解脫門燄口龍王得普現無邊佛世界建立差別解脫門燄龍王得一切衆生瞋癡蓋纏如來慈愍令除滅解脫門雲幢龍王得開示一切衆生大喜樂福德海解脫門德叉迦龍王得以清淨救護音滅除一切怖畏解脫門無邊步龍王得示現一切佛色身及住劫次第解脫門清淨色速疾龍王得出生一切衆生大愛樂歡喜海解脫門普行大音龍王得示現一切平等悅意無礙音解脫門無熱惱龍王得以大悲普覆雲滅一切世間苦解脫門爾時毗樓博叉龍王承佛威力普觀一切諸龍衆已而說頌言

汝觀如來法常爾　一切衆生咸利益
能以大慈哀愍力　拔彼畏塗淪墜者
一切衆生種種別　於一毛端皆示現

神通變化滿世間　娑竭如是觀於佛
佛以神通無限力　廣演名號等衆生
隨其所樂普使聞　如是雲音能悟解
無量無邊國土衆　佛能令入一毛孔
如來安坐彼會中　此燄口龍之所見
一切衆生瞋恚心　纏蓋愚癡深若海
如來慈愍皆除滅　燄龍觀此能明見
一切衆生福德力　佛毛孔中皆顯現
現已令歸大福海　此高雲幢之所觀
佛身毛孔發智光　其光處處演妙音
衆生聞者除憂畏　德叉迦龍悟斯道
三世一切諸如來　國土莊嚴劫次第
如是皆於佛身現　廣步見此神通力
我觀如來往昔行　供養一切諸佛海
於彼咸增喜樂心　此速疾龍之所入
佛以方便隨類音　爲衆說法令歡喜
其音清雅衆所悅　普行聞此心欣悟
衆生逼迫諸有中　業惑漂轉無人救
佛以大悲令解脫　無熱大龍能悟此

復次毗沙門夜叉王得以無邊方便救護惡衆生解脫門自在音夜叉王得普觀察衆生方便救護解脫門嚴持器仗夜叉王得能資益一切甚羸惡衆生解脫門大智慧夜叉王得稱揚一切聖功德海解脫門燄眼主夜叉王得普觀察一切衆生大悲智解脫門金剛眼夜叉王得種種方便利益安樂一切衆生解脫門勇健臂夜叉王得普入一切諸法義解脫門勇敵大軍夜叉王得守護一切衆生令住於道無空過者解脫門冨財夜叉王得增長一切衆生福德聚令恒受快樂解脫門

力壞高山夜叉王得隨順憶念出生佛力智光明解脫門爾時多聞大夜叉王承佛威力普觀一切夜叉衆會而說頌言

衆生罪惡深可怖　於百千劫不見佛
漂流生死受衆苦　爲救是等佛興世
如來救護諸世間　悉現一切衆生前
息彼長塗輪轉苦　如是法門音王入
衆生惡業爲重障　佛示妙理令開解
譬以明燈照世間　此法嚴仗能觀見
佛昔劫海修諸行　稱讚十方一切佛
故有高遠大名聞　此智慧王之所了
智慧如空無有邊　法身廣大不思議
是故十方皆出現　燄目於此能觀察
一切趣中演妙音　說法利益諸群生
其聲所暨衆苦滅　入此方便金剛眼
一切甚深廣大義　如來一句能演說
如是教理等世間　勇健慧王之所悟
一切衆生住邪道　佛示正道不思議
普使世間成法器　此勇敵軍能悟解
世間所有衆福業　一切皆由佛光照
佛智慧海難測量　如是富財之解脫
憶念往劫無央數　佛於是中修十方
能令諸力皆圓滿　此高幢王所了知

復次善慧摩睺羅伽王得以一切神通方便令衆生集功德解脫門淨威音摩睺羅伽王得使一切衆生除煩惱得清涼悅樂解脫門勝慧莊嚴髻摩睺羅伽王得普使一切善不善思覺衆生入清淨法解脫門妙目主摩睺羅伽王得了達一切無所著福德自在平等相解脫門燈幢摩睺羅伽王得開示一切衆

生令離黑暗怖畏道解脱門最勝光明幢摩睺羅伽王得了知一切佛功德生歡喜解脱門師子臆摩睺羅伽王得勇猛力爲一切衆生救護主解脱門衆妙莊嚴音摩睺羅伽王得令一切衆生隨憶念生無邊喜樂解脱門須彌臆摩睺羅伽王得於一切所緣決定不動到彼岸滿足解脱門可愛樂光明摩睺羅伽王得爲一切不平等衆生開示平等道解脱門爾時善慧威光摩睺羅伽王承佛威力普觀一切摩睺羅伽衆而説頌言

汝觀如來性清淨　普現威光利群品
示甘露道使清涼　衆苦永滅無所依
一切衆生居有海　諸惡業惑自纏覆
示彼所行寂靜法　離塵威音能善了
佛智無等叵思議　知衆生心無不盡
爲彼闡明清淨法　如是嚴髻心能悟
無量諸佛現世間　普爲衆生作福田
福海廣大深難測　妙目大王能悉見
一切衆生憂畏苦　佛普現前而救護
法界虛空靡不周　此是燈幢所行境
佛一毛孔諸功德　世間共度不能了
無邊無盡同虛空　如是廣大光幢見
如來通達一切法　於彼法性皆明照
如須彌山不傾動　入此法門師子臆
佛於往昔廣大劫　集歡喜海深無盡
是故見者靡不欣　此法嚴音之所入
了知法界無形相　波羅蜜海悉圓滿
大光普救諸衆生　山臆能知此方便
汝觀如來自在力　十方降現罔不均
一切衆生咸照悟　此妙光明能善入

復次善慧光明天緊那羅王得普生一切喜樂業解脫門妙華幢緊那羅王得能生無上法喜令一切受安樂解脫門種種莊嚴緊那羅王得一切功德滿足廣大清淨信解藏解脫門悅意吼聲緊那羅王得恒出一切悅意聲令聞者離憂怖解脫門寶樹光明緊那羅王得大悲安立一切衆生令覺悟所緣解脫門普樂見緊那羅王得示現一切妙色身解脫門最勝光莊嚴緊那羅王得了知一切殊勝莊嚴果所從生業解脫門微妙華幢緊那羅王得善觀察一切世間業所生報解脫門動地力緊那羅王得恒起一切利益衆生事解脫門威猛主緊那羅王得善知一切緊那羅心巧攝御解脫門爾時善慧光明天緊那羅王承佛威力普觀一切緊那羅衆而說頌言

世間所有安樂事　一切皆由見佛興
導師利益諸衆生　普作救護歸依處
出生一切諸喜樂　世間咸得無有盡
能令見者不唐捐　此是華幢之所悟
佛功德海無有盡　求其邊際不可得
光明普照於十方　此莊嚴王之解脫
如來大音常演暢　開示離憂眞實法
衆生聞者咸欣悅　如是吼聲能信受
我觀如來自在力　皆由往昔所修行
大悲救物令清淨　此寶樹王能悟入
如來難可得見聞　衆生億劫時乃遇
衆相爲嚴悉具足　此樂見王之所覩
汝觀如來大智慧　普應群生心所欲
一切智道靡不宣　最勝莊嚴此能了

業海廣大不思議　衆生苦樂皆從起
如是一切能開示　此華幢王所了知
諸佛神通無間歇　十方大地恒震動
一切衆生莫能知　此廣大力恒明見
處於衆會現神通　放大光明令覺悟
顯示一切如來境　此威猛主能觀察

復次大速疾力迦樓羅王得無著無礙眼普觀察衆生界解脫門不可壞寶髻迦樓羅王得普安住法界教化衆生解脫門清淨速疾迦樓羅王得普成就波羅蜜精進力解脫門不退心莊嚴迦樓羅王得勇猛力入如來境界解脫門大海處攝持力迦樓羅王得入佛行廣大智慧海解脫門堅法淨光迦樓羅王得成就無邊衆生差別智解脫門妙嚴冠髻迦樓羅王得莊嚴佛法城解脫門普捷示現迦樓羅王得成就不可壞平等力解脫門普觀海迦樓羅王得了知一切衆生身而爲現形解脫門龍音大目精迦樓羅王得普入一切衆生歿生行智解脫門爾時大速疾力迦樓羅王承佛威力普觀一切迦樓羅衆而說頌言

佛眼廣大無邊際　普見十方諸國土
其中衆生不可量　現大神通悉調伏
佛神通力無所礙　徧坐十方覺樹下
演法如雲悉充滿　寶髻聽聞心不逆
佛於往昔修諸行　普淨廣大波羅蜜
供養一切諸如來　此速疾王深信解
如來一一毛孔中　一念普現無邊行
如是難思佛境界　不退莊嚴悉明覩
佛行廣大不思議　一切衆生莫能測

導師功德智慧海　此執持王所行處
如來無量智慧光　能滅衆生癡惑網
一切世間咸救護　此是堅法所持説
法城廣大不可窮　其門種種無數量
如來處世大開闡　此妙冠髻能明入
一切諸佛一法身　眞如平等無分別
佛以此力常安住　普捷現王斯具演
佛昔諸有攝衆生　普放光明徧世間
種種方便示調伏　此勝法門觀海悟
佛觀一切諸國土　悉依業海而安住
普雨法雨於其中　龍音解脱能如是

復次羅睺阿脩羅王得現爲大會尊勝主解脱門毗摩質多羅阿脩羅王得示現無量劫解脱門巧幻術阿脩羅王得消滅一切衆生苦令清淨解脱門大眷屬阿脩羅王得修一切苦行自莊嚴解脱門婆稚阿脩羅王得震動十方無邊境界解脱門徧照阿脩羅王得種種方便安立一切衆生解脱門堅固行妙莊嚴阿脩羅王得普集不可壞善根淨諸染著解脱門廣大因慧阿脩羅王得大悲力無疑惑主解脱門現勝德阿脩羅王得普令見佛承事供養修諸善根解脱門善音阿脩羅王得普入一切趣決定平等行解脱門爾時羅睺阿脩羅王承佛威力普觀一切阿脩羅衆而説頌言

十方所有廣大衆　佛在其中最殊特
光明徧照等虚空　普現一切衆生前
百千萬劫諸佛土　一刹那中悉明現
舒光化物靡不周　如是毗摩深讚喜
如來境界無與等　種種法門常利益

衆生有苦皆令滅　苫末羅王此能見
無量劫中修苦行　利益衆生淨世間
由是牟尼智普成　大眷屬王斯見佛
無礙無等大神通　徧動十方一切剎
不使衆生有驚怖　大力於此能明了
佛出於世救衆生　一切智道咸開示
悉令捨苦得安樂　此義徧照所弘闡
世間所有衆福海　佛力能生普令淨
佛能開示解脫處　堅行莊嚴入此門
佛大悲身無與等　周行無礙悉令見
猶如影像現世間　因慧能宣此功德
希有無等大神通　處處現身充法界
各在菩提樹下坐　此義勝德能宣說
如來往修三世行　諸趣輪迴靡不經
脫衆生苦無有餘　此妙音王所稱讚

復次示現宮殿主晝神得普入一切世間解脫門發起慧香主晝神得普觀察一切衆生皆利益令歡喜滿足解脫門樂勝莊嚴主晝神得能放無邊可愛樂法光明解脫門華香妙光主晝神得開發無邊衆生清淨信解心解脫門普集妙藥主晝神得積集莊嚴普光明力解脫門樂作喜目主晝神得普開悟一切苦樂衆生皆令得法樂解脫門觀方普現主晝神得十方法界差別身解脫門大悲威力主晝神得救護一切衆生令安樂解脫門善根光照主晝神得普生喜足功德力解脫門妙華瓔珞主晝神得聲稱普聞衆生見者皆獲益解脫門爾時示現宮殿主晝神承佛威力普觀一切主晝神衆而說頌言

佛智如空無有盡　光明照曜徧十方

衆生心行悉了知　一切世間無不入
知諸衆生心所樂　如應爲説衆法海
句義廣大各不同　具足慧神能悉見
佛放光明照世間　見聞歡喜不唐捐
示其深廣寂滅處　此樂莊嚴心悟解
佛雨法雨無邊量　能令見者大歡喜
最勝善根從此生　如是妙光心所悟
普入法門開悟力　曠劫修治悉清淨
如是皆爲攝衆生　此妙藥神之所了
種種方便化群生　若見若聞咸受益
皆令踊躍大歡喜　妙眼晝神如是見
十力應現徧世間　十方法界悉無餘
體性非無亦非有　此觀方神之所入
衆生流轉險難中　如來哀愍出世間
悉令除滅一切苦　此解脱門悲力住
衆生暗覆淪永夕　佛爲説法大開曉
皆使得樂除衆苦　大善光神入此門
如來福量同虛空　世間衆福悉從生
凡有所作無空過　如是解脱華纓得

復次普德淨光主夜神得寂靜禪定樂大勇健解脱門喜眼觀世主夜神得廣大清淨可愛樂功德相解脱門護世精氣主夜神得普現世間調伏衆生解脱門寂靜海音主夜神得積集廣大歡喜心解脱門普現吉祥主夜神得甚深自在悦意言音解脱門普發樹華主夜神得光明滿足廣大歡喜藏解脱門平等護育主夜神得開悟衆生令成熟善根解脱門遊戲快樂主夜神得救護衆生無邊慈解脱門諸根常喜主夜神得普現莊嚴大悲門解脱門示現淨福主夜神得普使一切衆

生所樂滿足解脫門爾時普德淨光主夜神承佛威力徧觀一切主夜神衆而說頌言

汝等應觀佛所行　廣大寂靜虛空相
欲海無涯悉治淨　離垢端嚴照十方
一切世間咸樂見　無量劫海時一遇
大悲念物靡不周　此解脫門觀世覩
導師救護諸世間　衆生悉見在其前
能令諸趣皆清淨　如是護世能觀察
佛昔修治歡喜海　廣大無邊不可測
是故見者咸欣樂　此是寂音之所了
如來境界不可量　寂而能演徧十方
普使衆生意清淨　尸利夜神聞踊悅
佛於無福衆生中　大福莊嚴甚威曜
示彼離塵寂滅法　普發華神悟斯道
十方普現大神通　一切衆生悉調伏
種種色相皆令見　此護育神之所觀
如來往昔念念中　悉淨方便慈悲海
救護世間無不徧　此福樂神之解脫
衆生愚癡常亂濁　其心堅毒甚可畏
如來慈愍爲出興　此滅冤神能悟喜
佛昔修行爲衆生　一切願欲皆令滿
由是具成功德相　此現福神之所入

復次徧住一切主方神得普救護力解脫門普現光明主方神得成辦化一切衆生神通業解脫門光行莊嚴主方神得破一切暗障生喜樂大光明解脫門周行不礙主方神得普現一切處不唐勞解脫門永斷迷惑主方神得示現等一切衆生數名號發生功德解脫門徧遊淨空主方神得恒發妙音令聽者皆歡喜解脫門雲幢大音主方神得如龍普

雨令衆生歡喜解脱門髻目無亂主方神得示現一切衆生業無差別自在力解脱門普觀世業主方神得觀察一切趣生中種種業解脱門周徧遊覽主方神得所作事皆究竟生一切衆生歡喜解脱門爾時徧住一切主方神承佛威力普觀一切主方神衆而説頌言

如來自在出世間　教化一切諸群生
普示法門令悟入　悉使當成無上智
神通無量等衆生　隨其所樂示諸相
見者皆蒙出離苦　此現光神解脱力
佛於暗障衆生海　爲現法炬大光明
其光普照無不見　此行莊嚴之解脱
具足世間種種音　普轉法輪無不解
衆生聽者煩惱滅　此徧住神之所悟
一切世間所有名　佛名等彼而出生
悉使衆生離癡惑　此斷迷神所行處
若有衆生至佛前　得聞如來美妙音
莫不心生大歡喜　徧遊虛空悟斯法
佛於一一刹那中　普雨無邊大法雨
悉使衆生煩惱滅　此雲幢神所了知
一切世間諸業海　佛悉開示等無異
普使衆生除業惑　此髻目神之所了
一切智地無有邊　一切衆生種種心
如來照見悉明了　此廣大門觀世入
佛於往昔修諸行　無量諸度悉圓滿
大慈哀愍利衆生　此徧遊神之解脱

復次淨光普照主空神得普知諸趣一切衆生心解脱門普遊深廣主空神得普入法界解脱門生吉祥風主空神得了達無邊境界

身相解脱門離障安住主空神得能除一切衆生業惑障解脱門廣步妙髻主空神得普觀察思惟廣大行海解脱門無礙光燄主空神得大悲光普救護一切衆生厄難解脱門無礙勝力主空神得普入一切無所著福德力解脱門離垢光明主空神得能令一切衆生心離諸蓋清淨解脱門深遠妙音主空神得普見十方智光明解脱門光徧十方主空神得不動本處而普現世間解脱門爾時淨光普照主空神承佛威力普觀一切主空神衆而說頌言

如來廣大目　清淨如虛空　普見諸衆生
一切悉明了　佛身大光明　徧照於十方
處處現前住　普遊觀此道　佛身如虛空
無生無所取　無得無自性　吉祥風所見
如來無量劫　廣說諸聖道　普滅衆生障
圓光悟此門　我觀佛往昔　所集菩提行
悉爲安世間　妙髻行斯境　一切衆生界
流轉生死海　佛放滅苦光　無礙神能見
清淨功德藏　能爲世福田　隨以智開覺
力神於此悟　衆生癡所覆　流轉於險道
佛爲放光明　離垢神能證　智慧無邊際
悉現諸國土　光明照世間　妙音斯見佛
佛爲度衆生　修行徧十方　如是大願心
普現能觀察

復次無礙光明主風神得普入佛法及一切世間解脱門普現勇業主風神得無量國土佛出現咸廣大供養解脱門飄擊雲幢主風神得以香風普滅一切衆生病解脱門淨光莊嚴主風神得普生一切衆生善根令摧滅

重障山解脫門力能竭水主風神得能破無邊惡魔衆解脫門大聲徧吼主風神得永滅一切衆生怖解脫門樹杪垂髻主風神得入一切諸法實相辯才海解脫門普行無礙主風神得調伏一切衆生方便藏解脫門種種宮殿主風神得入寂靜禪定門滅極重愚癡暗解脫門大光普照主風神得隨順一切衆生行無礙力解脫門爾時無礙光明主風神承佛威力普觀一切主風神衆而說頌言

一切諸佛法甚深　無礙方便普能入
所有世間常出現　無相無形無影像
汝觀如來於往昔　一念供養無邊佛
如是勇猛菩提行　此普現神能悟了
如來救世不思議　所有方便無空過
悉使衆生離諸苦　此雲幢神之解脫
衆生無福受衆苦　重蓋密障常迷覆
一切皆令得解脫　此淨光神所了知
如來廣大神通力　克殄一切魔軍衆
所有調伏諸方便　勇健威力能觀察
佛於毛孔演妙音　其音普徧於世間
一切苦畏皆令息　此徧吼神之所了
佛於一切衆剎海　不思議劫常演說
此如來地妙辯才　樹杪髻神能悟解
佛於一切方便門　智入其中悉無礙
境界無邊無與等　此普行神之解脫
如來境界無有邊　處處方便皆令見
而身寂靜無諸相　種種宮神解脫門
如來劫海修諸行　一切諸力皆成滿
能隨世法應衆生　此普照神之所見

大方廣佛華嚴經卷第三

音釋

滌除 滌音狄洗也
慰 紆胃切安也
癡瞖 癡超之切愚也瞖於計切障也
漂淪 漂音飄流也淪龍春切沒也
羸惡 羸倫爲切瘦也
暨 巨至切及也
叵思 叵普火切不可也
捷疾 捷疾業切疾也
婆稚 梵語也正云跋稚迦此云團圓又云被縛稚直利切
苫末羅 梵語也此云金色王名也苫詩廉切

大方廣佛華嚴經卷第四

唐于闐國三藏沙門實叉難陀譯

世主妙嚴品第一之四

復次普光燄藏主火神得悉除一切世間暗解脫門普集光幢主火神得能息一切衆生諸惑漂流熱惱苦解脫門大光徧照主火神得無動福力大悲藏解脫門衆妙宮殿主火神得觀如來神通力示現無邊際解脫門無盡光髻主火神得光明照曜無邊虛空界解脫門種種燄眼主火神得種種福莊嚴寂靜光解脫門十方宮殿如須彌山主火神得能滅一切世間諸趣熾然苦解脫門威光自在主火神得自在開悟一切世間解脫門光照十方主火神得求破一切愚癡執著見解脫門雷音電光主火神得成就一切願力大震吼解脫門爾時普光燄藏主火神承佛威力普觀一切主火神衆而說頌言

汝觀如來精進力　廣大億劫不思議
爲利衆生現世間　所有暗障皆令滅
衆生愚癡起諸見　煩惱如流及火然
導師方便悉滅除　普集光幢於此悟
福德如空無有盡　求其邊際不可得
此佛大悲無動力　光照悟入心生喜
我觀如來之所行　經於劫海無邊際
如是示現神通力　衆妙宮神所了知
億劫修成不可思　求其邊際莫能知
演法實相令歡喜　無盡光神所觀見
十方所有廣大衆　一切現前瞻仰佛
寂靜光明照世間　此妙燄神所能了
牟尼出現諸世間　坐於一切宮殿中

普雨無邊廣大法　此十方神之境界
諸佛智慧最甚深　於法自在現世間
能悉闡明眞實理　威光悟此心欣慶
諸見愚癡爲暗蓋　衆生迷惑常流轉
佛爲開闡妙法門　光照方神能悟入
願門廣大不思議　力度修治已清淨
如昔願心皆出現　此震音神之所了

復次普興雲幢主水神得平等利益一切衆生慈解脱門海潮雲音主水神得無邊法莊嚴解脱門妙色輪髻主水神得觀所應化方便普攝解脱門善巧漩澓主水神得普演諸佛甚深境界解脱門離垢香積主水神得普現清淨大光明解脱門福橋光音主水神得清淨法界無相無性解脱門知足自在主水神得無盡大悲海解脱門淨喜善音主水神得於菩薩衆會道場中爲大歡喜藏解脱門普現威光主水神得以無礙廣大福德力普出現解脱門吼聲徧海主水神得觀察一切衆生發起如虛空調伏方便解脱門爾時普興雲幢主水神承佛威力普觀一切主水神衆而說頌言

清淨慈門刹塵數　共生如來一妙相
一一諸相莫不然　是故見者無厭足
世尊往昔修行時　普詣一切如來所
種種修治無懈倦　如是方便雲音入
佛於一切十方中　寂然不動無來去
應化衆生悉令見　此是髻輪之所知
如來境界無邊量　一切衆生不能了
妙音演說徧十方　此善漩神所行處
世尊光明無有盡　充徧法界不思議

說法教化度衆生　此淨香神所觀見
如來清淨等虛空　無相無形徧十方
而令衆會靡不見　此福光神善觀察
佛昔修習大悲門　其心廣徧等衆生
是故如雲現於世　此解脫門知足了
十方所有諸國土　悉見如來坐於座
朗然開悟大菩提　如是喜音之所入
如來所行無罣礙　徧往十方一切剎
處處示現大神通　普現威光已能悟
修習無邊方便行　等衆生界悉充滿
神通妙用靡暫停　吼聲徧海斯能入

復次出現寶光主海神得以等心施一切衆生福德海衆寶莊嚴身解脫門不可壞金剛幢主海神得巧方便守護一切衆生善根解脫門不雜塵垢主海神得能竭一切衆生煩惱海解脫門恒住波浪主海神得令一切衆生離惡道解脫門吉祥寶月主海神得普滅大癡暗解脫門妙華龍髻主海神得滅一切諸趣苦與安樂解脫門普持光味主海神得淨治一切衆生諸見愚癡性解脫門寶燄華光主海神得出生一切寶種性菩提心解脫門金剛妙髻主海神得不動心功德海解脫門海潮雷音主海神得普入法界三昧門解脫門爾時出現寶光主海神承佛威力普觀一切主海神衆而說頌言

不可思議大劫海　供養一切諸如來
普以功德施群生　是故端嚴最無比
一切世間皆出現　衆生根欲靡不知
普爲弘宣大法海　此是堅幢所欣悟
一切世間衆導師　法雲大雨不可測

消竭無窮諸苦海　此離垢塵入法門
一切衆生煩惱覆　流轉諸趣受衆苦
爲其開示如來境　普水宫神入此門
佛於難思劫海中　修行諸行無有盡
永截衆生癡惑網　寶月於此能明入
佛見衆生常恐怖　流轉生死大海中
示彼如來無上道　龍髻悟解生欣悅
諸佛境界不思議　法界虛空平等相
能淨衆生癡惑網　如是持味能宣説
佛眼清淨不思議　一切境界悉該覽
普示衆生諸妙道　此是華光心所悟
魔軍廣大無央數　一剎那中悉摧滅
心無傾動難測量　金剛妙髻之方便
普於十方演妙音　其音法界靡不周
此是如來三昧境　海潮音神所行處

復次普發迅流主河神得普雨無邊法雨解脫門普潔泉澗主河神得普現一切衆生前令永離煩惱解脫門離塵淨眼主河神得以大悲方便普滌一切衆生諸惑塵垢解脫門十方徧吼主河神得恒出饒益衆生音解脫門普救護衆生主河神得於一切含識中恒起無惱害慈解脫門無熱淨光主河神得普示一切清涼善根解脫門普生歡喜主河神得修行具足施令一切衆生永離慳著解脫門廣德勝幢主河神得作一切歡喜福田解脫門光照普世主河神得能令一切衆生雜染者清淨瞋毒者歡喜解脫門海德光明主河神得能令一切衆生入解脫海恒受具足樂解脫門爾時普發迅流主河神承佛威力普觀一切主河神衆而說頌言

如來往昔爲衆生　修治法海無邊行
譬如霈澤清炎暑　普滅衆生煩惱熱
佛昔難宣無量劫　以願光明淨世間
諸根熟者令悟道　此普潔神心所悟
大悲方便等衆生　悉現其前常化誘
普使淨治煩惱垢　淨眼見此深歡悅
佛演妙音普使聞　衆生愛樂心歡喜
悉使滌除無量苦　此偏吼神之解脫
佛昔修習菩提行　爲利衆生無量劫
是故光明偏世間　護神憶念生歡喜
佛昔修行爲衆生　種種方便令成熟
普淨福海除衆苦　無熱見此心欣慶
施門廣大無窮盡　一切衆生咸利益
能令見者無慳著　此普喜神之所悟
佛昔修行實方便　成就無邊功德海
能令見者靡不欣　此勝幢神心悟悅
衆生有垢咸淨治　一切怨害等生慈
故得光照滿虛空　普世河神見歡喜
佛是福田功德海　能令一切離諸惡
乃至成就大菩提　此海光神之解脫

復次柔軟勝味主稼神得與一切衆生法滋味令成就佛身解脫門時華淨光主稼神得能令一切衆生受廣大喜樂解脫門色力勇健主稼神得以一切圓滿法門淨諸境界解脫門增益精氣主稼神得見佛大悲無量神通變化力解脫門普生根果主稼神得普現佛福田令下種無失壞解脫門妙嚴環髻主稼神得普發衆生淨信華解脫門潤澤淨華主稼神得大慈愍濟諸衆生令增長福德海解脫門成就妙香主稼神得廣開示一切行

法解脫門見者愛樂主稼神得能令法界一切衆生捨離懈怠憂惱等諸惡普清淨解脫門離垢光明主稼神得觀察一切衆生善根隨應說法令衆會歡喜滿足解脫門爾時柔軟勝味主稼神承佛威力普觀一切主稼神衆而說頌言

如來無上功德海　普現明燈照世間
一切衆生咸救護　悉與安樂無遺者
世尊功德無有邊　衆生聞者不唐捐
悉使離苦常歡喜　此是時華之所入
善逝諸力皆圓滿　功德莊嚴現世間
一切衆生悉調伏　此法勇力能明證
佛昔修治大悲海　其心念念等世間
是故神通無有邊　增益精氣能觀見
佛徧世間常現前　一切方便無空過
悉淨衆生諸惑惱　此普生神之解脫
佛是世間大智海　放淨光明無不徧
廣大信解悉從生　如是嚴髻能明入
如來觀世起慈心　爲利衆生而出現
示彼恬怡最勝道　此淨華神之解脫
善逝所修清淨行　菩提樹下具宣說
如是教化滿十方　此妙香神能聽受
佛於一切諸世間　悉使離憂生大喜
所有根欲皆治淨　可愛樂神斯悟入
如來出現於世間　普觀衆生心所樂
種種方便而成熟　此淨光神解脫門

復次吉祥主藥神得普觀一切衆生心而勤攝取解脫門栴檀林主藥神得以光明攝取衆生俾見者無空過解脫門離塵光明主藥神得能以淨方便滅一切衆生煩惱解脫門

名稱普聞主藥神得能以大名稱增長無邊善根海解脫門毛孔現光主藥神得大悲幢速赴一切病境界解脫門破暗清淨主藥神得療治一切盲冥衆生令智眼清淨解脫門普發吼聲主藥神得能演佛音說諸法差別義解脫門蔽日光幢主藥神得能作一切衆生善知識令見者咸生善根解脫門明見十方主藥神得清淨大悲藏能以方便令生信解解脫門普發威光主藥神得方便令念佛滅一切衆生病解脫門爾時吉祥主藥神承佛威力普觀一切主藥神衆而說頌言

如來智慧不思議　悉知一切衆生心
能以種種方便力　滅彼群迷無量苦
大雄善巧難測量　凡有所作無空過
必使衆生諸苦滅　栴檀林神能悟此
汝觀諸佛法如是　往昔勤修無量劫
而於諸有無所著　此離塵光所入門
佛百千劫難可遇　若有得見及聞名
必令獲益無空過　此普稱神之所了
如來一一毛孔中　悉放光明滅衆患
世間煩惱皆令盡　此現光神所入門
一切衆生癡所盲　惑業衆苦無量別
佛悉蠲除開智照　如是破暗能觀見
如來一音無限量　能開一切法門海
衆生聽者悉了知　此是大音之解脫
汝觀佛智難思議　普現諸趣救群生
能令見者皆從化　此蔽日幢深悟了
如來大悲方便海　爲利世間而出現
廣開正道示衆生　此見方神能了達
如來普放大光明　一切十方無不照

令隨念佛生功德　此發威光解脱門

復次布華如雲主林神得廣大無邊智海藏解脱門擢榦舒光主林神得廣大修治普清淨解脱門生芽發耀主林神得增長種種淨信芽解脱門吉祥淨葉主林神得一切清淨功德莊嚴聚解脱門垂布燄藏主林神得普門清淨慧恒周覽法界解脱門妙莊嚴光主林神得普知一切衆生行海而興布法雲解脱門可意雷聲主林神得忍受一切不可意聲演清淨音解脱門香光普徧主林神得十方普現昔所修治廣大行境界解脱門妙光逈曜主林神得以一切功德法饒益世間解脱門華果光味主林神得能令一切見佛出興常敬念不忘莊嚴功德藏解脱門爾時布華如雲主林神承佛威力普觀一切主林神衆而説頌言

佛昔修習菩提行　福德智慧悉成滿
一切諸力皆具足　放大光明出世間
悲門無量等衆生　如來往昔普淨治
是故於世能爲益　此擢榦神之所了
若有衆生一見佛　必使入於深信海
普示一切如來道　此妙芽神之解脱
一毛所集諸功德　劫海宣揚不可盡
諸佛方便難思議　淨葉能明此深義
我念如來於往昔　供養刹塵無量佛
一一佛所智漸明　此燄藏神之所了
一切衆生諸行海　世尊一念悉了知
如是廣大無礙智　妙莊嚴神能悟入
恒演如來寂妙音　普生無等大歡喜
隨其解欲皆令悟　此是雷音所行法

如來示現大神通　十方國土皆周徧
佛昔修行悉令見　此普香光所入門
衆生諂誑不修德　迷惑沉流生死中
爲彼闡明衆智道　此妙光神之所見
佛爲業障諸衆生　經於億劫時乃現
其餘念念常令見　此味光神所觀察

復次寶峯開華主山神得入大寂定光明解脫門華林妙髻主山神得修習慈善根成熟不可思議數衆生解脫門高幢普照主山神得觀察一切衆生心所樂嚴淨諸根解脫門離塵寶髻主山神得無邊劫海勤精進無厭怠解脫門光照十方主山神得以無邊功德光普覺悟解脫門大力光明主山神得能自成熟復令衆生捨離愚迷行解脫門威光普勝主山神得拔一切苦使無有餘解脫門微密光輪主山神得演教法光明顯示一切如來功德解脫門普眼現見主山神得令一切衆生乃至於夢中增長善根解脫門金剛堅固眼主山神得出現無邊大義海解脫門爾時開華帀地主山神承佛威力普觀一切主山神衆而說頌言

往修勝行無有邊　今獲神通亦無量
法門廣闢如塵數　悉使衆生深悟喜
衆相嚴身徧世間　毛孔光明悉清淨
大慈方便示一切　華林妙髻悟此門
佛身普現無有邊　十方世界皆充滿
諸根嚴淨見者喜　此法高幢能悟入
歷劫勤修無懈倦　不染世法如虛空
種種方便化群生　悟此法門名寶髻
衆生盲暗入險道　佛哀愍彼舒光照

普使世間從睡覺　威光悟此心生喜
昔在諸有廣修行　供養剎塵無數佛
令衆生見發大願　此地大力能明入
見諸衆生流轉苦　一切業障恒纏覆
以智慧光悉滅除　此普勝神之解脫
一一毛孔出妙音　隨衆生心讚諸佛
悉徧十方無量劫　此是光輪所入門
佛徧十方普現前　種種方便說妙法
廣益衆生諸行海　此現見神之所悟
法門如海無邊量　一音爲說悉令解
一切劫中演不窮　入此方便金剛目

復次普德淨華主地神得以慈悲心念念普觀一切衆生解脫門堅福莊嚴主地神得普現一切衆生福德力解脫門妙華嚴樹主地神得普入諸法出生一切佛剎莊嚴解脫門普散衆寶主地神得修習種種諸三昧令衆生除障垢解脫門淨目觀時主地神得令一切衆生常遊戲快樂解脫門金色妙眼主地神得示現一切清淨身調伏衆生解脫門香毛發光主地神得了知一切佛功德海大威力解脫門寂音悅意主地神得普攝持一切衆生言音海解脫門妙華旋髻主地神得充滿佛剎離垢性解脫門金剛普持主地神得一切佛法輪所攝持普出現解脫門爾時普德淨華主地神承佛威力普觀一切主地神衆而說頌言

如來往昔念念中　大慈悲門不可說
如是修行無有已　故得堅牢不壞身
三世衆生及菩薩　所有一切衆福聚
悉現如來毛孔中　福嚴見已生歡喜

廣大寂靜三摩地　不生不滅無來去
嚴淨國土示衆生　此樹華神之解脫
佛於往昔修諸行　爲令衆生消重障
普散衆寶主地神　見此解脫生歡喜
如來境界無邊際　念念普現於世間
淨目觀時主地神　見佛所行心慶悅
妙音無限不思議　普爲衆生滅煩惱
金色眼神能了悟　見佛無邊勝功德
一切色形皆化現　十方法界悉充滿
香毛發光常見佛　如是普化諸衆生
妙音普徧於十方　無量劫中爲衆說
悅意地神心了達　從佛得聞深敬喜
佛毛孔出香燄雲　隨衆生心徧世間
一切見者皆成熟　此是華旋所觀處
堅固難壞如金剛　不可傾動踰須彌
佛身如是處世間　普持得見生歡喜

復次寶峯光曜主城神得方便利益衆生解脫門妙嚴宮殿主城神得知衆生根教化成熟解脫門清淨喜寶主城神得常歡喜令一切衆生受諸福德解脫門離憂清淨主城神得救諸怖畏大悲藏解脫門華燈燄眼主城神得普明了大智慧解脫門燄幢明現主城神得普方便示現解脫門盛福威光主城神得普觀察一切衆生令修廣大福德海解脫門淨光明身主城神得開悟一切愚暗衆生解脫門香幢莊嚴主城神得觀如來自在力普遍世間調伏衆生解脫門寶峯光目主城神得能以大光明破一切衆生障礙山解脫門爾時寶峯光曜主城神承佛威力普觀一切主城神衆而說頌言

導師如是不思議　光明徧照於十方
衆生現前悉見佛　教化成熟無央數
諸衆生根各差别　佛悉了知無有餘
妙嚴宫殿主城神　入此法門心慶悅
如來無量劫修行　護持往昔諸佛法
意常承奉生歡喜　妙寶城神悟此門
如來昔已能除遣　一切衆生諸恐怖
而恒於彼起慈悲　此離憂神心悟喜
佛智廣大無有邊　譬如虛空不可量
華目城神斯悟悅　能學如來之妙慧
如來色相等衆生　隨其樂欲皆令見
燄幢明現心能悟　習此方便生歡喜
如來往修衆福海　清淨廣大無邊際
福德幢光於此門　觀察了悟心欣慶
衆生愚迷諸有中　如世生盲卒無覩
佛爲利益興於世　清淨光神入此門
如來自在無有邊　如雲普徧於世間
乃至現夢令調伏　此是香幢所觀見
衆生癡暗如盲瞽　種種障蓋所纏覆
佛光照徹普令開　如是寶峯之所入

復次淨莊嚴幢道場神得出現供養佛廣大莊嚴具誓願力解脫門須彌寶光道場神得現一切衆生前成就廣大菩提行解脫門雷音幢相道場神得隨一切衆生心所樂令見佛於夢中爲說法解脫門雨華妙眼道場神得能雨一切難捨衆寶莊嚴具解脫門清淨燄形道場神得能現妙莊嚴道場廣化衆生令成熟解脫門華纓垂髻道場神得隨根說法令生正念解脫門雨寶莊嚴道場神得能以辯才普雨無邊歡喜法解脫門勇猛香眼

道場神得廣稱讚諸佛功德解脫門金剛彩雲道場神得示現無邊色相樹莊嚴道場解脫門蓮華光明道場神得菩提樹下寂然不動而充徧十方解脫門妙光照曜道場神得顯示如來種種力解脫門爾時淨莊嚴幢道場神承佛威力普觀一切道場神衆而說頌言

我念如來往昔時　於無量劫所修行
諸佛出興咸供養　故獲如空大功德
佛昔修行無盡施　無量剎土微塵等
須彌光照菩提神　憶念善逝心欣慶
如來色相無有窮　變化周流一切剎
乃至夢中常示現　雷幢見此生歡喜
昔行捨行無量劫　能捨難捨眼如海
如是捨行為衆生　此妙眼神能悟悅
無邊色相寶燄雲　現菩提場徧世間
燄形清淨道場神　見佛自在生歡喜
衆生行海無有邊　佛普彌綸雨法雨
隨其根解除疑惑　華纓悟此心歡喜
無量法門差別義　辯才大海皆能入
雨寶嚴具道場神　於心念念恒如是
於不可說一切土　盡世言辭稱讚佛
故獲名譽大功德　此勇眼神能憶念
種種色相無邊樹　普現菩提樹王下
金剛彩雲悟此門　恒觀道樹生歡喜
十方邊際不可得　佛坐道場智亦然
蓮華步光淨信心　入此解脫深生喜
道場一切出妙音　讚佛難思清淨力
及以成就諸因行　此妙光神能聽受

復次寶印手足行神得普雨衆寶生廣大歡

喜解脱門蓮華光足行神得示現佛身坐一切光色蓮華座令見者歡喜解脱門最勝華髻足行神得一一心念中建立一切如來衆會道場解脱門攝諸善見足行神得舉足發步悉調伏無邊衆生解脱門妙寶星幢足行神得念念中化現種種蓮華網光明普雨衆寶出妙音聲解脱門樂吐妙音足行神得出生無邊歡喜海解脱門栴檀樹光足行神得以香風普覺一切道場衆會解脱門蓮華光明足行神得一切毛孔放光明演微妙法音解脱門微妙光明足行神得其身徧出種種光明網普照曜解脱門積集妙華足行神得開悟一切衆生令生善根海解脱門爾時寶印手足行神承佛威力普觀一切足行神衆而說頌言

佛昔修行無量劫　供養一切諸如來
心恒慶悅不疲厭　喜門深大猶如海
念念神通不可量　化現蓮華種種香
佛坐其上普遊往　紅色光神皆覩見
諸佛如來法如是　廣大衆會徧十方
普現神通不可議　最勝華神悉明矚
十方國土一切處　於中舉足若下足
悉能成就諸群生　此善見神心悟喜
如衆生數普現身　此一一身充法界
悉放淨光雨衆寶　如是解脱星幢入
如來境界無邊際　普雨法雨皆充滿
衆會覩佛生歡喜　此妙音聲之所見
佛音聲量等虛空　一切音聲悉在中
調伏衆生靡不徧　如是栴檀能聽受
一切毛孔出化音　闡揚三世諸佛名

聞此音者皆歡喜　蓮華光神如是見
佛身變現不思議　步步色相猶如海
隨衆生心悉令見　此妙光明之所得
十方普現大神通　一切衆生悉開悟
衆妙華神於此法　見已心生大歡喜

復次淨喜境界身衆神得憶佛往昔誓願海解脫門光照十方身衆神得光明普照無邊世界解脫門海音調伏身衆神得大音普覺一切衆生令歡喜調伏解脫門淨華嚴髻身衆神得身如虛空周徧住解脫門無量威儀身衆神得示一切衆生諸佛境界解脫門最勝光嚴身衆神得令一切飢乏衆生色力滿足解脫門淨光香雲身衆神得除一切衆生煩惱垢解脫門守護攝持身衆神得轉一切衆生愚癡魔業解脫門普現攝化身衆神得普於一切世主宮殿中顯示莊嚴相解脫門不動光明身衆神得普攝一切衆生皆令生清淨善根解脫門爾時淨喜境界身衆神承佛威力普觀一切身衆神衆而說頌言

我憶須彌塵劫前　有佛妙光出興世
世尊於彼如來所　發心供養一切佛
如來身放大光明　其光法界靡不充
衆生遇者心調伏　此照方神之所見
如來聲震十方國　一切言音悉圓滿
普覺群生無有餘　調伏聞此心歡慶
佛身清淨恒寂滅　普現衆色無諸相
如是徧住於世間　此淨華神之所入
導師如是不思議　隨衆生心悉令見
或坐或行或時住　無量威儀所悟門
佛百千劫難逢遇　出興利益能自在

令世悉離貧窮苦　最勝光嚴入斯處
如來一一齒相間　普放香燈光燄雲
滅除一切衆生惑　離垢雲神如是見
衆生染惑爲重障　隨逐魔徑常流轉
如來開示解脫道　守護執持能悟入
我觀如來自在力　光布法界悉充滿
處王宮殿化衆生　此普現神之境界
衆生迷妄具衆苦　佛在其中常救護
皆令滅惑生喜心　不動光神所觀見

復次妙色那羅延執金剛神得見如來示現無邊色相身解脫門日輪速疾幢執金剛神得佛身一一毛如日輪現種種光明雲解脫門須彌華光執金剛神得化現無量身大神變解脫門清淨雲音執金剛神得無邊隨類音解脫門妙臂天主執金剛神得現爲一切世間主開悟衆生解脫門可愛樂光明執金剛神得普開示一切佛法差別門咸盡無遺解脫門大樹雷音執金剛神得以可愛樂莊嚴具攝一切樹神解脫門師子王光明執金剛神得如來廣大福莊嚴聚皆具足明了解脫門密燄吉祥目執金剛神得普觀察險惡衆生心爲現威嚴身解脫門蓮華摩尼髻執金剛神得普雨一切菩薩莊嚴具摩尼髻解脫門爾時妙色那羅延執金剛神承佛威力普觀一切執金剛神衆而說頌言

汝應觀法王　法王法如是　色相無有邊
普現於世間　佛身一一毛　光網不思議
譬如淨日輪　普照十方國　如來神通力
法界悉周徧　一切衆生前　示現無盡身
如來說法音　十方莫不聞　隨諸衆生類

悉令心滿足　衆見牟尼尊　處世宮殿中
普爲諸群生　闡揚於大法　法海漩澓處
一切差別義　種種方便門　演說無窮盡
無邊大方便　普應十方國　遇佛淨光明
悉見如來身　供養於諸佛　億剎微塵數
功德如虛空　一切所瞻仰　神通力平等
一切剎皆現　安坐妙道場　普現衆生前
燄雲普照世　種種光圓滿　法界無不及
示佛所行處

大方廣佛華嚴經卷第四

音釋

罣礙 罣古賣切礙牛代切罣礙罥也　迅 迅音信疾也　離慳著 離力智切遠離也慳丘閑切悋也著直畧切黏著也　霈 霈普蓋切霶霈也　誘 以九切導也　恬怡 恬音甜安也怡盈之切和也　療 力照切治也　蠲除 蠲音消潔也　譣詖 譣音險詖彼義切譣詖謂陰險不正也　瞽 果五切目但有眹也　明矚 矚音燭視也

大方廣佛華嚴經卷第五

唐于闐國三藏沙門實叉難陀譯

世主妙嚴品第一之五

復次普賢菩薩摩訶薩入不思議解脫門方便海入如來功德海所謂有解脫門名嚴淨一切佛國土調伏衆生令究竟出離有解脫門名普詣一切如來所修具足功德境界有解脫門名安立一切菩薩地諸大願海有解脫門名普現法界微塵數無量身有解脫門名演說徧一切國土不可思議數差別名有解脫門名一切微塵中悉現無邊諸菩薩神通境界有解脫門名一念中現三世劫成壞事有解脫門名示現一切菩薩諸根海各入自境界有解脫門名能以神通力化現種種身徧無邊法界有解脫門名顯示一切菩薩修行法次第門入一切智廣大方便爾時普賢菩薩摩訶薩以自功德復承如來威神之力普觀一切衆會海已即說頌言

佛所莊嚴廣大刹　等於一切微塵數
清淨佛子悉滿中　雨不思議最妙法
如於此會見佛坐　一切塵中悉如是
佛身無去亦無來　所有國土皆明現
顯示菩薩所修行　無量趣地諸方便
及說難思眞實理　令諸佛子入法界
出生化佛如塵數　普應群生心所欲
入深法界方便門　廣大無邊悉開演
如來名號等世間　十方國土悉充徧
一切方便無空過　調伏衆生皆離垢
佛於一切微塵中　示現無邊大神力
悉坐道場能演說　如佛往昔菩提行

三世所有廣大劫　佛念念中皆示現
彼諸成壞一切事　不思議智無不了
佛子衆會廣無限　欲共測量諸佛地
諸佛法門無有邊　能悉了知甚爲難
佛如虛空無分別　等眞法界無所依
化現周行靡不至　悉坐道場成正覺
佛以妙音廣宣暢　一切諸地皆明了
普現一一衆生前　盡與如來平等法

復次淨德妙光菩薩摩訶薩得徧往十方菩薩衆會莊嚴道場解脫門普德最勝燈光照菩薩摩訶薩得一念中現無盡成正覺門教化成熟不思議衆生界解脫門普光師子幢菩薩摩訶薩得修習菩薩福德莊嚴出生一切佛國土解脫門普寶燄妙光菩薩摩訶薩得觀察佛神通境界無迷惑解脫門普音功德海幢菩薩摩訶薩得於一衆會道場中示現一切佛土莊嚴解脫門普智光照如來境菩薩摩訶薩得隨逐如來觀察甚深廣大法界藏解脫門普覺悅意聲菩薩摩訶薩得親近承事一切諸佛供養藏解脫門普清淨無盡福威光菩薩摩訶薩得出生一切神變廣大加持解脫門普寶髻華幢菩薩摩訶薩得普入一切世間行出生菩薩無邊行門解脫門普相最勝光菩薩摩訶薩得能於無相法界中出現一切諸佛境界解脫門爾時淨德妙光菩薩摩訶薩承佛威力普觀一切菩薩解脫門海已即說頌言

十方所有諸國土　一剎那中悉嚴淨
以妙音聲轉法輪　普徧世間無與等
如來境界無邊際　一念法界悉充滿

一一塵中建道場　悉證菩提起神變
世尊往昔修諸行　經於百千無量劫
一切佛刹皆莊嚴　出現無礙如虛空
佛神通力無限量　充滿無邊一切劫
假使經於無量劫　念念觀察無疲厭
汝應觀佛神通境　十方國土皆嚴淨
一切於此悉現前　念念不同無量種
觀佛百千無量劫　不得一毛之分限
如來無礙方便門　此光普照難思刹
如來往劫在世間　承事無邊諸佛海
是故一切如川騖　咸來供養世所尊
如來出現徧十方　一一塵中無量土
其中境界皆無量　悉住無邊無盡劫
佛於曩劫爲衆生　修習無邊大悲海
隨諸衆生入生死　普化衆會令清淨
佛住眞如法界藏　無相無形離諸垢
衆生觀見種種身　一切苦難皆消滅

復次海月光大明菩薩摩訶薩得出生菩薩諸地諸波羅蜜教化衆生及嚴淨一切佛國土方便解脫門雲音海光離垢藏菩薩摩訶薩得念念中普入法界種種差別處解脫門智生寶髻菩薩摩訶薩得不可思議劫於一切衆生前現清淨大功德解脫門功德自在王淨光菩薩摩訶薩得普見十方一切菩薩初詣道場時種種莊嚴解脫門善勇猛蓮華髻菩薩摩訶薩得隨諸衆生根解海普爲顯示一切佛法解脫門普智雲日幢菩薩摩訶薩得成就如來智永住無量劫解脫門大精進金剛臍菩薩摩訶薩得普入一切無邊法印力解脫門香燄光幢菩薩摩訶薩得顯示

現在一切佛始修菩薩行乃至成就智慧聚解脫門大明德深美音菩薩摩訶薩得安住毗盧遮那一切大願海解脫門大福光智生菩薩摩訶薩得顯示如來徧法界甚深境界解脫門爾時海月光大明菩薩摩訶薩承佛威力普觀一切菩薩衆莊嚴海已即說頌言

諸波羅蜜及諸地　廣大難思悉圓滿
無量衆生盡調伏　一切佛土皆嚴淨
如佛教化衆生界　十方國土皆充滿
一念心中轉法輪　普應群情無不徧
佛於無量廣大劫　普現一切衆生前
如其往昔廣修治　示彼所行清淨處
我覩十方無有餘　亦見諸佛現神通
悉坐道場成正覺　衆會聞法共圍繞
廣大光明佛法身　能以方便現世間
普隨衆生心所樂　悉稱其根而雨法
眞如平等無相身　離垢光明淨法身
智慧寂靜身無量　普應十方而演法
法王諸力皆清淨　智慧如空無有邊
悉爲開示無遺隱　普使衆生同悟入
如佛往昔所修治　乃至成於一切智
今放光明徧法界　於中顯現悉明了
佛以本願現神通　一切十方無不照
如佛往昔修治行　光明網中皆演說
十方境界無有盡　無等無邊各差別
佛無礙力發大光　一切國土皆明顯

爾時如來師子之座衆寶妙華輪臺基陛及諸戶牖如是一切莊嚴具中一一各出佛刹微塵數菩薩摩訶薩其名曰海慧自在神通王菩薩摩訶薩雷音普震菩薩摩訶薩衆寶

光明髻菩薩摩訶薩大智日勇猛慧菩薩摩訶薩不思議功德寶智印菩薩摩訶薩百目蓮華髻菩薩摩訶薩金燄圓滿光菩薩摩訶薩法界普音菩薩摩訶薩雲音淨月菩薩摩訶薩善勇猛光明幢菩薩摩訶薩如是等而爲上首有衆多佛刹微塵數同時出現此諸菩薩各興種種供養雲所謂一切摩尼寶華雲一切蓮華妙香雲一切寶圓滿光雲無邊境界香燄雲日藏摩尼輪光明雲一切悅意樂音雲無邊色相一切寶燈光燄雲衆寶樹枝華果雲無盡寶清淨光明摩尼王雲一切莊嚴具摩尼王雲如是等諸供養雲有佛世界微塵數彼諸菩薩一一皆興如是供養雲雨於一切道場衆海相續不絶現是雲已右繞世尊經無量百千帀隨其方面去佛不遠化作無量種種寶蓮華師子之座各於其上結跏趺坐是諸菩薩所行清淨廣大如海得智慧光照普門法隨順諸佛所行無礙能入一切辯才法海得不思議解脫法門住於如來普門之地已得一切陀羅尼門悉能容受一切法海善住三世平等智地已得深信廣大喜樂無邊福聚極善清淨虛空法界靡不觀察十方世界一切國土所有佛興咸勤供養爾時海慧自在神通王菩薩摩訶薩承佛威力普觀一切道場衆海即說頌言

諸佛所悟悉已知　如空無礙皆明照
光徧十方無量土　處於衆會普嚴潔
如來功德不可量　十方法界悉充滿
普坐一切樹王下　諸大自在共雲集
佛有如是神通力　一念現於無盡相

如來境界無有邊　各隨解脫能觀見
如來往昔經劫海　在於諸有勤修行
種種方便化衆生　令彼受行諸佛法
毗盧遮那具嚴好　坐蓮華藏師子座
一切衆會皆清淨　寂然而住同瞻仰
摩尼寶藏放光明　普發無邊香燄雲
無量華纓共垂布　如是座上如來坐
種種嚴飾吉祥門　恒放燈光寶燄雲
廣大熾然無不照　牟尼處上增嚴好
種種摩尼綺麗牕　妙寶蓮華所垂飾
恒出妙音聞者悅　佛坐其上特明顯
寶輪承座半月形　金剛爲臺色燄明
持髻菩薩常圍繞　佛在其中最光耀
種種變化滿十方　演說如來廣大願
一切影像於中現　如是座上佛安坐

爾時雷音普震菩薩摩訶薩承佛威力普觀一切道場衆海即說頌言

世尊往集菩提行　供養十方無量佛
善逝威力所加持　如來座中無不覩
香燄摩尼如意王　塡飾妙華師子座
種種莊嚴皆影現　一切衆會悉明矚
佛座普現莊嚴相　念念色類各差別
隨諸衆生解不同　各見佛坐於其上
寶枝垂布蓮華網　華開踊現諸菩薩
各出微妙悅意聲　稱讚如來坐於座
佛功德量如虛空　一切莊嚴從此生
一一地中嚴飾事　一切衆生不能了
金剛爲地無能壞　廣博清淨極夷坦
摩尼爲網垂布空　菩提樹下皆周徧
其地無邊色相殊　眞金爲末布其中

普散名華及衆寶　悉以光瑩如來座
地神歡喜而踊躍　刹那示現無有盡
普興一切莊嚴雲　恒在佛前瞻仰住
寶燈廣大極熾然　香燄流光無斷絶
隨時示現各差別　地神以此爲供養
十方一切刹土中　彼地所有諸莊嚴
今此道場無不現　以佛威神故能爾

爾時衆寶光明髻菩薩摩訶薩承佛威力普觀一切道場衆海即說頌言

世尊往昔修行時　見諸佛土皆圓滿
如是所見地無盡　此道場中皆顯現
世尊廣大神通力　舒光普雨摩尼寶
如是寶藏散道場　其地周迴悉嚴麗
如來福德神通力　摩尼妙寶普莊嚴
其地及以菩提樹　遞發光音而演說
寶燈無量從空雨　寶王間錯爲嚴飾
悉吐微妙演法音　如是地神之所現
寶地普現妙光雲　寶炬燄明如電發
寶網遐張覆其上　寶枝雜布爲嚴好
汝等普觀於此地　種種妙寶所莊嚴
顯示衆生諸業海　令彼了知眞法性
普徧十方一切佛　所有圓滿菩提樹
莫不皆現道場中　演說如來清淨法
隨諸衆生心所樂　其地普出妙音聲
如佛座上所應演　一一法門咸具說
其地恒出妙香光　光中普演清淨音
若有衆生堪受法　悉使得聞煩惱滅
一一莊嚴悉圓滿　假使億劫無能說
如來神力靡不周　是故其地皆嚴淨

爾時大智日勇猛慧菩薩摩訶薩承佛威力

普觀一切道場衆海即說頌言

世尊凝睟處法堂　炳然照耀宮殿中
隨諸衆生心所樂　其身普現十方土
如來宮殿不思議　摩尼寶藏爲嚴飾
諸莊嚴具咸光耀　佛坐其中特明顯
摩尼爲柱種種色　眞金鈴鐸如雲布
寶階四面列成行　門闥隨方咸洞啓
妙華繒綺莊嚴帳　寶樹枝條共嚴飾
摩尼瓔珞四面垂　智海於中湛然坐
摩尼爲網妙香幢　光燄燈明若雲布
覆以種種莊嚴具　超世正知於此坐
十方普現變化雲　其雲演說徧世間
一切衆生悉調伏　如是皆從佛宮現
摩尼爲樹發妙華　十方所有無能匹
三世國土莊嚴事　莫不於中現其影
處處皆有摩尼聚　光燄熾然無量種
門牖隨方相間開　棟宇莊嚴極殊麗
如來宮殿不思議　清淨光明具衆相
一切宮殿於中現　一一皆有如來坐
如來宮殿無有邊　自然覺者處其中
十方一切諸衆會　莫不向佛而來集

爾時不思議功德寶智印菩薩摩訶薩承佛威力普觀一切道場衆海即說頌言

佛昔修治衆福海　一切剎土微塵數
神通願力所出生　道場嚴淨無諸垢
如意珠王作樹根　金剛摩尼以爲身
寶網遐施覆其上　妙香氛氳共旋繞
樹枝嚴飾備衆寶　摩尼爲榦爭聳擢
枝條密布如重雲　佛於其下坐道場
道場廣大不思議　其樹周迴盡彌覆

寶葉繁華相庇映　華中悉結摩尼果
一切枝間發妙光　其光徧照道場中
清淨熾然無有盡　以佛願力如斯現
摩尼寶藏以爲華　布影騰暉若綺雲
帀樹垂芳無不徧　於道場中普嚴飾
汝觀善逝道場中　蓮華寶網俱清淨
光燄成輪從此現　鈴音鐸響雲間發
十方一切國土中　所有妙色莊嚴樹
菩提樹中無不現　佛於其下離衆垢
道場廣大福所成　樹枝雨寶恒無盡
寶中出現諸菩薩　悉往十方供事佛
諸佛境界不思議　普令其樹出樂音
如昔所集菩提道　衆會聞音咸得見

爾時百目蓮華髻菩薩摩訶薩承佛威力普觀一切道場衆海即說頌言

一切摩尼出妙音　稱揚三世諸佛名
彼佛無量神通事　此道場中皆現覩
衆華競發如纓布　光雲流演徧十方
菩提樹神持向佛　一心瞻仰爲供養
摩尼光燄悉成幢　幢中熾然發妙香
其香普熏一切衆　是故其處皆嚴潔
蓮華垂布金色光　其光演佛妙聲雲
普蔭十方諸剎土　永息衆生煩惱熱
菩提樹王自在力　常放光明極清淨
十方衆會無有邊　莫不影現道場中
寶枝光燄若明燈　其光演音宣大願
如佛往昔於諸有　本所修行皆具說
樹下諸神剎塵數　悉共依於此道場
各各如來道樹前　念念宣揚解脫門
世尊往昔修諸行　供養一切諸如來

本所修行及名聞　摩尼寶中皆悉現
道場一切出妙音　其音廣大徧十方
若有衆生堪受法　莫不調伏令清淨
如來往昔普修治　一切無量莊嚴事
十方一切菩提樹　一一莊嚴無量種
爾時金燄圓滿光菩薩摩訶薩承佛威力普
觀一切道場衆海即說頌言
佛昔修習菩提行　於諸境界解明了
處與非處淨無疑　此是如來初智力
如昔等觀諸法性　一切業海皆明徹
如是今於光網中　普徧十方能具演
往劫修治大方便　隨衆生根而化誘
普使衆會心清淨　故佛能成根智力
如諸衆生解不同　欲樂諸行各差別
隨其所應爲說法　佛以智力能如是
普盡十方諸刹海　所有一切衆生界
佛智平等如虛空　悉能顯現毛孔中
一切處行佛盡知　一念三世畢無餘
十方刹劫衆生時　悉能開示令現了
禪定解脫力無邊　三昧方便亦復然
佛爲示現令歡喜　普使滌除煩惱暗
佛智無礙包三世　刹那悉現毛孔中
佛法國土及衆生　所現皆由隨念力
佛眼廣大如虛空　普見法界盡無餘
無礙地中無等用　彼眼無量佛能演
一切衆生具諸結　所有隨眠與習氣
如來出現徧世間　悉以方便令除滅
爾時法界普音菩薩摩訶薩承佛威力普觀
一切道場衆會海已即說頌言
佛威神力徧十方　廣大示現無分別

大菩提行波羅蜜　昔所滿足皆令見
昔於衆生起大悲　修行布施波羅蜜
以是其身最殊妙　能令見者生歡喜
昔在無邊大劫海　修治淨戒波羅蜜
故獲淨身徧十方　普滅世間諸重苦
往昔修行忍清淨　信解眞實無分別
是故色相皆圓滿　普放光明照十方
往昔勤修多劫海　能轉衆生深重障
故能分身徧十方　悉現菩提樹王下
佛久修行無量劫　禪定大海普清淨
故令見者心歡喜　煩惱障垢悉除滅
如來往修諸行海　具足般若波羅蜜
是故舒光普照明　克殄一切愚癡暗
種種方便化衆生　令所修治悉成就
一切十方皆徧往　無邊際劫不休息
佛昔修行大劫海　淨治諸願波羅蜜
是故出現徧世間　盡未來際救衆生
佛無量劫廣修治　一切法力波羅蜜
由是能成自然力　普現十方諸國土
佛昔修治普門智　一切智性如虛空
是故得成無礙力　舒光普照十方刹

爾時雲音淨月菩薩摩訶薩承佛威力普觀一切道場衆海即說頌言

神通境界等虛空　十方衆生靡不見
如昔修行所成地　摩尼果中咸具說
清淨勤修無量劫　入於初地極歡喜
出生法界廣大智　普見十方無量佛
一切法中離垢地　等衆生數持淨戒
已於多劫廣修行　供養無邊諸佛海
積集福德發光地　奢摩他藏堅固忍

法雲廣大悉已聞　摩尼果中如是說
燄海慧明無等地　善了境界起慈悲
一切國土平等身　如佛所治皆演暢
普藏等門難勝地　動寂相順無違反
佛法境界悉平等　如佛所淨皆能說
廣大修行慧海地　一切法門咸徧了
普現國土如虛空　樹中演暢此法音
周徧法界虛空身　普照衆生智慧燈
一切方便皆清淨　昔所遠行今具演
一切願行所莊嚴　無量剎海皆清淨
所有分別無能動　此無等地咸宣說
無量境界神通力　善入教法光明力
此是清淨善慧地　劫海所行皆備闡
法雲廣大第十地　含藏一切徧虛空
諸佛境界聲中演　此聲是佛威神力

爾時善勇猛光幢菩薩摩訶薩承佛威神觀察十方即說頌言

無量衆生處會中　種種信解心清淨
悉能悟入如來智　了達一切莊嚴境
各起淨願修諸行　昔曾供養無量佛
能見如來真實體　及以一切諸神變
或有能見佛法身　無等無礙普周徧
所有無邊諸法性　悉入其身無不盡
或有見佛妙色身　無邊色相光熾然
隨諸衆生解不同　種種變現十方中
或見無礙智慧身　三世平等如虛空
普隨衆生心樂轉　種種差別皆令見
或有能了佛音聲　普徧十方諸國土
隨諸衆生所應解　爲出言音無障礙
或見如來種種光　種種照耀徧世間

或有於佛光明中　復見諸佛現神通
或有見佛海雲光　從毛孔出色熾然
示現往昔修行道　令生深信入佛智
或見佛相福莊嚴　及見此福所從生
往昔修行諸度海　皆佛相中明了見
如來功德不可量　充滿法界無邊際
及以神通諸境界　以佛力故能宣說

爾時華藏莊嚴世界海以佛神力其地一切六種十八相震動所謂動徧動普徧動起徧起普徧起踊徧踊普徧踊震徧震普徧震吼徧吼普徧吼擊徧擊普徧擊此諸世主一一皆現不思議諸供養雲雨於如來道場衆海所謂一切香華莊嚴雲一切摩尼妙飾雲一切寶燄華網雲無邊種類摩尼寶圓光雲一切衆色寶眞珠藏雲一切寶栴檀香雲一切寶蓋雲清淨妙聲摩尼王雲日光摩尼瓔珞輪雲一切寶光明藏雲一切各别莊嚴具雲如是等諸供養雲其數無量不可思議此諸世主一一皆現如是供養雲雨於如來道場衆海靡不周徧如此世界中一一世主心生歡喜如是供養其華藏莊嚴世界海中一切世界所有世主悉亦如是而爲供養其一切世界中悉有如來坐於道場一一世主各各信解各各所緣各各三昧方便門各各修習助道法各各成就各各歡喜各各趣入各各悟解諸法門各各入如來神通境界各各入如來力境界各各入如來解脫門如於此華藏世界海十方盡法界虛空界一切世界海中悉亦如是

大方廣佛華嚴經卷第五

音釋

川鶩（鶩亡遇切馳也）陛（部禮切升堂之階也）牖（音酉穿壁交窻也）跏趺（跏音加趺音夫跏趺屈足坐也）綺麗（綺音起繒綵也麗郎計切美麗也）填飾（填音田填塞也飾音式粧飾也）凝睟（睟雖遂切凝睟嚴整潤澤貌）炳然（炳補永切明也）繒（慈陵切帛也）棟（多貢切屋春木也）氛氳（氛敷文切氳於云切氛氳香氣也）

大方廣佛華嚴經卷第六

唐于闐國三藏沙門實叉難陀譯

如來現相品第二

爾時諸菩薩及一切世間主作是思惟云何是諸佛地云何是諸佛境界云何是諸佛加持云何是諸佛所行云何是諸佛力云何是諸佛無所畏云何是諸佛三昧云何是諸佛神通云何是諸佛自在云何是諸佛無能攝取云何是諸佛眼云何是諸佛耳云何是諸佛鼻云何是諸佛舌云何是諸佛身云何是諸佛意云何是諸佛身光云何是諸佛光明云何是諸佛聲云何是諸佛智唯願世尊哀愍我等開示演說又十方世界海一切諸佛皆爲諸菩薩說世界海衆生海法界安立海佛海佛波羅蜜海佛解脫海佛變化海佛演說海佛名號海佛壽量海及一切菩薩誓願海一切菩薩發趣海一切菩薩助道海一切菩薩乘海一切菩薩行海一切菩薩出離海一切菩薩神通海一切菩薩波羅蜜海一切菩薩地海一切菩薩智海願佛世尊亦爲我等如是而說爾時諸菩薩威神力故於一切供養具雲中自然出音而說頌言

無量劫中修行滿　菩提樹下成正覺
爲度衆生普現身　如雲充徧盡未來
衆生有疑皆使斷　廣大信解悉令發
無邊際苦普使除　諸佛安樂咸令證
菩薩無數等刹塵　俱來此會同瞻仰
願隨其意所應受　演說妙法除疑惑
云何了知諸佛地　云何觀察如來境
佛所加持無有邊　願示此法令清淨

云何是佛所行處　而以智慧能明入
佛力清淨廣無邊　爲諸菩薩應開示
云何廣大諸三昧　云何淨治無畏法
神通力用不可量　願隨衆生心樂說
諸佛法王如世主　所行自在無能制
及餘一切廣大法　爲利益故當開演
佛眼云何無有量　耳鼻舌身亦復然
意無有量復云何　願示能知此方便
如諸剎海衆生海　法界所有安立海
及諸佛海亦無邊　願爲佛子咸開暢
永出思議衆度海　普入解脫方便海
所有一切法門海　此道場中願宣說

爾時世尊知諸菩薩心之所念即於面門衆齒之間放佛剎微塵數光明所謂衆寶華徧照光明出種種音莊嚴法界光明垂布微妙雲光明十方佛坐道場現神變光明一切寶燄雲蓋光明充滿法界無礙光明徧莊嚴一切佛剎光明迥建立清淨金剛寶幢光明普莊嚴菩薩衆會道場光明妙音稱揚一切佛名號光明如是等佛剎微塵數一一復有佛剎微塵數光明以爲眷屬其光悉具衆妙寶色普照十方各一億佛剎微塵數世界海彼世界海諸菩薩衆於光明中各得見此華藏莊嚴世界海以佛神力其光於彼一切菩薩衆會之前而說頌言

無量劫中修行海　供養十方諸佛海
化度一切衆生海　今成妙覺徧照尊
毛孔之中出化雲　光明普照於十方
應受化者咸開覺　令趣菩提淨無礙
佛昔往來諸趣中　教化成熟諸群生

神通自在無邊量　一念皆令得解脫
摩尼妙寶菩提樹　種種莊嚴悉殊特
佛於其下成正覺　放大光明普威耀
大音震吼徧十方　普爲弘宣寂滅法
隨諸衆生心所樂　種種方便令開曉
往修諸度皆圓滿　等於千剎微塵數
一切諸力悉已成　汝等應往同瞻禮
十方佛子等剎塵　悉共歡喜而來集
已雨諸雲爲供養　今在佛前專覲仰
如來一音無有量　能演契經深大海
普雨妙法應群心　彼兩足尊宜往見
三世諸佛所有願　菩提樹下皆宣說
一剎那中悉現前　汝可速詣如來所
毗盧遮那大智海　面門舒光無不見
今待衆集將演音　汝可往觀聞所說

爾時十方世界海一切衆會蒙佛光明所開覺已各共來詣毗盧遮那如來所親近供養所謂此華藏莊嚴世界海東次有世界海名清淨光蓮華莊嚴彼世界種中有國土名摩尼瓔珞金剛藏佛號法水覺虛空無邊王於彼如來大衆海中有菩薩摩訶薩名觀察勝法蓮華幢與世界海微塵數諸菩薩俱來詣佛所各現十種菩薩身相雲徧滿虛空而不散滅復現十種雨一切寶蓮華光明雲復現十種須彌寶峯雲復現十種日輪光雲復現十種寶華瓔珞雲復現十種一切音樂雲復現十種末香樹雲復現十種塗香燒香衆色相雲復現十種一切香樹雲如是等世界海微塵數諸供養雲悉徧虛空而不散滅現是雲已向佛作禮以爲供養即於東方各化作

種種華光明藏師子之座於其座上結加趺坐此華藏世界海南次有世界海名一切寶月光明莊嚴藏彼世界種中有國土名無邊光圓滿莊嚴佛號普智光明德須彌王於彼如來大衆海中有菩薩摩訶薩名普照法海慧與世界海微塵數諸菩薩俱來詣佛所各現十種一切莊嚴光明藏摩尼王雲徧滿虚空而不散滅復現十種雨一切寶莊嚴具普照耀摩尼王雲復現十種寶燄熾然稱揚佛名號摩尼王雲復現十種説一切佛法摩尼王雲復現十種衆妙樹莊嚴道場摩尼王雲復現十種寶光普照現衆化佛摩尼王雲復現十種普現一切道場莊嚴像摩尼王雲復現十種密燄燈説諸佛境界摩尼王雲復現十種不思議佛刹宫殿像摩尼王雲復現十種普現三世佛身像摩尼王雲如是等世界海微塵數摩尼王雲悉徧虚空而不散滅現是雲已向佛作禮以爲供養即於南方各化作帝青寶閻浮檀金蓮華藏師子之座於其座上結加趺坐此華藏世界海西次有世界海名可愛樂寶光明彼世界種中有國土名出生上妙資身具佛號香燄功德寶莊嚴於彼如來大衆海中有菩薩摩訶薩名月光香燄普莊嚴與世界海微塵數諸菩薩俱來詣佛所各現十種一切寶香衆妙華樓閣雲徧滿虚空而不散滅復現十種無邊色相衆寶王樓閣雲復現十種寶燈香燄樓閣雲復現十種一切眞珠樓閣雲復現十種一切寶華樓閣雲復現十種寶瓔珞莊嚴樓閣雲復現十種普現十方一切莊嚴光明藏樓閣雲復

現十種衆寶末間錯莊嚴樓閣雲復現十種衆寶周徧十方一切莊嚴樓閣雲復現十種華門鐸網樓閣雲如是等世界海微塵數樓閣雲悉徧虛空而不散滅現是雲巳向佛作禮以爲供養即於西方各化作眞金葉大寶藏師子之座於其座上結加趺坐此華藏世界海北次有世界海名毗瑠璃蓮華光圓滿藏彼世界種中有國土名優鉢羅華莊嚴佛號普智幢音王於彼如來大衆海中有菩薩摩訶薩名師子奮迅光明與世界海微塵數諸菩薩俱來詣佛所各現十種一切香摩尼衆妙樹雲徧滿虛空而不散滅復現十種寚葉妙香莊嚴樹雲復現十種化現一切無邊色相樹莊嚴樹雲復現十種一切華周布莊嚴樹雲復現十種一切寶燄圓滿光莊嚴樹雲復現十種現一切栴檀香菩薩身莊嚴樹雲復現十種現往昔道場處不思議莊嚴樹雲復現十種衆寶衣服藏如日光明樹雲復現十種普發一切悅意音聲樹雲如是等世界海微塵數樹雲悉徧虛空而不散滅現是雲巳向佛作禮以爲供養即於北方各化作摩尼燈蓮華藏師子之座於其座上結加趺坐此華藏世界海東北方次有世界海名閻浮檀金玻瓈色幢彼世界種中有國土名衆寶莊嚴佛號一切法無畏燈於彼如來大衆海中有菩薩摩訶薩名最勝光明燈無盡功德藏與世界海微塵數諸菩薩俱來詣佛所各現十種無邊色相寶蓮華藏師子座雲徧滿虛空而不散滅復現十種摩尼王光明藏師子座雲復現十種一切莊嚴具種種校飾

師子座雲復現十種衆寶鬘燈燄藏師子座雲復現十種普雨寶瓔珞師子座雲復現十種一切香華寶瓔珞藏師子座雲復現十種示現一切佛座莊嚴摩尼王藏師子座雲復現十種戶牖階砌及諸瓔珞一切莊嚴師子座雲復現十種一切摩尼樹寶枝莖藏師子座雲復現十種寶香間飾日光明藏師子座雲如是等世界海微塵數師子座雲悉徧虛空而不散滅現是雲已向佛作禮以爲供養即於東北方各化作寶蓮華摩尼光幢師子之座於其座上結跏趺坐此華藏世界海東南方次有世界海名金莊嚴瑠璃光普照彼世界種中有國土名清淨香光明佛號普喜深信王於彼如來大衆海中有菩薩摩訶薩名慧燈普明與世界海微塵數諸菩薩俱來

詣佛所各現十種一切如意王摩尼帳雲徧滿虛空而不散滅復現十種帝青寶一切華莊嚴帳雲復現十種一切香摩尼帳雲復現十種寶燄燈帳雲復現十種示現佛神通說法摩尼王帳雲復現十種現一切衣服莊嚴色像摩尼帳雲復現十種一切寶華叢光明帳雲復現十種寶網鈴鐸音帳雲復現十種摩尼爲臺蓮華爲網帳雲復現十種現一切不思議莊嚴具色像帳雲如是等世界海微塵數衆寶帳雲悉徧虛空而不散滅現是雲已向佛作禮以爲供養即於東南方各化作寶蓮華藏師子之座於其座上結跏趺坐此華藏世界海西南方次有世界海名日光徧照彼世界種中有國土名師子日光明佛號普智光明音於彼如來大衆海中有菩薩摩

訶薩名普華光燄髻與世界海微塵數諸菩薩俱來詣佛所各現十種衆妙莊嚴寶蓋雲徧滿虛空而不散滅復現十種光明莊嚴華蓋雲復現十種無邊色眞珠藏蓋雲復現十種出一切菩薩悲愍音摩尼王蓋雲復現十種衆妙寶燄鬘蓋雲復現十種妙寶嚴飾垂網鐸蓋雲復現十種摩尼樹枝莊嚴蓋雲復現十種日光普照摩尼王蓋雲復現十種一切塗香燒香蓋雲復現十種栴檀藏蓋雲復現十種廣大佛境界普光明莊嚴蓋雲如是等世界海微塵數衆寶蓋雲悉徧虛空而不散滅現是雲已向佛作禮以爲供養即於西南方各化作帝青寶光燄莊嚴藏師子之座於其座上結跏趺坐此華藏世界海西北方次有世界海名寶光照耀彼世界種中有國土名衆香莊嚴佛號無量功德海光明於彼如來大衆海中有菩薩摩訶薩名無盡光摩尼王與世界海微塵數諸菩薩俱來詣佛所各現十種一切寶圓滿光雲徧滿虛空而不散滅復現十種一切寶燄圓滿光雲復現十種一切妙華圓滿光雲復現十種一切化佛圓滿光雲復現十種十方佛土圓滿光雲復現十種佛境界雷聲寶樹圓滿光雲復現十種一切瑠璃寶摩尼王圓滿光雲復現十種一念中現無邊衆生相圓滿光雲復現十種演一切如來大願音圓滿光雲復現十種演化一切衆生音摩尼王圓滿光雲如是等世界海微塵數圓滿光雲悉徧虛空而不散滅現是雲已向佛作禮以爲供養即於西北方各化作無盡光明威德藏師子之座於其座

上結跏趺坐此華藏世界海下方次有世界海名蓮華香妙德藏彼世界種中有國土名寶師子光明照耀佛號法界光明於彼如來大衆海中有菩薩摩訶薩名法界光燄慧與世界海微塵數諸菩薩俱來詣佛所各現十種一切摩尼藏光明雲徧滿虛空而不散滅復現十種一切香光明雲復現十種一切寶燄光明雲復現十種出一切佛說法音光明雲復現十種現一切佛土莊嚴光明雲復現十種一切妙華樓閣光明雲復現十種現一切劫中諸佛教化衆生事光明雲復現十種一切無盡寶華蘂光明雲復現十種一切莊嚴座光明雲如是等世界海微塵數光明雲悉徧虛空而不散滅現是雲已向佛作禮以爲供養即於下方各化作寶燄燈蓮華藏師子之座於其座上結跏趺坐此華藏世界海上方次有世界海名摩尼寶照耀莊嚴彼世界種中有國土名無相妙光明佛號無礙功德光明王於彼如來大衆海中有菩薩摩訶薩名無礙力精進慧與世界海微塵數諸菩薩俱來詣佛所各現十種無邊色相寶光燄雲徧滿虛空而不散滅復現十種摩尼寶網光燄雲復現十種一切廣大佛土莊嚴光燄雲復現十種一切妙香光燄雲復現十種一切莊嚴光燄雲復現十種諸佛變化光燄雲復現十種衆妙樹華光燄雲復現十種一切金剛光燄雲復現十種說無邊菩薩行摩尼光燄雲復現十種一切眞珠燈光燄雲如是等世界海微塵數光燄雲悉徧虛空而不散滅現是雲已向佛作禮以爲供養即於上方

各化作演佛音聲光明蓮華藏師子之座於其座上結跏趺坐如是等十億佛刹微塵數世界海中有十億佛刹微塵數菩薩摩訶薩一一各有世界海微塵數諸菩薩衆前後圍繞而來集會是諸菩薩一一各現世界海微塵數種種莊嚴諸供養雲悉徧虛空而不散滅現是雲已向佛作禮以為供養隨所來方各化作種種寶莊嚴師子之座於其座上結跏趺坐如是坐已其諸菩薩身毛孔中一一各現十世界海微塵數一切寶種種色光明一一光中悉現十世界海微塵數諸菩薩皆坐蓮華藏師子之座此諸菩薩悉能徧入一切法界諸安立海所有微塵彼一一塵中皆有十佛世界微塵數諸廣大刹一一刹中皆有三世諸佛世尊此諸菩薩悉能徧往親近

供養於念念中以夢自在示現法門開悟世界海微塵數衆生念念中以示現一切諸天殁生法門開悟世界海微塵數衆生念念中以說一切菩薩行法門開悟世界海微塵數衆生念念中以普震動一切刹歎佛功德神變法門開悟世界海微塵數衆生念念中以嚴淨一切佛國土顯示一切大願海法門開悟世界海微塵數衆生念念中以普攝一切衆生言詞佛音聲法門開悟世界海微塵數衆生念念中以能雨一切佛法雲法門開悟世界海微塵數衆生念念中以光明普照十方國土周徧法界示現神變法門開悟世界海微塵數衆生念念中以普現佛身充徧法界一切如來解脫力法門開悟世界海微塵數衆生念念中以普賢菩薩建立一切衆會

道場海法門開悟世界海微塵數衆生如是普徧一切法界隨衆生心悉令開悟念念中一一國土各令如須彌山微塵數衆生墮惡道者永離其苦各令如須彌山微塵數衆生住邪定者入正定聚各令如須彌山微塵數衆生隨其所樂生於天上各令如須彌山微塵數衆生安住聲聞辟支佛地各令如須彌山微塵數衆生事善知識具衆福行各令如須彌山微塵數衆生發於無上菩提之心各令如須彌山微塵數衆生趣於菩薩不退轉地各令如須彌山微塵數衆生得淨智眼見於如來所見一切諸平等法各令如須彌山微塵數衆生安住諸力諸願海中以無盡智而爲方便淨諸佛國各令如須彌山微塵數衆生皆得安住毗盧遮那廣大願海生如來家爾時諸菩薩光明中同時發聲說此頌言

諸光明中出妙音　普徧十方一切國
演說佛子諸功德　能入菩提之妙道
劫海修行無厭倦　令苦衆生得解脫
心無下劣及勞疲　佛子善入斯方便
盡諸劫海修方便　無量無邊無有餘
一切法門無不入　而恒說彼性寂滅
三世諸佛所有願　一切修治悉令盡
即以利益諸衆生　而爲自行清淨業
一切諸佛衆會中　普徧十方無不往
皆以甚深智慧海　入彼如來寂滅法
一一光明無有邊　悉入難思諸國土
清淨智眼普能見　是諸菩薩所行境
菩薩能住一毛端　徧動十方諸國土
不令衆生有怖想　是其清淨方便地

一一塵中無量身　復現種種莊嚴剎
一念歿生普令見　獲無礙慧莊嚴者
三世所有一切劫　一剎那中悉能現
知身如幻無體相　證明法性無礙者
普賢勝行皆能入　一切衆生悉樂見
佛子能住此法門　諸光明中大音吼

爾時世尊欲令一切菩薩大衆得於如來無邊境界神通力故放眉間光此光名一切菩薩智光明普照耀十方藏其狀猶如寶色燈雲徧照十方一切佛剎其中國土及以衆生悉令顯現又普震動諸世界網一一塵中現無數佛隨諸衆生性欲不同普雨三世一切諸佛妙法輪雲顯示如來波羅蜜海又雨無量諸出離雲令諸衆生永度生死復雨諸佛大願之雲顯示十方諸世界中普賢菩薩道場衆會作是事已右繞於佛從足下入爾時佛前有大蓮華忽然出現其華具有十種莊嚴一切蓮華所不能及所謂衆寶間錯以爲其莖摩尼寶王以爲其藏法界衆寶普作其葉諸香摩尼而作其鬚閻浮檀金莊嚴其量妙網覆上光色清淨於一念中示現無邊諸佛神變普能發起一切音聲摩尼寶王影現佛身於音聲中普能演說一切菩薩所修行願此華生已一念之間於如來白毫相中有菩薩摩訶薩名一切法勝音與世界海微塵數諸菩薩衆俱時而出右繞如來經無量帀禮佛足已時勝音菩薩坐蓮華臺諸菩薩衆坐蓮華鬚各於其上次第而坐其一切法勝音菩薩了深法界生大歡喜入佛所行智無疑滯入不可測佛法身海往一切剎諸如來

所身諸毛孔悉現神通念念普觀一切法界十方諸佛共與其力令普安住一切三昧盡未來劫常見諸佛無邊法界功德海身乃至一切三昧解脫神通變化即於衆中承佛威神觀察十方而說頌曰

佛身充滿於法界　普現一切衆生前
隨緣赴感靡不周　而恒處此菩提座
如來一一毛孔中　一切刹塵諸佛坐
菩薩衆會共圍繞　演說普賢之勝行
一一毛現悉亦然　一毛示現多刹海
如來安處菩提座　如是普周於法界
一一刹中悉安坐　一切刹土皆周徧
十方菩薩如雲集　莫不咸來詣道場
一切刹土微塵數　功德光明菩薩海
普在如來衆會中　乃至法界咸充徧
法界微塵諸刹土　一切衆中皆出現
如是分身智境界　普賢行中能建立
一切諸佛衆會中　勝智菩薩僉然坐
各各聽法生歡喜　處處修行無量劫
已入普賢廣大願　各各出生衆佛法
毗盧遮那法海中　修行克證如來地
普賢菩薩所開覺　一切如來同讃喜
已獲諸佛大神通　法界周流無不徧
一切刹土微塵數　常現身雲悉充滿
普爲衆生放大光　各雨法雨稱其心

爾時衆中復有菩薩摩訶薩名觀察一切勝法蓮華光慧王承佛威神觀察十方而說頌曰

如來甚深智　普入於法界　能隨三世轉
與世爲明導　諸佛同法身　無依無差別

隨諸衆生意　令見佛色形　具足一切智
徧知一切法　一切國土中　一切無不現
佛身及光明　色相不思議　衆生信樂者
隨應悉令見　於一佛身上　化爲無量佛
雷音徧衆刹　演法深如海　一一毛孔中
光網徧十方　演佛妙音聲　調彼難調者
如來光明中　常出深妙音　讃佛功德海
及菩薩所行　佛轉正法輪　無量無有邊
所說法無等　淺智不能測　一切世界中
現身成正覺　各各起神變　法界悉充滿
如來一一身　現佛等衆生　一切微塵刹
普現神通力

爾時衆中復有菩薩摩訶薩名法喜慧光明承佛威神觀察十方而說頌曰

佛身常顯現　法界悉充滿　恒演廣大音
普震十方國　如來普現身　徧入於世間
隨衆生樂欲　顯示神通力　佛隨衆生心
普現於其前　衆生所見者　皆是佛神力
光明無有邊　說法亦無量　佛子隨其智
能入能觀察　佛身無有生　而能示出生
法性如虛空　諸佛於中住　無住亦無去
處處皆見佛　光明靡不周　名稱悉遠聞
無體無住處　亦無生可得　無相亦無形
所現皆如影　佛隨衆生心　爲興大法雲
種種方便門　示悟而調伏　一切世界中
見佛坐道場　大衆所圍繞　照耀十方國
一切諸佛身　皆有無盡相　示現雖無量
色相終不盡

爾時衆中復有菩薩摩訶薩名香燄光普明慧承佛威神觀察十方而說頌曰

此會諸菩薩　入佛難思地　一一皆能見
一切佛神力　智身能徧入　一切剎微塵
見身在彼中　普見於諸佛　如影現衆剎
一切如來所　於彼一切中　悉現神通事
普賢諸行願　修治已明潔　能於一切剎
普見佛神變　身住一切處　一切皆平等
智能如是行　入佛之境界　已證如來智
等照於法界　普入佛毛孔　一切諸剎海
一切佛國土　皆現神通力　示現種種身
及種種名號　能於一念頃　普現諸神變
道場成正覺　及轉妙法輪　一切廣大剎
億劫不思議　菩薩三昧中　一念皆能現
一切諸佛土　一一諸菩薩　普入於佛身
無邊亦無盡

爾時衆中復有菩薩摩訶薩名師子奮迅慧光明承佛威神徧觀十方而說頌曰

毗盧遮那佛　能轉正法輪　法界諸國土
如雲悉周徧　十方中所有　諸大世界海
佛神通願力　處處轉法輪　一切諸剎土
廣大衆會中　名號各不同　隨應演妙法
如來大威力　普賢願所成　一切國土中
妙音無不至　佛身等剎塵　普雨於法雨
無生無差別　現一切世間　無數諸億劫
一切塵剎中　往昔所行事　妙音咸具演
十方塵國土　光網悉周徧　光中悉有佛
普化諸群生　佛身無差別　充滿於法界
能令見色身　隨機善調伏　三世一切剎
所有衆導師　種種名號殊　爲說皆令見
過未及現在　一切諸如來　所轉妙法輪
此會皆得聞

爾時衆中復有菩薩摩訶薩名法海慧功德藏承佛威神觀察十方而說頌曰

此會諸佛子　善修衆智慧　斯人已能入
如是方便門　一一國土中　普演廣大音
說佛所行處　周聞十方刹　一一心念中
普觀一切法　安住眞如地　了達諸法海
一一佛身中　億劫不思議　修習波羅蜜
及嚴淨國土　一一微塵中　能證一切法
如是無所礙　周行十方國　一一佛刹中
往詣悉無餘　見佛神通力　入佛所行處
諸佛廣大音　法界靡不聞　菩薩能了知
善入音聲海　劫海演妙音　其音等無別
智周三世者　入彼音聲地　衆生所有音
及佛自在聲　獲得音聲智　一切皆能了
從地而得地　住於力地中　億劫勤修行
所獲法如是

爾時衆中復有菩薩摩訶薩名慧燈普明承佛威神觀察十方而說頌曰

一切諸如來　遠離於衆相　若能知是法
乃見世導師　菩薩三昧中　慧光普明了
能知一切佛　自在之體性　見佛眞實體
則悟甚深法　普觀於法界　隨願而受身
從於福海生　安住於智地　觀察一切法
修行最勝道　一切佛刹中　一切如來所
如是徧法界　悉見眞實體　十方廣大刹
億劫勤修行　能遊正徧知　一切諸法海
唯一堅密身　一切塵中見　無生亦無相
普現於諸國　隨諸衆生心　普現於其前
種種示調伏　速令向佛道　以佛威神故
出現諸菩薩　佛力所加持　普見諸如來

一切衆導師　無量威神力　開悟諸菩薩
法界悉周徧
爾時衆中復有菩薩摩訶薩名華燄髻普明
智承佛威神觀察十方而說頌曰
一切國土中　普演微妙音　稱揚佛功德
法界悉充滿　佛以法爲身　清淨如虛空
所現衆色形　令入此法中　若有深信喜
及爲佛攝受　當知如是人　能生了佛智
諸有少智者　不能知此法　慧眼清淨人
於此乃能見　以佛威神力　觀察一切法
入住及出時　所見皆明了　一切諸法中
法門無有邊　成就一切智　入於深法海
安住佛國土　出興一切處　無去亦無來
諸佛法如是　一切衆生海　佛身如影現
隨其解差別　如是見導師　一切毛孔中
各各現神通　修行普賢願　清淨者能見
佛以一一身　處處轉法輪　法界悉周徧
思議莫能及
爾時衆中復有菩薩摩訶薩名威德慧無盡
光承佛威神觀察十方而說頌曰
一一佛剎中　處處坐道場　衆會共圍繞
魔軍悉摧伏　佛身放光明　徧滿於十方
隨應而示現　色相非一種　一一微塵內
光明悉充滿　普見十方土　種種各差別
十方諸剎海　種種無量剎　悉平坦清淨
帝青寶所成　或覆或傍住　或似蓮華合
或圓或四方　種種衆形相　法界諸剎土
周行無所礙　一切衆會中　常轉妙法輪
佛身不思議　國土悉在中　於其一切處
導世演眞法　所轉妙法輪　法性無差別

依於一實理　演說諸法相　佛以圓滿音
闡明眞實理　隨其解差別　現無盡法門
一切刹土中　見佛坐道場　佛身如影現
生滅不可得

爾時衆中復有菩薩摩訶薩名法界普明慧承佛威神觀察十方而說頌曰

如來微妙身　色相不思議　見者生歡喜
恭敬信樂法　佛身一切相　悉現無量佛
普入十方界　一一微塵中　十方國土海
無量無邊佛　咸於念念中　各各現神通
大智諸菩薩　深入於法海　佛力所加持
能知此方便　若有已安住　普賢諸行願
見彼衆國土　一切佛神力　若人有信解
及以諸大願　具足深智慧　通達一切法
能於諸佛身　一一而觀察　色聲無所礙
了達於諸境　能於諸佛身　安住智所行
速入如來地　普攝於法界　佛刹微塵數
如是諸國土　能令一念中　一一塵中現
一切諸國土　及以神通事　悉現一刹中
菩薩力如是

爾時衆中復有菩薩摩訶薩名精進力無礙慧承佛威神觀察十方而說頌曰

佛演一妙音　周聞十方刹　衆音悉具足
法雨皆充徧　一切言詞海　一切隨類音
一切佛刹中　轉於淨法輪　一切諸國土
悉見佛神變　聽佛說法音　聞已趣菩提
法界諸國土　一一微塵中　如來解脫力
於彼普現身　法身同虛空　無礙無差別
色形如影像　種種衆相現　影像無方所
如空無體性　智慧廣大人　了達其平等

佛身不可取　無生無起作　應物普現前
平等如虛空　十方所有佛　盡入一毛孔
各各現神通　智眼能觀見　毗盧遮那佛
願力周法界　一切國土中　恒轉無上輪
一毛現神變　一切佛同說　經於無量劫
不得其邊際

如此四天下道場中以佛神力十方各有一億世界海微塵數諸菩薩衆而來集會應知一切世界海一一四天下諸道場中悉亦如是

大方廣佛華嚴經卷第六

音釋

優鉢羅梵語也此云青蓮華優音憂鉢音撥　奮迅奮方問切迅思晉切
玻瓈梵語也此云水玉乃千年氷之所化也玻滂禾切瓈鄰知切　鬘莫班切
僉千廉切皆也

大方廣佛華嚴經卷第七

唐于闐國三藏沙門實叉難陀譯

普賢三昧品第三

爾時普賢菩薩摩訶薩於如來前坐蓮華藏師子之座承佛神力入于三昧此三昧名一切諸佛毗盧遮那如來藏身普入一切佛平等性能於法界示衆影像廣大無礙同於虛空法界海漩靡不隨入出生一切諸三昧法普能包納十方法界三世諸佛智光明海皆從此生十方所有諸安立海悉能示現含藏一切佛力解脫諸菩薩智能令一切國土微塵普能容受無邊法界成就一切佛功德海顯示如來諸大願海一切諸佛所有法輪流通護持使無斷絕如此世界中普賢菩薩於世尊前入此三昧如是盡法界虛空界十方三世微細無礙廣大光明佛眼所見佛力能到佛身所現一切國土及此國土所有微塵一一塵中有世界海微塵數佛刹一一刹中有世界海微塵數諸佛一一佛前有世界海微塵數普賢菩薩皆亦入此一切諸佛毗盧遮那如來藏身三昧爾時一一普賢菩薩皆有十方一切諸佛而現其前彼諸如來同聲讚言善哉善哉善男子汝能入此一切諸佛毗盧遮那如來藏身菩薩三昧佛子此是十方一切諸佛共加於汝以毗盧遮那如來本願力故亦以汝修一切諸佛行願力故所謂能轉一切佛法輪故開顯一切如來智慧海故普照十方諸安立海悉無餘故令一切衆生淨治雜染得清淨故普攝一切諸大國土無所著故深入一切諸佛境界無障礙故普

示一切佛功德故能入一切諸法實相增智慧故觀察一切諸法門故了知一切衆生根故能持一切諸佛如來教文海故爾時十方一切諸佛即與普賢菩薩摩訶薩能入一切智性力智與入法界無邊量智與成就一切佛境界智與知一切世界海成壞智與知一切衆生界廣大智與住諸佛甚深解脫無差別諸三昧智與入一切菩薩諸根海智與知一切衆生語言海轉法輪詞辯智與普入法界一切世界海身智與得一切佛音聲智如此世界中如來前普賢菩薩蒙諸佛與如是智如是一切世界海及彼世界海一一塵中所有普賢悉亦如是何以故證彼三昧法如是故是時十方諸佛各舒右手摩普賢菩薩頂其手皆以相好莊嚴妙網光舒香流燄發復出諸佛種種妙音及以自在神通之事過現未來一切菩薩普賢願海一切如來清淨法輪及三世佛所有影像皆於中現如此世界中普賢菩薩爲十方佛所共摩頂如是一切世界海及彼世界海一一塵中所有普賢悉亦如是爲十方佛之所摩頂爾時普賢菩薩即從是三昧而起從此三昧起時即從一切世界海微塵數三昧海門起所謂從知三世念念無差別善巧智三昧門起從知三世一切法界所有微塵三昧門起從現三世一切佛剎三昧門起從現一切衆生舍宅三昧門起從知一切衆生心海三昧門起從知一切衆生各別名字三昧門起從知十方法界處所各差別三昧門起從知一切微塵中各有無邊廣大佛身雲三昧門起從演說一切

法理趣海三昧門起普賢菩薩從如是等三昧門起時其諸菩薩一一各得世界海微塵數三昧海雲世界海微塵數陀羅尼海雲世界海微塵數諸法方便海雲世界海微塵數辯才門海雲世界海微塵數修行海雲世界海微塵數普照法界一切如來功德藏智光明海雲世界海微塵數一切如來諸力智慧無差別方便海雲世界海微塵數一切如來一一毛孔中各現衆刹海雲世界海微塵數一一菩薩示現從兜率天宮殁下生成佛轉正法輪般涅槃等海雲如此世界中普賢菩薩從三昧起諸菩薩衆獲如是益如是一切世界海及彼世界海所有微塵一一塵中悉亦如是爾時十方一切世界海以諸佛威神力及普賢菩薩三昧力故悉皆微動一一世界衆寶莊嚴及出妙音演說諸法復於一切如來衆會道場海中普雨十種大摩尼王雲何等爲十所謂妙金星幢摩尼王雲光明照曜摩尼王雲寶輪垂下摩尼王雲衆寶藏現菩薩像摩尼王雲稱揚佛名摩尼王雲光明熾盛普照一切佛刹道場摩尼王雲光照十方種種變化摩尼王雲稱讚一切菩薩功德摩尼王雲如日光熾盛摩尼王雲悅意樂音周聞十方摩尼王雲普雨如是十種大摩尼王雲已一切如來諸毛孔中咸放光明於光明中而說頌言

普賢徧住於諸刹　坐寶蓮華衆所觀
一切神通靡不現　無量三昧皆能入
普賢恒以種種身　法界周流悉充滿
三昧神通方便力　圓音廣說皆無礙

一切刹中諸佛所　種種三昧現神通
一一神通悉周徧　十方國土無遺者
如一切刹如來所　彼刹塵中悉亦然
所現三昧神通事　毗盧遮那之願力
普賢身相如虚空　依眞而住非國土
隨諸衆生心所欲　示現普身等一切
普賢安住諸大願　獲此無量神通力
一切佛身所有刹　悉現其形而詣彼
一切衆海無有邊　分身住彼亦無量
所現國土皆嚴淨　一刹那中見多劫
普賢安住一切刹　所現神通勝無比
震動十方靡不周　令其觀者悉得見
一切佛智功德力　種種大法皆成滿
以諸三昧方便門　示已往昔菩提行
如是自在不思議　十方國土皆示現
爲顯普入諸三昧　佛光雲中讚功德

爾時一切菩薩衆皆向普賢合掌瞻仰承佛神力同聲讚言

從諸佛法而出生　亦因如來願力起
眞如平等虚空藏　汝已嚴淨此法身
一切佛刹衆會中　普賢徧住於其所
功德智海光明者　等照十方無不見
普賢廣大功德海　徧往十方親近佛
一切塵中所有刹　悉能詣彼而明現
佛子我曹常見汝　諸如來所悉親近
住於三昧實境中　一切國土微塵劫
佛子能以普徧身　悉詣十方諸國土
衆生大海咸濟度　法界微塵無不入
入於法界一切塵　其身無盡無差別
譬如虚空悉周徧　演說如來廣大法

一切功德光明者　如雲廣大力殊勝
衆生海中皆往詣　說佛所行無等法
爲度衆生於劫海　普賢勝行皆修習
演一切法如大雲　其音廣大靡不聞
國土云何得成立　諸佛云何而出現
及以一切衆生海　願隨其義如實說
此中無量大衆海　悉在尊前恭敬住
爲轉清淨妙法輪　一切諸佛皆隨喜

世界成就品第四

爾時普賢菩薩摩訶薩以佛神力徧觀察一切世界海一切衆生海一切諸佛海一切法界海一切衆生業海一切衆生根欲海一切諸佛法輪海一切三世海一切如來願力海一切如來神變海如是觀察已普告一切道場衆海諸菩薩言佛子諸佛世尊知一切世界海成壞清淨智不可思議知一切衆生業海智不可思議知一切法界安立海智不可思議說一切無邊佛海智不可思議入一切欲解根海智不可思議一念普知一切三世海智不可思議顯示一切如來無量願海智不可思議示現一切佛神變海智不可思議轉法輪海智不可思議建立演說海不可思議清淨佛身不可思議無邊色相海普照明不可思議相及隨好皆清淨不可思議無邊色相光明輪海具足清淨不可思議種種色相光明雲海不可思議殊勝寶燄海不可思議成就言音海不可思議示現三種自在海調伏成熟一切衆生不可思議勇猛調伏諸衆生海無空過者不可思議安住佛地不可思議入如來境界不可思議威力護持不可

思議觀察一切佛智所行不可思議諸力圓滿無能摧伏不可思議無畏功德無能過者不可思議住無差別三昧不可思議神通變化不可思議清淨自在智不可思議一切佛法無能毀壞不可思議如是等一切法我當承佛神力及一切如來威神力故具足宣説爲令衆生入佛智慧海故爲令一切菩薩於佛功德海中得安住故爲令一切世界海一切佛自在所莊嚴故爲令一切劫海中如來種性恒不斷故爲令於一切世界海中顯示諸法眞實性故爲令隨一切衆生無量解海而演説故爲令隨一切衆生諸根海方便令生諸佛法故爲令隨一切衆生樂欲海摧破一切障礙山故爲令隨一切衆生心行海令淨修治出要道故爲令一切菩薩安住普賢願海中故是時普賢菩薩復欲令無量道場衆海生歡喜故令於一切法增長愛樂故令生廣大眞實信解海故令淨治普門法界藏身故令安立普賢願海故令淨治入三世平等智眼故令增長普照一切世間藏大慧海故令生陀羅尼力持一切法輪故令於一切道場中盡佛境界悉開示故令開闡一切如來法門故令增長法界廣大甚深一切智性故即説頌言

智慧甚深功德海　普現十方無量國
隨諸衆生所應見　光明徧照轉法輪
十方剎海叵思議　佛無量劫皆嚴淨
爲化衆生使成熟　出興一切諸國土
佛境甚深難可思　普示衆生令得入
其心樂小著諸有　不能通達佛所悟

若有淨信堅固心　常得親近善知識
一切諸佛與其力　此乃能入如來智
離諸諂誑心清淨　常樂慈悲性歡喜
志欲廣大深信人　彼聞此法生欣悅
安住普賢諸願地　修行菩薩清淨道
觀察法界如虛空　此乃能知佛行處
此諸菩薩獲善利　見佛一切神通力
修餘道者莫能知　普賢行人方得悟
衆生廣大無有邊　如來一切皆護念
轉正法輪靡不至　毗盧遮那境界力
一切刹土入我身　所住諸佛亦復然
汝應觀我諸毛孔　我今示汝佛境界
普賢行願無邊際　我已修行得具足
普眼境界廣大身　是佛所行應諦聽

爾時普賢菩薩摩訶薩告諸大衆言諸佛子世界海有十種事過去現在未來諸佛已說現說當說何者爲十所謂世界海起具因緣世界海所依住世界海形狀世界海體性世界海莊嚴世界海清淨世界海佛出興世界海劫住世界海劫轉變差別世界海無差別門諸佛子略說世界海有此十事若廣說者與世界海微塵數等過去現在未來諸佛已說現說當說諸佛子略說以十種因緣故一切世界海已成現成當成何者爲十所謂如來神力故法應如是故一切衆生行業故一切菩薩成一切智所得故一切衆生及諸菩薩同集善根故一切菩薩嚴淨國土願力故一切菩薩成就不退行願故一切菩薩清淨勝解自在故一切如來善根所流及一切諸佛成道時自在勢力故普賢菩薩自在願力

故諸佛子是爲略説十種因緣若廣説者有世界海微塵數爾時普賢菩薩欲重宣其義承佛威力觀察十方而説頌言

所説無邊衆刹海　毗盧遮那悉嚴淨
世尊境界不思議　智慧神通力如是
菩薩修行諸願海　普隨衆生心所欲
衆生心行廣無邊　菩薩國土徧十方
菩薩趣於一切智　勤修種種自在力
無量願海普出生　廣大刹土皆成就
修諸行海無有邊　入佛境界亦無量
爲淨十方諸國土　一一土經無量劫
衆生煩惱所擾濁　分別欲樂非一相
隨心造業不思議　一切刹海斯成立
佛子刹海莊嚴藏　離垢光明寶所成
斯由廣大信解心　十方所住咸如是
菩薩能修普賢行　遊行法界微塵道
塵中悉現無量刹　清淨廣大如虛空
等虛空界現神通　悉詣道場諸佛所
蓮華座上示衆相　一一身包一切刹
一念普現於三世　一切刹海皆成立
佛以方便悉入中　此是毗盧所嚴淨

爾時普賢菩薩復告大衆言諸佛子一一世界海有世界海微塵數所依住所謂或依一切莊嚴住或依虛空住或依一切寶光明住或依一切佛光明住或依一切寶色光明住或依一切佛音聲住或依如幻業生大力阿脩羅形金剛手住或依一切世主身住或依一切菩薩身住或依普賢菩薩願所生一切差別莊嚴海住諸佛子世界海有如是等世界海微塵數所依住爾時普賢菩薩欲重宣

其義承佛威力觀察十方而說頌言

徧滿十方虛空界　所有一切諸國土
如來神力之所加　處處現前皆可見
或有種種諸國土　無非離垢寶所成
清淨摩尼最殊妙　熾然普現光明海
或有清淨光明剎　依止虛空界而住
或在摩尼寶海中　復有安住光明藏
如來處此衆會海　演說法輪皆巧妙
諸佛境界廣無邊　衆生見者心歡喜
有以摩尼作嚴飾　狀如華燈廣分布
香燄光雲色熾然　覆以妙寶光明網
或有剎土無邊際　安住蓮華深大海
廣博清淨與世殊　諸佛妙善莊嚴故
或有剎海隨輪轉　以佛威神得安住
諸菩薩衆徧在中　常見無央廣大寶
或有住於金剛手　或復有住天主身
毗盧遮那無上尊　常於此處轉法輪
或依寶樹平均住　香燄雲中亦復然
或有依諸大水中　有住堅固金剛海
或有依止金剛幢　或有住於華海中
廣大神變無不周　毗盧遮那此能現
或脩或短無量種　其相旋環亦非一
妙莊嚴藏與世殊　清淨修治乃能見
如是種種各差別　一切皆依願海住
或有國土常在空　諸佛如雲悉充徧
或有在空懸覆住　或時而有或無有
或有國土極清淨　住於菩薩寶冠中
十方諸佛大神通　一切皆於此中見
諸佛音聲咸徧滿　斯由業力之所化
或有國土周法界　清淨離垢從心起

如影如幻廣無邊　如因陀網各差別
或現種種莊嚴藏　依止虛空而建立
諸業境界不思議　佛力顯示皆令見
一一國土微塵內　念念示現諸佛剎
數皆無量等衆生　普賢所作恒如是
爲欲成熟衆生故　是中修行經劫海
廣大神變靡不興　法界之中悉周徧
法界國土一一塵　諸大剎海住其中
佛雲平等悉彌覆　於一切處咸充滿
如一塵中自在用　一切塵內亦復然
諸佛菩薩大神通　毗盧遮那悉能現
一切廣大諸剎土　如影如幻亦如燄
十方不見所從生　亦復無來無去處
滅壞生成互循復　於虛空中無暫已
莫不皆由清淨願　廣大業力之所持

爾時普賢菩薩復告大衆言諸佛子世界海有種種差別形相所謂或圓或方或非圓方無量差別或如水漩形或如山燄形或如樹形或如華形或如宮殿形或如衆生形或如佛形如是等有世界海微塵數爾時普賢菩薩欲重宣其義承佛威力觀察十方而說頌言

諸國土海種種別　種種莊嚴種種住
殊形共美徧十方　汝等咸應共觀察
其狀或圓或有方　或復三維及八隅
摩尼輪狀蓮華等　一切皆由業令異
或有清淨燄莊嚴　真金間錯多殊好
門闥競開無壅滯　斯由業廣意無雜
剎海無邊差別藏　譬如雲布在虛空
寶輪布地妙莊嚴　諸佛光明照耀中

一切國土心分別　種種光明而照現
佛於如是剎海中　各各示現神通力
或有雜染或清淨　受苦受樂各差別
斯由業海不思議　諸流轉法恒如是
一毛孔內難思剎　等微塵數種種住
一一皆有徧照尊　在衆會中宣妙法
於一塵中大小剎　種種差別如塵數
平坦高下各不同　佛悉往詣轉法輪
一切塵中所現剎　皆是本願神通力
隨其心樂種種殊　於虛空中悉能作
一切國土所有塵　一一塵中佛皆入
普爲衆生起神變　毗盧遮那法如是

爾時普賢菩薩復告大衆言諸佛子應知世界海有種種體所謂或以一切寶莊嚴爲體或以一寶種種莊嚴爲體或以一切寶光明爲體或以種種色光明爲體或以一切莊嚴光明爲體或以不可壞金剛爲體或以佛力持爲體或以妙寶相爲體或以佛變化爲體或以日摩尼輪爲體或以極微細寶爲體或以一切寶燄爲體或以種種香爲體或以一切寶華冠爲體或以一切寶影像爲體或以一切莊嚴所示現爲體或以一念心普示現境界爲體或以菩薩形寶爲體或以寶華蘂爲體或以佛言音爲體爾時普賢菩薩欲重宣其義承佛威力觀察十方而說頌言

或有諸剎海　妙寶所合成　堅固不可壞
安住寶蓮華　或是淨光明　出生不可知
一切光莊嚴　依止虛空住　或淨光爲體
復依光明住　光雲作嚴飾　菩薩共遊處
或有諸剎海　從於願力生　猶如影像住

取説不可得　或以摩尼成　普放日藏光
珠輪以嚴地　菩薩悉充滿　有剎寶燄成
燄雲覆其上　衆寶光殊妙　皆由業所得
或從妙相生　衆相莊嚴地　如冠共持戴
斯由佛化起　或從心海生　隨心所解住
如幻無處所　一切是分別　或以佛光明
摩尼光爲體　諸佛於中現　各起神通力
或普賢菩薩　化現諸剎海　願力所莊嚴
一切皆殊妙

爾時普賢菩薩復告大衆言諸佛子應知世界海有種種莊嚴所謂或以一切莊嚴具中出上妙雲莊嚴或以説一切菩薩功德莊嚴或以説一切衆生業報莊嚴或以示現一切菩薩願海莊嚴或以表示一切三世佛影像莊嚴或以一念頃示現無邊劫神通境界莊嚴或以出現一切佛身莊嚴或以出現一切寶香雲莊嚴或以示現一切道場中諸珍妙物光明照耀莊嚴或以示現一切普賢行願莊嚴如是等有世界海微塵數爾時普賢菩薩欲重宣其義承佛威力觀察十方而説頌言

廣大剎海無有邊　皆由清淨業所成
種種莊嚴種種住　一切十方皆徧滿
無邊色相寶燄雲　廣大莊嚴非一種
十方剎海常出現　普演妙音而説法
菩薩無邊功德海　種種大願所莊嚴
此土俱時出妙音　普震十方諸剎網
衆生業海廣無量　隨其感報各不同
於一切處莊嚴中　皆由諸佛能演説
三世所有諸如來　神通普現諸剎海

一一事中一切佛　如是嚴淨汝應觀
過去未來現在劫　十方一切諸國土
於彼所有大莊嚴　一一皆於刹中見
一切事中無量佛　數等衆生徧世間
爲令調伏起神通　以此莊嚴國土海
一切莊嚴吐妙雲　種種華雲香燄雲
摩尼寶雲常出現　刹海以此爲嚴飾
十方所有成道處　種種莊嚴皆具足
流光布逈若彩雲　於此刹海咸令見
普賢願行諸佛子　等衆生劫勤修習
無邊國土悉莊嚴　一切處中皆顯現

爾時普賢菩薩復告大衆言諸佛子應知世界海有世界海微塵數清淨方便海所謂諸菩薩親近一切善知識同善根故增長廣大功德雲徧法界故淨修廣大諸勝解故觀察一切菩薩境界而安住故修治一切諸波羅蜜悉圓滿故觀察一切菩薩諸地而入住故出生一切淨願海故修習一切出要行故入於一切莊嚴海故成就清淨方便力故如是等有世界海微塵數爾時普賢菩薩欲重宣其義承佛威力觀察十方而說頌言

一切刹海諸莊嚴　無數方便願力生
一切刹海常光耀　無量清淨業力起
久遠親近善知識　同修善業皆清淨
慈悲廣大徧衆生　以此莊嚴諸刹海
一切法門三昧等　禪定解脫方便地
於諸佛所悉淨治　以此出生諸刹海
發生無量決定解　能解如來等無異
忍海方便已修治　故能嚴淨無邊刹
爲利衆生修勝行　福德廣大常增長

譬如雲布等虛空　一切刹海皆成就
諸度無量等刹塵　悉已修行令具足
願波羅蜜無有盡　清淨刹海從此生
淨修無等一切法　生起無邊出要行
種種方便化群生　如是莊嚴國土海
修習莊嚴方便地　入佛功德法門海
普使衆生竭苦源　廣大淨刹皆成就
力海廣大無與等　普使衆生種善根
供養一切諸如來　國土無邊悉清淨

爾時普賢菩薩復告大衆言諸佛子應知一一世界海有世界海微塵數佛出現差別所謂或現小身或現大身或現短壽或現長壽或唯嚴淨一佛國土或有嚴淨無量佛土或唯顯示一乘法輪或有顯示不可思議諸乘法輪或現調伏少分衆生或示調伏無邊衆生如是等有世界海微塵數爾時普賢菩薩欲重宣其義承佛威力觀察十方而說頌言

諸佛種種方便門　出興一切諸刹海
皆隨衆生心所樂　此是如來善權力
諸佛法身不思議　無色無形無影像
能爲衆生現衆相　隨其心樂悉令見
或爲衆生現短壽　或現住壽無量劫
法身十方普現前　隨宜出現於世間
或有嚴淨不思議　十方所有諸刹海
或唯嚴淨一國土　於一示現悉無餘
或隨衆生心所樂　示現難思種種乘
或有唯宣一乘法　一中方便現無量
或有自然成正覺　令少衆生住於道
或有能於一念中　開悟群迷無有數
或於毛孔出化雲　示現無量無邊佛

一切世間皆現覩　種種方便度群生
或有言音普周徧　隨其心樂而說法
不可思議大劫中　調伏無量衆生海
或有無量莊嚴國　衆會清淨儼然坐
佛如雲布在其中　十方刹海靡不充
諸佛方便不思議　隨衆生心悉現前
普住種種莊嚴刹　一切國土皆周徧

爾時普賢菩薩復告大衆言諸佛子應知世界海有世界海微塵數劫住所謂或有阿僧祇劫住或有無量劫住或有無邊劫住或有無等劫住或有不可數劫住或有不可稱劫住或有不可思劫住或有不可量劫住或有不可說劫住或有不可說不可說劫住如是等有世界海微塵數爾時普賢菩薩欲重宣其義承佛威力觀察十方而說頌言

世界海中種種劫　廣大方便所莊嚴
十方國土咸觀見　數量差別悉明了
我見十方世界海　劫數無量等衆生
或長或短或無邊　以佛音聲今演說
我見十方諸刹海　或住國土微塵劫
或有一劫或無數　以願種種各不同
或有純淨或純染　或復染淨二俱雜
願海安立種種殊　住於衆生心想中
往昔修行刹塵劫　獲大清淨世界海
諸佛境界具莊嚴　永住無邊廣大劫
有名種種寶光明　或名等音燄眼藏
離塵光明及賢劫　此清淨劫攝一切
有清淨劫一佛興　或一劫中無量現
無盡方便大願力　入於一切種種劫
或無量劫入一劫　或復一劫入多劫

一切劫海種種門　十方國土皆明現
或一切劫莊嚴事　於一劫中皆現覩
或一劫內所莊嚴　普入一切無邊劫
始從一念終成劫　悉依衆生心想生
一切剎海劫無邊　以一方便皆清淨

爾時普賢菩薩復告大衆言諸佛子應知世界海有世界海微塵數劫轉變差別所謂法如是故世界海無量成壞劫轉變染汙衆生住故世界海成染汙劫轉變修廣大福衆生住故世界海成染淨劫轉變信解菩薩住故世界海成染淨劫轉變無量衆生發菩提心故世界海純清淨劫轉變諸菩薩各各遊諸世界故世界海無邊莊嚴劫轉變十方一切世界海諸菩薩雲集故世界海無量大莊嚴劫轉變諸佛世尊入涅槃故世界海莊嚴滅劫轉變諸佛出現於世故一切世界海廣博嚴淨劫轉變如來神通變化故世界海普清淨劫轉變如是等有世界海微塵數爾時普賢菩薩欲重宣其義承佛威力觀察十方而說頌言

一切諸國土　皆隨業力生　汝等應觀察
轉變相如是　染汙諸衆生　業惑纏可怖
彼心令剎海　一切成染汙　若有清淨心
修諸福德行　彼心令剎海　雜染及清淨
信解諸菩薩　於彼劫中生　隨其心所有
雜染清淨者　無量諸衆生　悉發菩提心
彼心令剎海　住劫恒清淨　無量億菩薩
往詣於十方　莊嚴無有殊　劫中差別見
一一微塵內　佛剎如塵數　菩薩共雲集
國土皆清淨　世尊入涅槃　彼土莊嚴滅

衆生無法器　世界成雜染　若有佛興世
一切悉珍好　隨其心清淨　莊嚴皆具足
諸佛神通力　示現不思議　是時諸刹海
一切普清淨
爾時普賢菩薩復告大衆言諸佛子應知世界海有世界海微塵數無差別所謂一一世界海中有世界海微塵數世界無差別一一世界海中諸佛出現所有威力無差別一一世界海中一切道場徧十方法界無差別一一世界海中一切如來道場衆會無差別一一世界海中一切佛光明徧法界無差別一一世界海中一切佛變化名號無差別一一世界海中一切佛音聲普徧世界海無邊劫住無差別一一世界海中法輪方便無差別一一世界海中一切世界海普入一塵無差別一一世界海中一一微塵一切三世諸佛世尊廣大境界皆於中現無差別諸佛子世界海無差別略說如是若廣說者有世界海微塵數無差別爾時普賢菩薩欲重宣其義承佛威力觀察十方而說頌言
一微塵中多刹海　處所各別悉嚴淨
如是無量入一中　一一區分無雜越
一一塵內難思佛　隨衆生心普現前
一切刹海靡不周　如是方便無差別
一一塵中諸樹王　種種莊嚴悉垂布
十方國土皆同現　如是一切無差別
一一塵內微塵衆　悉共圍繞人中主
出過一切徧世間　亦不迫隘相雜亂
一一塵中無量光　普徧十方諸國土
悉現諸佛菩提行　一切刹海無差別

一一塵中無量身　變化如雲普周徧
以佛神通導群品　十方國土亦無別
一一塵中說衆法　其法清淨如輪轉
種種方便自在門　一切皆演無差別
一塵普演諸佛音　充滿法器諸衆生
徧住刹海無央劫　如是音聲亦無異
刹海無量妙莊嚴　於一塵中無不入
如是諸佛神通力　一切皆由業性起
一一塵中三世佛　隨其所樂悉令見
體性無來亦無去　以願力故徧世間

大方廣佛華嚴經卷第七

音釋

諂誑（諂丑琰切佞言曰諂誑古況切欺也）擾（而沼切亂也）頃（丘穎切頃刻也）儼然（儼疑檢切儼然端莊貌）

大方廣佛華嚴經卷第八

唐于闐國三藏沙門實叉難陀譯

華藏世界品第五之一

爾時普賢菩薩復告大衆言諸佛子此華藏莊嚴世界海是毗盧遮那如來往昔於世界海微塵數劫修菩薩行時一一劫中親近世界海微塵數佛一一佛所淨修世界海微塵數大願之所嚴淨諸佛子此華藏莊嚴世界海有須彌山微塵數風輪所持其最下風輪名平等住能持其上一切寶燄熾然莊嚴次上風輪名出生種種寶莊嚴能持其上淨光照耀摩尼王幢次上風輪名寶威德能持其上一切寶鈴次上風輪名平等燄能持其上日光明相摩尼王輪次上風輪名種種普莊嚴能持其上光明輪華次上風輪名普清淨能持其上一切華燄師子座次上風輪名聲徧十方能持其上一切珠王幢次上風輪名一切寶光明能持其上一切摩尼王樹華次上風輪名速疾普持能持其上一切香摩尼須彌雲次上風輪名種種宮殿遊行能持其上一切寶色香臺雲諸佛子彼須彌山微塵數風輪最在上者名殊勝威光藏能持普光摩尼莊嚴香水海此香水海有大蓮華名種種光明蘂香幢華藏莊嚴世界海住在其中四方均平清淨堅固金剛輪山周帀圍繞地海衆樹各有區別是時普賢菩薩欲重宣其義承佛神力觀察十方而說頌言

世尊往昔於諸有　微塵佛所修淨業
故獲種種寶光明　華藏莊嚴世界海
廣大悲雲徧一切　捨身無量等剎塵

以昔劫海修行力　今此世界無諸垢
放大光明徧住空　風力所持無動搖
佛藏摩尼普嚴飾　如來願力令清淨
普散摩尼妙藏華　以昔願力空中住
種種堅固莊嚴海　光雲垂布滿十方
諸摩尼中菩薩雲　普詣十方光熾然
光燄成輪妙華飾　法界周流靡不徧
一切寶中放淨光　其光普照衆生海
十方國土皆周徧　咸令出苦向菩提
寶中佛數等衆生　從其毛孔出化形
梵主帝釋輪王等　一切衆生及諸佛
化現光明等法界　光中演說諸佛名
種種方便示調伏　普應群心無不盡
華藏世界所有塵　一一塵中見法界
寶光現佛如雲集　此是如來刹自在
廣大願雲周法界　於一切劫化群生
普賢智地行悉成　所有莊嚴從此出

爾時普賢菩薩復告大衆言諸佛子此華藏莊嚴世界海大輪圍山住日珠王蓮華之上栴檀摩尼以爲其身威德寶王以爲其峯妙香摩尼而作其輪燄藏金剛所共成立一切香水流注其間衆寶爲林妙華開敷香草布地明珠間飾種種香華處處盈滿摩尼爲網周帀垂覆如是等有世界海微塵數衆妙莊嚴爾時普賢菩薩欲重宣其義承佛神力觀察十方而說頌言

世界大海無有邊　寶輪清淨種種色
所有莊嚴盡奇妙　此由如來神力起
摩尼寶輪妙香輪　及以真珠燈燄輪
種種妙寶爲嚴飾　清淨輪圍所安住

堅固摩尼以爲藏　閻浮檀金作嚴飾
舒光發燄徧十方　内外映徹皆清淨
金剛摩尼所集成　復雨摩尼諸妙寶
其寶精奇非一種　放淨光明普嚴麗
香水分流無量色　散諸華寶及栴檀
衆蓮競發如衣布　珍草羅生悉芬馥
無量寶樹普莊嚴　開華發蘂色熾然
種種名衣在其内　光雲四照常圓滿
無量無邊大菩薩　執蓋焚香充法界
悉發一切妙音聲　普轉如來正法輪
諸摩尼樹寶末成　一一寶末現光明
毗盧遮那清淨身　悉入其中普令見
諸莊嚴中現佛身　無邊色相無央數
悉往十方無不徧　所化衆生亦無限
一切莊嚴出妙音　演說如來本願輪
十方所有淨剎海　佛自在力咸令徧

爾時普賢菩薩復告大衆言諸佛子此世界海大輪圍山内所有大地一切皆以金剛所成堅固莊嚴不可沮壞清淨平坦無有高下摩尼爲輪衆寶爲藏一切衆生種種形狀諸摩尼寶以爲間錯散衆寶末布以蓮華香藏摩尼分置其間諸莊嚴具充徧如雲三世一切諸佛國土所有莊嚴而爲校飾摩尼妙寶以爲其網普現如來所有境界如天帝網於中布列諸佛子此世界海地有如是等世界海微塵數莊嚴爾時普賢菩薩欲重宣其義承佛神力觀察十方而說頌言

其地平坦極清淨　安住堅固無能壞
摩尼處處以爲嚴　衆寶於中相間錯
金剛爲地甚可悅　寶輪寶網具莊嚴

蓮華布上皆圓滿　妙衣彌覆悉周徧
菩薩天冠寶瓔珞　悉布其地爲嚴好
栴檀摩尼普散中　咸舒離垢妙光明
寶華發燄出妙光　光燄如雲照一切
散此妙華及衆寶　普覆於地爲嚴飾
密雲興布滿十方　廣大光明無有盡
普至十方一切土　演說如來甘露法
一切佛願摩尼內　普現無邊廣大劫
最勝智者昔所行　於此寶中無不見
其地所有摩尼寶　一切佛剎咸來入
彼諸佛剎一一塵　一切國土亦入中
妙寶莊嚴華藏界　菩薩遊行徧十方
演說大士諸弘願　此是道場自在力
摩尼妙寶莊嚴地　放淨光明備衆飾
充滿法界等虛空　佛力自然如是現
諸有修治普賢願　入佛境界大智人
能知於此剎海中　如是一切諸神變

爾時普賢菩薩復告大衆言諸佛子此世界海大地中有十不可說佛剎微塵數香水海一切妙寶莊嚴其底妙香摩尼莊嚴其岸毗盧遮那摩尼寶王以爲其網香水映徹具衆寶色充滿其中種種寶華旋布其上栴檀細末澄垽其下演佛言音放寶光明無邊菩薩持種種蓋現神通力一切世界所有莊嚴悉於中現十寶階陛行列分布十寶欄楯周帀圍繞四天下微塵數一切寶莊嚴芬陀利華敷榮水中不可說百千億那由他數十寶尸羅幢恒河沙數一切寶衣鈴網幢恒河沙數無邊色相寶華樓閣百千億那由他數十寶蓮華城四天下微塵數衆寶樹林寶燄摩尼

以爲其網恒河沙數栴檀香諸佛言音光燄摩尼不可說百千億那由他數衆寶垣墻悉共圍繞周徧嚴飾爾時普賢菩薩欲重宣其義承佛神力觀察十方而說頌言

此世界中大地上　有香水海摩尼嚴
清淨妙寶布其底　安住金剛不可壞
香藏摩尼積成岸　日燄珠輪布若雲
蓮華妙寶爲瓔珞　處處莊嚴淨無垢
香水澄渟具衆色　寶華旋布放光明
普震音聲聞遠近　以佛威神演妙法
階陛莊嚴具衆寶　復以摩尼爲間飾
周迴欄楯悉寶成　蓮華珠網如雲布
摩尼寶樹列成行　華蘂敷榮光赫奕
種種樂音恒競奏　佛神通力令如是
種種妙寶芬陀利　敷布莊嚴香水海
香燄光明無暫停　廣大圓滿皆充徧
明珠寶幢恒熾盛　妙衣垂布爲嚴飾
摩尼鈴網演法音　令其聞者趣佛智
妙寶蓮華作城郭　衆彩摩尼所嚴瑩
眞珠雲影布四隅　如是莊嚴香水海
垣墻繚繞皆周帀　樓閣相望布其上
無量光明恒熾然　種種莊嚴清淨海
毗盧遮那於往昔　種種剎海皆嚴淨
如是廣大無有邊　悉是如來自在力

爾時普賢菩薩復告大衆言諸佛子一一香水海各有四天下微塵數香水河右旋圍繞一切皆以金剛爲岸淨光摩尼以爲嚴飾常現諸佛寶色光雲及諸衆生所有言音其河所有漩澓之處一切諸佛所修因行種種形相皆從中出摩尼爲網衆寶鈴鐸諸世界海

所有莊嚴悉於中現摩尼寶雲以覆其上其雲普現華藏世界毗盧遮那十方化佛及一切佛神通之事復出妙音稱揚三世佛菩薩名其香水中常出一切寶燄光雲相續不絶若廣說者一一河各有世界海微塵數莊嚴

爾時普賢菩薩欲重宣其義承佛神力觀察十方而說頌言

清淨香流滿大河　金剛妙寶爲其岸
寶末爲輪布其地　種種嚴飾皆珍好
寶階行列妙莊嚴　欄楯周迴悉殊麗
眞珠爲藏衆華飾　種種纓鬘共垂下
香水寶光清淨色　恒吐摩尼競疾流
衆華隨浪皆搖動　悉奏樂音宣妙法
細末栴檀作泥坔　一切妙寶同洄澓
香藏氛氲布在中　發燄流芬普周徧
河中出生諸妙寶　悉放光明色熾然
其光布影成臺座　華蓋珠瓔皆具足
摩尼王中現佛身　光明普照十方剎
以此爲輪嚴飾地　香水映徹常盈滿
摩尼爲網金爲鐸　徧覆香河演佛音
克宣一切菩提道　及以普賢之妙行
寶岸摩尼極清淨　恒出如來本願音
一切諸佛曩所行　其音普演皆令見
其河所有漩流處　菩薩如雲常踊出
悉往廣大剎土中　乃至法界咸充滿
清淨珠王布若雲　一切香河悉彌覆
其珠等佛眉間相　炳然顯現諸佛影

爾時普賢菩薩復告大衆言諸佛子此諸香水河兩間之地悉以妙寶種種莊嚴一一各有四天下微塵數衆寶莊嚴芬陀利華周帀

徧滿各有四天下微塵數衆寳樹林次第行列一一樹中恒出一切諸莊嚴雲摩尼寳王照耀其間種種華香處處盈滿其樹復出微妙音聲說諸如來一切劫中所修大願復散種種摩尼寳王充徧其地所謂蓮華輪摩尼寳王香燄光雲摩尼寳王種種嚴飾摩尼寳王現不可思議莊嚴色摩尼寳王日光明衣藏摩尼寳王周徧十方普垂布光網雲摩尼寳王現一切諸佛神變摩尼寳王現一切衆生業報海摩尼寳王如是等有世界海微塵數其香水河兩間之地一一悉具如是莊嚴爾時普賢菩薩欲重宣其義承佛神力觀察十方而說頌言

其地平坦極清淨　眞金摩尼共嚴飾
諸樹行列蔭其中　聳幹垂條華若雲
枝條妙寳所莊嚴　華燄成輪光四照
摩尼爲果如雲布　普使十方常現覩
摩尼布地皆充滿　衆華寳末共莊嚴
復以摩尼作宮殿　悉現衆生諸影像
諸佛影像摩尼王　普散其地靡不周
如是赫奕徧十方　一一塵中咸見佛
妙寳莊嚴善分布　眞珠燈網相間錯
處處悉有摩尼輪　一一皆現佛神通
衆寳莊嚴放大光　光中普現諸化佛
一一周行靡不徧　悉以十力廣開演
摩尼妙寳芬陀利　一切水中咸徧滿
其華種種各不同　悉現光明無盡歇
三世所有諸莊嚴　摩尼果中皆顯現
體性無生不可取　此是如來自在力
此地一切莊嚴中　悉現如來廣大身

彼亦不來亦不去　佛昔願力皆令見
此地一一微塵中　一切佛子修行道
各見所記當來刹　隨其意樂悉清淨

爾時普賢菩薩復告大衆言諸佛世尊世界海莊嚴不可思議何以故諸佛子此華藏莊嚴世界海一切境界一一皆以世界海微塵數清淨功德之所莊嚴爾時普賢菩薩欲重宣其義承佛神力觀察十方而說頌言

此刹海中一切處　悉以衆寶爲嚴飾
發燄騰空布若雲　光明洞徹常彌覆
摩尼吐雲無有盡　十方佛影於中現
神通變化靡暫停　一切菩薩咸來集
一切摩尼演佛音　其音美妙不思議
毗盧遮那昔所行　於此寶內恒聞見
清淨光明徧照尊　莊嚴具中皆現影
變化分身衆圍繞　一切刹海咸周徧
所有化佛皆如幻　求其來處不可得
以佛境界威神力　一切刹中如是現
如來自在神通事　悉徧十方諸國土
以此刹海淨莊嚴　一切皆於寶中見
十方所有諸變化　一切皆如鏡中像
但由如來昔所行　神通願力而出生
若有能修普賢行　入於菩薩勝智海
能於一切微塵中　普現其身淨衆刹
不可思議億大劫　親近一切諸如來
如其一切之所行　一刹那中悉能現
諸佛國土如虛空　無等無生無有相
爲利衆生普嚴淨　本願力故住其中

爾時普賢菩薩復告大衆言諸佛子此中有

何等世界住我今當說諸佛子此十不可說佛刹微塵數香水海中有十不可說佛刹微塵數世界種安住一一世界種復有十不可說佛刹微塵數世界諸佛子彼諸世界種於世界海中各各依住各各形狀各各體性各各方所各各趣入各各莊嚴各各分齊各各行列各各無差別各各力加持諸佛子此世界種或有依大蓮華海住或有依無邊色寶華海住或有依一切眞珠藏寶瓔珞海住或有依香水海住或有依一切華海住或有依摩尼寶網海住或有依漩流光海住或有依菩薩寶莊嚴冠海住或有依種種衆生身海住或有依一切佛音聲摩尼王海住如是等若廣說者有世界海微塵數諸佛子彼一切世界種或有作須彌山形或作江河形或作迴轉形或作漩流形或作輪輞形或作壇墠形或作樹林形或作樓閣形或作山幢形或作普方形或作胎藏形或作蓮華形或作佉勒迦形或作衆生身形或作雲形或作諸佛相好形或作圓滿光明形或作種種珠網形或作一切門闥形或作諸莊嚴具形如是等若廣說者有世界海微塵數諸佛子彼一切世界種或有以十方摩尼雲爲體或有以衆色燄爲體或有以諸光明爲體或有以寶香燄爲體或有以一切寶莊嚴多羅華爲體或有以菩薩影像爲體或有以諸佛光明爲體或有以佛色相爲體或有以一寶光爲體或有以衆寶光爲體或有以一切衆生福德海音聲爲體或有以一切衆生諸業海音聲爲體或有以一切佛境界清淨音聲爲體或有

以一切菩薩大願海音聲爲體或有以一切佛方便音聲爲體或有以一切剎莊嚴具成壞音聲爲體或有以無邊佛音聲爲體或有以一切佛變化音聲爲體或有以一切衆生善音聲爲體或有以一切佛功德海清淨音聲爲體如是等若廣說者有世界海微塵數爾時普賢菩薩欲重宣其義承佛神力觀察十方而說頌言

剎種堅固妙莊嚴　廣大清淨光明藏
依止蓮華寶海住　或有住於香海等
須彌城樹壇墠形　一切剎種徧十方
種種莊嚴形相別　各各布列而安住
或有體是淨光明　或是華藏及寶雲
或有剎種燄所成　安住摩尼不壞藏
燈雲燄彩光明等　種種無邊清淨色
或有言音以爲體　是佛所演不思議
或是願力所出音　神變音聲爲體性
一切衆生大福業　佛功德音亦如是
剎種一一差別門　不可思議無有盡
如是十方皆徧滿　廣大莊嚴現神力
十方所有廣大剎　悉來入此世界種
雖見十方普入中　而實無來無所入
以一剎種入一切　一切入一亦無餘
體相如本無差別　無等無量悉周徧
一切國土微塵中　普見如來在其所
願海言音若雷震　一切衆生悉調伏
佛身周徧一切剎　無數菩薩亦充滿
如來自在無等倫　普化一切諸含識

爾時普賢菩薩復告大衆言諸佛子此十不可說佛剎微塵數香水海在華藏莊嚴世界

海中如天帝網分布而住諸佛子此最中央香水海名無邊妙華光以現一切菩薩形摩尼王幢爲底出大蓮華名一切香摩尼王莊嚴有世界種而住其上名普照十方熾然寶光明以一切莊嚴具爲體有不可說佛刹微塵數世界於中布列其最下方有世界名最勝光徧照以一切金剛莊嚴光耀輪爲際依衆寶摩尼華而住其狀猶如摩尼寶形一切寶華莊嚴雲彌覆其上佛刹微塵數世界周帀圍繞種種安住種種莊嚴佛號淨眼離垢燈此上過佛刹微塵數世界有世界名種種香蓮華妙莊嚴以一切莊嚴具爲際依寶蓮華網而住其狀猶如師子之座一切寶色珠帳雲彌覆其上二佛刹微塵數世界周帀圍繞佛號師子光勝照此上過佛刹微塵數世界有世界名一切寶莊嚴普照光以香風輪爲際依種種寶華瓔珞住其形八隅妙光摩尼日輪雲而覆其上三佛刹微塵數世界周帀圍繞佛號淨光智勝幢此上過佛刹微塵數世界有世界名種種光明華莊嚴以一切寶王爲際依衆色金剛尸羅幢海住其狀猶如摩尼蓮華以金剛摩尼寶光雲而覆其上四佛刹微塵數世界周帀圍繞純一清淨佛號金剛光明無量精進力善出現此上過佛刹微塵數世界有世界名普放妙華光以一切寶鈴莊嚴網爲際依一切樹林莊嚴寶輪網海住其形普方而多有隅角梵音摩尼王雲以覆其上五佛刹微塵數世界周帀圍繞佛號香光喜力海此上過佛刹微塵數世界有世界名淨妙光明以寶王莊嚴幢爲際依

金剛宮殿海住其形四方摩尼輪髻帳雲而覆其上六佛刹微塵數世界周帀圍繞佛號普光自在幢此上過佛刹微塵數世界有世界名衆華燄莊嚴以種種華莊嚴爲際依一切寶色燄海住其狀猶如樓閣之形一切寶色衣眞珠欄楯雲而覆其上七佛刹微塵數世界周帀圍繞純一清淨佛號歡喜海功德名稱自在光此上過佛刹微塵數世界有世界名出生威力地以出一切聲摩尼王莊嚴爲際依種種寶色蓮華座虛空海住其狀猶如因陀羅網以無邊色華網雲而覆其上八佛刹微塵數世界周帀圍繞佛號廣大名稱智海幢此上過佛刹微塵數世界有世界名出妙音聲以心王摩尼莊嚴輪爲際依恒出一切妙音聲莊嚴雲摩尼王海住其狀猶如梵天身形無量寶莊嚴師子座雲而覆其上九佛刹微塵數世界周帀圍繞佛號清淨月光明相無能摧伏此上過佛刹微塵數世界有世界名金剛幢以無邊莊嚴眞珠藏寶瓔珞爲際依一切莊嚴寶師子座摩尼海住其狀周圓十須彌山微塵數一切香摩尼華須彌雲彌覆其上十佛刹微塵數世界周帀圍繞純一清淨佛號一切法海最勝王此上過佛刹微塵數世界有世界名恒出現帝青寶光明以極堅牢不可壞金剛莊嚴爲際依種種殊異華海住其狀猶如半月之形諸天寶帳雲而覆其上十一佛刹微塵數世界周帀圍繞佛號無量功德法此上過佛刹微塵數世界有世界名光明照耀以普光莊嚴爲際依華旋香水海住狀如華旋種種衣雲而覆

其上十二佛刹微塵數世界周帀圍繞佛號超釋梵此上過佛刹微塵數世界至此世界名娑婆以金剛莊嚴爲際依種種色風輪所持蓮華網住狀如虛空以普圓滿天宮殿莊嚴虛空雲而覆其上十三佛刹微塵數世界周帀圍繞其佛即是毗盧遮那如來世尊此上過佛刹微塵數世界有世界名寂靜離塵光以一切寶莊嚴爲際依種種寶衣海住其狀猶如執金剛形無邊色金剛雲而覆其上十四佛刹微塵數世界周帀圍繞佛號徧法界勝音此上過佛刹微塵數世界有世界名衆妙光明燈以一切莊嚴帳爲際依淨華網海住其狀猶如卍字之形摩尼樹香水海雲而覆其上十五佛刹微塵數世界周帀圍繞純一清淨佛號不可摧伏力普照幢此上過佛刹微塵數世界有世界名清淨光徧照以無盡寶雲摩尼王爲際依種種香燄蓮華海住其狀猶如龜甲之形圓光摩尼輪栴檀雲而覆其上十六佛刹微塵數世界周帀圍繞佛號清淨日功德眼此上過佛刹微塵數世界有世界名寶莊嚴藏以一切衆生形摩尼王爲際依光明藏摩尼王海住其形八隅以一切輪圍山寶莊嚴華樹網彌覆其上十七佛刹微塵數世界周帀圍繞佛號無礙智光明徧照十方此上過佛刹微塵數世界有世界名離塵以一切殊妙相莊嚴爲際依衆妙華師子座海住狀如珠瓔以一切寶香摩尼王圓光雲而覆其上十八佛刹微塵數世界周帀圍繞純一清淨佛號無量方便最勝幢此上過佛刹微塵數世界有世界名清淨光

普照以出無盡寶雲摩尼王爲際依無量色香燄須彌山海住其狀猶如寶華旋布以無邊色光明摩尼王帝青雲而覆其上十九佛刹微塵數世界周帀圍繞佛號普照法界虛空光此上過佛刹微塵數世界有世界名妙寶燄以普光明日月寶爲際依一切諸天形摩尼王海住其狀猶如寶莊嚴具以一切寶衣幢雲及摩尼燈藏網而覆其上二十佛刹微塵數世界周帀圍繞純一清淨佛號福德相光明諸佛于此徧照十方熾然寶光明世界種有如是等不可説佛刹微塵數廣大世界各各所依住各各形狀各各體性各各方面各各趣入各各莊嚴各各分齊各各行列各各無差別各各力加持周帀圍繞所謂十佛刹微塵數迴轉形世界十佛刹微塵數江河形世界十佛刹微塵數旋流形世界十佛刹微塵數輪輞形世界十佛刹微塵數壇墠形世界十佛刹微塵數樹林形世界十佛刹微塵數樓觀形世界十佛刹微塵數尸羅幢形世界十佛刹微塵數普方形世界十佛刹微塵數胎藏形世界十佛刹微塵數蓮華形世界十佛刹微塵數佉勒迦形世界十佛刹微塵數種種衆生形世界十佛刹微塵數佛相形世界十佛刹微塵數圓光形世界十佛刹微塵數雲形世界十佛刹微塵數網形世界十佛刹微塵數門闥形世界如是等有不可説佛刹微塵數此一一世界各有十佛刹微塵數廣大世界周帀圍繞此諸世界一一復有如上所説微塵數世界而爲眷屬如是所説一切世界皆在此無邊妙華光香水海

及圍繞此海香水河中

大方廣佛華嚴經卷第八

音釋

芬馥芬敷文切馥房六切芬馥香氣也　沮壞沮在呂切遏也壞胡瞶切毀也　垽語斬切滓也　欄楯楯堅尹切欄檻也　澄渟澄持陵切水靜而清也渟唐一切水止曰渟　鈴鐸鈴郎丁切似鍾而小曰鈴鐸達各切鈴屬

輪輞輞音罔車輞也　壇墠壇唐干切祭場也墠士演切除地以祭曰墠

佉丘迦切　卍音萬按卍字本非是字武后長壽二年權制此文著於天樞音之為萬謂吉祥萬德之所集也　分齊分符問切齊才詣切分齊限量也

大方廣佛華嚴經卷第九

唐于闐國三藏沙門實叉難陀譯

華藏世界品第五之二

爾時普賢菩薩復告大衆言諸佛子此無邊妙華光香水海東次有香水海名離垢燄藏出大蓮華名一切香摩尼王妙莊嚴有世界種而住其上名徧照刹旋以菩薩行吼音爲體此中最下方有世界名宮殿莊嚴幢其形四方依一切寶莊嚴海住蓮華光網雲彌覆其上佛刹微塵數世界圍繞純一清淨佛號眉間光徧照此上過佛刹微塵數世界有世界名德華藏其形周圓依一切寶華蘂海住眞珠幢師子座雲彌覆其上二佛刹微塵數世界圍繞佛號一切無邊法海慧此上過佛刹微塵數世界有世界名善變化妙香輪形如金剛依一切寶莊嚴鈴網海住種種莊嚴圓光雲彌覆其上三佛刹微塵數世界圍繞佛號功德相光明普照此上過佛刹微塵數世界有世界名妙色光明其狀猶如摩尼寶輪依無邊色寶香水海住普光明眞珠樓閣雲彌覆其上四佛刹微塵數世界圍繞純一清淨佛號善眷屬出興徧照此上過佛刹微塵數世界有世界名善蓋覆狀如蓮華依金剛香水海住離塵光明香水雲彌覆其上五佛刹微塵數世界圍繞佛號法喜無盡慧此上過佛刹微塵數世界有世界名尸利華光輪其形三角依一切堅固寶莊嚴海住菩薩摩尼冠光明雲彌覆其上六佛刹微塵數世界圍繞佛號清淨普光明此上過佛刹微塵數世界有世界名寶蓮華莊嚴形如半月依

一切蓮華莊嚴海住一切寶華雲彌覆其上七佛刹微塵數世界圍繞純一清淨佛號功德華清淨眼此上過佛刹微塵數世界有世界名無垢燄莊嚴其狀猶如寶燈行列依寶燄藏海住常雨香水種種身雲彌覆其上八佛刹微塵數世界圍繞佛號慧力無能勝此上過佛刹微塵數世界有世界名妙梵音形如卍字依寶衣幢海住一切華莊嚴帳雲彌覆其上九佛刹微塵數世界圍繞佛號廣大目如空中淨月此上過佛刹微塵數世界有世界名微塵數音聲其狀猶如因陀羅網依一切寶水海住一切樂音寶蓋雲彌覆其上十佛刹微塵數世界圍繞純一清淨佛號金色須彌燈此上過佛刹微塵數世界有世界名寶色莊嚴形如卍字依帝釋形寶王海住日光明華雲彌覆其上十一佛刹微塵數世界圍繞佛號迴照法界光明智此上過佛刹微塵數世界有世界名金色妙光其狀猶如廣大城郭依一切寶莊嚴海住道場寶華雲彌覆其上十二佛刹微塵數世界圍繞佛號寶燈普照幢此上過佛刹微塵數世界有世界名徧照光明輪狀如華旋依寶衣旋海住佛音聲寶王樓閣雲彌覆其上十三佛刹微塵數世界圍繞純一清淨佛號蓮華燄徧照此上過佛刹微塵數世界有世界名寶藏莊嚴狀如四洲依寶瓔珞須彌住寶燄摩尼雲彌覆其上十四佛刹微塵數世界圍繞佛號無盡福開敷華此上過佛刹微塵數世界有世界名如鏡像普現其狀猶如阿脩羅身依金剛蓮華海住寶冠光影雲彌覆其上十五

佛刹微塵數世界圍繞佛號甘露音此上過佛刹微塵數世界有世界名栴檀月其形八隅依金剛栴檀寶海住眞珠華摩尼雲彌覆其上十六佛刹微塵數世界圍繞純一清淨佛號最勝法無等智此上過佛刹微塵數世界有世界名離垢光明其狀猶如香水旋流依無邊色寶光海住妙香光明雲彌覆其上十七佛刹微塵數世界圍繞佛號徧照虛空光明音此上過佛刹微塵數世界有世界名妙華莊嚴其狀猶如旋繞之形依一切華海住一切樂音摩尼雲而覆其上十八佛刹微塵數世界圍繞佛號普現勝光明此上過佛刹微塵數世界有世界名勝音莊嚴其狀猶如師子之座依金師子座海住衆色蓮華藏師子座雲彌覆其上十九佛刹微塵數世界圍繞佛號無邊功德稱普光明此上過佛刹微塵數世界有世界名高勝燈狀如佛掌依寶衣服香幢海住日輪普照寶王樓閣雲彌覆其上二十佛刹微塵數世界圍繞純一清淨佛號普照虛空燈諸佛子此離垢燄藏香水海南次有香水海名無盡光明輪世界種名佛幢莊嚴以一切佛功德海音聲爲體此中最下方有世界名愛見華狀如寶輪依摩尼樹藏寶王海住化現菩薩形寶藏雲而覆其上佛刹微塵數世界圍繞純一清淨佛號蓮華光歡喜面此上過佛刹微塵數世界有世界名妙音佛號須彌寶燈此上過佛刹微塵數世界有世界名衆寶莊嚴光佛號法界音聲幢此上過佛刹微塵數世界有世界名香藏金剛佛號光明音此上過佛刹微塵數

世界有世界名淨妙音佛號最勝精進力此上過佛刹微塵數世界有世界名寶蓮華莊嚴佛號法城雲雷音此上過佛刹微塵數世界有世界名與安樂佛號大名稱智慧燈此上過佛刹微塵數世界有世界名無垢網佛號師子光功德海此上過佛刹微塵數世界有世界名華林幢徧照佛號大智蓮華光此上過佛刹微塵數世界有世界名無量莊嚴佛號普眼法界幢此上過佛刹微塵數世界有世界名普光明莊嚴佛號勝智大商主此上過佛刹微塵數世界有世界名華王佛號月光幢此上過佛刹微塵數世界有世界名離垢藏佛號清淨覺此上過佛刹微塵數世界有世界名寶光明佛號一切智虛空燈此上過佛刹微塵數世界有世界名出生寶瓔珞佛號諸度福海相光明此上過佛刹微塵數世界有世界名妙輪徧覆佛號調伏一切染著心令歡喜此上過佛刹微塵數世界有世界名寶華幢佛號廣博功德音大名稱此上過佛刹微塵數世界有世界名無量莊嚴佛號平等智光明功德海此上過佛刹微塵數世界有世界名無盡光莊嚴幢狀如蓮華依一切寶網海住蓮華光摩尼網而覆其上二十佛刹微塵數世界圍繞純一清淨佛號法界淨光明諸佛子此無盡光明輪香水海右旋次有香水海名金剛寶燄光世界種名佛光莊嚴藏以稱說一切如來名音聲爲體此中最下方有世界名寶燄蓮華其狀猶如摩尼色眉間毫相依一切寶色水旋海住一切莊嚴樓閣雲彌覆其上佛刹微塵數世界

圍繞純一清淨佛號無垢寶光明此上過佛刹微塵數世界有世界名光燄藏佛號無礙自在智慧光此上過佛刹微塵數世界有世界名寶輪妙莊嚴佛號一切寶光明此上過佛刹微塵數世界有世界名栴檀樹華幢佛號清淨智光明此上過佛刹微塵數世界有世界名佛刹妙莊嚴佛號廣大歡喜音此上過佛刹微塵數世界有世界名妙光莊嚴佛號法界自在智此上過佛刹微塵數世界有世界名無邊相佛號無礙智此上過佛刹微塵數世界有世界名燄雲幢佛號演說不退輪此上過佛刹微塵數世界有世界名衆寶莊嚴清淨輪佛號離垢華光明此上過佛刹微塵數世界有世界名廣大出離佛號無礙智日眼此上過佛刹微塵數世界有世界名妙莊嚴金剛座佛號法界智大光明此上過佛刹微塵數世界有世界名智慧普莊嚴佛號智炬光明王此上過佛刹微塵數世界有世界名蓮華池深妙音佛號一切智普照此上過佛刹微塵數世界有世界名種種色光明佛號普光華王雲此上過佛刹微塵數世界有世界名妙寶幢佛號功德光此上過佛刹微塵數世界有世界名摩尼華毫相光佛號普音雲此上過佛刹微塵數世界有世界名甚深海佛號十方衆生主此上過佛刹微塵數世界有世界名須彌光佛號法界普智音此上過佛刹微塵數世界有世界名金蓮華佛號福德藏普光明此上過佛刹微塵數世界有世界名寶莊嚴藏形如卍字依一切香摩尼莊嚴樹海住清淨光明雲彌覆其上

二十佛刹微塵數世界圍繞純一清淨佛號大變化光明網諸佛子此金剛寶燄香水海右旋次有香水海名帝青寶莊嚴世界種名光照十方依一切妙莊嚴蓮華香雲住以無邊佛音聲爲體於此最下方有世界名十方無盡色藏輪其狀周迴有無量角依無邊色一切寶藏海住因陀羅網而覆其上佛刹微塵數世界圍繞純一清淨佛號蓮華眼光明徧照此上過佛刹微塵數世界有世界名淨妙莊嚴藏佛號無上慧大師子此上過佛刹微塵數世界有世界名出現蓮華座佛號徧照法界光明王此上過佛刹微塵數世界有世界名寶幢音佛號大功德普名稱此上過佛刹微塵數世界有世界名金剛寶莊嚴藏佛號蓮華日光明此上過佛刹微塵數世界有世界名因陀羅華月佛號法自在智慧幢此上過佛刹微塵數世界有世界名妙輪藏佛號大喜清淨音此上過佛刹微塵數世界有世界名妙音藏佛號大力善商主此上過佛刹微塵數世界有世界名清淨月佛號須彌光智慧力此上過佛刹微塵數世界有世界名無邊莊嚴相佛號方便願淨月光此上過佛刹微塵數世界有世界名妙華音佛號法海大願音此上過佛刹微塵數世界有世界名一切寶莊嚴佛號功德寶光明相此上過佛刹微塵數世界有世界名堅固地佛號美音最勝天此上過佛刹微塵數世界有世界名普光善化佛號大精進寂靜慧此上過佛刹微塵數世界有世界名善守護莊嚴行佛號見者生歡喜此上過佛刹微塵數世界

有世界名栴檀寶華藏佛號甚深不可動智慧光徧照此上過佛刹微塵數世界有世界名現種種色相海佛號普放不思議勝義王光明此上過佛刹微塵數世界有世界名化現十方大光明佛號勝功德威光無與等此上過佛刹微塵數世界有世界名須彌雲幢佛號極淨光明眼此上過佛刹微塵數世界有世界名蓮華徧照其狀周圓依無邊色衆妙香摩尼海住一切乘莊嚴雲而覆其上二十佛刹微塵數世界圍繞純一清淨佛號解脱精進日諸佛子此帝青寶莊嚴香水海右旋次有香水海名金剛輪莊嚴底世界種名妙間錯因陀羅網普賢智所生音聲爲體此中最下方有世界名蓮華網其狀猶如須彌山形依衆妙華山幢海住佛境界摩尼王帝網雲而覆其上佛刹微塵數世界圍繞純一清淨佛號法身普覺慧此上過佛刹微塵數世界有世界名無盡日光明佛號最勝大覺慧此上過佛刹微塵數世界有世界名普放妙光明佛號大福雲無盡力此上過佛刹微塵數世界有世界名樹華幢佛號無邊智法界音此上過佛刹微塵數世界有世界名眞珠蓋佛號波羅蜜師子頻申此上過佛刹微塵數世界有世界名無邊音佛號一切智妙覺慧此上過佛刹微塵數世界有世界名普見樹峯佛號普現衆生前此上過佛刹微塵數世界有世界名師子帝網光佛號無垢日金色光燄雲此上過佛刹微塵數世界有世界名衆寶間錯佛號帝幢最勝慧此上過佛刹微塵數世界有世界名無垢光明地佛號

一切力清淨月此上過佛刹微塵數世界有世界名恒出歎佛功德音佛號如虛空普覺慧此上過佛刹微塵數世界有世界名高燄藏佛號化現十方大雲幢此上過佛刹微塵數世界有世界名光嚴道場佛號無等智徧照此上過佛刹微塵數世界有世界名出生一切寶莊嚴佛號廣度衆生神通王此上過佛刹微塵數世界有世界名光嚴妙宮殿佛號一切義成廣大慧此上過佛刹微塵數世界有世界名離塵寂靜佛號不唐現此上過佛刹微塵數世界有世界名摩尼華幢佛號悅意吉祥音此上過佛刹微塵數世界有世界名普雲藏其狀猶如樓閣之形依種種宮殿香水海住一切寶燈雲彌覆其上二十佛刹微塵數世界圍繞純一清淨佛號最勝覺神通王諸佛子此金剛輪莊嚴底香水海右旋次有香水海名蓮華因陀羅網世界種名普現十方影依一切香摩尼莊嚴蓮華住一切佛智光音聲爲體此中最下方有世界名衆生海寶光明其狀猶如眞珠之藏依一切摩尼瓔珞海旋住水光明摩尼雲而覆其上佛刹微塵數世界圍繞純一清淨佛號不思議功德徧照月此上過佛刹微塵數世界有世界名妙香輪佛號無量力幢此上過佛刹微塵數世界有世界名妙光輪佛號法界光音覺悟慧此上過佛刹微塵數世界有世界名吼聲摩尼幢佛號蓮華光恒垂妙臂此上過佛刹微塵數世界有世界名極堅固輪佛號不退轉功德海光明此上過佛刹微塵數世界有世界名衆行光莊嚴佛號一切智普

勝尊此上過佛刹微塵數世界有世界名師子座徧照佛號師子光無量力覺慧此上過佛刹微塵數世界有世界名寶燄莊嚴佛號一切法清淨智此上過佛刹微塵數世界有世界名無量燈佛號無憂相此上過佛刹微塵數世界有世界名常聞佛音佛號自然勝威光此上過佛刹微塵數世界有世界名清淨變化佛號金蓮華光明此上過佛刹微塵數世界有世界名普入十方佛號觀法界頻申慧此上過佛刹微塵數世界有世界名熾然燄佛號光燄樹緊那羅王此上過佛刹微塵數世界有世界名香光徧照佛號香燈善化王此上過佛刹微塵數世界有世界名無量華聚輪佛號普現佛功德此上過佛刹微塵數世界有世界名衆妙普清淨佛號一切法平等神通王此上過佛刹微塵數世界有世界名金光海佛號十方自在大變化此上過佛刹微塵數世界有世界名眞珠華藏佛號法界寶光明不可思議慧此上過佛刹微塵數世界有世界名帝釋須彌師子座佛號勝力光此上過佛刹微塵數世界有世界名無邊寶普照其形四方依華林海住普雨無邊色摩尼王帝網而覆其上二十佛刹微塵數世界圍繞純一清淨佛號徧照世間最勝音諸佛子此蓮華因陀羅網香水海右旋次有香水海名積集寶香藏世界種名一切威德莊嚴以一切佛法輪音聲爲體此中最下方有世界名種種出生形如金剛依種種金剛山幢住金剛寶光雲而覆其上佛刹微塵數世界圍繞純一清淨佛號蓮華眼此上過

佛刹微塵數世界有世界名喜見音佛號生喜樂此上過佛刹微塵數世界有世界名寶莊嚴幢佛號一切智此上過佛刹微塵數世界有世界名多羅華普照佛號無垢寂妙音此上過佛刹微塵數世界有世界名變化光佛號清淨空智慧月此上過佛刹微塵數世界有世界名衆妙間錯佛號開示福德海密雲相此上過佛刹微塵數世界有世界名一切莊嚴具妙音聲佛號歡喜雲此上過佛刹微塵數世界有世界名蓮華池佛號名稱幢此上過佛刹微塵數世界有世界名一切寶莊嚴佛號頻申觀察眼此上過佛刹微塵數世界有世界名淨妙華佛號無盡金剛智此上過佛刹微塵數世界有世界名蓮華莊嚴城佛號日藏眼普光明此上過佛刹微塵數世界有世界名無量樹峯佛號一切法雷音此上過佛刹微塵數世界有世界名日光明佛號開示無量智此上過佛刹微塵數世界有世界名依止蓮華葉佛號一切福德山此上過佛刹微塵數世界有世界名風普持佛號日曜根此上過佛刹微塵數世界有世界名光明顯現佛號身光普照此上過佛刹微塵數世界有世界名香雷音金剛寶普照佛號最勝華開敷相此上過佛刹微塵數世界有世界名帝網莊嚴形如欄楯依一切莊嚴海住光燄樓閣雲彌覆其上二十佛刹微塵數世界圍繞純一清淨佛號示現無畏雲諸佛子此積集寶香藏香水海右旋次有香水海名寶莊嚴世界種名普無垢以一切微塵中佛刹神變聲為體此中最下方有世界名

淨妙平坦形如寶身依一切寶光輪海住種種栴檀摩尼眞珠雲彌覆其上佛刹微塵數世界圍繞純一清淨佛號難摧伏無等幢此上過佛刹微塵數世界有世界名熾然妙莊嚴佛號蓮華慧神通王此上過佛刹微塵數世界有世界名微妙相輪幢佛號十方大名稱無盡光此上過佛刹微塵數世界有世界名燄藏摩尼妙莊嚴佛號大智慧見聞皆歡喜此上過佛刹微塵數世界有世界名妙華莊嚴佛號無量力最勝智此上過佛刹微塵數世界有世界名出生淨微塵佛號超勝梵此上過佛刹微塵數世界有世界名普光明變化香佛號香象金剛大力勢此上過佛刹微塵數世界有世界名光明旋佛號義成善名稱此上過佛刹微塵數世界有世界名寶瓔珞海佛號無比光徧照此上過佛刹微塵數世界有世界名妙華燈幢佛號究竟功德無礙慧燈此上過佛刹微塵數世界有世界名善巧莊嚴佛號慧日波羅蜜此上過佛刹微塵數世界有世界名栴檀華普光明佛號無邊慧法界音此上過佛刹微塵數世界有世界名帝網幢佛號燈光迴照此上過佛刹微塵數世界有世界名淨華輪佛號法界日光明此上過佛刹微塵數世界有世界名大威曜佛號無邊功德海法輪音此上過佛刹微塵數世界有世界名同安住寶蓮華池佛號開示入不可思議智此上過佛刹微塵數世界有世界名平坦地佛號功德寶光明王此上過佛刹微塵數世界有世界名香摩尼聚佛號無盡福德海妙莊嚴此上過佛刹微

塵數世界有世界名微妙光明佛號無等力普徧音此上過佛刹微塵數世界有世界名十方普堅固莊嚴照耀其形八隅依心王摩尼輪海住一切寶莊嚴帳雲彌覆其上二十佛刹微塵數世界圍繞純一清淨佛號普眼大明燈諸佛子此寶莊嚴香水海右旋次有香水海名金剛寶聚世界種名法界行以一切菩薩地方便法音聲爲體此中最下方有世界名淨光照耀形如珠貫依一切寶色珠瓔海住菩薩珠髻光明摩尼雲而覆其上佛刹微塵數世界圍繞純一清淨佛號最勝功德光此上過佛刹微塵數世界有世界名妙蓋佛號法自在慧此上過佛刹微塵數世界有世界名寶莊嚴師子座佛號大龍淵此上過佛刹微塵數世界有世界名出現金剛座佛號升師子座蓮華臺此上過佛刹微塵數世界有世界名蓮華勝音佛號智光普開悟此上過佛刹微塵數世界有世界名善慣習佛號持地妙光王此上過佛刹微塵數世界有世界名喜樂音佛號法燈王此上過佛刹微塵數世界有世界名摩尼藏因陀羅網佛號不空見此上過佛刹微塵數世界有世界名衆妙地藏佛號燄身幢此上過佛刹微塵數世界有世界名金光輪佛號淨治衆生行此上過佛刹微塵數世界有世界名須彌山莊嚴佛號一切功德雲普照此上過佛刹微塵數世界有世界名衆樹形佛號寶華相淨月覺此上過佛刹微塵數世界有世界名無怖畏佛號最勝金光炬此上過佛刹微塵數世界有世界名大名稱龍王幢佛號觀等一

切法此上過佛刹微塵數世界有世界名示現摩尼色佛號變化日此上過佛刹微塵數世界有世界名光燄燈莊嚴佛號寶蓋光徧照此上過佛刹微塵數世界有世界名香光雲佛號思惟慧此上過佛刹微塵數世界有世界名無怨讎佛號精進勝慧海此上過佛刹微塵數世界有世界名一切莊嚴具光明幢佛號普現悅意蓮華自在王此上過佛刹微塵數世界有世界名毫相莊嚴形如半月依須彌山摩尼華海住一切莊嚴熾盛光摩尼王雲而覆其上二十佛刹微塵數世界圍繞純一清淨佛號清淨眼諸佛子此金剛寶聚香水海右旋次有香水海名天城寶堞世界種名燈燄光明以普示一切平等法輪音爲體此中最下方有世界名寶月光燄輪形如一切莊嚴具依一切寶莊嚴華海住瑠璃色師子座雲而覆其上佛刹微塵數世界圍繞純一清淨佛號日月自在光此上過佛刹微塵數世界有世界名須彌寶光佛號無盡法寶幢此上過佛刹微塵數世界有世界名衆妙光明幢佛號大華聚此上過佛刹微塵數世界有世界名摩尼光明華佛號人中最自在此上過佛刹微塵數世界有世界名普音佛號一切智徧照此上過佛刹微塵數世界有世界名大樹緊那羅音佛號無量福德自在龍此上過佛刹微塵數世界有世界名無邊淨光明佛號功德寶華光此上過佛刹微塵數世界有世界名最勝音佛號一切智莊嚴此上過佛刹微塵數世界有世界名衆寶間飾佛號寶燄須彌山此上過佛刹微塵

數世界有世界名清淨須彌音佛號出現一切行光明此上過佛刹微塵數世界有世界名香水蓋佛號一切波羅蜜無礙海此上過佛刹微塵數世界有世界名師子華網佛號寶燄幢此上過佛刹微塵數世界有世界名金剛妙華燈佛號一切大願光此上過佛刹微塵數世界有世界名一切法光明地佛號一切法廣大眞實義此上過佛刹微塵數世界有世界名眞珠末平坦莊嚴佛號勝慧光明網此上過佛刹微塵數世界有世界名瑠璃華佛號寶積幢此上過佛刹微塵數世界有世界名無量妙光輪佛號大威力智海藏此上過佛刹微塵數世界有世界名明見十方佛號淨修一切功德幢此上過佛刹微塵數世界有世界名可愛樂梵音形如佛手依寶光網海住菩薩身一切莊嚴雲而覆其上二十佛刹微塵數世界圍繞純一清淨佛號普照法界無礙光

大方廣佛華嚴經卷第九

音釋

慣習 慣古患切亦習也　怨讎 怨於袁切讎時流切　寶堞 堞音疊城上女墻也

大方廣佛華嚴經卷第十

唐于闐國三藏沙門實叉難陀譯

華藏世界品第五之三

爾時普賢菩薩復告大衆言諸佛子彼離垢燄藏香水海東次有香水海名變化微妙身此海中有世界種名善布差別方次有香水海名金剛眼幢世界種名莊嚴法界橋次有香水海名種種蓮華妙莊嚴世界種名恒出十方變化次有香水海名無間寶王輪世界種名寶蓮華莖密雲次有香水海名妙香燄普莊嚴世界種名毗盧遮那變化行次有香水海名寶末閻浮幢世界種名諸佛護念境界次有香水海名一切色熾然光世界種名最勝光徧照次有香水海名一切莊嚴具境界世界種名寶燄燈如是等不可說佛剎微塵數香水海其最近輪圍山香水海名玻瓈地世界種名常放光明以世界海清淨劫音聲爲體此中最下方有世界名可愛樂淨光幢佛剎微塵數世界圍繞純一清淨佛號最勝三昧精進慧此上過十佛剎微塵數世界與金剛幢世界齊等有世界名香莊嚴幢十佛剎微塵數世界圍繞純一清淨佛號無障礙法界燈此上過三佛剎微塵數世界與娑婆世界齊等有世界名放光藏佛號徧法界無障礙慧明此上過七佛剎微塵數世界至此世界種最上方有世界名最勝身香二十佛剎微塵數世界圍繞純一清淨佛號覺分華諸佛子彼無盡光明輪香水海外次有香水海名具足妙光世界種名徧無垢次有香水海名光耀蓋世界種名無邊普莊嚴次有

香水海名妙寶莊嚴世界種名香摩尼軌度形次有香水海名出佛音聲世界種名善建立莊嚴次有香水海名香幢須彌藏世界種名光明徧滿次有香水海名栴檀妙光明世界種名華燄輪次有香水海名風力持世界種名寶燄雲幢次有香水海名帝釋身莊嚴世界種名眞珠藏次有香水海名平坦嚴淨世界種名毗瑠璃末種種莊嚴如是等不可說佛刹微塵數香水海其最近輪圍山香水海名妙樹華世界種名出生諸方廣大刹以一切佛摧伏魔音為體此中最下方有世界名燄炬幢佛號世間功德海此上過十佛刹微塵數世界與金剛幢世界齊等有世界名出生寶佛號師子力寶雲此上與娑婆世界齊等有世界名衣服幢佛號一切智海王於此世界種最上方有世界名寶瓔珞師子光明佛號善變化蓮華幢諸佛子彼金剛燄光明香水海外次有香水海名一切莊嚴具瑩飾幢世界種名清淨行莊嚴次有香水海名一切寶華光耀海世界種名功德相莊嚴次有香水海名蓮華開敷世界種名菩薩摩尼冠莊嚴次有香水海名妙寶衣服世界種名淨珠輪次有香水海名可愛華徧照世界種名百光雲照耀次有香水海名徧虛空大光明世界種名寶光普照次有香水海名妙華莊嚴幢世界種名金月眼瓔珞次有香水海名眞珠香海藏世界種名佛光明次有香水海名寶輪光明世界種名善化現佛境界光明如是等不可說佛刹微塵數香水海其最近輪圍山香水海名無邊輪莊嚴底世界種

名無量方差别以一切國土種種言説音爲體此中最下方有世界名金剛華蓋佛號無盡相光明普門音此上過十佛刹微塵數世界有世界與金剛幢世界齊等名出生寶衣幢佛號福德雲大威勢此上與娑婆世界齊等有世界名衆寶具妙莊嚴佛號勝慧海於此世界種最上方有世界名日光明衣服幢佛號智日蓮華雲諸佛子彼帝青寶莊嚴香水海外次有香水海名阿脩羅宫殿世界種名香水光所持次有香水海名寶師子莊嚴世界種名徧示十方一切寶次有香水海名宫殿色光明雲世界種名寶輪妙莊嚴次有香水海名出大蓮華世界種名妙莊嚴徧照法界次有香水海名燈燄妙眼世界種名徧觀察十方變化次有香水海名不思議莊嚴輪世界種名十方光明普名稱次有香水海名寶積莊嚴世界種名燈光照耀次有香水海名清淨寶光明世界種名須彌無能爲礙風次有香水海名寶衣欄楯世界種名如來身光明如是等不可説佛刹微塵數香水海其最近輪圍山香水海名樹莊嚴幢世界種名安住帝網以一切菩薩智地音聲爲體此中最下方有世界名妙金色佛號香燄勝威光此上過十佛刹微塵數世界與金剛幢世界齊等有世界名摩尼樹華佛號無礙普現此上與娑婆世界齊等有世界名毗瑠璃妙莊嚴佛號法自在堅固慧於此世界種最上方有世界名梵音妙莊嚴佛號蓮華開敷光明王諸佛子彼金剛輪莊嚴底香水海外次有香水海名化現蓮華處世界種名國土平

正次有香水海名摩尼光世界種名徧法界無迷惑次有香水海名衆妙香日摩尼世界種名普現十方次有香水海名恒納寶流世界種名普行佛言音次有香水海名無邊深妙音世界種名無邊方差別次有香水海名堅實積聚世界種名無量處差別次有香水海名清淨梵音世界種名普清淨莊嚴次有香水海名栴檀欄楯音聲藏世界種名逈出幢次有香水海名妙香寶王光莊嚴世界種名普現光明力諸佛子彼蓮華因陀羅網香水海外次有香水海名銀蓮華妙莊嚴世界種名普徧行次有香水海名毗瑠璃竹密焰雲世界種名普出十方音次有香水海名十方光焰聚世界種名恒出變化分布十方次有香水海名出現眞金摩尼幢世界種名金剛幢相次有香水海名平等大莊嚴世界種名法界勇猛旋次有香水海名寶華叢無盡光世界種名無邊淨光明次有香水海名妙金幢世界種名演說微密處次有香水海名光影徧照世界種名普莊嚴次有香水海名寂音世界種名現前垂布如是等不可說佛剎微塵數香水海其最近輪圍山香水海名密焰雲幢世界種名一切光莊嚴以一切如來道場衆會音爲體於此最下方有世界名淨眼莊嚴佛號金剛月徧照十方此上過十佛剎微塵數世界與金剛幢世界齊等有世界名蓮華德佛號大精進善覺慧此上與娑婆世界齊等有世界名金剛密莊嚴佛號娑羅王幢此上過七佛剎微塵數世界有世界名淨海莊嚴佛號威德絕倫無能制伏諸佛

子彼積集寶香藏香水海外次有香水海名一切寶光明徧照世界種名無垢稱莊嚴次有香水海名衆寶華開敷世界種名虛空相次有香水海名吉祥幄徧照世界種名無礙光普莊嚴次有香水海名栴檀樹華世界種名普現十方旋次有香水海名出生妙色寶世界種名勝幢周徧行次有香水海名普生金剛華世界種名現不思議莊嚴次有香水海名心王摩尼輪嚴飾世界種名示現無礙佛光明次有香水海名積集寶瓔珞世界種名淨除疑次有香水海名真珠輪普莊嚴世界種名諸佛願所流如是等不可說佛刹微塵數香水海其最近輪圍山香水海名閻浮檀寶藏輪世界種名普音幢以入一切智門音聲爲體此中最下方有世界名華蘂燄佛號精進施此上過十佛刹微塵數世界與金剛幢世界齊等有世界名蓮華光明幢佛號一切功德最勝心王此上過三佛刹微塵數世界與娑婆世界齊等有世界名十力莊嚴佛號善出現無量功德王於此世界種最上方有世界名摩尼香山幢佛號廣大善眼淨除疑諸佛子彼寶莊嚴香水海外次有香水海名持須彌光明藏世界種名出生廣大雲次有香水海名種種莊嚴大威力境界世界種名無礙淨莊嚴次有香水海名密布寶蓮華世界種名最勝燈莊嚴次有香水海名依止一切寶莊嚴世界種名日光明網藏次有香水海名衆多嚴淨世界種名寶華依處次有香水海名極聰慧行世界種名最勝形莊嚴次有香水海名持妙摩尼峯世界種名普

淨虛空藏次有香水海名大光徧照世界種名帝青炬光明次有香水海名可愛摩尼珠充滿徧照世界種名普吼聲如是等不可說佛剎微塵數香水海其最近輪圍山香水海名出帝青寶世界種名周徧無差別以一切菩薩震吼聲爲體此中最下方有世界名妙勝藏佛號最勝功德慧此上過十佛剎微塵數世界與金剛幢世界齊等有世界名莊嚴相佛號超勝大光明此上與娑婆世界齊等有世界名瑠璃輪普莊嚴佛號須彌燈於此世界種最上方有世界名華幢海佛號無盡變化妙慧雲諸佛子彼金剛寶聚香水海外次有香水海名崇飾寶埤垸世界種名秀出寶幢次有香水海名寶幢莊嚴世界種名現一切光明次有香水海名妙寶雲世界種名一切寶莊嚴光明徧照次有香水海名寶樹華莊嚴世界種名妙華間飾次有香水海名妙寶衣莊嚴世界種名光明海次有香水海名寶樹峯世界種名寶燄雲次有香水海名示現光明世界種名入金剛無所礙次有香水海名蓮華普莊嚴世界種名無邊岸海淵次有香水海名妙寶莊嚴世界種名普示現國土藏如是等不可說佛剎微塵數香水海其最近輪圍山香水海名不可壞海世界種名妙輪間錯蓮華場以一切佛力所出音爲體此中最下方有世界名最妙香佛號變化無量塵數光此上過十佛剎微塵數世界與金剛幢世界齊等有世界名不思議差別莊嚴門佛號無量智此上與娑婆世界齊等有世界名十方光明妙華藏佛號師子眼光燄

雲於此最上方有世界名海音聲佛號水天光燄門諸佛子彼天城寶堞香水海外次有香水海名燄輪赫奕光世界種名不可說種種莊嚴次有香水海名寶塵路世界種名普入無量旋次有香水海名具一切莊嚴世界種名寶光徧照次有香水海名布衆寶網世界種名安布深密次有香水海名妙寶莊嚴幢世界種名世界海明了音次有香水海名日宮清淨影世界種名徧入因陀羅網次有香水海名一切鼓樂美妙音世界種名圓滿平正次有香水海名種種妙莊嚴世界種名淨密光燄雲次有香水海名周徧寶燄燈世界種名隨佛本願種種形如是等不可說佛刹微塵數香水海其最近輪圍山香水海名積集瓔珞衣世界種名化現妙衣以三世一切佛音聲爲體此中最下方有香水海名因陀羅華藏世界名發生歡喜佛刹微塵數世界圍繞純一清淨佛號堅悟智此上過十佛刹微塵數世界與金剛幢世界齊等有世界名寶網莊嚴十佛刹微塵數世界圍繞純一清淨佛號無量歡喜光此上過三佛刹微塵數世界與娑婆世界齊等有世界名寶蓮華師子座十三佛刹微塵數世界圍繞佛號最清淨不空聞此上過七佛刹微塵數世界至此世界種最上方有世界名寶色龍光明二十佛刹微塵數世界圍繞純一清淨佛號徧法界普照明諸佛子如是十不可說佛刹微塵數香水海中有十不可說佛刹微塵數世界種皆依現一切菩薩形摩尼王幢莊嚴蓮華住各各莊嚴際無有間斷各各放寶色光

明各各光明雲而覆其上各各莊嚴具各各劫差別各各佛出現各各演法海各各衆生徧充滿各各十方普趣入各各一切佛神力所加持此一一世界種中一切世界依種種莊嚴住遞相接連成世界網於華藏莊嚴世界海種種差別周徧建立爾時普賢菩薩欲重宣其義承佛威力而說頌言

華藏世界海　法界等無別　莊嚴極清淨
安住於虛空　此世界海中　剎種難思議
一一皆自在　各各無雜亂　華藏世界海
剎種善安布　殊形異莊嚴　種種相不同
諸佛變化音　種種爲其體　隨其業力見
剎種妙嚴飾　須彌山城網　水旋輪圓形
廣大蓮華開　彼彼互圍繞　山幢樓閣形
旋轉金剛形　如是不思議　廣大諸剎種
大海眞珠燄　光網不思議　如是諸剎種
悉在蓮華住　一一諸剎種　光網不可說
光中現衆剎　普徧十方海　一切諸剎種
所有莊嚴具　國土悉入中　普見無有盡
剎種不思議　世界無邊際　種種妙嚴好
皆由大仙力　一切剎種中　世界不思議
或成或有壞　或有已壞滅　譬如林中葉
有生亦有落　如是剎種中　世界有成壞
譬如依樹林　種種果差別　如是依剎種
種種衆生住　譬如種子別　生果各殊異
業力差別故　衆生剎不同　譬如心王寶
隨心見衆色　衆生心淨故　得見清淨剎
譬如大龍王　興雲徧虛空　如是佛願力
出生諸國土　如幻師呪術　能現種種事
衆生業力故　國土不思議　譬如衆繢像

畫師之所作　如是一切剎　心畫師所成
衆生身各異　隨心分別起　如是剎種種
莫不皆由業　譬如見導師　種種色差別
隨衆生心行　見諸剎亦然　一切諸剎際
周布蓮華網　種種相不同　莊嚴悉清淨
彼諸蓮華網　剎網所安住　種種莊嚴事
種種衆生居　或有剎土中　險惡不平坦
由衆生煩惱　於彼如是見　雜染及清淨
無量諸剎種　隨衆生心起　菩薩力所持
或有剎土中　雜染及清淨　斯由業力起
菩薩之所化　有剎放光明　離垢寶所成
種種妙嚴飾　諸佛令清淨　一一剎種中
劫燒不思議　所現雖敗惡　其處常堅固
由衆生業力　出生多剎土　依止於風輪
及以水輪住　世界法如是　種種見不同
而實無有生　亦復無滅壞　一一心念中
出生無量剎　以佛威神力　悉見淨無垢
有剎泥土成　其體甚堅硬　黑暗無光照
惡業者所居　有剎金剛成　雜染大憂怖
苦多而樂少　薄福之所處　或有用鐵成
或以赤銅作　石山險可畏　罪惡者充滿
剎中有地獄　衆生苦無救　常在黑暗中
燄海所燒然　或復有畜生　種種醜陋形
由其自惡業　常受諸苦惱　或見閻羅界
飢渴所煎逼　登上大火山　受諸極重苦
或有諸剎土　七寶所合成　種種諸宮殿
斯由淨業得　汝應觀世間　其中人與天
淨業果成就　隨時受快樂　一一毛孔中
億剎不思議　種種相莊嚴　未曾有迫隘
衆生各各業　世界無量種　於中取著生

受苦樂不同 有剎衆寶成 常放無邊光
金剛妙蓮華 莊嚴淨無垢 有剎光爲體
依止光輪住 金色栴檀香 燄雲普照明
有剎月輪成 香衣悉周布 於一蓮華内
菩薩皆充滿 有剎衆寶成 色相無諸垢
譬如天帝網 光明恒照耀 有剎香爲體
或是金剛華 摩尼光影形 觀察甚清淨
或有難思剎 華旋所成就 化佛皆充滿
菩薩普光明 或有清淨剎 悉是衆華樹
妙枝布道場 蔭以摩尼雲 有剎淨光照
金剛華所成 有是佛化音 無邊列成網
有剎如菩薩 摩尼妙寶冠 或有如座形
從化光明出 或是栴檀末 或是眉間光
或佛光中音 而成斯妙剎 或見清淨剎
以一光莊嚴 或見多莊嚴 種種皆奇妙
或用十國土 妙物作嚴飾 或以千土中
一切爲莊校 或以億剎物 莊嚴於一土
種種相不同 皆如影像現 不可說土物
莊嚴於一剎 各各放光明 如來願力起
或有諸國土 願力所淨治 一切莊嚴中
普見衆剎海 諸修普賢願 所得清淨土
三世剎莊嚴 一切於中現 佛子汝應觀
剎種威神力 未來諸國土 如夢悉令見
十方諸世界 過去國土海 咸於一剎中
現像猶如化 三世一切佛 及以其國土
於一剎種中 一切悉觀見 一切佛神力
塵中現衆土 種種悉明見 如影無眞實
或有衆多剎 其形如大海 或如須彌山
世界不思議 有剎善安住 其形如帝網
或如樹林形 諸佛滿其中 或作寶輪形

或有蓮華狀 八隅備衆飾 種種悉清淨
或有如座形 或復有三隅 或如佉勒迦
城郭梵王身 或如天主髻 或有如半月
或如摩尼山 或如日輪形 或有世界形
譬如香海旋 或作光明輪 佛昔所嚴淨
或有輪輞形 或有壇墠形 或如佛毫相
肉髻廣長眼 或有如佛手 或如金剛杵
或如燄山形 菩薩悉周徧 或如師子形
或如海蚌形 無量諸色相 體性各差別
於一剎種中 剎形無有盡 皆由佛願力
護念得安住 有剎住一劫 或住於十劫
乃至過百千 國土微塵數 或於一劫中
見剎有成壞 或無量無數 乃至不思議
或有剎有佛 或有剎無佛 或有唯一佛
或有無量佛 國土若無佛 他方世界中
有佛變化來 爲現諸佛事 歿天與降神
處胎及出生 降魔成正覺 轉無上法輪
隨衆生心樂 示現種種相 爲轉妙法輪
悉應其根欲 一一佛剎中 一佛出興世
經於億千歲 演說無上法 衆生非法器
不能見諸佛 若有心樂者 一切處皆見
一一剎土中 各有佛興世 一切剎中佛
億數不思議 此中一一佛 現無量神變
悉徧於法界 調伏衆生海 有剎無光明
黑暗多恐懼 苦觸如刀劍 見者自酸毒
或有諸天光 或有宮殿光 或日月光明
剎網難思議 有剎自光明 或樹放淨光
未曾有苦惱 衆生福力故 或有山光明
或有摩尼光 或以燈光照 悉衆生業力
或有佛光明 菩薩滿其中 有是蓮華光

燄色甚嚴好　有剎華光照　有以香水照
塗香燒香照　皆由淨願力　有以雲光照
摩尼蚌光照　佛神力光照　能宣悅意聲
或以寶光照　或金剛燄照　淨音能遠震
所至無衆苦　或有摩尼光　或是嚴具光
或道場光明　照耀衆會中　佛放大光明
化佛滿其中　其光普照觸　法界悉周徧
有剎甚可畏　嗥吽大苦聲　其聲極酸楚
聞者生厭怖　地獄畜生道　及以閻羅處
是濁惡世界　恒出憂苦聲　或有國土中
常出可樂音　悅意順其教　斯由淨業得
或有國土中　恒聞帝釋音　或聞梵天音
一切世主音　或有諸剎土　雲中出妙聲
寶海摩尼樹　及樂音徧滿　諸佛圓光內
化聲無有盡　及菩薩妙音　周聞十方剎
不可思議國　普轉法輪聲　願海所出聲
修行妙音聲　三世一切佛　出生諸世界
名號皆具足　音聲無有盡　或有剎中聞
一切佛力音　地度及無量　如是法皆演
普賢誓願力　億剎演妙音　其音若雷震
住劫亦無盡　佛於清淨國　示現自在音
十方法界中　一切無不聞

大方廣佛華嚴經卷第十

音釋

軌度（軌居洧切度徒故切軌度法制也）幄（乙角切大帳也）埤堄（埤匹詣切堄研計切埤堄城上女墻也）繢像（繢黃外切繢畫也）硬（魚孟切堅也）醜陋（醜齒九切可惡也陋郎豆切鄙惡也）迫隘（迫博陌切狹也隘烏懈切陋也）海蚌（蚌部項切蜃屬海蛤也）歿（音沒終也）嗥吽（嗥乎刀切

咆也吽吉弔切直聲呼也

大方廣佛華嚴經卷第十一

唐于闐國三藏沙門實叉難陀譯

毗盧遮那品第六

爾時普賢菩薩復告大衆言諸佛子乃往古世過世界微塵數劫復倍是數有世界海名普門淨光明此世界海中有世界名勝音依摩尼華網海住須彌山微塵數世界而爲眷屬其形正圓其地具有無量莊嚴三百重衆寶樹輪圍山所共圍繞一切寶雲而覆其上清淨無垢光明照曜城邑宮殿如須彌山衣服飲食隨念而至其劫名曰種種莊嚴諸佛子彼勝音世界中有香水海名清淨光明其海中有大蓮華須彌山出現名華焰普莊嚴幢十寶欄楯周帀圍繞於其山上有一大林名摩尼華枝輪無量華樓閣無量寶臺觀周迴布列無量妙香幢無量寶山幢迥極莊嚴無量寶芬陀利華處處敷榮無量香摩尼蓮華網周帀垂布樂音和悅香雲照曜數各無量不可紀極有百萬億那由他城周帀圍繞種種衆生於中止住諸佛子此林東有一大城名焰光明人王所都百萬億那由他城周帀圍繞清淨妙寶所共成立縱廣各有七千由旬七寶爲郭樓櫓却敵悉皆崇麗七重寶塹香水盈滿優鉢羅華波頭摩華拘物頭華芬陀利華悉是衆寶處處分布以爲嚴飾寶多羅樹七重圍繞宮殿樓閣悉寶莊嚴種種妙網張施其上塗香散華芬瑩其中有百萬億那由他門悉寶莊嚴一一門前各有四十九寶尸羅幢次第行列復有百萬億園林周帀圍繞其中皆有種種雜香摩尼樹香周流

普熏衆鳥和鳴聽者歡悅此大城中所有居人靡不成就業報神足乘空往來行同諸天心有所欲應念皆至其城次南有一天城名樹華莊嚴其次右旋有大龍城名曰究竟次有夜叉城名金剛勝妙幢次有乾闥婆城名曰妙宮次有阿脩羅城名曰寶輪次有迦樓羅城名妙寶莊嚴次有緊那羅城名遊戲快樂次有摩睺羅城名金剛幢次有梵天王城名種種妙莊嚴如是等百萬億那由他數此一一城各有百萬億那由他樓閣所共圍繞一一皆有無量莊嚴諸佛子此寶華枝輪大林之中有一道場名寶華徧照以衆大寶分布莊嚴摩尼華輪徧滿開敷然以香燈具衆寶色焰雲彌覆光網普照諸莊嚴具常出妙寶一切樂中恒奏雅音摩尼寶王現菩薩身種種妙華周徧十方其道場前有一大海名香摩尼金剛出大蓮華名華蘂焰輪其華廣大百億由旬莖葉鬚臺皆是妙寶十不可說百千億那由他蓮華所共圍繞常放光明恒出妙音周徧十方諸佛子彼勝音世界最初劫中有十須彌山微塵數如來出興於世其第一佛號一切功德山須彌勝雲諸佛子應知彼佛將出現時一百年前此摩尼華枝輪大林中一切莊嚴周徧清淨所謂出不思議寶焰雲發歎佛功德音演無數佛音聲舒光布網彌覆十方宮殿樓閣互相照曜寶華光明騰聚成雲復出妙音說一切衆生前世所行廣大善根說三世一切諸佛名號說諸菩薩所修願行究竟之道說諸如來轉妙法輪種種言辭現如是等莊嚴之相顯示如來當

出於世其世界中一切諸王見此相故善根成熟悉欲見佛而來道場爾時一切功德山須彌勝雲佛於其道場大蓮華中忽然出現其身周普等眞法界一切佛刹皆示出生一切道場悉詣其所無邊妙色具足清淨一切世間無能映奪具衆寶相一一分明一切宮殿悉現其像一切衆生咸得目見無邊化佛從其身出種種色光充滿法界如於此清淨光明香水海華焰莊嚴幢須彌頂上摩尼華枝輪大林中出現其身而坐於座其勝音世界有六十八千億須彌山頂悉亦於彼現身而坐爾時彼佛即於眉間放大光明其光名發起一切善根音十佛刹微塵數光明而爲眷屬充滿一切十方國土若有衆生應可調伏其光照觸即自開悟息諸惑熱裂諸蓋網摧諸障山淨諸垢濁發大信解生勝善根永離一切諸難恐怖滅除一切身心苦惱起見佛心趣一切智時一切世間主并其眷屬無量百千蒙佛光明所開覺故悉詣佛所頭面禮足諸佛子彼焰光明大城中有王名喜見善慧統領百萬億那由他城夫人婇女三萬七千人福吉祥爲上首王子五百人大威光爲上首大威光太子有十千夫人妙見爲上首爾時大威光太子見佛光明已以昔所修善根力故即時證得十種法門何謂爲十所謂證得一切諸佛功德輪三昧證得一切佛法普門陀羅尼證得廣大方便藏般若波羅蜜證得調伏一切衆生大莊嚴大慈證得普雲音大悲證得生無邊功德最勝心大喜證得如實覺悟一切法大捨證得廣大方便平

等藏大神通證得增長信解力大願證得普入一切智光明辯才門爾時大威光太子獲得如是法光明已承佛威力普觀大衆而説頌言

世尊坐道場　清淨大光明　譬如千日出
普照虛空界　無量億千劫　導師時乃現
佛今出世間　一切所瞻奉　汝觀佛光明
化佛難思議　一切宫殿中　寂然而正受
汝觀佛神通　毛孔出焰雲　照耀於世間
光明無有盡　汝應觀佛身　光網極清淨
現形等一切　徧滿於十方　妙音徧世間
聞者皆欣樂　隨諸衆生語　讚歎佛功德
世尊光所照　衆生悉安樂　有苦皆滅除
心生大歡喜　觀諸菩薩衆　十方來萃止
悉放摩尼雲　現前稱讚佛　道場出妙音
其音極深遠　能滅衆生苦　此是佛神力
一切咸恭敬　心生大歡喜　共在世尊前
瞻仰於法王

諸佛子彼大威光太子説此頌時以佛神力其聲普徧勝音世界時喜見善慧王聞此頌已心大歡喜觀諸眷屬而説頌言

汝應速召集　一切諸王衆　王子及大臣
城邑宰官等　普告諸城内　疾應擊大鼓
共集所有人　俱行往見佛　一切四衢道
悉應鳴寶鐸　妻子眷屬俱　共往觀如來
一切諸城郭　宜令悉清淨　普建勝妙幢
摩尼以嚴飾　寶帳羅衆網　妓樂如雲布
嚴備在虛空　處處令充滿　道路皆嚴淨
普雨妙衣服　巾馭汝寶乘　與我同觀佛
各各隨自力　普雨莊嚴具　一切如雲布

徧滿虛空中　香焰蓮華蓋　半月寶瓔珞
及無數妙衣　汝等皆應雨　須彌香水海
上妙摩尼輪　及清淨栴檀　悉應雨滿空
衆寶華瓔珞　莊嚴淨無垢　及以摩尼燈
皆令在空住　一切持向佛　心生大歡喜
妻子眷屬俱　往見世所尊

爾時喜見善慧王與三萬七千夫人婇女俱福吉祥爲上首五百王子俱大威光爲上首六萬大臣俱慧力爲上首如是等七十七百千億那由他衆前後圍繞從焰光明大城出以王力故一切大衆乘空而往諸供養具徧滿虛空至於佛所頂禮佛足却坐一面復有妙華城善化幢天王與十億那由他眷屬俱復有究竟大城淨光龍王與二十五億眷屬俱復有金剛勝幢城猛健夜叉王與七十七億眷屬俱復有無垢城喜見乾闥婆王與九十七億眷屬俱復有妙輪城淨色思惟阿脩羅王與五十八億眷屬俱復有妙莊嚴城十力行迦樓羅王與九十九千眷屬俱復有遊戲快樂城金剛德緊那羅王與十八億眷屬俱復有金剛幢城寶稱幢摩睺羅伽王與三億百千那由他眷屬俱復有淨妙莊嚴城最勝梵王與十八億眷屬俱如是等百萬億那由他大城中所有諸王并其眷屬悉共往詣一切功德須彌勝雲如來所頂禮佛足却坐一面時彼如來爲欲調伏諸衆生故於衆會道場海中說普集一切三世佛自在法修多羅世界微塵數修多羅而爲眷屬隨衆生心悉令獲益是時大威光菩薩聞是法已即獲一切功德須彌勝雲佛宿世所集法海光明

所謂得一切法聚平等三昧智光明一切法悉入最初菩提心中住智光明十方法界普光明藏清淨眼智光明觀察一切佛法大願海智光明入無邊功德海清淨行智光明趣向不退轉大力速疾藏智光明法界中無量變化力出離輪智光明決定入無量功德圓滿海智光明了知一切佛決定解莊嚴成就海智光明了知法界無邊佛現一切衆生前神通海智光明了知一切佛力無所畏法智光明爾時大威光菩薩得如是無量智光明已承佛威力而說頌言

我聞佛妙法　而得智光明　以是見世尊
往昔所行事　一切所生處　名號身差別
及供養於佛　如是我咸見　往昔諸佛所
一切皆承事　無量劫修行　嚴淨諸剎海
捨施於自身　廣大無涯際　修治最勝行
嚴淨諸剎海　耳鼻頭手足　及以諸宮殿
捨之無有量　嚴淨諸剎海　能於一一剎
億劫不思議　修習菩提行　嚴淨諸剎海
普賢大願力　一切佛海中　修行無量行
嚴淨諸剎海　如因日光照　還見於日輪
我以佛智光　見佛所行道　我觀佛剎海
清淨大光明　寂靜證菩提　法界悉周徧
我當如世尊　廣淨諸剎海　以佛威神力
修習菩提行

諸佛子時大威光菩薩以見一切功德山須彌勝雲佛承事供養故於如來所心得悟了爲一切世間顯示如來往昔行海顯示往昔菩薩行方便顯示一切佛功德海顯示普入一切法界清淨智顯示一切道場中成佛自

在力顯示佛力無畏無差別智顯示普示現如來身顯示不可思議佛神變顯示莊嚴無量清淨佛土顯示普賢菩薩所有行願令如須彌山微塵數衆生發菩提心佛刹微塵數衆生成就如來清淨國土爾時一切功德山須彌勝雲佛爲大威光菩薩而説頌言

善哉大威光　福藏廣名稱　爲利衆生故
發趣菩提道　汝獲智光明　法界悉充徧
福慧咸廣大　當得深智海　一刹中修行
經於刹塵劫　如汝見於我　當獲如是智
非諸劣行者　能知此方便　獲大精進力
乃能淨刹海　一一微塵中　無量劫修行
彼人乃能得　莊嚴諸佛刹　爲一一衆生
輪迴經劫海　其心不疲懈　當成世導師
供養一一佛　悉盡未來際　心無暫疲厭
當成無上道　三世一切佛　當共滿汝願
一切佛會中　汝身安住彼　一切諸如來
誓願無有邊　大智通達者　能知此方便
大光供養我　故獲大威力　令塵數衆生
成熟向菩提　諸修普賢行　大名稱菩薩
莊嚴佛刹海　法界普周徧

諸佛子汝等應知彼大莊嚴劫中有恒河沙數小劫人壽命二小劫諸佛子彼一切功德須彌勝雲佛壽命五十億歲彼佛滅度後有佛出世名波羅蜜善眼莊嚴王亦於彼摩尼華枝輪大林中而成正覺爾時大威光童子見彼如來成等正覺現神通力即得念佛三昧名無邊海藏門即得陀羅尼名大智力法淵即得大慈名普隨衆生調伏度脱即得大悲名徧覆一切境界雲即得大喜名一切佛

功德海威力藏即得大捨名法性虛空平等清淨即得般若波羅蜜名自性離垢法界清淨身即得神通名無礙光普隨現即得辯才名善入離垢淵即得智光名一切佛法清淨藏如是等十千法門皆得通達爾時大威光童子承佛威力爲諸眷屬而說頌言

不可思議億劫中　導世明師難一遇
此土衆生多善利　而今得見第二佛
佛身普放大光明　色相無邊極清淨
如雲充滿一切土　處處稱揚佛功德
光明所照咸歡喜　衆生有苦悉除滅
各令恭敬起慈心　此是如來自在用
出不思議變化雲　放無量色光明網
十方國土皆充滿　此佛神通之所現
一一毛孔現光雲　普徧虛空發大音
所有幽冥靡不照　地獄衆苦咸令滅
如來妙音徧十方　一切言音咸具演
隨諸衆生宿善力　此是大師神變用
無量無邊大海衆　佛於其中皆出現
普轉無盡妙法輪　調伏一切諸衆生
佛神通力無有邊　一切剎中皆出現
善逝如是智無礙　爲利衆生成正覺
汝等應生歡喜心　踊躍愛樂極尊重
我當與汝同詣彼　若見如來衆苦滅
發心迴向趣菩提　慈念一切諸衆生
悉住普賢廣大願　當如法王得自在

諸佛子大威光童子說此頌時以佛神力其聲無礙一切世界皆悉得聞無量衆生發菩提心時大威光王子與其父母并諸眷屬及無量百千億那由他衆生前後圍繞寶蓋如

雲徧覆虛空共詣波羅蜜善眼莊嚴王如來所其佛爲說法界體性清淨莊嚴修多羅世界海微塵等修多羅而爲眷屬彼諸大衆聞此經已得清淨智名入一切淨方便得於地名離垢光明得波羅蜜輪名示現一切世間愛樂莊嚴得增廣行輪名普入一切刹土無邊光明清淨見得趣向行輪名離垢福德雲光明幢得隨入證輪名一切法海廣大光明得轉深發趣行名大智莊嚴得灌頂智慧海名無功用修極妙見得顯了大光明名如來功德海相光影徧照得出生願力清淨智名無量願力信解藏時彼佛爲大威光菩薩而說頌言

善哉功德智慧海　發心趣向大菩提
汝當得佛不思議　普爲衆生作依處
汝已出生大智海　悉能徧了一切法
當以難思妙方便　入佛無盡所行境
已見諸佛功德雲　已入無盡智慧地
諸波羅蜜方便海　大名稱者當滿足
已得方便總持門　及以無盡辯才門
種種行願皆修習　當成無等大智慧
汝已出生諸願海　汝已入於三昧海
當具種種大神通　不可思議諸佛法
究竟法界不思議　廣大深心已清淨
普見十方一切佛　離垢莊嚴衆刹海
汝已入我菩提行　昔時本事方便海
如我修行所淨治　如是妙行汝皆悟
我於無量一一刹　種種供養諸佛海
如彼修行所得果　如是莊嚴汝咸見
廣大劫海無有盡　一切刹中修淨行

堅固誓願不可思　當得如來此神力
諸佛供養盡無餘　國土莊嚴悉清淨
一切劫中修妙行　汝當成佛大功德
諸佛子波羅蜜善眼莊嚴王如來入涅槃已
喜見善慧王尋亦去世大威光童子受轉輪
王位彼摩尼華枝輪大林中第三如來出現
於世名最勝功德海時大威光轉輪聖王見
彼如來成佛之相與其眷屬及四兵衆城邑
聚落一切人民幷持七寶俱往佛所以一切
香摩尼莊嚴大樓閣奉上於佛時彼如來於
其林中說菩薩普眼光明行修多羅世界微
塵數修多羅而爲眷屬爾時大威光菩薩聞
此法已得三昧名大福德普光明得此三昧
故悉能了知一切菩薩一切衆生過現未來
福非福海時彼佛爲大威光菩薩而說頌言

善哉福德大威光　汝等今來至我所
愍念一切衆生海　發勝菩提大願心
汝爲一切苦衆生　起大悲心令解脱
當作群迷所依怙　是名菩薩方便行
若有菩薩能堅固　修諸勝行無厭怠
最勝最上無礙解　如是妙智彼當得
福德光者福幢者　福德處者福海者
普賢菩薩所有願　是汝大光能趣入
汝能以此廣大願　入不思議諸佛海
諸佛福海無有邊　汝以妙解皆能見
汝於十方國土中　悉見無量無邊佛
彼佛往昔諸行海　如是一切汝咸見
若有住此方便海　必得入於智地中
此是隨順諸佛學　決定當成一切智
汝於一切刹海中　微塵劫海修諸行

一切如來諸行海　汝皆學已當成佛
如汝所見十方中　一切刹海極嚴淨
汝刹嚴淨亦如是　無邊願者所當得
今此道場衆會海　聞汝願已生欣樂
皆入普賢廣大乘　發心迴向趣菩提
無邊國土一一中　悉入修行經劫海
以諸願力能圓滿　普賢菩薩一切行

諸佛子彼摩尼華枝輪大林中復有佛出號名稱普聞蓮華眼幢是時大威光於此命終生須彌山上寂靜寶宮天城中爲大天王名離垢福德幢共諸天衆俱詣佛所雨寶華雲以爲供養時彼如來爲說廣大方便普門徧照修多羅世界海微塵數修多羅而爲眷屬時天王衆聞此經已得三昧名普門歡喜藏以三昧力能入一切法實相海獲是益已從道場出還歸本處

大方廣佛華嚴經卷第十一

音釋

欄楯（欄音闌勾欄也楯食尹切檻也）帀（作合切徧也）迥極（迥戶茗切冢遠也）縱廣（縱將容切南北曰縱廣古曠切東西曰廣）樓櫓（櫓音魯樓櫓城上望樓也）塹（七豔切坑也）蘂（如壘切花鬚也）莖（戶耕切幹也）萃（秦醉切集也）鐸（達各切鈴屬）馭（牛倨切御馬也）健（渠建切有力也）

大方廣佛華嚴經卷第十二

唐于闐國三藏沙門實叉難陀譯

如來名號品第七

爾時世尊在摩竭提國阿蘭若法菩提場中始成正覺於普光明殿坐蓮華藏師子之座妙悟皆滿二行永絕達無相法住於佛住得佛平等到無障處不可轉法所行無礙立不思議普見三世與十佛刹微塵數諸菩薩俱莫不皆是一生補處悉從他方而共來集普善觀察諸衆生界法界世界涅槃界諸業果報心行次第一切文義世出世間有爲無爲過現未來時諸菩薩作是思惟若世尊見愍我等願隨所樂開示佛刹佛住佛刹莊嚴佛法性佛刹清淨佛所說法佛刹體性佛威德佛刹成就佛大菩提如十方一切世界諸佛世尊爲成就一切菩薩故令如來種性不斷故救護一切衆生故令諸衆生永離一切煩惱故了知一切諸行故演說一切諸法故淨除一切雜染故永斷一切疑網故拔除一切希望故滅壞一切愛著處故說諸菩薩十住十行十迴向十藏十地十願十定十通十頂及說如來地如來境界如來神力如來所行如來力如來無畏如來三昧如來神通如來自在如來無礙如來眼如來耳如來鼻如來舌如來身如來意如來辯才如來智慧如來最勝願佛世尊亦爲我說爾時世尊知諸菩薩心之所念各隨其類爲現神通現神通已東方過十佛刹微塵數世界有世界名金色佛號不動智彼世界中有菩薩名文殊師利與十佛刹微塵數諸菩薩俱來詣佛所到已

作禮即於東方化作蓮華藏師子之座結跏趺坐南方過十佛剎微塵數世界有世界名妙色佛號無礙智彼有菩薩名曰覺首與十佛剎微塵數諸菩薩俱來詣佛所到已作禮即於南方化作蓮華藏師子之座結跏趺坐西方過十佛剎微塵數世界有世界名蓮華色佛號滅暗智彼有菩薩名曰財首與十佛剎微塵數諸菩薩俱來詣佛所到已作禮即於西方化作蓮華藏師子之座結跏趺坐北方過十佛剎微塵數世界有世界名薝蔔華色佛號威儀智彼有菩薩名曰寶首與十佛剎微塵數諸菩薩俱來詣佛所到已作禮即於北方化作蓮華藏師子之座結跏趺坐東北方過十佛剎微塵數世界有世界名優鉢羅華色佛號明相智彼有菩薩名功德首與

十佛剎微塵數諸菩薩俱來詣佛所到已作禮即於東北方化作蓮華藏師子之座結跏趺坐東南方過十佛剎微塵數世界有世界名金色佛號究竟智彼有菩薩名目首與十佛剎微塵數諸菩薩俱來詣佛所到已作禮即於東南方化作蓮華藏師子之座結跏趺坐西南方過十佛剎微塵數世界有世界名寶色佛號最勝智彼有菩薩名精進首與十佛剎微塵數諸菩薩俱來詣佛所到已作禮即於西南方化作蓮華藏師子之座結跏趺坐西北方過十佛剎微塵數世界有世界名金剛色佛號自在智彼有菩薩名法首與十佛剎微塵數諸菩薩俱來詣佛所到已作禮即於西北方化作蓮華藏師子之座結跏趺坐下方過十佛剎微塵數世界有世界名玻

璨色佛號梵智彼有菩薩名智首與十佛剎微塵數諸菩薩俱來詣佛所到已作禮即於下方化作蓮華藏師子之座結跏趺坐上方過十佛剎微塵數世界有世界名平等色佛號觀察智彼有菩薩名賢首與十佛剎微塵數諸菩薩俱來詣佛所到已作禮即於上方化作蓮華藏師子之座結跏趺坐爾時文殊師利菩薩摩訶薩承佛威力普觀一切菩薩衆會而作是言此諸菩薩甚爲希有諸佛子佛國土不可思議佛住佛剎莊嚴佛法性佛剎清淨佛說法佛出現佛剎成就佛阿耨多羅三藐三菩提皆不可思議何以故諸佛子十方世界一切諸佛知諸衆生樂欲不同隨其所應說法調伏如是乃至等法界虛空界諸佛子如來於此娑婆世界諸四天下種種身種種名種種色相種種脩短種種壽量種種處所種種諸根種種生處種種語業種種觀察令諸衆生各别知見諸佛子如來於此四天下中或名一切義成或名圓滿月或名師子吼或名釋迦牟尼或名第七仙或名毗盧遮那或名瞿曇氏或名大沙門或名最勝或名導師如是等其數十千令諸衆生各别知見諸佛子此四天下東次有世界名爲善護如來於彼或名金剛或名自在或名有智慧或名難勝或名雲王或名無諍或名能爲主或名心歡喜或名無與等或名斷言論如是等其數十千令諸衆生各别知見諸佛子此四天下南次有世界名爲難忍如來於彼或名帝釋或名寶稱或名離垢或名實語或名能調伏或名具足喜或名大名稱或名能

利益或名無邊或名最勝如是等其數十千令諸衆生各别知見諸佛子此四天下西次有世界名爲親慧如來於彼或名水天或名喜見或名最勝王或名調伏天或名眞實慧或名到究竟或名歡喜或名法慧或名所作已辦或名善住如是等其數十千令諸衆生各别知見諸佛子此四天下北次有世界名有師子如來於彼或名大牟尼或名苦行或名世所尊或名最勝田或名一切智或名善意或名清淨或名蜸羅跋那或名最上施或名苦行得如是等其數十千令諸衆生各别知見諸佛子此四天下東北方次有世界名妙觀察如來於彼或名調伏魔或名成就或名息滅或名賢天或名離貪或名勝慧或名心平等或名無能勝或名智慧音或名難出現如是等其數十千令諸衆生各别知見諸佛子此四天下東南方次有世界名爲喜樂如來於彼或名極威嚴或名光焰聚或名徧知或名祕密或名解脫或名性安住或名如法行或名淨眼王或名大勇健或名精進力如是等其數十千令諸衆生各别知見諸佛子此四天下西南方次有世界名甚堅牢如來於彼或名安住或名智王或名圓滿或名不動或名妙眼或名頂王或名自在音或名一切施或名持衆仙或名勝須彌如是等其數十千令諸衆生各别知見諸佛子此四天下西北方次有世界名爲妙地如來於彼或名普徧或名光焰或名摩尼髻或名可憶念或名無上義或名常喜樂或名性清淨或名圓滿光或名脩臂或名住本如是等其數十

千令諸衆生各別知見諸佛子此四天下次下方有世界名爲焰慧如來於彼或名集善根或名師子相或名猛利慧或名金色焰或名一切知識或名究竟音或名作利益或名到究竟或名眞實天或名普徧勝如是等其數十千令諸衆生各別知見諸佛子此四天下次上方有世界名曰持地如來於彼或名有智慧或名清淨面或名覺慧或名上首或名行莊嚴或名發歡喜或名意成滿或名如盛火或名持戒或名一道如是等其數十千令諸衆生各別知見諸佛子此娑婆世界有百億四天下如來於中有百億萬種種名號令諸衆生各別知見諸佛子此娑婆世界東次有世界名爲密訓如來於彼或名平等或名殊勝或名安慰或名開曉意或名鬪慧或名眞實語或名得自在或名最勝身或名大勇猛或名無等智如是等百億萬種種名號令諸衆生各別知見諸佛子此娑婆世界南次有世界名曰豐溢如來於彼或名本性或名勤意或名無上尊或名大智炬或名無所依或名光明藏或名智慧藏或名福德藏或名天中天或名大自在如是等百億萬種種名號令諸衆生各別知見諸佛子此娑婆世界西次有世界名爲離垢如來於彼或名意成或名知道或名安住本或名能解縛或名通達義或名樂分別或名最勝見或名調伏行或名衆苦行或名具足力如是等百億萬種種名號令諸衆生各別知見諸佛子此娑婆世界北次有世界名曰豐樂如來於彼或名薝蔔華色或名日藏或名善住或名現神

通或名性超邁或名慧日或名無礙或名如月現或名迅疾風或名清淨身如是等百億萬種種名號令諸衆生各别知見諸佛子此娑婆世界東北方次有世界名爲攝取如來於彼或名永離苦或名普解脱或名大伏藏或名解脱智或名過去藏或名寶光明或名離世間或名無礙地或名淨信藏或名心不動如是等百億萬種種名號令諸衆生各别知見諸佛子此娑婆世界東南方次有世界名爲饒益如來於彼或名現光明或名盡智或名美音或名勝根或名莊嚴蓋或名精進根或名到分别彼岸或名勝定或名簡言辭或名智慧海如是等百億萬種種名號令諸衆生各别知見諸佛子此娑婆世界西南方次有世界名爲鮮少如來於彼或名牟尼主或名具衆寶或名世解脱或名徧知根或名勝言辭或名明了見或名根自在或名大仙師或名開導業或名金剛師子如是等百億萬種種名號令諸衆生各别知見諸佛子此娑婆世界西北方次有世界名爲歡喜如來於彼或名妙華聚或名栴檀蓋或名蓮華藏或名超越諸法或名法寶或名復出生或名淨妙蓋或名廣大眼或名有善法或名專念法或名網藏如是等百億萬種種名號令諸衆生各别知見諸佛子此娑婆世界次下方有世界名爲關鑰如來於彼或名發起焰或名調伏毒或名帝釋弓或名無常所或名覺悟本或名斷增長或名大速疾或名常樂施或名分别道或名摧伏幢如是等百億萬種種名號令諸衆生各别知見諸佛子此娑婆

世界次上方有世界名曰振音如來於彼或
名勇猛幢或名無量寶或名樂大施或名天
光或名吉興或名超境界或名一切主或名
不退輪或名離衆惡或名一切智如是等百
億萬種種名號令諸衆生各别知見諸佛子
如娑婆世界如是東方百千億無數無量無
邊無等不可數不可稱不可思不可量不可
說盡法界虚空界諸世界中如來名號種種
不同南西北方四維上下亦復如是如世尊
昔爲菩薩時以種種談論種種語言種種音
聲種種業種種報種種處種種方便種種根
種種信解種種地位而得成熟亦令衆生如
是知見而爲說法

四聖諦品第八

爾時文殊師利菩薩摩訶薩告諸菩薩言諸
佛子苦聖諦此娑婆世界中或名罪或名逼
迫或名變異或名攀縁或名聚或名刺或名
依根或名虚誑或名癰瘡處或名愚夫行諸
佛子苦集聖諦此娑婆世界中或名繫縛或
名滅壞或名愛著義或名妄覺念或名趣入
或名決定或名網或名戲論或名隨行或名
顛倒根諸佛子苦滅聖諦此娑婆世界中或
名無諍或名離塵或名寂靜或名無相或名
無没或名無自性或名無障礙或名滅或名
體眞實或名住自性諸佛子苦滅道聖諦此
娑婆世界中或名一乘或名趣寂或名導引
或名究竟無分别或名平等或名捨擔或名
無所趣或名隨聖意或名仙人行或名十藏
諸佛子此娑婆世界說四聖諦有如是等四
百億十千名隨衆生心悉令調伏諸佛子此

娑婆世界所言苦聖諦者彼寂訓世界中或名營求根或名不出離或名繫縛本或名作所不應作或名普鬪諍或名分析悉無力或名作所依或名極苦或名躁動或名形狀物諸佛子所言苦集聖諦者彼寂訓世界中或名順生死或名染著或名燒然或名流轉或名敗壞根或名續諸有或名惡行或名愛著或名病源或名分數諸佛子所言苦滅聖諦者彼寂訓世界中或名第一義或名出離或名可讚歎或名安隱或名善入趣或名調伏或名一分或名無罪或名離貪或名決定諸佛子所言苦滅道聖諦者彼寂訓世界中或名猛將或名上行或名超出或名有方便或名平等眼或名離邊或名了悟或名攝取或名最勝眼或名觀方諸佛子寂訓世界說四聖諦有如是等四百億十千名隨眾生心悉令調伏諸佛子此娑婆世界所言苦聖諦者彼最勝世界中或名恐怖或名分段或名可厭惡或名須承事或名變異或名招引冤或名能欺奪或名難共事或名妄分別或名有勢力諸佛子所言苦集聖諦者彼最勝世界中或名敗壞或名癡根或名大冤或名利刃或名滅味或名仇對或名非己物或名惡導引或名增黑暗或名壞善利諸佛子所言苦滅聖諦者彼最勝世界中或名大義或名饒益或名義中義或名無量或名所應見或名離分別或名最上調伏或名常平等或名可同住或名無為諸佛子所言苦滅道聖諦者彼最勝世界中或名能燒然或名最上品或名決定或名無能破或名深方便或名出離

或名不下劣或名通達或名解脫性或名能度脫諸佛子最勝世界說四聖諦有如是等四百億十千名隨衆生心悉令調伏諸佛子此娑婆世界所言苦聖諦者彼離垢世界中或名悔恨或名資待或名展轉或名住城或名一味或名非法或名居宅或名妄著處或名虛妄見或名無有數諸佛子所言苦集聖諦者彼離垢世界中或名無實物或名但有語或名非潔白或名生地或名執取或名鄙賤或名增長或名重擔或名能生或名麤獷諸佛子所言苦滅聖諦者彼離垢世界中或名無等等或名普除盡或名離垢或名最勝根或名稱會或名無資待或名滅惑或名最上或名畢竟或名破印諸佛子所言苦滅道聖諦者彼離垢世界中或名堅固物或名方便分或名解脫本或名本性實或名不可毀呰或名最清淨或名諸有邊或名受寄全或名作究竟或名淨分別諸佛子離垢世界說四聖諦有如是等四百億十千名隨衆生心悉令調伏諸佛子此娑婆世界所言苦聖諦者彼豐溢世界中或名愛染處或名險害根或名有海分或名積集成或名差別根或名增長或名生滅或名障礙或名刀劒本或名數所成諸佛子所言苦集聖諦者彼豐溢世界中或名可惡或名名字或名無盡或名分數或名不可愛或名能攫噬或名麤鄙物或名愛著或名器或名動諸佛子所言苦滅聖諦者彼豐溢世界中或名相續斷或名開顯或名無文字或名無所修或名無所見或名無所作或名寂滅或名已燒盡或名捨重擔

或名已除壞諸佛子所言苦滅道聖諦者彼豐溢世界中或名寂滅行或名出離行或名勤修證或名安隱去或名無量壽或名善了知或名究竟道或名難修習或名至彼岸或名無能勝諸佛子豐溢世界說四聖諦有如是等四百億十千名隨衆生心悉令調伏諸佛子此娑婆世界所言苦聖諦者彼攝取世界中或名能劫奪或名非善友或名多恐怖或名種種戲論或名地獄性或名非實義或名貪欲擔或名深重根或名隨心轉或名根本空諸佛子所言苦集聖諦者彼攝取世界中或名貪著或名惡成辦或名過惡或名速疾或名能執取或名想或名有果或名無可說或名無可取或名流轉諸佛子所言苦滅聖諦者彼攝取世界中或名不退轉或名離言說或名無相狀或名可欣樂或名堅固或名上妙或名離癡或名滅盡或名遠惡或名出離諸佛子所言苦滅道聖諦者彼攝取世界中或名離言或名無諍或名教導或名善迴向或名大善巧或名差別方便或名如虛空或名寂靜行或名勝智或名能了義諸佛子攝取世界說四聖諦有如是等四百億十千名隨衆生心悉令調伏諸佛子此娑婆世界所言苦聖諦者彼饒益世界中或名重擔或名不堅或名如賊或名老死或名愛所成或名流轉或名疲勞或名惡相狀或名生長或名利刃諸佛子所言苦集聖諦者彼饒益世界中或名敗壞或名渾濁或名退失或名無力或名喪失或名乖違或名不和合或名所作或名取或名意欲諸佛子所言苦滅聖

諦者彼饒益世界中或名出獄或名眞實或名離難或名覆護或名離惡或名隨順或名根本或名捨因或名無爲或名無相續諸佛子所言苦滅道聖諦者彼饒益世界中或名達無所有或名一切印或名三昧藏或名得光明或名不退法或名能盡有或名廣大路或名能調伏或名有安隱或名不流轉根諸佛子饒益世界說四聖諦有如是等四百億十千名隨衆生心悉令調伏諸佛子此娑婆世界所言苦聖諦者彼鮮少世界中或名險樂欲或名繫縛處或名邪行或名隨受或名無慚恥或名貪欲根或名恒河流或名常破壞或名炬火性或名多憂惱諸佛子所言苦集聖諦者彼鮮少世界中或名廣地或名能趣或名遠慧或名留難或名恐怖或名放逸或名攝取或名著處或名宅主或名連縛諸佛子所言苦滅聖諦者彼鮮少世界中或名充滿或名不死或名無我或名無自性或名分別盡或名安樂住或名無限量或名斷流轉或名絕行處或名不二諸佛子所言苦滅道聖諦者彼鮮少世界中或名大光明或名演說海或名簡擇義或名和合法或名離取著或名斷相續或名廣大路或名平等因或名淨方便或名最勝見諸佛子鮮少世界說四聖諦有如是等四百億十千名隨衆生心悉令調伏諸佛子此娑婆世界所言苦聖諦者彼歡喜世界中或名流轉或名出生或名失利或名染著或名重擔或名差別或名內險或名集會或名惡舍宅或名苦惱性諸佛子所言苦集聖諦者彼歡喜世界中或名地

或名方便或名非時或名非實法或名無底或名攝取或名離戒或名煩惱法或名狹劣見或名垢聚諸佛子所言苦滅聖諦者彼歡喜世界中或名破依止或名不放逸或名眞實或名平等或名善淨或名無病或名無曲或名無相或名自在或名無生諸佛子所言苦滅道聖諦者彼歡喜世界中或名入勝界或名斷集或名超等類或名廣大性或名分別盡或名神力道或名衆方便或名正念行或名常寂路或名攝解脫諸佛子歡喜世界說四聖諦有如是等四百億十千名隨衆生心悉令調伏諸佛子此娑婆世界所言苦聖諦者彼關鑰世界中或名敗壞相或名如坏器或名我所成或名諸趣身或名數流轉或名衆惡門或名性苦或名可棄捨或名無味或名來去諸佛子所言苦集聖諦者彼關鑰世界中或名行或名憤毒或名和合或名受支或名我心或名雜毒或名虛稱或名乖違或名熱惱或名驚駭諸佛子所言苦滅聖諦者彼關鑰世界中或名無積集或名不可得或名妙藥或名不可壞或名無著或名無量或名廣大或名覺分或名離染或名無障礙諸佛子所言苦滅道聖諦者彼關鑰世界中或名安隱行或名離欲或名究竟實或名入義或名性究竟或名淨現或名攝念或名趣解脫或名救濟或名勝行諸佛子關鑰世界說四聖諦有如是等四百億十千名隨衆生心悉令調伏諸佛子此娑婆世界所言苦聖諦者彼振音世界中或名匿疵或名世間或名所依或名慠慢或名染著性或名駛流或

名不可樂或名覆藏或名速滅或名難調諸佛子所言苦集聖諦者彼振音世界中或名須制伏或名心趣或名能縛或名隨念起或名至後邊或名共和合或名分別或名門或名飄動或名隱覆諸佛子所言苦滅聖諦者彼振音世界中或名無依處或名不可取或名轉還或名離諍或名小或名大或名善淨或名無盡或名廣博或名無等價諸佛子所言苦滅道聖諦者彼振音世界中或名觀察或名能摧敵或名了知印或名能入性或名難敵對或名無限義或名能入智或名和合道或名恒不動或名殊勝義諸佛子振音世界說四聖諦有如是等四百億十千名隨衆生心悉令調伏諸佛子如此娑婆世界中說四聖諦有四百億十千名如是東方百千億無數無量無邊無等不可數不可稱不可思不可量不可說盡法界虛空界所有世界彼一一世界中說四聖諦亦各有四百億十千名隨衆生心悉令調伏如東方南西北方四維上下亦復如是諸佛子如娑婆世界有如上所說十方世界彼一切世界亦各有如是十方世界一一世界中說苦聖諦有百億萬種名說集聖諦滅聖諦道聖諦亦各有百億萬種名皆隨衆生心之所樂令其調伏

大方廣佛華嚴經卷第十二

音釋

阿蘭若 梵語也此云閑靜處若爾者切
趺 音夫跏趺屈足坐也
薝蔔 梵語也此云黃華蔔蒲北切
翳羅跋那 梵語具云翳濕弗羅跋那此云自在大聲翳煙奚切
髻 音計
鑰 音藥
癰 於恭切
析 先擊切
躁 則到切
麤獷 麤倉胡切獷居猛切
訾 音紫
攫噬 攫居縛切噬時制切
坏

鋪杯切 駭下楷切 駛疎吏切

大方廣佛華嚴經卷第十三

唐于闐國三藏沙門實叉難陀譯

光明覺品第九

爾時世尊從兩足輪下放百億光明照此三千大千世界百億閻浮提百億弗婆提百億瞿耶尼百億鬱單越百億大海百億輪圍山百億菩薩受生百億菩薩出家百億如來成正覺百億如來轉法輪百億如來入涅槃百億須彌山王百億四天王衆天百億三十三天百億夜摩天百億兜率天百億化樂天百億他化自在天百億梵衆天百億光音天百億徧淨天百億廣果天百億色究竟天其中所有悉皆明現如此處見佛世尊坐蓮華藏師子之座十佛刹微塵數菩薩所共圍繞其百億閻浮提中百億如來亦如是坐悉以佛神力故十方各有一大菩薩一一各與十佛刹微塵數諸菩薩俱來詣佛所其名曰文殊師利菩薩覺首菩薩財首菩薩寶首菩薩功德首菩薩目首菩薩精進首菩薩法首菩薩智首菩薩賢首菩薩是諸菩薩所從來國所謂金色世界妙色世界蓮華色世界薝蔔華色世界優鉢羅華色世界金色世界寶色世界金剛色世界玻瓈色世界平等色世界此諸菩薩各於佛所淨修梵行所謂不動智佛無礙智佛解脫智佛威儀智佛明相智佛究竟智佛最勝智佛自在智佛梵智佛觀察智佛爾時一切處文殊師利菩薩各於佛所同時發聲說此頌言

若有見正覺　解脫離諸漏　不著一切世
彼非證道眼　若有知如來　體相無所有

修習得明了　此人疾作佛　能見此世界
其心不搖動　於佛身亦然　當成勝智者
若於佛及法　其心了平等　二念不現前
當踐難思位　若見佛及身　平等而安住
無住無所入　當成難遇者　色受無有數
想行識亦然　若能如是知　當作大牟尼
世及出世見　一切皆超越　而能善知法
當成大光耀　若於一切智　發生迴向心
見心無所生　當獲大名稱　衆生無有生
亦復無有壞　若得如是智　當成無上道
一中解無量　無量中解一　了彼互生起
當成無所畏

爾時光明過此世界徧照東方十佛國土南西北方四維上下亦復如是彼一一世界中皆有百億閻浮提乃至百億色究竟天其中所有悉皆明現如此處見佛世尊坐蓮華藏師子之座十佛刹微塵數菩薩所共圍繞彼一一世界中各有百億閻浮提百億如來亦如是坐悉以佛神力故十方各有一大菩薩一一各與十佛刹微塵數諸菩薩俱來詣佛所其大菩薩謂文殊師利等所從來國謂金色世界等本所事佛謂不動智如來等爾時一切處文殊師利菩薩各於佛所同時發聲說此頌言

衆生無智慧　愛刺所傷毒　爲彼求菩提
諸佛法如是　普見於諸法　二邊皆捨離
道成永不退　轉此無等輪　不可思議劫
精進修諸行　爲度諸衆生　此是大仙力
導師降衆魔　勇健無能勝　光中演妙義
慈悲故如是　以彼智慧心　破諸煩惱障

一念見一切　此是佛神力　擊于正法鼓
覺悟十方刹　咸令向菩提　自在力能爾
不壞無邊境　而遊諸億刹　於有無所著
彼自在如佛　諸佛如虛空　究竟常清淨
憶念生歡喜　彼諸願具足　一一地獄中
經於無量劫　爲度衆生故　而能忍是苦
不惜於身命　常護諸佛法　無我心調柔
能得如來道

爾時光明過十世界徧照東方百世界南西北方四維上下亦復如是彼諸世界中皆有百億閻浮提乃至百億色究竟天其中所有悉皆明現彼一一閻浮提中悉見如來坐蓮華藏師子之座十佛刹微塵數菩薩所共圍繞悉以佛神力故十方各有一大菩薩一一各與十佛刹微塵數諸菩薩俱來詣佛所其大菩薩謂文殊師利等所從來國謂金色世界等本所事佛謂不動智如來等爾時一切處文殊師利菩薩各於佛所同時發聲說此頌言

佛了法如幻　通達無障礙　心淨離衆著
調伏諸群生　或有見初生　妙色如金山
住是最後身　永作人中月　或見經行時
具無量功德　念慧皆善巧　丈夫師子步
或見紺青目　觀察於十方　有時現戲笑
爲順衆生欲　或見師子乳　殊勝無比身
示現最後生　所說無非實　或有見出家
解脫一切縛　修治諸佛行　常樂觀寂滅
或見坐道場　覺知一切法　到功德彼岸
癡暗煩惱盡　或見勝丈夫　具足大悲心
轉於妙法輪　度無量衆生　或見師子吼

威光最殊特　超一切世間　神通力無等
或見心寂靜　如世燈永滅　種種現神通
十力能如是
爾時光明過百世界徧照東方千世界南西北方四維上下亦復如是彼一一世界中皆有百億閻浮提乃至百億色究竟天其中所有悉皆明現彼一一閻浮提中悉見如來坐蓮華藏師子之座十佛刹微塵數菩薩所共圍繞悉以佛神力故十方各有一大菩薩一一各與十佛刹微塵數諸菩薩俱來詣佛所其大菩薩謂文殊師利等所從來國謂金色世界等本所事佛謂不動智如來等爾時一切處文殊師利菩薩各於佛所同時發聲説此頌言
佛於甚深法　通達無與等　衆生不能了
次第爲開示　我性未曾有　我所亦空寂
云何諸如來　而得有其身　解脱明行者
無數無等倫　世間諸因量　求過不可得
佛非世間蘊　界處生死法　數法不能成
故號人師子　其性本空寂　内外俱解脱
離一切妄念　無等法如是　體性常不動
無我無來去　而能悟世間　無邊悉調伏
常樂觀寂滅　一相無有二　其心不增減
現無量神力　不作諸衆生　業報因緣行
而能了無礙　善逝法如是　種種諸衆生
流轉於十方　如來不分別　度脱無邊類
諸佛眞金色　非有徧諸有　隨衆生心樂
爲説寂滅法
爾時光明過千世界徧照東方十千世界南西北方四維上下亦復如是彼一一世界中

皆有百億閻浮提乃至百億色究竟天其中所有悉皆明現彼一一閻浮提中悉見如來坐蓮華藏師子之座十佛刹微塵數菩薩所共圍繞悉以佛神力故十方各有一大菩薩一一各與十佛刹微塵數諸菩薩俱來詣佛所其大菩薩謂文殊師利等所從來國謂金色世界等本所事佛謂不動智如來等爾時一切處文殊師利菩薩各於佛所同時發聲說此頌言

發起大悲心　救護諸衆生　永出人天衆
如是業應作　意常信樂佛　其心不退轉
親近諸如來　如是業應作　志樂佛功德
其心永不退　住於清涼慧　如是業應作
一切威儀中　常念佛功德　晝夜無暫斷
如是業應作　觀無邊三世　學彼佛功德
常無厭倦心　如是業應作　觀身如實相
一切皆寂滅　離我無我著　如是業應作
等觀衆生心　不起諸分別　入於眞實境
如是業應作　悉舉無邊界　普飲一切海
神通大智力　如是業應作　思惟諸國土
色與非色相　一切悉能知　如是業應作
十方國土塵　一塵爲一佛　悉能知其數
如是業應作

爾時光明過十千世界徧照東方百千世界南西北方四維上下亦復如是彼一一世界中皆有百億閻浮提乃至百億色究竟天其中所有悉皆明現彼一一閻浮提中悉見如來坐蓮華藏師子之座十佛刹微塵數菩薩所共圍繞悉以佛神力故十方各有一大菩薩一一各與十佛刹微塵數諸菩薩俱來詣

佛所其大菩薩謂文殊師利等所從來國謂金色世界等本所事佛謂不動智如來等爾時一切處文殊師利菩薩各於佛所同時發聲說此頌言

若以威德色種族　而見人中調御師
是爲病眼顛倒見　彼不能知最勝法
如來色形諸相等　一切世間莫能測
億那由劫共思量　色相威德轉無邊
如來非以相爲體　但是無相寂滅法
身相威儀悉具足　世間隨樂皆得見
佛法微妙難可量　一切言說莫能及
非是和合非不合　體性寂滅無諸相
佛身無生超戲論　非是蘊聚差別法
得自在力決定見　所行無畏離言道
身心悉平等　內外皆解脫　永劫住正念
無著無所繫　意淨光明者　所行無染著
智眼靡不周　廣大利衆生　一身爲無量
無量復爲一　了知諸世間　現形徧一切
此身無所從　亦無所積聚　衆生分別故
見佛種種身　心分別世間　是心無所有
如來知此法　如是見佛身

爾時光明過百千世界徧照東方百萬世界南西北方四維上下亦復如是彼一一世界中皆有百億閻浮提乃至百億色究竟天其中所有悉皆明現彼一一閻浮提中悉見如來坐蓮華藏師子之座十佛刹微塵數菩薩所共圍繞悉以佛神力故十方各有一大菩薩一一各與十佛刹微塵數諸菩薩俱來詣佛所其大菩薩謂文殊師利等所從來國謂金色世界等本所事佛謂不動智如來等爾

時一切處文殊師利菩薩各於佛所同時發聲說此頌言

如來最自在　超世無所依　具一切功德
度脫於諸有　無染無所著　無想無依止
體性不可量　見者咸稱歎　光明徧清淨
塵累悉蠲滌　不動離二邊　此是如來智
若有見如來　身心離分別　則於一切法
永出諸疑滯　一切世間中　處處轉法輪
無性無所轉　導師方便說　於法無疑惑
永絕諸戲論　不生分別心　是念佛菩提
了知差別法　不著於言說　無有一與多
是名隨佛教　多中無一性　一亦無有多
如是二俱捨　普入佛功德　衆生及國土
一切皆寂滅　無依無分別　能入佛菩提
衆生及國土　一異不可得　如是善觀察
名知佛法義

爾時光明過百萬世界徧照東方一億世界南西北方四維上下亦復如是彼一一世界中皆有百億閻浮提乃至百億色究竟天其中所有悉皆明現彼一一閻浮提中各見如來坐蓮華藏師子之座十佛刹微塵數菩薩所共圍繞悉以佛神力故十方各有一大菩薩一一各與十佛刹微塵數諸菩薩俱來詣佛所其大菩薩謂文殊師利等所從來國謂金色世界等本所事佛謂不動智如來等爾時一切處文殊師利菩薩各於佛所同時發聲說此頌言

智慧無等法無邊　超諸有海到彼岸
壽量光明悉無比　此功德者方便力
所有佛法皆明了　常觀三世無厭倦

雖縁境界不分別　此難思者方便力
樂觀衆生無生想　普見諸趣無趣想
恒住禪寂不繫心　此無礙慧方便力
善巧通達一切法　正念勤修涅槃道
樂於解脫離不平　此寂滅人方便力
有能勸向佛菩提　趣如法界一切智
善化衆生入於諦　此住佛心方便力
佛所說法皆隨入　廣大智慧無所礙
一切處行悉已臻　此自在修方便力
恒住涅槃如虛空　隨心化現靡不周
此依無相而爲相　到難到者方便力
晝夜日月及年劫　世界始終成壞相
如是憶念悉了知　此時數智方便力
一切衆生有生滅　色與非色想非想
所有名字悉了知　此住難思方便力
過去現在未來世　所有言說皆能了
而知三世悉平等　此無比解方便力

爾時光明過一億世界徧照東方十億世界南西北方四維上下亦復如是彼一一世界中皆有百億閻浮提乃至百億色究竟天其中所有悉皆明現彼一一閻浮提中悉見如來坐蓮華藏師子之座十佛刹微塵數菩薩所共圍繞悉以佛神力故十方各有一大菩薩一一各與十佛刹微塵數諸菩薩俱來詣佛所其大菩薩謂文殊師利等所從來國謂金色世界等本所事佛謂不動智如來等爾時一切處文殊師利菩薩各於佛所同時發聲說此頌言

廣大苦行皆修習　日夜精勤無厭怠
已度難度師子吼　普化衆生是其行

衆生流轉愛欲海　無明網覆大憂迫
至仁勇猛悉斷除　誓亦當然是其行
世間放逸著五欲　不實分别受衆苦
奉行佛教常攝心　誓度於斯是其行
衆生著我入生死　求其邊際不可得
普事如來獲妙法　爲彼宣說是其行
衆生無怙病所纏　常淪惡趣起三毒
大火猛燄恒燒熱　淨心度彼是其行
衆生迷惑失正道　常行邪徑入暗宅
爲彼大然正法燈　永作照明是其行
衆生漂溺諸有海　憂難無涯不可處
爲彼興造大法船　皆令得度是其行
衆生無知不見本　迷惑癡狂險難中
佛哀愍彼建法橋　正念令昇是其行
見諸衆生在險道　老病死苦常逼迫
修諸方便無限量　誓當悉度是其行
聞法信解無疑惑　了性空寂不驚怖
隨形六道徧十方　普救群迷是其行

爾時光明過十億世界徧照東方百億世界千億世界百千億世界那由他億世界百那由他億世界千那由他億世界百千那由他億世界如是無數無量無邊無等不可數不可稱不可思不可量不可說盡法界虛空界所有世界南西北方四維上下亦復如是彼一一世界中皆有百億閻浮提乃至百億色究竟天其中所有悉皆明現彼一一閻浮提中悉見如來坐蓮華藏師子之座十佛刹微塵數菩薩所共圍繞悉以佛神力故十方各有一大菩薩一一各與十佛刹微塵數諸菩薩俱來詣佛所其大菩薩謂文殊師利等所

從來國謂金色世界等本所事佛謂不動智如來等爾時一切處文殊師利菩薩各於佛所同時發聲說此頌言

一念普觀無量劫　無去無來亦無住
如是了知三世事　超諸方便成十力
十方無比善名稱　永離諸難常歡喜
普詣一切國土中　廣為宣揚如是法
為利衆生供養佛　如其意獲相似果
於一切法悉順知　徧十方中現神力
從初供佛意柔忍　入深禪定觀法性
普勸衆生發道心　以此速成無上果
十方求法情無異　為修功德令滿足
有無二相悉滅除　此人於佛為眞見
普往十方諸國土　廣說妙法興義利
住於實際不動搖　此人功德同於佛
如來所轉妙法輪　一切皆是菩提分
若能聞已悟法性　如是之人常見佛
不見十方空如幻　雖見非見如盲覩
分別取相不見佛　畢竟離著乃能見
衆生隨業種種別　十方內外難盡見
佛身無礙徧十方　不可盡見亦如是
譬如空中無量剎　無來無去徧十方
生成滅壞無所依　佛徧虛空亦如是

菩薩問明品第十

爾時文殊師利菩薩問覺首菩薩言佛子心性是一云何見有種種差別所謂往善趣惡趣諸根滿缺受生同異端正醜陋苦樂不同業不知心心不知業受不知報報不知受心不知受受不知心因不知緣緣不知因智不知境境不知智時覺首菩薩以頌答曰

仁今問是義　爲曉悟群蒙　我如其性荅
惟仁應諦聽　諸法無作用　亦無有體性
是故彼一切　各各不相知　譬如河中水
湍流競奔逝　各各不相知　諸法亦如是
亦如大火聚　猛燄同時發　各各不相知
諸法亦如是　又如長風起　遇物咸鼓扇
各各不相知　諸法亦如是　又如衆地界
展轉因依住　各各不相知　諸法亦如是
眼耳鼻舌身　心意諸情根　以此常流轉
而無能轉者　法性本無生　示現而有生
是中無能現　亦無所現物　眼耳鼻舌身
心意諸情根　一切空無性　妄心分別有
如理而觀察　一切皆無性　法眼不思議
此見非顛倒　若實若不實　若妄若非妄
世間出世間　但有假言說

爾時文殊師利菩薩問財首菩薩言佛子一切衆生非衆生云何如來隨其時隨其命隨其身隨其行隨其解隨其言論隨其心樂隨其方便隨其思惟隨其觀察於如是諸衆生中爲現其身教化調伏時財首菩薩以頌荅曰

此是樂寂滅　多聞者境界　我爲仁宣說
仁今應諦受　分別觀內身　此中誰是我
若能如是解　彼達我有無　此身假安立
住處無方所　諦了是身者　於中無所著
於身善觀察　一切皆明見　知法皆虛妄
不起心分別　壽命因誰起　復因誰退滅
猶如旋火輪　初後不可知　智者能觀察
一切有無常　諸法空無我　永離一切相
衆報隨業生　如夢不真實　念念常滅壞

如前後亦爾　世間所見法　但以心爲主
隨解取衆相　顛倒不如實　世間所言論
一切是分別　未曾有一法　得入於法性
能縁所縁力　種種法出生　速滅不暫停
念念悉如是

爾時文殊師利菩薩問寶首菩薩言佛子一切衆生等有四大無我無我所云何而有受苦受樂端正醜陋内好外好少受多受或受現報或受後報然法界中無美無惡時寶首菩薩以頌答曰

隨其所行業　如是果報生　作者無所有
諸佛之所説　譬如淨明鏡　隨其所對質
現像各不同　業性亦如是　亦如田種子
各各不相知　自然能出生　業性亦如是
又如巧幻師　在彼四衢道　示現衆色相
業性亦如是　如機關木人　能出種種聲
彼無我非我　業性亦如是　亦如衆鳥類
從縠而得出　音聲各不同　業性亦如是
譬如胎藏中　諸根悉成就　體相無來處
業性亦如是　又如在地獄　種種諸苦事
彼悉無所從　業性亦如是　譬如轉輪王
成就勝七寶　來處不可得　業性亦如是
又如諸世界　大火所燒然　此火無來處
業性亦如是

爾時文殊師利菩薩問德首菩薩言佛子如來所悟唯是一法云何乃説無量諸法現無量刹化無量衆演無量音示無量身知無量心現無量神通普能震動無量世界示現無量殊勝莊嚴顯示無邊種種境界而法性中此差別相皆不可得時德首菩薩以頌答曰

佛子所問義　甚深難可了　智者能知此
常樂佛功德　譬如地性一　衆生各別住
地無一異念　諸佛法如是　亦如火性一
能燒一切物　火燄無分別　諸佛法如是
亦如大海一　波濤千萬異　水無種種殊
諸佛法如是　亦如風性一　能吹一切物
風無一異念　諸佛法如是　亦如大雲雷
普雨一切地　雨滴無差別　諸佛法如是
亦如地界一　能生種種芽　非地有殊異
諸佛法如是　如日無雲曀　普照於十方
光明無異性　諸佛法如是　亦如空中月
世間靡不見　非月往其處　諸佛法如是
譬如大梵王　應現滿三千　其身無別異
諸佛法如是

爾時文殊師利菩薩問目首菩薩言佛子如來福田等一無異云何而見衆生布施果報不同所謂種種色種種形種種家種種根種種財種種主種種眷屬種種官位種種功德種種智慧而佛於彼其心平等無異思惟時目首菩薩以頌荅曰

譬如大地一　隨種各生芽　於彼無怨親
佛福田亦然　又如水一味　因器有差別
佛福田亦然　衆生心故異　亦如巧幻師
能令衆歡喜　佛福田如是　令衆生敬悅
如有才智王　能令大衆喜　佛福田如是
令衆悉安樂　譬如淨明鏡　隨色而現像
佛福田如是　隨心獲衆報　如阿揭陁藥
能療一切毒　佛福田如是　滅諸煩惱患
亦如日出時　照耀於世間　佛福田如是
滅除諸黑暗　亦如淨滿月　普照於大地

佛福田亦然 一切處平等 譬如毗藍風
普震於大地 佛福田如是 動三有衆生
譬如大火起 能燒一切物 佛福田如是
燒一切有爲

爾時文殊師利菩薩問勤首菩薩言佛子佛教是一衆生得見云何不即悉斷一切諸煩惱縛而得出離然其色蘊受蘊想蘊行蘊識蘊欲界色界無色界無明貪愛無有差別是則佛教於諸衆生或有利益或無利益時勤首菩薩以頌答曰

佛子善諦聽 我今如實答 或有速解脫
或有難出離 若欲求除滅 無量諸過惡
當於佛法中 勇猛常精進 譬如微少火
樵濕速令滅 於佛教法中 懈怠者亦然
如鑽燧求火 未出而數息 火勢隨止滅
懈怠者亦然 如人持日珠 不以物承影
火終不可得 懈怠者亦然 譬如赫日照
孩稚閉其目 怪言何不覩 懈怠者亦然
如人無手足 欲以芒草箭 徧射破大地
懈怠者亦然 如以一毛端 而取大海水
欲令盡乾竭 懈怠者亦然 又如劫火起
欲以少水滅 於佛教法中 懈怠者亦然
如有見虛空 端居不搖動 而言普騰躡
懈怠者亦然

爾時文殊師利菩薩問法首菩薩言佛子如佛所說若有衆生受持正法悉能除斷一切煩惱何故復有受持正法而不斷者隨貪瞋癡隨慢隨覆隨忿隨恨隨嫉隨慳隨誑隨諂勢力所轉無有離心能受持法何故復於心行之內起諸煩惱時法首菩薩以頌答曰

佛子善諦聽 所問如實義 非但以多聞
能入如來法 如人水所漂 懼溺而渴死
於法不修行 多聞亦如是 如人設美饍
自餓而不食 於法不修行 多聞亦如是
如人善方藥 自疾不能救 於法不修行
多聞亦如是 如人數他寶 自無半錢分
於法不修行 多聞亦如是 如有生王宮
而受餒與寒 於法不修行 多聞亦如是
如聾奏音樂 悅彼不自聞 於法不修行
多聞亦如是 如盲續衆像 示彼不自見
於法不修行 多聞亦如是 譬如海船師
而於海中死 於法不修行 多聞亦如是
如在四衢道 廣說衆好事 内自無實德
不行亦如是

爾時文殊師利菩薩問智首菩薩言佛子於佛法中智爲上首如來何故或爲衆生讚歎布施或讚持戒或讚堪忍或讚精進或讚禪定或讚智慧或復讚歎慈悲喜捨而終無有唯以一法而得出離成阿耨多羅三藐三菩提者時智首菩薩以頌荅曰

佛子甚希有 能知衆生心 如仁所問義
諦聽我今說 過去未來世 現在諸導師
無有說一法 而得於道者 佛知衆生心
性分各不同 隨其所應受 如是而說法
慳者爲讚施 毀禁者讚戒 多瞋爲讚忍
好懈讚精進 亂意讚禪定 愚癡讚智慧
不仁讚慈愍 怒害讚大悲 憂慼爲讚喜
曲心讚歎捨 如是次第修 漸具諸佛法
如先立基堵 而後造宮室 施戒亦復然
菩薩衆行本 譬如建城郭 爲護諸人衆

忍進亦如是　防護諸菩薩　譬如大力王
率土咸戴仰　定慧亦如是　菩薩所依賴
亦如轉輪王　能與一切樂　四等亦如是
與諸菩薩樂

爾時文殊師利菩薩問賢首菩薩言佛子諸佛世尊唯以一道而得出離云何今見一切佛土所有衆事種種不同所謂世界衆生界說法調伏壽量光明神通衆會教儀法住各有差別無有不具一切佛法而成阿耨多羅三藐三菩提者時賢首菩薩以頌答曰

文殊法常爾　法王唯一法　一切無礙人
一道出生死　一切諸佛身　唯是一法身
一心一智慧　力無畏亦然　如本趣菩提
所有迴向心　得如是剎土　衆會及說法
一切諸佛剎　莊嚴悉圓滿　隨衆生行異
如是見不同　佛剎與佛身　衆會及言說
如是諸佛法　衆生莫能見　其心已清淨
諸願皆具足　如是明達人　於此乃能覩
隨衆生心樂　及以業果力　如是見差別
此佛威神故　佛剎無分別　無憎無有愛
但隨衆生心　如是見有殊　以是於世界
所見各差別　非一切如來　大仙之過咎
一切諸世界　所應受化者　常見人中雄
諸佛法如是

爾時諸菩薩謂文殊師利菩薩言佛子我等所解各自說已唯願仁者以妙辯才演暢如來所有境界何等是佛境界何等是佛境界因何等是佛境界度何等是佛境界入何等是佛境界智何等是佛境界法何等是佛境界說何等是佛境界知何等是佛境界證何

等是佛境界現何等是佛境界廣時文殊師利菩薩以頌答曰

如來深境界　其量等虛空　一切衆生入
而實無所入　如來深境界　所有勝妙因
億劫常宣說　亦復不能盡　隨其心智慧
誘進咸令益　如是度衆生　諸佛之境界
世間諸國土　一切皆隨入　智身無有色
非彼所能見　諸佛智自在　三世無所礙
如是慧境界　平等如虛空　法界衆生界
究竟無差別　一切悉了知　此是如來境
一切世界中　所有諸音聲　佛智皆隨了
亦無有分別　非識所能識　亦非心境界
其性本清淨　開示諸群生　非業非煩惱
無物無住處　無照無所行　平等行世間
一切衆生心　普在三世中　如來於一念
一切悉明達

爾時此娑婆世界中一切衆生所有法差別業差別世間差別身差別根差別受生差別持戒果差別犯戒果差別國土果差別以佛神力悉皆明現如是東方百千億那由他無數無量無邊無等不可數不可稱不可思不可量不可說盡法界虛空界一切世界中所有衆生法差別乃至國土果差別悉以佛神力故分明顯現南西北方四維上下亦復如是

大方廣佛華嚴經卷第十三

音釋

紺青 紺古暗切青赤色也

蠲滌 蠲古玄切潔也滌音狄淨也

滯 直例切凝滯也

臻 側詵切至也

漂溺 漂音飄浮也溺奴歷切沒也

湍 池端切急瀨也

㲉 苦角切鳥夘也

曀 於計切陰翳也

懈怠 懈古隘切懶也怠徒耐切惰也

鑽燧 鑽祖官切燧徐醉切鑽燧謂鑽木取火也

孩稚 孩户來切始生小兒也稚直利切幼小也

躡 尼輒切踏也

數 所舉切計也

餧 奴罪切飢也

繢 胡對切畫也

大方廣佛華嚴經卷第十四

唐于闐國三藏沙門實叉難陀譯

淨行品第十一

爾時智首菩薩問文殊師利菩薩言佛子菩薩云何得無過失身語意業云何得不害身語意業云何得不可毀身語意業云何得不可壞身語意業云何得不退轉身語意業云何得不可動身語意業云何得殊勝身語意業云何得清淨身語意業云何得無染身語意業云何得智爲先導身語意業云何得生處具足種族具足家具足色具足相具足念具足慧具足行具足無畏具足覺悟具足云何得勝慧第一慧最上慧最勝慧無量慧無數慧不思議慧無與等慧不可量慧不可說慧云何得因力欲力方便力緣力所緣力根力觀察力奢摩他力毗鉢舍那力思惟力云何得蘊善巧界善巧處善巧緣起善巧欲界善巧色界善巧無色界善巧過去善巧未來善巧現在善巧云何善修習念覺分擇法覺分精進覺分喜覺分猗覺分定覺分捨覺分空無相無願云何得圓滿檀波羅蜜尸波羅蜜羼提波羅蜜毗黎耶波羅蜜禪那波羅蜜般若波羅蜜及以圓滿慈悲喜捨云何得處非處智力過未現在業報智力根勝劣智力種種界智力種種解智力一切至處道智力禪解脫三昧染淨智力宿住念智力無障礙天眼智力斷諸習智力云何常得天王龍王夜叉王乾闥婆王阿脩羅王迦樓羅王緊那羅王摩睺羅伽王人王梵王之所守護恭敬供養云何得與一切衆生爲依爲救爲歸爲

趣爲炬爲明爲照爲導爲勝導爲普導云何於一切衆生中爲第一爲大爲勝爲最勝爲妙爲極妙爲上爲無上爲無等爲無等等爾時文殊師利菩薩告智首菩薩言善哉佛子汝今爲欲多所饒益多所安隱哀愍世間利樂天人問如是義佛子若諸菩薩善用其心則獲一切勝妙功德於諸佛法心無所礙住去來今諸佛之道隨衆生住恒不捨離如諸法相悉能通達斷一切惡具足衆善當如普賢色像第一一切行願皆得具足於一切法無不自在而爲衆生第二導師佛子云何用心能獲一切勝妙功德佛子

菩薩在家　當願衆生　知家性空　免其逼迫
孝事父母　當願衆生　善事於佛　護養一切
妻子集會　當願衆生　寃親平等　永離貪著
若得五欲　當願衆生　拔除欲箭　究竟安隱
妓樂聚會　當願衆生　以法自娛　了妓非實
若在宮室　當願衆生　入於聖地　永除穢欲
著瓔珞時　當願衆生　捨諸僞飾　到眞實處
上昇樓閣　當願衆生　昇正法樓　徹見一切
若有所施　當願衆生　一切能捨　心無愛著
衆會聚集　當願衆生　捨衆聚法　成一切智
若在厄難　當願衆生　隨意自在　所行無礙
捨居家時　當願衆生　出家無礙　心得解脫
入僧伽藍　當願衆生　演說種種　無乖諍法
詣大小師　當願衆生　巧事師長　習行善法
求請出家　當願衆生　得不退法　心無障礙
脫去俗服　當願衆生　勤修善根　捨諸罪軛
剃除鬚髮　當願衆生　永離煩惱　究竟寂滅
著袈裟衣　當願衆生　心無所染　具大仙道

正出家時　當願衆生　同佛出家　救護一切
自歸於佛　當願衆生　紹隆佛種　發無上意
自歸於法　當願衆生　深入經藏　智慧如海
自歸於僧　當願衆生　統理大衆　一切無礙
受學戒時　當願衆生　善學於戒　不作衆惡
受闍黎教　當願衆生　具足威儀　所行眞實
受和尚教　當願衆生　入無生智　到無依處
受具足戒　當願衆生　具諸方便　得最勝法
若入堂宇　當願衆生　昇無上堂　安住不動
若敷牀座　當願衆生　開敷善法　見眞實相
正身端坐　當願衆生　坐菩提座　心無所著
結跏趺坐　當願衆生　善根堅固　得不動地
修行於定　當願衆生　以定伏心　究竟無餘
若修於觀　當願衆生　見如實理　永無乖諍
捨跏趺坐　當願衆生　觀諸行法　悉歸散滅
下足住時　當願衆生　心得解脱　安住不動
若舉於足　當願衆生　出生死海　具衆善法
著下裙時　當願衆生　服諸善根　具足慚愧
整衣束帶　當願衆生　檢束善根　不令散失
若著上衣　當願衆生　獲勝善根　至法彼岸
著僧伽棃　當願衆生　入第一位　得不動法
手執楊枝　當願衆生　皆得妙法　究竟清淨
嚼楊枝時　當願衆生　其心調淨　噬諸煩惱
大小便時　當願衆生　棄貪瞋癡　蠲除罪法
事訖就水　當願衆生　出世法中　速疾而往
洗滌形穢　當願衆生　清淨調柔　畢竟無垢
以水盥掌　當願衆生　得清淨手　受持佛法
以水洗面　當願衆生　得淨法門　永無垢染
手執錫杖　當願衆生　設大施會　示如實道
執持應器　當願衆生　成就法器　受天人供

發趾向道　當願衆生　趣佛所行　入無依處
若在於道　當願衆生　能行佛道　向無餘法
涉路而去　當願衆生　履淨法界　心無障礙
見昇高路　當願衆生　永出三界　心無怯弱
見趣下路　當願衆生　其心謙下　長佛善根
見斜曲路　當願衆生　捨不正道　永除惡見
若見直路　當願衆生　其心正直　無諂無誑
見路多塵　當願衆生　遠離塵坌　獲清淨法
見路無塵　當願衆生　常行大悲　其心潤澤
若見險道　當願衆生　住正法界　離諸罪難
若見衆會　當願衆生　說甚深法　一切和合
若見大柱　當願衆生　離我諍心　無有忿恨
若見叢林　當願衆生　諸天及人　所應敬禮
若見高山　當願衆生　善根超出　無能至頂
見棘刺樹　當願衆生　疾得翦除　三毒之刺
見樹葉茂　當願衆生　以定解脫　而爲蔭映
若見華開　當願衆生　神通等法　如華開敷
若見樹華　當願衆生　衆相如華　具三十二
若見果實　當願衆生　獲最勝法　證菩提道
若見大河　當願衆生　得預法流　入佛智海
若見陂澤　當願衆生　疾悟諸佛　一味之法
若見池沼　當願衆生　語業滿足　巧能演說
若見汲井　當願衆生　具足辯才　演一切法
若見涌泉　當願衆生　方便增長　善根無盡
若見橋道　當願衆生　廣度一切　猶如橋梁
若見流水　當願衆生　得善意欲　洗除惑垢
見修園圃　當願衆生　五欲圃中　耘除愛草
見無憂林　當願衆生　永離貪愛　不生憂怖
若見園苑　當願衆生　勤修諸行　趣佛菩提
見嚴飾人　當願衆生　三十二相　以爲嚴好

見無嚴飾　當願衆生　捨諸飾好　具頭陀行
見樂著人　當願衆生　以法自娛　歡愛不捨
見無樂著　當願衆生　有爲事中　心無所樂
見歡樂人　當願衆生　常得安樂　樂供養佛
見苦惱人　當願衆生　獲根本智　滅除衆苦
見無病人　當願衆生　入眞實慧　永無病惱
見疾病人　當願衆生　知身空寂　離乖諍法
見端正人　當願衆生　於佛菩薩　常生淨信
見醜陋人　當願衆生　於不善事　不生樂著
見報恩人　當願衆生　於佛菩薩　能知恩德
見背恩人　當願衆生　於有惡人　不加其報
若見沙門　當願衆生　調柔寂靜　畢竟第一
見婆羅門　當願衆生　永持梵行　離一切惡
見苦行人　當願衆生　依於苦行　至究竟處
見操行人　當願衆生　堅持志行　不捨佛道
見著甲冑　當願衆生　常服善鎧　趣無師法
見無鎧仗　當願衆生　永離一切　不善之業
見論議人　當願衆生　於諸異論　悉能摧伏
見正命人　當願衆生　得清淨命　不矯威儀
若見於王　當願衆生　得爲法王　恒轉正法
若見王子　當願衆生　從法化生　而爲佛子
若見長者　當願衆生　善能明斷　不行惡法
若見大臣　當願衆生　恒守正念　習行衆善
若見城郭　當願衆生　得堅固身　心無所屈
若見王都　當願衆生　功德共聚　心恒喜樂
見處林藪　當願衆生　應爲天人　之所歎仰
入里乞食　當願衆生　入深法界　心無障礙
到人門戶　當願衆生　入於一切　佛法之門
入其家已　當願衆生　得入佛乘　三世平等
見不捨人　當願衆生　常不捨離　勝功德法

見能捨人 當願衆生 永得捨離 三惡道苦
若見空鉢 當願衆生 其心清淨 空無煩惱
若見滿鉢 當願衆生 具足成滿 一切善法
若得恭敬 當願衆生 恭敬修行 一切佛法
不得恭敬 當願衆生 不行一切 不善之法
見慚恥人 當願衆生 具慚恥行 藏護諸根
見無慚恥 當願衆生 捨離無慚 住大慈道
若得美食 當願衆生 滿足其願 心無羨欲
得不美食 當願衆生 莫不獲得 諸三昧味
得柔輭食 當願衆生 大悲所熏 心意柔輭
得麤澀食 當願衆生 心無染著 絶世貪愛
若飯食時 當願衆生 禪悅爲食 法喜充滿
若受味時 當願衆生 得佛上味 甘露滿足
飯食已訖 當願衆生 所作皆辦 具諸佛法
若說法時 當願衆生 得無盡辯 廣宣法要
從舍出時 當願衆生 深入佛智 永出三界
若入水時 當願衆生 入一切智 知三世等
洗浴身體 當願衆生 身心無垢 內外光潔
盛暑炎毒 當願衆生 捨離衆惱 一切皆盡
暑退涼初 當願衆生 證無上法 究竟清涼
諷誦經時 當願衆生 順佛所說 總持不忘
若得見佛 當願衆生 得無礙眼 見一切佛
諦觀佛時 當願衆生 皆如普賢 端正嚴好
見佛塔時 當願衆生 尊重如塔 受天人供
敬心觀塔 當願衆生 諸天及人 所共瞻仰
頂禮於塔 當願衆生 一切天人 無能見頂
右繞於塔 當願衆生 所行無逆 成一切智
繞塔三帀 當願衆生 勤求佛道 心無懈歇
讚佛功德 當願衆生 衆德悉具 稱歎無盡
讚佛相好 當願衆生 成就佛身 證無相法

若洗足時　當願衆生　具神足力　所行無礙
以時寢息　當願衆生　身得安隱　心無動亂
睡眠始寤　當願衆生　一切智覺　周顧十方
佛子若諸菩薩如是用心則獲一切勝妙功德一切世間諸天魔梵沙門婆羅門乾闥婆阿脩羅等及以一切聲聞緣覺所不能動

賢首品第十二之一

爾時文殊師利菩薩說無濁亂清淨行大功德已欲顯示菩提心功德故以偈問賢首菩薩曰

我今已爲諸菩薩　說佛往修清淨行
仁亦當於此會中　演暢修行勝功德

爾時賢首菩薩以偈荅曰

善哉仁者應諦聽　彼諸功德不可量
我今隨力說少分　猶如大海一滴水
若有菩薩初發心　誓求當證佛菩提
彼之功德無邊際　不可稱量無與等
何況無量無邊劫　具修地度諸功德
十方一切諸如來　悉共稱揚不能盡
如是無邊大功德　我今於中說少分
譬如鳥足所履空　亦如大地一微塵
菩薩發意求菩提　非是無因無有緣
於佛法僧生淨信　以是而生廣大心
不求五欲及王位　富饒自樂大名稱
但爲永滅衆生苦　利益世間而發心
常欲利樂諸衆生　莊嚴國土供養佛
受持正法修諸智　證菩提故而發心
深心信解常清淨　恭敬尊重一切佛
於法及僧亦如是　至誠供養而發心
深信於佛及佛法　亦信佛子所行道

及信無上大菩提　菩薩以是初發心
信爲道元功德母　長養一切諸善法
斷除疑網出愛流　開示涅槃無上道
信無垢濁心清淨　滅除憍慢恭敬本
亦爲法藏第一財　爲清淨手受衆行
信能惠施心無悋　信能歡喜入佛法
信能增長智功德　信能必到如來地
信令諸根淨明利　信力堅固無能壞
信能永滅煩惱本　信能專向佛功德
信於境界無所著　遠離諸難得無難
信能超出衆魔路　示現無上解脫道
信爲功德不壞種　信能生長菩提樹
信能增益最勝智　信能示現一切佛
是故依行說次第　信樂最勝甚難得
譬如一切世間中　而有隨意妙寶珠
若常信奉於諸佛　則能持戒修學處
若常持戒修學處　則能具足諸功德
戒能開發菩提本　學是勤修功德地
於戒及學常順行　一切如來所稱美
若常信奉於諸佛　則能興集大供養
若能興集大供養　彼人信佛不思議
若常信奉於尊法　則聞佛法無厭足
若聞佛法無厭足　彼人信法不思議
若常信奉清淨僧　則得信心不退轉
若得信心不退轉　彼人信力無能動
若得信力無能動　則得諸根淨明利
若得諸根淨明利　則能遠離惡知識
若能遠離惡知識　則得親近善知識
若得親近善知識　則能修習廣大善
若能修習廣大善　彼人成就大因力

若人成就大因力　則得殊勝決定解
若得殊勝決定解　則爲諸佛所護念
若爲諸佛所護念　則能發起菩提心
若能發起菩提心　則能勤修佛功德
若能勤修佛功德　則得生在如來家
若得生在如來家　則善修行巧方便
若善修行巧方便　則得信樂心清淨
若得信樂心清淨　則得增上最勝心
若得增上最勝心　則常修習波羅蜜
若常修習波羅蜜　則能具足摩訶衍
若能具足摩訶衍　則能如法供養佛
若能如法供養佛　則能念佛心不動
若能念佛心不動　則常覩見無量佛
若常覩見無量佛　則見如來體常住
若見如來體常住　則能知法永不滅
若能知法永不滅　則得辯才無障礙
若得辯才無障礙　則能開演無邊法
若能開演無邊法　則能慈愍度衆生
若能慈愍度衆生　則得堅固大悲心
若得堅固大悲心　則能愛樂甚深法
若能愛樂甚深法　則能捨離有爲過
若能捨離有爲過　則離憍慢及放逸
若離憍慢及放逸　則能兼利一切衆
若能兼利一切衆　則處生死無疲厭
若處生死無疲厭　則能勇健無能勝
若能勇健無能勝　則能發起大神通
若能發起大神通　則知一切衆生行
若知一切衆生行　則能成就諸群生
若能成就諸群生　則得善攝衆生智
若得善攝衆生智　則能成就四攝法

若能成就四攝法　則與衆生無限利
若與衆生無限利　則具最勝智方便
若具最勝智方便　則住勇猛無上道
若住勇猛無上道　則能摧殄諸魔力
若能摧殄諸魔力　則能超出四魔境
若能超出四魔境　則得至於不退地
若得至於不退地　則得無生深法忍
若得無生深法忍　則爲諸佛所授記
若爲諸佛所授記　則一切佛現其前
若一切佛現其前　則了神通深密用
若了神通深密用　則爲諸佛所憶念
若爲諸佛所憶念　則以佛德自莊嚴
若以佛德自莊嚴　則獲妙福端嚴身
若獲妙福端嚴身　則身晃耀如金山
若身晃耀如金山　則相莊嚴三十二

若相莊嚴三十二　則具隨好爲嚴飾
若具隨好爲嚴飾　則身光明無限量
若身光明無限量　則不思議光莊嚴
若不思議光莊嚴　其光則出諸蓮華
其光若出諸蓮華　則無量佛坐華上
示現十方靡不徧　悉能調伏諸衆生
若能如是調衆生　則現無量神通力
若現無量神通力　則住不可思議土
演說不可思議法　令不思議衆歡喜
若說不可思議法　令不思議衆歡喜
則以智慧辯才力　隨衆生心而化誘
若以智慧辯才力　隨衆生心而化誘
則以智慧爲先導　身語意業恒無失
若以智慧爲先導　身語意業恒無失
則其願力得自在　普隨諸趣而現身

若其願力得自在　普隨諸趣而現身
則能爲衆說法時　音聲隨類難思議
若能爲衆說法時　音聲隨類難思議
則於一切衆生心　一念悉知無有餘
若於一切衆生心　一念悉知無有餘
則知煩惱無所起　永不沒溺於生死
若知煩惱無所起　永不沒溺於生死
則獲功德法性身　以法威力現世間
若獲功德法性身　以法威力現世間
則獲十地十自在　修行諸度勝解脫
若得十地十自在　修行諸度勝解脫
則獲灌頂大神通　住於最勝諸三昧
若獲灌頂大神通　住於最勝諸三昧
則於十方諸佛所　應受灌頂而昇位
若於十方諸佛所　應受灌頂而昇位
則蒙十方一切佛　手以甘露灌其頂
若蒙十方一切佛　手以甘露灌其頂
則身充徧如虛空　安住不動滿十方
若身充徧如虛空　安住不動滿十方
則彼所行無與等　諸天世人莫能知
菩薩勤修大悲行　願度一切無不果
見聞聽受若供養　靡不皆令獲安樂
彼諸大士威神力　法眼常全無缺減
十善妙行等諸道　無上勝寶皆令現
譬如大海金剛聚　以彼威力生衆寶
無減無增亦無盡　菩薩功德聚亦然
或有剎土無有佛　於彼示現成正覺
或有國土不知法　於彼爲說妙法藏
無有分別無功用　於一念頃徧十方
如月光影靡不周　無量方便化群生

於彼十方世界中　念念示現成佛道
轉正法輪入寂滅　乃至舍利廣分布
或現聲聞獨覺道　或現成佛普莊嚴
如是開闡三乘教　廣度衆生無量劫
或現童男童女形　天龍及以阿脩羅
乃至摩睺羅伽等　隨其所樂悉令見
衆生形相各不同　行業音聲亦無量
如是一切皆能現　海印三昧威神力
嚴淨不可思議剎　供養一切諸如來
放大光明無有邊　度脫衆生亦無限
智慧自在不思議　說法言辭無有礙
施戒忍進及禪定　智慧方便神通等
如是一切皆自在　以佛華嚴三昧力
一微塵中入三昧　成就一切微塵定
而彼微塵亦不增　於一普現難思剎
彼一塵內衆多剎　或有有佛或無佛
或有雜染或清淨　或有廣大或狹小
或復有成或有壞　或有正住或傍住
或如曠野熱時燄　或如天上因陀網
如一塵中所示現　一切微塵悉亦然
此大名稱諸聖人　三昧解脫神通力
若欲供養一切佛　入于三昧起神變
能以一手徧三千　普供一切諸如來
十方所有勝妙華　塗香末香無價寶
如是皆從手中出　供養道樹諸最勝
無價寶衣雜妙香　寶幢旛蓋皆嚴好
眞金爲華寶爲帳　莫不皆從掌中雨
十方所有諸妙物　應可奉獻無上尊
掌中悉雨無不備　菩提樹前持供佛
十方一切諸妓樂　鐘鼓琴瑟非一類

悉奏和雅妙音聲　靡不從於掌中出
十方所有諸讃頌　稱歎如來實功德
如是種種妙言辭　皆從掌內而開演
菩薩右手放淨光　光中香水從空雨
普灑十方諸佛土　供養一切照世燈
又放光明妙莊嚴　出生無量寶蓮華
其華色相皆殊妙　以此供養於諸佛
又放光明華莊嚴　種種妙華集爲帳
普散十方諸國土　供養一切大德尊
又放光明香莊嚴　種種妙香集爲帳
普散十方諸國土　供養一切大德尊
又放光明末香嚴　種種末香聚爲帳
普散十方諸國土　供養一切大德尊
又放光明衣莊嚴　種種名衣集爲帳
普散十方諸國土　供養一切大德尊
又放光明寶莊嚴　種種妙寶集爲帳
普散十方諸國土　供養一切大德尊
又放光明蓮莊嚴　種種蓮華集爲帳
普散十方諸國土　供養一切大德尊
又放光明瓔莊嚴　種種妙瓔集爲帳
普散十方諸國土　供養一切大德尊
又放光明幢莊嚴　其幢絢煥備衆色
種種無量皆殊好　以此莊嚴諸佛土
種種雜寶莊嚴蓋　衆妙繒旛共垂飾
摩尼寶鐸演佛音　執持供養諸如來
手出供具難思議　如是供養一導師
一切佛所皆如是　大士三昧神通力
菩薩住在三昧中　種種自在攝衆生
悉以所行功德法　無量方便而開誘
或以供養如來門　或以難思布施門

或以頭陀持戒門　或以不動堪忍門
或以苦行精進門　或以寂靜禪定門
或以決了智慧門　或以所行方便門
或以梵住神通門　或以四攝利益門
或以福智莊嚴門　或以因緣解脫門
或以根力正道門　或以聲聞解脫門
或以獨覺清淨門　或以大乘自在門
或以無常衆苦門　或以無我壽者門
或以不淨離欲門　或以滅盡三昧門
隨諸衆生病不同　悉以法藥而對治
隨諸衆生心所樂　悉以方便而滿足
隨諸衆生行差別　悉以善巧而成就
如是三昧神通相　一切天人莫能測
有妙三昧名隨樂　菩薩住此普觀察
隨宜示現度衆生　悉使歡心從法化
劫中饑饉災難時　悉與世間諸樂具
隨其所欲皆令滿　普爲衆生作饒益
或以飲食上好味　寶衣嚴具衆妙物
乃至王位皆能捨　令好施者悉從化
或以相好莊嚴身　上妙衣服寶瓔珞
華鬘爲飾香塗體　威儀具足度衆生
一切世間所好尚　色相顏容及衣服
隨應普現愜其心　俾樂色者皆從道
迦陵頻伽美妙音　俱枳羅等妙音聲
種種梵音皆具足　隨其心樂爲說法
八萬四千諸法門　諸佛以此度衆生
彼亦如其差別法　隨世所宜而化度
衆生苦樂利衰等　一切世間所作法
悉能應現同其事　以此普度諸衆生
一切世間衆苦患　深廣無涯如大海

與彼同事悉能忍　令其利益得安樂
若有不識出離法　不求解脱離諠憒
菩薩爲現捨國財　常樂出家心寂静
家是貪愛繫縛所　欲使衆生悉免離
故示出家得解脱　於諸欲樂無所愛
菩薩示行十種行　亦行一切大人法
諸仙行等悉無餘　爲欲利益衆生故
若有衆生壽無量　煩惱微細樂具足
菩薩於中得自在　示受老病死衆患
或有貪欲瞋恚癡　煩惱猛火常熾然
菩薩爲現老病死　令彼衆生悉調伏
如來十力無所畏　及以十八不共法
所有無量諸功德　悉以示現度衆生
記心教誡及神足　悉是如來自在用
彼諸大士皆示現　能使衆生盡調伏

菩薩種種方便門　隨順世法度衆生
譬如蓮華不著水　如是在世令深信
雅思淵才文中王　歌舞談説衆所欣
一切世間衆技術　譬如幻師無不現
或爲長者邑中主　或爲賈客商人導
或爲國王及大臣　或作良醫善衆論
或於曠野作大樹　或爲良藥衆寶藏
或作寶珠隨所求　或以正道示衆生
若見世界始成立　衆生未有資身具
是時菩薩爲工匠　爲之示現種種業
不作逼惱衆生物　但説利益世間事
呪術藥草等衆論　如是所有皆能説
一切仙人殊勝行　人天等類同信仰
如是難行苦行法　菩薩隨應悉能作
或作外道出家人　或在山林自勤苦

或露形體無衣服　而於彼衆作師長
或現邪命種種行　習行非法以爲勝
或現梵志諸威儀　於彼衆中爲上首
或受五熱隨日轉　或持牛狗及鹿戒
或著壞衣奉事火　爲化是等作導師
或有示謁諸天廟　或復示入恒河水
食根果等悉示行　於彼常思已勝法
或現蹲踞或翹足　或卧草棘及灰上
或復卧杵求出離　而於彼衆作師首
如是等類諸外道　觀其意解與同事
所示苦行世靡堪　令彼見已皆調伏
衆生迷惑稟邪教　住於惡見受衆苦
爲其方便說妙法　悉令得解眞實諦
或邊呪語說四諦　或善密語說四諦
或人直語說四諦　或天密語說四諦
分別文字說四諦　決定義理說四諦
善破於他說四諦　非外所動說四諦
或八部語說四諦　或一切語說四諦
隨彼所解語言音　爲說四諦令解脫
所有一切諸佛法　皆如是說無不盡
知語境界不思議　是名說法三昧力

大方廣佛華嚴經卷第十四

音釋

猗覺（猗於宜切覺訖岳切）鞞提（梵語也此云忍辱鞞初眼切）軛（音厄）嚼（在爵切齧也）盥（古玩切澡手也）怯弱（怯去劫切畏懦也弱而灼切劣弱也）坌（蒲悶切塵坋也）陂（彼爲切澤也）耘（音云除苗問職也）胄（直祐切兜鍪也）鎧（苦改切甲也）矯（居夭切詐也）皺（音叟）柔輭（輭乳兗切）

亦柔也**澀**色立切**寢**七稔切臥也**寤**五故切寐覺也**憍慢**憍舉
喬切恣也慢莫安切倨也**摧殄**殄徒典切絕也**絢煥**絢許縣切煥音喚絢
煥文彩光明貌**繒**疾陵切帛也**饑饉**饑居依切穀不熟也饉渠遴切菜不
熟也**鬘**莫班切**愜**苦協切快也**諠憒**諠兄袁切憒古對切諠憒謂諠
譁憒亂也**蹲踞**蹲音存踞音據**翹足**翹渠遙切舉足也

大方廣佛華嚴經卷第十五

唐于闐國三藏沙門實叉難陀譯

賢首品第十二之二

有勝三昧名安樂　能普救度諸群生
放大光明不思議　令其見者悉調伏
所放光明名善現　若有衆生遇此光
必令獲益不唐捐　因是得成無上智
彼先示現於諸佛　示法示僧示正道
亦示佛塔及形像　是故得成此光明
又放光明名照曜　映蔽一切諸天光
所有暗障靡不除　普爲衆生作饒益
此光覺悟一切衆　令執燈明供養佛
以燈供養諸佛故　得成世中無上燈
然諸油燈及酥燈　亦然種種諸明炬
衆香妙藥上寶燭　以是供佛獲此光
又放光明名濟度　此光能覺一切衆
令其普發大誓心　度脱欲海諸群生
若能普發大誓心　度脱欲海諸群生
則能越度四瀑流　示導無憂解脱城
於諸行路大水處　造立橋梁及船筏
毀呰有爲讚寂靜　是故得成此光明
又放光明名滅愛　此光能覺一切衆
令其捨離於五欲　專思解脱妙法味
若能捨離於五欲　專思解脱妙法味
則能以佛甘露雨　普滅世間諸渴愛
惠施池井及泉流　專求無上菩提道
毀呰五欲讚禪定　是故得成此光明
又放光明名歡喜　此光能覺一切衆
令其愛慕佛菩提　發心願證無師道
造立如來大悲像　衆相莊嚴坐華座

恒歎最勝諸功德　是故得成此光明
又放光明名愛樂　此光能覺一切衆
令其心樂於諸佛　及以樂法樂衆僧
若常心樂於諸佛　及以樂法樂衆僧
則在如來衆會中　逮成無上深法忍
開悟衆生無有量　普使念佛法僧寶
及示發心功德行　是故得成此光明
又放光明名福聚　此光能覺一切衆
令行種種無量施　以此願求無上道
設大施會無遮限　有來求者皆滿足
不令其心有所乏　是故得成此光明
又放光明名具智　此光能覺一切衆
令於一法一念中　悉解無量諸法門
爲諸衆生分別法　及以決了眞實義
善說法義無虧減　是故得成此光明
又放光明名慧燈　此光能覺一切衆
令知衆生性空寂　一切諸法無所有
演說諸法空無主　如幻如焰水中月
乃至猶如夢影像　是故得成此光明
又放光名法自在　此光能覺一切衆
令得無盡陀羅尼　悉持一切諸佛法
恭敬供養持法者　給侍守護諸賢聖
以種種法施衆生　是故得成此光明
又放光明名能捨　此光覺悟慳衆生
令知財寶悉非常　恒樂惠施心無著
慳心難調而能調　解財如夢如浮雲
增長惠施清淨心　是故得成此光明
又放光明名除熱　此光能覺毀禁者
普使受持清淨戒　發心願證無師道
勸引衆生受持戒　十善業道悉清淨

又令發向菩提心　是故得成此光明
又放光明名忍嚴　此光覺悟瞋恚者
令彼除瞋離我慢　常樂忍辱柔和法
衆生暴惡難可忍　爲菩提故心不動
常樂稱揚忍功德　是故得成此光明
又放光明名勇猛　此光覺悟懶惰者
令彼常於三寶中　恭敬供養無疲厭
若彼常於三寶中　恭敬供養無疲厭
則能超出四魔境　速成無上佛菩提
勸化衆生令進策　常勤供養於三寶
法欲滅時專守護　是故得成此光明
又放光明名寂靜　此光能覺亂意者
令其遠離貪恚癡　心不動揺而正定
捨離一切惡知識　無義談說雜染行
讚歎禪定阿蘭若　是故得成此光明

又放光明名慧嚴　此光覺悟愚迷者
令其證諦解緣起　諸根智慧悉通達
若能證諦解緣起　諸根智慧悉通達
則得日燈三昧法　智慧光明成佛果
國財及已皆能捨　爲菩提故求正法
聞已專勤爲衆說　是故得成此光明
又放光明名佛慧　此光覺悟諸含識
令見無量無邊佛　各各坐寶蓮華上
讚佛威德及解脫　說佛自在無有量
顯示佛力及神通　是故得成此光明
又放光明名無畏　此光照觸恐怖者
非人所持諸毒害　一切皆令疾除滅
能於衆生施無畏　遇有惱害皆勸止
拯濟厄難孤窮者　以是得成此光明
又放光明名安隱　此光能照疾病者

令除一切諸苦痛　悉得正定三昧樂
施以良藥救衆患　妙寶延命香塗體
酥油乳蜜充飲食　以是得成此光明
又放光明名見佛　此光覺悟將歿者
令隨憶念見如來　命終得生其淨國
見有臨終勸念佛　又示尊像令瞻敬
俾於佛所深歸仰　是故得成此光明
又放光明名樂法　此光能覺一切衆
令於正法常欣樂　聽聞演說及書寫
法欲盡時能演說　令求法者意充滿
於法愛樂勤修行　是故得成此光明
又放光明名妙音　此光開悟諸菩薩
能令三界所有聲　聞者皆是如來音
以大音聲稱讚佛　及施鈴鐸諸音樂
普使世間聞佛音　是故得成此光明
又放光名施甘露　此光開悟一切衆
令捨一切放逸行　具足修習諸功德
說有爲法非安隱　無量苦惱悉充徧
恒樂稱揚寂滅樂　是故得成此光明
又放光明名最勝　此光開悟一切衆
令於佛所普聽聞　戒定智慧增上法
常樂稱揚一切佛　勝戒勝定殊勝慧
如是爲求無上道　是故得成此光明
又放光明名寶嚴　此光能覺一切衆
令得寶藏無窮盡　以此供養諸如來
以諸種種上妙寶　奉施於佛及佛塔
亦令惠施諸貧乏　是故得成此光明
又放光明名香嚴　此光能覺一切衆
令其聞者悅可意　決定當成佛功德
人天妙香以塗地　供養一切最勝王

亦以造塔及佛像　是故得成此光明
又放光名雜莊嚴　寶幢旛蓋無央數
焚香散華奏衆樂　城邑內外皆充滿
本以微妙妓樂音　衆香妙華幢蓋等
種種莊嚴供養佛　是故得成此光明
又放光明名嚴潔　令地平坦猶如掌
莊嚴佛塔及其處　是故得成此光明
又放光明名大雲　能起香雲雨香水
以水灑塔及庭院　是故得成此光明
又放光明名嚴具　令躶形者得上服
嚴身妙物而爲施　是故得成此光明
又放光明名上味　能令飢者獲美食
種種珍饌而爲施　是故得成此光明
又放光明名大財　令貧乏者獲寶藏
以無盡物施三寶　是故得成此光明
又放光名眼清淨　能令盲者見衆色
以燈施佛及佛塔　是故得成此光明
又放光名耳清淨　能令聾者悉善聽
鼓樂娛佛及佛塔　是故得成此光明
又放光名鼻清淨　昔未聞香皆得聞
以香施佛及佛塔　是故得成此光明
又放光名舌清淨　能以美音稱讚佛
永除麤惡不善語　是故得成此光明
又放光名身清淨　諸根缺者令具足
以身禮佛及佛塔　是故得成此光明
又放光名意清淨　令失心者得正念
修行三昧悉自在　是故得成此光明
又放光名色清淨　令見難思諸佛色
以衆妙色莊嚴塔　是故得成此光明
又放光名聲清淨　令知聲性本空寂

觀聲緣起如谷響　是故得成此光明
又放光名香清淨　令諸臭穢悉香潔
香水洗塔菩提樹　是故得成此光明
又放光名味清淨　能除一切味中毒
恒供佛僧及父母　是故得成此光明
又放光名觸清淨　能令惡觸皆柔輭
戈鋋劒戟從空雨　皆令變作妙華鬘
以昔曾於道路中　塗香散華布衣服
迎送如來令蹈上　是故今獲光如是
又放光名法清淨　能令一切諸毛孔
悉演妙法不思議　衆生聽者咸欣悟
因緣所生無有生　諸佛法身非是身
法性常住如虛空　以說其義光如是
如是等比光明門　如恒河沙無限數
悉從大仙毛孔出　一一作業各差別
如一毛孔所放光　無量無數如恒沙
一切毛孔悉亦然　此是大仙三昧力
如其本行所得光　隨彼宿緣同行者
今放光明故如是　此是大仙智自在
往昔同修於福業　及有愛樂能隨喜
見其所作亦復然　彼於此光咸得見
若有自修衆福業　供養諸佛無央數
於佛功德常願求　是此光明所開覺
譬如生盲不見日　非為無日出世間
諸有目者悉明見　各隨所務修其業
大士光明亦如是　有智慧者皆悉見
凡夫邪信劣解人　於此光明莫能覩
摩尼宮殿及輦乘　妙寶靈香以塗瑩
有福德者自然備　非無德者所能處
大士光明亦如是　有深智者咸照觸

邪信劣解凡愚人　無有能見此光明
若有聞此光差別　能生清淨深信解
永斷一切諸疑網　速成無上功德幢
有勝三昧能出現　眷屬莊嚴皆自在
一切十方諸國土　佛子衆會無倫匹
有妙蓮華光莊嚴　量等三千大千界
其身端坐悉充滿　是此三昧神通力
復有十剎微塵數　妙好蓮華所圍繞
諸佛子衆於中坐　住此三昧威神力
宿世成就善因緣　具足修行佛功德
此等衆生繞菩薩　悉共合掌觀無厭
譬如明月在星中　菩薩處衆亦復然
大士所行法如是　入此三昧威神力
如於一方所示現　諸佛子衆共圍繞
一切方中悉如是　住此三昧威神力

有勝三昧名方網　菩薩住此廣開示
一切方中普現身　或現入定或從出
或於東方入正定　而於西方從定出
或於西方入正定　而於東方從定出
或於餘方入正定　而於餘方從定出
如是入出徧十方　是名菩薩三昧力
盡於東方諸國土　所有如來無數量
悉現其前普親近　住於三昧寂不動
而於西方諸世界　一切諸佛如來所
皆現從於三昧起　廣修無量諸供養
盡於西方諸國土　所有如來無數量
悉現其前普親近　住於三昧寂不動
而於東方諸世界　一切諸佛如來所
皆現從於三昧起　廣修無量諸供養
如是十方諸世界　菩薩悉入無有餘

或現三昧寂不動　或現恭敬供養佛
於眼根中入正定　於色塵中從定出
示現色性不思議　一切天人莫能知
於色塵中入正定　於眼起定心不亂
說眼無生無有起　性空寂滅無所作
於耳根中入正定　於聲塵中從定出
分別一切語言音　諸天世人莫能知
於聲塵中入正定　於耳起定心不亂
說耳無生無有起　性空寂滅無所作
於鼻根中入正定　於香塵中從定出
普得一切上妙香　諸天世人莫能知
於香塵中入正定　於鼻起定心不亂
說鼻無生無有起　性空寂滅無所作
於舌根中入正定　於味塵中從定出
普得一切諸上味　諸天世人莫能知
於味塵中入正定　於舌起定心不亂
說舌無生無有起　性空寂滅無所作
於身根中入正定　於觸塵中從定出
善能分別一切觸　諸天世人莫能知
於觸塵中入正定　於身起定心不亂
說身無生無有起　性空寂滅無所作
於意根中入正定　於法塵中從定出
分別一切諸法相　諸天世人莫能知
於法塵中入正定　從意起定心不亂
說意無生無有起　性空寂滅無所作
童子身中入正定　壯年身中從定出
壯年身中入正定　老年身中從定出
老年身中入正定　善女身中從定出
善女身中入正定　善男身中從定出
善男身中入正定　比丘尼身從定出

比丘尼身入正定　比丘身中從定出
比丘身中入正定　學無學身從定出
學無學身入正定　辟支佛身從定出
辟支佛身入正定　現如來身從定出
於如來身入正定　諸天身中從定出
諸天身中入正定　大龍身中從定出
大龍身中入正定　夜叉身中從定出
夜叉身中入正定　鬼神身中從定出
鬼神身中入正定　一毛孔中從定出
一毛孔中入正定　一切毛孔從定出
一切毛孔入正定　一毛端頭從定出
一毛端頭入正定　一微塵中從定出
一微塵中入正定　一切塵中從定出
一切塵中入正定　金剛地中從定出
金剛地中入正定　摩尼樹上從定出
摩尼樹上入正定　佛光明中從定出
佛光明中入正定　於河海中從定出
於河海中入正定　於火大中從定出
於火大中入正定　於風起定心不亂
於風大中入正定　於地大中從定出
於地大中入正定　於天宮殿從定出
於天宮殿入正定　於空起定心不亂
是名無量功德者　三昧自在難思議
十方一切諸如來　於無量劫說不盡
一切如來咸共說　衆生業報難思議
諸龍變化佛自在　菩薩神力亦難思
欲以譬喻而顯示　終無有喻能喻此
然諸智慧聰達人　因於譬故解其義
聲聞心住八解脫　所有變現皆自在
能以一身現多身　復以多身爲一身

於虛空中入火定　行住坐卧悉在空
身上出水身下火　身上出火身下水
如是皆於一念中　種種自在無邊量
彼不具足大慈悲　不爲衆生求佛道
尚能現此難思事　況大饒益自在力
譬如日月遊虛空　影像普徧於十方
泉池陂澤器中水　衆寶河海靡不現
菩薩色像亦復然　十方普現不思議
此皆三昧自在法　唯有如來能證了
如淨水中四兵像　各各別異無交雜
劒戟弧矢類甚多　鎧冑車輿非一種
隨其所有相差別　莫不皆於水中現
而水本自無分別　菩薩三昧亦如是
海中有神名善音　其音普順海衆生
所有語言皆辯了　令彼一切悉歡悅
彼神具有貪恚癡　猶能善解一切音
況復總持自在力　而不能令衆歡喜
有一婦人名辯才　父母求天而得生
若有離惡樂眞實　入彼身中生妙辯
彼有貪欲瞋恚癡　猶能隨行與辯才
何況菩薩具智慧　而不能與衆生益
譬如幻師知幻法　能現種種無量事
須臾示作日月歲　城邑豐饒大安樂
幻師具有貪恚癡　猶能幻力悅世間
況復禪定解脫力　而不能令衆歡喜
天阿脩羅鬬戰時　脩羅敗衂而退走
兵仗車輿及徒旅　一時竄匿莫得見
彼有貪欲瞋恚癡　尚能變化不思議
況住神通無畏法　云何不能現自在
釋提桓因有象王　彼知天主欲行時

自化作頭三十二　一一六牙皆具足
一一牙上七池水　清淨香潔湛然滿
一一清淨池水中　各七蓮華妙嚴飾
彼諸嚴飾蓮華上　各各有七天玉女
悉善技藝奏衆樂　而與帝釋相娛樂
彼象或復捨本形　自化其身同諸天
威儀進止悉齊等　有此變現神通力
彼有貪欲瞋恚癡　尚能現此諸神通
何況具足方便智　而於諸定不自在
如阿脩羅變化身　蹈金剛際海中立
海水至深僅其半　首共須彌正齊等
彼有貪欲瞋恚癡　尚能現此大神通
況伏魔怨照世燈　而無自在威神力
天阿脩羅共戰時　帝釋神力難思議
隨阿脩羅軍衆數　現身等彼而與敵
諸阿脩羅發是念　釋提桓因來向我
必取我身五種縛　由是彼衆悉憂悴
帝釋現身有千眼　手持金剛出火焰
被甲持仗極威嚴　脩羅望見咸退伏
彼以微小福德力　猶能摧破大怨敵
何況救度一切者　具足功德不自在
忉利天中有天鼓　從天業報而生得
知諸天衆放逸時　空中自然出此音
一切五欲悉無常　如水聚沫性虛僞
諸有如夢如陽焰　亦如浮雲水中月
放逸爲怨爲苦惱　非甘露道生死徑
若有作諸放逸行　入於死滅大魚口
世間所有衆苦本　一切聖人皆厭患
五欲功德滅壞性　汝應愛樂眞實法
三十三天聞此音　悉共來升善法堂

帝釋爲說微妙法　咸令順寂除貪愛
彼音無形不可見　猶能利益諸天衆
況隨心樂現色身　而不濟度諸群生
天阿脩羅共鬭時　諸天福德殊勝力
天鼓出音告其衆　汝等宜應勿憂怖
諸天聞此所告音　悉除憂畏增益力
時阿脩羅心震懼　所將兵衆咸退走
甘露妙定如天鼓　恒出降魔寂靜音
大悲哀愍救一切　普使衆生滅煩惱
帝釋普應諸天女　九十有二那由他
令彼各各心自謂　天王獨與我娛樂
如天女中身普應　善法堂內亦如是
能於一念現神通　悉至其前爲說法
帝釋具有貪恚癡　能令眷屬悉歡喜
況大方便神通力　而不能令一切悅

他化自在六天王　於欲界中得自在
以業惑苦爲罥網　繫縛一切諸凡夫
彼有貪欲瞋恚癡　猶於衆生得自在
況具十種自在力　而不能令衆同行
三千世界大梵王　一切梵天所住處
悉能現身於彼坐　演暢微妙梵音聲
彼住世間梵道中　禪定神通尚如意
況出世間無有上　於禪解脫不自在
摩醯首羅智自在　大海龍王降雨時
悉能分別數其滴　於一念中皆辯了
無量億劫勤修學　得是無上菩提智
云何不於一念中　普知一切衆生心
衆生業報不思議　以大風力起世間
巨海諸山天宮殿　衆寶光明萬物種
亦能興雲降大雨　亦能散滅諸雲氣

亦能成熟一切穀　亦能安樂諸群生
風不能學波羅蜜　亦不學佛諸功德
猶成不可思議事　何況具足諸願者
男子女人種種聲　一切鳥獸諸音聲
大海川流雷震聲　皆能稱悅衆生意
況復知聲性如響　逮得無礙妙辯才
普應衆生而說法　而不能令世間喜
海有希奇殊特法　能為一切平等印
衆生寶物及川流　普悉包容無所拒
無盡禪定解脫者　爲平等印亦如是
福德智慧諸妙行　一切普修無厭足
大海龍王遊戲時　普於諸處得自在
興雲充徧四天下　其雲種種莊嚴色
第六他化自在天　於彼雲色如真金
化樂天上赤珠色　兜率陀天霜雪色
夜摩天上瑠璃色　三十三天碼碯色
四王天上玻瓈色　大海水上金剛色
緊那羅中妙香色　諸龍住處蓮華色
夜叉住處白鵝色　阿脩羅中山石色
鬱單越處金焰色　閻浮提中青寶色
餘二天下雜莊嚴　隨衆所樂而應之
又復他化自在天　雲中電曜如日光
化樂天上如月光　兜率天上閻浮金
夜摩天上珂雪色　三十三天金焰色
四王天上衆寶色　大海之中赤珠色
緊那羅界瑠璃色　龍王住處寶藏色
夜叉所住玻瓈色　阿脩羅中碼碯色
鬱單越境火珠色　閻浮提中帝青色
餘二天下雜莊嚴　如雲色相電亦然
他化雷震如梵音　化樂天中大鼓音

兜率天上歌唱音　夜摩天上天女音
於彼三十三天上　如緊那羅種種音
護世四王諸天所　如乾闥婆所出音
海中雨山相擊聲　緊那羅中簫笛聲
諸龍城中頻伽聲　夜叉住處龍女聲
阿脩羅中天鼓聲　於人道中海潮聲
他化自在雨妙香　種種雜華爲莊嚴
化樂天雨多羅華　曼陀羅華及澤香
兜率天上雨摩尼　具足種種寶莊嚴
髻中寶珠如月光　上妙衣服眞金色
夜摩中雨幢旛蓋　華鬘塗香妙嚴具
赤眞珠色上妙衣　及以種種衆妓樂
三十三天如意珠　堅黑沉水栴檀香
欝金雞羅多摩等　妙華香水相雜雨
護世城中雨美饍　色香味具增長力

亦雨難思衆妙寶　悉是龍王之所作
又復於彼大海中　霔雨不斷如車軸
復雨無盡大寶藏　亦雨種種莊嚴寶
緊那羅界雨瓔珞　衆色蓮華衣及寶
婆利師迦末利香　種種樂音皆具足
諸龍城中雨赤珠　夜叉城内光摩尼
阿脩羅中雨兵仗　摧伏一切諸怨敵
欝單越中雨瓔珞　亦雨無量上妙華
弗婆瞿耶二天下　悉雨種種莊嚴具
閻浮提雨清淨水　微細悅澤常應時
長養衆華及果藥　成熟一切諸苗稼
如是無量妙莊嚴　種種雲電及雷雨
龍王自在悉能作　而身不動無分別
彼於世界海中住　尚能現此難思力
況入法海具功德　而不能爲大神變

彼諸菩薩解脱門　一切譬喻無能顯
我今以此諸譬喻　略說於其自在力
第一智慧廣大慧　眞實智慧無邊慧
勝慧及以殊勝慧　如是法門今已說
此法希有甚奇特　若人聞已能忍可
能信能受能讚說　如是所作甚爲難
世間一切諸凡夫　信是法者甚難得
若有勤修清淨福　以昔因力乃能信
一切世界諸群生　少有欲求聲聞乘
求獨覺者轉復少　趣大乘者甚難遇
趣大乘者猶爲易　能信此法倍更難
況復持誦爲人說　如法修行眞實解
有以三千大千界　頂戴一劫身不動
彼之所作未爲難　信是法者乃爲難
有以手擎十佛剎　盡於一劫空中住
彼之所作未爲難　能信此法乃爲難
十剎塵數衆生所　悉施樂具經一劫
彼之福德未爲勝　信此法者爲最勝
十剎塵數如來所　悉皆承事盡一劫
若於此品能誦持　其福最勝過於彼

時賢首菩薩說此偈已十方世界六反震動魔宮隱蔽惡道休息十方諸佛普現其前各以右手而摩其頂同聲讚言善哉善哉快說此法我等一切悉皆隨喜

大方廣佛華嚴經卷第十五

音釋

唐捐 捐以專切唐捐徒棄也　瀑 蒲報切急也　筏 音伐木筏也　拯濟 拯之慶切拯濟救濟也　酥 音蘇　躶 郎果切赤體也　珍饌 饌雛戀切具食也　鋋 音延短矛也　戟 訖逆切枝兵也　蹈 音導踐也　輦 力展切車輦也　鎣 烏定切飾也　弧 音胡弓也　衄 女六切敗北也　竄匿 竄七亂切

匿昵力切竄匿謂藏竄隱匿也僅渠遴切纔也悴秦醉切憔悴也罥古縣切網也霔之戌切霖霔也

大方廣佛華嚴經卷第十六

唐于闐國三藏沙門實叉難陀譯

升須彌山頂品第十三

爾時如來威神力故十方一切世界一一四天下閻浮提中悉見如來坐於樹下各有菩薩承佛神力而演說法靡不自謂恒對於佛

爾時世尊不離一切菩提樹下而上升須彌向帝釋殿時天帝釋在妙勝殿前遥見佛來即以神力莊嚴此殿置普光明藏師子之座其座悉以妙寶所成十千層級迥極莊嚴十千金網彌覆其上十千種帳十千種蓋周迴間列十千繒綺以爲垂帶十千珠瓔周徧交絡十千衣服敷布座上十千天子十千梵王前後圍繞十千光明而爲照曜爾時帝釋奉爲如來敷置座已曲躬合掌恭敬向佛而作是言善來世尊善來善逝善來如來應正等覺唯願哀愍處此宫殿爾時世尊即受其請入妙勝殿十方一切諸世界中悉亦如是爾時帝釋以佛神力諸宫殿中所有樂音自然止息即自憶念過去佛所種諸善根而說頌言

迦葉如來具大悲　諸吉祥中最無上
彼佛曾來入此殿　是故此處最吉祥
拘那牟尼見無礙　諸吉祥中最無上
彼佛曾來入此殿　是故此處最吉祥
迦羅鳩馱如金山　諸吉祥中最無上
彼佛曾來入此殿　是故此處最吉祥
毗舍浮佛無三垢　諸吉祥中最無上
彼佛曾來入此殿　是故此處最吉祥
尸棄如來離分別　諸吉祥中最無上

彼佛曾來入此殿　是故此處最吉祥
毗婆尸佛如滿月　諸吉祥中最無上
彼佛曾來入此殿　是故此處最吉祥
弗沙明達第一義　諸吉祥中最無上
彼佛曾來入此殿　是故此處最吉祥
提舍如來辯無礙　諸吉祥中最無上
彼佛曾來入此殿　是故此處最吉祥
波頭摩佛淨無垢　諸吉祥中最無上
彼佛曾來入此殿　是故此處最吉祥
然燈如來大光明　諸吉祥中最無上
彼佛曾來入此殿　是故此處最吉祥

如此世界中忉利天王以如來神力故偈讚十佛所有功德十方世界諸釋天王悉亦如是讚佛功德爾時世尊入妙勝殿結跏趺坐此殿忽然廣博寬容如其天衆諸所住處十方世界悉亦如是

須彌頂上偈讚品第十四

爾時佛神力故十方各有一大菩薩一一各與佛刹微塵數菩薩俱從百佛刹微塵數國土外諸世界中而來集會其名曰法慧菩薩一切慧菩薩勝慧菩薩功德慧菩薩精進慧菩薩善慧菩薩智慧菩薩眞實慧菩薩無上慧菩薩堅固慧菩薩所從來土所謂因陀羅華世界波頭摩華世界寶華世界優鉢羅華世界金剛華世界妙香華世界悅意華世界阿盧那華世界那羅陀華世界虛空華世界各於佛所淨修梵行所謂殊特月佛無盡月佛不動月佛風月佛水月佛解脫月佛無上月佛星宿月佛清淨月佛明了月佛是諸菩薩至佛所已頂禮佛足隨所來方各化作毗

盧遮那藏師子之座於其座上結跏趺坐如此世界中須彌頂上菩薩來集一切世界悉亦如是彼諸菩薩所有名字世界佛號悉等無別爾時世尊從兩足指放百千億妙色光明普照十方一切世界須彌頂上帝釋宮中佛及大衆靡不皆現爾時法慧菩薩承佛威神普觀十方而說頌曰

佛放淨光明　普見世導師　須彌山王頂
妙勝殿中住　一切釋天王　請佛入宮殿
悉以十妙頌　稱讚諸如來　彼諸大會中
所有菩薩衆　皆從十方至　化座而安坐
彼會諸菩薩　皆同我等名　所從諸世界
名字亦如是　本國諸世尊　名號悉亦同
各於其佛所　淨修無上行　佛子汝應觀
如來自在力　一切閻浮提　皆言佛在中
我等今見佛　住於須彌頂　十方悉亦然
如來自在力　一一世界中　發心求佛道
依於如是願　修習菩提行　佛以種種身
遊行徧世間　法界無所礙　無能測量者
慧光恒普照　世暗悉除滅　一切無等倫
云何可測知

爾時一切慧菩薩承佛威力普觀十方而說頌言

假使百千劫　常見於如來　不依真實義
而觀救世者　是人取諸相　增長癡惑網
繫縛生死獄　盲冥不見佛　觀察於諸法
自性無所有　如其生滅相　但是假名說
一切法無生　一切法無滅　若能如是解
諸佛常現前　法性本空寂　無取亦無見
性空即是佛　不可得思量　若知一切法

體性皆如是　斯人則不爲　煩惱所染著
凡夫見諸法　但隨於相轉　不了法無相
以是不見佛　牟尼離三世　諸相悉具足
住於無所住　普徧而不動　我觀一切法
皆悉得明了　今見於如來　決定無有疑
法慧先已說　如來眞實性　我從彼了知
菩提難思議

爾時勝慧菩薩承佛威力普觀十方而說頌言

如來大智慧　希有無等倫　一切諸世間
思惟莫能及　凡夫妄觀察　取相不如理
佛離一切相　非彼所能見　迷惑無知者
妄取五蘊相　不了彼眞性　是人不見佛
了知一切法　自性無所有　如是解法性
則見盧舍那　因前五蘊故　後蘊相續起
於此性了知　見佛難思議　譬如暗中寶
無燈不可見　佛法無人說　雖慧莫能了
亦如目有翳　不見淨妙色　如是不淨心
不見諸佛法　又如明淨日　瞽者莫能見
無有智慧心　終不見諸佛　若能除眼翳
捨離於色想　不見於諸法　則得見如來
一切慧先說　諸佛菩提法　我從於彼聞
得見盧舍那

爾時功德慧菩薩承佛威力普觀十方而說頌言

諸法無眞實　妄取眞實相　是故諸凡夫
輪迴生死獄　言詞所說法　小智妄分别
是故生障礙　不了於自心　不能了自心
云何知正道　彼由顛倒慧　增長一切惡
不見諸法空　恒受生死苦　斯人未能有

清淨法眼故 我昔受衆苦 由我不見佛
故當淨法眼 觀其所應見 若得見於佛
其心無所取 此人則能見 如佛所知法
若見佛眞法 則名大智者 斯人有淨眼
能觀察世間 無見即是見 能見一切法
於法若有見 此則無所見 一切諸法性
無生亦無滅 奇哉大導師 自覺能覺他
勝慧先已說 如來所悟法 我等從彼聞
能知佛眞性

爾時精進慧菩薩承佛威力觀察十方而說頌言

若住於分別 則壞清淨眼 愚癡邪見增
永不見諸佛 若能了邪法 如實不顛倒
知妄本自眞 見佛則清淨 有見則爲垢
此則未爲見 遠離於諸見 如是乃見佛
世間言語法 衆生妄分別 知世皆無生
乃是見世間 若見見世間 見則世間相
如實等無異 此名眞見者 若見等無異
於物不分別 是見離諸惑 無漏得自在
諸佛所開示 一切分別法 是悉不可得
彼性清淨故 法性本清淨 如空無有相
一切無能說 智者如是觀 遠離於法想
不樂一切法 此亦無所修 能見大牟尼
如德慧所說 此名見佛者 所有一切行
體性皆寂滅

爾時善慧菩薩承佛威力普觀十方而說頌言

希有大勇健 無量諸如來 離垢心解脫
自度能度彼 我見世間燈 如實不顛倒
如於無量劫 積智者所見 一切凡夫行

莫不速歸盡　其性如虛空　故說無有盡
智者說無盡　此亦無所說　自性無盡故
得有難思盡　所說無盡中　無衆生可得
知衆生性爾　則見大名稱　無見說爲見
無生說衆生　若見若衆生　了知無體性
能見及所見　見者悉除遣　不壞於眞法
此人了知佛　若人了知佛　及佛所說法
則能照世間　如佛盧舍那　正覺善開示
一法清淨道　精進慧大士　演說無量法
若有若無有　彼想皆除滅　如是能見佛
安住於實際

爾時智慧菩薩承佛威力普觀十方而說頌言

我聞最勝教　即生智慧光　普照十方界
悉見一切佛　此中無少物　但有假名字
若計有我人　則爲入險道　諸取著凡夫
計身爲實有　如來非所取　彼終不得見
此人無慧眼　不能得見佛　於無量劫中
流轉生死海　有諍說生死　無諍即涅槃
生死及涅槃　二俱不可得　若逐假名字
取著此二法　此人不如實　不知聖妙道
若生如是想　此佛此最勝　顛倒非實義
不能見正覺　能知此實體　寂滅眞如相
則見正覺尊　超出語言道　言語說諸法
不能顯實相　平等乃能見　如法佛亦然
正覺過去世　未來及現在　永斷分別根
是故說名佛

爾時眞實慧菩薩承佛威力普觀十方而說頌言

寧受地獄苦　得聞諸佛名　不受無量樂

而不聞佛名　所以於往昔　無數劫受苦
流轉生死中　不聞佛名故　於法不顛倒
如實而現證　離諸和合相　是名無上覺
現在非和合　去來亦復然　一切法無相
是則佛眞體　若能如是觀　諸法甚深義
則見一切佛　法身眞實相　於實見眞實
非實見不實　如是究竟解　是故名爲佛
佛法不可覺　了此名覺法　諸佛如是修
一法不可得　知以一故衆　知以衆故一
諸法無所依　但從和合起　無能作所作
唯從業想生　云何知如是　異此無有故
一切法無住　定處不可得　諸佛住於此
究竟不動搖

爾時無上慧菩薩承佛威力普觀十方而說頌言

無上摩訶薩　遠離衆生想　無有能過者
故號爲無上　諸佛所得處　無作無分別
麤者無所有　微細亦復然　諸佛所行境
於中無有數　正覺遠離數　此是佛眞法
如來光普照　滅除衆暗冥　是光非有照
亦復非無照　於法無所著　無念亦無染
無住無處所　不壞於法性　此中無有二
亦復無有一　大智善見者　如理巧安住
無中無有二　無二亦復無　三界一切空
是則諸佛見　凡夫無覺解　佛令住正法
諸法無所住　悟此見自身　非身而說身
非起而現起　無身亦無見　是佛無上身
如是實慧說　諸佛妙法性　若聞此法者
當得清淨眼

爾時堅固慧菩薩承佛威力普觀十方而說

頌言

偉哉大光明　勇健無上士　爲利群迷故
而興於世間　佛以大悲心　普觀諸衆生
見在三有中　輪迴受衆苦　唯除正等覺
具德尊導師　一切諸天人　無能救護者
若佛菩薩等　不出於世間　無有一衆生
而能得安樂　如來等正覺　及諸賢聖衆
出現於世間　能與衆生樂　若見如來者
爲得大善利　聞佛名生信　則是世間塔
我等見世尊　爲得大利益　聞如是妙法
悉當成佛道　諸菩薩過去　以佛威神力
得清淨慧眼　了諸佛境界　今見盧舍那
重增清淨信　佛智無邊際　演說不可盡
勝慧等菩薩　及我堅固慧　無數億劫中
說亦不能盡

十住品第十五

爾時法慧菩薩承佛威力入菩薩無量方便三昧以三昧力十方各千佛刹微塵數世界之外有千佛刹微塵數諸佛皆同一號名曰法慧普現其前告法慧菩薩言善哉善哉善男子汝能入是菩薩無量方便三昧善男子十方各千佛刹微塵數諸佛悉以神力共加於汝又是毗盧遮那如來往昔願力威神之力及汝所修善根力故入此三昧令汝說法爲增長佛智故深入法界故善了衆生界故所入無礙故所行無障故得無等方便故入一切智性故覺一切法故知一切根故能持說一切法故所謂發起諸菩薩十種住善男子汝當承佛威神之力而演此法是時諸佛即與法慧菩薩無礙智無著智無斷智無癡

智無異智無失智無量智無勝智無懈智無奪智何以故此三昧力法如是故是時諸佛各伸右手摩法慧菩薩頂法慧菩薩即從定起告諸菩薩言佛子菩薩住處廣大與法界虛空等佛子菩薩住三世諸佛家彼菩薩住我今當說諸佛子菩薩住有十種過去未來現在諸佛已說當說今說何者爲十所謂初發心住治地住修行住生貴住具足方便住正心住不退住童眞住法王子住灌頂住是名菩薩十住去來現在諸佛所說佛子云何爲菩薩發心住此菩薩見佛世尊形貌端嚴色相圓滿人所樂見難可值遇有大威力或見神足或聞記別或聽教誡或見衆生受諸劇苦或聞如來廣大佛法發菩提心求一切智此菩薩緣十種難得法而發於心何者爲十所謂是處非處智善惡業報智諸根勝劣智種種解差別智種種界差別智一切至處道智諸禪解脫三昧智宿命無礙智天眼無礙智三世漏普盡智是爲十佛子此菩薩應勸學十法何者爲十所謂勤供養佛樂住生死主導世間令除惡業以勝妙法常行教誨歎無上法學佛功德生諸佛前恒蒙攝受方便演說寂靜三昧讚歎遠離生死輪迴爲苦衆生作歸依處何以故欲令菩薩於佛法中心轉增廣有所聞法即自開解不由他教故佛子云何爲菩薩治地住此菩薩於諸衆生發十種心何者爲十所謂利益心大悲心安樂心安住心憐愍心攝受心守護心同己心師心導師心是爲十佛子此菩薩應勸學十法何者爲十所謂誦習多聞虛閑寂靜近善

知識發言和悦語必知時心無怯怖了達於義如法修行遠離愚迷安住不動何以故欲令菩薩於諸衆生增長大悲有所聞法即自開解不由他教故佛子云何爲菩薩修行住此菩薩以十種行觀一切法何等爲十所謂觀一切法無常一切法苦一切法空一切法無我一切法無作一切法無味一切法不如名一切法無處所一切法離分別一切法無堅實是爲十佛子此菩薩應勸學十法何者爲十所謂觀察衆生界法界世界觀察地界水界火界風界觀察欲界色界無色界何以故欲令菩薩智慧明了有所聞法即自開解不由他教故佛子云何爲菩薩生貴住此菩薩從聖教中生成就十法何者爲十所謂永不退轉於諸佛所深生淨信善觀察法了知衆生國土世界業行果報生死涅槃是爲十佛子此菩薩應勸學十法何者爲十所謂了知過去未來現在一切佛法修集過去未來現在一切佛法圓滿過去未來現在一切佛法了知一切諸佛平等何以故欲令增進於三世中心得平等有所聞法即自開解不由他教故佛子云何爲菩薩具足方便住此菩薩所修善根皆爲救護一切衆生饒益一切衆生安樂一切衆生哀愍一切衆生度脱一切衆生令一切衆生離諸災難令一切衆生出生死苦令一切衆生發生淨信令一切衆生悉得調伏令一切衆生咸證涅槃佛子此菩薩應勸學十法何者爲十所謂知衆生無邊知衆生無量知衆生無數知衆生不思議知衆生無量色知衆生不可量知衆生空知

衆生無所作知衆生無所有知衆生無自性何以故欲令其心轉復增勝無所染著有所聞法即自開解不由他教故佛子云何爲菩薩正心住此菩薩聞十種法心定不動何者爲十所謂聞讚佛毀佛於佛法中心定不動聞讚法毀法於佛法中心定不動聞讚菩薩毀菩薩於佛法中心定不動聞讚菩薩毀菩薩所行法於佛法中心定不動聞説衆生有量無量於佛法中心定不動聞説衆生有垢無垢於佛法中心定不動聞説衆生易度難度於佛法中心定不動聞説法界有量無量於佛法中心定不動聞説法界有成有壞於佛法中心定不動聞説法界若有若無於佛法中心定不動是爲十佛子此菩薩應勸學十法何者爲十所謂一切法無相一切法無體一切法不可修一切法無所有一切法無眞實一切法空一切法無性一切法如幻一切法如夢一切法無分別何以故欲令其心轉復增進得不退轉無生法忍有所聞法即自開解不由他教故佛子云何爲菩薩不退住此菩薩聞十種法堅固不退何者爲十所謂聞有佛無佛於佛法中心不退轉聞有法無法於佛法中心不退轉聞有菩薩無菩薩於佛法中心不退轉聞有菩薩行無菩薩行於佛法中心不退轉聞有菩薩修行出離修行不出離於佛法中心不退轉聞過去有佛過去無佛於佛法中心不退轉聞未來有佛未來無佛於佛法中心不退轉聞現在有佛現在無佛於佛法中心不退轉聞佛智有盡佛智無盡於佛法中心不退轉聞三世一相

三世非一相於佛法中心不退轉是爲十佛子此菩薩應勸學十種廣大法何者爲十所謂說一即多說多即一文隨於義義隨於文非有即有有即非有無相即相相即無相無性即性性即無性何以故欲令增進於一切法善能出離有所聞法即自開解不由他教故佛子云何爲菩薩童眞住此菩薩住十種業何者爲十所謂身行無失語行無失意行無失隨意受生知衆生種種欲知衆生種種解知衆生種種界知衆生種種業知世界成壞神足自在所行無礙是爲十佛子此菩薩應勸學十種法何者爲十所謂知一切佛刹動一切佛刹持一切佛刹觀一切佛刹詣一切佛刹遊行無數世界領受無數佛法現變化自在身出廣大徧滿音一刹那中承事供養無數諸佛何以故欲令增進於一切法能得善巧有所聞法即自開解不由他教故佛子云何爲菩薩法王子住此菩薩善知十種法何者爲十所謂善知諸衆生受生善知諸煩惱現起善知習氣相續善知所行方便善知無量法善解諸威儀善知世界差別善知前際後際事善知演說世諦善知演說第一義諦是爲十佛子此菩薩應勸學十種法何者爲十所謂法王處善巧法王處軌度法王處宮殿法王處趣入法王處觀察法王灌頂法王力持法王無畏法王宴寢法王讚歎何以故欲令增進心無障礙有所聞法即自開解不由他教故佛子云何爲菩薩灌頂住此菩薩得成就十種智何者爲十所謂震動無數世界照曜無數世界住持無數世界往詣

無數世界嚴淨無數世界開示無數衆生觀察無數衆生知無數衆生根令無數衆生趣入令無數衆生調伏是爲十佛子此菩薩身及身業神通變現過去智未來智現在智成就佛土心境界智境界皆不可知乃至法王子菩薩亦不能知佛子此菩薩應勸學諸佛十種智何者爲十所謂三世智佛法智法界無礙智法界無邊智充滿一切世界智普照一切世界智住持一切世界智知一切衆生智知一切法智知無邊諸佛智何以故欲令增長一切種智有所聞法即自開解不由他教故爾時佛神力故十方各一萬佛刹微塵數世界六種震動所謂動徧動等徧動起徧起等徧起踊徧踊等徧踊震徧震等徧震吼徧吼等徧吼擊徧擊等徧擊雨天妙華天末香天華鬘天雜香天寶衣天寶雲天莊嚴具天諸音樂不鼓自鳴放天光明及妙音聲如此四天下須彌山頂帝釋殿上說十住法現諸神變十方所有一切世界悉亦如是又以佛神力故十方各過一萬佛刹微塵數世界有十佛刹微塵數菩薩來詣於此充滿十方作如是言善哉善哉佛子善說此法我等諸人同名法慧所從來國同名法雲彼土如來皆名妙法我等佛所亦說十住衆會眷屬文句義理悉亦如是無有增減佛子我等承佛神力來入此會爲汝作證如於此會十方所有一切世界悉亦如是爾時法慧菩薩承佛威力觀察十方曁于法界而說頌曰

見最勝智微妙身　相好端嚴皆具足
如是尊重甚難遇　菩薩勇猛初發心

見無等比大神通　聞說記心及教誡
諸趣衆生無量苦　菩薩以此初發心
聞諸如來普勝尊　一切功德皆成就
譬如虛空不分別　菩薩以此初發心
三世因果名爲處　我等自性爲非處
欲悉了知真實義　菩薩以此初發心
過去未來現在世　所有一切善惡業
欲悉了知無不盡　菩薩以此初發心
諸禪解脫及三昧　雜染清淨無量種
欲悉了知入住出　菩薩以此初發心
隨諸衆生根利鈍　如是種種精進力
欲悉了達分別知　菩薩以此初發心
一切衆生種種解　心所好樂各差別
如是無量欲悉知　菩薩以此初發心
衆生諸界各差別　一切世間無有量
欲悉了知其體性　菩薩以此初發心
一切有爲諸行道　一一皆有所至處
悉欲了知其實性　菩薩以此初發心
一切世界諸衆生　隨業漂流無暫息
欲得天眼皆明見　菩薩以此初發心
過去世中曾所有　如是體性如是相
欲悉了知其宿住　菩薩以此初發心
一切衆生諸結惑　相續現起及習氣
欲悉了知究竟盡　菩薩以此初發心
隨諸衆生所安立　種種談論語言道
如其世諦悉欲知　菩薩以此初發心
一切諸法離言說　性空寂滅無所作
欲悉明達此真義　菩薩以此初發心
欲悉震動十方國　傾覆一切諸大海
具足諸佛大神通　菩薩以此初發心

欲一毛孔放光明　普照十方無量土
一一光中覺一切　菩薩以此初發心
欲以難思諸佛刹　悉置掌中而不動
了知一切如幻化　菩薩以此初發心
欲以無量刹衆生　置一毛端不迫隘
悉知無人無有我　菩薩以此初發心
欲以一毛滴海水　一切大海悉令竭
而悉分別知其數　菩薩以此初發心
不可思議諸國土　盡抹爲塵無遺者
欲悉分別知其數　菩薩以此初發心
過去未來無量劫　一切世間成壞相
欲悉了達窮其際　菩薩以此初發心
三世所有諸如來　一切獨覺及聲聞
欲知其法盡無餘　菩薩以此初發心
無量無邊諸世界　欲以一毛悉稱舉
如其體相悉了知　菩薩以此初發心
無量無數輪圍山　欲令悉入毛孔中
如其大小皆得知　菩薩以此初發心
欲以寂靜一妙音　普應十方隨類演
如是皆令淨明了　菩薩以此初發心
一切衆生語言法　一言演說無不盡
悉欲了知其自性　菩薩以此初發心
世間言音靡不作　悉令其解證寂滅
欲得如是妙舌根　菩薩以此初發心
欲使十方諸世界　有成壞相皆得見
而悉知從分別生　菩薩以此初發心
一切十方諸世界　無量如來悉充滿
欲悉了知彼佛法　菩薩以此初發心
種種變化無量身　一切世界微塵等
欲悉了達從心起　菩薩以此初發心

過去未來現在世　無量無數諸如來
欲於一念悉了知　菩薩以此初發心
欲具演說一句法　阿僧祇劫無有盡
而令文義各不同　菩薩以此初發心
十方一切諸衆生　隨其流轉生滅相
欲於一念皆明達　菩薩以此初發心
欲以身語及意業　普詣十方無所礙
了知三世皆空寂　菩薩以此初發心
菩薩如是發心已　應令往詣十方國
恭敬供養諸如來　以此使其無退轉
菩薩勇猛求佛道　住於生死不疲厭
爲彼稱歎使順行　如是令其無退轉
十方世界無量刹　悉在其中作尊主
爲諸菩薩如是說　以此令其無退轉
最勝最上最第一　甚深微妙清淨法
勸諸菩薩說與人　如是教令離煩惱
一切世間無與等　不可傾動摧伏處
爲彼菩薩常稱讚　如是教令不退轉
佛是世間大力主　具足一切諸功德
令諸菩薩住是中　以此教爲勝丈夫
無量無邊諸佛所　悉得往詣而親近
常爲諸佛所攝受　如是教令不退轉
所有寂靜諸三昧　悉皆演暢無有餘
爲彼菩薩如是說　以此令其不退轉
摧滅諸有生死輪　轉於清淨妙法輪
一切世間無所著　爲諸菩薩如是說
一切衆生墮惡道　無量重苦所纏迫
與作救護歸依處　爲諸菩薩如是說
此是菩薩發心住　一向志求無上道
如我所說教誨法　一切諸佛亦如是

第二治地住菩薩 應當發起如是心
十方一切諸衆生 願使悉順如來教
利益大悲安樂心 安住憐愍攝受心
守護衆生同己心 師心及以導師心
已住如是勝妙心 次令誦習求多聞
常樂寂靜正思惟 親近一切善知識
發言和悅離麤獷 言必知時無所畏
了達於義如法行 遠離愚迷心不動
此是初學菩提行 能行此行眞佛子
我今說彼所應行 如是佛子應勤學
第三菩薩修行住 當依佛教勤觀察
諸法無常苦及空 無有我人無動作
一切諸法不可樂 無如名字無處所
無所分別無眞實 如是觀者名菩薩
次令觀察衆生界 及以勸觀於法界
世界差別盡無餘 於彼咸應勸觀察
十方世界及虛空 所有地水與火風
欲界色界無色界 悉勸觀察咸令盡
觀察彼界各差別 及其體性咸究竟
得如是教勤修行 此則名爲眞佛子
第四生貴住菩薩 從諸聖教而出生
了達諸有無所有 超過彼法生法界
信佛堅固不可壞 觀法寂滅心安住
隨諸衆生悉了知 體性虛妄無眞實
世間剎土業及報 生死涅槃悉如是
佛子於法如是觀 從佛親生名佛子
過去未來現在世 其中所有諸佛法
了知積集及圓滿 如是修學令究竟
三世一切諸如來 能隨觀察悉平等
種種差別不可得 如是觀者達三世

如我稱揚讚歎者　此是四住諸功德
若能依法勤修行　速成無上佛菩提
從此第五諸菩薩　說名具足方便住
深入無量巧方便　發生究竟功德業
菩薩所修衆福德　皆爲救護諸群生
專心利益與安樂　一向哀愍令度脫
爲一切世除衆難　引出諸有令歡喜
一一調伏無所遺　皆令具德向涅槃
一切衆生無有邊　無量無數不思議
及以不可稱量等　聽受如來如是法
此第五住眞佛子　成就方便度衆生
一切功德大智尊　以如是法而開示
第六正心圓滿住　於法自性無迷惑
正念思惟離分別　一切天人莫能動
聞讚毀佛與佛法　菩薩及以所行行
衆生有量若無量　有垢無垢難易度
法界大小及成壞　若有若無心不動
過去未來今現在　諦念思惟恒決定
一切諸法皆無相　無體無性空無實
如幻如夢離分別　常樂聽聞如是義
第七不退轉菩薩　於佛及法菩薩行
若有若無出不出　雖聞是說無退動
過去未來現在世　一切諸佛有以無
佛智有盡或無盡　三世一相種種相
一即是多多即一　文隨於義義隨文
如是一切展轉成　此不退人應爲說
若法有相及無相　若法有性及無性
種種差別互相屬　此人聞已得究竟
第八菩薩童眞住　身語意行皆具足
一切清淨無諸失　隨意受生得自在

知諸衆生心所樂　種種意解各差別
及其所有一切法　十方國土成壞相
逮得速疾妙神通　一切處中隨念往
於諸佛所聽聞法　讚歎修行無懈倦
了知一切諸佛國　震動加持亦觀察
超過佛土不可量　遊行世界無邊數
阿僧祇法悉諮問　所欲受身皆自在
言音善巧靡不充　諸佛無數咸承事
第九菩薩王子住　能見衆生受生別
煩惱現習靡不知　所行方便皆善了
諸法各異威儀別　世界不同前後際
如其世俗第一義　悉善了知無有餘
法王善巧安立處　隨其處所所有法
法王宮殿若趣入　及以於中所觀見
法王所有灌頂法　神力加持無怯畏
宴寢宮室及歎譽　以此教詔法王子
如是爲說靡不盡　而令其心無所著
於此了知修正念　一切諸佛現其前
第十灌頂眞佛子　成滿最上第一法
十方無數諸世界　悉能震動光普照
住持往詣亦無餘　清淨莊嚴皆具足
開示衆生無有數　觀察知根悉能盡
發心調伏亦無邊　咸令趣向大菩提
一切法界咸觀察　十方國土皆往詣
其中身及身所作　神通變現難可測
三世佛土諸境界　乃至王子無能了
一切見者三世智　於諸佛法明了智
法界無礙無邊智　充滿一切世界智
照曜世界住持智　了知衆生諸法智
及知正覺無邊智　如來爲說咸令盡

如是十住諸菩薩　皆從如來法化生
隨其所有功德行　一切天人莫能測
過去未來現在世　發心求佛無有邊
十方國土皆充滿　莫不當成一切智
一切國土無邊際　世界衆生法亦然
惑業心樂各差別　依彼而發菩提意
始求佛道一念心　世間衆生及二乘
斯等尚亦不能知　何況所餘功德行
十方所有諸世界　能以一毛悉稱舉
彼人能知此佛子　趣向如來智慧行
十方所有諸大海　悉以毛端滴令盡
彼人能知此佛子　一念所修功德行
一切世界抹爲塵　悉能分別知其數
如是之人乃能見　此諸菩薩所行道
去來現在十方佛　一切獨覺及聲聞
悉以種種妙辯才　開示初發菩提心
發心功德不可量　充滿一切衆生界
衆智共說無能盡　何況所餘諸妙行

大方廣佛華嚴經卷第十六

音釋

級居立切階級也　綺去倚切文繒也　瞖於計切目病也　瞽音古目有眹而無明也　名稱稱昌孕切名號也　遠離離並去聲　偉哉偉羽鬼切　劇竭戟切大甚也　曁于曁其冀切及也　迫隘迫博陌切隘烏廨切陋也　諮即夷切訪問也　譽羊茹切稱美也

大方廣佛華嚴經卷第十七

唐于闐國三藏沙門實叉難陀譯

梵行品第十六

爾時正念天子白法慧菩薩言佛子一切世界諸菩薩衆依如來教染衣出家云何而得梵行清淨從菩薩位逮於無上菩提之道法慧菩薩言佛子菩薩摩訶薩修梵行時應以十法而爲所緣作意觀察所謂身身業語語業意意業佛法僧戒應如是觀爲身是梵行耶乃至戒是梵行耶若身是梵行者當知梵行則爲非善則爲非法則爲渾濁則爲臭惡則爲不淨則爲可厭則爲違逆則爲雜染則爲死屍則爲蟲聚若身業是梵行者梵行則是行住坐卧左右顧視屈伸俯仰若語是梵行者梵行則是音聲風息脣舌喉吻吐納抑縱高低清濁若語業是梵行者梵行則是起居問訊略說廣說喻說直說讚說毀說安立說隨俗說顯了說若意是梵行者梵行則應是覺是觀是分別是種種分別是憶念是種種憶念是思惟是種種思惟是幻術是眠夢若意業是梵行者當知梵行則是思想寒熱飢渴苦樂憂喜若佛是梵行者爲色是佛耶受是佛耶想是佛耶行是佛耶識是佛耶爲相是佛耶好是佛耶神通是佛耶業行是佛耶果報是佛耶若法是梵行者爲寂滅是法耶涅槃是法耶不生是法耶不起是法耶不可說是法耶無分別是法耶無所行是法耶不合集是法耶不隨順是法耶無所得是法耶若僧是梵行者爲預流向是僧耶預流果是僧耶一來向是僧耶一來果是僧耶不還

向是僧耶不還果是僧耶阿羅漢向是僧耶阿羅漢果是僧耶三明是僧耶六通是僧耶若戒是梵行者爲壇場是戒耶問清淨是戒耶教威儀是戒耶三說羯磨是戒耶和尚是戒耶阿闍黎是戒耶剃髮是戒耶著袈裟衣是戒耶乞食是戒耶正命是戒耶如是觀已於身無所取於修無所著於法無所住過去已滅未來未至現在空寂無作業者無受報者此世不移動彼世不改變此中何法名爲梵行梵行從何處來誰之所有體爲是誰由誰而作爲是有爲是無爲是色爲非色爲是受爲非受爲是想爲非想爲是行爲非行爲是識爲非識如是觀察梵行法不可得故三世法皆空寂故意無取著故心無障礙故所行無二故方便自在故受無相法故觀無相法故知佛法平等故具一切佛法故如是名爲清淨梵行復應修習十種法何者爲十所謂處非處智過現未來業報智諸禪解脱三昧智諸根勝劣智種種解智種種界智一切至處道智天眼無礙智宿命無礙智永斷習氣智於如來十力一一觀察一一力中有無量義悉應諮問聞已應起大慈悲心觀察衆生而不捨離思惟諸法無有休息行無上業不求果報了知境界如幻如夢如影如響亦如變化若諸菩薩能與如是觀行相應於諸法中不生二解一切佛法疾得現前初發心時即得阿耨多羅三藐三菩提知一切法即心自性成就慧身不由他悟

初發心功德品第十七

爾時天帝釋白法慧菩薩言佛子菩薩初發

菩提之心所得功德其量幾何法慧菩薩言此義甚深難說難知難分别難信解難證難行難通達難思惟難度量難趣入雖然我當承佛威神之力而為汝說佛子假使有人以一切樂具供養東方阿僧祇世界所有衆生經於一劫然後教令淨持五戒南西北方四維上下亦復如是佛子於汝意云何此人功德寧為多不天帝言佛子此人功德唯佛能知其餘一切無能量者法慧菩薩言佛子此人功德比菩薩初發心功德百分不及一千分不及一百千分不及一如是億分百億分千億分百千億分那由他億分百那由他億分千那由他億分百千那由他億分數分歌羅分筭分喻分優波尼沙陀分亦不及一佛子且置此喻假使有人以一切樂具供養十方十阿僧祇世界所有衆生經於百劫然後教令修十善道如是供養經於千劫教住四禪經於百千劫教住四無量心經於億劫教住四無色定經於百億劫教住須陀洹果經於千億劫教住斯陀含果經於百千億劫教住阿那含果經於那由他億劫教住阿羅漢果經於百千那由他億劫教住辟支佛道佛子於意云何是人功德寧為多不天帝言佛子此人功德唯佛能知法慧菩薩言佛子此人功德比菩薩初發心功德百分不及一千分不及一百千分不及一乃至優波尼沙陀分亦不及一何以故佛子一切諸佛初發心時不但為以一切樂具供養十方十阿僧祇世界所有衆生經於百劫乃至百千那由他億劫故發菩提心不但為教爾所衆生令修

五戒十善業道教住四禪四無量心四無色定教得須陀洹果斯陀含果阿那含果阿羅漢果辟支佛道故發菩提心爲令如來種性不斷故爲充徧一切世界故爲度脫一切世界衆生故爲悉知一切世界成壞故爲悉知一切世界中衆生垢淨故爲悉知一切世界自性清淨故爲悉知一切衆生心樂煩惱習氣故爲悉知一切衆生死此生彼故爲悉知一切衆生諸根方便故爲悉知一切衆生心行故爲悉知一切衆生三世智故爲悉知一切佛境界平等故發於無上菩提之心佛子復置此喻假使有人於一念頃能過東方阿僧祇世界念念如是盡阿僧祇劫此諸世界無有能得知其邊際又第二人於一念頃能過前人阿僧祇劫所過世界如是亦盡阿僧祇劫次第展轉乃至第十南西北方四維上下亦復如是佛子此十方中凡有百人一一如是過諸世界是諸世界可知邊際菩薩初發阿耨多羅三藐三菩提心所有善根無有能得知其際者何以故佛子菩薩不齊限但爲往爾所世界得了知故發菩提心爲了知十方世界故發菩提心所謂欲了知妙世界即是麤世界麤世界即是妙世界仰世界即是覆世界覆世界即是仰世界小世界即是大世界大世界即是小世界廣世界即是狹世界狹世界即是廣世界一世界即是不可說世界不可說世界即是一世界不可說世界入一世界一世界入不可說世界穢世界即是淨世界淨世界即是穢世界欲知一毛端中一切世界差別性一切世界中一毛端

一體性欲知一世界中出生一切世界欲知一切世界無體性欲以一念心盡知一切廣大世界而無障礙故發阿耨多羅三藐三菩提心佛子復置此喩假使有人於一念頃能知東方阿僧祇世界成壞劫數念念如是盡阿僧祇劫此諸劫數無有能得知其邊際有第二人於一念頃能知前人阿僧祇劫所知劫數如是廣說乃至第十南西北方四維上下亦復如是佛子此十方阿僧祇世界成壞劫數可知邊際菩薩初發阿耨多羅三藐三菩提心功德善根無有能得知其際者何以故菩薩不齊限但爲知爾所世界成壞劫數故發阿耨多羅三藐三菩提心爲悉知一切世界成壞劫盡無餘故發阿耨多羅三藐三菩提心所謂知長劫與短劫平等短劫與長劫平等一劫與無數劫平等無數劫與一劫平等有佛劫與無佛劫平等無佛劫與有佛劫平等一佛劫中有不可說佛不可說佛劫中有一佛有量劫與無量劫平等無量劫與有量劫平等有盡劫與無盡劫平等無盡劫與有盡劫平等不可說劫與一念平等一念與不可說劫平等一切劫入非劫非劫入一切劫欲於一念中盡知前際後際及現在一切世界成壞劫故發阿耨多羅三藐三菩提心是名初發心大誓莊嚴了知一切劫神通智佛子復置此喩假使有人於一念頃能知東方阿僧祇世界所有衆生種種差別解念念如是盡阿僧祇劫有第二人於一念頃能知前人阿僧祇劫所知衆生諸解差別如是亦盡阿僧祇劫次第展轉乃至第十南西北

方四維上下亦復如是佛子此十方衆生種種差別解可知邊際菩薩初發阿耨多羅三藐三菩提心功德善根無有能得知其際者何以故佛子菩薩不齊限但爲知爾所衆生解故發阿耨多羅三藐三菩提心爲盡知一切世界所有衆生種種差別解故發阿耨多羅三藐三菩提心所謂欲知一切差別解無邊故一衆生解無數衆生解平等故欲得不可說差別解方便智光明故欲悉知衆生海各各差別解盡無餘故欲悉知過現未來善不善種種無量解故欲悉知相似解不相似解故欲悉知一切解即是一解一解即是一切解故欲得如來解力故欲悉知有上解無上解有餘解無餘解等解不等解差別故欲悉知有依解無依解共解不共解有邊解無邊解差別解無差別解善解不善解世間解出世間解差別故欲於一切妙解大解無量解正位解中得如來解脱無障礙智故欲以無量方便悉知十方一切衆生界一一衆生淨解染解廣解畧解細解麤解盡無餘故欲悉知深密解方便解分別解自然解隨因所起解隨緣所起解一切解網悉無餘故發阿耨多羅三藐三菩提心佛子復置此喻假使有人於一念頃能知東方無數世界一切衆生諸根差別念念如是經阿僧祇劫有第二人於一念頃能知前人阿僧祇劫念念所知諸根差別如是廣說乃至第十南西北方四維上下亦復如是佛子此十方世界所有衆生諸根差別可知邊際菩薩初發阿耨多羅三藐三菩提心功德善根無有能得知其際

者何以故菩薩不齊限但為知爾所世界衆生根故發阿耨多羅三藐三菩提心為盡知一切世界中一切衆生根種種差别廣說乃至欲盡知一切諸根網故發阿耨多羅三藐三菩提心佛子復置此喻假使有人於一念頃能知東方無數世界所有衆生種種欲樂念念如是盡阿僧祇劫次第廣說乃至第十南西北方四維上下亦復如是此十方衆生所有欲樂可知邊際菩薩初發阿耨多羅三藐三菩提心功德善根無有能得知其際著何以故佛子菩薩不齊限但為知爾所衆生欲樂故發阿耨多羅三藐三菩提心為盡知一切世界所有衆生種種欲樂廣說乃至欲盡知一切欲樂網故發阿耨多羅三藐三菩提心佛子復置此喻假使有人於一念頃能知東方無數世界所有衆生種種方便如是廣說乃至第十南西北方四維上下亦復如是此十方衆生種種方便可知邊際菩薩初發阿耨多羅三藐三菩提心功德善根無有能得知其際者何以故佛子菩薩不齊限但為知爾所世界衆生種種方便故發阿耨多羅三藐三菩提心為盡知一切世界所有衆生種種方便廣說乃至欲盡知一切方便網故發阿耨多羅三藐三菩提心佛子復置此喻假使有人於一念頃能知東方無數世界所有衆生種種差别心廣說乃至此十方世界所有衆生種種差别心可知邊際菩薩初發阿耨多羅三藐三菩提心功德善根無有能得知其際者何以故佛子菩薩不齊限但為知爾所衆生心故發阿耨多羅三藐三菩

提心爲悉知盡法界虛空界無邊衆生種種心乃至欲盡知一切心網故發阿耨多羅三藐三菩提心佛子復置此喻假使有人於一念頃能知東方無數世界所有衆生種種差別業廣說乃至此十方衆生種種差別業可知邊際菩薩初發阿耨多羅三藐三菩提心善根邊際不可得知何以故佛子菩薩不齊限但爲知爾所衆生業故發阿耨多羅三藐三菩提心欲悉知三世一切衆生業乃至欲悉知一切業網故發阿耨多羅三藐三菩提心佛子復置此喻假使有人於一念頃能知東方無數世界所有衆生種種煩惱念念如是盡阿僧祇劫此諸煩惱種種差別無有能得知其邊際有第二人於一念頃能知前人阿僧祇劫所知衆生煩惱差別如是復盡阿僧祇劫次第廣說乃至第十南西北方四維上下亦復如是佛子此十方衆生煩惱差別可知邊際菩薩初發阿耨多羅三藐三菩提心善根邊際不可得知何以故佛子菩薩不齊限但爲知爾所世界衆生煩惱故發阿耨多羅三藐三菩提心爲盡知一切世界所有衆生煩惱差別故發阿耨多羅三藐三菩提心所謂欲盡知輕煩惱重煩惱眠煩惱起煩惱一一衆生無量煩惱種種差別種種覺觀淨治一切諸雜染故欲盡知依無明煩惱愛相應煩惱斷一切諸有趣煩惱結故欲盡知貪分煩惱瞋分煩惱癡分煩惱等分煩惱斷一切煩惱根本故欲悉知我煩惱我所煩惱我慢煩惱覺悟一切煩惱盡無餘故欲悉知從顛倒分別生根本煩惱隨煩惱因身見生

六十二見調伏一切煩惱故欲悉知蓋煩惱障煩惱發大悲救護心斷一切煩惱網令一切智性清淨故發阿耨多羅三藐三菩提心佛子復置此喻假使有人於一念頃以諸種種上味飲食香華衣服幢旛傘蓋及僧伽藍上妙宮殿寶帳網幔種種莊嚴師子之座及衆妙寶供養東方無數諸佛及無數世界所有衆生恭敬尊重禮拜讚歎曲躬瞻仰相續不絶經無數劫又勸彼衆生悉令如是供養於佛至佛滅後各爲起塔其塔高廣無數世界衆寶所成種種莊嚴一一塔中各有無數如來形像光明徧照無數世界經無數劫南西北方四維上下亦復如是佛子於汝意云何此人功德寧爲多不天帝言是人功德唯佛乃知餘無能測佛子此人功德比菩薩初發心功德百分不及一千分不及一百千分不及一乃至優波尼沙陀分亦不及一佛子復置此喻假使復有第二人於一念中能作前人及無數世界所有衆生無數劫中供養之事念念如是以無量種供養之具供養無量諸佛如來及無量世界所有衆生經無量劫其第三人乃至第十人皆亦如是於一念中能作前人所有供養念念如是以無邊無等不可數不可稱不可思不可量不可說不可說不可說供養之具供養無邊乃至不可說不可說諸佛及爾許世界所有衆生經無邊乃至不可說不可說劫至佛滅後各爲起塔其塔高廣乃至住劫亦復如是佛子此前功德比菩薩初發心功德百分不及一千分不及一百千分不及一乃至優波尼沙陀分

亦不及一何以故佛子菩薩摩訶薩不齊限但爲供養爾所佛故發阿耨多羅三藐三菩提心爲供養盡法界虛空界不可說不可說十方無量去來現在所有諸佛故發阿耨多羅三藐三菩提心發是心巳能知前際一切諸佛始成正覺及般涅槃能信後際一切諸佛所有善根能知現在一切諸佛所有智慧彼諸佛所有功德此菩薩能信能受能修能得能知能證能成就能與諸佛平等一性何以故此菩薩爲不斷一切如來種性故發心爲充徧一切世界故發心爲度脫一切世界衆生故發心爲悉知一切世界成壞故發心爲悉知一切衆生垢淨故發心爲悉知一切世界三有清淨故發心爲悉知一切衆生心樂煩惱習氣故發心爲悉知一切衆生死此生彼故發心爲悉知一切衆生諸根方便故發心爲悉知一切衆生心行故發心爲悉知一切衆生三世智故發心以發心故常爲三世一切諸佛之所憶念當得三世一切諸佛無上菩提即爲三世一切諸佛與其妙法即與三世一切諸佛體性平等巳修三世一切諸佛助道之法成就三世一切諸佛力無所畏莊嚴三世一切諸佛不共佛法悉得法界一切諸佛說法智慧何以故以是發心當得佛故應知此人即與三世諸佛同等即與三世諸佛如來境界平等即與三世諸佛如來功德平等得如來一身無量身究竟平等眞實智慧纔發心時即爲十方一切諸佛所共稱歎即能說法教化調伏一切世界所有衆生即能震動一切世界即能光照一切世界

即能息滅一切世界諸惡道苦即能嚴淨一切國土即能於一切世界中示現成佛即能令一切衆生皆得歡喜即能入一切法界性即能持一切佛種性即能得一切佛智慧光明此初發心菩薩不於三世少有所得所謂若諸佛若諸佛法若菩薩若菩薩法若獨覺若獨覺法若聲聞若聲聞法若世間若世間法若出世間若出世間法若衆生若衆生法唯求一切智於諸法界心無所著爾時佛神力故十方各一萬佛刹微塵數世界六種震動所謂動徧動等徧動起徧起等徧起踊徧踊等徧踊震徧震等徧震吼徧吼等徧吼擊徧擊等徧擊雨衆天華天香天末香天華鬘天衣天寶天莊嚴具作天妓樂放天光明及天音聲是時十方各過十佛刹微塵數世界外有萬佛刹微塵數佛同名法慧各現其身在法慧菩薩前作如是言善哉善哉法慧汝於今者能說此法我等十方各萬佛刹微塵數佛亦說是法一切諸佛悉如是說汝說此法時有萬佛刹微塵數菩薩發菩提心我等今者悉授其記於當來世過千不可說無邊劫同一劫中而得作佛出興於世皆號清淨心如來所住世界各各差别我等悉當護持此法令未來世一切菩薩未曾聞者皆悉得聞如此娑婆世界四天下須彌頂上說如是法令諸衆生聞已受化如是十方百千億那由他無數無量無邊無等不可數不可稱不可思不可量不可說盡法界虛空界諸世界中亦說此法教化衆生其說法者同名法慧悉以佛神力故世尊本願力故爲欲顯示佛

法故爲以智光普照故爲欲開闡實義故爲令證得法性故爲令衆會悉歡喜故爲欲開示佛法因故爲得一切佛平等故爲了法界無有二故說如是法爾時法慧菩薩普觀盡虚空界十方國土一切衆會欲悉成就諸衆生故欲悉淨治諸業果報故欲悉開顯清淨法界故欲悉拔除雜染根本故欲悉增長廣大信解故欲悉令知無量衆生根故欲悉令知三世法平等故欲悉令觀察涅槃界故欲增長自清淨善根故承佛威力即說頌言

爲利世間發大心　其心普徧於十方
衆生國土三世法　佛及菩薩最勝海
究竟虚空等法界　所有一切諸世間
如諸佛法皆往詣　如是發心無退轉
慈念衆生無暫捨　離諸惱害普饒益
光明照世爲所歸　十力護念難思議
十方國土悉趣入　一切色形皆示現
如佛福智廣無邊　隨順修因無所著
有刹仰住或傍覆　麤妙廣大無量種
菩薩一發最上心　悉能往詣皆無礙
菩薩勝行不可說　皆勤修習無所住
見一切佛常欣樂　普入於其深法海
哀愍五趣諸羣生　令除垢穢普清淨
紹隆佛種不斷絶　摧滅魔宫無有餘
已住如來平等性　善修微妙方便道
於佛境界起信心　得佛灌頂心無著
兩足尊所念報恩　心如金剛不可沮
於佛所行能照了　自然修習菩提行
諸趣差别想無量　業果及心亦非一
乃至根性種種殊　一發大心悉明見

其心廣大等法界　無依無變如虛空
趣向佛智無所取　諦了實際離分別
知衆生心無生想　了達諸法無法想
雖普分別無分別　億那由刹皆往詣
無量諸佛妙法藏　隨順觀察悉能入
衆生根行靡不知　到如是處如世尊
清淨大願恒相應　樂供如來不退轉
人天見者無厭足　常爲諸佛所護念
其心清淨無所依　雖觀深法而不取
如是思惟無量劫　於三世中無所著
其心堅固難制沮　趣佛菩提無障礙
志求妙道除蒙惑　周行法界不告勞
知語言法皆寂滅　但入眞如絕異解
諸佛境界悉順觀　達於三世心無礙
菩薩始發廣大心　即能徧往十方刹
法門無量不可説　智光普照皆明了
大悲廣度最無比　慈心普徧等虛空
而於衆生不分別　如是清淨遊於世
十方衆生悉慰安　一切所作皆眞實
恒以淨心不異語　常爲諸佛共加護
過去所有皆憶念　未來一切悉分別
十方世界普入中　爲度衆生令出離
菩薩具足妙智光　善了因緣無有疑
一切迷惑皆除斷　如是而遊於法界
魔王宮殿悉摧破　衆生翳膜咸除滅
離諸分別心不動　善了如來之境界
三世疑網悉已除　於如來所起淨信
以信得成不動智　智清淨故解眞實
爲令衆生得出離　盡於後際普饒益
長時勤苦心無厭　乃至地獄亦安受

福智無量皆具足　衆生根欲悉了知
及諸業行無不見　如其所樂爲說法
了知一切空無我　慈念衆生恒不捨
以一大悲微妙音　普入世間而演說
放大光明種種色　普照衆生除黑暗
光中菩薩坐蓮華　爲衆闡揚清淨法
於一毛端現衆刹　諸大菩薩皆充滿
衆會智慧各不同　悉能明了衆生心
十方世界不可說　一念周行無不盡
利益衆生供養佛　於諸佛所問深義
於諸如來作父想　爲利衆生修覺行
智慧善巧通法藏　入深智處無所著
隨順思惟說法界　經無量劫不可盡
智雖善入無處所　無有疲厭無所著
三世諸佛家中生　證得如來妙法身

普爲羣生現衆色　譬如幻師無不作
或現始修殊勝行　或現初生及出家
或現樹下成菩提　或爲衆生示涅槃
菩薩所住希有法　唯佛境界非二乘
身語意想皆已除　種種隨宜悉能現
菩薩所得諸佛法　衆生思惟發狂亂
智入實際心無礙　普現如來自在力
此於世間無與等　何況復增殊勝行
雖未具足一切智　已獲如來自在力
已住究竟一乘道　深入微妙最上法
善知衆生時非時　爲利益故現神通
分身徧滿一切刹　放淨光明除世暗
譬如龍王起大雲　普雨妙雨悉充洽
觀察衆生如幻夢　以業力故常流轉
大悲哀愍咸救拔　爲說無爲淨法性

佛力無量此亦然　譬如虛空無有邊
為令衆生得解脫　億劫勤修而不倦
種種思惟妙功德　善修無上第一業
於諸勝行恒不捨　專念生成一切智
一身示現無量身　一切世界悉周徧
其心清淨無分別　一念難思力如是
於諸世間不分別　於一切法無妄想
雖觀諸法而不取　恒救衆生無所度
一切世間唯是想　於中種種各差別
知想境界險且深　為現神通而救脫
譬如幻師自在力　菩薩神變亦如是
身徧法界及虛空　隨衆生心靡不見
能所分別二俱離　雜染清淨無所取
若縛若解智悉忘　但願普與衆生樂
一切世間唯想力　以智而入心無畏

思惟諸法亦復然　三世推求不可得
能入過去畢前際　能入未來畢後際
能入現在一切處　常勤觀察無所有
隨順涅槃寂滅法　住於無諍無所依
心如實際無與等　專向菩提永不退
修諸勝行無退怯　安住菩提不動搖
佛及菩薩與世間　盡於法界皆明了
欲得最勝第一道　為一切智解脫王
應當速發菩提心　永盡諸漏利羣生
趣向菩提心清淨　功德廣大不可說
為利衆生故稱述　汝等諸賢應善聽
無量世界盡為塵　一一塵中無量剎
其中諸佛皆無量　悉能明見無所取
善知衆生無生想　善知言語無語想
於諸世界心無礙　悉善了知無所著

其心廣大如虛空　於三世事悉明達
一切疑惑皆除滅　正觀佛法無所取
十方無量諸國土　一念往詣心無著
了達世間衆苦法　悉住無生眞實際
無量難思諸佛所　悉往彼會而覲謁
常爲上首問如來　菩薩所修諸願行
心常憶念十方佛　而無所依無所取
恒勸衆生種善根　莊嚴國土令清淨
一切趣生三有處　以無礙眼咸觀察
所有習性諸根解　無量無邊悉明見
衆生心樂悉了知　如是隨宜爲說法
於諸染淨皆通達　令彼修治入於道
無量無數諸三昧　菩薩一念皆能入
於中想智及所緣　悉善了知得自在
菩薩獲此廣大智　疾向菩提無所礙
爲欲利益諸群生　處處宣揚大人法
善知世間長短劫　一月半月及晝夜
國土各別性平等　常勤觀察不放逸
普詣十方諸世界　而於方處無所取
嚴淨國土悉無餘　亦不曾生淨分別
衆生是處若非處　及以諸業感報別
隨順思惟入佛力　於此一切悉了知
一切世間種種性　種種所行住三有
利根及與中下根　如是一切咸觀察
淨與不淨種種解　勝劣及中悉明見
一切衆生至處行　三有相續皆能說
禪定解脫諸三昧　染淨因起各不同
及以先世苦樂殊　淨修佛力咸能見
衆生業惑續諸趣　斷此諸趣得寂滅
種種漏法永不生　并其習種悉了知

如來煩惱皆除盡　大智光明照於世
菩薩於佛十力中　雖未證得亦無疑
菩薩於一毛孔中　普現十方無量剎
或有雜染或清淨　種種業作皆能了
一微塵中無量剎　無量諸佛及佛子
諸剎各別無雜亂　如一一切悉明見
於一毛孔見十方　盡虛空界諸世間
無有一處空無佛　如是佛剎悉清淨
於毛孔中見佛剎　復見一切諸衆生
三世六趣各不同　晝夜月時有縛解
如是大智諸菩薩　專心趣向法王位
於佛所住順思惟　而獲無邊大歡喜
菩薩分身無量億　供養一切諸如來
神通變現勝無比　佛所行處皆能住
無量佛所皆鑽仰　所有法藏悉耽味
見佛聞法勤修行　如飲甘露心歡喜
已獲如來勝三昧　善入諸法智增長
信心不動如須彌　普作群生功德藏
慈心廣大徧衆生　悉願疾成一切智
而恒無著無依處　離諸煩惱得自在
哀愍衆生廣大智　普攝一切同於己
知空無相無眞實　而行其心不懈退
菩薩發心功德量　億劫稱揚不可盡
以出一切諸如來　獨覺聲聞安樂故
十方國土諸衆生　皆悉施安無量劫
勸持五戒及十善　四禪四等諸定處
復於多劫施安樂　令斷諸惑成羅漢
彼諸福聚雖無量　不與發心功德比
又教億衆成緣覺　獲無諍行微妙道
以彼而校菩提心　筭數譬喩無能及

一念能過塵數剎　如是經於無量劫
此諸剎數尚可量　發心功德不可知
過去未來及現在　所有劫數無邊量
此諸劫數猶可知　發心功德無能測
以菩提心徧十方　所有分別靡不知
一念三世悉明達　利益無量衆生故
十方世界諸衆生　欲解方便意所行
及以虛空際可測　發心功德難知量
菩薩志願等十方　慈心普洽諸群生
悉使修成佛功德　是故其力無邊際
衆生欲解心所樂　諸根方便行各別
於一念中悉了知　一切智智心同等
一切衆生諸惑業　三有相續無暫斷
此諸邊際尚可知　發心功德難思議
發心能離業煩惱　供養一切諸如來
業惑既離相續斷　普於三世得解脫
一念供養無邊佛　亦供無數諸衆生
悉以香華及妙鬘　寶幢旛蓋上衣服
美食珍座經行處　種種宮殿悉嚴好
毗盧遮那妙寶珠　如意摩尼發光耀
念念如是持供養　經無量劫不可說
其人福聚雖復多　不及發心功德大
所說種種衆譬喻　無有能及菩提心
以諸三世人中尊　皆從發心而得生
發心無礙無齊限　欲求其量不可得
一切智智誓必成　所有衆生皆永度
發心廣大等虛空　生諸功德同法界
所行普徧如無異　求離衆著佛平等
一切法門無不入　一切國土悉能往
一切智境咸通達　一切功德皆成就

一切能捨恒相續　淨諸戒品無所著
具足無上大功德　常勤精進不退轉
入深禪定恒思惟　廣大智慧共相應
此是菩薩最勝地　出生一切普賢道
三世一切諸如來　靡不護念初發心
悉以三昧陀羅尼　神通變化共莊嚴
十方衆生無有量　世界虚空亦如是
發心無量過於彼　是故能生一切佛
菩提心是十力本　亦為四辯無畏本
十八不共亦復然　莫不皆從發心得
諸佛色相莊嚴身　及以平等妙法身
智慧無著所應供　悉以發心而得有
一切獨覺聲聞乘　色界諸禪三昧樂
及無色界諸三昧　悉以發心作其本
一切人天自在樂　及以諸趣種種樂
進定根力等衆樂　靡不皆由初發心
以因發起廣大心　則能修行六種度
勸諸衆生行正行　於三界中受安樂
住佛無礙實義智　所有妙業咸開闡
能令無量諸衆生　悉斷惑業向涅槃
智慧光明如淨日　衆行具足猶滿月
功德常盈譬巨海　無垢無礙同虚空
普發無邊功德願　悉與一切衆生樂
盡未來際依願行　常勤修習度衆生
無量大願難思議　願令衆生悉清淨
空無相願無依處　以願力故皆明顯
了法自性如虚空　一切寂滅悉平等
法門無數不可說　為衆生說無所著
十方世界諸如來　悉共讚歎初發心
此心無量德所嚴　能到彼岸同於佛

如衆生數爾許劫　說其功德不可盡
以住如來廣大家　三界諸法無能喻
欲知一切諸佛法　宜應速發菩提心
此心功德中最勝　必得如來無礙智
衆生心行可數知　國土微塵亦復然
虛空邊際乍可量　發心功德無能測
出生三世一切佛　成就世間一切樂
增長一切勝功德　永斷一切諸疑惑
開示一切妙境界　盡除一切諸障礙
成就一切清淨刹　出生一切如來智
欲見十方一切佛　欲施無盡功德藏
欲滅衆生諸苦惱　宜應速發菩提心

大方廣佛華嚴經卷第十七

音釋

喉吻（喉音侯咽喉也吻武粉切口吻也）問訊（訊息晉切亦問也）度量（度徒落切量龍張切度量謂計度校量也）齊限（齊在詣切齊限分齊限量也）闡（昌善切顯明也）沮（慈呂切抑也）翳膜（翳於計切膜音莫）

大方廣佛華嚴經卷第十八

唐于闐國三藏沙門實叉難陀譯

明法品第十八

爾時精進慧菩薩白法慧菩薩言佛子菩薩摩訶薩初發求一切智心成就如是無量功德具大莊嚴升一切智乘入菩薩正位捨諸世間法得佛出世法去來現在諸佛攝受決定至於無上菩提究竟之處彼諸菩薩於佛教中云何修習令諸如來皆生歡喜入諸菩薩所住之處一切大行皆得清淨所有大願悉使滿足獲諸菩薩廣大之藏隨所應化常爲說法而恒不捨波羅蜜行所念衆生咸令得度紹三寶種使不斷絕善根方便皆悉不虛佛子彼諸菩薩以何方便能令此法當得圓滿願垂哀愍爲我宣說此諸大會靡不樂聞復次如諸菩薩摩訶薩常勤修習滅除一切無明黑暗降伏魔宽制諸外道永滌一切煩惱心垢悉能成就一切善根永出一切惡趣諸難淨治一切大智境界成就一切菩薩諸地諸波羅蜜總持三昧六通三明四無所畏清淨功德莊嚴一切諸佛國土及諸相好身語心行成就滿足善知一切諸佛如來力無所畏不共佛法一切智智所行境界爲欲成熟一切衆生隨其心樂而取佛土隨根隨時如應說法種種無量廣大佛事及餘無量諸功德法諸行諸道及諸境界皆悉圓滿疾與如來功德平等於諸如來應正等覺百千阿僧祇劫修菩薩行時所集法藏悉能守護開示演說諸魔外道無能沮壞攝持正法無有窮盡於一切世界演說法時天王龍王夜

又王乾闥婆王阿脩羅王迦樓羅王緊那羅王摩睺羅伽王人王梵王如來法王皆悉守護一切世間恭敬供養同灌其頂常爲諸佛之所護念一切菩薩亦皆愛敬得善根力增長白法開演如來甚深法藏攝持正法以自莊嚴一切菩薩所行次第願皆演説爾時精進慧菩薩欲重宣其義而説頌言

大名稱者善能演　菩薩所成功德法
深入無邊廣大行　具足清淨無師智
若有菩薩初發心　成就福德智慧乘
入離生位超世間　普獲正等菩提法
彼復云何佛教中　堅固勤修轉增勝
令諸如來悉歡喜　佛所住地速當入
所行清淨願皆滿　及得廣大智慧藏
常能説法度衆生　而心無依無所著
菩薩一切波羅蜜　悉善修行無缺減
所念衆生咸救度　常持佛種使不絕
所作堅固不唐捐　一切功成得出離
如諸勝者所修行　彼清淨道願宣説
永破一切無明暗　降伏衆魔及外道
所有垢穢悉滌除　得近如來大智慧
永離惡趣諸險難　淨治大智殊勝境
獲妙道力鄰上尊　一切功德皆成就
證得如來最勝智　住於無量諸國土
隨衆生心而説法　及作廣大諸佛事
云何而得諸妙道　開演如來正法藏
常能受持諸佛法　無能超勝無與等
云何無畏如師子　所行清淨如滿月
云何修習佛功德　猶如蓮華不著水

爾時法慧菩薩告精進慧菩薩言善哉佛子

汝今爲欲多所饒益多所安樂多所惠利哀愍世間諸天及人問於如是菩薩所修清淨之行佛子汝住實法發大精進增長不退已得解脫能作是問同於如來諦聽諦聽善思念之我今承佛威神之力爲汝於中說其多分佛子菩薩摩訶薩已發一切智心應離癡暗精勤守護無令放逸佛子菩薩摩訶薩住十種法名不放逸何者爲十一者護持衆戒二者遠離愚癡淨菩提心三者心樂質直離諸諂誑四者勤修善根無有退轉五者恒善思惟自所發心六者不樂親近在家出家一切凡夫七者修諸善業而不願求世間果報八者求離二乘行菩薩道九者樂修衆善令不斷絕十者恒善觀察自相續力佛子若諸菩薩行此十法是則名爲住不放逸佛子菩薩摩訶薩住不放逸得十種清淨何者爲十一者如說而行二者念智成就三者住於深定不沉不舉四者樂求佛法無有懈息五者隨所聞法如理觀察具足出生巧妙智慧六者入深禪定得佛神通七者其心平等無有高下八者於諸衆生上中下類心無障礙猶如大地等作利益九者若見衆生乃至一發菩提之心尊重承事猶如和尚十者於授戒和尚及阿闍梨一切菩薩諸善知識法師之所常生尊重承事供養佛子是名菩薩住不放逸十種清淨佛子菩薩摩訶薩住不放逸發大精進起於正念生勝欲樂所行不息於一切法心無依處於甚深法能勤修習入無諍門增廣大心佛法無邊能順了知令諸如來皆悉歡喜佛子菩薩摩訶薩復有十法能

令一切諸佛歡喜何等爲十一者精進不退二者不惜身命三者於諸利養無所希求四者知一切法皆如虚空五者善能觀察普入法界六者知諸法印心無倚著七者常發大願八者成就清淨忍智光明九者觀自善法心無增減十者依無作門修諸淨行佛子是爲菩薩住十種法能令一切如來歡喜佛子復有十法能令一切諸佛歡喜何者爲十所謂安住不放逸安住無生忍安住大慈安住大悲安住滿足諸波羅蜜安住諸行安住大願安住巧方便安住勇猛力安住智慧觀一切法皆無所住猶如虚空佛子若諸菩薩住此十法能令一切諸佛歡喜佛子有十種法令諸菩薩速入諸地何等爲十一者善巧圓滿福智二行二者能大莊嚴波羅蜜道三者智慧明達不隨他語四者承事善友恒不捨離五者常行精進無有懈怠六者善能安住如來神力七者修諸善根不生疲倦八者深心利智以大乘法而自莊嚴九者於地地法門心無所住十者與三世佛善根方便同一體性佛子此十種法令諸菩薩速入諸地復次佛子諸菩薩初住地時應善觀察隨其所有一切法門隨其所有甚深智慧隨所修因隨所得果隨其境界隨其力用隨其示現隨其分別隨其所得悉善觀察知一切法皆是自心而無所著如是知已入菩薩地能善安住佛子彼諸菩薩作是思惟我等宜應速入諸地何以故我等若於地地中住成就如是廣大功德具功德已漸入佛地住佛地已能作無邊廣大佛事是故宜應常勤修習無有

休息無有疲厭以大功德而自莊嚴入菩薩地佛子有十種法令諸菩薩所行清淨何等爲十一者悉捨資財滿衆生意二者持戒清淨無所毀犯三者柔和忍辱無有窮盡四者勤修諸行永不退轉五者以正念力心無迷亂六者分別了知無量諸法七者修一切行而無所著八者其心不動猶如山王九者廣度衆生猶如橋梁十者知一切衆生與諸如來同一體性佛子是爲十法令諸菩薩所行清淨菩薩既得行清淨已復獲十種增勝法何等爲十一者他方諸佛皆悉護念二者善根增勝超諸等列三者善能領受佛加持力四者常得善人爲所依怙五者安住精進恒不放逸六者知一切法平等無異七者心恒安住無上大悲八者如實觀法出生妙慧九者能善修行巧妙方便十者能知如來方便之力佛子是爲菩薩十種增勝法佛子菩薩有十種清淨願何等爲十一願成熟衆生無有疲倦二願具行衆善淨諸世界三願承事如來常生尊重四願護持正法不惜軀命五願以智觀察入諸佛土六願與諸菩薩同一體性七願入如來門了一切法八願見者生信無不獲益九願神力住世盡未來劫十願具普賢行淨治一切種智之門佛子是爲菩薩十種清淨願佛子菩薩住十種法令諸大願皆得圓滿何等爲十一者心無疲厭二者具大莊嚴三者念諸菩薩殊勝願力四者聞諸佛土悉願往生五者深心長久盡未來劫六者願悉成就一切衆生七者住一切劫不以爲勞八者受一切苦不生厭離九者於一

切樂心無貪著十者常勤守護無上法門佛子菩薩滿足如是願時即得十種無盡藏何等爲十所謂普見諸佛無盡藏總持不忘無盡藏決了諸法無盡藏大悲救護無盡藏種種三昧無盡藏滿衆生心廣大福德無盡藏演一切法甚深智慧無盡藏報得神通無盡藏住無量劫無盡藏入無邊世界無盡藏佛子是爲菩薩十無盡藏菩薩得是十種藏已福德具足智慧清淨於諸衆生隨其所應而爲說法佛子菩薩云何於諸衆生隨其所應而爲說法所謂知其所作知其因緣知其心行知其欲樂貪欲多者爲說不淨瞋恚多者爲說大慈愚癡多者教勤觀察三毒等者爲說成就勝智法門樂生死者爲說三苦若著處所說處空寂心懈怠者說大精進懷我慢者說法平等多諂誑者爲說菩薩其心質直樂寂靜者廣爲說法令其成就菩薩如是隨其所應而爲說法爲說法時文相連屬義無舛謬觀法先後以智分別是非審定不違法印次第建立無邊行門令諸衆生斷一切疑善知諸根入如來教證眞實際知法平等斷諸法愛除一切執常念諸佛心無蹔捨了知音聲體性平等於諸言說心無所著巧說譬喻無相違反悉令得悟一切諸佛隨應普現平等智身菩薩如是爲諸衆生而演說法則自修習增長義利不捨諸度具足莊嚴波羅蜜道是時菩薩爲令衆生心滿足故內外悉捨而無所著是則能淨檀波羅蜜具持衆戒而無所著求離我慢是則能淨尸波羅蜜悉能忍受一切諸惡於諸衆生其心平等無有

動搖譬如大地能持一切是則能淨忍波羅蜜普發衆業常修靡懈諸有所作恒不退轉勇猛勢力無能制伏於諸功德不取不捨而能滿足一切智門是則能淨精進波羅蜜於五欲境無所貪著諸次第定悉能成就常正思惟不住不出而能銷滅一切煩惱出生無量諸三昧門成就無邊大神通力逆順次第入諸三昧於一三昧門入無邊三昧門悉知一切三昧境界與一切三昧三摩鉢底智印不相違背能速入於一切智地是則能淨禪波羅蜜於諸佛所聞法受持近善知識承事不倦常樂聞法心無厭足隨所聽受如理思惟入眞三昧離諸僻見善觀諸法得實相印了知如來無功用道乘普門慧入於一切智智之門永得休息是則能淨般若波羅蜜示現一切世間作業教化衆生而不厭倦隨其心樂而爲現身一切所行皆無染著或現凡夫或現聖人所行之行或現生死或現涅槃善能觀察一切所作示現一切諸莊嚴事而不貪著徧入諸趣度脫衆生是則能淨方便波羅蜜盡成就一切衆生盡莊嚴一切世界盡供養一切諸佛盡通達無障礙法盡修行徧法界行身恒住盡未來劫智盡知一切心念盡覺悟流轉還滅盡示現一切國土盡證得如來智慧是則能淨願波羅蜜具深心力無有雜染故具深信力無能摧伏故具大悲力不生疲厭故具大慈力所行平等故具總持力能以方便持一切義故具辯才力令一切衆生歡喜滿足故具波羅蜜力莊嚴大乘故具大願力永不斷絕故具神通力出生無

量故具加持力令信解領受故是則能淨力波羅蜜知貪欲行者知瞋恚行者知愚癡行者知等分行者知修學地行者一念中知無邊衆生行知無邊衆生心知一切法眞實知一切如來力普覺悟法界門是則能淨智波羅蜜佛子菩薩如是清淨諸波羅蜜時圓滿諸波羅蜜時不捨諸波羅蜜時住大莊嚴菩薩乘中隨其所念一切衆生皆爲說法令增淨業而得度脫墮惡道者教使發心在難中者令勤精進多貪衆生示無貪法多瞋衆生令行平等著見衆生爲說緣起欲界衆生教離欲恚惡不善法色界衆生爲其宣說毗鉢舍那無色界衆生爲其宣說微妙智慧二乘之人教寂靜行樂大乘者爲說十力廣大莊嚴如其往昔初發心時見無量衆生墮諸惡道大師子吼作如是言我當以種種法門隨其所應而度脫之菩薩具足如是智慧廣能度脫一切衆生佛子菩薩具足如是智慧令三寶種永不斷絶所以者何菩薩摩訶薩教諸衆生發菩提心是故能令佛種不斷常爲衆生開闡法藏是故能令法種不斷善持教法無所乖違是故能令僧種不斷復次悉能稱讚一切大願是故能令佛種不斷分別演說因緣之門是故能令法種不斷常勤修習六和敬法是故能令僧種不斷復次於衆生田中下佛種子是故能令佛種不斷護持正法不惜身命是故能令法種不斷統理大衆無有疲倦是故能令僧種不斷復次於去來今佛所說之法所制之戒皆悉奉持心不捨離是故能令佛法僧種永不斷絶菩薩如是

紹隆三寶一切所行無有過失隨有所作皆以迴向一切智門是故三業皆無瑕玷無瑕玷故所作衆善所行諸行教化衆生隨應説法乃至一念無有錯謬皆與方便智慧相應悉以向於一切智智無空過者菩薩如是修習善法念念具足十種莊嚴何者爲十所謂身莊嚴隨諸衆生所應調伏而爲示現故語莊嚴斷一切疑皆令歡喜故心莊嚴於一念中入諸三昧故佛刹莊嚴一切清淨離諸煩惱故光明莊嚴放無邊光普照衆生故衆會莊嚴普攝衆會皆令歡喜故神通莊嚴隨衆生心自在示現故正教莊嚴能攝一切聰慧人故涅槃地莊嚴於一處成道周徧十方悉無餘故巧説莊嚴隨處隨時隨其根器爲説法故菩薩成就如是莊嚴於念念中身語意業皆無空過悉以迴向一切智門若有衆生見此菩薩當知亦復無空過者以必當成阿耨多羅三藐三菩提故若聞名若供養若同住若憶念若隨出家若聞説法若隨喜善根若遥生欽敬乃至稱揚讚歎名字皆當得阿耨多羅三藐三菩提佛子譬如有藥名爲善見衆生見者衆毒悉除菩薩如是成就此法衆生若見諸煩惱毒皆得除滅善法增長佛子菩薩摩訶薩住此法中勤加修習以智慧明滅諸癡暗以慈悲力摧伏魔軍以大智慧及福德力制諸外道以金剛定滅除一切心垢煩惱以精進力集諸善根以淨佛土諸善根力遠離一切惡道諸難以無所著力淨智境界以方便智慧力出生一切菩薩諸地諸波羅蜜及諸三昧六通三明四無所畏悉令

清淨以一切善法力成滿一切諸佛淨土無邊相好身語及心具足莊嚴以智自在觀察力知一切如來力無所畏不共佛法悉皆平等以廣大智慧力了知一切智智境界以往昔誓願力隨所應化現佛國土轉大法輪度脫無量無邊衆生佛子菩薩摩訶薩勤修此法次第成就諸菩薩行乃至得與諸佛平等於無邊世界中爲大法師護持正法一切諸佛之所護念守護受持廣大法藏獲無礙辯深入法門於無邊世界大衆之中隨類不同普現其身色相具足最勝無比以無礙辯巧說深法其音圓滿善巧分布故能令聞者入於無盡智慧之門知諸衆生心行煩惱而爲說法所出言音具足清淨故一音演暢能令一切皆生歡喜其身端正有大威力故處於衆會無能過者善知衆心故能普現身善巧說法故音聲無礙得心自在故巧說大法無能沮壞得無所畏故心無怯弱於法自在故無能過者於智自在故無能勝者般若波羅蜜自在故所說法相不相違背辯才自在故隨樂說法相續不斷陀羅尼自在故決定開示諸法實相辯才自在故隨所演說能開種種譬喻之門大悲自在故勤誨衆生心無懈息大慈自在故放光明網悅可衆心菩薩如是處於高廣師子之座演說大法唯除如來及勝願智諸大菩薩其餘衆生無能勝者無見頂者無映奪者欲以難問令其退屈無有是處佛子菩薩摩訶薩得如是自在力已假使有不可說世界量廣大道場滿中衆生一一衆生威德色相皆如三千大千世界主菩

薩於此纔現其身悉能映蔽如是大衆以大慈悲安其怯弱以深智慧察其欲樂以無畏辯爲其說法能令一切皆生歡喜何以故佛子菩薩摩訶薩成就無量智慧輪故成就無量巧分別故成就廣大正念力故成就無盡善巧慧故成就決了諸法實相陀羅尼故成就無邊際菩提心故成就無錯謬妙辯才故成就得一切佛加持深信解故成就普入三世諸佛衆會道場智慧力故成就知三世諸佛同一體性清淨心故成就三世一切如來智一切菩薩大願智能作大法師開闡諸佛正法藏及護持故爾時法慧菩薩欲重宣其義承佛神力而說頌言

心住菩提集衆福　常不放逸植堅慧
正念其意恒不忘　十方諸佛皆歡喜
念欲堅固自勤勵　於世無依無退怯
以無諍行入深法　十方諸佛皆歡喜
佛歡喜已堅精進　修行福智助道法
入於諸地淨衆行　滿足如來所說願
如是而修獲妙法　既得法已施群生
隨其心樂及根性　悉順其宜爲開演
菩薩爲他演說法　不捨自己諸度行
波羅蜜道既已成　常於有海濟群生
晝夜勤修無懈倦　令三寶種不斷絕
所行一切白淨法　悉以迴向如來地
菩薩所修衆善行　普爲成就諸群生
令其破暗滅煩惱　降伏魔軍成正覺
如是修行得佛智　深入如來正法藏
爲大法師演妙法　譬如甘露悉霑灑
慈悲哀愍徧一切　衆生心行靡不知

如其所樂爲開闡　無量無邊諸佛法
進止安徐如象王　勇猛無畏猶師子
不動如山智如海　亦如大雨除衆熱

時法慧菩薩說此頌已如來歡喜大衆奉行

大方廣佛華嚴經卷第十八

音釋

諂誑（諂丑琰切佞言也誑居況切欺也）舛謬（舛昌兗切謬靡幼切舛謬謂舛錯謬誤也）瑕玷（瑕音遐玷都念切）勵（音例勉力也）

大方廣佛華嚴經卷第十九

唐于闐國三藏沙門實叉難陀譯

升夜摩天宮品第十九

爾時如來威神力故十方一切世界一一四天下南閻浮提及須彌頂上皆見如來處於衆會彼諸菩薩悉以佛神力故而演說法莫不自謂恒對於佛爾時世尊不離一切菩提樹下及須彌山頂而向於彼夜摩天宮寶莊嚴殿時夜摩天王遥見佛來即以神力於其殿內化作寶蓮華藏師子之座百萬層級以爲莊嚴百萬金網以爲交絡百萬華帳百萬鬘帳百萬香帳百萬寶帳彌覆其上華蓋鬘蓋香蓋寶蓋各亦百萬周迴布列百萬光明而爲照曜百萬夜摩天王恭敬頂禮百萬梵王踊躍歡喜百萬菩薩稱揚讚歎百萬天樂各奏百萬種法音相續不斷百萬種華雲百萬種鬘雲百萬種莊嚴具雲百萬種衣雲周帀彌覆百萬種摩尼雲光明照曜從百萬種善根所生百萬諸佛之所護持百萬種福德之所增長百萬種深心百萬種誓願之所嚴淨百萬種行之所生起百萬種法之所建立百萬種神通之所變現恒出百萬種言音顯示諸法時彼天王敷置座已向佛世尊曲躬合掌恭敬尊重而白佛言善來世尊善來善逝善來如來應正等覺唯願哀愍處此宮殿時佛受請即升寶殿一切十方悉亦如是爾時天王即自憶念過去佛所所種善根承佛威力而說頌言

名稱如來聞十方　諸吉祥中最無上
彼曾入此摩尼殿　是故此處最吉祥

寶王如來世間燈　諸吉祥中最無上
彼曾入此清淨殿　是故此處最吉祥
喜目如來見無礙　諸吉祥中最無上
彼曾入此莊嚴殿　是故此處最吉祥
然燈如來照世間　諸吉祥中最無上
彼曾入此殊勝殿　是故此處最吉祥
饒益如來利世間　諸吉祥中最無上
彼曾入此無垢殿　是故此處最吉祥
善覺如來無有師　諸吉祥中最無上
彼曾入此寶香殿　是故此處最吉祥
勝天如來世中燈　諸吉祥中最無上
彼曾入此妙香殿　是故此處最吉祥
無去如來論中雄　諸吉祥中最無上
彼曾入此普眼殿　是故此處最吉祥
無勝如來具衆德　諸吉祥中最無上
彼曾入此善嚴殿　是故此處最吉祥
苦行如來利世間　諸吉祥中最無上
彼曾入此普嚴殿　是故此處最吉祥

如此世界中夜摩天王承佛神力憶念往昔諸佛功德稱揚讚歎十方世界夜摩天王悉亦如是歎佛功德爾時世尊入摩尼莊嚴殿於寶蓮華藏師子座上結跏趺坐此殿忽然廣博寬容如其天衆諸所住處十方世界悉亦如是

夜摩宫中偈讚品第二十

爾時佛神力故十方各有一大菩薩一一各與佛刹微塵數菩薩俱從十萬佛刹微塵數國土外諸世界中而來集會其名曰功德林菩薩慧林菩薩勝林菩薩無畏林菩薩慚愧林菩薩精進林菩薩力林菩薩行林菩薩覺

林菩薩智林菩薩此諸菩薩所從來國所謂親慧世界幢慧世界寶慧世界勝慧世界燈慧世界金剛慧世界安樂慧世界日慧世界淨慧世界梵慧世界此諸菩薩各於佛所淨修梵行所謂常住眼佛無勝眼佛無住眼佛不動眼佛天眼佛解脫眼佛審諦眼佛明相眼佛最上眼佛紺青眼佛是諸菩薩至佛所已頂禮佛足隨所來方各化作摩尼藏師子之座於其座上結跏趺坐如此世界中夜摩天上菩薩來集一切世界悉亦如是其諸菩薩世界如來所有名號悉等無別爾時世尊從兩足上放百千億妙色光明普照十方一切世界夜摩宮中佛及大衆靡不皆現爾時功德林菩薩承佛威力普觀十方而說頌言

佛放大光明　普照於十方　悉見天人尊
通達無障礙　佛坐夜摩宮　普徧十方界
此事甚奇特　世間所希有　須夜摩天王
偈讚十如來　如此會所見　一切處咸爾
彼諸菩薩衆　皆同我等名　十方一切處
演說無上法　所從諸世界　名號亦無別
各於其佛所　淨修於梵行　彼諸如來等
名號悉亦同　國土皆豐樂　神力悉自在
十方一切處　皆謂佛在此　或見在人間
或見住天宮　如來普安住　一切諸國土
我等今見佛　處此天宮殿　昔發菩提願
普及十方界　是故佛威力　充徧難思議
遠離世所貪　具足無邊德　故獲神通力
衆生靡不見　遊行十方界　如空無所礙
一身無量身　其相不可得　佛功德無邊
云何可測知　無住亦無去　普入於法界

爾時慧林菩薩承佛威力普觀十方而說頌言

世間大導師　離垢無上尊　不可思議劫
難可得值遇　佛放大光明　世間靡不見
爲衆廣開演　饒益諸群生　如來出世間
爲世除癡冥　如是世間燈　希有難可見
已修施戒忍　精進及禪定　般若波羅蜜
以此照世間　如來無與等　求比不可得
不了法眞實　無有能得見　佛身及神通
自在難思議　無去亦無來　說法度衆生
若有得見聞　清淨天人師　永出諸惡趣
捨離一切苦　無量無數劫　修習菩提行
不能知此義　不可得成佛　不可思議劫
供養無量佛　若能知此義　功德超於彼
無量剎珍寶　滿中施於佛　不能知此義
終不成菩提

爾時勝林菩薩承佛威力普觀十方而說頌言

譬如孟夏月　空淨無雲曀　赫日揚光暉
十方靡不充　其光無限量　無有能測知
有目斯尚然　何況盲冥者　諸佛亦如是
功德無邊際　不可思議劫　莫能分別知
諸法無來處　亦無能作者　無有所從生
不可得分別　一切法無來　是故無有生
以生無有故　滅亦不可得　一切法無生
亦復無有滅　若能如是解　斯人見如來
諸法無生故　自性無所有　如是分別知
此人達深義　以法無性故　無有能了知
如是解於法　究竟無所解　所說有生者
以現諸國土　能知國土性　其心不迷惑

世間國土性　觀察悉如實　若能於此知
善說一切義

爾時無畏林菩薩承佛威力普觀十方而說
頌言

如來廣大身　究竟於法界　不離於此座
而徧一切處　若聞如是法　恭敬信樂者
永離三惡道　一切諸苦難　設往諸世界
無量不可數　專心欲聽聞　如來自在力
如是諸佛法　是無上菩提　假使欲暫聞
無有能得者　若有於過去　信如是佛法
已成兩足尊　而作世間燈　若有當得聞
如來自在力　聞已能生信　彼亦當成佛
若有於現在　能信此佛法　亦當成正覺
說法無所畏　無量無數劫　此法甚難值
若有得聞者　當知本願力　若有能受持
如是諸佛法　持已廣宣說　此人當成佛
況復勤精進　堅固心不捨　當知如是人
決定成菩提

爾時慚愧林菩薩承佛威力普觀十方而說
頌言

若人得聞是　希有自在法　能生歡喜心
疾除疑惑網　一切知見人　自說如是言
如來無不知　是故難思議　無有從無智
而生於智慧　世間常暗冥　是故無能生
如色及非色　此二不爲一　智無智亦然
其體各殊異　如相與無相　生死及涅槃
分別各不同　智無智如是　世界始成立
無有敗壞相　智無智亦然　二相非一時
如菩薩初心　不與後心俱　智無智亦然
二心不同時　譬如諸識身　各各無和合

智無智如是 究竟無和合 如阿伽陀藥
能滅一切毒 有智亦如是 能滅於無智
如來無有上 亦無與等者 一切無能比
是故難值遇

爾時精進林菩薩承佛威力普觀十方而說頌言

諸法無差別 無有能知者 唯佛與佛知
智慧究竟故 如金與金色 其性無差別
法非法亦然 體性無有異 衆生非衆生
二俱無眞實 如是諸法性 實義俱非有
譬如未來世 無有過去相 諸法亦如是
無有一切相 譬如生滅相 種種皆非實
諸法亦復然 自性無所有 涅槃不可取
說時有二種 諸法亦復然 分別有殊異
如依所數物 而有於能數 彼性無所有
如是了知法 譬如筭數法 增一至無量
數法無體性 智慧故差別 譬如諸世間
劫燒有終盡 虛空無損敗 佛智亦如是
如十方衆生 各取虛空相 諸佛亦如是
世間妄分別

爾時力林菩薩承佛威力普觀十方而說頌言

一切衆生界 皆在三世中 三世諸衆生
悉在五蘊中 諸蘊業爲本 諸業心爲本
心法猶如幻 世間亦如是 世間非自作
亦復非他作 而其得有成 亦復得有壞
世間雖有成 世間雖有壞 了達世間者
此二不應說 云何爲世間 云何非世間
世間非世間 但是名差別 三世五蘊法
說名爲世間 彼滅非世間 如是但假名

云何說諸蘊　諸蘊有何性　蘊性不可滅
是故說無生　分別此諸蘊　其性本空寂
空故不可滅　此是無生義　衆生既如是
諸佛亦復然　佛及諸佛法　自性無所有
能知此諸法　如實不顛倒　一切知見人
常見在其前

爾時行林菩薩承佛威力普觀十方而說頌言

譬如十方界　一切諸地種　自性無所有
無處不周徧　佛身亦如是　普徧諸世界
種種諸色相　無住無來處　但以諸業故
說名爲衆生　亦不離衆生　而有業可得
業性本空寂　衆生所依止　普作衆色相
亦復無來處　如是諸色相　業力難思議
了達其根本　於中無所見　佛身亦如是
不可得思議　種種諸色相　普現十方刹
身亦非是佛　佛亦非是身　但以法爲身
通達一切法　若能見佛身　清淨如法性
此人於佛法　一切無疑惑　若見一切法
本性如涅槃　是則見如來　究竟無所住
若修習正念　明了見正覺　無相無分別
是名法王子

爾時覺林菩薩承佛威力徧觀十方而說頌言

譬如工畫師　分布諸彩色　虛妄取異相
大種無差別　大種中無色　色中無大種
亦不離大種　而有色可得　心中無彩畫
彩畫中無心　然不離於心　有彩畫可得
彼心恒不住　無量難思議　示現一切色
各各不相知　譬如工畫師　不能知自心

而由心故畫　諸法性如是　心如工畫師
能畫諸世間　五蘊悉從生　無法而不造
如心佛亦爾　如佛衆生然　應知佛與心
體性皆無盡　若人知心行　普造諸世間
是人則見佛　了佛眞實性　心不住於身
身亦不住心　而能作佛事　自在未曾有
若人欲了知　三世一切佛　應觀法界性
一切唯心造

爾時智林菩薩承佛威力普觀十方而說頌言

所取不可取　所見不可見　所聞不可聞
一心不思議　有量及無量　二俱不可取
若有人欲取　畢竟無所得　不應說而說
是爲自欺誑　已事不成就　不令衆歡喜
有欲讚如來　無邊妙色身　盡於無數劫
無能盡稱述　譬如隨意珠　能現一切色
無色而現色　諸佛亦如是　又如淨虛空
非色不可見　雖現一切色　無能見空者
諸佛亦如是　普現無量色　非心所行處
一切莫能覩　雖聞如來聲　音聲非如來
亦不離於聲　能知正等覺　菩提無來去
離一切分別　云何於是中　自言能得見
諸佛無有法　佛於何有說　但隨其自心
謂說如是法

十行品第二十一之一

爾時功德林菩薩承佛神力入菩薩善思惟三昧入是三昧已十方各過萬佛刹微塵數世界外有萬佛刹微塵數諸佛皆號功德林而現其前告功德林菩薩言善哉佛子乃能入此善思惟三昧善男子此是十方各萬佛

刹微塵數同名諸佛共加於汝亦是毗盧遮那如來往昔願力威神之力及諸菩薩衆善根力令汝入是三昧而演說法爲增長佛智故深入法界故了知衆生界故所入無礙故所行無障故得無量方便故攝取一切智性故覺悟一切諸法故知一切諸根故能持說一切法故所謂發起諸菩薩十種行善男子汝當承佛威神之力而演此法是時諸佛即與功德林菩薩無礙智無著智無斷智無師智無癡智無異智無失智無量智無勝智無懈智無奪智何以故此三昧力法如是故爾時諸佛各申右手摩功德林菩薩頂時功德林菩薩即從定起告諸菩薩言佛子菩薩行不可思議與法界虛空界等何以故菩薩摩訶薩學三世諸佛而修行故佛子何等是菩薩摩訶薩行佛子菩薩摩訶薩有十種行三世諸佛之所宣說何等爲十一者歡喜行二者饒益行三者無違逆行四者無屈撓行五者無癡亂行六者善現行七者無著行八者難得行九者善法行十者眞實行是爲十佛子何等爲菩薩摩訶薩歡喜行佛子此菩薩爲大施主凡所有物悉能惠施其心平等無有悔吝不望果報不求名稱不貪利養但爲救護一切衆生攝受一切衆生饒益一切衆生爲學習諸佛本所修行憶念諸佛本所修行愛樂諸佛本所修行清淨諸佛本所修行增長諸佛本所修行住持諸佛本所修行顯現諸佛本所修行演說諸佛本所修行令諸衆生離苦得樂佛子菩薩摩訶薩修此行時令一切衆生歡喜愛樂隨諸方土有貧乏處

以願力故往生於彼豪貴大富財寶無盡假使於念念中有無量無數衆生詣菩薩所白言仁者我等貧乏靡所資贍飢羸困苦命將不全惟願慈哀施我身肉令我得食以活其命爾時菩薩即便施之令其歡喜心得滿足如是無量百千衆生而來乞求菩薩於彼曾無退怯但更增長慈悲之心以是衆生咸來乞求菩薩見之倍復歡喜作如是念我得善利此等衆生是我福田是我善友不求不請而來教我入佛法中我今應當如是修學不違一切衆生之心又作是念願我已作現作當作所有善根令我未來於一切世界一切衆生中受廣大身以是身肉充足一切飢苦衆生乃至若有一小衆生未得飽足願不捨命所割身肉亦無有盡以此善根願得阿耨多羅三藐三菩提證大涅槃願諸衆生食我肉者亦得阿耨多羅三藐三菩提獲平等智具諸佛法廣作佛事乃至入於無餘涅槃若一衆生心不滿足我終不證阿耨多羅三藐三菩提菩薩如是利益衆生而無我想衆生想有想命想種種想補伽羅想人想摩納婆想作者想受者想但觀法界衆生界無邊際法空法無所有法無相法無體法無處法無依法無作法作是觀時不見自身不見施物不見受者不見福田不見業不見報不見果不見大果不見小果爾時菩薩觀去來今一切衆生所受之身尋即壞滅便作是念奇哉衆生愚癡無智於生死內受無數身危脆不停速歸壞滅若已壞滅若今壞滅若當壞滅而不能以不堅固身求堅固身我當盡學諸

佛所學證一切智知一切法爲諸衆生説三世平等隨順寂靜不壞法性令其永得安隱快樂佛子是名菩薩摩訶薩第一歡喜行佛子何等爲菩薩摩訶薩饒益行此菩薩護持淨戒於色聲香味觸心無所著亦爲衆生如是宣説不求威勢不求種族不求富饒不求色相不求王位如是一切皆無所著但堅持淨戒作如是念我持淨戒必當捨離一切纏縛貪求熱惱諸難逼迫毀謗亂濁得佛所讚平等正法佛子菩薩如是持淨戒時於一日中假使無數百千億那由他諸大惡魔詣菩薩所一一各將無量無數百千億那由他天女皆於五欲善行方便端正姝麗傾惑人心執持種種珍玩之具欲來惑亂菩薩道意爾時菩薩作如是念此五欲者是障道法乃至障礙無上菩提是故不生一念欲想心淨如佛唯除方便教化衆生而不捨於一切智心佛子菩薩不以欲因緣故惱一衆生寧捨身命而終不作惱衆生事菩薩自得見佛已來未曾心生一念欲想何況從事若或從事無有是處爾時菩薩但作是念一切衆生於長夜中想念五欲趣向五欲貪著五欲其心決定耽染沉溺隨其流轉不得自在我今應當令此諸魔及諸天女一切衆生住無上戒住淨戒已於一切智心無退轉得阿耨多羅三藐三菩提乃至入於無餘涅槃何以故此是我等所應作業應隨諸佛如是修學作是學已離諸惡行計我無知以智入於一切佛法爲衆生説令除顛倒然知不離衆生有顛倒不離顛倒有衆生不於顛倒内有衆生不於

衆生內有顛倒亦非顛倒是衆生亦非衆生是顛倒顛倒非內法顛倒非外法衆生非內法衆生非外法一切諸法虛妄不實速起速滅無有堅固如夢如影如幻如化誑惑愚夫如是解者即能覺了一切諸行通達生死及與涅槃證佛菩提自得度令他得度自解脫令他解脫自調伏令他調伏自寂靜令他寂靜自安隱令他安隱自離垢令他離垢自清淨令他清淨自涅槃令他涅槃自快樂令他快樂佛子此菩薩復作是念我當隨順一切如來離一切世間行具一切諸佛法住無上平等處等觀衆生明達境界離諸過失斷諸分別捨諸執著善巧出離心恒安住無上無說無依無動無量無邊無盡無色甚深智慧佛子是名菩薩摩訶薩第二饒益行佛子何等爲菩薩摩訶薩無違逆行此菩薩常修忍法謙下恭敬不自害不他害不兩害不自取不他取不兩取不自著不他著不兩著亦不貪求名聞利養但作是念我當常爲衆生說法令離一切惡斷貪瞋癡憍慢覆藏慳嫉諂誑令恒安住忍辱柔和佛子菩薩成就如是忍法假使有百千億那由他阿僧祇衆生來至其所一一衆生化作百千億那由他阿僧祇口一一口出百千億那由他阿僧祇語所謂不可喜語非善法語不悅意語不可愛語非仁賢語非聖智語非聖相應語非聖親近語深可厭惡語不堪聽聞語以是言詞毀辱菩薩又此衆生一一各有百千億那由他阿僧祇手一一手各執百千億那由他阿僧祇器仗逼害菩薩如是經於阿僧祇劫曾無休

息菩薩遭此極大楚毒身毛皆竪命將欲斷作是念言我因是苦心若動亂則自不調伏自不守護自不明了自不修習自不正定自不寂靜自不愛惜自生執著何能令他心得清淨菩薩爾時復作是念我從無始劫住於生死受諸苦惱如是思惟重自勸勵令心清淨而得歡喜善自調攝自能安住於佛法中亦令衆生同得此法復更思惟此身空寂無我我所無有眞實性空無二若苦若樂皆無所有諸法空故我當解了廣爲人說令諸衆生滅除此見是故我今雖遭苦毒應當忍受爲慈念衆生故饒益衆生故安樂衆生故憐愍衆生故攝受衆生故不捨衆生故自得覺悟故令他覺悟故心不退轉故趣向佛道故是名菩薩摩訶薩第三無違逆行佛子何等

爲菩薩摩訶薩無屈撓行此菩薩修諸精進所謂第一精進大精進勝精進殊勝精進最勝精進最妙精進上精進無上精進無等精進普徧精進性無三毒性無憍慢性不覆藏性不慳嫉性無諂誑性自慚愧終不爲惱一衆生故而行精進但爲斷一切煩惱故而行精進但爲拔一切惑本故而行精進但爲除一切習氣故而行精進但爲知一切衆生界故而行精進但爲知一切衆生死此生彼故而行精進但爲知一切衆生煩惱故而行精進但爲知一切衆生心樂故而行精進但爲知一切衆生境界故而行精進但爲知一切衆生諸根勝劣故而行精進但爲知一切衆生心行故而行精進但爲知一切法界故而行精進但爲知一切佛法根本性故而行精

進但爲知一切佛法平等性故而行精進但爲知三世平等性故而行精進但爲得一切佛法智光明故而行精進但爲證一切佛法智故而行精進但爲知一切佛法一實相故而行精進但爲知一切佛法無邊際故而行精進但爲得一切佛法廣大決定善巧智故而行精進但爲得分别演說一切佛法句義智故而行精進佛子菩薩摩訶薩成就如是精進行已設有人言汝頗能爲無數世界所有衆生以一一衆生故於阿鼻地獄經無數劫備受衆苦令彼衆生一一得值無數諸佛出興於世以見佛故具受衆樂乃至入於無餘涅槃汝乃當成阿耨多羅三藐三菩提能爾不耶荅言我能設復有人作如是言有無量阿僧祇大海汝當以一毛端滴之令盡有無量阿僧祇世界盡末爲塵彼滴及塵一一數之悉知其數爲衆生故經爾許劫於念念中受苦不斷菩薩不以聞此語故而生一念悔恨之心但更增上歡喜踊躍深自慶幸得大善利以我力故令彼衆生永脫諸苦菩薩以此所行方便於一切世界中令一切衆生乃至究竟無餘涅槃是名菩薩摩訶薩第四無屈撓行佛子何等爲菩薩摩訶薩離癡亂行此菩薩成就正念心無散亂堅固不動最上清淨廣大無量無有迷惑以是正念故善解世間一切語言能持出世諸法言說所謂能持色法非色法言說能持建立色自性言說乃至能持建立受想行識自性言說心無癡亂於世間中死此生彼心無癡亂入胎出胎心無癡亂發菩提意心無癡亂事善知識

心無癡亂勤修佛法心無癡亂覺知魔事心無癡亂離諸魔業心無癡亂於不可說劫修菩薩行心無癡亂此菩薩成就如是無量正念於無量阿僧祇劫中從諸佛菩薩善知識所聽聞正法所謂甚深法廣大法莊嚴法種種莊嚴法演說種種名句文身法菩薩莊嚴法佛神力光明無上法正希望決定解清淨法不著一切世間法分別一切世間法甚廣大法離癡翳照了一切衆生法一切世間共法不共法菩薩智無上法一切智自在法菩薩聽聞如是法已經阿僧祇劫不忘不失心常憶念無有間斷何以故菩薩摩訶薩於無量劫修諸行時終不惱亂一衆生令失正念不壞正法不斷善根心常增長廣大智故復次此菩薩摩訶薩種種音聲不能惑亂所謂高大聲麤濁聲極令人恐怖聲悅意聲不悅意聲諠亂耳識聲沮壞六根聲此菩薩聞如是等無量無數好惡音聲假使充滿阿僧祇世界未曾一念心有散亂所謂正念不亂境界不亂三昧不亂入甚深法不亂行菩提行不亂發菩提心不亂憶念諸佛不亂觀眞實法不亂化衆生智不亂淨衆生智不亂決了甚深義不亂不作惡業故無惡業障不起煩惱故無煩惱障不輕慢法故無有法障不誹謗正法故無有報障佛子如上所說如是等聲一一充滿阿僧祇世界於無量無數劫未曾斷絕悉能壞亂衆生身心一切諸根而不能壞此菩薩心菩薩入三昧中住於聖法思惟觀察一切音聲善知音聲生住滅相善知音聲生住滅性如是聞已不生於貪不起於

瞋不失於念善取其相而不染著知一切聲皆無所有實不可得無有作者亦無本際與法界等無有差別菩薩如是成就寂靜身語意行至一切智永不退轉善入一切諸禪定門知諸三昧同一體性了一切法無有邊際得一切法眞實智慧得離音聲甚深三昧得阿僧祇諸三昧門增長無量廣大悲心是時菩薩於一念中得無數百千三昧聞如是聲心不惑亂令其三昧漸更增廣作如是念我當令一切衆生安住無上清淨念中於一切智得不退轉究竟成就無餘涅槃是名菩薩摩訶薩第五離癡亂行佛子何等爲菩薩摩訶薩善現行此菩薩身業清淨語業清淨意業清淨住無所得示無所得身語意業能知三業皆無所有無虛妄故無有繫縛凡所示現無性無依住如實心知無量心自性知一切法自性無得無相甚深難入住於正位眞如法性方便出生而無業報不生不滅住涅槃界住寂靜性住於眞實無性之性言語道斷超諸世間無有所依入離分别無縛著法入最勝智眞實之法入非諸世間所能了知出世間法此是菩薩善巧方便示現生相佛子此菩薩作如是念一切衆生無性爲性一切諸法無爲爲性一切國土無相爲相一切三世唯有言說一切言說於諸法中無有依處一切諸法於言說中亦無依處菩薩如是解一切法皆悉甚深一切世間皆悉寂靜一切佛法無所增益佛法不異世間法世間法不異佛法佛法世間法無有雜亂亦無差别了知法界體性平等普入三世永不捨離大

菩提心恒不退轉化衆生心轉更增長大慈悲心與一切衆生作所依處菩薩爾時復作是念我不成熟衆生誰當成熟我不調伏衆生誰當調伏我不教化衆生誰當教化我不覺悟衆生誰當覺悟我不清淨衆生誰當清淨此我所宜我所應作復作是念若我自解此甚深法唯我一人於阿耨多羅三藐三菩提獨得解脱而諸衆生盲冥無目入大險道爲諸煩惱之所纏縛如重病人恒受苦痛處貪愛獄不能自出不離地獄餓鬼畜生閻羅王界不能滅苦不捨惡業常處癡暗不見眞實輪迴生死無得出離住於八難衆垢所著種種煩惱覆障其心邪見所迷不行正道菩薩如是觀諸衆生作是念言若此衆生未成熟未調伏捨而取證阿耨多羅三藐三菩提是所不應我當先化衆生於不可說不可說劫行菩薩行未成熟者先令成熟未調伏者先令調伏是菩薩住此行時諸天魔梵沙門婆羅門一切世間乾闥婆阿脩羅等若有得見暫同住止恭敬尊重承事供養及暫耳聞一經心者如是所作悉不唐捐必定當成阿耨多羅三藐三菩提是名菩薩摩訶薩第六善現行

大方廣佛華嚴經卷第十九

音釋

羸 力爲切瘦也

危脆 脆此芮切物易斷也

毀謗 毀許委切訾也謗補曠切訕也

姝 昌朱切美好也

慳嫉 慳苦閑切悋也嫉秦悉切妬也

誹 敷尾切非議也

大方廣佛華嚴經卷第二十

唐于闐國三藏沙門　實叉難陀譯

十行品第二十一之二

佛子何等爲菩薩摩訶薩無著行佛子此菩薩以無著心於念念中能入阿僧祇世界嚴淨阿僧祇世界於諸世界心無所著往詣阿僧祇諸如來所恭敬禮拜承事供養以阿僧祇華阿僧祇香阿僧祇鬘阿僧祇塗香末香衣服珍寶幢旛妙蓋諸莊嚴具各阿僧祇以用供養如是供養爲究竟無作法故爲住不思議法故於念念中見無數佛於諸佛所心無所著於諸佛刹亦無所著於佛相好亦無所著見佛光明聽佛說法亦無所著於十方世界及佛菩薩所有衆會亦無所著聽佛法已心生歡喜志力廣大能攝能行諸菩薩行然於佛法亦無所著此菩薩於不可說劫見不可說佛出興於世一一佛所承事供養皆悉盡於不可說劫心無厭足見佛聞法及見菩薩衆會莊嚴皆無所著見不淨世界亦無憎惡何以故此菩薩如諸佛法而觀察故諸佛法中無垢無淨無暗無明無異無一無實無妄無安隱無險難無正道無邪道菩薩如是深入法界教化衆生而於衆生不生執著受持諸法而於諸法不生執著發菩提心住於佛住而於佛住不生執著雖有言說而於言說心無所著入衆生趣於衆生趣心無所著了知三昧能入能住而於三昧心無所著往詣無量諸佛國土若入若見若於中住而於佛土心無所著捨去之時亦無顧戀菩薩摩訶薩以能如是無所著故於佛法中心無

障礙了佛菩提證法毗尼住佛正教修菩薩行住菩薩心思惟菩薩解脱之法於菩薩住處心無所染於菩薩所行亦無所著淨菩薩道受菩薩記得受記已作如是念凡夫愚癡無知無見無信無解無聰敏行頑嚚貪著流轉生死不求見佛不隨明導不信調御迷誤失錯入於險道不敬十力王不知菩薩恩戀著住處聞諸法空心大驚怖遠離正法住於邪法捨夷坦道入險難道棄背佛意隨逐魔意於諸有中堅執不捨菩薩如是觀諸衆生增長大悲生諸善根而無所著菩薩爾時復作是念我當爲一衆生於十方世界一一國土經不可説不可説劫教化成熟如爲一衆生爲一切衆生皆亦如是終不以此而生疲厭捨而餘去又以毛端徧量法界於一毛端處盡不可説不可説劫教化調伏一切衆生如一毛端處一一毛端處皆亦如是乃至不於一彈指頃執著於我起我我所想於一一毛端處盡未來劫修菩薩行不著身不著法不著念不著願不著三昧不著觀察不著寂定不著境界不著教化調伏衆生亦復不著入於法界何以故菩薩作是念我應觀一切法界如幻諸佛如影菩薩行如夢佛説法如響一切世間如化業報所持故差別身如幻行力所起故一切衆生如心種種雜染故一切法如實際不可變異故又作是念我當盡虛空徧法界於十方國土中行菩薩行念念明達一切佛法正念現前無所取著菩薩如是觀身無我見佛無礙爲化衆生演説諸法令於佛法發生無量歡喜淨信救護一切心

無疲厭無疲厭故於一切世界若有衆生未成就未調伏處悉詣於彼方便化度其中衆生種種音聲種種諸業種種取著種種施設種種和合種種流轉種種所作種種境界種種生種種歿以大誓願安住其中而教化之不令其心有動有退亦不一念生染著想何以故得無所著無所依故自利利他清淨滿足是名菩薩摩訶薩第七無著行佛子何等爲菩薩摩訶薩難得行此菩薩成就難得善根難伏善根最勝善根不可壞善根無能過善根不思議善根無盡善根自在力善根大威德善根與一切佛同一性善根此菩薩修諸行時於佛法中得最勝解於佛菩提得廣大解於菩薩願未曾休息盡一切劫心無疲倦於一切苦不生厭離一切衆魔所不能動一切諸佛之所護念具行一切菩薩苦行修菩薩行精勤匪懈於大乘願恒不退轉是菩薩安住此難得行已於念念中能轉阿僧祇劫生死而不捨菩薩大願若有衆生承事供養乃至見聞皆於阿耨多羅三藐三菩提得不退轉此菩薩雖了衆生非有而不捨一切衆生界譬如船師不住此岸不住彼岸不住中流而能運度此岸衆生至於彼岸以往返無休息故菩薩摩訶薩亦復如是不住生死不住涅槃亦復不住生死中流而能運度此岸衆生置於彼岸安隱無畏無憂惱處亦不於衆生數而有所著不捨一衆生著多衆生不捨多衆生著一衆生不增衆生界不減衆生界不生衆生界不滅衆生界不盡衆生界不長衆生界不分別衆生界不二衆生界何以

故菩薩深入衆生界如法界衆生界法界無有二無二法中無增無減無生無滅無有無無無取無依無著無二何以故菩薩了一切法法界無二故菩薩如是以善方便入深法界住於無相以清淨相莊嚴其身了法無性而能分別一切法相不取衆生而能了知衆生之數不著世界而現身佛剎不分別法而善入佛法深達義理而廣演言教了一切法離欲真際而不斷菩薩道不退菩薩行常勤修習無盡之行自在入於清淨法界譬如鑽木以出於火火事無量而火不滅菩薩如是化衆生事無有窮盡而在世間常住不滅非究竟非不究竟非取非不取非依非無依非世法非佛法非凡夫非得果菩薩成就如是難得心修菩薩行時不說二乘法不說佛法不說世間不說世間法不說衆生不說無衆生不說垢不說淨何以故菩薩知一切法無染無取不轉不退故菩薩於如是寂滅微妙甚深最勝法中修行時亦不生念我現修此行已修此行當修此行不著蘊界處內世間外世間內外世間所起大願諸波羅蜜及一切法皆無所著何以故法界中無有法名向聲聞乘向獨覺乘無有法名向菩薩乘向阿耨多羅三藐三菩提無有法名向凡夫界無有法名向染向淨向生死向涅槃何以故諸法無二無不二故譬如虛空於十方中若去來今求不可得然非無虛空菩薩如是觀一切法皆不可得然非無一切法如實無異不失所作普示修行菩薩諸行不捨大願調伏衆生轉正法輪不壞因果亦不違於平等妙

法音與三世諸如來等不斷佛種不壞實相深入於法辯才無盡聞法不著至法淵底善能開演心無所畏不捨佛住不違世法普現世間而不著世間菩薩如是成就難得智慧心修習諸行於三惡趣拔出衆生教化調伏安置三世諸佛道中令不動揺復作是念世間衆生不知恩報更相讎對邪見執著迷惑顛倒愚癡無智無有信心隨逐惡友起諸惡慧貪愛無明種種煩惱皆悉充滿是我所修菩薩行處設有知恩聰明慧解及善知識充滿世間我不於中修菩薩行何以故我於衆生無所適莫無所冀望乃至不求一縷一毫及以一字讚美之言盡未來劫修菩薩行未曾一念自爲於已但欲度脫一切衆生令其清淨永得出離何以故於衆生中爲明導者法應如是不取不求但爲衆生修菩薩道令其得至安隱彼岸成阿耨多羅三藐三菩提是名菩薩摩訶薩第八難得行佛子何等爲菩薩摩訶薩善法行此菩薩爲一切世間天人魔梵沙門婆羅門乾闥婆等作清涼法池攝持正法不斷佛種得清淨光明陀羅尼故說法授記辯才無盡得具足義陀羅尼故義辯無盡得覺悟實法陀羅尼故法辯無盡得訓釋言詞陀羅尼故詞辯無盡得無邊文句無盡義無礙門陀羅尼故無礙辯無盡得佛灌頂陀羅尼灌其頂故歡喜辯無盡得不由他悟陀羅尼門故光明辯無盡得同辯陀羅尼門故同辯無盡得種種義身句身文身中訓釋陀羅尼門故訓釋辯無盡得無邊旋陀羅尼故無邊辯無盡此菩薩大悲堅固普攝

衆生於三千大千世界變身金色施作佛事隨諸衆生根性欲樂以廣長舌於一音中現無量音應時説法皆令歡喜假使有不可説種種業報無數衆生共會一處其會廣大充滿不可説世界菩薩於彼衆會中坐是中衆生一一皆有不可説阿僧祇口一一口能出百千億那由他音同時發聲各别言詞各别所問菩薩於一念中悉能領受皆爲酬對令除疑惑如一衆會中於不可説衆會中悉亦如是復次假使一毛端處念念出不可説不可説道場衆會一切毛端處皆亦如是盡未來劫彼劫可盡衆會無盡是諸衆會於念念中以各别言詞各别所問菩薩於一念中悉能領受無怖無怯無疑無謬而作是念設一切衆生以如是語業俱來問我我爲説法無斷無盡皆令歡喜住於善道復令善解一切言詞能爲衆生説種種法而於言語無所分别假使不可説不可説種種言詞而來問難一念悉領一音咸荅普使開悟無有遺餘以得一切智灌頂故以得無礙藏故以得一切法圓滿光明故具足一切智智故佛子此菩薩摩訶薩安住善法行已能自清淨亦能以無所著方便而普饒益一切衆生不見有衆生得出離者如於此三千大千世界如是乃至於不可説三千大千世界變身金色妙音具足於一切法無所障礙而作佛事佛子此菩薩摩訶薩成就十種身所謂入無邊法界非趣身滅一切世間故入無邊法界諸趣身生一切世間故不生身住無生平等法故不滅身一切滅言説不可得故不實身得如實

故不妄身隨應現故不遷身離死此生彼故不壞身法界性無壞故一相身三世語言道斷故無相身善能觀察法相故菩薩成就如是十種身爲一切衆生舍長養一切善根故爲一切衆生救令其得大安隱故爲一切衆生歸與其作大依處故爲一切衆生導令得無上出離故爲一切衆生師令入眞實法中故爲一切衆生燈令其明見業報故爲一切衆生光令照甚深妙法故爲一切三世炬令其曉悟實法故爲一切世間照令入光明地中故爲一切諸趣明示現如來自在故佛子是名菩薩摩訶薩第九善法行菩薩安住此行爲一切衆生作清涼法池能盡一切佛法源故佛子何等爲菩薩摩訶薩眞實行此菩薩成就第一誠諦之語如說能行如行能說此菩薩學三世諸佛眞實語入三世諸佛種性與三世諸佛善根同等得三世諸佛無二語隨如來學智慧成就此菩薩成就知衆生是處非處智去來現在業報智諸根利鈍智種種界智種種解智一切至處道智諸禪解脫三昧垢淨起時非時智一切世界宿住隨念智天眼智漏盡智而不捨一切菩薩行何以故欲教化一切衆生悉令清淨故此菩薩復生如是增上心若我不令一切衆生住無上解脫道而我先成阿耨多羅三藐三菩提者則違我本願是所不應是故要當先令一切衆生得無上菩提無餘涅槃然後成佛何以故非衆生請我發心我自爲衆生作不請之友欲先令一切衆生滿足善根成一切智是故我爲最勝不著一切世間故我爲最上

住無上調御地故我爲離翳解衆生無際故我爲已辦本願成就故我爲善變化菩薩功德莊嚴故我爲善依怙三世諸佛攝受故此菩薩摩訶薩不捨本願故得入無上智慧莊嚴利益衆生悉令滿足隨本誓願皆得究竟於一切法中智慧自在令一切衆生普得清淨念念徧遊十方世界念念普詣不可說不可說諸佛國土念念悉見不可說不可說諸佛及佛莊嚴清淨國土示現如來自在神力普徧法界虛空界此菩薩現無量身普入世間而無所依於其身中現一切刹一切衆生一切諸法一切諸佛此菩薩知衆生種種想種種欲種種解種種業報種種善根隨其所應爲現其身而調伏之觀諸菩薩如幻一切法如化佛出世如影一切世間如夢得義身文身無盡藏正念自在決定了知一切諸法智慧最勝入一切三昧眞實相住一性無二地菩薩摩訶薩以諸衆生皆著於二安住大悲修行如是寂滅之法得佛十力入因陀羅網法界成就如來無礙解脫人中雄猛大師子吼得無所畏能轉無礙清淨法輪得智慧解脫了知一切世間境界絶生死迴流入智慧大海爲一切衆生護持三世諸佛正法到一切佛法海實相源底菩薩住此眞實行已一切世間天人魔梵沙門婆羅門乾闥婆阿脩羅等有親近者皆令開悟歡喜清淨是名菩薩摩訶薩第十眞實行爾時佛神力故十方各有佛刹微塵數世界六種震動所謂動徧動等徧動起徧起等徧起踊徧踊等徧踊震徧震等徧震吼徧吼等徧吼擊徧擊等徧

擊雨天妙華天香天末香天鬘天衣天寶天莊嚴具奏天樂音放天光明演暢諸天微妙音聲如此世界夜摩天宮說十行法所現神變十方世界悉亦如是復以佛神力故十方各過十萬佛剎微塵數世界外有十萬佛剎微塵數菩薩俱來詣此土充滿十方語功德林菩薩言佛子善哉善哉善能演說諸菩薩行我等一切同名功德林所住世界皆名功德幢彼土如來同名普功德我等佛所亦說此法眾會眷屬言詞義理悉亦如是無有增減佛子我等皆承佛神力來入此會為汝作證十方世界悉亦如是爾時功德林菩薩承佛神力普觀十方一切眾會暨于法界欲令佛種性不斷故欲令菩薩種性清淨故欲令願種性不退轉故欲令行種性常相續故欲令三世種性悉平等故欲攝三世一切佛種性故欲開演所種諸善根故欲觀察一切諸根故欲解煩惱習氣心行所作故欲照了一切佛菩提故而說頌曰

一心敬禮十力尊　離垢清淨無礙見
境界深遠無倫匹　住如虛空道中者
過去人中諸最勝　功德無量無所著
勇猛第一無等倫　彼離塵者行斯道
現在十方諸國土　善能開演第一義
離諸過惡最清淨　彼無依者行斯道
未來所有人師子　周徧遊行於法界
已發諸佛大悲心　彼饒益者行斯道
三世所有無比尊　自然除滅愚癡暗
於一切法皆平等　彼大力人行此道
普見無量無邊界　一切諸有及諸趣

見已其心不分別　彼無動者行斯道
法界所有皆明了　於第一義最清淨
永破瞋慢及愚癡　彼功德者行斯道
於諸衆生善分別　悉入法界眞實性
自然覺悟不由他　彼等空者行斯道
盡空所有諸國土　悉往說法廣開喻
所說清淨無能壞　彼勝牟尼行此道
具足堅固不退轉　成就尊重最勝法
願力無盡到彼岸　彼善修者所行道
無量無邊一切地　廣大甚深妙境界
悉能知見靡有遺　彼論師子所行道
一切句義皆明了　所有異論悉摧伏
於法決定無所疑　彼大牟尼行此道
遠離世間諸過患　普與衆生安隱樂
能爲無等大導師　彼勝德者行斯道

恒以無畏施衆生　普令一切皆欣慶
其心清淨離染濁　彼無等者行斯道
意業清淨極調善　離諸戲論無口過
威光圓滿衆所欽　彼最勝者行斯道
入眞實義到彼岸　住功德處心永寂
諸佛護念恒不忘　彼滅有者行斯道
遠離於我無惱害　恒以大音宣正法
十方國土靡不周　彼絕譬者行斯道
檀波羅蜜已成滿　百福相好所莊嚴
衆生見者皆欣悅　彼最勝慧行斯道
智地甚深難可入　能以妙慧善安住
其心究竟不動搖　彼堅固行行斯道
法界所有悉能入　隨所入處咸究竟
神通自在靡不該　彼法光明行此道
諸無等等大牟尼　勤修三昧無二相

心常在定樂寂靜　彼普見者行斯道
微細廣大諸國土　更相涉入各差別
如其境界悉了知　彼智山王行此道
意常明潔離諸垢　於三界中無所著
護持衆戒到彼岸　此淨心者行斯道
智慧無邊不可説　普徧法界虛空界
善能修學住其中　彼金剛慧行斯道
三世一切佛境界　智慧善入悉周徧
未甞暫起疲厭心　彼最勝者行斯道
善能分別十力法　了知一切至處道
身業無礙得自在　彼功德身行此道
十方無量無邊界　所有一切諸衆生
我皆救護而不捨　彼無畏者行斯道
於諸佛法勤修習　心常精進不懈倦
淨治一切諸世間　彼大龍王行此道
了知衆生根不同　欲解無量各差別
種種諸界皆明達　此普入者行斯道
十方世界無量刹　悉往受生無有數
未曾一念生疲厭　彼歡喜者行斯道
普放無量光明網　照耀一切諸世間
其光所照入法性　此善慧者行斯道
震動十方諸國土　無量億數那由他
不令衆生有驚怖　此利世者所行道
善解一切語言法　問難酬對悉究竟
聰哲辯慧靡不知　此無畏者所行道
善解覆仰諸國土　分別思惟得究竟
悉使住於無盡地　此勝慧者所行道
功德無量那由他　爲求佛道皆修習
於其一切到彼岸　此無盡行所行道
超出世間大論師　辯才第一師子吼

普使群生到彼岸　此淨心者所行道
諸佛灌頂第一法　已得此法灌其頂
心恒安住正法門　彼廣大心行此道
一切衆生無量別　了達其心悉周徧
決定護持佛法藏　彼如須彌行此道
能於一一語言中　普爲示現無量音
令彼衆生隨類解　此無礙見行斯道
一切文字語言法　智皆善入不分別
住於眞實境界中　此見性者所行道
安住甚深大法海　善能印定一切法
了法無相眞實門　此見實者所行道
一一佛土皆往詣　盡於無量無邊劫
觀察思惟靡暫停　此匪懈者所行道
無量無數諸如來　種種名號各不同
於一毛端悉明見　此淨福者所行道
一毛端處見諸佛　其數無量不可說
一切法界悉亦然　彼諸佛子行斯道
無量無邊無數劫　於一念中悉明見
知其脩促無定相　此解脫行所行道
能令見者無空過　皆於佛法種因緣
而於所作心無著　彼諸最勝所行道
那由他劫常遇佛　終不一念生疲厭
其心歡喜轉更增　此不空見所行道
盡於無量無邊劫　觀察一切衆生界
未曾見有一衆生　此堅固士所行道
修習無邊福智藏　普作清涼功德池
利益一切諸群生　彼第一人行此道
法界所有諸品類　普徧虛空無數量
了彼皆依言說住　此師子吼所行道
能於一一三昧中　普入無數諸三昧

悉至法門幽奥處　此論月者行斯道
忍力勤修到彼岸　能忍最勝寂滅法
其心平等不動揺　此無邊智所行道
於一世界一坐處　其身不動恒寂然
而於一切普現身　彼無邊身行此道
無量無邊諸國土　悉令共入一塵中
普得包容無障礙　彼無邊思行此道
了達是處及非處　於諸力處普能入
成就如來最上力　彼第一力所行道
過去未來現在世　無量無邊諸業報
恒以智慧悉了知　此達解者所行道
了達世間時非時　如應調伏諸衆生
悉順其宜而不失　此善了者所行道
善守身語及意業　恒令依法而修行
離諸取著降衆魔　此智心者所行道
於諸法中得善巧　能入真如平等處
辯才宣説無有窮　此佛行者所行道
陀羅尼門已圓滿　善能安住無礙藏
於諸法界悉通達　此深入者所行道
三世所有一切佛　悉與等心同智慧
一性一相無有殊　此無礙種所行道
已抉一切愚癡膜　深入廣大智慧海
普施衆生清淨眼　此有目者所行道
已具一切諸導師　平等神通無二行
獲於如來自在力　此善修者所行道
徧遊一切諸世間　普雨無邊妙法雨
悉令於義得決了　此法雲者所行道
能於佛智及解脱　深生淨信永不退
以信而生智慧根　此善學者所行道
能於一念悉了知　一切衆生無有餘

了彼衆生心自性　達無性者所行道
法界一切諸國土　悉能化往無有數
其身最妙絶等倫　此無比行所行道
佛刹無邊無有數　無量諸佛在其中
菩薩於彼悉現前　親近供養生尊重
菩薩能以獨一身　入於三昧而寂定
令見其身無有數　一一皆從三昧起
菩薩所住最深妙　所行所作超戲論
其心清淨常悦樂　能令衆生悉歡喜
諸根方便各差別　能以智慧悉明見
而了諸根無所依　調難調者所行道
能以方便巧分別　於一切法得自在
十方世界各不同　悉在其中作佛事
諸根微妙行亦然　能爲衆生廣説法
誰其聞者不欣慶　此等虚空所行道
智眼清淨無與等　於一切法悉明見
如是智慧巧分別　此無等者所行道
所有無盡廣大福　一切修行使究竟
令諸衆生悉清淨　此無比者所行道
普勸修成助道法　悉令得住方便地
度脱衆生無有數　未曾暫起衆生想
一切機緣悉觀察　先護彼意令無諍
普示衆生安隱處　此方便者所行道
成就最上第一智　具足無量無邊智
於諸四衆無所畏　此方便智所行道
一切世界及諸法　悉能徧入得自在
亦入一切衆會中　度脱群生無有數
十方一切國土中　擊大法鼓悟群生
爲法施主最無上　此不滅者所行道
一身結跏而正坐　充滿十方無量刹

而令其身不迫隘　此法身者所行道
能於一義一文中　演說無量無邊法
而於邊際不可得　此無邊智所行道
於佛解脫善修學　得佛智慧無障礙
成就無畏爲世雄　此方便者所行道
了知十方世界海　亦知一切佛剎海
智海法海悉了知　衆生見者咸欣慶
或現入胎及初生　或現道場成正覺
如是皆令世間見　此無邊者所行道
無量億數國土中　示現其身入涅槃
實不捨願歸寂滅　此雄論者所行道
堅固微密一妙身　與佛平等無差別
隨諸衆生各異見　一實身者所行道
法界平等無差別　具足無量無邊義
樂觀一相心不移　三世智者所行道

於諸衆生及佛法　建立加持悉究竟
所有持力同於佛　最上持者行斯道
神足無礙猶如佛　天眼無礙最清淨
耳根無礙善聽聞　此無礙意所行道
所有神通皆具足　隨其智慧悉成就
善知一切靡所儔　此賢智者所行道
其心正定不搖動　其智廣大無邊際
所有境界皆明達　一切見者所行道
已到一切功德岸　能隨次第度衆生
其心畢竟無厭足　此常勤者所行道
三世所有諸佛法　於此一切咸知見
從於如來種性生　彼諸佛子行斯道
隨順言詞已成就　乖違談論善摧伏
常能趣向佛菩提　無邊慧者所行道
一光照觸無涯限　十方國土悉充徧

普使世間得大明　此破暗者所行道
隨其應見應供養　爲現如來清淨身
教化衆生百千億　莊嚴佛剎亦如是
爲令衆生出世間　一切妙行皆修習
此行廣大無邊際　云何而有能知者
假使分身不可說　而與法界虛空等
悉共稱揚彼功德　百千萬劫無能盡
菩薩功德無有邊　一切修行皆具足
假使無量無邊佛　於無量劫說不盡
何況世間天及人　一切聲聞及緣覺
能於無量無邊劫　讚歎稱揚得究竟

大方廣佛華嚴經卷第二十

音釋

頑嚚（頑五還切嚚語中切心不則德義之經爲頑口不道忠信之言爲嚚）

適莫（適音的可也莫末各切不可也）

縷（力主切縷絲縷也）

大方廣佛華嚴經卷第二十一

唐于闐國三藏沙門實叉難陀譯

十無盡藏品第二十二

爾時功德林菩薩復告諸菩薩言佛子菩薩摩訶薩有十種藏過去未來現在諸佛已說當說今說何等爲十所謂信藏戒藏慙藏愧藏聞藏施藏慧藏念藏持藏辯藏是爲十佛子何等爲菩薩摩訶薩信藏此菩薩信一切法空信一切法無相信一切法無願信一切法無作信一切法無分別信一切法無所依信一切法不可量信一切法無有上信一切法難超越信一切法無生若菩薩能如是隨順一切法生淨信已聞諸佛法不可思議心不怯弱聞一切佛不可思議心不怯弱聞衆生界不可思議心不怯弱聞法界不可思議心不怯弱聞虛空界不可思議心不怯弱聞涅槃界不可思議心不怯弱聞過去世不可思議心不怯弱聞未來世不可思議心不怯弱聞現在世不可思議心不怯弱聞入一切劫不可思議心不怯弱何以故此菩薩於諸佛所一向堅信知佛智慧無邊無盡十方無量諸世界中一一各有無量諸佛於阿耨多羅三藐三菩提已得今得當得已出世今出世當出世已入涅槃今入涅槃當入涅槃彼諸佛智慧不增不減不生不滅不進不退不近不遠無知無捨此菩薩入佛智慧成就無邊無盡信得此信已心不退轉心不雜亂不可破壞無所染著常有根本隨順聖人住如來家護持一切諸佛種性增長一切菩薩信解隨順一切如來善根出生一切諸佛方便

是名菩薩摩訶薩信藏菩薩住此信藏則能聞持一切佛法爲衆生說皆令開悟佛子何等爲菩薩摩訶薩戒藏此菩薩成就普饒益戒不受戒不住戒無悔恨戒無違諍戒不損惱戒無雜穢戒無貪求戒無過失戒無毀犯戒云何爲普饒益戒此菩薩受持淨戒本爲利益一切衆生云何爲不受戒此菩薩不受行外道諸所有戒但性自精進奉持三世諸佛如來平等淨戒云何爲不住戒此菩薩受持戒時心不住欲界不住色界不住無色界何以故不求生彼而持戒故云何爲無悔恨戒此菩薩恒得安住無悔恨心何以故不作重罪不行諂詐不破淨戒故云何爲無違諍戒此菩薩不非先制不更造立心常隨順向涅槃戒具足受持無所毀犯不以持戒惱他衆生令其生苦但願一切心常歡喜而持於戒云何爲不惱害戒此菩薩不因於戒學諸呪術造作方藥惱害衆生但爲救護一切衆生而持於戒云何爲不雜戒此菩薩不著邊見不持雜戒但觀緣起持出離戒云何爲無貪求戒此菩薩不現異相彰已有德但爲滿足出離法故而持於戒云何爲無過失戒此菩薩不自貢高言我持戒見破戒人亦不輕毀令他愧恥但一其心而持於戒云何爲無毀犯戒此菩薩永斷殺盜邪婬妄語兩舌惡口及無義語貪瞋邪見具足受持十種善業菩薩持此無犯戒時作是念言一切衆生毀犯淨戒皆由顛倒唯佛世尊能知衆生以何因緣而生顛倒毀犯淨戒我當成就無上菩提廣爲衆生說眞實法令離顛倒是名菩薩

摩訶薩第二戒藏佛子何等爲菩薩摩訶薩慙藏此菩薩憶念過去所作諸惡而生於慙謂彼菩薩心自念言我無始世來與諸衆生皆悉互作父母兄弟姊妹男女具貪瞋癡憍慢諂誑及餘一切諸煩惱故更相惱害遞相陵奪姦婬傷殺無惡不造一切衆生悉亦如是以諸煩惱備造衆惡是故各各不相恭敬不相尊重不相承順不相謙下不相啓導不相護惜更相殺害互爲怨讎自惟我身及諸衆生去來現在行無慙法三世諸佛無不知見今若不斷此無慙行三世諸佛亦當見我我當云何猶行不止甚爲不可是故我應專心斷除證阿耨多羅三藐三菩提廣爲衆生說眞實法是名菩薩摩訶薩第三慙藏佛子何等爲菩薩摩訶薩愧藏此菩薩自愧昔來於五欲中種種貪求無有厭足因此增長貪恚癡等一切煩惱我今不應復行是事又作是念衆生無智起諸煩惱具行惡法不相恭敬不相尊重乃至展轉互爲怨讎如是等惡無不備造造已歡喜追求稱歎盲無慧眼無所知見於母人腹中入胎受生成垢穢身畢竟至於髮白面皺有智慧者觀此但是從婬慾生不淨之法三世諸佛皆悉知見若我於今猶行是事則爲欺誑三世諸佛是故我當修行於愧速成阿耨多羅三藐三菩提廣爲衆生說眞實法是名菩薩摩訶薩第四愧藏佛子何等爲菩薩摩訶薩聞藏此菩薩知是事有故是事有是事無故是事無是事起故是事起是事滅故是事滅是世間法是出世間法是有爲法是無爲法是有記法是無記

法何等爲是事有故是事有謂無明有故行有何等爲是事無故是事無謂識無故名色無何等爲是事起故是事起謂愛起故苦起何等爲是事滅故是事滅謂有滅故生滅何等爲世間法所謂色受想行識何等爲出世間法所謂戒定慧解脫解脫知見何等爲有爲法所謂欲界色界無色界衆生界何等爲無爲法所謂虛空涅槃數緣滅非數緣滅緣起法性住何等爲有記法謂四聖諦四沙門果四辯四無所畏四念處四正勤四神足五根五力七覺分八聖道分何等爲無記法謂世間有邊世間無邊世間亦有邊亦無邊世間非有邊非無邊世間有常世間無常世間亦有常亦無常世間非有常非無常如來滅後有如來滅後無如來滅後亦有亦無如來滅後非有非無我及衆生有我及衆生無我及衆生亦有亦無我及衆生非有非無過去有幾如來般涅槃幾聲聞辟支佛般涅槃未來有幾如來幾聲聞辟支佛幾衆生現在有幾佛住幾聲聞辟支佛住幾衆生住何等如來最先出何等聲聞辟支佛最先出何等衆生最先出何等如來最後出何等聲聞辟支佛最後出何等衆生最後出何法最在初何法最在後世間從何處來去至何所有幾世界成有幾世界壞世界從何處來去至何所何者爲生死最初際何者爲生死最後際是名無記法菩薩摩訶薩作如是念一切衆生於生死中無有多聞不能了知此一切法我當發意持多聞藏證阿耨多羅三藐三菩提爲諸衆生說眞實法是名菩薩摩訶薩第五

多聞藏佛子何等爲菩薩摩訶薩施藏此菩薩行十種施所謂分減施竭盡施内施外施内外施一切施過去施未來施現在施究竟施佛子云何爲菩薩分減施此菩薩稟性仁慈好行惠施若得美味不專自受要與衆生然後方食凡所受物悉亦如是若自食時作是念言我身中有八萬戸蟲依於我住我身充樂彼亦充樂我身饑苦彼亦饑苦我今受此所有飲食願令衆生普得充飽爲施彼故而自食之不貪其味復作是念我於長夜愛著其身欲令充飽而受飲食今以此食惠施衆生願我於身永斷貪著是名分減施云何爲菩薩竭盡施佛子此菩薩得種種上味飲食香華衣服資生之具若自以受用則安樂延年若輟已施人則窮苦夭命時或有人來作是言汝今所有悉當與我菩薩自念我無始已來以饑餓故喪身無數未曾得有如毫末許饒益衆生而獲善利今我亦當同於往昔而捨其命是故應爲饒益衆生隨其所有一切皆捨乃至盡命亦無所悋是名竭盡施云何爲菩薩内施佛子此菩薩年方少盛端正美好香華衣服以嚴其身始受灌頂轉輪王位七寶具足王四天下時或有人來白王言大王當知我今衰老身嬰重疾煢獨羸頓死將不久若得王身手足血肉頭目骨髓我之身命必冀存活唯願大王莫更籌量有所顧惜但見慈念以施於我爾時菩薩作是念言今我此身後必當死無一利益宜時疾捨以濟衆生念已施之心無所悔是名内施云何爲菩薩外施佛子此菩薩年盛色美衆相

具足名華上服而以嚴身始受灌頂轉輪王位七寶具足王四天下時或有人來白王言我今貧窶衆苦逼迫惟願仁慈特垂矜念捨此王位以贍於我我當統領受王福樂爾時菩薩作是念言一切榮盛必當衰歇於衰歇時不能復更饒益衆生我今宜應隨彼所求充滿其意作是念已即便施之而無所悔是名外施云何爲菩薩内外施佛子此菩薩如上所說處輪王位七寶具足王四天下時或有人而來白言此轉輪位王處已久我未曾得唯願大王捨之與我幷及王身爲我臣僕爾時菩薩作是念言我身財寶及以王位悉是無常敗壞之法我今盛壯富有天下乞者現前當以不堅而求堅法作是念已即便施之乃至以身恭勤作役心無所悔是名内外施云何爲菩薩一切施佛子此菩薩亦如上說處輪王位七寶具足王四天下時有無量貧窮之人來詣其前而作是言大王名稱周聞十方我等欽風故來至此吾曹今者各有所求願普垂慈令得滿足時諸貧人從彼大王或乞國土或乞妻子或乞手足血肉心肺頭目髓腦菩薩是時心作是念一切恩愛會當別離而於衆生無所饒益我今爲欲永捨貪愛以此一切必離散物滿衆生願作是念已悉皆施與心無悔恨亦不於衆生而生厭賤是名一切施云何爲菩薩過去施此菩薩聞過去諸佛菩薩所有功德聞已不著了達非有不起分別不貪不味亦不求取無所依倚見法如夢無有堅固於諸善根不起有想亦無所倚但爲教化取著衆生成熟佛法而

為演說又復觀察過去諸法十方推求都不可得作是念已於過去法畢竟皆捨是名過去施云何為菩薩未來施此菩薩聞未來諸佛之所修行了達非有不取於相不別樂往生諸佛國土不味不著亦不生厭不以善根迴向於彼亦不於彼而退善根常勤修行未曾廢捨但欲因彼境界攝取衆生為說真實令成熟佛法然此法者非有處所非無處所非內非外非近非遠復作是念若法非有不可不捨是名未來施云何為菩薩現在施此菩薩聞四天王衆天三十三天夜摩天兜率陀天化樂天他化自在天梵天梵身天梵輔天梵衆天大梵天光天少光天無量光天光音天淨天少淨天無量淨天徧淨天廣天少廣天無量廣天廣果天無煩天無熱天善見天善現天色究竟天乃至聞聲聞緣覺具足功德聞已其心不迷不沒不聚不散但觀諸行如夢不實無有貪著為令衆生捨離惡趣心無分別修菩薩道成就佛法而為開演是名現在施云何為菩薩究竟施佛子此菩薩假使有無量衆生或有無眼或有無耳或無鼻舌及以手足來至其所告菩薩言我身薄祜諸根殘缺惟願仁慈以善方便捨已所有令我具足菩薩聞之即便施與假使由此經阿僧祇劫諸根不具亦不心生一念悔惜但自觀身從初入胎不淨微形胞段諸根生老病死又觀此身無有真實無有慚愧非賢聖物臭穢不潔骨節相持血肉所塗九孔常流人所惡賤作是觀已不生一念愛著之心復作是念此身危脆無有堅固我今云何而生

戀著應以施彼充滿其願如我所作以此開導一切衆生令於身心不生貪愛悉得成就清淨智身是名究竟施是爲菩薩摩訶薩第六施藏佛子何等爲菩薩摩訶薩慧藏此菩薩於色如實知色集如實知色滅如實知色滅道如實知於受想行識如實知受想行識集如實知受想行識滅如實知受想行識滅道如實知於無明如實知無明集如實知無明滅如實知無明滅道如實知於愛如實知愛集如實知愛滅如實知愛滅道如實知於聲聞如實知聲聞法如實知聲聞集如實知聲聞涅槃如實知於獨覺如實知獨覺法如實知獨覺集如實知獨覺涅槃如實知於菩薩如實知菩薩法如實知菩薩集如實知菩薩涅槃如實知云何知知從業報諸行因緣之所造作一切虛假空無有實非我非堅固無有少法可得成立欲令衆生知其實性廣爲宣說爲說何等說諸法不可壞何等法不可壞色不可壞受想行識不可壞無明不可壞聲聞法獨覺法菩薩法不可壞何以故一切法無作無作者無言說無處所不生不起不與不取無動轉無作用菩薩成就如是等無量慧藏以少方便了一切法自然明達不由他悟此慧無盡藏有十種不可盡故說爲無盡何等爲十所謂多聞善巧不可盡故親近善知識不可盡故善分別句義不可盡故入深法界不可盡故以一味智莊嚴不可盡故集一切福德心無疲倦不可盡故入一切陀羅尼門不可盡故能分別一切衆生語言音聲不可盡故能斷一切衆生疑惑不可盡

故爲一切衆生現一切佛神力教化調伏令修行不斷不可盡故是爲十是爲菩薩摩訶薩第七慧藏住此藏者得無盡智慧普能開悟一切衆生佛子何等爲菩薩摩訶薩念藏此菩薩捨離癡惑得具足念憶念過去一生二生乃至十生百生千生百千生無量百千生成劫壞劫成壞劫非一成劫非一壞劫非一成壞劫百劫千劫百千億那由他乃至無量無數無邊無等不可數不可稱不可思不可量不可說不可說不可說劫念一佛名號乃至不可說不可說佛名號念一佛出世說授記乃至不可說不可說佛出世說授記念一佛出世說修多羅乃至不可說不可說佛出世說修多羅如修多羅祇夜授記伽陀尼陀那優陀那本事本生方廣未曾有譬喻論議亦如是念一衆會乃至不可說不可說衆會念演一法乃至演不可說不可說法念一根種種性乃至不可說不可說根種種性念一根無量種種性乃至不可說不可說根無量種種性念一煩惱種種性乃至不可說不可說煩惱種種性念一三昧種種性乃至不可說不可說三昧種種性此念有十種所謂寂靜念清淨念不濁念明徹念離塵念離種種塵念離垢念光耀念可愛樂念無障礙念菩薩住是念時一切世間無能嬈亂一切異論無能變動往世善根悉得清淨於諸世法無所染著衆魔外道所不能壞轉身受生無所忘失過現未來說法無盡於一切世界中與衆生同住曾無過咎入一切諸佛衆會道場無所障礙一切佛所悉得親近是名菩薩

摩訶薩第八念藏佛子何等爲菩薩摩訶薩持藏此菩薩持諸佛所說修多羅文句義理無有忘失一生持乃至不可說不可說生持持一佛名號乃至不可說不可說佛名號持一劫數乃至不可說不可說劫數持一佛授記乃至不可說不可說佛授記持一修多羅乃至不可說不可說修多羅持一衆會乃至不可說不可說衆會持演一法乃至演不可說不可說法持一根無量種種性乃至不可說不可說根無量種種性持一煩惱種種性乃至不可說不可說煩惱種種性持一三昧種種性乃至不可說不可說三昧種種性佛子此持藏無邊難滿難至其底難得親近無能制伏無量無盡具大威力是佛境界唯佛能了是名菩薩摩訶薩第九持藏佛子何等爲菩薩摩訶薩辯藏此菩薩有深智慧了知實相廣爲衆生演說諸法不違一切諸佛經典說一品法乃至不可說不可說品法說一佛名號乃至不可說不可說佛名號如是說一世界說一佛授記說一修多羅說一衆會說演一法說一根無量種種性說一煩惱無量種種性說一三昧無量種種性乃至說不可說不可說三昧無量種種性或一日說或半月一月說或百年千年百千年說或一劫百劫千劫百千劫說或百千億那由他劫說或無數無量乃至不可說不可說劫說劫數可盡一文一句義理難盡何以故此菩薩成就十種無盡藏故成就此藏得攝一切法陀羅尼門現在前百萬阿僧祇陀羅尼以爲眷屬得此陀羅尼已以法光明廣爲衆生演說

於法其說法時以廣長舌出妙音聲充滿十方一切世界隨其根性悉令滿足心得歡喜滅除一切煩惱纏垢善入一切音聲言語文字辯才令一切眾生佛種不斷淨心相續亦以法光明而演說法無有窮盡不生疲倦何以故此菩薩成就盡虛空徧法界無邊身故是爲菩薩摩訶薩第十辯藏此藏無窮盡無分段無間無斷無變異無隔礙無退轉甚深無底難可得入普入一切佛法之門佛子此十種無盡藏有十種無盡法令諸菩薩究竟成就無上菩提何等爲十饒益一切眾生故以本願善迴向故一切劫無斷絕故盡虛空界悉開悟心無限故迴向有爲而不著故一念境界一切法無盡故大願心無變異故善攝取諸陀羅尼故一切諸佛所護念故了一切法皆如幻故是爲十種無盡法能令一切世間所作悉得究竟無盡大藏

大方廣佛華嚴經卷第二十一

音釋

怯弱 怯乞業切畏懦也弱而灼切劣弱也 諂詐 諂丑琰切佞言也詐側駕切欺也偽也 瞋癡 瞋昌眞切怒而張目也癡丑知切愚也不慧也 憍慢 憍舉喬切恣也慢謨晏切倨也 怨讎 怨於袁切讎市流切怨讎謂怨對仇讎也 面皺 皺側救切面皮皺皺也 欺誑 欺去奇切謾也詐也誑古況切亦欺也 輟 陟劣切止也歇也 夭命 夭於兆切短折也不盡天年謂之夭命 嬰 於盈切縈也謂縈纏重疾也 煢獨 煢渠營切獨也 羸頓 羸力追切瘦弱也頓都困切顛仆也 籌量 籌直由切筭度也量呂章切稱量也謂稱量輕重長短也 貧窶 窶其矩切貧無禮也 逼迫 逼筆力切驅也迫博陌切急迫也 髓腦 髓息委切骨中脂也腦乃老切頭髓也 脆 七芮切小耎易斷也

嬈亂嬈而沼切擾同亦亂也

大方廣佛華嚴經卷第二十二

唐于闐國三藏沙門實义難陀譯

升兜率天宮品第二十三

爾時佛神力故十方一切世界一一四天下閻浮提中皆見如來坐於樹下各有菩薩承佛神力而演說法靡不自謂恒對於佛爾時世尊復以神力不離於此菩提樹下及須彌頂夜摩天宮而往詣於兜率陀天一切妙寶所莊嚴殿時兜率天王遙見佛來即於殿上敷摩尼藏師子之座其師子座天諸妙寶之所集成過去修行善根所得一切如來神力所現無量百千億那由他阿僧祇善根所生一切如來淨法所起無邊福力之所嚴瑩清淨業報不可沮壞觀者欣樂無有厭足是出世法非世所染一切衆生咸來觀察無有能得究其妙好有百萬億層級周帀圍繞百萬億金網百萬億華帳百萬億寶帳百萬億鬘帳百萬億香帳張施其上華鬘垂下香氣普熏百萬億華蓋百萬億鬘蓋百萬億寶蓋諸天執持四面行列百萬億寶衣以敷其上百萬億樓閣綺煥莊嚴百萬億摩尼網百萬億寶網彌覆其上百萬億寶瓔珞網四面垂下百萬億莊嚴具網百萬億蓋網百萬億衣網百萬億寶帳網以張其上百萬億寶蓮華網開敷光榮百萬億寶香網其香美妙稱悅衆心百萬億寶鈴帳其鈴微動出和雅音百萬億栴檀寶帳香氣普熏百萬億寶華帳其華敷榮百萬億衆妙色衣帳世所希有百萬億菩薩帳百萬億雜色帳百萬億眞金帳百萬億瑠璃帳百萬億種種寶帳悉張其上百萬

億一切寶帳大摩尼寶以為莊嚴百萬億妙寶華周帀瑩飾百萬億頻婆帳殊妙間錯百萬億寶鬘百萬億香鬘四面垂下百萬億天堅固香其香普熏百萬億天莊嚴具瓔珞百萬億寶華瓔珞百萬億勝藏寶瓔珞百萬億摩尼寶瓔珞百萬億海摩尼寶瓔珞莊嚴座身百萬億妙寶繒綵以為垂帶百萬億因陀羅金剛寶百萬億自在摩尼寶百萬億妙色真金藏以為間飾百萬億毗盧遮那摩尼寶百萬億因陀羅摩尼寶光明照耀百萬億天堅固摩尼寶以為窻牖百萬億清淨功德摩尼寶彰施妙色百萬億清淨妙藏寶以為門闥百萬億世中最勝半月寶百萬億離垢藏摩尼寶百萬億師子面摩尼寶間錯莊嚴百萬億心王摩尼寶所求如意百萬億閻浮檀

摩尼寶百萬億清淨藏摩尼寶百萬億帝幢摩尼寶咸放光明彌覆其上百萬億白銀藏摩尼寶百萬億須彌幢摩尼寶莊嚴其藏百萬億真珠瓔珞百萬億瑠璃瓔珞百萬億赤色寶瓔珞百萬億摩尼瓔珞百萬億寶光明瓔珞百萬億種種藏摩尼瓔珞百萬億甚可樂見赤真珠瓔珞百萬億無邊色相藏摩尼寶瓔珞百萬億極清淨無比寶瓔珞百萬億勝光明摩尼寶瓔珞周帀垂布以為莊嚴百萬億摩尼身殊妙嚴飾百萬億因陀羅妙色寶百萬億黑栴檀香百萬億不思議境界香百萬億十方妙香百萬億最勝香百萬億甚可愛樂香咸發香氣普熏十方百萬億頻婆羅香普散十方百萬億淨光香普熏眾生百萬億無邊際種種色香普熏一切諸佛國土

永不歇滅百萬億塗香百萬億熏香百萬億燒香香氣發越普熏一切百萬億蓮華藏沉水香出大音聲百萬億遊戲香能轉衆心百萬億阿樓那香香氣普熏其味甘美百萬億能開悟香普徧一切令其聞者諸根寂靜復有百萬億無比香王香種種莊嚴雨百萬億天華雲雨百萬億天香雲雨百萬億天末香雲雨百萬億天拘蘇摩華雲雨百萬億天波頭摩華雲雨百萬億天優鉢羅華雲雨百萬億天拘物頭華雲雨百萬億天芬陀利華雲雨百萬億天曼陀羅華雲雨百萬億一切天華雲雨百萬億天衣雲雨百萬億摩尼寶雲雨百萬億天蓋雲雨百萬億天旛雲雨百萬億天冠雲雨百萬億天莊嚴具雲雨百萬億天寶鬘雲雨百萬億天寶瓔珞雲雨百萬億天栴檀香雲雨百萬億天沉水香雲建百萬億寶幢懸百萬億寶旛垂百萬億寶繒帶然百萬億香鑪布百萬億寶鬘持百萬億寶扇執百萬億寶拂懸百萬億寶鈴網微風吹動出妙音聲百萬億寶欄楯周帀圍繞百萬億寶多羅樹次第行列百萬億妙寶窻牖綺麗莊嚴百萬億寶樹周帀垂陰百萬億樓閣延袤綺飾百萬億寶門垂布瓔珞百萬億金鈴出妙音聲百萬億吉祥相瓔珞嚴淨垂下百萬億寶悉底迦能除衆惡百萬億金藏金縷織成百萬億寶蓋衆寶爲竿執持行列百萬億一切寶莊嚴具網間錯莊嚴百萬億光明寶放種種光百萬億光明周徧照耀百萬億日藏輪百萬億月藏輪並無量色寶之所集成百萬億香燄光明映徹百萬億蓮華藏開

敷鮮榮百萬億寶網百萬億華網百萬億香網彌覆其上百萬億天寶衣百萬億天青色衣百萬億天黃色衣百萬億天赤色衣百萬億天奇妙色衣百萬億天種種寶奇妙衣百萬億種種香熏衣百萬億一切寶所成衣百萬億鮮白衣悉善敷布見者歡喜百萬億天鈴幢百萬億金網幢出微妙音百萬億天繒幢衆彩具足百萬億香幢垂布香網百萬億華幢雨一切華百萬億天衣幢懸布妙衣百萬億天摩尼寶幢衆寶莊嚴百萬億天莊嚴具幢衆具校飾百萬億天鬘幢種種華鬘四面行布百萬億天蓋幢寶鈴和鳴聞皆歡喜百萬億天螺出妙音聲百萬億天鼓出大音聲百萬億天箜篌出微妙音百萬億天牟陀羅出大妙音百萬億天諸雜樂同時俱奏百萬億天自在樂出妙音聲其聲普徧一切佛刹百萬億天變化樂其聲如響普應一切百萬億天鼓因於撫擊而出妙音百萬億天如意樂自然出聲音節相和百萬億天諸雜樂出妙音聲滅諸煩惱百萬億悅意音讚歎供養百萬億廣大音讚歎承事百萬億甚深音讚歎修行百萬億衆妙音歎佛業果百萬億微細音歎如實理百萬億無障礙眞實音歎佛本行百萬億清淨音讚歎過去供養諸佛百萬億法門音讚歎諸佛最勝無畏百萬億無量音歎諸菩薩功德無盡百萬億菩薩地音讚歎開示一切菩薩地相應行百萬億無斷絕音歎佛功德無有斷絕百萬億隨順音讚歎稱揚見佛之行百萬億甚深法音讚歎一切法無礙智相應理百萬億廣大音其音

充滿一切佛刹百萬億無礙清淨音隨其心樂悉令歡喜百萬億不住三界音令其聞者深入法性百萬億歡喜音令其聞者心無障礙深信恭敬百萬億佛境界音隨所出聲悉能開示一切法義百萬億陀羅尼音善宣一切法句差別決了如來祕密之藏百萬億一切法音其音和暢克諧衆樂有百萬億初發心菩薩纔見此座倍更增長一切智心百萬億治地菩薩心淨歡喜百萬億修行菩薩悟解清淨百萬億生貴菩薩住勝志樂百萬億方便具足菩薩起大乘行百萬億正心住菩薩勤修一切菩薩道百萬億不退菩薩淨修一切菩薩地百萬億童眞菩薩得一切菩薩三昧光明百萬億法王子菩薩入不思議諸佛境界百萬億灌頂菩薩能現無量如來十力百萬億菩薩得自在神通百萬億菩薩生清淨解百萬億菩薩心生愛樂百萬億菩薩深信不壞百萬億菩薩勢力廣大百萬億菩薩名稱增長百萬億菩薩演說法義令智決定百萬億菩薩正念不亂百萬億菩薩生決定智百萬億菩薩得聞持力持一切佛法百萬億菩薩出生無量廣大覺解百萬億菩薩安住信根百萬億菩薩得檀波羅蜜能一切施百萬億菩薩得尸波羅蜜具持衆戒百萬億菩薩得忍波羅蜜心不妄動悉能忍受一切佛法百萬億菩薩得精進波羅蜜能行無量出離精進百萬億菩薩得禪波羅蜜具足無量禪定光明百萬億菩薩得般若波羅蜜智慧光明能普照耀百萬億菩薩成就大願悉皆清淨百萬億菩薩得智慧燈明照法門

百萬億菩薩爲十方諸佛法光所照百萬億菩薩周徧十方演離癡法百萬億菩薩普入一切諸佛刹土百萬億菩薩法身隨到一切佛國百萬億菩薩得佛音聲能廣開悟百萬億菩薩得出生一切智方便百萬億菩薩得成就一切法門百萬億菩薩成就法智猶如寶幢能普顯示一切佛法百萬億菩薩能悉示現如來境界百萬億諸天王恭敬禮拜百萬億龍王諦觀無厭百萬億夜叉王頂上合掌百萬億乾闥婆王起淨信心百萬億阿修羅王斷憍慢意百萬億迦樓羅王口銜繒帶百萬億緊那羅王歡喜踊躍百萬億摩睺羅伽王歡喜瞻仰百萬億世主稽首作禮百萬億忉利天王瞻仰不瞬百萬億夜摩天王歡喜讚歎百萬億兜率天王布身作禮百萬億化樂天王頭頂禮敬百萬億他化天王恭敬合掌百萬億梵天王一心觀察百萬億摩醯首羅天王恭敬供養百萬億菩薩發聲讚歎百萬億天女專心供養百萬億同願天踊躍歡喜百萬億往昔同住天妙聲稱讚百萬億梵身天布身敬禮百萬億梵輔天合掌於頂百萬億梵衆天圍繞侍衛百萬億大梵天讚歎稱揚無量功德百萬億光天五體投地百萬億少光天宣揚讚歎佛世難值百萬億無量光天遥向佛禮百萬億光音天讚歎如來甚難得見百萬億淨天與宮殿俱而來詣此百萬億少淨天以清淨心稽首作禮百萬億無量淨天願欲見佛投身而下百萬億徧淨天恭敬尊重親近供養百萬億廣天念昔善根百萬億少廣天於如來所生希有想百萬

億無量廣天決定尊重生諸善業百萬億廣果天曲躬恭敬百萬億無煩天信根堅固恭敬禮拜百萬億無熱天合掌念佛情無厭足百萬億善見天頭面作禮百萬億善現天念供養佛心無懈歇百萬億阿迦尼吒天恭敬頂禮百萬億種種天皆大歡喜發聲讚歎百萬億諸天各善思惟而爲莊嚴百萬億菩薩天護持佛座莊嚴不絕百萬億華手菩薩雨一切華百萬億香手菩薩雨一切香百萬億鬘手菩薩雨一切鬘百萬億末香手菩薩雨一切末香百萬億塗香手菩薩雨一切塗香百萬億衣手菩薩雨一切衣百萬億蓋手菩薩雨一切蓋百萬億幢手菩薩雨一切幢百萬億旛手菩薩雨一切旛百萬億寶手菩薩雨一切寶百萬億莊嚴手菩薩雨一切莊嚴具百萬億諸天子從天宮出至於座所百萬億諸天子以淨信心弃宮殿俱百萬億生貴天子以身持座百萬億灌頂天子舉身持座百萬億思惟菩薩恭敬思惟百萬億生貴菩薩發清淨心百萬億菩薩諸根悅樂百萬億菩薩深心清淨百萬億菩薩信解清淨百萬億菩薩諸業清淨百萬億菩薩受生自在百萬億菩薩法光照耀百萬億菩薩成就於地百萬億菩薩善能教化一切衆生百萬億善根所生百萬億諸佛護持百萬億福德所圓滿百萬億殊勝心所清淨百萬億大願所嚴潔百萬億善行所生起百萬億善法所堅固百萬億神力所示現百萬億功德所成就百萬億讚歎法而以讚歎如此世界兜率天王奉爲如來敷置高座一切世界兜率天王悉

爲於佛如是敷座如是莊嚴如是儀則如是信樂如是心淨如是欣樂如是喜悅如是尊重如是而生希有之想如是踊躍如是渴仰悉皆同等爾時兜率天王爲如來敷置座已心生尊重與十萬億阿僧祇兜率天子奉迎如來以清淨心雨阿僧祇色華雲雨不思議色香雲雨種種色鬘雲雨廣大清淨栴檀雲雨無量種種盖雲雨細妙天衣雲雨無邊衆妙寶雲雨天莊嚴具雲雨無量種種燒香雲雨一切栴檀沉水堅固末香雲諸天子衆各從其身出此諸雲時百千億阿僧祇兜率天子及餘在會諸天子衆心大歡喜恭敬頂禮阿僧祇天女踊躍欣慕諦觀如來兜率宫中不可說諸菩薩衆住虛空中精勤一心以出過諸天諸供養具供養於佛恭敬作禮阿僧祇音樂一時同奏爾時如來威神力故往昔善根之所流故不可思議自在力故兜率宫中一切諸天及諸天女皆遥見佛如對目前同興念言如來出世難可值遇我今得見具一切智於法無礙正等覺者如是思惟如是觀察與諸衆會悉共同時奉迎如來各以天衣盛一切華盛一切香盛一切寶盛一切莊嚴具盛一切天栴檀末香盛一切天沉水末香盛一切天妙寶末香盛一切天香華盛一切天曼陀羅華悉以奉散供養於佛百千億那由他阿僧祇兜率陀天子住虛空中咸於佛所起智慧境界心燒一切香香氣成雲莊嚴虛空又於佛所起歡喜心雨一切天華雲莊嚴虛空又於佛所起尊重心雨一切天盖雲莊嚴虛空又於佛所起供養心散一切天

鬘雲莊嚴虛空又於佛所生信解心布阿僧祇金網彌覆虛空一切寶鈴常出妙音又於佛所生最勝福田心以阿僧祇帳莊嚴虛空雨一切瓔珞雲無有斷絕又於佛所生深信心以阿僧祇諸天宮殿莊嚴虛空一切天樂出微妙音又於佛所生最勝難遇心以阿僧祇種種色天衣雲莊嚴虛空雨於無比種種妙衣又於佛所生無量歡喜踊躍心以阿僧祇諸天寶冠莊嚴虛空雨無量天冠廣大成雲又於佛所起歡喜心以阿僧祇種種色寶莊嚴虛空雨一切瓔珞雲無有斷絕百千億那由他阿僧祇天子咸於佛所生淨信心散無數種種色天華然無數種種色天香供養如來又於佛所起大莊嚴變化心持無數種種色天栴檀末香奉散如來又於佛所起歡喜踊躍心持無數種種色蓋隨逐如來又於佛所起增上心持無數種種色天寶衣敷布道路供養如來又於佛所起清淨心持無數種種色天寶幢奉迎如來又於佛所起增上歡喜心持無數種種色天莊嚴具供養如來又於佛所生不壞信心持無數天寶鬘供養如來又於佛所生無比歡喜心持無數種種色天寶旛供養如來百千億那由他阿僧祇諸天子以調順寂靜無放逸心持無數種種色天樂出妙音聲供養如來百千億那由他不可說先住兜率宮諸菩薩衆以從超過三界法所生離諸煩惱行所生周徧無礙心所生甚深方便法所生無量廣大智所生堅固清淨信所增長不思議善根所生起阿僧祇善巧變化所成就供養佛心之所現無作法

門之所印出過諸天諸供養具供養於佛以從波羅蜜所生一切寶蓋於一切佛境界清淨解所生一切華帳無生法忍所生一切衣入金剛法無礙心所生一切鈴網解一切法如幻心所生一切堅固香周偏一切佛境界如來座心所生一切佛衆寶妙座供養佛不懈心所生一切寶幢解諸法如夢歡喜心所生佛所住一切寶宫殿無著善根無生善根所生一切寶蓮華雲一切堅固香雲一切無邊色華雲一切種種色妙衣雲一切無邊清淨栴檀香雲一切妙莊嚴寶蓋雲一切燒香雲一切妙鬘雲一切清淨莊嚴具雲皆徧法界出過諸天供養之具供養於佛其諸菩薩一一身各出不可說百千億那由他菩薩皆充滿法界虛空界其心等於三世諸佛以從無顛倒法所起無量如來力所加開示衆生安隱之道具足不可說名味句普入無量法一切陀羅尼種中生不可窮盡辯才之藏心無所畏生大歡喜以不可說無量無盡如實讃歎法讃歎如來無有猒足爾時一切諸天及諸菩薩衆見於如來應正等覺不可思議人中之雄其身無量不可稱數現不思議種種神變令無數衆生心大歡喜普徧一切虛空界一切法界以佛莊嚴而爲莊嚴令一切衆生安住善根示現無量諸佛神力超過一切諸語言道諸大菩薩所共欽敬隨所應化皆令歡喜住於諸佛廣大之身功德善根悉已清淨色相第一無能映奪智慧境界不可窮盡無比三昧之所出生其身無際徧住一切衆生身中令無量衆生皆大歡喜令一切

智種性不斷住於諸佛究竟所住生於三世諸佛之家令不可數衆生信解清淨令一切菩薩智慧成就諸根悅豫法雲普覆虛空法界教化調伏無有遺餘隨衆生心悉令滿足令其安住無分别智出過一切衆生之上獲一切智放大光明宿世善根皆令顯現普使一切發廣大心令一切衆生安住普賢不可壞智徧住一切衆生國土從於不退正法中生住於一切平等法界明了衆生心之所宜現不可説不可説種種差别如來之身非世言詞而歎可盡能令一切常思念佛充滿法界廣度群生隨初發心所欲利益以法惠施令其調伏信解清淨示現色身不可思議等觀衆生心無所著住無礙住得佛十力無所障礙心常寂定未曾散亂住一切智善能開演種種文句眞實之義能悉深入無邊智海出生無量功德慧藏恒以佛日普照法界隨本願力常現不没恒住法界住佛所住無有變異於我我所俱無所著住出世法世法無染於一切世間建智慧幢其智廣大超過世間無所染著拔諸衆生令出淤泥置於最上智慧之地所有福德饒益衆生而無有盡了知一切菩薩智慧信向決定當成正覺以大慈悲現不可説無量佛身種種莊嚴以妙音聲演無量法隨衆生意悉令滿足於去來今心常清淨令諸衆生不著境界恒與一切諸菩薩記令其皆入佛之種性生在佛家得佛灌頂常遊十方未曾休息而於一切無所樂著法界佛刹悉能徧往諸衆生心靡不了知所有福德離世清淨不住生死而於世間如

影普現以智慧月普照法界了達一切悉無所得恒以智慧知諸世間如幻如影如夢如化一切皆以心爲自性如是而住隨諸衆生業報不同心樂差別諸根各異而現佛身如來恒以無數衆生而爲所緣爲說世間皆從緣起知諸法相皆悉無相唯是一相智慧之本欲令衆生離諸相著示現一切世間性相而行於世爲其開示無上菩提爲欲救護一切衆生出現世間開示佛道令其得見如來身相攀緣憶念勤加修習除滅世間煩惱之相修菩提行心不散動於大乘門皆得圓滿成就一切諸佛義利悉能觀察衆生善根而不壞滅清淨業報智慧明了普入三世永離一切世間分別放光明網普照十方一切世界無不充滿色身妙好見者無厭以大功德智慧神通出生種種菩薩諸行諸根境界自在圓滿作諸佛事作已便沒善能開示過現未來一切智道爲諸菩薩普雨無量陀羅尼雨令其發起廣大欲樂受持修習成就一切諸佛功德圓滿熾盛無邊妙色莊嚴其身一切世間靡不現覩永離一切障礙之法於一切法眞實之義已得清淨於功德法而得自在爲大法王如日普照爲世福田具大威德於一切世間普現化身放智慧光悉令開悟欲令衆生知佛具足無邊功德以無礙繒繫頂受位隨順世間方便開導以智慧手安慰衆生爲大醫王善療衆病一切世間無量國土悉能徧往未曾休息清淨慧眼離諸障翳悉能明見於作不善惡業衆生種種調伏令其入道善取時宜無有休息若諸衆生起平

等心即爲化現平等業報隨其心樂隨其業果爲現佛身種種神變而爲說法令其悟解得法智慧心大歡喜諸根踊躍見無量佛起深重信生諸善根永不退轉一切衆生隨業所繫長眠生死如來出世能覺悟之安慰其心使無憂怖若得見者悉令證入無依義智智慧善巧了達境界莊嚴妙好無能映奪智山法芽悉已清淨或現菩薩或現佛身令諸衆生至無患地無數功德之所莊嚴業行所成現於世間一切諸佛莊嚴清淨莫不皆以一切智業之所成就常守本願不捨世間作諸衆生堅固善友清淨第一離垢光明令一切衆生皆得現見六趣衆生無量無邊佛以神力常隨不捨若有往昔同種善根皆令清淨而於六趣一切衆生不捨本願無所欺誑悉以善法方便攝取令其修習清淨之業摧破一切諸魔鬬諍從無礙際出廣大力最勝日藏無有障礙於淨心界而現影像一切世間無不覩見以種種法廣施衆生佛是無邊光明之藏諸力智慧皆悉圓滿恒以大光普照衆生隨其所願皆令滿足離諸怨敵爲上福田一切衆生共所依怙凡有所施悉令清淨修少善行受無量福悉令得入無盡智地爲一切衆生種植善根淨心之主爲一切衆生發生福德最上良田智慧甚深方便善巧能救一切三惡道苦如是信解如是觀察如是入於智慧之淵如是遊於功德之海如是普至虛空智慧如是而知衆生福田如是正念現前觀察如是觀佛諸業相好如是觀佛普現世間如是觀佛神通自在時彼大衆見

如來身一一毛孔出百千億那由他阿僧祇光明一一光明有阿僧祇色阿僧祇清淨阿僧祇照明令阿僧祇衆觀察阿僧祇衆歡喜阿僧祇衆快樂阿僧祇衆深信增長阿僧祇衆志樂清淨阿僧祇衆諸根清涼阿僧祇衆恭敬尊重爾時大衆咸見佛身放百千億那由他不思議大光明一一光明皆有不思議色不思議光照不思議無邊法界以佛神力出大妙音其音演暢百千億那由他不思議讃頌超諸世間所有言詞出世善根之所成就復現百千億那由他不思議微妙莊嚴於百千億那由他不思議劫歎不可盡皆是如來無盡自在之所出生又現不可說諸佛如來出興於世令諸衆生入智慧門解甚深義又現不可說諸佛如來所有變化盡法界虛空界令一切世間平等清淨如是皆從如來所住無障礙一切智生亦從如來所修行不思議勝德生復現百千億那由他不思議妙寶光燄從昔大願善根所起以曾供養無量如來修清淨行無放逸故薩婆若心無有障礙生善根故爲顯如來力廣徧故爲斷一切衆生疑故爲令咸得見如來故令無量衆生住善根故顯示如來神通之力無映奪故欲令衆生普得入於究竟海故爲令一切諸佛國土菩薩大衆皆來集故爲欲開示不可思議佛法門故爾時如來大悲普覆示一切智所有莊嚴欲令不可說百千億那由他阿僧祇世界中衆生未信者信已信者增長已增長者令其清淨已清淨者令其成熟已成熟者令心調伏觀甚深法具足無量智慧光明

發生無量廣大之心薩婆若心無有退轉不違法性不怖實際證眞實理滿足一切波羅蜜行出世善根皆悉清淨猶如普賢得佛自在離魔境界入諸佛境了知深法獲難思智大乘誓願永不退轉常見諸佛未曾捨離成就證智證無量法具足無邊福德藏力發歡喜心入無疑地離惡清淨依一切智見法不動得入一切菩薩衆會常生三世諸如來家世尊所現如是莊嚴皆是過去先所積集善根所成爲欲調伏諸衆生故開示如來大威德故照明無礙智慧藏故示現如來無邊勝德極熾然故顯示如來不可思議大神變故以神通力於一切趣現佛身故示現如來神通變化無邊際故本所志願悉成滿故顯示如來勇猛智慧能徧往故於法自在成法王

故出生一切智慧門故示現如來身清淨故又現其身最殊妙故顯示證得三世諸佛平等法故開示善根清淨藏故顯示世間無能爲喻上妙色故顯示具足十力之相令其見者無厭足故爲世間日照三世故自在法王一切功德皆從往昔善根所現一切菩薩於一切劫稱揚讚說不可窮盡爾時兜率陀天王奉爲如來嚴辦如是諸供具已與百千億那由他阿僧祇兜率天子向佛合掌白佛言善來世尊善來善逝善來如來應正等覺惟見哀愍處此宮殿爾時世尊以佛莊嚴而自莊嚴具大威德爲令一切衆生生大歡喜故一切菩薩發深悟解故一切兜率陀天子增益欲樂故兜率陀天王供養承事無厭足故無量衆生緣念於佛而發心故無量衆生種

見佛善根福德無盡故常能發起清淨信故見佛供養無所求故所有志願皆清淨故勤集善根無懈息故發大誓願求一切智故受天王請入一切寶莊嚴殿如此世界十方所有一切世界悉亦如是爾時一切寶莊嚴殿自然而有妙好莊嚴出過諸大莊嚴之上一切寶網周帀彌覆普雨一切上妙寶雲普雨一切莊嚴具雲普雨一切寶衣雲普雨一切栴檀香雲普雨一切堅固香雲普雨一切寶莊嚴蓋雲普雨不可思議華聚雲普出不可思議妓樂音聲讚揚如來一切種智悉與妙法而共相應如是一切諸供養具悉過諸天供養之上時兜率宮中妓樂歌讚熾然不息以佛神力令兜率王心無動亂往昔善根皆得圓滿無量善法益加堅固增長淨信起大精進生大歡喜淨深志樂發菩提心念法無斷總持不忘爾時兜率陀天王承佛威力即自憶念過去佛所所種善根而說頌言

昔有如來無礙月　諸吉祥中最殊勝
彼曾入此莊嚴殿　是故此處最吉祥
昔有如來名廣智　諸吉祥中最殊勝
彼曾入此金色殿　是故此處最吉祥
昔有如來名普眼　諸吉祥中最殊勝
彼曾入此蓮華殿　是故此處最吉祥
昔有如來號珊瑚　諸吉祥中最殊勝
彼曾入此寶藏殿　是故此處最吉祥
昔有如來論師子　諸吉祥中最殊勝
彼曾入此山王殿　是故此處最吉祥
昔有如來名日照　諸吉祥中最殊勝
彼曾入此衆華殿　是故此處最吉祥

昔有佛號無邊光　諸吉祥中最殊勝
彼曾入此樹嚴殿　是故此處最吉祥
昔有如來名法幢　諸吉祥中最殊勝
彼曾入此寶宫殿　是故此處最吉祥
昔有如來名智燈　諸吉祥中最殊勝
彼曾入此香山殿　是故此處最吉祥
昔有佛號功德光　諸吉祥中最殊勝
彼曾入此摩尼殿　是故此處最吉祥

如此世界兜率天王承佛神力以頌讚歎過去諸佛十方一切諸世界中兜率天王悉亦如是歎佛功德爾時世尊於一切寶莊嚴殿摩尼寶藏師子座上結跏趺坐法身清淨妙用自在與三世佛同一境界住一切智與一切佛同入一性佛眼明了見一切法皆無障礙有大威力普遊法界未嘗休息具大神通隨有可化衆生之處悉能徧往以一切諸佛無礙莊嚴而嚴其身善知其時爲衆說法不可說諸菩薩衆各從他方種種國土而共來集衆會清淨法身無二無所依止而能自在起佛身行坐此座已於其殿中自然而有無量無數殊特妙好出過諸天供養之具所謂華鬘衣服塗香末香寶蓋幢旛妓樂歌讚如是等事一一皆悉不可稱數以廣大心恭敬尊重供養於佛十方一切兜率陀天悉亦如是

大方廣佛華嚴經卷第二十二

音釋

嚴瑩 瑩烏定切嚴瑩謂嚴飾如玉之潔瑩也　沮壞 沮慈呂切壞古聵切沮壞謂遏沮毀壞之也　層級 層昨楞切級居立切層級猶重階疊級也　鬘 莫班切　綺煥 綺袪几切繒綺也細綾也煥呼玩切文彩明貌　間錯 間古

晏切廁也錯七各切雜也

繒綵繒疾陵切帛也綵倉改切繪繒也

欄楯欄落干切勾欄也楯食閏切闌檻也

延袤延以然切遠也袤莫候切長也又廣袤也南北曰袤東西曰廣

螺落戈切貝屬海介蟲也

箜篌箜苦紅切篌戶鉤切箜篌樂器也

撫擊撫芳武切彈也擊古歷切扣也

和暢暢丑亮切和暢謂調和通暢也

諧胡皆切和也

銜手監切凡口中含物皆曰銜

瞬舒閏切目動也

摩醯首羅梵語也此云大自在天名也醯馨夷切

淤泥淤依倨切淤泥謂滓淤濁泥也

障翳翳於計切障翳謂障塞蔽翳也

依怙依於機切怙後五切依怙謂依倚恃怙也

珊瑚珊所間切瑚戶吳切珊瑚似玉而赤色作樹形出波斯師子二國

大方廣佛華嚴經卷第二十三

唐于闐國三藏沙門實叉難陀譯

兜率宮中偈讚品第二十四

爾時佛神力故十方各有一大菩薩一一各與萬佛刹微塵數諸菩薩俱從萬佛刹微塵數國土外諸世界中來詣佛所其名曰金剛幢菩薩堅固幢菩薩勇猛幢菩薩光明幢菩薩智幢菩薩寶幢菩薩精進幢菩薩離垢幢菩薩星宿幢菩薩法幢菩薩所從來國謂妙寶世界妙樂世界妙銀世界妙金世界妙摩尼世界妙金剛世界妙波頭摩世界妙優鉢羅世界妙栴檀世界妙香世界各於佛所淨修梵行所謂無盡幢佛風幢佛解脫幢佛威儀幢佛明相幢佛常幢佛最勝幢佛自在幢佛梵幢佛觀察幢佛其諸菩薩至佛所已頂禮佛足以佛神力即化作妙寶藏師子之座寶網彌覆周帀徧滿諸菩薩衆隨所來方各於其上結加趺坐其身悉放百千億那由他阿僧祇清淨光明此無量光皆從菩薩清淨心寶離衆過惡大願所起顯示一切諸佛自在清淨之法以諸菩薩平等願力能普救護一切衆生一切世間之所樂見見者不虛悉得調伏其菩薩衆悉已成就無量功德所謂徧遊一切諸佛國土無所障礙見無依止清淨法身以智慧身現無量身徧往十方承事諸佛入於諸佛無量無邊不可思議自在之法住於無量一切智門以智光明善了諸法於諸法中得無所畏隨所演說窮未來際辯才無盡以大智慧開總持門慧眼清淨入深法界智慧境界無有邊際究竟清淨猶若虛

空如此世界兜率天宮諸菩薩衆如是來集十方一切兜率天宮悉有如是名號菩薩而來集會所從來國諸佛名號亦皆同等無有差別爾時世尊從兩膝輪放百千億那由他光明普照十方盡法界虛空界一切世界彼諸菩薩皆見於此佛神變相此諸菩薩亦見於彼一切如來神變之相如是菩薩皆與毗盧遮那如來於往昔時同種善根修菩薩行悉已悟入諸佛自在甚深解脫得無差別法界之身入一切土而無所住見無量佛悉往承事於一念中周行法界自在無礙心意清淨如無價寶無量無數諸佛如來常加護念共與其力到於究竟第一彼岸恒以淨念住無上覺念念恒入一切智處以小入大以大入小皆得自在通達無礙已得佛身與佛同住獲一切智從一切智而生其身一切如來所行之處悉能隨入開闡無量智慧法門到金剛幢大智彼岸獲金剛定斷諸疑惑已得諸佛自在神通普於一切十方國土教化調伏百千萬億無數衆生於一切數雖無所著善能修學成就究竟方便安立一切諸法如是等百千億那由他不可說無盡清淨三世一切無量功德藏諸菩薩衆皆來集會在於佛所因光所見一切佛所悉亦如是爾時金剛幢菩薩承佛神力普觀十方而說頌言

如來不出世　亦無有涅槃　以本大願力
示現自在法　是法難思議　非心所行處
智慧到彼岸　乃見諸佛境　色身非是佛
音聲亦復然　亦不離色聲　見佛神通力
少智不能知　諸佛實境界　久修清淨業

於此乃能了　正覺無來處　去亦無所從
清淨妙色身　神力故顯現　無量世界中
示現如來身　廣説微妙法　其心無所著
智慧無邊際　了達一切法　普入於法界
示現自在力　衆生及諸法　了達皆無礙
普現衆色像　徧於一切刹　欲求一切智
速成無上覺　應以淨妙心　修習菩提行
若有見如來　如是威神力　當於最勝尊
供養勿生疑

爾時堅固幢菩薩承佛神力普觀十方而説
頌言

如來勝無比　甚深不可説　出過言語道
清淨如虛空　汝觀人師子　自在神通力
已離於分別　而令分別見　導師爲開演
甚深微妙法　以是因縁故　現此無比身
此是大智慧　諸佛所行處　若欲了知者
常應親近佛　意業常清淨　供養諸如來
終無疲厭心　能入於佛道　具無盡功德
堅住菩提心　以是疑網除　觀佛無厭足
通達一切法　是乃眞佛子　此人能了知
諸佛自在力　廣大智所説　欲爲諸法本
應起勝希望　志求無上覺　若有尊敬佛
念報於佛恩　彼人終不離　一切諸佛住
何有智慧人　於佛得見聞　不修清淨願
履佛所行道

爾時勇猛幢菩薩承佛神力普觀十方而説
頌言

譬如明淨眼　因日覩衆色　淨心亦復然
佛力見如來　如以精進力　能盡海源底
智力亦如是　得見無量佛　譬如良沃田

所種必滋長 如是淨心地 出生諸佛法
如人獲寶藏 永離貧窮苦 菩薩得佛法
離垢心清淨 譬如伽陁藥 能消一切毒
佛法亦如是 滅諸煩惱患 真實善知識
如來所稱讚 以彼威神故 得聞諸佛法
設於無數劫 財寶施於佛 不知佛實相
此亦不名施 無量衆色相 莊嚴於佛身
非於色相中 而能見於佛 如來等正覺
寂然恒不動 而能普現身 徧滿十方界
譬如虚空界 不生亦不滅 諸佛法如是
畢竟無生滅

爾時光明幢菩薩承佛神力普觀十方而說頌言

人間及天上 一切諸世界 普見於如來
清淨妙色身 譬如一心力 能生種種心
如是一佛身 普現一切佛 菩提無二法
亦復無諸相 而於二法中 現相莊嚴身
了法性空寂 如幻而生起 所行無有盡
導師如是現 三世一切佛 法身悉清淨
隨其所應化 普現妙色身 如來不念言
我作如是身 自然而示現 未嘗起分別
法界無差別 亦無所依止 而於世間中
示現無量身 佛身非變化 亦復非非化
於無化法中 示有變化形 正覺不可量
法界虚空等 深廣無涯底 言語道悉絕
如來善通達 一切處行道 法界衆國土
所往皆無礙

爾時智幢菩薩承佛神力普觀十方而說頌言

若人能信受 一切智無礙 修習菩提行

其心不可量　一切國土中　普現無量身
而身不在處　亦不住於法　一一諸如來
神力示現身　不可思議劫　筭數莫能盡
三世諸衆生　悉可知其數　如來所示現
其數不可得　或時示一二　乃至無量身
普現十方剎　其實無二種　譬如淨滿月
普現一切水　影像雖無量　本月未曾二
如是無礙智　成就等正覺　普現一切剎
佛體亦無二　非一亦非二　亦復非無量
隨其所應化　示現無量身　佛身非過去
亦復非未來　一念現出生　成道及涅槃
如幻所作色　無生亦無起　佛身亦如是
示現無有生

爾時寶幢菩薩承佛神力普觀十方而說頌言

佛身無有量　能示有量身　隨其所應觀
導師如是現　佛身無處所　充滿一切處
如空無邊際　如是難思議　非心所行處
心不於中起　諸佛境界中　畢竟無生滅
如翳眼所覩　非內亦非外　世間見諸佛
應知亦如是　饒益衆生故　如來出世間
衆生見有出　而實無興世　不可以國土
晝夜而見佛　歲月一剎那　當知悉如是
衆生如是說　某日佛成道　如來得菩提
實不繫於日　如來離分別　非世超諸數
三世諸導師　出現皆如是　譬如淨日輪
不與昏夜合　而說某日夜　諸佛法如是
三世一切劫　不與如來合　而說三世佛
導師法如是

爾時精進幢菩薩承佛神力普觀十方而說

頌言

一切諸導師　身同義亦然　普於十方剎
隨應種種現　汝觀牟尼尊　所作甚奇特
充滿於法界　一切悉無餘　佛身不在內
亦復不在外　神力故顯現　導師法如是
隨諸衆生類　先世所集業　如是種種身
示現各不同　諸佛身如是　無量不可數
唯除大覺尊　無有能思議　如以我難思
心業莫能取　佛難思亦爾　非心業所現
如剎不可思　而見淨莊嚴　佛難思亦爾
妙相無不現　譬如一切法　衆緣故生起
見佛亦復然　必假衆善業　譬如隨意珠
能滿衆生心　諸佛法如是　悉滿一切願
無量國土中　導師興於世　隨其願力故
普應於十方

爾時離垢幢菩薩承佛神力普觀十方而說頌言

如來大智光　普淨諸世間　世間既淨已
開示諸佛法　設有人欲見　衆生數等佛
靡不應其心　而實無來處　以佛爲境界
專念而不息　此人得見佛　其數與心等
成就白淨法　具足諸功德　彼於一切智
專念心不捨　導師爲衆生　如應演說法
隨於可化處　普現最勝身　佛身及世間
一切皆無我　悟此成正覺　復爲衆生說
一切人師子　無量自在力　示現念等身
其身各不同　世間如是身　諸佛身亦然
了知其自性　是則說名佛　如來普知見
明了一切法　佛法及菩提　二俱不可得
導師無來去　亦復無所住　遠離諸顛倒

是名等正覺

爾時星宿幢菩薩承佛神力普觀十方而說頌言

如來無所住　普住一切刹　一切土皆往
一切處咸見　佛隨衆生心　普現一切身
成道轉法輪　及以般涅槃　諸佛不思議
誰能思議佛　誰能見正覺　誰能現最勝
一切法皆如　諸佛境亦然　乃至無一法
如中有生滅　衆生妄分別　是佛是世界
了達法性者　無佛無世界　如來普現前
令衆生信喜　佛體不可得　彼亦無所見
若能於世間　遠離一切著　無礙心歡喜
於法得開悟　神力之所現　即此說名佛
三世一切時　求悉無所有　若能如是知
心意及諸法　一切悉知見　疾得成如來
言語中顯示　一切佛自在　正覺超語言
假以語言說

爾時法幢菩薩承佛神力普觀十方而說頌言

寧可恒具受　一切世間苦　終不遠如來
不覩自在力　若有諸衆生　未發菩提心
一得聞佛名　決定成菩提　若有智慧人
一念發道心　必成無上尊　愼莫生疑惑
如來自在力　無量劫難遇　若生一念信
速證無上道　設於念念中　供養無量佛
未知眞實法　不名爲供養　若聞如是法
諸佛從此生　雖經無量苦　不捨菩提行
一聞大智慧　諸佛所入法　普於法界中
成三世導師　雖盡未來際　徧遊諸佛刹
不求此妙法　終不成菩提　衆生無始來

生死久流轉　不了眞實法　諸佛故興世
諸法不可壞　亦無能壞者　自在大光明
普示於世間

十迴向品第二十五之一

爾時金剛幢菩薩承佛神力入菩薩智光三昧入是三昧已十方各過十萬佛刹微塵數世界外有十萬佛刹微塵數諸佛皆同一號號金剛幢而現其前咸稱讚言善哉善哉善男子乃能入此菩薩智光三昧善男子此是十方各十萬佛刹微塵數諸佛神力共加於汝亦是毗盧遮那如來往昔願力威神之力及由汝智慧清淨故諸菩薩善根增勝故令汝入是三昧而演說法爲令諸菩薩得清淨無畏故具無礙辯才故入無礙智地故住一切智大心故成就無盡善根故滿足無礙白法故入於普門法界故現一切佛神力故前際念智不斷故得一切佛護持諸根故以無量門廣說衆法故聞悉解了受持不忘故攝諸菩薩一切善根故成辦出世助道故不斷一切智智故開發大願故解釋實義故了知法界故令諸菩薩皆悉歡喜故修一切佛平等善根故護持一切如來種性故所謂演說諸菩薩十迴向佛子汝當承佛威神之力而演此法得佛護念故安住佛家故增益出世功德故得陀羅尼光明故入無障礙佛法故大光普照法界故集無過失淨法故住廣大智境界故得無障礙法光故爾時諸佛即與金剛幢菩薩無量智慧與無留礙辯與分別句義善方便與無礙法光明與如來平等身與無量差別淨音聲與菩薩不思議善觀察

三昧與不可沮壞一切善根迴向智與觀察一切法成就巧方便與一切處說一切法無斷辯何以故入此三昧善根力故爾時諸佛各以右手摩金剛幢菩薩頂金剛幢菩薩得摩頂已即從定起告諸菩薩言佛子菩薩摩訶薩有不可思議大願充滿法界普能救護一切衆生所謂修學去來現在一切佛迴向佛子菩薩摩訶薩迴向有幾種佛子菩薩摩訶薩迴向有十種三世諸佛咸共演說何等爲十一者救護一切衆生離衆生相迴向二者不壞迴向三者等一切諸佛迴向四者至一切處迴向五者無盡功德藏迴向六者入一切平等善根迴向七者等隨順一切衆生迴向八者真如相迴向九者無縛無著解脫迴向十者入法界無量迴向佛子是爲菩薩摩訶薩十種迴向過去未來現在諸佛已說當說今說佛子云何爲菩薩摩訶薩救護一切衆生離衆生相迴向佛子此菩薩摩訶薩行檀波羅蜜淨尸波羅蜜修羼提波羅蜜起精進波羅蜜入禪波羅蜜住般若波羅蜜大慈大悲大喜大捨修如是等無量善根修善根時作是念言願此善根普能饒益一切衆生皆使清淨至於究竟永離地獄餓鬼畜生閻羅王等無量苦惱菩薩摩訶薩種善根時以已善根如是迴向我當爲一切衆生作舍令免一切諸苦事故爲一切衆生作護悉令解脫諸煩惱故爲一切衆生作歸皆令得離諸怖畏故爲一切衆生作趣令得至於一切智故爲一切衆生作安令得究竟安隱處故爲一切衆生作明令得智光滅癡暗故爲一

切衆生作炬破彼一切無明暗故爲一切衆生作燈令住究竟清淨處故爲一切衆生作導師引其令入眞實法故爲一切衆生作大導師與其無礙大智慧故佛子菩薩摩訶薩以諸善根如是迴向平等饒益一切衆生究竟皆令得一切智佛子菩薩摩訶薩於非親友守護迴向與其親友等無差別何以故菩薩摩訶薩入一切法平等性故不於衆生而起一念非親友想設有衆生於菩薩所起怨害心菩薩亦以慈眼視之終無恚怒普爲衆生作善知識演說正法令其修習譬如大海一切衆毒不能變壞菩薩亦爾一切愚蒙無有智慧不知恩德瞋狠頑毒憍慢自大其心盲瞽不識善法如是等類諸惡衆生種種逼惱無能動亂譬如日天子出現世間不以生盲不見故隱而不現又復不以乾闥婆城阿修羅手閻浮提樹崇巖邃谷塵霧煙雲如是等物之所覆障故隱而不現亦復不以時節變改故隱而不現菩薩摩訶薩亦復如是有大福德其心深廣正念觀察無有退屈爲欲究竟功德智慧於上勝法心生志欲法光普照見一切義於諸法門智慧自在常爲利益一切衆生而修善法曾不誤起捨衆生心不以衆生其性弊惡邪見瞋濁難可調伏便即棄捨不修迴向但以菩薩大願甲冑而自莊嚴救護衆生恒無退轉不以衆生不知報恩退菩薩行捨菩提道不以凡愚共同一處捨離一切如實善根不以衆生數起過惡難可忍受而於彼所生疲厭心何以故譬如日天子不但爲一事故出現世間菩薩摩訶薩亦

復如是不但為一衆生故修諸善根迴向阿耨多羅三藐三菩提普為救護一切衆生故而修善根迴向阿耨多羅三藐三菩提如是不但為淨一佛刹故不但為信一佛故不但為見一佛故不但為了一法故起大智願迴向阿耨多羅三藐三菩提為普淨一切佛刹故普信一切諸佛故普承事供養一切諸佛故普解一切佛法故發起大願修諸善根迴向阿耨多羅三藐三菩提佛子菩薩摩訶薩以諸佛法而為所緣起廣大心不退轉心無量劫中修集希有難得心寶與一切諸佛悉皆平等菩薩如是觀諸善根信心清淨大悲堅固以甚深心歡喜心清淨心最勝心柔軟心慈悲心憐愍心攝護心利益心安樂心普為衆生眞實迴向非但口言佛子菩薩摩訶薩以諸善根迴向之時作是念言以我善根願一切趣生一切衆生皆得清淨功德圓滿不可沮壞無有窮盡常得尊重正念不忘獲決定慧具無量智身口意業一切功德圓滿莊嚴又作是念以此善根令一切衆生承事供養一切諸佛無空過者於諸佛所淨信不壞聽聞正法斷諸疑惑憶持不忘如說修行於如來所起恭敬心身業清淨安住無量廣大善根永離貧窮七財滿足於諸佛所常隨修學成就無量勝妙善根平等悟解住一切智以無礙眼等視衆生衆相嚴身無有玷缺言音淨妙功德圓滿諸根調伏十力成就善心滿足無所依住令一切衆生普得佛樂得無量住住佛所住佛子菩薩摩訶薩見諸衆生造作惡業受諸重苦以是障故不見佛不

聞法不識僧便作是念我當於彼諸惡道中代諸衆生受種種苦令其解脱菩薩如是受苦毒時轉更精勤不捨不避不驚不怖不退不怯無有疲厭何以故如其所願決欲荷負一切衆生令解脱故菩薩爾時作是念言一切衆生在生老病死諸苦難處隨業流轉邪見無智喪諸善法我應救之令得出離又諸衆生愛網所纏癡蓋所覆染著諸有隨逐不捨入苦籠檻作魔業行福智都盡常懷疑惑不見安隱處不知出離道在於生死輪轉不息諸苦淤泥恒所没溺菩薩見已起大悲心大饒益心欲令衆生悉得解脱以一切善根迴向以廣大心迴向如三世菩薩所修迴向如大迴向經所説迴向願諸衆生普得清淨究竟成就一切種智復作是念我所修行欲令衆生皆悉得成無上智王不爲自身而求解脱但爲救濟一切衆生令其咸得一切智心度生死流解脱衆苦復作是念我當普爲一切衆生備受衆苦令其得出無量生死衆苦大壑我當普爲一切衆生於一切世界一切惡趣中盡未來劫受一切苦然常爲衆生勤修善根何以故我寧獨受如是衆苦不令衆生墮於地獄我當於彼地獄畜生閻羅王等險難之處以身爲質救贖一切惡道衆生令得解脱復作是念我願保護一切衆生終不棄捨所言誠實無有虛妄何以故我爲救度一切衆生發菩提心不爲自身求無上道亦不爲求五欲境界及三有中種種樂故修菩提行何以故世間之樂無非是苦衆魔境界愚人所貪諸佛所呵一切苦患因之而起

地獄餓鬼及以畜生閻羅王處忿恚鬬訟更相毀辱如是諸惡皆因貪著五欲所致耽著五欲遠離諸佛障礙生天何況得於阿耨多羅三藐三菩提菩薩如是觀諸世間貪少欲味受無量苦終不爲彼五欲樂故求無上菩提修菩薩行但爲安樂一切衆生發心修習成滿大願斷截衆生諸苦羂索令得解脫佛子菩薩摩訶薩復作是念我當以善根如是迴向令一切衆生得究竟樂利益樂不受樂寂靜樂無依樂無動樂無量樂不捨不退樂不滅樂一切智樂復作是念我當與一切衆生作調御師作主兵臣執大智炬示安隱道令離險難以善方便俾知實義又於生死海作一切智善巧船師度諸衆生使到彼岸佛子菩薩摩訶薩以諸善根如是迴向所謂隨宜救護一切衆生令出生死承事供養一切諸佛得無障礙一切智智捨離衆魔遠惡知識親近一切菩薩善友滅諸過罪成就淨業具足菩薩廣大行願無量善根佛子菩薩摩訶薩以諸善根正迴向已作如是念不以四天下衆生多故多日出現但一日出悉能普照一切衆生又諸衆生不以自身光明故知有晝夜遊行觀察興造諸業皆由日天子出成辦斯事然彼日輪但一無二菩薩摩訶薩亦復如是修集善根迴向之時作是念言彼諸衆生不能自救何能救他唯我一人志獨無侶修集善根如是迴向所謂爲欲廣度一切衆生故普照一切衆生故示導一切衆生故開悟一切衆生故顧復一切衆生故攝受一切衆生故成就一切衆生故令一切衆生

歡喜故令一切衆生悦樂故令一切衆生斷疑故佛子菩薩摩訶薩復作是念我應如日普照一切不求恩報衆生有惡悉能容受終不以此而捨誓願不以一衆生惡故捨一切衆生但勤修習善根迴向普令衆生皆得安樂善根雖少普攝衆生以歡喜心廣大迴向若有善根不欲饒益一切衆生不名迴向隨一善根普以衆生而爲所緣乃名迴向安置衆生於無所著法性迴向見衆生自性不動不轉迴向於迴向無所依無所取迴向不取善根相迴向不分别業報體性迴向不著五藴相迴向不壞五藴相迴向不取業迴向不求報迴向不染著因緣迴向不分别因緣所起迴向不著名稱迴向不著處所迴向不著虚妄法迴向不著衆生相世界相心意相迴向不起心顛倒想顛倒見顛倒迴向不著語言道迴向觀一切法眞實性迴向觀一切衆生平等相迴向以法界印印諸善根迴向觀諸法離貪欲迴向解一切法無種植善根亦如是觀諸法無二無生無滅迴向亦如是以如是等善根迴向修行清淨對治之法所有善根皆悉隨順出世間法不作二相非即業修習一切智非離業迴向一切智一切智非即是業然不離業得一切智以業如光影清淨故報亦如光影清淨報如光影清淨故一切智智亦如光影清淨離我我所一切動亂思惟分别如是了知以諸善根方便迴向菩薩如是迴向之時度脱衆生常無休息不住法相雖知諸法無業無報善能出生一切業報而無違諍如是方便善修迴向菩薩摩訶

薩如是迴向時離一切過諸佛所讚佛子是爲菩薩摩訶薩第一救護一切衆生離衆生相迴向爾時金剛幢菩薩觀察十方一切衆會暨于法界入深句義以無量心修習勝行大悲普覆一切衆生不斷三世諸如來種入一切佛功德法藏出生一切諸佛法身善能分別諸衆生心知其所種善根成熟住於法身而爲示現清淨色身承佛神力卽説頌言

不思議劫修行道　精進堅固心無礙
爲欲饒益群生類　常求諸佛功德法
調御世間無等人　修治其意甚明潔
發心普救諸含識　彼能善入迴向藏
勇猛精進力具足　智慧聰達意清淨
普救一切諸群生　其心堪忍不傾動
心善安住無與等　意常清淨大歡悦
如是爲物勤修行　譬如大地普容受
不爲自身求快樂　但欲救護諸衆生
如是發起大悲心　疾得入於無礙地
十方一切諸世界　所有衆生皆攝受
爲救彼故善住心　如是修學諸迴向
修行布施大欣悦　護持淨戒無所犯
勇猛精進心不動　迴向如來一切智
其心廣大無邊際　忍力安住不傾動
禪定甚深恒照了　智慧微妙難思議
十方一切世界中　具足修治清淨行
如是功德皆迴向　爲欲安樂諸含識
大士勤修諸善業　無量無邊不可數
如是悉以益衆生　令住難思無上智
普爲一切衆生故　不思議劫處地獄
如是曾無厭退心　勇猛決定常迴向

不求色聲香與味　亦不希求諸妙觸
但爲救度諸群生　常求無上最勝智
智慧清淨如虛空　修習無邊大士行
如佛所行諸行法　彼人如是常修學
大士遊行諸世界　悉能安隱諸群生
普使一切皆歡喜　修菩薩行無厭足
除滅一切諸心毒　思惟修習最上智
不爲自己求安樂　但願衆生得離苦
此人迴向得究竟　心常清淨離衆毒
三世如來所付囑　住於無上大法城
未曾染著於諸色　受想行識亦如是
其心永出於三有　所有功德盡迴向
佛所知見諸衆生　盡皆攝取無有餘
誓願皆令得解脫　爲彼修行大歡喜
其心念念恒安住　智慧廣大無與等
離癡正念常寂然　一切諸業皆清淨
彼諸菩薩處於世　不著內外一切法
如風無礙行於空　大士用心亦復然
所有身業皆清淨　一切語言無過失
心常歸向於如來　能令諸佛悉歡喜
十方無量諸國土　所有佛處皆往詣
於中覩見大悲尊　靡不恭敬而瞻奉
心常清淨離諸失　普入世間無所畏
已住如來無上道　復爲三有大法池
精勤觀察一切法　隨順思惟有非有
如是趣於眞實理　得入甚深無諍處
以此修成堅固道　一切衆生莫能壞
善能了達諸法性　普於三世無所著
如是迴向到彼岸　普使群生離衆垢
永離一切諸所依　得入究竟無依處

一切衆生語言道　隨其種類各差別
菩薩悉能分別說　而心無著無所礙
菩薩如是修迴向　功德方便不可說
能令十方世界中　一切諸佛皆稱歎

大方廣佛華嚴經卷第二十三

音釋

膝輪膝息七切脛頭節也膝輪謂脛膝之中也　闡齒善切顯明也　沃烏酷切漑灌也　羼提梵語也此云忍辱又云安忍羼初限切　很胡懇切很戾謂不聽從也　盲瞽盲莫耕切目無童子也瞽公戶切目但有眹曰瞽　邃谷邃雖遂切邃谷謂深幽之山谷也　弊惡弊毘祭切亦惡也　甲冑冑直祐切甲冑謂鎧甲兜鍪也　玷缺玷都念切瑕玷也缺傾雪切虧缺也　籠檻籠盧紅切笭也檻戶鑑切圈也　忿恚忿方問切怒也恚於避切恨怒也　鬭訟鬭都豆切競也訟似用切爭也　罥古泫切㒺也

大方廣佛華嚴經卷第二十四

唐于闐國三藏沙門實叉難陀譯

十迴向品第二十五之二

佛子云何爲菩薩摩訶薩不壞迴向佛子此菩薩摩訶薩於去來今諸如來所得不壞信悉能承事一切佛故於諸菩薩乃至初發一念之心求一切智得不壞信誓修一切菩薩善根無疲厭故於一切佛法得不壞信發深志樂故於一切佛教得不壞信守護住持故於一切衆生得不壞信慈眼等觀善根迴向普利益故於一切白淨法得不壞信普集無邊諸善根故於一切菩薩迴向道得不壞信滿足殊勝諸欲解故於一切菩薩法師得不壞信於諸菩薩起佛想故於一切佛自在神通得不壞信深信諸佛難思議故於一切菩薩善巧方便行得不壞信攝取種種無量無數行境界故佛子菩薩摩訶薩如是安住不壞信時於佛菩薩聲聞獨覺若諸佛教若諸衆生如是等種種境界中種諸善根無量無邊令菩提心轉更增長慈悲廣大平等觀察隨順修學諸佛所作攝取一切清淨善根入眞實義集福德行行大惠施修諸功德等觀三世菩薩摩訶薩以如是等善根功德迴向一切智願常見諸佛親近善友與諸菩薩同共止住念一切智心無暫捨受持佛教勤加守護教化成熟一切衆生心常迴向出世之道供養瞻侍一切法師解了諸法憶持不忘修行大願悉使滿足菩薩如是積集善根成就善根增長善根思惟善根繫念善根分別善根愛樂善根修習善根安住善根菩薩摩

訶薩如是積集諸善根已以此善根所得依果修菩薩行於念念中見無量佛如其所應承事供養以阿僧祇寶阿僧祇華阿僧祇鬘阿僧祇衣阿僧祇蓋阿僧祇幢阿僧祇旛阿僧祇莊嚴具阿僧祇給侍阿僧祇塗飾地阿僧祇塗香阿僧祇末香阿僧祇和香阿僧祇燒香阿僧祇深信阿僧祇愛樂阿僧祇淨心阿僧祇尊重阿僧祇讚歎阿僧祇禮敬阿僧祇寶座阿僧祇華座阿僧祇香座阿僧祇鬘座阿僧祇栴檀座阿僧祇衣座阿僧祇金剛座阿僧祇摩尼座阿僧祇寶繒座阿僧祇寶色座阿僧祇寶經行處阿僧祇華經行處阿僧祇香經行處阿僧祇鬘經行處阿僧祇衣經行處阿僧祇寶間錯經行處阿僧祇一切寶繒綵經行處阿僧祇一切寶多羅樹經行處阿僧祇一切寶欄楯經行處阿僧祇一切寶鈴網彌覆經行處阿僧祇一切寶宮殿阿僧祇一切華宮殿阿僧祇一切香宮殿阿僧祇一切鬘宮殿阿僧祇一切栴檀宮殿阿僧祇一切堅固妙香藏宮殿阿僧祇一切金剛宮殿阿僧祇一切摩尼宮殿皆悉殊妙出過諸天阿僧祇諸雜寶樹阿僧祇種種香樹阿僧祇諸寶衣樹阿僧祇諸音樂樹阿僧祇寶莊嚴具樹阿僧祇妙音聲樹阿僧祇無厭寶樹阿僧祇寶繒綵樹阿僧祇寶瓃樹阿僧祇一切華香幢旛鬘蓋所嚴飾樹如是等樹扶疎蔭映莊嚴宮殿其諸宮殿復有阿僧祇軒檻莊嚴阿僧祇窻牖莊嚴阿僧祇門闥莊嚴阿僧祇樓閣莊嚴阿僧祇半月莊嚴阿僧祇帳莊嚴阿僧祇金網彌覆其上阿僧祇香周

帀普熏阿僧祇衣敷布其地佛子菩薩摩訶薩以如是等諸供養具於無量無數不可說不可說劫淨心尊重恭敬供養一切諸佛恒不退轉無有休息一一如來滅度之後所有舍利悉亦如是恭敬供養爲令一切衆生生淨信故一切衆生攝善根故一切衆生離諸苦故一切衆生廣大解故一切衆生以大莊嚴而莊嚴故無量莊嚴而莊嚴故諸有所作得究竟故知諸佛興難可值故滿足如來無量力故莊嚴供養佛塔廟故住持一切諸佛法故如是供養現在諸佛及滅度後所有舍利其諸供養於阿僧祇劫說不可盡如是修集無量功德皆爲成熟一切衆生無有退轉無有休息無有疲厭無有執著離諸心想無有依止永絕所依遠離於我及以我所如實法印印諸業門得法無生住佛所住觀無生性印諸境界諸佛護念發心迴向與諸法性相應迴向入無作法成就所作方便迴向捨離一切諸事想著方便迴向住於無量善巧迴向永出一切諸有迴向修行諸行不住於相善巧迴向普攝一切善根迴向普淨一切菩薩諸行廣大迴向發無上菩提心迴向與一切善根同住迴向滿足最上信解心迴向佛子菩薩摩訶薩以諸善根如是迴向時雖隨生死而不改變求一切智未曾退轉在於諸有心無動亂悉能度脫一切衆生不染有爲法不失無礙智菩薩行位因緣無盡世間諸法無能變動具足清淨諸波羅蜜悉能成就一切智力菩薩如是離諸癡暗成菩提心開示光明增長淨法迴向勝道具足衆行以

清淨意善能分別了一切法悉隨心現知業如幻業報如像諸行如化因緣生法悉皆如響菩薩諸行一切如影出生無著清淨法眼見於無作廣大境界證寂滅性了法無二得法實相具菩薩行於一切相皆無所著善能修行同事諸業於白淨法恒無廢捨離一切著住無著行菩薩如是善巧思惟無有迷惑不違諸法不壞業因明見眞實善巧迴向知法自性以方便力成就業報到於彼岸智慧觀察一切諸法獲神通智諸業善根無作而行隨心自在菩薩摩訶薩以諸善根如是迴向爲欲度脫一切衆生不斷佛種永離魔業見一切智無有邊際信樂不捨離世境界斷諸雜染亦願衆生得清淨智入深方便出生死法獲佛善根永斷一切諸魔事業以平等印普印諸業發心趣入一切種智成就一切出世間法佛子是爲菩薩摩訶薩第二不壞迴向菩薩摩訶薩住此迴向時得見一切無數諸佛成就無量清淨妙法普於衆生得平等心於一切法無有疑惑一切諸佛神力所加降伏衆魔永離其業成就生貴滿菩提心得無礙智不由他解善能開闡一切法義能隨想力入一切剎普照衆生悉使清淨菩薩摩訶薩以此不壞迴向之力攝諸善根如是迴向爾時金剛幢菩薩承佛神力觀察十方即說頌言

菩薩已得不壞意　修行一切諸善業
是故能令佛歡喜　智者以此而迴向
供養無量無邊佛　布施持戒伏諸根
爲欲利益諸衆生　普使一切皆清淨

一切上妙諸香華　無量差別勝衣服
寶蓋及以莊嚴具　供養一切諸如來
如是供養於諸佛　無量無數難思劫
恭敬尊重常歡喜　未曾一念生疲厭
專心想念於諸佛　一切世間大明燈
十方所有諸如來　靡不現前如目覩
不可思議無量劫　種種布施心無厭
百千萬億衆劫中　修諸善法悉如是
彼諸如來滅度已　供養舍利無厭足
悉以種種妙莊嚴　建立難思衆塔廟
造立無等最勝形　寶藏淨金爲莊嚴
巍巍高大如山王　其數無量百千億
淨心尊重供養已　復生歡喜利益意
不思議劫處世間　救護衆生令解脫
了知衆生皆妄想　於彼一切無分別
而能善別衆生根　普爲群生作饒益
菩薩修集諸功德　廣大最勝無與比
了達體性悉非有　如是決定皆迴向
以最勝智觀諸法　其中無有一法生
如是方便修迴向　功德無量不可盡
以是方便令心淨　悉與一切如來等
此方便力不可盡　是故福報無盡極
發起無上菩提心　一切世間無所依
普至十方諸世界　而於一切無所礙
一切如來出世間　爲欲啓導衆生心
如其心性而觀察　畢竟推求不可得
一切諸法無有餘　悉入於如無體性
以是淨眼而迴向　開彼世間生死獄
雖令諸有悉清淨　亦不分別於諸有
知諸有性無所有　而令歡喜意清淨

於一佛土無所依　一切佛土悉如是
亦不染著有爲法　知彼法性無依處
以是修成一切智　以是無上智莊嚴
以是諸佛皆歡喜　是爲菩薩迴向業
菩薩專心念諸佛　無上智慧巧方便
如佛一切無所依　願我修成此功德
專心救護於一切　令其遠離衆惡業
如是饒益諸群生　繫念思惟未曾捨
住於智地守護法　不以餘乘取涅槃
唯願得佛無上道　菩薩如是善迴向
不取衆生所言說　一切有爲虛妄事
雖復不依言語道　亦復不著無言說
十方所有諸如來　了達諸法無有餘
雖知一切皆空寂　而不於空起心念
以一莊嚴嚴一切　亦不於法生分別
如是開悟諸群生　一切無性無所觀

佛子云何爲菩薩摩訶薩等一切佛迴向佛子此菩薩摩訶薩隨順修學去來現在諸佛世尊迴向之道如是修學迴向道時見一切色乃至觸法若美若惡不生愛憎心得自在無諸過失廣大清淨歡喜悅樂離諸憂惱心意柔軟諸根清涼佛子菩薩摩訶薩獲得如是安樂之時復更發心迴向諸佛作如是念願以我今所種善根令諸佛樂轉更增勝所謂不可思議佛所住樂無有等比佛三昧樂不可限量大慈悲樂一切諸佛解脫之樂無有邊際大神通樂最極尊重大自在樂廣大究竟無量力樂離諸知覺寂靜之樂住無礙住恒正定樂行無二行不變異樂佛子菩薩摩訶薩以諸善根迴向佛已復以此善根迴

向菩薩所謂願未滿者令得圓滿心未淨者
令得清淨諸波羅蜜未滿足者令得滿足安
住金剛菩提之心於一切智得不退轉不捨
大精進守護菩提門一切善根能令衆生捨
離我慢發菩提心所願成滿安住一切菩薩
所住獲得菩薩明利諸根修習善根證薩婆
若佛子菩薩摩訶薩以諸善根如是迴向菩
薩已復以迴向一切衆生願一切衆生所有
善根乃至極少一彈指頃見佛聞法恭敬聖
僧彼諸善根皆離障礙念佛圓滿念法方便
念僧尊重不離見佛心得清淨獲諸佛法集
無量德淨諸神通捨法疑念依教而住如爲
衆生如是迴向爲聲聞辟支佛迴向亦復如
是又願一切衆生永離地獄餓鬼畜生閻羅
王等一切惡處增長無上菩提之心專意勤
求一切種智永不毀謗諸佛正法得佛安樂
身心清淨證一切智佛子菩薩摩訶薩所有
善根皆以大願發起正發起積集正積集增
長正增長悉令廣大具足充滿佛子菩薩摩
訶薩在家宅中與妻子俱未曾暫捨菩提之
心正念思惟薩婆若境自度度彼令得究竟
以善方便化已眷屬令入菩薩智令成熟解
脫雖與同止心無所著以本大悲處於居家
以慈心故隨順妻子於菩薩清淨道無所障
礙菩薩摩訶薩雖在居家作諸事業未曾暫
捨一切智心所謂若著衣裳若噉滋味若服
湯藥澡漱塗摩迴旋顧視行住坐卧身語意
業若睡若寤如是一切諸有所作心常迴向
薩婆若道繫念思惟無時捨離爲欲饒益一
切衆生安住菩提無量大願攝取無數廣大

善根勤修諸善普救一切永離一切憍慢放逸決定趣於一切智地終不發意向於餘道常觀一切諸佛菩提永捨一切諸雜染法修行一切菩薩所學於一切智道無所障礙住於智地愛樂誦習以無量智集諸善根心不戀樂一切世間亦不染著所行之行專心受持諸佛教法菩薩如是處在居家普攝善根令其增長迴向諸佛無上菩提佛子菩薩爾時乃至施與畜生之食一摶一粒咸作是願當令此等捨畜生道利益安樂究竟解脫永度苦海永滅苦受永除苦蘊永斷苦覺苦聚苦行苦因苦本及諸苦處願彼衆生皆得捨離菩薩如是專心繫念一切衆生以彼善根而爲上首爲其迴向一切種智菩薩初發菩提之心普攝衆生修諸善根悉以迴向欲令

永離生死曠野得諸如來無礙快樂出煩惱海修佛法道慈心徧滿悲力廣大普使一切得清淨樂守護善根親近佛法出魔境界入佛境界斷世間種植如來種住於三世平等法中菩薩摩訶薩如是所有已集當集現集善根悉以迴向復作是念如過去諸佛菩薩所行恭敬供養一切諸佛度諸衆生令永出離勤加修習一切善根悉以迴向而無所著所謂不依色不著受無倒想不作行不取識捨離六處不住世法樂出世間知一切法皆如虚空無所從來不生不滅無有眞實無所染著遠離一切諸分別見不動不轉不失不壞住於實際無相離相唯是一相如是深入一切法性常樂習行普門善根悉見一切諸佛衆會如彼過去一切如來善根迴向我亦

如是而為迴向解如是法證如是法依如是法發心修習不違法相知所修行如幻如影如水中月如鏡中像因緣和合之所顯現乃至如來究竟之地佛子菩薩摩訶薩復作是念如過去諸佛修菩薩行時以諸善根如是迴向未來現在悉亦如是我今亦應如彼諸佛如是發心以諸善根而為迴向第一迴向勝迴向最勝迴向上迴向無上迴向無等迴向無等等迴向無比迴向無對迴向尊迴向妙迴向平等迴向正直迴向大功德迴向廣大迴向善迴向清淨迴向離惡迴向不隨惡迴向菩薩如是以諸善根正迴向已成就清淨身語意業住菩薩住無諸過失修習善業離身語惡心無瑕穢修一切智住廣大心知一切法無有所作住出世法世法不染分別了知無量諸業成就迴向善巧方便永拔一切取著根本佛子是為菩薩摩訶薩第三等一切佛迴向菩薩摩訶薩住此迴向深入一切諸如來業趣向如來勝妙功德入深清淨智慧境界不離一切諸菩薩業善能分別巧妙方便入深法界善知菩薩修行次第入佛種性以巧方便分別了知無量無邊一切諸法雖復現身於世中生而於世法心無所著爾時金剛幢菩薩承佛神力普觀十方即說頌言

彼諸菩薩摩訶薩　修過去佛迴向法
亦學未來現在世　一切導師之所行
於諸境界得安樂　諸佛如來所稱讚
廣大光明清淨眼　悉以迴向大聰哲
菩薩身根種種樂　眼耳鼻舌亦復然

如是無量上妙樂　悉以迴向諸最勝
一切世間衆善法　及諸如來所成就
於彼悉攝無有餘　盡以隨喜益衆生
世間隨喜無量種　今此迴向爲衆生
人中師子所有樂　願使群萌悉圓滿
一切國土諸如來　凡所知見種種樂
願令衆生皆悉得　而爲照世大明燈
菩薩所得勝妙樂　悉以迴向諸群生
雖爲群生故迴向　而於迴向無所著
菩薩修行此迴向　興起無量大悲心
如佛所修迴向德　願我修行悉成滿
如諸最勝所成就　一切智乘微妙樂
及我在世之所行　諸菩薩行無量樂
示入衆趣安隱樂　恒守諸根寂靜樂
悉以迴向諸群生　普使修成無上智

非身語意即是業　亦不離此而別有
但以方便滅癡冥　如是修成無上智
菩薩所修諸行業　積集無量勝功德
隨順如來生佛家　寂然不亂正迴向
十方一切諸世界　所有衆生咸攝受
悉以善根迴向彼　願令具足安隱樂
不爲自身求利益　欲令一切悉安樂
未曾暫起戲論心　但觀諸法空無我
十方無量諸最勝　所見一切眞佛子
悉以善根迴向彼　願使速成無上覺
一切世間含識類　等心攝取無有餘
以我所行諸善業　令彼衆生速成佛
無量無邊諸大願　無上導師所演說
願諸佛子皆清淨　隨其心樂悉成滿
普觀十方諸世界　悉以功德施於彼

願令皆具妙莊嚴　菩薩如是學迴向
心不稱量諸二法　但恒了達法無二
諸法若二若不二　於中畢竟無所著
十方一切諸世間　悉是衆生想分別
於想非想無所得　如是了達於諸想
彼諸菩薩身淨已　則意清淨無瑕穢
語業已淨無諸過　當知意淨無所著
一心正念過去佛　亦憶未來諸導師
及以現在天人尊　悉學於其所說法
三世一切諸如來　智慧明達心無礙
爲欲利益衆生故　迴向菩提集衆業
彼第一慧廣大慧　不虛妄慧無倒慧
平等實慧清淨慧　最勝慧者如是說

佛子云何爲菩薩摩訶薩至一切處迴向佛子此菩薩摩訶薩修習一切諸善根時作是念言願此善根功德之力至一切處譬如實際無處不至至一切物至一切世間至一切衆生至一切國土至一切法至一切虛空至一切三世至一切有爲無爲至一切語言音聲願此善根亦復如是徧至一切諸如來所供養三世一切諸佛過去諸佛所願悉滿未來諸佛具足莊嚴現在諸佛及其國土道場衆會徧滿一切虛空法界願以信解大威力故廣大智慧無障礙故一切善根悉迴向故以如諸天諸供養具而爲供養充滿無量無邊世界佛子菩薩摩訶薩復作是念諸佛世尊普徧一切虛空法界種種業所起十方不可說一切世界種世界不可說佛國土佛境界種種世界無量世界無分齊世界轉世界側世界仰世界覆世界如是一切諸世界中

現住於壽示現種種神通變化彼有菩薩以勝解力爲諸衆生堪受化者於彼一切諸世界中現爲如來出興於世以至一切處智普徧開示如來無量自在神力法身徧往無有差別平等普入一切法界如來藏身不生不滅善巧方便普現世間證法實性超一切故得不退轉無礙力故生於如來無障礙見廣大威德種性中故佛子菩薩摩訶薩以其所種一切善根願於如是諸如來所以衆妙華及衆妙香鬘蓋幢旛衣服燈燭及餘一切諸莊嚴具以爲供養若佛形像若佛塔廟悉亦如是以此善根如是迴向所謂不亂迴向一心迴向自意迴向尊敬迴向不動迴向無住迴向無依迴向無衆生心迴向無躁競心迴向寂靜心迴向復作是念盡法界虛空界去

來現在一切劫中諸佛世尊得一切智成菩提道無量名字各各差別於種種時現成正覺悉皆住壽盡未來際一一各以法界莊嚴而嚴其身道場衆會周徧法界一切國土隨時出興而作佛事如是一切諸佛如來我以善根普皆迴向願以無數香蓋無數香幢無數香旛無數香帳無數香網無數香像無數香光無數香燄無數香雲無數香座無數香經行地無數香所住處無數香世界無數香山無數香海無數香河無數香樹無數香衣服無數香蓮華無數香宮殿無量華蓋廣說乃至無量華官殿無邊鬘蓋廣說乃至無邊鬘官殿無等塗香蓋廣說乃至無等塗香宮殿不可數末香蓋廣說乃至不可數末香宮殿不可稱衣蓋廣說乃至不可稱衣宮殿不

可思寶蓋廣說乃至不可思寶宮殿不可量燈光明蓋廣說乃至不可量燈光明宮殿不可說莊嚴具蓋廣說乃至不可說莊嚴具宮殿不可說不可說摩尼寶蓋不可說不可說摩尼寶幢如是摩尼寶旛摩尼寶帳摩尼寶網摩尼寶像摩尼寶光摩尼寶燄摩尼寶雲摩尼寶座摩尼寶經行地摩尼寶所住處摩尼寶剎摩尼寶山摩尼寶海摩尼寶河摩尼寶樹摩尼寶衣服摩尼寶蓮華摩尼寶宮殿皆不可說不可說如是一一諸境界中各有無數欄楯無數宮殿無數樓閣無數門闥無數半月無數却敵無數牕牖無數清淨寶無數莊嚴具以如是等諸供養物恭敬供養如上所說諸佛世尊願令一切世間皆得清淨一切衆生咸得出離住十力地於一切法中得無礙法明令一切衆生具足善根悉得調伏其心無量等虛空界往一切剎而無所至入一切土施諸善法常得見佛植諸善根成就大乘不著諸法具足衆善立無量行普入無邊一切法界成就諸佛神通之力得於如來一切智智譬如無我普攝諸法我諸善根亦復如是普攝一切諸佛如來咸悉供養無有餘故普攝一切無量諸法悉能悟入無障礙故普攝一切諸菩薩衆究竟皆與同善根故普攝一切諸菩薩行以本願力皆圓滿故普攝一切菩薩法明了達諸法皆無礙故普攝諸佛大神通力成就無量諸善根故普攝諸佛力無所畏發無量心滿一切故普攝菩薩三昧辯才陀羅尼門善能照了無二法故普攝諸佛善巧方便示現如來大神力故普

攝三世一切諸佛降生成道轉正法輪調伏衆生入般涅槃恭敬供養悉周徧故普攝十方一切世界嚴淨佛刹咸究竟故普攝一切諸廣大劫於中出現修菩薩行無斷絶故普攝一切所有趣生悉於其中現受生故普攝一切諸衆生界具足普賢菩薩行故普攝一切諸惑習氣悉以方便令清淨故普攝一切衆生諸根無量差別咸了知故普攝一切衆生解欲令離雜染得清淨故普攝一切化衆生行隨其所應爲現身故普攝一切應衆生道悉入一切衆生界故普攝一切如來智性護持一切諸佛教故佛子菩薩摩訶薩以諸善根如是迴向時用無所得而爲方便不於業中分別報不於報中分別業雖無分別而普入法界雖無所作而恒住善根雖無所起

而勤修勝法不信諸法而能深入不有於法而悉知見若作不作皆不可得知諸法性恒不自在雖悉見諸法而無所見普知一切而無所知菩薩如是了達境界知一切法因緣爲本見於一切諸佛法身至一切法離染實際解了世間皆如變化明達衆生唯是一法無有二性不捨業境善巧方便於有爲界示無爲法而不滅壞有爲之相於無爲界示有爲法而不分別無爲之相菩薩如是觀一切法畢竟寂滅成就一切清淨善根而起救護衆生之心智慧明達一切法海常樂修行離愚癡法已具成就出世功德不更修學世間之法得淨智眼離諸癡翳以善方便修迴向道佛子菩薩摩訶薩以諸善根如是迴向稱可一切諸佛之心嚴淨一切諸佛國土教化

成就一切衆生具足受持一切佛法作一切衆生最上福田爲一切商人智慧導師作一切世間清淨日輪一一善根充徧法界悉能救護一切衆生皆令清淨具足功德佛子菩薩摩訶薩如是迴向時能護持一切佛種能成熟一切衆生能嚴淨一切國土能不壞一切諸業能了知一切諸法能等觀諸法無二能徧往十方世界能了達離欲實際能成就清淨信解能具足明利諸根佛子是爲菩薩摩訶薩第四至一切處迴向菩薩摩訶薩住此迴向時得至一切處身業普能應現一切世界故得至一切處語業於一切世界中演說法故得至一切處意業受持一切佛所說法故得至一切處神足通隨衆生心悉往應故得至一切處隨證智普能了達一切法故得至一切處總持辯才隨衆生心令歡喜故得至一切處入法界於一毛孔中普入一切世界故得至一切處徧入身於一衆生身普入一切衆生身故得至一切處普見劫一一劫中常見一切諸如來故得至一切處普見念一一念中一切諸佛悉現前故佛子菩薩摩訶薩得至一切處迴向能以善根如是迴向爾時金剛幢菩薩承佛威力普觀十方而說頌言

內外一切諸世間　菩薩悉皆無所著
不捨饒益衆生業　大士修行如是智
十方所有諸國土　一切無依無所住
不取活命等衆法　亦不妄起諸分别
普攝十方世界中　一切衆生無有餘
觀其體性無所有　至一切處善迴向

普攝有爲無爲法　不於其中起妄念
如於世間法亦然　照世燈明如是覺
菩薩所修諸業行　上中下品各差別
悉以善根迴向彼　十方一切諸如來
菩薩迴向到彼岸　隨如來學悉成就
恒以妙智善思惟　具足人中最勝法
清淨善根普迴向　利益群迷恒不捨
悉令一切諸衆生　得成無上照世燈
未曾分別取衆生　亦不妄想念諸法
雖於世間無染著　亦復不捨諸含識
菩薩常樂寂滅法　隨順得至涅槃境
亦不捨離衆生道　獲如是等微妙智
菩薩未曾分別業　亦不取著諸果報
一切世間從緣生　不離因緣見諸法
深入如是諸境界　不於其中起分別
一切衆生調御師　於此明了善迴向

大方廣佛華嚴經卷第二十四

音釋

璫（都郎切充耳珠也）門闥（闥他達切宫中小門曰闥）毀謗（毀虎委切訾也謗補曠切訕也）薩婆若（梵語也此云一切智若爾者切）噉（徒濫切食也）澡漱（澡子皓切洗手也漱蘇奏切蕩口也）寤（五故切寐覺也）摶（度官切以手圜食也）穢（於廢切汙穢也）躁競（躁則到切競渠敬切躁競謂急躁爭競也）

大方廣佛華嚴經卷第二十五

唐于闐國三藏沙門實叉難陀譯

十迴向品第二十五之三

佛子云何爲菩薩摩訶薩無盡功德藏迴向佛子此菩薩摩訶薩以懺除一切諸業重障所起善根禮敬三世一切諸佛所起善根勸請一切諸佛說法所起善根聞佛說法精勤修習悟不思議廣大境界所起善根於去來今一切諸佛一切衆生所有善根皆生隨喜所起善根去來今世一切諸佛善根無盡諸菩薩衆精勤修習所得善根三世諸佛成等正覺轉正法輪調伏衆生菩薩悉知發隨喜心所生善根三世諸佛從初發心修菩薩行成最正覺乃至示現入般涅槃般涅槃已正法住世乃至滅盡於如是等皆生隨喜所有善根菩薩如是念不可說諸佛境界及自境界乃至菩提無障礙境如是廣大無量差別一切善根凡所積集凡所信解凡所隨喜凡所圓滿凡所成就凡所修行凡所獲得凡所知覺凡所攝持凡所增長悉以迴向莊嚴一切諸佛國土如過去世無邊際劫一切世界一切如來所行之處所謂無量無數佛世界種佛智所知菩薩所識大心所受莊嚴佛刹清淨業行所流所引應衆生起如來神力之所示現諸佛出世淨業所成普賢菩薩妙行所與一切諸佛於中成道示現種種自在神力盡未來際所有如來應正等覺徧法界住當成佛道當得一切清淨莊嚴功德佛土盡法界虛空界無邊無際無斷無盡皆從如來智慧所生無量妙寶之所莊嚴所謂一切香

莊嚴一切華莊嚴一切衣莊嚴一切功德藏莊嚴一切諸佛力莊嚴一切佛國土莊嚴如來所都不可思議同行宿緣諸清淨衆於中止住未來世中當成正覺一切諸佛之所成就非世所覩菩薩淨眼乃能照見此諸菩薩具大威德宿植善根知一切法如幻如化普行菩薩諸清淨業入不思議自在三昧善巧方便能作佛事放佛光明普照世間無有限極現在一切諸佛世尊悉亦如是莊嚴世界無量形相無量光色悉是功德之所成就無量香無量寶無量樹無數莊嚴無數宮殿無數音聲隨順宿緣諸善知識示現一切功德莊嚴無有窮盡所謂一切香莊嚴一切鬘莊嚴一切末香莊嚴一切寶莊嚴一切旛莊嚴一切寶繒綵莊嚴一切寶欄楯莊嚴阿僧祇金網莊嚴阿僧祇河莊嚴阿僧祇雲雨莊嚴阿僧祇音樂奏微妙音如是等無量無數莊嚴之具莊嚴一切盡法界虛空界十方無量種種業起佛所了知佛所宣說一切世界其中所有一切佛土所謂莊嚴佛土清淨佛土平等佛土妙好佛土威德佛土廣大佛土安樂佛土不可壞佛土無盡佛土無量佛土無動佛土無畏佛土光明佛土無違逆佛土可愛樂佛土普照明佛土嚴好佛土精麗佛土妙巧佛土第一佛土勝佛土殊勝佛土最勝佛土極勝佛土上佛土無上佛土無等佛土無比佛土無譬喻佛土如是過去未來現在一切佛土所有莊嚴菩薩摩訶薩以已善根發心迴向願以如是去來現在一切諸佛所有國土清淨莊嚴悉以莊嚴於一世界如彼

一切諸佛國土所有莊嚴皆悉成就皆悉清淨皆悉聚集皆悉顯現皆悉嚴好皆悉住持如一世界如是盡法界虛空界一切世界悉亦如是三世一切諸佛國土種種莊嚴皆悉具足佛子菩薩摩訶薩復以善根如是迴向願我所修一切佛剎諸大菩薩皆悉充滿其諸菩薩體性眞實智慧通達善能分別一切世界及衆生界深入法界及虛空界捨離愚癡成就念佛念法眞實不可思議念僧無量普皆周徧亦念於捨法日圓滿智光普照見無所礙從無得生生諸佛法爲衆勝上善根之主發生無上菩提之心住如來力趣薩婆若破諸魔業淨衆生界深入法性永離顚倒善根大願皆悉不空如是菩薩充滿其土生如是處有如是德常作佛事得佛菩提清淨光明具法界智現神通力一身充滿一切法界得大智慧入一切智所行之境善能分別無量無邊法界句義於一切剎皆無所著而能普現一切佛土心如虛空無有所依而能分別一切法界善能入出不可思議甚深三昧趣薩婆若住諸佛剎得諸佛力開示演說阿僧祇法而無所畏隨順三世諸佛善根普照一切如來法界悉能受持一切佛法知阿僧祇諸語言法善能演出不可思議差別音聲入於無上佛自在地普遊十方一切世界而無障礙行於無諍無所依法無所分別修習增廣菩提之心得善巧智善知句義能隨次第開示演說願令如是諸大菩薩莊嚴其國充滿分布隨順安住熏修極熏修純淨極純淨恬然宴寂於一佛剎隨一方所皆有如

是無數無量無邊無等不可數不可稱不可思不可量不可說不可說不可說諸大菩薩周徧充滿如一方所一切方所亦復如是如一佛剎盡虛空徧法界一切佛剎悉亦如是佛子菩薩摩訶薩以諸善根方便迴向一切佛剎方便迴向一切菩薩方便迴向一切如來方便迴向一切佛菩提方便迴向一切廣大願方便迴向一切出要道方便迴向淨一切衆生界方便迴向於一切世界常見諸佛出興於世方便迴向常見如來壽命無量方便迴向常見諸佛徧周法界轉無障礙不退法輪佛子菩薩摩訶薩以諸善根如是迴向時普入一切佛國土故一切佛剎皆悉清淨普至一切衆生界故一切菩薩皆悉清淨普願一切諸佛國土佛出興故一切法界一切佛土諸如來身超然出現佛子菩薩摩訶薩以如是等無比迴向趣薩婆若其心廣大猶如虛空無有限量入不思議知一切業及以果報皆悉寂滅心常平等無有邊際普能徧入一切法界佛子菩薩摩訶薩如是迴向時不分別我及以我所不分別佛及以佛法不分別剎及以嚴淨不分別衆生及以調伏不分別業及業果報不著於思及思所起不壞因不壞果不取事不取法不謂生死有分別不謂涅槃恒寂靜不謂如來證佛境界無有少法與法同止佛子菩薩摩訶薩如是迴向時以諸善根普施衆生決定成熟平等教化無相無緣無稱量無虛妄遠離一切分別取著菩薩摩訶薩如是迴向已得無盡善根所謂念三世一切諸佛故得無盡善根念一切

菩薩故得無盡善根淨諸佛刹故得無盡善根淨一切衆生界故得無盡善根深入法界故得無盡善根修無量心等虛空界故得無盡善根深解一切佛境界故得無盡善根於菩薩業勤修習故得無盡善根了達三世故得無盡善根佛子菩薩摩訶薩以一切善根如是迴向時了一切衆生界無有衆生解一切法無有壽命知一切法無有作者悟一切法無補伽羅了一切法無有忿諍觀一切法皆從緣起無有住處知一切物皆無所依了一切刹悉無所住觀一切菩薩行亦無處所見一切境界悉無所有佛子菩薩摩訶薩如是迴向時眼終不見不淨佛刹亦復不見異相衆生無有少法爲智所入亦無少智而入於法解如來身非如虛空一切功德無量妙法所圓滿故於一切處令諸衆生積集善根悉充足故佛子此菩薩摩訶薩於念念中得不可說不可說十力地具足一切福德成就清淨善根爲一切衆生福田此菩薩摩訶薩成就如意摩尼功德藏隨有所須一切樂具悉皆得故隨所遊方悉能嚴淨一切國土隨所行處令不可說不可說衆生皆悉清淨攝取福德修治諸行故佛子菩薩摩訶薩如是迴向時修一切菩薩行福德殊勝色相無比威力光明超諸世間魔及魔民莫能瞻對善根具足大願成就其心彌廣等一切智於一念中悉能周徧無量佛刹智力無量了達一切諸佛境界於一切佛得深信解住無邊智菩提心力廣大如法界究竟如虛空佛子是名菩薩摩訶薩第五無盡功德藏迴向菩薩

摩訶薩住此迴向得十種無盡藏何等爲十所謂得見佛無盡藏於一毛孔見阿僧祇諸佛出興世故得入法無盡藏以佛智力觀一切法悉入一法故得憶持無盡藏受持一切佛所說法無忘失故得決定慧無盡藏善知一切佛所說法秘密方便故得解義趣無盡藏善知諸法理趣分齊故得無邊悟解無盡藏以如虛空智通達三世一切法故得福德無盡藏充滿一切諸衆生意不可盡故得勇猛智覺無盡藏悉能除滅一切衆生愚癡翳故得決定辯才無盡藏演說一切佛平等法令諸衆生悉解了故得十力無畏無盡藏具足一切菩薩所行以離垢繒而繫其頂至無障礙一切智故是爲十佛子菩薩摩訶薩以一切善根迴向時得此十種無盡藏爾時金剛幢菩薩普觀十方而說頌言

菩薩成就深心力　普於諸法得自在
以其勸請隨喜福　無礙方便善迴向
三世所有諸如來　嚴淨佛刹徧世間
所有功德靡不具　迴向淨刹亦如是
三世所有諸佛法　菩薩皆悉諦思惟
以心攝取無有餘　如是莊嚴諸佛刹
盡於三世所有劫　讚一佛刹諸功德
三世諸劫猶可盡　佛刹功德無窮盡
如是一切諸佛刹　菩薩悉見無有餘
總以莊嚴一佛土　一切佛土悉如是
有諸佛子心清淨　悉從如來法化生
一切功德莊嚴心　一切佛刹皆充滿
彼諸菩薩悉具足　無量相好莊嚴身
辯才演說徧世間　譬如大海無窮盡

菩薩安住諸三昧　一切所行皆具足
其心清淨無與等　光明普照十方界
如是無餘諸佛刹　此諸菩薩皆充滿
未曾憶念聲聞乘　亦復不求緣覺道
菩薩如是心清淨　善根迴向諸群生
普欲令其成正道　具足了知諸佛法
十方所有衆魔怨　菩薩威力悉摧破
勇猛智慧無能勝　決定修行究竟法
菩薩以此大願力　所有迴向無留礙
入於無盡功德藏　去來現在常無盡
菩薩善觀諸行法　了達其性不自在
既知諸法性如是　不妄取業及果報
無有色法無色法　亦無有想無無想
有法無法皆悉無　了知一切無所得
一切諸法因緣生　體性非有亦非無
而於因緣及所起　畢竟於中無取著
一切衆生語言處　於中畢竟無所得
了知名相皆分別　明解諸法悉無我
如衆生性本寂滅　如是了知一切法
三世所攝無有餘　刹及諸業皆平等
以如是智而迴向　隨其悟解福業生
此諸福相亦如解　豈復於中有可得
如是迴向心無垢　永不稱量諸法性
了達其性皆非性　不住世間亦不出
一切所行衆善業　悉以迴向諸群生
莫不了達其眞性　所有分別皆除遣
所有一切虛妄見　悉皆棄捨無有餘
離諸熱惱恒清涼　住於解脫無礙地
菩薩不壞一切法　亦不滅壞諸法性
解了諸法猶如響　悉於一切無所著

了知三世諸衆生　悉從因緣和合起
亦知心樂及習氣　未曾滅壞一切法
了達業性非是業　而亦不違諸法相
又亦不壞業果報　說諸法性從緣起
了知衆生無有生　亦無衆生可流轉
無實衆生而可說　但依世俗假宣示

佛子云何爲菩薩摩訶薩隨順堅固一切善根迴向佛子此菩薩摩訶薩或爲帝王臨御大國威德廣被名震天下凡諸怨敵靡不歸順發號施令悉依正法執持一蓋溥蔭萬方周行率土所向無礙以離垢繒而繫其頂於法自在見者咸伏不刑不罰感德從化以四攝法攝諸衆生爲轉輪王一切周給菩薩摩訶薩安住如是自在功德有大眷屬不可沮壞離衆過失見者無厭福德莊嚴相好圓滿形體支分均調具足獲那羅延堅固之身大力成就無能屈伏得清淨業離諸業障具足修行一切布施或施飲食及諸上味或施車乘或施衣服或施華鬘雜香塗香牀座房舍及所住處上妙燈燭病緣湯藥寶器寶車調良象馬悉皆嚴飾歡喜布施或有來乞王所處座若蓋若傘幢旛寶物諸莊嚴具頂上寶冠髻中明珠乃至王位皆無所悋若見衆生在牢獄中捨諸財寶妻子眷屬乃至以身救彼令脫若見獄囚將欲被戮即捨其身以代彼命或見來乞連膚頂髮歡喜施與亦無所悋眼耳鼻舌及以牙齒頭頂手足血肉骨髓心腎肝肺大腸小腸厚皮薄皮手足諸指連肉爪甲以歡喜心盡皆施與或爲求請未曾有法投身而下深大火坑或爲護持如來正

法以身忍受一切苦毒或爲求法乃至一字悉能徧捨四海之内一切所有恒以正法化導群生令修善行捨離諸惡若見衆生損敗他形慈心救之令捨罪業若見如來成最正覺稱揚讚歎普使聞知或施於地造立僧坊房舍殿堂以爲住處及施僮僕供承作役或以自身施來乞者或施於佛爲求法故歡喜踊躍爲衆生故承事供養或捨王位城邑聚落宫殿園林妻子眷屬隨所乞求悉滿其願或捨一切資生之物普設無遮大施之會其中衆生種種福田或從遠來或從近來或賢或愚或好或醜若男若女人與非人心行不同所求各異等皆施與悉令滿足佛子菩薩摩訶薩如是施時發善攝心悉以迴向所謂善攝色隨順堅固一切善根善攝受想行識隨順堅固一切善根善攝王位隨順堅固一切善根善攝眷屬隨順堅固一切善根善攝資具隨順堅固一切善根善攝惠施隨順堅固一切善根佛子菩薩摩訶薩隨所施物無量無邊以彼善根如是迴向所謂以上妙食施衆生時其心清淨於所施物無貪無著無所顧悋具足行施願一切衆生得智慧食心無障礙了知食性無所貪著但樂法喜出離之食智慧充滿以法堅住攝取善根法身智身清淨遊行哀愍衆生爲作福田現受摶食是爲菩薩摩訶薩布施食時善根迴向佛子菩薩摩訶薩若施飲時以此善根如是迴向所謂願一切衆生飲法味水精勤修習具菩薩道斷世渴愛常求佛智離欲境界得法喜樂從清淨法而生其身常以三昧調攝其心

入智慧海與大法雲霔大法雨是爲菩薩摩訶薩布施飲時善根廻向佛子菩薩摩訶薩布施種種清淨上味所謂辛酸鹹淡及以甘苦種種諸味潤澤具足能令四大安隱調和肌體盈滿氣力彊壯其心清淨常得歡喜咽咀之時不欬不逆諸根明利内藏充實毒不能侵病不能傷始終無患永得安樂以此善根如是廻向所謂願一切衆生得最上味甘露充滿願一切衆生得法智味了知一切諸味業用願一切衆生得無量法味了達法界安住實際大法城中願一切衆生作大法雲周徧法界普雨法雨教化調伏一切衆生願一切衆生得勝智味無上法喜充滿身心願一切衆生得無貪著一切上味不染世間一切諸味常勤修習一切佛法願一切衆生得一法味了諸佛法悉無差别願一切衆生得最勝味乘一切智終無退轉願一切衆生得入諸佛無異法味悉能分别一切諸根願一切衆生法味增益常得滿足無礙佛法是爲菩薩摩訶薩布施味時善根廻向爲令一切衆生勤修福德皆悉具足無礙智身故佛子菩薩摩訶薩施車乘時以諸善根如是廻向所謂願一切衆生皆得具足一切智乘乘於大乘不可壞乘最勝乘最上乘速疾乘大力乘福德具足乘出世間乘出生無量諸菩薩乘是爲菩薩摩訶薩施車乘時善根廻向佛子菩薩摩訶薩布施衣時以諸善根如是廻向所謂願一切衆生得慚愧衣以覆其身捨離邪道露形惡法顔色潤澤皮膚細輭成就諸佛第一之樂得最清淨一切種智是爲菩

薩摩訶薩布施衣時善根迴向佛子菩薩摩訶薩常以種種名華布施所謂微妙香華種種色華無量奇妙華善見華可喜樂華一切時華天華人華世所珍愛華甚芬馥悅意華以如是等無量妙華供養一切現在諸佛及佛滅後所有塔廟或以供養說法之人或以供養比丘僧寶一切菩薩諸善知識聲聞獨覺父母宗親下至自身及餘一切貧窮孤露布施之時以諸善根如是迴向所謂願一切衆生皆得諸佛三昧之華悉能開敷一切諸法願一切衆生皆得如佛見者歡喜心無厭足願一切衆生所見順愜心無動亂願一切衆生具行廣大清淨之業願一切衆生常念善友心無變異願一切衆生如阿伽陀藥能除一切煩惱衆毒願一切衆生成滿大願皆悉得爲無上智王願一切衆生智慧日光破愚癡暗願一切衆生菩提淨月增長滿足願一切衆生入大寶洲見善知識具足成就一切善根是爲菩薩摩訶薩布施華時善根迴向爲令衆生皆得清淨無礙智故佛子菩薩摩訶薩布施鬘時以諸善根如是迴向所謂願一切衆生人所樂見見者欽歎見者親善見者愛樂見者渴仰見者除憂見者生喜見者離惡見者常得親近於佛見者清淨獲一切智是爲菩薩摩訶薩布施鬘時善根迴向佛子菩薩摩訶薩布施香時以諸善根如是迴向願一切衆生具足戒香得不缺戒不雜戒不汙戒無悔戒離纏戒無熱戒無犯戒無邊戒出世戒菩薩波羅蜜戒願一切衆生以是戒故皆得成就諸佛戒身是爲菩薩摩訶

薩布施香時善根迴向爲令衆生悉得圓滿無礙戒蘊故佛子菩薩摩訶薩施塗香時以諸善根如是迴向所謂願一切衆生施香普熏悉能惠捨一切所有願一切衆生戒香普熏得於如來究竟淨戒願一切衆生忍香普熏離於一切險害之心願一切衆生精進香普熏常服大乘精進甲冑願一切衆生定香普熏安住諸佛現前三昧願一切衆生慧香普熏一念得成無上智王願一切衆生法香普熏於無上法得無所畏願一切衆生德香普熏成就一切大功德智願一切衆生菩提香普熏得佛十力到於彼岸願一切衆生清淨白法妙香普熏永滅一切不善之法是爲菩薩摩訶薩施塗香時善根迴向佛子菩薩摩訶薩施牀座時以諸善根如是迴向所謂

願一切衆生得諸天牀座證大智慧願一切衆生得賢聖牀座捨凡夫意住菩提心願一切衆生得安樂牀座永離一切生死苦惱願一切衆生得究竟牀座得見諸佛自在神通願一切衆生得平等牀座恒普熏修一切善法願一切衆生得最勝牀座具清淨業世無與等願一切衆生得安隱牀座證眞實法具足究竟願一切衆生得清淨牀座修習如來淨智境界願一切衆生得安住牀座得善知識常隨覆護願一切衆生得師子牀座常如如來右脇而卧是爲菩薩摩訶薩施牀座時善根迴向爲令衆生修習正念善護諸根故佛子菩薩摩訶薩施房舍時以諸善根如是迴向所謂願一切衆生皆得安住清淨佛刹精勤修習一切功德安住甚深三昧境界捨

離一切住處執著了諸住處皆無所有離諸世間住一切智攝取一切諸佛所住住究竟道安樂住處恒住第一清淨善根終不捨離佛無上住處是爲菩薩摩訶薩施房舍時善根迴向爲欲利益一切衆生隨其所應思惟救護故佛子菩薩摩訶薩施住處時以諸善根如是迴向所謂願一切衆生常獲善利其心安樂願一切衆生依如來住依大智住依善知識住依尊勝住依善行住依大慈住依大悲住依六波羅蜜住依大菩提心住依一切菩薩道住是爲菩薩摩訶薩施住處時善根迴向爲令一切福德清淨故究竟清淨故智清淨故道清淨故法清淨故戒清淨故志樂清淨故信解清淨故願清淨故一切神通功德清淨故佛子菩薩摩訶薩施諸燈明所謂酥燈油燈寶燈摩尼燈漆燈火燈沉水燈栴檀燈一切香燈無量色光燈施如是等無量燈時爲欲利益一切衆生爲欲攝受一切衆生以此善根如是迴向所謂願一切衆生得無量光普照一切諸佛正法願一切衆生得清淨光照見世間極微細色願一切衆生得離翳光了衆生界空無所有願一切衆生得無邊光身出妙光普照一切願一切衆生得普照光於諸佛法心無退轉願一切衆生得佛淨光一切刹中悉皆顯現願一切衆生得無礙光一光徧照一切法界願一切衆生得無斷光照諸佛刹光明不斷願一切衆生得智幢光普照世間願一切衆生得無量色光照一切刹示現神力菩薩如是施燈明時爲欲利益一切衆生安樂一切衆生故以此

善根隨逐衆生以此善根攝受衆生以此善根分布衆生以此善根慈愍衆生以此善根覆育衆生以此善根救護衆生以此善根充滿衆生以此善根緣念衆生以此善根等益衆生以此善根觀察衆生是爲菩薩摩訶薩施燈明時善根迴向如是迴向無有障礙普令衆生住善根中佛子菩薩摩訶薩施湯藥時以諸善根如是迴向所謂願一切衆生於諸蓋纏究竟得出願一切衆生永離病身得如來身願一切衆生作大良藥滅除一切不善之病願一切衆生成阿伽陀藥安住菩薩不退轉地願一切衆生成如來藥能拔一切煩惱毒箭願一切衆生親近賢聖滅除煩惱修清淨行願一切衆生作大藥王永除衆病不令重發願一切衆生作不壞藥樹悉能救療一切衆生願一切衆生得一切智光出衆病箭願一切衆生善解世間方藥之法所有疾病爲其救療菩薩摩訶薩施湯藥時爲令一切衆生永離衆病故究竟安隱故究竟清淨故如佛無病故拔除一切病箭故得無盡堅固身故得金剛圍山所不壞身故得堅固滿足力故得圓滿不可奪佛樂故得一切佛自在堅固身故以諸善根如是迴向佛子菩薩摩訶薩悉能惠施一切器物所謂黃金器盛滿雜寶白銀器盛衆妙寶瑠璃器盛種種寶玻瓈器盛滿無量寶莊嚴具硨磲器盛赤真珠瑪瑙器盛滿珊瑚摩尼珠寶白玉器盛衆美食栴檀器盛天衣服金剛器盛衆妙香無量無數種種寶器盛無量無數種種衆寶或施諸佛信佛福田不思議故或施菩薩知

善知識難值遇故或施聖僧爲令佛法久住世故或施聲聞及辟支佛於諸聖人生淨信故或施父母爲尊重故或施師長爲恒誘誨令依聖教修功德故或施下劣貧窮孤露大慈大悲愛眼等視諸衆生故專意滿足去來今世一切菩薩檀波羅蜜故以一切物普施一切終不厭捨諸衆生故如是施時於其施物及以受者皆無所著菩薩摩訶薩以如是等種種寶器盛無量寶而布施時以諸善根如是迴向所謂願一切衆生成等虛空無邊藏器念力廣大悉能受持世出世間一切經書無有忘失願一切衆生成清淨器能悟諸佛甚深正法願一切衆生成無上寶器悉能受持三世佛法願一切衆生成就如來廣大法器以不壞信攝受三世佛菩提法願一切衆生成就最勝寶莊嚴器住大威德菩提之心願一切衆生成就功德所依處器於諸如來無量智慧生淨信解願一切衆生成就趣入一切智器究竟如來無礙解脫願一切衆生得盡未來劫菩薩行器能令衆生普皆安住一切智力願一切衆生成就三世諸佛種性勝功德器一切諸佛妙音所說悉能受持願一切衆生成就容納盡法界虛空界一切世界一切如來衆會道場器爲大丈夫讚說之首勸請諸佛轉正法輪是爲菩薩摩訶薩布施器時善根迴向爲欲普令一切衆生皆得圓滿普賢菩薩行願器故

大方廣佛華嚴經卷第二十五

音釋

恬然 恬徒兼切，安然也

補伽羅 梵語也，或云補特伽羅，此云數取趣，謂數數往來諸趣也。伽求加切

溥蔭 溥滂古切，廣也，遍也。蔭於禁切，庇也，覆也

戮 力竹切，殺也

腎 時忍切，水藏也

肝 古寒切，木藏也

腸 直良切，肚腸也

僮僕 僮徒紅切，僕蒲木切，僮僕奴隸也，謂供給走使之人也

咽咀 咽於甸切，吞也。咀慈語切，咀嚼也，又含味也

欬 苦蓋切，氣逆也

芬馥 芬數文切，馥方六切，芬馥謂華葉芬芳香氣馥郁也

順愜 愜詰叶切，快也，順愜謂從順快愜其心也

玻瓈 梵語也，亦云塞頞胝迦，此云水玉，亦云水精。玻音禾切